本书编撰人员

主　编　王嘉良

副主编　洪治纲

撰稿者　（以姓氏笔画为序）

　　　　王　侃　王嘉良　叶志良

　　　　汪亚明　郑欢欢　洪治纲

　　　　景秀明　潘正文

浙江

20世纪文学史

（修订版）

王嘉良 ◎ 主编

浙江大学出版社

ZHEJIANG UNIVERSITY PRESS

浙江文化研究工程指导委员会

浙江文化研究工程成果文库总序

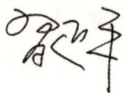

（签名）

　　有人将文化比作一条来自老祖宗而又流向未来的河，这是说文化的传统，通过纵向传承和横向传递，生生不息地影响和引领着人们的生存与发展；有人说文化是人类的思想、智慧、信仰、情感和生活的载体、方式和方法，这是将文化作为人们代代相传的生活方式的整体。我们说，文化为群体生活提供规范、方式与环境，文化通过传承为社会进步发挥基础作用，文化会促进或制约经济乃至整个社会的发展。文化的力量，已经深深熔铸在民族的生命力、创造力和凝聚力之中。

　　在人类文化演化的进程中，各种文化都在其内部生成众多的元素、层次与类型，由此决定了文化的多样性与复杂性。

　　中国文化的博大精深，来源于其内部生成的多姿多彩；中国文化的历久弥新，取决于其变迁过程中各种元素、层次、类型在内容和结构上通过碰撞、解构、融合而产生的革故鼎新的强大动力。

　　中国土地广袤、疆域辽阔，不同区域间因自然环境、经济环境、社会环境等诸多方面的差异，建构了不同的区域文化。区域文化如同百川归海，共同汇聚成中国文化的大传统，这种大传统如同春风化雨，渗透于各种区域文化之中。在这个过程中，区域文化如同清溪山泉潺潺不息，在中国文化的共同价值取向下，以自己的独特个性支撑着、引领着本地经济社会的发展。

　　从区域文化入手，对一地文化的历史与现状展开全面、系统、扎实、有序的研究，一方面可以藉此梳理和弘扬当地的历史传统和文化资源，繁荣和丰富当代的先进文化建设活动，规划和指导未来的文化发展蓝图，增强文化软实力，为全面建设小康社会、加快推进社会主义现代化提供思想保证、精神动力、智力支持和舆论力量；另一方面，这也是深入了解中国文化、研究中国文化、发展中国文化、创新中国文化的重要途径之一。如今，区域文化研究日益受到各地重视，成为我国文化研究走向深入的一个重要标志。我们今天实施浙江文化研究工程，其目的和意义也在于此。

　　千百年来，浙江人民积淀和传承了一个底蕴深厚的文化传统。这种文化传统的独特性,正在于它令人惊叹的富于创造力的智慧和力量。

浙江文化中富于创造力的基因,早早地出现在其历史的源头。在浙江新石器时代最为著名的跨湖桥、河姆渡、马家浜和良渚的考古文化中,浙江先民们都以不同凡响的作为,在中华民族的文明之源留下了创造和进步的印记。

浙江人民在与时俱进的历史轨迹上一路走来,秉承富于创造力的文化传统,这深深地融汇在一代代浙江人民的血液中,体现在浙江人民的行为上,也在浙江历史上众多杰出人物身上得到充分展示。从大禹的因势利导、敬业治水,到勾践的卧薪尝胆、励精图治;从钱氏的保境安民、纳土归宋,到胡则的为官一任、造福一方;从岳飞、于谦的精忠报国、清白一生,到方孝孺、张苍水的刚正不阿、以身殉国;从沈括的博学多识、精研深究,到竺可桢的科学救国、求是一生;无论是陈亮、叶适的经世致用,还是黄宗羲的工商皆本;无论是王充、王阳明的批判、自觉,还是龚自珍、蔡元培的开明、开放,等等,都展示了浙江深厚的文化底蕴,凝聚了浙江人民求真务实的创造精神。

代代相传的文化创造的作为和精神,从观念、态度、行为方式和价值取向上,孕育、形成和发展了渊源有自的浙江地域文化传统和与时俱进的浙江文化精神,她滋育着浙江的生命力、催生着浙江的凝聚力、激发着浙江的创造力、培植着浙江的竞争力,激励着浙江人民永不自满、永不停息,在各个不同的历史时期不断地超越自我、创业奋进。悠久深厚、意韵丰富的浙江文化传统,是历史赐予我们的宝贵财富,也是我们开拓未来的丰富资源和不竭动力。党的十六大以来推进浙江新发展的实践,使我们越来越深刻地认识到,与国家实施改革开放大政方针相伴随的浙江经济社会持续快速健康发展的深层原因,就在于浙江深厚的文化底蕴和文化传统与当今时代精神的有机结合,就在于发展先进生产力与发展先进文化的有机结合。今后一个时期浙江能否在全面建设小康社会、加快社会主义现代化建设进程中继续走在前列,很大程度上取决于我们对文化力量的深刻认识、对发展先进文化的高度自觉和对加快建设文化大省的工作力度。我们应该看到,文化的力量最终可以转化为物质的力量,文化的软实力最终可以转化为经济的硬实力。文化要素是综合竞争力的核心要素,文化资源是经济社会发展的重要资源,文化素质是领导者和劳动者的首要素质。因此,研究浙江文化的历史与现状,增强文化软实力,为浙江的现代化建设服务,是浙江人民的共同事业,也是浙江各级党委、政府的重要使命和责任。

2005 年 7 月召开的中共浙江省委十一届八次全会,作出《关于加快建设文化大省的决定》,提出要从增强先进文化凝聚力、解放和发展生产力、增强社会公共服务能力入手,大力实施文明素质工程、文化精品工程、文化研究工程、文化保护工程、文化产业促进工程、文化阵地工程、文化传播工程、文化人才工程等"八项工程",实施科教兴国和人才强国战略,加快建设教育、科技、卫生、体育等"四个强省"。作为文化建设"八项工程"之一的文化研究工程,其任务就是系统研究浙江文化的历史成就和当代发展,深入挖掘浙江文化底蕴、研究浙江现象、总结浙江经验、指导浙江未来的发展。

浙江文化研究工程将重点研究"今、古、人、文"四个方面,即围绕浙江当代发展问题研究、浙江历史文化专题研究、浙江名人研究、浙江历史文献整理四大板块,开展系统研究,出版系列丛书。在研究内容上,深入挖掘浙江文化底蕴,系统梳理和分析浙江历史文化的内部结构、变化规律和地域特色,坚持和发展浙江精神;研究浙江文化与其他地域文化的异同,厘清浙江文化在中国文化中的地位和相互影响的关系;围绕浙江生动的当代实践,深入解读浙江现象,总结浙江经验,指导浙江发展。在研究力量上,通过课题组织、出版资助、重点研究基地建设、加强省内外大院名校合作、整合各地各部门力量等途径,形成上下联动、学界互动的整体合力。在成果运用上,注重研究成果的学术价值和应用价值,充分发挥其认识世界、传承文明、创新理论、咨政育人、服务社会的重要作用。

我们希望通过实施浙江文化研究工程,努力用浙江历史教育浙江人民、用浙江文化熏陶浙江人民、用浙江精神鼓舞浙江人民、用浙江经验引领浙江人民,进一步激发浙江人民的无穷智慧和伟大创造能力,推动浙江实现又快又好发展。

今天,我们踏着来自历史的河流,受着一方百姓的期许,理应负起使命,至诚奉献,让我们的文化绵延不绝,让我们的创造生生不息。

2006 年 5 月 30 日于杭州

浙江文化研究工程成果文库序

赵洪祝

　　浙江是中国古代文明的发祥地之一,历史悠久、人文荟萃,素称"文物之邦",从史前文化到古代文明,从近代变革到当代发展,都为中华民族留下了众多弥足珍贵的文化遗产。勤劳智慧的浙江人民历经千百年的传承与创新,在保留自身文化特质的基础上,兼收并蓄外来文化的精华,形成了具有鲜明浙江特色、深厚历史底蕴、丰富思想内涵的地域文化,这是浙江人民共同创造的物质财富和精神财富的结晶,是中华文化中的一朵奇葩。如何更好地使这一文化瑰宝为我们所用、为时代服务,既是历史传承给我们的一项艰巨任务,也是时代赋予我们的一项神圣使命。深入挖掘、整理、探究,不断丰富、发展、创新浙江地域文化,对于进一步充实浙江文化的内涵和拓展浙江文化的外延,进一步增强浙江文化的创新能力、整体实力、综合竞争力,进一步发挥文化在促进浙江经济、政治和社会建设中的作用,具有重要的现实意义和深远的历史意义。

　　改革开放以来,历届浙江省委始终高度重视社会主义文化建设。早在1999年,浙江省委就提出了建设文化大省的目标;2000年,制定了《浙江省建设文化大省纲要》;2005年,作出了《关于加快建设文化大省的决定》,经过全省上下的共同努力,浙江文化大省建设取得了显著成效。

　　浙江文化研究工程是浙江文化建设"八项工程"的重要内容之一,也是迄今为止国内最大的地方文化研究项目之一。该工程旨在以浙江人文社会科学优势学科为基础,以浙江改革开放与现代化建设中的重大理论、现实课题和浙江历史文化为研究重点,着重从"今、古、人、文"四个方面,梳理浙江文明的传承脉络,挖掘浙江文化的深厚底蕴,丰富与时俱进的浙江精神,推出一批在研究浙江和宣传浙江方面具有重大学术影响和良好社会效益的学术成果,培养一支拥有高水平学科带头人的学术梯队,建设一批具有浙江特色的"当代浙江学术"品牌,进一步繁荣和发展哲学社会科学,提升浙江的文化软实力,为浙江全面建设惠及全省人民的小康社会和实现社会主义现代化,提供强大的精神动力、正确的价值导向和有力的智力支持,为提升浙江文化影响力、丰富中华文化宝库作出贡献。

浙江文化研究工程开展三年来,专家学者们潜心研究,善于思考,勇于创新,在浙江当代发展问题研究、浙江历史文化专题研究、浙江名人研究、浙江历史文献整理等诸多研究领域都取得了重要成果,已设立 10 余个系列400 余项研究课题,完成 230 项课题研究,出版 200 余部学术专著,发表大量的学术论文,产生了广泛而深远的社会影响。这些阶段性成果,对于加快建设文化大省提供了新的支撑力和推动力。

党的十七大突出强调了加强文化建设、提高国家文化软实力的极端重要性,并对兴起社会主义文化建设新高潮、推动社会主义文化大发展大繁荣作出了全面部署。为深入贯彻落实党的十七大精神,浙江省第十二次党代会提出"创业富民、创新强省"总战略,并坚持把建设先进文化作为推进创业创新的重要支撑。2008 年 6 月,省委召开工作会议,对兴起文化大省建设新高潮、推动浙江社会主义文化大发展大繁荣进行专题部署,制定实施了《浙江省推动文化大发展大繁荣纲要(2008—2012)》,明确提出:今后一个时期我省兴起文化大省建设新高潮、推动文化大发展大繁荣的主要任务是,在加快建设教育强省、科技强省、卫生强省、体育强省的同时,继续深入实施文明素质工程、文化精品工程、文化研究工程、文化保护工程、文化产业促进工程、文化阵地工程、文化传播工程、文化人才工程等文化建设"八项工程",着力建设社会主义核心价值体系、公共文化服务体系、文化产业发展体系等"三大体系",努力使我省文化发展水平与经济社会发展水平相适应,在文化建设方面继续走在前列。

当前,浙江文化建设正站在一个新的历史起点上,既面临千载难逢的机遇,也面对十分严峻的挑战。如何抓住机遇,迎接挑战,始终保持浙江文化旺盛的生命力,更好地发挥文化软实力的重要作用,是需要我们认真研究、不断探索的重大新课题。我们要按照科学发展观的要求,全面实施"创业富民、创新强省"总战略,以更深刻的认识、更开阔的思路、更得力的措施,大力推进浙江文化研究工程,努力回答浙江经济、政治、文化、社会建设和党的建设遇到的各种新问题,努力回答干部群众普遍关心的热点问题,努力形成一批有较高学术价值和社会效益的研究成果。继续推进浙江文化研究工程,是一件功在当代、利在千秋的事业。我们热切地期待有更多的优秀成果问世,以展示浙江文化的实力,增强浙江文化的竞争力,扩大浙江文化的影响力。

2008 年 9 月 10 日于杭州

目　录

下编　浙江20世纪文学创作现象

导　论

　　文学历史是一条变动不居、一往无前的时间长河,其行进态势总是时而蜿蜒而进,时而奔流直下,时而呼啸向前。20世纪的浙江文学史便是一段奔腾不息、呼啸前行的历史。对于浙江(尤其是浙江文学)而言,20世纪,这是一个特别值得自豪的世纪。在这个历史时段内,在这片神奇的土地上(或从这片神奇的土地走出),浙江人创造了中国文学史上亘古未有的现代神话。因为在一个并不太长的历史间隙里和一片并不开阔的地域范围内(在全国的版图上还是最小的省份之一),汇聚了那么多文学精粹,积累了那么丰厚的文学库藏,怎么说这都是一个奇迹:不但在浙江文学史上是一个奇迹,即便在中国文学史上也该是个奇迹。当20世纪文学即将变得越来越像是"历史"的时候,回望这段文学历史,叙说浙江文学的光荣与梦想,肯定会是个饶有兴味的话题。我们,作为鲁迅、茅盾等文学大师故乡的中国新文学研究者,拾起这一话题,作建构浙江20世纪文学史的初次尝试,便是旨在吸取历史经验,为未来中国文学特别是浙江文学的发展提供有益的借鉴。

　　在展开全书描述之前,有必要对浙江20世纪文学的品位价值、历史范畴、变衍轨迹及文学史框架构想等,略作申说。无论是从文学断代史或是地域文学中的角度审视,浙江20世纪文学史都是一部十分精彩、令人惊叹的历史。其独特的品位与价值,昭示着浙江文学历史的光荣,也显示出20世纪的浙江地域文学史挺立于中国文学史上的独特的存在意义。

　　在中国文学发展的历史坐标上,20世纪文学有着非常鲜亮夺目的标记:

它是以充分的现代品格体现出与数千年传统文学截然不同的面目而载入史册的,它有着任何一个时期的文学都无可取代的独特地位。处在这一时段中的浙江文学,与整体的中国文学应时而生,相偕而进,便具备中国新文学的最基本的品格,从而滋生出浙江文学史上旷古未有的全新文学现象。作为素来有鱼米之乡、丝绸之府、文物之邦美誉的浙江,文学资源丰厚必是其重要表征之一。两浙不仅山川秀丽、物产丰饶,而且自古以来就是人文荟萃之地,文人学士代不乏人,文学遗产积淀深厚。然而,倘若对浙江文学作历时性纵向考察,当不难发现:20 世纪无疑是浙江文学史上最辉煌的时期,这是浙江任何一个时期的文学都无可比拟的。这是由于浙江文学遇合在一个特定的历史际遇中形成的。我国自近代海禁大开以来,作为"面海的中国"的"小传统",构成对"占支配地位的农业——官僚政治的腹地"的"大传统"的有力冲击①,中国的思想文化发生着由传统向现代转型的深巨变化。富有变革精神的"小传统"渐次获得生机,其释放的巨大能量日益改变着被"支配"的角色定位,而日渐由"边缘"向"中心"位移。19、20 世纪之交,"小传统"地域实际上已在相当程度上引领了中国文化新潮,使其在思想、文化领域里更有所作为。这当中,地处沿海的浙江得风气之先,这里思想、文化界有识之士,率先经受世界近代文明的洗礼,崛起于东南一隅,汇成了一支为国人瞩目的文化新军。其中,影响最为卓著的,当推为后来的文学史家所乐于称道的那一支声势壮观、阵容整齐的中国新文学"浙军"。这一支浩浩荡荡的队伍,从浙东沿海,从会稽山麓,从杭嘉湖平原,从金衢盆地,从瓯海两岸……走出,或撒向全国,或稳稳地扎根于故土,演出了一幕幕威武雄壮的历史话剧。回顾那一段浙江文学史,那是一种何等壮丽辉煌的新文学"汉唐气象"!只要掰指头数一数,你随便就可以举出数十名闻名全国的现代浙籍作家。据《浙江现代文学百家》②一书,收集的五四以后至新中国成立以前的浙江籍现代知名作家、文艺理论家、文学翻译家,就多至 129 位。③ 其中属于一、二流作家的,也不下数十人;而像鲁迅、茅盾、周作人、郁达夫、徐志摩、郑振铎、冯雪峰、夏衍、艾青、丰子恺、夏丏尊、梁实秋、戴望舒、施蛰存、王鲁彦、许杰、许钦文、柔石、殷夫、巴人、邵荃麟、应修人、潘漠华、王西彦、唐湜等,无

① [美]费正清主编:《剑桥中华民国史》,中国社会科学出版社 1993 年版,第 11—12 页。
② 浙江省文学学会编(陈坚主编):《浙江现代文学百家》,浙江人民出版社 1988 年版。
③ 这个数字还不是很完整的,《浙江省文学志》(中华书局 2001 年版)所载的现代浙籍作家,超过此数甚多。

论哪一个人编写中国现代文学史,都不会缺失他们。有人以为,浙江作家在中国新文学史上的优势地位,是三分天下有其一,这并非过誉。这一壮观景象(尤其是它在全国的"位置"),已足够显示这一时段的文学在浙江文学史上无与伦比的价值。

再就地域对整体的参与而言,这一时期的浙江文学对于整体的中国 20世纪文学的建构,不独以作家队伍壮观取胜,尤以文学精粹迭出见长,浙江作家在相当长时间内引领着中国文学的新潮流,浙江文学也有可能长时间居于中国文学的制高点。从这个意义上或许可以说,作为生成 20 世纪中国文学的一块重要地域,浙江的确有着别的地域无可比拟的价值,20 世纪的浙江人书写了一部最见光彩的地域文学史。著名文学史家严家炎先生就曾对发生在浙江这块地域上的极堪惊异的文学现象给予了充分关注,并指出开掘其经验对于研究 20 世纪中国文学有着极重要的"典型"意义。他认为:

> 从区域文化的角度研究 20 世纪中国文学,似乎还可注意抓取典型的具有区域特征的重要文学现象作为切入口。例如,浙江自五四新文学起来以后,出了那么多著名作家,各自成为一个方面的领袖人物和代表人物:鲁迅是现代文学的奠基人,乡土小说和散文诗的开山祖;周作人是"人的文学"的倡导者,现代美文的开路人;茅盾是文学研究会的主角,又是社会剖析派小说的领袖和开拓者;郁达夫则是另一个新文学团体创造社的健将,小说方面的主要代表,自叙传小说的创立者;徐志摩是新月社的主要诗人,新格律诗的倡导者;丰子恺则是散文方面一派的代表,等等。如果说五四时期文学的天空群星灿烂,那么,浙江上空的星星特别多,特别明亮。这种突出的文学现象应该怎样解释?……实在很值得研究者去思考和探讨。从这个切入口进去,也许可以深挖出很多东西。①

此说甚为有理。浙江作家在中国新文学史上的突出地位就在于:他们不只担负了"代表性"作家的角色,而且大都是一种文学思潮、一个文学流派或某种文学体裁创作的开创者、领衔者,他们往往担负着领导中国新文学建设的重任。这就完全有理由认为:在我国由五四开创的现代文学优秀传统中,浙

---

① 严家炎:《20 世纪中国文学与区域文化丛书·总序》,湖南教育出版社 1995 年版。

江作家所提供的宝贵经验正是它最突出的部分之一;而他们在各个文学领域里所取得的成就,也几乎成为中国现代文学的一个缩影。因此,叙写浙江20 世纪文学史,总结浙江作家的文学成就和创作经验,还具有跨越地域的意义,即它为充分展示中国新文学的辉煌成就提供了范例,对其作深入开掘,当更有利于中国新文学研究的深化。

关于浙江 20 世纪文学的历史范畴,我们认为:浙江地域文学的世纪描述与浙江作家建构 20 世纪中国文学的动态历程显示,这两者的结合当能更本质地涵示浙江文学的世纪性意义。

对 20 世纪浙江文学概念的论定,首先把视线投射到这一时期发生在浙江地域上的文学,这是极为自然的。从 19 世纪末以来,由中国近代文化思潮大裂变促成的新世纪文学"浙江潮"的涌动,便发生在这块具备独特经济、思想、文化优势的土地上。其后在中国新文学的诞生、发展、调整、变革的各个阶段,不独呼应全国的文学思潮演进在浙江有清晰的踪迹,便是文学社团的组建、作家队伍的形成、文学创作的大量涌现,浙江也有其自身发展、变衍的脉络。因而,审视"浙江文学",关注浙江地域上的文学流程,自是题中应有之义。但仅此又是很不够的。考虑到 20 世纪的浙江文学中有很大一块是浙江作家在异地创造的,因此,所谓"浙江文学"还应有另一层含义:即"浙江人创造的文学";应把浙江作家为中国新文学建设所作出的重要创造(不论其是在本土创造的还是在"异乡"建功的)都纳入"浙江文学"的整体框架之中。这既取决于文学的质地、属性主要是由其创造主体——作家决定的,同时也同 20 世纪中国文学的发展特点密切相关。就作家的创作主体性意义而言,"浙江文学"独具的背景、氛围、格调、色彩乃至独特的艺术方式,都是由生活在浙江这片土地上(或从浙江这片土地走出)的浙江作家创造的,不拘其立足于本土或是游离于本土之外。童年印象对于作家来说,具有"决定的意义"①,地域文化对作家的文化心理结构、行为习惯、思维方式的形成总是产生久远而深潜的影响。因此,深重的地域文化印记,常常是一个作家身上驱之不去的东西,由此形成鲜明的创作色调,成为一个地区文学的独特标记。每一个浙江作家身上打着的深刻的"浙江"烙印,正是他们创造"浙江文学"的突出表征。长期立足于本土的浙江作家自不待言,即便是曾经远走他乡的鲁迅、茅盾、郁达夫、徐志摩等大作家也都提供过鲜明的"浙江"文本;而 20

---

① 高尔基:《论文学》,人民文学出版社 1978 年版,第 12 页。

年代的浙江乡土小说、30 年代的浙东左翼小说、40 年代的战时东南文艺,则更是地道的"浙江文学",尽管此类文学作品的创作与发表,大都不在浙江。因此,对"浙江文学"内涵有更拓宽的认识,应该是可取的。

　　就中国 20 世纪文学的独特性而言,因文学中心的密集聚合与流徙迁移,造成作家队伍组合的动态结构,是一种共趋性文学现象,因而浙江作家在外向拓展中以实现自己对中国新文学建设的独特参与方式,同样是不能忽视的。20 世纪前半段,中国作家中最有成就的部分,几乎都集中在北平、上海等政治、文化中心。这是由于这里是重要文学运动、思潮的策源地,也是文学产出与流通的主要集散地,这就使得有所作为的作家势必要走出故土到外地建功。浙江作家对中国新文学作出最大建树的,就在这个时期。这是中国新文学发展的情势使然,但由此也为富有才情的浙江作家拓展了施展才能的空间,使他们在文学上取得更大作为。可以说,在"异乡"流动,又在流动中建功,乃是 20 世纪前半段各地作家的共同特点,不独以浙江为然,只不过浙江作家表现得更为突出而已。其时浙江作家"流动"的轨迹大抵是:五四至 20 年代,浙江文学的精粹力量在北平;30 年代文化中心南移至临近浙江的上海,大部分浙江作家也随之南下,且有更多浙江作家加入;抗战期间,因开展"战时东南文艺运动"的需要,促使许多浙江作家向着家园故土回归,浙江作家有一个相对集中本土的时期;至 40 年代后半期,因又一次大规模战争爆发,浙江作家再次四处星散。这个迁延流徙的动态历程表明,浙江作家并非不愿回归本土(相反,本土对他们来说总是有那么一种不可割弃的亲和力与感召力),实则乃是 20 世纪特定的历史、文化环境所致;而他们不断的辗转流动,似乎又暗合了越人"好动"、崇尚"漂泊"的文化基因与性格①,因此而获得了更大的发展际遇。由是可以说明,流动性确是此时浙江作家介入中国新文学建设的一种独特方式,他们在流动中有可能吸取更多的异质文化,但并不会就此泯灭自己的身份与个性,从本质上说他们仍然属于自己,属于浙江。

　　当然,在 20 世纪全程中,浙江作家队伍的构成状况在各个时段中是不尽相同的。比较而言,前半程队伍的流动性较大,后半程则相对趋于稳定。新中国成立以后,随着作家生活渐趋安定,又加以作家队伍组织机构的建立与健全,为作家营造了良好的创作环境,促使一大批老作家长期定居浙江,同

---

　　①　参见骆寒超:《论现代吴越诗人的文化基因及创作性格》,收入《骆寒超诗论集》,浙江大学出版社 1992 年版。

时又不断有新进作家在浙江本土冒出。于是,一支完全扎根于浙江本土上的作家队伍就此形成。特别是新时期以来,宽松的政治环境进一步激发了作家的创作积极性,浙江的创作队伍已形成相当的规模。在这种情况下,浙江作家创造"浙江文学"已表现在显性层面上,其所体现的鲜明"浙江"色彩自不待论证了。新中国成立以后浙江文学创作的本土化特色,是可以在各种类型的文学创作中得到印证的。不过,这一时期浙江的文学队伍也有所流动,这也以新时期为甚。大体表现为浙籍作家在外地与浙江之间的双向交叉流动:

或经浙江本土的滋养、成长而主要在外地建功(如张抗抗、余华),或在外地求学、工作而走上创作道路又返回浙江立业(如汪浙成、叶文玲)。但不管是哪一种情况,浙江故土对这些作家的滋养与赐予,他们对浙江故土的钟情与回报,总是深深地刻印在其创作中,这理所当然应视为是浙江文学的一个不可或缺的部分。

审视浙江 20 世纪文学的发展历程与变衍轨迹,见出其走过的是从成就辉煌到相对沉寂到再度中兴之路,由此勾画出的一条历史曲线,典型地昭示着 20 世纪中国文学的艰难选择,同时也昭示着浙江文学的曲折行进及其未来发展的诸多思考。

作为中国文学整体的一部分,浙江 20 世纪文学显示出同中国 20 世纪文学同步发展的趋向。文学在 19、20 世纪之交的中西文化大交融的背景中生成,经历了"五四文学"和"30 年代文学"两个文学高峰,在其后的大规模战争环境中稍有回落,新中国成立以后又历经艰难曲折,至新时期始获得快速发展的机运,掀起又一个文学高潮,由此演示的正是中国 20 世纪文学的艰难选择。而浙江文学的典型表现形态正为此种现象提供了有力的佐证。然而,在 20 世纪中国文学的整体背景上,又显示出浙江文学的自身独特性:这便是高峰时期的异军突起与低潮时期的相对沉寂。从"五四文学"到"30 年代文学",新文学"浙军"领先全国的优势地位是非常突出的,浙江作家不独引领中国新文学潮流,而且在任何一个文学创作领域都堪称首屈一指。但此种优势后来就不复存在了,在相当长时间内连居于全国中流的地位都岌岌可危。这以建国初 17 年为最甚,新时期以后情况有所改观,但同国内四处崛起的晋军、陕军、湘军、川军、鲁军等相比,又何尝可比肩而立。这里留给当代浙江作家思考的问题是很多的:同在浙江地,同是浙江人,同处鱼米之乡的环境,同为文物之邦的后裔,何以相距竟会如此之遥? 因此,认真总结浙江新文学前辈的经验,从他们走过的"光荣的荆棘路"中寻觅出一条切实可行之路,以"重振浙军雄风",实是十分迫切而又很有意义之举。

　　基于以上认识,我们撰著的这部浙江 20 世纪文学史,便力图展示 20 世纪中国文学背景上的浙江文学的自身特色,在尽可能完整把握史料的基础上对其历史演进过程作出恰当的描述,并望从中梳理、总结出有益于后世的经验与教训。文学史的基本框架是文学发展历程与文学创作现象的分头叙述,就是旨在使浙江文学的独特发展轨迹有一种清晰的展示,又可使各种类型的文学创作得到较详的阐述。上编"浙江 20 世纪文学发展历程"就是循着中国 20 世纪思想文化思潮、文学思潮的生成、发展、衍化过程,透示出浙江文学与之呼应又自成一脉的发展路径。其中的阶段划分,也大体与整体的中国文学同步,但依据浙江文学的自身特点,对各个阶段的叙述重点又会有所不同。下编"浙江 20 世纪文学创作现象",分门别类介绍作家及其创作状况。为尽可能充分显示浙江 20 世纪文学的丰富景观,对作家的广泛性与涵盖面有所注重,因而一些为一般读者所熟知的著名大家的创作有时叙述反而稍略,以便腾出篇幅介绍更多作家。浙江的文学创作门类齐全,且各种类型都有厚重力作,故对文学作品(特别是作家的代表性作品)的介绍、阐释也有所侧重。文体的分类则按小说、诗歌、散文、戏剧和影视文学五种传统的分类方式,逐一予以介绍。由五四发端的新型文学品种——现代儿童文学,无论是理论倡导或是创作实践,浙江都取得了全国领先的优势,特立专章介绍,既展示一种成就,同时也显示一种特色。

上　　编
浙江 20 世纪文学发展历程

第一章
新世纪文化大潮中"浙江潮"的涌动

　　中国 20 世纪文学作为一种与传统文学发生深刻革命变革的完全新颖的文学,既是一个历史过程的单独展开,同时又必定是既往历史的承续与发展。对于体现"现代"新质的中国 20 世纪文学诞生而言,不可忽视的便是近代文化思潮大裂变促成中国文学逐渐由旧向新嬗变与置换的意义。从 19 世纪后半叶以来,因西方列强坚船利炮的轰击,中国国门洞开,民族危机日益深重。但由此却唤起了国人的觉醒,因为与之俱来的恰是"闭关自守的、与文明世界隔绝的状态被打破"①,文学也随之营造了与以往时代截然不同的社会环境与文化氛围。在此氛围中形成的近代启蒙主义文学思潮和一班有识之士提出的文学变革要求,正构成对具有超稳定结构的中国古老传统文学的有力冲击,使原本就已江河日下的"古代文学"逐渐失去赖以生存的空间。因此,虽说近代文学思潮最终并未滋生出从内容到形式迥异于传统文学的"新文学","新文学"须待经由以后五四文学革命的"突变"而形成,但它对 20 世纪中国文学的产生与发展无疑有极大的影响力。

　　正是在这样的"背景"上,审视浙江 20 世纪文学的发展历程,就不可不注意中国近代文化思潮对于一种新颖地域文学的形成所产生的深邃影响与作用。一方面,作为中国文学不可分割的一部分,浙江文学的发展同样受制于全国整体文化思潮的影响,在其 20 世纪前夜及其后的行进中必会烙刻着中

---

　　①　马克思:《中国革命和欧洲革命》,《马克思恩格斯选集》第 2 卷,人民出版社 1975 年版,第 2 页。

国近代文化思潮的深深印记。另一方面,就浙江这一独特地域而言,由于它地处东南沿海,成为中国一个重要对外窗口的区位优势,势必使其率先经受近代文化思潮的洗礼,近代化进程也必加速推进,包括文学在内的思想文化变革,产生出远比其他地域更为广泛深刻的意义。浙江文学自近代以来获得前所未有的发展,实有赖于此;浙江 20 世纪新文学的高起点与高品位及其后在全国取得举足轻重的地位,亦有赖于此。从这个意义上可以说,中国近代文化思潮的演进对浙江 20 世纪文学的发生不独是一种"背景"呈示,同时也是一种具有独特时代印记、形态特征的地域文学产生的内在外在条件、自身演进规律及其历史必然性等。

一　历史的机运

从文学的生成机制视之,浙江文学自近代以来获得快速发展,实是历史赋予的机运:在中国的近代化进程中,浙江以其深厚的文化底蕴和独特的地理优势在社会经济、政治和思想文化领域中近代新因素快速萌育与增长,特别是近代文化思潮一直保持持续发展态势,从而使文学获得近代化的先机,为浙江新文学的诞生奠定了坚实的思想文化基础。

作为"文化之邦"、"鱼米之乡"、中国经济文化最发达的地区之一,浙江有着悠久的历史文化传统。"东南财赋地,江浙人文薮",这历来是人们对东南、江浙地区文化发达的赞语。往昔,文化开发较早的中原地区因战乱频仍,常见衰竭景象,而"东南久安,财力富盛"①,这里遂逐步取得了经济、文化发展的优势。台湾学者陈正祥曾著文论述中国文化中心的三南迁,认为"北宋统一王朝的毁灭是中国文化中心南迁的真正分野,从此文化中心搬到了江南;而在空间上,淮河曾一时成为南北文化的界线"②。这个论述是有道理的。南宋定都临安(杭州),这里人文荟萃,又得东南雄厚财富之利,遂显一时文化繁荣景观。柳永《望海潮》词描述的"东南形胜,三吴都会,钱塘自古繁华",就用艺术的笔触勾画了钱塘人杰地灵、文化发达的景状。此种景象,因东南经济的稳定发展,而成一发不可收之势。自南宋以来,中国东南(尤其是江浙地区)无论哲学(理学)、文学、绘画、书籍印刷,都曾独占鳌头。以书版刻印而言,杭州为两宋之冠,且有绍兴、台州、严州、衢州、婺州等多处刻

---

① 《建炎以来系年要录》卷七。
② 陈正祥:《中国文化地理》,三联书店 1983 年版,第 5 页。

书处,故王国维有云:"自古刊板之盛,未有如吾浙者。"①饶州人洪迈在其《容斋四笔》中曾引嘉事占中吴某所撰《余干县学记》云:"宋受天命,然后七闽二浙与江之西东,冠带诗书,翕然大肆,人才之盛,遂甲于天下。"有人作过统计,有明一代的文魁(状元、榜眼、探花及会元)共计244人,南方计215人,占88%;北方仅29人,只占12%。而南方的215人中,仅江、浙二省就高达114人,占一半以上。②如此空前的盛况,谓江、浙文人学士曾居全国文化要津,恐不为过。因此不妨说,在近现代,江浙地区文化界出现人才辈出的壮观景象,正是此种文化历史现象的必然性延续。

　　由于历史积淀的传统文化影响,加以东南沿海得风气之先,当中国有可能向着近代化的方向迈进时,浙江就会获得某种先机。早在明清之际,浙江就已开始显示出走向近代的迹象。其重要表征,一是资本主义经济萌芽的生长,农业、手工业的发展,市镇经济的繁荣,生产商品化因素的不断增长,标示着原有的封建经济结构在逐渐解体。二是经济的发达与变革推动浙江启蒙哲学和人文主义思潮兴起,使之成为明清新思想和新思潮的主要启蒙地区。其中在当时思想文化界掀起巨大波澜的王阳明哲学和以黄宗羲为首的浙东史学,抨击压抑人性的经学和理学,鼓吹民主思想,提倡经世致用,成为当时启蒙思潮的生力军,并在相当程度上影响和主导了当时的思想文化潮流。三是西方传教士在沿海地区捷足先登,中西化在浙江进行了一次剧烈的冲撞,西方的文化、思想和科学技术在这里产生了热烈的回响。③ 这说明当时的浙江在中国有可能走向近代的一个特定历史时期里,已在经济、思想、文化各个领域酝酿着巨大的变动,而且还因"西学东渐"而获得过参与世界文化进程的良机。虽说这良机终因封建专制势力的强大而一次一次错失,中国在临近近代化的门槛时总是难以超越,然而这些近代因素的累积终将促成中国近代化进程的到来,而浙江早期启蒙主义文化思潮的涌动事实上已在中国思想文化界产生了深刻的影响,它对于浙江乃至于全国近代文化思潮的裂变起到了主导的或先导的作用。

　　循此而进,浙江在中国的近代化进程中必会更有所作为。当19世纪中后期中国蹒跚着步入近代以后,浙江一批有眼光的学士仁人便率先感受到了近代化的登登足音,他们看到封建"衰世"的难以为继,喊出了要求变革的

---

① 王国维:《两浙古本考序》,《王国维遗书》第12册。
② 参见陈正祥:《中国文化地理》,第22页。
③ 参见滕复等:《浙江文化史》,浙江人民出版社1992年版,第13—15页。

激越呼声,探寻着刷新中国文化之路,他们的远见卓识也为已滋生的启蒙文化思潮打上了近代化印记。开启中国近代文化思潮的先驱者就是一位浙江人——他便是中国近代最初的启蒙思想家和文学家龚自珍。龚自珍(1792—1841)字璱人,号定庵,浙江仁和(今杭州)人。这位出身"簪缨文史,称浙右族"的官宦文学世家的饱学之士,正是目睹了清王朝的由盛转衰,而毅然成为封建"衰世"的批判者和改革风雷的呼唤者,进而成为近代"人"的觉醒与精神解放的启蒙思想家。其思想、学识上承乡贤黄宗羲等人的余绪,又开创了慷慨论天下事的经世文风,在当时是独标高格。他痛陈流弊,倡言改革:"一祖之法无不敝,千夫之议无不靡,与其赠来者以劲改革,孰与自改革!"(《乙丙之际著议》)著作中充溢着浓重的危机意识和强烈的改革意识。同时又高唱"人"的赞歌:"天地,人所造,众人自造,非圣人所造";"众人之宰,非道非极,自名曰'我'"(《壬癸之际胎观第一》),对"天人关系"这一古老的中国哲学命题作了新的、具有近代意义的阐释,张扬人"自我"对命运的主宰,体现了近代中国"人"的意识的最初觉醒,在当时可谓振聋发聩。其文学思想、诗文创作也特立卓异,自成一家,其最核心的精神便是要求文学"冲其藩而阀其例"(《绩溪胡户部文集序》),即冲决正统文学原则的藩篱,使文学不受束缚地、自由自在地表达真实情感和反映真实历史,因而其创作必开一代新的文风。龚自珍矗立于中国近代史上的意义,就在于以思想先觉者的角色揭开了中国近代文化的序幕,其体现鲜明近代意识的思想观念不仅给当时思想文化界以强烈的震撼,同时也对整个近代文化思潮乃至新世纪之交的"新学"产生久远的影响。诚如近代文化巨匠梁启超所言:"语近世思想自由之先导,必数定庵,吾见并世诸贤,其能为现今思想界放光明者,彼最初率崇拜定庵。"[①]"晚清思想之解放,自珍确与有功焉。光绪间所谓新学家者,大率人人皆经过崇拜龚氏之一时期。"[②]而龚自珍作为从浙江走出的近代启蒙文学大师,对浙江近代启蒙文学的发展必将产生更深在的影响。自鸦片战争以后,浙江近代启蒙文学一直呈持续递进态势,内中不乏变革文风、"迥绝辈流"[③]的诗文大家,这在一定程度上是定庵思想的薪火相传;而当近代化过程加速,"近世思想自由"之风盛行,时代进入"晚清思想之解放"时期,此种薪火相传的特点将会得到进一步的显现。

---

① 梁启超:《论中国学术思想之大势》。
② 梁启超:《清代学术概论》。
③ 朱琦评姚燮语,《复庄诗词》卷首题词。姚燮(1805—1864),浙江镇海人,近代著名作家、诗人。

19世纪末叶,伴随着西方列强的不断入侵,清王朝已是奄奄一息。特别是甲午战败后,中国的民族危机和社会危机空前深重。但与此同时,已打开国门、面向世界的中国,救亡图存、变法自强的民族意识也空前觉醒与高涨,维新思想由是兴起,在中国社会大变动之中推动着中国思想文化大变动,促进着中国的近代化进程。在这时刻,浙江又一次获得了思想文化快速发展的机运。首先,浙江是清政府实行闭关锁国政策以来,在鸦片战争后率先被外国资本主义"叩关"的省份之一,继1844年宁波作为通商口岸正式开埠后,温州又于1877年开埠。浙江"海禁"既开,外国势力蜂拥而至,这里在遭受海盗式掠夺的同时也必促进了中外贸易、文化交流。其次,随着封建自然经济的加速解体,浙江的近代民族工业已有相当规模,其发展速度远远超过内地,日益改变着浙江的经济结构和社会结构。① 在此基础上,酝酿着新的思想文化变动便是势所必然;尤其是遇合在中国近代文化思潮大裂变中,得沿海风气之先的浙江人更有望在中国近代文化大潮中抢滩成功。其中,体现了当时新生的民族资产阶级的利益和愿望,反映一些有识之士要求改革弊政、学习西方科技文化、振兴中国等改革思想的维新思潮,在浙江便有较大规模的展开。在甲午战争前后,浙江涌现的一批维新派人士,继承前辈黄宗羲、龚自珍等人的思想,又回应全国的维新运动,在传播新文化、新思潮方面都曾作出过有声有色的表演,在全国引起过较大反响。浙江较有代表性的维新人士有:汤震(1857—1917,字蛰先,后改名寿潜,萧山人)、汪康年(1860—1911,字穰卿,杭州人)、章炳麟(1869—1936,号太炎,余杭人)、宋恕(1866—1909,字平子,平阳人)、张元济(1867—1959,海盐人)、孙诒让(1848—1908,瑞安人)等。汤震所著《危言》一书,刊于1890年,比康、梁的"公车上书"早五年。该书力主变法,提出各方面的改革措施,主张创办铁路学堂、民族资本自由发展等,实为开维新变法风气之先,因而受到决心变法的光绪帝的重视。② 汪康年是戊戌变法时期的重要人物,曾参与创办梁启超任主编的《时务报》,倡言"速择善法行之"③的变法主张如育人才、兴商务、讲武备等,在当时产生重大影响。章炳麟后来成为辛亥革命时期著名的宣传家、革命家,但其时也是一位维新思想家。他参加了康有为在北京成立的维

---

① 参见徐和雍等著:《浙江近代史》,第135—155页。
② 光绪的老师翁同龢曾赞此书"于时事极有识,……此人(即汤震)必为好官"(《翁文公日记》卷34),并将此书进呈决心变法的光绪。参见《浙江近代史》,第169页。
③ 汪康年:《复友人论变法书》,中国近代史资料丛刊《戊戌变法》(二),第576页。

新团体"强学会",一度编撰《时务报》,鼓吹变革,反对"旧章之守","发奋图强",后来又返回杭州,投身于当地的维新运动,初步显露出这位改革家的峥嵘头角。另一位始终做着"智民"以强国之梦的维新人士张元济,在维新运动前后更是躬身实践,走变法图强之路。他本着"今之自强之道,自以兴学为先"①的宗旨,首办"西学堂","专讲泰西诸种实学",培养各种有用人才,为当时的维新派所重,维新大臣赞誉其"熟于治法,留心学校,办事切实,劳苦不辞"②,以至于受到光绪帝的召见,在维新变法中更有所作为。这些人士的维新主张与实践,从一个侧面反映了站在时代潮流之前的浙江士人在中国近代文化大潮中不落人后、勇于进取的精神,也反映了近代浙江文化思想旺盛的发展势头。

诚然,由于受到种种掣肘,维新思潮在浙江的流布仍是有一定限度的,而且体现浓重改良色彩的维新运动也不可能把中国推上真正的近代化之路。然而,作为中国 19、20 世纪之交的一次思想文化大变动,维新文化思潮对中国文化整体变革所起的作用是巨大的。其最直接的效应是推动了资产阶级的思想启蒙。西学的传播,新思潮的涌入,对以儒家思想为核心的传统观念、传统文化造成巨大的冲击,融通新知、变法图强已形成一种社会风气。虽然维新运动最终流于破产,但维新思想已在人们心中深深扎根。浙江作为维新思潮传播较为深入的省份,情况亦然。在浙江,维新运动最终也是以失败告终的,一些主要的维新人士,如章炳麟、陈虬等人,也一度被清政府列入通缉名单而只得逃亡他乡,但维新思想已深入人心,某些维新成果(如创办学堂、报刊等)也得以幸存,这为其后新思潮再现壮丽景观作了有力铺垫。

就浙江维新启蒙思潮给文化领域带来的重要变化而言,有两点是特别值得提及的。一是兴办学堂造就了一支新型的知识分子队伍。浙江于戊戌维新期间,先后创办求是书院(浙江大学前身)、杭州蚕学馆(浙江丝绸学院前身)、养正书塾等,各地又有宁波的储才学堂、绍兴的中西学堂、湖州的崇实学堂等新式学校,求是书院还于 1898 年首次派出 5 名高材生去日本留学。③ 新式学堂学生和留学生的培养,迅速形成近代知识分子群体,为浙江文化界和作家队伍的根本转换注入了新机。二是创办报刊使文化传播迅速

---

① 《致汪康年信》,《张元济书札》,商务印书馆 1981 年版,第 10 页。
② 侍读学士徐致靖保荐张元济密折语,见《智民之梦——张元济传》,四川人民出版社 1995 年版,第 35 页。
③ 陈懋勋:《浙江高等学堂缘起》,宣统《杭州府志》卷十七。

近代化。浙籍维新人士除在外地创设报刊(如汪康年的《时务报》)外,浙江本地创办的报刊也在此时大量涌现。如 1894 年冬出现过《杭报》,此为浙江本地有日报之始;1895 年《杭州白话报》创刊,初为旬刊,后改为周刊、三日刊,最后改为日刊,"旨在鼓吹新政",在当时的白话文报纸中影响殊大。① 报刊的繁荣和出版业的发展,对思想文化界、文学界产生了直接的重大影响。

新的文化大潮总是伴随着思想启蒙而滚滚前行的。历史为浙江文化的发展提供了极好的机运。在此基础上,浙江在更深刻的思想文化背景上促成新文学的孳生与繁盛,是完全可以期待的。

二　新世纪预演

时至 20 世纪初旬,经历甲午战败、维新破产的中国,在经受了难耐的"世纪末"煎熬以后终于迎来了新世纪的曙光。尽管新世纪面对的依然是多难之邦,然而,经过前此启蒙文化思潮的洗礼,又当中西文化碰撞更为剧烈之际,新文化、新思潮的发展已是浩浩荡荡,不可阻抑。新世纪头十年,爆发了一场由资产阶级维新派作家发动、由维新派和革命派文学家共同推进的文学界革命。这是新世纪中国思想文化领域发生革命变革的一个重要征象。文学界革命在梁启超、黄遵宪等维新派推动下,倡"文学新民说",弘扬"思想自由"原则,着眼学习西方文学,思想启蒙内涵、文学变革精神均较前大为拓展;加以其后又有革命派章太炎、秋瑾及南社作家等的协力推进,同"鼓吹人权,排斥专制,唤起人民独立思想,增进人民种族观念"②的反清爱国热潮结合起来,使之赋予更新的内涵。由文学界革命引发的,是世纪之初文学观念的普遍刷新和文学创作从内容到形式的新变,给中国文学灌注一种新的生机;虽然这场革命的倡导者并未尽脱文学改良的色彩,不可能具备全面改造中国传统文学的条件,文学自身也难于完全突破传统文学的基本形式范围,因而最终并未造就"现代"意义上的新文学,但它无疑是中国文学在新世纪的一次出色的预演。

在这新世纪预演中,曾多次经受启蒙文化思潮浸染的浙江作家呈现出更为活跃的态势。他们在鼓吹文学新潮,投身文学界革命,从事革命文学创作和文学理论建设等方面卓有建树,而且在许多方面显示出其在我国新世

---

① 项士元:《浙江新闻史》,第 34 页。
② 高旭:《愿无尽庐诗话》。

纪文学思潮中的引领作用。

首先应当提及的是浙江学人和作家在世纪之初的文学界革命中崭露头角。文学界革命在其初始阶段是由梁启超等维新派人士发动的,涉及"诗界革命"、"文界革命"、"小说界革命"等诸多领域,旨在推进 19 世纪中后期形成的文学新变潮流,实现我国文学的近代化变革。在这场革命中,浙江作家虽未执革命之牛耳,但由于深受维新思潮的浸染,敏锐地感知文学新潮的到来及其对于中国文学的革命意义,也积极投身其中,有的还成为革命的中坚力量。被梁启超称为"近世诗界三杰"①的黄遵宪、夏曾佑、蒋智由,是"诗界革命"的领衔人物,其中有两位是浙江人。夏曾佑(1863—1924,字穗卿,杭州人),曾与严复等在天津编《国闻报》,与上海的《时务报》南北呼应,宣传维新变法,是维新运动中有影响的人物。他是近代"新学诗"的首倡者之一,其诗歌创作主张与实践均体现融"新学"知识和学理、名词入诗的特点。梁启超曾谓:"穗卿自己的宇宙观、人生观,都喜欢用诗写出来。他前后作有几十首绝句,说的都是怪话。"②其以"怪异"著称的诗作,开"诗界革命"的先河,反映了浙江学人在接受"西学"后对旧诗进行变革的尝试。他在和严复编《国闻报》期间与严合撰我国近代第一篇较有影响的提倡小说的论文《本馆附印说部缘起》,又著有《小说原理》,对"小说界革命"也产生较大影响。蒋智由(1866—1929,字心斋,号观云,诸暨人)对文学界革命的贡献尤大。甲午以后,他力主变法,参加《新民丛报》编辑,还一度倾向革命,与蔡元培等发起成立中国教育会,参加光复会,后来又持守君主立宪。其早期诗作颂扬民主自由,还作诗表达对革命烈士邹容的由衷赞美:"容有书曰革命军,读之使人长沾衿"(《吊邹蔚丹客死上海狱中》),诗歌从内容到形式都显示显著的改革倾向。他是梁启超倡导的文学界革命的重要支持者与鼓吹者,其提倡的"文学自由"原则喊出了新世纪作家要求文学摆脱封建愚昧与专制的呼声:

> 近世纪文化之一大进步,要而言之,谓为自由之所产出可也。……因自由于宗教界、于政治界、于学术界,无不破坏旧习惯,而开一新面目,文艺亦然。应用自由之一原理,遂得脱出古人种种之窠臼,文艺于是有新生命。③

---

① 梁启超:《饮冰室诗话》。
② 梁启超:《亡友夏穗卿先生》。
③ 蒋智由:《维郎氏诗学论·按语》,《新民丛报》第四年第 4 号。

这见解不独揭示了文艺新变的规律,同时也含有鲜明的思想启蒙意义。他还较早提出:"欧化主义、国粹主义皆不能副今日之需用"(《平等说与中国旧伦理之冲突》),实为颇有见地之说,丰富了文学界革命的理论。他对于戏剧也多有理论建树。其所作《中国之演剧界》①一文,着重介绍西方的悲剧与悲剧观,认为"悲剧者,能鼓励人之精神,高尚人之性质,而能使人学会伟大之人物者也",主张"国剧刷新"必以大力提倡编演悲剧为主。这见解在当时是很有眼光的。故后人认为其"对悲剧的论述,也是前所未有的"②。他发表的诗论与创作的"新诗",重在鼓吹新思潮、新学理,抨击专制,洗刷奴性,振起民族自强精神,在当时的"诗界革命"中反响最为强烈。诚如有人指出的,"就'新诗'论'新诗',当以蒋观云的成绩最可惊异","诗固不佳,而已成为时代的信号"。③ 蒋智由的文学理论与实践,不但是当时文学创作和风气转换的信号,也成为20世纪初时代思潮转换的信号,其在文学界革命中的显著地位是不言而喻的。

如果说,文学界革命在初期以维新派为主时,浙江人尚未完全取得引领地位,那么,当它发展到其后以革命派为主导力量进入"革命文学时期"时,浙江学人与作家引领文学界革命之新潮流的趋势就非常明显了。1905年前后,随着国内民族民主革命斗争日渐旺炽,维新派的君主立宪主张越来越被人们鄙弃,其在思想文化界的影响逐渐衰微,民主革命思潮占据主导地位。于是,文学界革命的主导与主体也逐渐转移到革命派作家一面。浙江是中国近代民主革命思潮掀起较为高涨的省份,这里民主革命斗争声浪之高也为国人瞩目:章太炎、蔡元培等是我国近代著名民主革命思想家,秋瑾、徐锡麟等民主革命斗士身殉革命的精神也在全国产生强烈的反响,而此一时期鼓吹革命思潮、推动文学界革命深入发展的最有代表性的人物,则是章太炎。章太炎于世纪之初即与维新派决裂,走上"排满革命"道路。其在主持《民报》《苏报》期间发表的一系列与保皇党论战的文章,元气淋漓,所向披靡,名震海内外,对革命思潮的鼓吹具有别人无可替代的地位。正如鲁迅评价章太炎指出的:"我以为先生的业绩,留在革命史上的,实在比学术史上还要大","战斗的文章,乃是先生一生中最大、最久的业绩"④。章太炎的思想

----

① 载《新民丛报》1904年第4期。
② 郭延礼:《中国近代文学发展史》。
③ 杨世骥:《文苑谈往·诗界潮音集》,中华书局1946年版。
④ 鲁迅:《且介亭杂文末编·关于太炎先生二三事》。

与文章从"维新"到"革命"的转变,除了"革命史上"的意义而外,其对于转换与推进当时的文学界革命的意义也非常突出。前此以"维新"为职志的文学界革命,固然也不乏对文学新潮的鼓吹,但大多表现出温和与改良的色彩,缺少的是从根本上动摇旧思想、旧文学根基的气魄。诚如章太炎所说的,要改造当今社会,非"震以雷霆之声"不可,而以往的文墨议论,"往往务为温藉,不欲以跳踉搏跃言之"①,这是不足取的。其所作如《〈革命军〉序》、《驳康有为论革命书》、《讨满洲檄》、《论承用"维新"二字之荒谬》等文,与上述文风反一调,尽作"跳踉搏跃"之态,明显见出其力图扭转以往"温藉"文风的意向。他那些震动社会的政论文,或恣肆汪洋、明快犀利,或高屋建瓴、势如破竹,或发伏抉隐、谈言微中,不独思想敏锐、观点鲜明,且形式上亦极富文学色彩,为近代散文佳作之一。此文之出,实为"文界革命"之异军突起,使整个文学界革命开了一个新生面。

作为浙籍学人,章太炎的学识与文章对浙江民主革命思潮的形成和文学思潮的演进产生了更为直接的影响。其因发表呼唤革命的文章引发"苏报案",被清政府逮捕下狱,促成其民主革命思想在浙江的广泛传播。陶成章在《浙案纪略》一书中说:"章炳麟,浙江人也,其学问素为浙江人所崇拜。苏报案起自上海,上海毗连浙江,故此案之风潮,遂遍传于浙江内地,而革命之思想,因以普及于一班之人心也。"此说信然。鲁迅在自述其与章太炎的交往时就说过:"我的知道中国有太炎先生,并非因为他的经学与小学,是为了他驳斥康有为和作邹容的《〈革命军〉序》,竟被监禁于上海的西牢。"②受到章氏思想的影响,浙江一大批文人学士走向反清革命。其中于实际革命斗争和文学革命都有卓越建树的是被称为"鉴湖女侠"的秋瑾(1865—1907,字睿卿,号竞雄,绍兴人)。秋瑾在文学上以诗名著于世,其诗作明显受到"诗界革命"积极方面的影响,又当其时诗歌在向民主革命运动方向发展,注入了崭新的革命内容,更为诗坛所瞩目。她唱出了"将军大哭呼汉儿,痛饮黄龙自由酒"(《秋风曲》),表现出鲜明的民族民主革命倾向;又鼓吹男女平权和妇女解放,倡言"世纪风云争竞烈,唤回闺梦说平权"(《赠语溪女士徐寄尘和原韵》),用诗歌喊出妇女解放的心声,开创了中国女性文学的新阶段。可以说,就文学界革命而言,秋瑾的贡献就在于"对当时'诗界革命'向革命诗

---

① 章太炎:《〈革命军〉序》。
② 鲁迅:《且介亭杂文末编·关于太炎先生二三事》。

歌发展起到了不可低估的作用"①。

在文学界革命声浪中,浙江一时鼓吹新思潮的文学文化社团蜂起,也从一个侧面反映了世纪初浙江文学、文化界的活跃状况。在当时诸多文学、文化社团中,较有影响的有越社、秋社、南社等。越社由绍兴府中学堂教员、同盟会会员陈去病发起创办,主要成员有宋紫佩(1887—1952)、陈子英(1880—1950)、王文浩(1893—1953)、范爱农(1883—1912)等,均为绍兴籍人。时任职于绍兴府中学堂的周树人(鲁迅)虽未正式入社,却成了该社的实际领导人。越社创办有《越社丛刊》、《越铎日报》等。该社成员大多留学日本,接受过新的文化思潮洗礼,表现出对新事物的敏锐感知,立志为社会改革作出贡献。其标示的结社办刊宗旨为:"纾自由之言论,尽个人之天权,促共和之进行,尺政治之得失,发社会之蒙覆,振勇毅之精神"②,透出鲜明的民主革命思想和积极参与现实政治的革命精神。《越社丛刊》为文艺刊物,分文录、诗录、词录三部分,以发表浙籍知名人士和进步知识分子的诗文为主,鲁迅的《辛亥游录》、《古小说钩沉序》均载于此,显示出刊物的高格调。这个于民主革命时期较早出现在浙江本土的文艺刊物,在浙江文学史上应有其重要意义。

秋社为纪念秋瑾而创设,由秋瑾生前挚友、女诗人徐自华(1873—1935,字寄尘,桐乡人)与吴芝瑛等于1908年2月倡议成立,徐自华任秋社主任。1912年7月纪念秋瑾就义五周年时,曾以秋社名义编定《秋女侠诗文稿汇编》一种以传世。秋社旨在继承烈士遗志、弘扬先哲精神,对于宣传民主革命思想、推动女性诗歌创作贡献良多。徐自华本人便是我国近代妇女解放运动和民主革命斗争中的一位杰出女性,她与秋瑾引为知己,支持秋瑾创办《中国女报》,对秋瑾诗作多有唱和,诗作中同样透出"蛾眉当自强"(《闻〈女报〉未见踊跃感而有作》)的巾帼英气。她在秋社期间,作有《哭鉴湖女侠》12章,《挽秋女士》4章等,寄托对亡友的哀思,抒写胸中块垒,甚为感人。秋瑾、徐自华的诗作以及秋社的建立,为中国女性文学谱写了光辉的篇章,实为20世纪初浙江文学的光荣。

南社是一个政治性很强的大型文学社团,1909年11月成立。1923年解体,先后社员总数达1180多人。南社的发起人和成立地点均不在浙江,但它在浙江的影响很大。据《南社社员姓名录》,社员中的浙江人有几百人之多。

---

① 张炯等主编:《中华文学通史》第5卷,华艺出版社1997年版,第394页。
② 《〈越铎〉出世辞》,鲁迅作,最初发表于1912年1月3日绍兴《越铎日报》。

较著名的浙江籍作家有马叙伦(1884—1970,字夷初,杭县人)、陈栩(1879—
1940,字蝶仙,别号天虚我生,杭县人)、诸宗元(1875—1932,字贞庄,绍兴
人)、郁华(1884—1939,号曼陀,富阳人)、陈望道(1890—1977,原名陈参一,
义乌人)、徐自华、戴传贤(1889—1949,字季陶,吴兴人)、陈其美(1877—
1916,字英士,吴兴人)、沈尹默(1883—1971,原名君默,吴兴人)、李叔同
(1880—1942,号息霜,出家后法号弘一,原籍浙江平湖,出生天津)等。南社
的活动中心在上海,但杭州也是一个重要活动点,社员曾多次在此"雅集",
《南社丛刊》第 2 辑也于杭州出版。南社于 20 世纪初崛起于中国东南,实为
民主革命深入的表征,也是文学界革命深入的表征。正如几位南社创始人
所指出的:"南者,对北而言,寓不向满清之意"①;"倡设南社,固以文学革命
为职志,而实意不在文字间也"②。南社作家具有较明确坚决的民主革命思
想,同时还有"振大汉之天声"的强烈排满意识,在辛亥革命前表现得生气勃
勃,故鲁迅认为"清末的南社,便是鼓吹革命的文学团体"③。南社的文学主
张强调"国魂"与"国学",提倡以文学来改造国民品质,唤起国民意识和民族
精神,比梁启超的"新民"、觉民文学观有所发展;在诗歌创作上主张"融合古
今中外哲学家言"以"自铸伟词,别成一家",而为"诗界更新之雄杰"④,也比
"诗界革命"的思想有所推进。因此,作为一个较纯正的革命文学团体,南社
对于中国近世文学革命的发展是作出了重大建树的。浙江籍的南社作家是
南社中一支较活跃的力量,他们在不同的文学创作领域作出各自的贡献,也
为以后在文学道路上的更大发展迈出了坚实的步子。如马叙伦曾先后主编
《国粹学报》、《大共和日报》,鼓吹革命、宣传新潮,在当时颇有影响,后来在
五四新文化运动中有更大作为;陈蝶仙的创作以小说与戏剧为主,艺术上较
为成熟,对近代小说界革命与戏剧改良多有建树;诸宗元是南社中风格独
特、成就较大的,诗人早年推崇龚自珍的经世之学,诗作以隽逸苍浑取胜,风
格近宋,但未必师古是从,是南社诗人中追古风而又成就卓著的一位;李叔
同作为南社中声誉卓著的文学家与艺术教育家,不独以鲜明的民主意识和
爱国精神为世所重,而且以其工诗善画、戏剧音乐皆擅的多才多艺、聪慧绝
伦在南社作家中超凡拔群,其在浙江两级师范学校任音乐、美术教员期间输

---

① 陈去病:《南社长沙雅集纪事》,《太平洋报》1912 年 10 月 10 日。
② 高旭:《无尽庵遗集序》,《无尽庵遗集》卷首,1912 年刊。
③ 鲁迅:《三闲集·现今的新文学的概观》。
④ 周祥骏:《更生斋诗话》,《更生庵》遗集。

入文艺新潮,改革传统教育,在文艺界、教育界产生重大影响;沈尹默以从事教育为主,先后在杭州的中学和北京的高等学校任教,教育之余从事诗词创作,力主诗歌的创新,日后成为中国现代新诗的首倡者之一,为中国新文学革命和新文学建设作出了卓越的建树。

三　文化新军积储

就新世纪的一次出色预演而言,浙江在世纪之初的文学近代化变革中的确迈出了坚实的一步。但文学的近代化变革对中国文学发展的意义,主要不在于它的最终实现形态("近代"形态),而恰恰是完成文学由古代向现代的转型,即为建构具有"现代"特质的新文学作出新质储备。以建设 20 世纪新文学的目标论,近代化体现的是承上启下、除旧迎新的过渡性特点,即它旨在形成对古代文学体系的全面冲击,并在文学体系各要素中都不同程度地发生向"新文学"转化的变革,但它并没有完全否定封建的文学原则,尤其是尚未冲破传统的形式体制和语言模式,因而它不可能形成全新的文学体系。"新文学"体系的建构,还需要有一场更彻底的思想文化革命,需要产生一批思想敏锐、目光如炬的更新型的文学革命者。从 20 世纪初旬到五四文学革命前夜,浙江文学大体上是在"近代"的格局内运行,章太炎、秋瑾、蒋观云等浙江籍作家在引领近代文学潮流方面作出了不可磨灭的贡献。然而,就 20 世纪中国文学发展的大趋势而言,这一时期浙江文学之更重要的意义在于:近代化造就了文学的诸多新质,尤其是经交融在世界文化大潮中的近代文化思潮的洗礼,积储了一支文化新军,他们已开始向文学的"现代"方向发起有力的冲击,这对于未来浙江文学的发展构成不可或缺的要素:"新文学"时期形成一支壮阔的作家队伍,是基于这一积累;浙江文学在其后数十年保持在全国的领先优势,很大程度上也是基于这一积累。

在近代文化大潮中,与破碎旧文学体系相偕行进的是潜涌在文化激流中的一批年青学子呼唤文学新世纪到来所激起的层层波澜。新世纪之初,文学"浙江潮"的涌动,构成一种颇为壮丽的景观。

……可爱哉,浙江潮,挟其万马奔腾、排山倒海之气力以日日刺激于吾国之脑,以发其雄心以养其气魄。二十世纪之大风潮中,或亦有起陆龙蛇挟其气魄以奔入于世界乎?望葱茏碧天万里,故乡风景,历历心头。我愿我青年之势力如浙江潮,我青年之气魄如浙江潮,我青年之声誉如浙江潮。①

这是浙江留日学生于 1902 年 10 月在东京创办的《浙江潮》"发刊词"中的句子。"发刊词"出自日后成为中国第一个大型新文学社团文学研究会发起人之一的蒋百里(1882—1936,原名蒋方震,海宁人)的手笔。《浙江潮》在"二十世纪之大风潮"刚刚到来之际,便"发大声于海上",正标志着愿"势力如浙江潮"的浙江青年敏于世变、勇为人先的精神,而它甫一亮相,即以夹带着深重忧患意识的澎湃激情而显出咄咄逼人之势,同样见出浙江青年学子欲以思想文化之力起区域而抗陆沈的强烈意愿。这是一种蓄势已久的喷发,积淀深厚的思想文化传统教会浙江人(特别是他们的新一代)紧紧抓住新世纪到来的机运作一次激越而悲壮的出演。诚如公猛在《浙江文明之概观》②一文中指出的:"乃读乡先贤哲学士大夫之遗书,其理想之高超,出乎天,天而入于人,人发为章,云蒸霞蔚,光怪陆离,我浙人以干政治界、哲理界、文艺界,其位置固何等乎?……且将挟其一切哲理,一切艺术,乘此滚滚汩汩飞沙走石二十世纪之潮流,以与世界之文明相激射相交换相融和,放一重五光十色之异彩,以灌溉我二十一行省之同胞。浙江省文明之中心点也,吾浙人其果能担任其此言乎,抑将力不能胜任,徒为历史羞乎?"这里所说的"乡先贤"当指王阳明、黄宗羲、龚自珍等光耀于世的浙江籍文化先驱,其表露的正是新一代浙江人受到先哲的召唤油然而生的一种"天降大任"的紧迫使命感。由此出发,浙人在 20 世纪文化大潮中勇猛搏击,必当大有作为。《浙江潮》并不是一个纯粹的文学杂志,它探讨哲学、科学、文艺等广泛的社会思潮和文化思潮问题,把它单指为"文学潮"的象征,也许有些勉强。然而,《浙江潮》的的确确正因一大批文人学士的加盟遂壮阔其声势,从其间走出的鲁迅、周作人、许寿裳、蒋百里等日后成为中国新文学的重臣,则其同文学的相关意义已不待论证;更重要的是,作为一种能指的意象,《浙江潮》所涵示的文化精神——如滚滚向前流动的"浙江潮",正标志着包括文学家在内的浙江文化队伍挟 20 世纪文化大潮而进的趋向;文学"浙江潮"涌起于东海之滨、钱江两岸,也预示着面向未来的浙江文学新军正开始冲出越地,走向一个新的世界。

① 《浙江潮》发刊词,《浙江潮》第 1 期。
② 载《浙江潮》第 1 期。

　　从深处看,浙江文化新军的初次聚集,实由这个区域文化场积淀深厚的历史文化传统所致。在越人的文化心理结构中,自古以来就不乏自强不息、耻为人后的精神。所谓"于越故称无敌于天下,海岳精液,善生俊异,后先络绎,展其殊才"①,便是对这一特质的精当概括。是故这里英雄豪杰,生生不息;文士学子,人才辈出。然而,在20世纪初的文化大潮中,这里突发性地孕生出一支文化队伍,"善生俊异"的特点一下子表现得那么集中、突出,却是浙江人固有的文化精神在文化大裂变中的一次生动张扬。浙江地处海隅,省内河道密布,对内对外交通都十分便捷,所谓"百粤三吴一苇通"②的温州如此,其余各地也大致无异;又加此地经济繁荣,"其货纤靡,其人好贾"③,必造成一种好动善变,乐于外向拓展、积极进取的文化氛围。即便文人学士,也大抵不失好动的性格:浙人"子弟胜衣能文词,父兄相与言,命束装负书,以行四方"④,是对此的生动写照。这种历史流转的文化精神——外向拓展意识,在近代文化思潮大裂变、中西文化激烈冲撞之际,便会得到加倍的张扬。当世纪新风在浙江人面前打开一个新奇的外部世界时,他们再也难以平息骚动的心绪,纷纷探头向外,去作出一番寻根究底的探寻。按照鲁迅的说法,叫做:"走异路,逃异地,去寻求别样的人们。"⑤新世纪之初,"走异路,逃异地"——离开故土,外出求知,甚或远涉重洋,向"洋鬼子"学习,就成为浙江学人的一种急切而又自觉的选择。这恐怕并非仅仅是追求"时尚",恰恰是浙江人急欲兴国、兴浙的心态展露。他们是这样表述出国留洋获取"新学"实为"救浙"、"兴浙"之"急务"的:

　　……以广义言之,东京多一留学生,则将来建造新中国多一工技师。以狭义言之,东京多一浙江留学生,即将来建造新浙江多一工技师。故我乡先生诸父伯叔而不欲兴浙,一任浙江之腐败溃烂,折入于他人之版图,而甘为其奴隶,为其犬马也则已。若其否也,则必谋所以救浙者,救之之策,则造就人材是也。造之之策,则出洋留学是也。⑥

---

　　① 鲁迅:《集外集拾遗补编·〈越铎〉出世辞》。
　　② 陈傅良:《咏温州诗》,《止斋先生文集》卷五。
　　③ 程俱:《北山小集》卷二十二。
　　④ 袁桷:《送周子敬序》,《清容居士集》卷二十三。
　　⑤ 鲁迅:《呐喊·自序》。
　　⑥ 《敬告乡先生请令子弟出洋游学并筹集公款派遣学生书》,《浙江潮》第7期。

如此明确的眼光向外、造就人才的意识,在当时的国人中是罕有其匹的。正是基于此种意识,浙江人于近世跨出国门人数之众居于全国上乘。在维新变法期间,求是书院等学堂已开始派遣留学生去日本。20 世纪初,浙江官府派遣留学生数量大增。仅杭州一地,1901 年春派遣蒋尊篪等 18 人赴日留学,第二年又资送许寿裳等 10 余人留学日本。当时文化教育比较落后的处州(今丽水)府,1903 年至 1904 年,也选派 25 人出国留学,其中 3 人赴美,22 人赴日。此外还有不少自费出国留学的①。据《清国留学生会馆第三次报告》,自癸卯(1903)三月起至九月止,全国赴日留学生总数 1058 人,浙江达 142 人,仅次于江苏省(175 人),占第二位②。出国留学,带来异域新风,对造就新型文化队伍的意义是深巨的。在这股出国留学潮中,浙江走出了一大批建造"新中国"、"新浙江"的有用之才,内中自然包括未来建设"新文学"的学人巨子,仅从日本走出的就有王国维、钱玄同、周氏(树人、作人)兄弟、沈氏(尹默、兼士、士远)兄弟、郁氏(曼陀、达夫)兄弟、丰子恺、陈望道,等等。

应当指出,由于时代条件尚未成熟,同时也由于新的文化队伍尚在成长过程中,从 20 世纪初旬到新文学诞生以前,浙江新一代学人的崛起,还没有达到足以影响那个时代文化思潮、文学风气的程度;然而,这对于改变近代以来浙江作家队伍的整体结构,进而实现文学由近代向现代的转型,却有着不可估量的意义。在转型期中成长的新一代学人,与同样怀抱文学改革愿望的前辈作家相比较,有着得天独厚的优势。一方面,他们都程度不等地打下过"旧学"的根基(这又是其后许多完全抛弃传统的现代作家无可比拟的);另一方面,他们都是在鼓吹"新学"的环境中长大,频频袭来的欧风美雨在他们初受教育期间即施加了深层的影响。不独出国留学者鲁迅、郁达夫等如此,走出国门接触的是一个完全新奇的世界,在青年时期就"开始明白了近代科学——不问是形而上或形而下——的伟大与深湛"③;即便是或因年岁稍次或由于其他原因,那时未及赶上"出国潮"者如茅盾、夏衍等,进的也是中西合璧的新式学堂,在既读国文又学英语,既读"子曰诗云"又学"声光化电"的文化背景下开始他们的受教生涯④。这样,早早打下的底子,必造就他们知识结构的更新和意识观念的调整,特别是近代科学精神赋予他们

---

① 参见徐雍和等:《浙江近代史》,第 216 页。
② 参见《辛亥革命浙江史料选辑》,浙江人民出版社 1981 年版,第 67 页。
③ 郁达夫:《雪夜》。
④ 参见茅盾:《我走过的道路·学生时代》。

审视世界的全新眼光和穷根究底的运思习惯,在心理素质、文化观念、思维方式上奠定了向现代转型的底色基调。这种底色基调,随着近代化进程的加速而成为稳定发展的因素,不可能像他们的前辈由于有过重的传统负荷往往在前行途程中停步不前以至于落伍倒退。如果说,章太炎作为近代很有生气的改革家,曾经在一个时期叱咤风云,但终因受太多的传统观念和传统文化场的约束,过分沉湎于对"国学"的迷恋,至晚年"退居于宁静的学者,用自己所手造的和别人所帮造的墙,和时代隔绝了"①,在现代期到来时终于没能跨越"现代"的门槛;那么,新一代浙江籍学人如鲁迅、茅盾等,就表现出完全不同的状况。他们站在时代潮流面前,勇于搏击,因时而进,其文化思想、文学观念不但在后来完成了整体性的现代转换,就是在当时也往往闪现出现代性眼光,对文学发展规律的认识与把握,常常表现出比他们的前辈高人一着。可以说,对于横跨近、现代的浙江籍"新文学"作家而言,在世纪之初,那种潜滋暗长的现代新质就几乎在每个人身上都可以找到;而当时掌握现代观念较为完备,并开始在文学领域内实施向"现代"方向冲击的,也不乏其人。其中最为突出的,是在近代中西文化交流中已有过一段探索历程的王国维和周氏(树人、作人)兄弟。

　　王国维(1877—1927,字静安,号观堂,海宁人)是近、现代学贯中西、享誉海内外的著名学者、文学理论家。由于他晚年在政治上退居保守立场,其领时代潮流之先的文学思想在当时没有产生强烈的反响,事实上他是近代以来系统引进西方美学和文学观念在中国建构"纯文学"理论体系的第一人。他在近代时期即着新文学潮流的先鞭,能够作出全面刷新中国文学理论的大胆探索与尝试,就在于从年轻时代开始即倾慕西学,后来两度留学日本,广泛接触世界先进文化思潮,具有广纳新学的开阔胸襟和视野。同许多以留学作为"仕进之捷径者"不同,王国维深知"今日之最急者,在授世界最进步之学问之大略,使知研究之方法","异日发明光大我国之学术者,必在兼通世界学术之人,而不在一孔之陋儒,固可决也"②,因而在留学期间对"世界最进步之学问"切切实实作了一番穷本溯源的研究。他研读过康德、叔本华、席勒、尼采、托尔斯泰等西方不同学派的代表人物的哲学、美学著作,又接受了中国道家和禅宗哲学思想的影响,形成了自己的超功利美学观,揭橥文艺的审美本质,对中国文学批评史上长期以来占支配地位的儒家的"文以

---

① 鲁迅:《且介亭杂文末编·关于太炎先生二三事》。
② 王国维:《奏定经学科大学文学科大学章程书后》,收《静庵文集·续集》。

载道"和封建教化文学观提出针锋相对的批评,同时也对当时仅仅把文学看作是"政治教育之手段"、忽视文学艺术特殊规律的观念是一种有力的匡正。这一带有鲜明"现代"色彩的文艺观由王国维而首创,为以后中国现代纯文学批评作为一门独立学科的形成奠定了基石,在中国学术史上具有重大意义。王国维于哲学、史学、文学、金文考古等诸领域均有精深研究;在文艺领域,娴熟地运用西方美学理论评论中国的文艺作品,开了一代文艺批评的先河。如他首次引用西方美学范畴中的悲剧理论研究《红楼梦》,在"红学"研究上具有开拓意义;创作论中倡"境界"说,对词曲(由此及于其他)的文艺创作规律作了前无古人的阐发;以融会中西、融通古今的独辟蹊径的治学方法研究中国古代戏曲,取得累累成果,其最后完成的《宋元戏曲史》被公认为是划时代的巨著,如此等等。在中国近代文学史上,王国维是一个非常独特的例证,其纯文学观和文学批评思想具有显著的先锋性和超前性,斯人之出,标志着我国于古今、中西之间徘徊不前的近代文艺思潮已加速了向"现代"迈进的步伐。

如果说,在晚近文艺思潮中,王国维倡"纯文学观"于"新文学"建设有首创者之功,但其"纯文学观"毕竟也有偏执一端的局限,那么,在其时的浙江学人中,能够对已萌生的新的文学思想整合为一种较为系统的新文学观,从而对"新文学"的诞生作出更为急切、热烈呼唤的,则是稍后于王国维出现的周氏兄弟。周树人(1881—1936,原名樟寿,字豫才,以鲁迅名行世,绍兴人)与其弟周作人(1885—1967,原名槐寿,字星杓,笔名启明、知堂等)也是在中西文化交融、近代文艺思潮大裂变中成长起来的新一代学人。他们都于年轻时代"走异路,逃异地",先后离开故土,到南京求学,接受新知,从严复的《天演论》等译著中接触了新思潮;后来又先后赴日本留学,更广泛地吸收、考察西方社会思潮和文学思潮,获取更坚实、深厚的新的思想文化储备。与王国维作文学理论研究不同,周氏兄弟是从中国旧文学的衰微中,看到了它急需"新生"而有志于"新文学"建设者甚少,因而在日本留学期间就开始了对文学改革和建设的直接介入。拟议创办专"治文学和美术"的《新生》杂志,是基于此种考虑①;"别求新声于异邦",于 1909 年在日本东京翻译、出版《域外小说集》,则是付诸实施的行动。《域外小说集》第一次把视点投向西

---

① 鲁迅在《呐喊·自序》中谈到拟办《新生》杂志的原因之一,是"在东京的留学生很有学法政理工以至警察工作的,但没有人治文学和美术"。

方弱小民族的文学创作,"异域文术新宗,自此始入华土"①,这对于同样处在积弱地位的中国文学建设的借鉴意义无疑是巨大的。而周氏兄弟当时在文学理论上的建树,同样见出他们于"新文学"建设有更深邃的思考和锐利的目光。自 1907 年至 1908 年,周树人以"令飞"、"迅行"为笔名在《河南》杂志上发表《摩罗诗力说》、《科学史教篇》、《文化偏至论》、《破恶声论》;周作人以"独应"为笔名在同刊发表《论文章之意义暨其使命因及中国近时论文之失》。从这些文章已经可以看出,他们当时已形成一种新的文学观,这些观念对其后的五四新文学革命产生直接的影响。例如,关于文学改革的根本,周树人认为其要是在呼唤"精神界之战士","发其雄声,以起其国人之新生,而大其国于天下"(《摩罗诗力说》);周作人则提出:"夫文章者,则国民精神之所寄也",所以"文章改革""其求无他,亦唯夺之一人,公诸万姓而已"。其改革锋芒直指封建文学原则,并以唤起"国民精神"自觉为先导打破封建文学的桎梏,表现出一种彻底的"叛道"精神。又如,关于文学改革的要旨,周树人认为"其首在立人","人立而后凡事举,若其道求,乃必尊个性而张精神",进而提出"二十世纪之新精神"就在于崇尚"人类之尊严"、"个性之价值"(《文化偏至论》)。这种强烈要求个性解放、精神解放的思想,既是"人"的意识的自觉,也是"国人"个体的民主、民族意识的自觉,实开其后五四新文化思潮之先声。再如,提出较全面的"纯文学观",既对王国维的"纯文学"概念有所肯定与申论,同时又指出"涵养人之神思,即文章之职与用也","既为教示,斯益人生"(《摩罗诗力说》),强调了文学启迪人生的作用,纠正了王国维绝对遵奉"非功利观"的片面性,初步确立了为五四新文学时期所普遍认同的既重"文学之意义"又重文学之"使命"的新文学观。此外,周氏兄弟还鉴于近世文学改革的不彻底性,指出其弊是在于国粹主义文学观的时时作祟,以至"几乎维新既二十年了,而新声迄不起于中国",因此主张以更开阔的视野接受世界文化新潮,并热切呼唤"第二维新之声,亦将再举"(《文化偏至论》)。这里,实际上已在殷切期盼、热情鼓吹一场新的文化、文学革命早早到来。

由上可见,王国维、周氏兄弟作为 20 世纪初崛起的文化新军的典型代表,已在文化思想、文学观念上表现出迥别于他们的前辈的卓见和胆识,其思想观念在前人基础上的反思和综合,明显已达到一个新的高度。在此基

---

① 　鲁迅:《域外小说集·序言》,《鲁迅全集》第 10 卷,人民文学出版社 1982 年版。

础上再跨前一步,并将个体的精英文化思想扩展为普遍的社会思潮和文化思潮,必促成中国文化、文学思想向"现代"的全面转型。从这个意义上可以说,浙江文化新军在近代的崛起,对于 20 世纪浙江文学以至于整个中国文学的全面变革,有着无可估量的意义。

第二章
浙江作家在五四新文学中首建奇功

经过近代后期文学改革传统、探索新路的实践,中国 20 世纪文学终于在声势壮阔的五四新文学革命中揭开了新的序幕,进入了它的"现代"阶段。其"现代"意义不独是种时间的表征,更重要的是表现为它与传统的古典文学截然不同的新质呈示,即在表现现代人的思想情感与时代精神,展现新的文学价值观念、表现形态、审美品格等诸多方面均显现出全新的"现代"格调。中国 20 世纪文学中之"新文学",由此浮出冰山一角,并以不可遏止的势头迅速滋生上涨。

在这一历史转折中,浙江作家以比此前更为活跃、更有作为的姿态投入中国文学巨大变革的历史进程,取得了前所未有的成就,在中国文学史上写下了光辉的篇章。这里,历史承传的精神与近代新思潮积累的因素不可忽视:固有的"叛道"传统和文学新质的不断汲取,使得浙江文化新军在"现代"期到来之际,在意识观念上能够迅速完成由近代向现代的转换与递进,确立自觉的现代文化意识与现代文学观念。同时,浙江作家的外向拓展意识再一次显示其开拓新路的潜能,他们在寻求向外发展的途程中以厚积的文化储备一展其聪明才智,因而能居于新文学革命和新文学建设诸多领域之要津。这一时期,浙江作家的突出贡献是在于"走异路"以后散居我国新文化运动的中心城市北京、上海等地从事文学活动,引领文学新潮流,初次显示出"浙军"的雄厚实力。与全国的新文化运动相呼应,在浙江本土,新文化运动也开展得颇有声势,新型的作家队伍开始形成,新文学社团蜂起,造就了浙江文学一个新的光辉的起点。

一 新文化运动中浙人异军突起

从广义范围说,新文化运动应以 1915 年 9 月《新青年》(原名《青年杂志》)的创刊为肇始。此刊始创,即标举民主、科学两面旗帜,从世界发展的总趋向考虑中国的改革,表现出比以往的改良运动更激进的革命精神。陈独秀在创刊号的发刊词《敬告青年》中即明确指出:"国人而欲脱蒙昧时代,羞为浅化之民也,则急起直追,当以科学与人权并重。"此后该刊以民主和科学作为新的思想启蒙的主要武器,提出要从西方请进德先生(即民主,Democracg)和赛先生(即科学,Science)改造中国传统文化,旗帜鲜明地提出"打倒孔家店"的口号,使之成为当时思想文化界反封建反传统的一个重要阵地。由《新青年》的大力鼓吹,新文化思想深入人心,遂演化为规模空前的五四新文化运动。而新文化运动对文学的直接影响,则是于 1917 年爆发的由胡适、陈独秀倡导的新文学革命,反对文言文、提倡白话文,反对旧文学、提倡新文学。由是,中国文学从思想内容到语言形式发生了迥异于传统文学的整体性变革,中国的新文学体系开始确立并在此基础上逐步完善起来。

历史潮流的汹涌行进总是为那些挺立潮头的弄潮儿提供有声有色的表演舞台。当此文化观念、文学思想发生重大变革之际,于 20 世纪初就已开始积储的浙江文化新军终于喷薄而出,在一个重要的历史关头扮演了重要角色。在新文化运动开展前后,一大批经受过新文化思潮洗礼的浙江作家汇聚北京,热情鼓吹文化新潮,积极介入文学革命。于是,浙人在中国新文化运动中的异军突起,便构成一道亮丽的风景线。

不必详尽罗列浙人参加新文化运动人数之众,只举荦荦大端即可概见浙江作家在其时引领文化新潮的显赫地位。"新文化运动倡导势力自一刊一校的革新力量结集起来形成了自我势力"①,此语不虚。所谓"一刊一校",即《新青年》杂志和北京大学,这两处正因形成了一个自成体系的新文化团体,集结了一批志在革新的新文化精锐,而成为新文化运动的策源地和新文化思想的集散地,这里成为中国新文化运动的中心是不言而喻的。浙江学人和作家在"一刊一校"中参与人数之众和所处位置之显要,正显示出其在新文化运动中的突出地位。《新青年》由陈独秀主编,自 1918 年后编辑部逐

---

① 陈万雄:《五四新文化运动的源流》,《五四运动与中国文化建设》,第 195 页。

步改组和扩大,其影响也日臻深远。在影响扩大期的《新青年》,先后参与编辑工作的浙江作家有钱玄同、沈尹默、鲁迅、周作人等,几占当时最知名的《新青年》同人一半的份额。而且,正是浙江作家在《新青年》发表作品数量之多和影响之大,他们遂成为"《新青年》作家群"中一部分最有成就的作家。① 北京大学成为新文化运动和文学革命的策源地,是取决于该校人文荟萃、思想活跃的优势,鼓吹新文化运动和文学革命的主要刊物如《新青年》、《新潮》、《每周评论》等几乎都集中在北大,这里遂成为源源不绝输送新文化思想的集散地。北京大学的校长蔡元培是浙江人,其作为北大这个新文化中心的一面旗帜,无形之中加重了浙人在领导新文化潮流中的分量。而且,北京大学也是浙江学人和作家集结之所,特别是"革新力量"之多,甚为瞩目。除周氏兄弟、钱玄同等以外,还有颇具声望的沈氏兄弟和马氏兄弟,即"三沈"(沈尹默、沈远士、沈兼士)、"三马"(马裕藻、马衡、马鉴②)等。这个现象,直至20年代中期还不时被人提起,称之为"在北京教育界占最大势力的某籍某系"③。所谓"某籍",即浙江籍;"某系",即北京大学中文系,于是就有"北大的中国文学系里浙江人专权"④之说。这里说的是"教育界",倘若把"占最大势力"的评语移用到整个文化界,恐亦庶几近之。因为在新文化运动中声誉日隆的,除"一刊一校"以外,还有别地涌现的知名浙籍文化人;而且,许多浙籍学人和作家都是新文化运动中的"重量级"人物,其影响之大更可以想知。这只要对几位有代表性的人物的贡献稍作剖析,便可见"浙军"在新文化运动和文学革命中的深巨影响。

蔡元培(1868—1940,字鹤卿,号孑民,绍兴人),无疑是新文化运动的领袖人物之一。曾被称为"五四运动的总司令"(毛泽东语)的陈独秀曾有言:"五四运动是中国现代社会发展之必然的产物,无论是功是罪,都不应该专归到那几个人;可是蔡先生、适之和我,乃是当时在思想言论上负主要责任的人。"⑤这话恰当地概括了蔡同陈独秀、胡适在新文化运动中处于同样重要的地位。作为我国近代民主革命的先驱者,蔡元培早年就投身反清革命,组

---

① 《新青年》作家群以散文创作著称,可列入前七位的散文家是陈独秀、胡适、李大钊、鲁迅、周作人、钱玄同、刘半农,浙江作家据有其三。参见王嘉良《论语丝派散文》,《文学评论》1997年第3期。

② 这是当时所指的"三马"。这"三马"中,马鉴任教于燕京大学,没有在北大任职,但他们的弟弟马廉后来接替鲁迅在北大担任《中国小说史》教职,因此北大仍有"三马"。

③ 陈西滢:《闲话》,《现代评论》第1卷第25期。

④ 《周作人回忆录》,第343页。

⑤ 陈独秀:《蔡孑民先生逝世后感言》,《蔡元培先生纪念集》,第71页。

建光复会,参加同盟会,于革命身体力行,四处奔走,谓之"革命元老"。民国成立后,众望所归,出任第一任教育总长。他在 20 世纪初的头两个十年,曾两度游学西欧,考察西方文化和教育事业,直接接触了西欧的科学、民主思潮,使原本已确立的民主主义思想日趋深化。当国内新文化运动轰轰烈烈开展之际,他于 1917 年元月出任当时的最高学府——北京大学的校长,便很自然地卷进了新文化运动。其于新文化运动作出的最大贡献在于:以北京大学为阵地,广揽人才,组织文化新军,广泛传播新文化思想,使北大一度成为新文化运动的倡导和指挥中心。他在"循思想自由原则,兼容并色"①的旗帜下,注重引进"新派人物",包括礼聘陈独秀任文科学长,并将陈主编的《新青年》由上海迁入北大,保证了新文化运动的顺利开展。从某种意义上可以说,蔡元培是新文化运动的重要组织者和领导者。而他本人发表的鼓吹新思潮的文章,则表明了其在新旧思潮激战中的鲜明立场。如其所作《洪水与猛兽》②一文,"用洪水来比新思潮",将猛兽"作军阀的写照",期望"把猛兽驯服了,来帮同疏导洪水",其坚决站在新思潮一边的态度清晰可见。文中提出的"洪水猛兽"一语,遂成为新文化运动中的经典性话语。对于胡适、陈独秀倡导的文学革命,蔡元培也予全力支持与声援。他顶住了来自顽固守旧派的巨大压力,不惜与之公开论战③,大长了文学革命者的志气,推动了文学革命的深入。文学革命中争论最激烈、最落在实处的是提倡白话文问题。对此,蔡元培断言:"国文的问题,最重要的就是白话文与文言文的竞争。我想将来白话文一定占优胜的。"④其以北大校长的身份,当守旧风气颇盛之时,能对白话文的前景作如此肯定的预测,这对于白话文的最终获胜,所起的作用无疑是巨大的。此外,蔡元培吸取欧美各国文艺新潮,还在新文化运动中力倡"美育",认为对国民实施教育,"尤要普及美术教育",以培养人们"活泼高尚的感情",因此他殷切期望"致力文化运动诸君,不要忘了美育"。⑤其于新文化运动期间创建的美育理论长期以来影响中国的文学艺术界,从这里恰恰反映出作为新文化运动领衔人物的蔡元培对新文学建设也作出了重要建树。

---

① 蔡元培:《我在教育界的经验》。
② 刊《新青年》第 7 卷第 5 号(1920 年 4 月 1 日)。
③ 如其所作《致〈公言报〉函并附答林琴南君函》一文(载《新潮》第 1 卷第 1 号,1919 年 4 月 1 日),对守旧派林琴南攻击文学革命的论调,作了系统的批驳。
④ 蔡元培:《国文之将来——在北京女子高等师范学校演说词》(1919 年 11 月 17 日)。
⑤ 蔡元培:《文化运动不要忘了美育》,1919 年 12 月 1 日《晨报》。

　　另一个浙籍新文化运动的"重量级"人物是被毛泽东誉为"中国文化革命主将"的鲁迅。鲁迅从日本留学回国以后,接受了世界文化新潮,其文化观念与文艺思想已逐步实现由近代向现代的转型,其后经新文化运动洗礼,思想更趋成熟、精进,其文学思想的先导性和文学创作实绩最足以代表中国新文学的发展方向。他于1912年应蔡元培之邀入教育部任职,任社会教育司第二科科长,主管博物馆、图书馆、美术馆及文艺、音乐、演剧等事项,直接介入文学艺术建设工作。在此期间他呼应蔡元培力倡美育的主张,于1913年发表全面论述和倡导艺术的文章《儗播布美术意见书》,对我国的美育教育同样有开创者之功。此后,他虽然有一段时间"沉默",但仍密切关注着正在进行的新文化运动,随即以巨大的热情投入运动中。他于1918年起加盟《新青年》,担任编辑工作,并在该刊发表大量小说、杂文;又于1920年正式应聘北京大学文科讲师①,讲授中国小说史,时间长达6年之久。进入中国新文化运动中心,鲁迅以其敏锐的思想家眼光和积淀深厚的艺术家素质把握新文学发展方向,在文学观念和创作实践上推动了中国文学的现代化进程,其文学观念进一步融通20世纪文化新潮,体现鲜明的五四精神,表现了对封建意识形态的整体性批判,显示了超凡绝伦的气势。其文学创作"仍抱着十多年以前的'启蒙主义'"②,而又使"启蒙"内涵有所深化,即在"为人生"的使命要求下突出文学"改造国民性"、重铸民族灵魂的意义,体现了他作为启蒙主义思想家创建改造民族灵魂文学的杰出价值。鲁迅的思想和创作带有鲜明的现代意识和超前意识,赋予了文学革命以实质性的现代内涵,也使文学革命趋于深化。如果说,在鲁迅介入新文化运动以前,文学革命仅仅止于理论上的倡导,那么,鲁迅的介入,才以丰厚的创作业绩真正开创了文学革命的新生面。其于1918年发表的《狂人日记》,是"现代"新文学的开山之作,其后又"一发而不可收"地发表《孔乙己》、《药》、《故乡》等一系列作品,"显示了'文学革命'的实绩"③,使五四文学革命以无可争辩的事实证明了它的存在意义及其无限生命力。新文化运动和文学革命之于鲁迅的意义,便在于从此确立了鲁迅作为毋庸置疑的中国新文学伟大奠基者的地位。

　　鲁迅的胞弟周作人也是新文化运动和文学革命中的风云人物。在五四前后,"周氏兄弟"曾是叫得很响亮的名字,而周作人因早于鲁迅在北京大学

---

① 当时鲁迅在教育部任职,教书系兼职。按北大规定,在政府机关任职者只能聘为讲师。

② 鲁迅:《南腔北调集·我怎么做起小说来》。

③ 鲁迅:《且介亭杂文二集·〈中国新文学大系〉小说二集序》。

任教①，又不似鲁迅在教育部"做官"，可以专治文学，故其早期的声名一度高于鲁迅。周作人一生有"叛徒"与"隐士"两个侧面，但五四时期的周作人尽显"浮躁凌厉之气"②，绝对是个勇猛反叛封建文化传统的"叛徒"。早在十年之前，他便同鲁迅一起，热情呼唤"精神界之战士"，大胆引进世界文学新潮，开始向封建文化发起凌厉攻击。新文化运动发难后，他便以先驱者的姿态出现在文学革命的阵线。他不仅以大量"人事的评论"和一系列文学主张参与了文学革命的鼓吹，补充和深化了新文化运动的内容，还对社会改革发表了自己的一套见解。其中从日本引进空想社会主义思潮，热心提倡乌托邦式的"新村运动"，在当时产生很大影响。时在北大图书馆任职的青年毛泽东，于 1920 年 4 月 7 日赴八道湾周寓拜访他，可见其当时已是一个颇有声誉的人物。周作人对新文化运动的重大贡献，是提出了"人的文学"、"平民文学"等口号。他吸取欧洲文艺新潮，提出确立用"人道主义为本"的"人的文学"③，不仅构成对封建的"非人的文学"以犀利的批判，同时也体现显著的现代意识，表现出人的意识的觉醒和人的价值、尊严的被确认。这一同样带有先导性的文学思想，为文学革命树立了标的，使其向着更坚实的方向发展。文学革命在初创阶段，倡导者们注重的是形式的革新，特别是语言形式（白话），说到新文学的实质内涵，便不免空洞。周作人的"人的文学"主张一出，指示了未来新文学的合理走向，使许多新文学者茅塞顿开，纷纷著文表示赞同，"人的文学"遂成为五四新文学的基本主题。由此不难看出，周作人对新文学革命的推进与深化，有难以磨灭的贡献。正如当时人们评论的："胡适的《文学改良刍议》奠定了新文学的形式，周作人的《人的文学》奠定了新文学的内容。"④将周作人的功绩置于与文学革命首倡者胡适同等地位予以评价，实不为过。

在新文化运动和文学革命中，以最为激进的姿态出现的浙籍作家是钱玄同。钱玄同（1887—1939，原名钱夏，字中季，号疑古，吴兴人）早年留学日本，入早稻田大学文学系学习，后加入同盟会，曾与鲁迅一起师从章太炎研习文字学，接受了新文化思潮的熏染，初步确立了民主主义思想。新文化运动爆发后，他是最早卷入新文化运动中心的人物之一。他于 1915 年即在北

---

① 周作人于 1917 年 4 月到北京，蔡元培请他暂住北大附设之国史编纂处充任编纂职，9 月初被正式聘为北大文科教授兼国史编纂处编纂员。
② 周作人 1933 年 2 月 25 日致俞平伯信。
③ 周作人：《艺术与生活·人的文学》。
④ 转引自李景彬著：《周作人评析》，陕西人民出版社 1986 年版，第 56 页。

大中文系兼课,1917 年 9 月被正式聘为北大文科教授兼国文门研究所教员,成为颇有影响的向陈腐的旧北大发起冲击的"新派"教授。针对北大文科中存在的两个顽固守旧派——桐城派与选学派,钱玄同发表致陈独秀信①,指斥其为"桐城谬种"、"选学奴孽",明显表现出他对封建守旧势力的痛恨。这两个名词经他第一次明确提出,以后为新文学者乐于引用,不啻是对守旧势力的致命打击。他于 1918 年开始担任《新青年》编辑,成为《新青年》的主要撰稿者之一,大力倡导新文化运动,发表许多呼应文学革命的文章。其中于《新青年》第 4 卷第 3 期发表化名"王敬轩"致《新青年》的信,与刘半农合演一场"双簧戏",引起文学革命的热烈论争,推动文学革命深入开展,在文学史上产生重大影响。钱玄同的激进,还表现在语言文字的革新方面,除力倡白话文外,还主张汉语横排版,采用新式标点、汉语拼音等,甚至还主张废除汉字,采用"国语罗马字"。有些主张失之偏激,但其多数主张后来成为现实,因而其激进的倡言,不仅功不可没,更重要的是以此构成对封建旧文化体系的摧枯拉朽的打击,对新文化思想的确立和新文学的建设有着别人无可替代的贡献。

稍后于上述作家出现,在新文化运动和文学革命高潮中登上文坛并立即显示出新文学改革家气度的著名浙籍作家是沈雁冰。沈雁冰(1896—1981,原名德鸿,以茅盾名行世,桐乡人)是在维新文化思潮和辛亥革命的历史性巨变中度过青少年时代的,从小所受的新思潮浸染和日渐滋长的反封建民主思想使其思想中打下了热心变革、追求革命的底色、基调。1913 年 8 月,沈雁冰告别江南水乡,远走"异乡"北京,考入北京大学预科学习,从此在他的生活中打开一片新的天地。他在北大的后几年,正值新文化运动开展之际。校园内风行的《新青年》杂志成为他的首选读物,他无条件地接受了以科学、民主为旗帜的革命民主主义思想,胸中燃起鼓吹文化新潮的跃跃欲试的激情。1916 年北大预科毕业,进上海商务印书馆编译所工作。面对声势日壮的新文化运动,他在编辑的岗位上开始了为新文化运动推波助澜的呐喊。他最早发表的两篇文章《学生与社会》和《一九一八年之学生》②,便是呼吁学生革新思想、关心社会以维护新文化运动的力作。此后他立志以文学为业,致力于欧洲文学的翻译、介绍,显示了文学革命的又一重要"实绩"。

---

①　刊于 1917 年 2 月《新青年》第 4 卷第 2 期。

②　《学生与社会》刊 1917 年《学生杂志》4 卷 12 号,《一九一八年之学生》刊 1918 年《学生杂志》5 卷 1 号。

其对文学革命作出的最突出的贡献,是于 1920 年底开始革新《小说月报》,成为中国新文学一名力挽狂澜的改革者。《小说月报》原是"鸳鸯蝴蝶派"的刊物,它在五四新文化思潮的冲击下已变得奄奄一息。沈雁冰毅然担起改革该刊重任,将"鸳派"作品悉数扫地出门,全部启用新文学创作,并注重外国文学翻译、介绍,使《小说月报》耳目一新,成为当时全国唯一的倡导新文学的纯文学杂志。这一改革举措,为新文学开辟了第一个属于自己的阵地,从此新文学在新生的土地上枝繁叶茂。历史已记录了沈雁冰作为新文学建设者的开拓之功。

浙江作家在新文化运动和文学革命中勇猛驰骋,作出程度不同贡献的,还可以举出许多。上述几位,仅是担负"领军"角色的人物。但由此已足见:"浙军"的崛起,在新文化运动中产生的不是一般影响,而是领先全国的影响;几位领文学潮流之先的浙江作家建构中国新文学思想体系的先导性,对于深入开展的文学革命,带有择定方向和路标的意义。简言之,"浙军"对于中国新文学的开拓和建设,是一支不可或缺、无可替代的生力军。

"浙军"在新文化运动期间,其出类拔萃者主要是在"异乡"建功,但这并不意味着新文化思潮在浙江本土是沉寂无闻的。恰恰相反,全国的新文化运动在浙江也产生了热烈的回响,而且还因一批有影响人物的积极参与,浙江的新文化运动也显出相当的规模与声势。如同北京的新文化中心在北大,浙江的新文化中心在当时浙江最著名的学府浙江第一师范学校(简称"一师")。一师校长经亨颐(1877—1938,字子渊,上虞人),毕业于日本东京高等师范学校,是一位具有革新思想的人士。他提倡"人格教育",鼓吹"自动、自由、自治、自律"①,为一师学生接受新思潮提供了有利条件。他实行"与时俱进"的办学方针,有几项大胆革新的举措,如学生自治、教员专任、国文改授白话文等,显系"受了北大校长蔡元培的影响"②。特别引人注目的是他聘请了四位"新派"教员,即当时被称为一师"四大金刚"的陈望道、夏丏尊、刘大白、李次九任教,更加深了该校的激进色彩。这四位中的前三位,都曾留学日本,接受过新思潮的洗礼,后来都成为声誉卓著的新文学作家:陈望道是《共产党宣言》的第一个中译者,于语言、修辞研究建树甚多,30 年代主编《太白》推动了杂文的发展;夏丏尊是著名的散文家,其散文创作自成一格;刘大白是五四时期第一批涌现的"白话诗人",对我国的新诗创作有开拓

① 姜丹书:《我所知道的经亨颐》,《浙江文史资料选辑》第 4 辑,第 76 页。
② 夏衍:《懒寻旧梦录》,三联书店 1985 年版,第 38 页。

者之功。先后在一师任教的著名教员还有李叔同、叶圣陶、朱自清、俞平伯、刘延陵等,这些人日后都成为新文学大家。一师还聚集了一批极富革命色彩的学生,如后来成为中国共产党建党初期党员的俞秀松、宣中华、施存统等;学生中还有后来成为著名作家的丰子恺、赵平复(柔石)、冯雪峰、汪静之、潘漠华、魏金枝、曹聚仁等。如此强大的阵容,使一师在浙江,也可以说在整个东南一带举起了文化革命大旗。

在五四新文化运动中,一师师生"唯北京大学之旗帜是瞻"①,积极介绍、传播新思想、新学说,发起对封建文化思想的猛烈冲击。其中最突出的是创办了以一师为中心、杭州几所学校进步青年参与的《浙江新潮》。《浙江新潮》由俞秀松、宣中华等人任编辑,时在浙江公立甲种工业学校就读的沈端先(即夏衍)也参与了编辑工作。该刊第2期发表施存统的《非孝》一文,在文化、教育界引起强烈反响,很快就驰名全国。沈端先作有批评杭州四家报纸和反对新闻检查的文章,也颇有影响。这个刊物曾为当时全国新文化运动领袖人物陈独秀所关注,其在《新青年》上发表《随感录·七四·〈浙江新潮〉—〈少年〉》一文,对该刊给予热情鼓励与支持。文章指出:

> 《浙江新潮》是《双十》改组的,《少年》是北京高等师范附属中学"少年学会"出版的。《少年》的内容,多半是讨论少年学生社会底问题,很实在,有精神。《浙江新潮》的议论更彻底,《非孝》和攻击杭州四个报——《之江日栅》、《全浙公报》、《浙江民报》和《杭州学生联合会周刊》——那两篇文章,天真烂漫,十分可爱,断断不是乡愿派的绅士说得出来的。②

陈独秀的文章对一师师生的鼓舞无疑是极大的。与全国的新文化运动合流,浙江的新文化战士斗争目标更明确,后来终于演化为震动全国的"一师风潮",爆发了更坚实的同封建守旧势力的斗争。许多青年学生在新文化思潮的宣传、鼓吹中,新文化思想、新文学素养都得以充实与提高,后来有的走上了革命道路,有的则于新文学创作有所贡献。沈端先即是其中的佼佼者。他在新文化运动期间,除写了不少政论外,还发表了他"一生中写的第

---

① 姜丹书:《我所知道的经亨颐》,《浙江文史资料选辑》,第4辑,第76页。
② 刊《新青年》第7卷第2号,1920年1月1日出版。

一篇'报告文学'"①。这对于他其后走向革命、弃工从文,成为一个在戏剧、报告文学领域卓有建树的革命文学家,无疑是产生了潜在的深刻的影响。而冯雪峰、柔石、潘漠华、汪静之等,在一师期间就已倾向于文学,组织"晨光文学社",为中国新文学贡献了第一批有影响的创作。

二 鲁迅:从浙江走出的中国新文学奠基者

说到浙江文学新军在五四的崛起,中国新文学的伟大开拓者、奠基者鲁迅是必须特别论及的。因鲁迅的存在,浙江新文学作家群在五四文学中的地位更为显赫;也因鲁迅的存在,浙江新文学史才有中国文学史上浓墨重彩的一章。

作为从浙江这片神奇的土地上走出的最伟大的作家,鲁迅受地域文化精神的滋养应是其成就为一位大家的不可或缺的前提。诚如其在早年写出的《文化偏至论》中所说的:匡救中国的"明哲之士"应是"外之既不后于世界之思潮,内之仍弗失固有之血脉"。对于鲁迅而言,这"固有之血脉"便包括了两浙(特别是浙东)文化的"血脉",正因不失"固有之血脉",遂有他对地域文化精神的自觉承传。两浙深厚的文化底蕴,对鲁迅始终有着不可名状的亲和力与感召力。他青少年时期的生活环境,几乎是"十步之内,必有先贤遗迹",其阅读的书籍,诸如《鉴略》、《于越先贤像赞》等,都给他留下了极其深刻的印象。是故在他走出越中以前,便有校辑《会稽郡故书杂集》,"集资刊越先正著述","用遗邦人,庶几供其景行,不忘于故"②之举。在他赴南京求学、东渡日本之后,经受近代文化思潮大裂变,于内、外两面的文化新潮都有所汲取,而在接受中国传统文化方面,两浙人文精神依然是"供其景行"的重要思想资源。他竭力推崇客死异乡的明末"遗民和逆民"朱舜水,就在于这位绍兴同乡、明末著名的爱国思想家"窜身海外,志在恢复"③的精神正可为当时正在进行的民族民主斗争引作楷模。另一位绍兴籍明末思想家王思任拒不降清,病中绝食而死,同样激起鲁迅的仰慕之情,以至于久久难以忘怀:"大概是明末的王思任说的罢:'会稽乃报仇雪耻之乡,非藏污纳垢之

---

① 此文题作《泰兴染坊底调查》,刊于 1920 年《浙江甲种工业学校校友会刊》,参见夏衍:《懒寻旧梦录》,第 50 页。

② 鲁迅:《〈会稽郡故书杂集〉序》,《鲁迅全集》第 10 卷,第 32 页。

③ 鲁迅:《华盖集·这回是"多数"的把戏》。

地!'这对于我们绍兴人很光彩,我也很喜欢听到,或引用这两段话。"①近代浙人秉承先贤遗教,奋身于民族民主斗争,如章太炎、秋瑾、徐锡麟等,对鲁迅施加了更为直接的影响。而且其影响主要是在思想、精神层面。诚如其自述章太炎对他的影响所说的:"我的知道中国有太炎先生,并非因为他的经学和小学,是为了他驳斥康有为和作邹容的《革命军》序。"②而秋瑾、徐锡麟身殉革命的精神,则给鲁迅以更大激励,每每行诸笔墨,表达对两位先哲的崇敬之情。可以说,在20世纪初旬鲁迅"我以我血荐轩辕"的爱国民主思想的发轫,很大程度上是置身于近代浙江浓厚的富于变革的人文环境中的结果,其后来成为独标高格的文学家、思想家,就思想"发生学"意义上说,接受两浙人文传统的显在的或潜在的影响是极重要的因素。

　　鲁迅成为中国新文学的开拓者、奠基者,还同承续浙江地域文化精神,具有鲜明的外向拓展意识密切相关。因了这点,有可能使鲁迅成为中国新文学作家中最早的现代意识觉醒者。可以说,横跨近、现代的浙江籍新文学作家,大都有留学的经历,在世纪之初,他们直面世界先进文学思潮,那种潜滋暗长的现代新质几乎在每个人身上都可以找到;而当时掌握现代观念较为完备,并开始在文学领域内实施向"现代"方向冲击的,也不乏其人。其中最为突出的,是王国维和周氏兄弟。而其时的浙江学人中,能够对已萌生的新的文学思想整合为一种较为系统的新文学观,从而对"新文学"的诞生作出更为急切、热烈呼唤的,则首推鲁迅。鲁迅也是在中西文化交融、近代文艺思潮大裂变中成长起来的新一代学人。他于年轻时代"走异路,逃异地",先到南京求学,接受新知,从严复的《天演论》译著中接触了新思潮;后来又赴日本留学,更广泛地吸收、考察西方社会思潮和文学思潮,获取更坚实、深厚的新的思想文化储备。与王国维作文学理论研究不同,鲁迅是从中国旧文学的衰微中,看到了它急需"新生"而有志于"新文学"建设者甚少,因而在日本留学期间就开始了对文学改革和建设的直接介入。拟议创办专"治文学和美术"的《新生》杂志,是基于此种考虑 ③;"别求新声于异邦",于1909年在日本东京翻译、出版《域外小说集》,则是付诸实施的行动。《域小说集》第一次把视点投向西方弱小民族的文学创作,"异域文术新宗,自此始入华

---

　　① 鲁迅:《且介亭杂文末编·女吊》。
　　② 鲁迅:《且介亭杂文末编·关于太炎先生二三事》。
　　③ 鲁迅在《呐喊·自序》中谈到拟办《新生》杂志的原因之一,是"在东京的留学生很有学法政理工以至警察工作的,但没有人治文学和美术"。

土"①,这对于同样处在积弱地位的中国文学建设的借鉴意义无疑是巨大的。而其当时在文学理论上的建树,同样见出于"新文学"建设有更深邃的思考和锐利的目光。自 1907 年至 1908 年,鲁迅以"令飞"、"迅行"为笔名在《河南》杂志上发表《摩罗诗力说》、《科学史教篇》、《文化偏至论》、《破恶声论》四篇著名论著。从这些文章已经可以看出,他当时已形成一种新的文学观,这些观念对其后的五四新文学革命产生直接的影响。例如,关于文学改革的根本,认为其要是在呼唤"精神界之战士","发其雄声,以起其国人之新生,而大其国于天下"(《摩罗诗力说》);又如,关于文学改革的要旨,认为"其首在立人","人立而后凡事举,若其道求,乃必尊个性而张精神",进而提出"二十世纪之新精神"就在于崇尚"人类之尊严"、"个性之价值"(《文化偏至论》)。这种强烈要求个性解放、精神解放的思想,既是"人"的意识的自觉,也是"国人"个体的民主、民族意识的自觉,实开其后五四新文化思潮之先声。此外,还鉴于近世文学改革的不彻底性,指出其弊是在于国粹主义文学观的时时作祟,以至"几乎维新既二十年了,而新声迄不起于中国",因此主张以更开阔的视野接受世界文化新潮,并热切呼唤"第二维新之声,亦将再举"(《文化偏至论》)。这里,实际上已在殷切期盼、热情鼓吹一场新的文化、文学革命早早到来。由此可见,鲁迅作为 20 世纪初旬崛起的文化新军的典型代表,已在文化思想、文学观念上表现出迥别于他们的前辈的卓见和胆识,其在新文学革命到来之际即脱颖而出,毅然担起新文学开拓者重任,便是顺理成章的。

五四新文学时期,经新文化运动洗礼,鲁迅的思想更趋成熟、精进,其文学思想的先导性和文学创作实绩最足以代表中国新文学的发展方向,他的新文学奠基者的地位由此确定。他于 1918 年起加盟《新青年》,又于 1920 年正式应聘北京大学文科讲师。进入中国新文化运动中心,鲁迅以其敏锐的思想家眼光和积淀深厚的艺术家素质把握新文学发展方向,在文学观念和创作实践上推动了中国文学的现代化进程,其文学观念进一步融通 20 世纪文化新潮,体现鲜明的五四精神,表现了对封建意识形态的整体性批判,显示了超凡绝伦的气势。其文学创作"仍抱着十多年以前的'启蒙主义'"②,而又使"启蒙"内涵有所深化,即在"为人生"的使命要求下突出文学改造国民性、重铸民族灵魂的意义,体现了他作为启蒙主义思想家创建改造民族灵魂

---

① 鲁迅:《域外小说集·序言》,《鲁迅全集》第 10 卷,人民文学出版社 1982 年版。
② 鲁迅:《南腔北调集·我怎么做起小说来》。

文学的杰出价值。鲁迅的思想和创作带有鲜明的现代意识和超前意识,赋予了文学革命以实质性的现代内涵,也使文学革命趋于深化。如果说,在鲁迅介入新文化运动以前,文学革命仅仅止于理论上的倡导,那么,鲁迅的介入,才以丰厚的创作业绩真正开创了文学革命的新生面。他于 1918 年发表《狂人日记》,其后又"一发而不可收"地发表《孔乙己》、《药》、《故乡》等一系列作品显示了文学革命的实绩,显示了五四文学革命无可争辩的正确性。新文化运动和文学革命之于鲁迅的意义,便在于从此确立了鲁迅作为毋庸置疑的中国新文学伟大奠基者的地位。

作为新文学的奠基者,鲁迅最突出的成就反映在文学创作上,尤其是小说创作,由此使他获得了"中国现代小说之父"的称号。他作有三个小说集:《呐喊》、《彷徨》、《故事新编》,为我国小说艺术的完善提供了经典范式。其在现代小说理念的刷新和新小说形式的创造上都显出拓荒意义,并把中国现代小说提升到很高的位置。综观其对中国现代小说的开创性贡献,突出地反映在下述三个方面:一是"表现的深切"——以现代小说理念对小说的思想内容进行革新。旧小说历来被视为是"消闲"的玩意,多靠离奇曲折的故事来招徕读者,思想内容的浅薄使其无甚足观。而鲁迅"深恶以前的称小说为'闲书'",自觉意识到小说"为人生"的价值,把"为人生"、"改良这人生"当作自己小说创作的宗旨①,真正实现了中国现代小说意识的觉醒和小说价值取向的重大变革。鲁迅小说丰厚的内涵和启蒙精神使小说在思想价值上获得极大提升,获得了艺术上的尊严,同时他也开创了我国现代"性格小说"的先河,往往择取那些极平常的几乎不为人们所察觉和重视的生活现象及其思想意识,从中刻画出"落后的国民灵魂",从而深刻揭示出社会和人生的悲剧。从"启蒙主义"文学观念出发,鲁迅开创了"表现农民与知识分子"两大现代文学主要题材,改变了传统小说中"主角是勇将策士,侠盗赃官,妖怪神仙,佳人才子,后来则有妓女嫖客,无赖奴才之流"②的狭隘现象,大大拓宽了小说的表现疆域。二是"格式的特别"——在新小说形式创造上的先锋性。沈雁冰曾称"鲁迅君常常是创造'新形式'的先锋,《呐喊》里的十多篇小说几乎一篇有一篇的新形式"③,其实不但《呐喊》是如此,其全部小说都打破了传统的章回小说"某生者"体的旧套,在艺术上吸取了西方小说结构灵巧

---

① 鲁迅:《南腔北调集·我怎么做起小说来》。
② 鲁迅:《〈总退却〉序》。
③ 雁冰:《读〈呐喊〉》,载 1923 年 10 月《文学周报》第 91 期。

多变、形式多样的优点,作了多方面的探索,使其作品在艺术格局上几乎无一雷同。在体裁上,除常见的小说叙事体裁外,还有日记体(如《狂人日记》)、传记体(如《阿 Q 正传》)、戏剧体(如《起死》)。在结构上,既有描写一个人事迹为主的单线结构(如《祝福》),又有明线和暗线交错的双线结构(如《药》)。在叙事方式上,既有注重抒情的第一人称叙事(如《伤逝》),又有侧重客观描述的第三人称叙事(如《阿 Q 正传》)。在情节组合上,既有"横切面式"(如《孔乙己》《风波》),又有"纵切面式"(如《孤独者》《采薇》),如此等等。正由于他的小说格局存在大幅度的差异感和多样类的创造性,无疑也为后起者提供了艺术表现的典型范例。三是小说语言风格上的创新。鲁迅追求语言风格的简约凝练,在描写手法上重视白描。这是五四风气,是对民国初年鸳鸯蝴蝶派小说繁缛靡艳文风的反拨。鲁迅小说语言还吸收借鉴了诗、散文等其他文体的语言特征,创造出别样的艺术效果。鲁迅不少小说都洋溢着浓重的抒情气氛和诗一般悲郁的色调,在叙述中饱含着深挚的抒情。无论叙事写景,还是刻画人物,他都不满足于准确、细致地传达对象,也总是在表现客观物象时融入主观情感,从构思到描写均依据情感的逻辑,皆服从于抒情的需要,因而多贮满诗情画意,创造出气韵生动的真实境界。抒情性最浓的,有《故乡》《在酒楼上》《祝福》《社戏》《伤逝》等篇,其中《故乡》和《伤逝》甚至可称得上为"抒情诗体小说"。传统小说以"说故事"为重,所用的大抵是叙述语言,不免单一、呆板,小说语言经鲁迅首创而向诗意化方向发展,不独拓宽了语言表现空间,也提升了小说的艺术价值。

在鲁迅的小说创作中,体现显著地域文化特色的,是把"土性"色彩挥洒得最为浓厚的部分。其首倡的乡土小说把"乡土中国"的表现推向极致,也将浙东"土性"深厚的文化特色发挥得淋漓尽致。在中国的五四文学中,乡土小说是一种文化品位、艺术品位很高的小说,原因盖在它是由新文学奠基者鲁迅首创的——其创作虽不能单纯以"乡土小说"名之,却可以说为乡土小说提供了经典的范式。正如有学者指出的,传统的"中国社会是乡土性的",从本质上说它是一个"农业老家"①。鲁迅小说的经典意义就在于,把这种"土性"深重的中国文化根底作了最深层的开掘,并将其同改造中国传统文化的命题紧紧地联系在一起。在鲁迅笔下,那毫无生气的未庄、鲁镇、S 城无异是"乡土中国"的缩影,生活在这里的子民阿 Q、七斤、闰土、祥林嫂们也

---

① 费孝通:《乡土中国》,三联书店 1985 年版,第 1 页。

都扮演着"农业老家"家庭成员的角色。透过对这片土地及其"地之子"的摹写,尽情展示其弱质所在,体现了鲁迅改造中国传统文化及与之相关的落后的"国民性"的命意。因此就整体而言,鲁迅的乡土小说对整个"土性"中国都有观照意义。然而,触动鲁迅写作乡土小说的起因,却是源于其对浙东这块"土性"实足的文化土壤的深刻认知,小说的环境、氛围大体不脱浙东的背景,体现出地道的浙东色彩,小说写到的方言土语、乌毡帽、乌篷船、社戏、押牌宝、庵堂寺庙、四时八节、祝福婚嫁等等,还展示着显著的绍兴风情,因此从另一个意义上说,它也是对浙东"土性"的深入挖掘。因了这种深入挖掘,鲁迅以浙东作家秉有的刚韧与坚硬,挑开农村封建宗法制度黑暗的一幕,给以无情的鞭挞,暴露了浙江地区积淀深厚的封建文化、封建礼教的罪恶;另一方面,又以崭新的视角表现了浙东沿海地区(闰土、爱姑的村庄都在"海边")自近代以来农民与农业经济驳杂的生存形态及在各种势力的冲击下农村自然经济崩坏的状况,展示了在一个特定地域里才有可能出现的近现代文化现象。这种对浙东"土性"文化的透彻认知与表现,正好说明鲁迅同这一片文化土地不可割断的精神联系。

鲁迅创作的另一开创性成就,是散文文体的革新与创造。除小说外,鲁迅毕生致力写作的文体是杂文,为此,他总共有《坟》、《热风》、《华盖集》、《三闲集》、《二心集》等16个杂文集行世,作品总量上大大超过小说,堪称中国现代文学史上最伟大的杂文家。杂文虽是"古而有之"的文体,但要使之成为一种新文学样式,能够适应表现现代生活、体现现代情绪,仍必须对其内容和形式进行全面更新和改造。鲁迅吸取了传统杂文的有益养分,赋予杂文以现代内涵,从而创造了一种完全新颖的杂文文体形式。其杂文同传统杂文大抵表现个人情趣不同,重在社会批评和文明批评,特别注重对社会现实的积极参与。他把杂文视为"是感应的神经,是攻守的手足",要求它对时代和社会中的重大问题"立刻给以反响或抗争"[①],就在于强化杂文的现实参与性。他在杂文艺术上更具创新精神,赋予杂文以独具的艺术特质。这首先在于强调杂文的形象性或形象的直感性。他重视用形象表达自己的思想,杂文中的议论与叙述、思想见解都寄寓在具体形象上,运用"砭锢弊常取类型"方法,创造了一系列"类型"形象,大大丰富了杂文的艺术表现力。其次是注重杂文的情感性特质,提出"生动,泼辣,有益,而且能够移人情"[②]的美

---

① 鲁迅:《且介亭杂文·序言》。
② 鲁迅:《且介亭杂文二集·徐懋庸作〈打杂集〉序》。

学原则,强调杂文要能从情绪上感染读者。再次在杂文语言上,擅用讽刺、幽默等笔法,使杂文嬉笑怒骂皆成文章,更显示出重要的文体特色,这也成为鲁迅杂文的一个鲜亮标记。鲁迅杂文远远越出了鲁迅个体的审美创造范畴而获得更深广的意义。由于鲁迅的开拓与创造,杂文已成为一种独立的散文类型而在日后的新文学发展中占据重要一席。鲁迅开创的另一种散文文体是散文诗。散文诗原是西方文学的一种文体样式,五四时期伴随着译介西方文学的热潮来到中国。早在 1919 年 8 月和 9 月间,他就开始尝试写作散文诗,写下《自言自语》、《古城》等篇什,影响最大的当推 20 年代写作的《野草》。《野草》是作者大胆采撷西方艺术经验,结合形而上的人生意义的求索,以及在实际斗争历程中所体悟到的孤独和悲怆,写成的一部象征主义散文诗集。它的思想内容很复杂,它既有对黑暗现实的批判、鞭挞,又有对坚持前进和战斗的社会斗士的歌颂,还有一些反映了鲁迅当时思想上的苦闷、彷徨和内心的空虚矛盾等等。《野草》对散文诗的形式和体裁都作了多种尝试,在创作方法上彻底摆脱传统散文写实的手法,最大限度地发挥艺术想象力,借助于联想、象征、变形等手法,创造出了一个全新的象征世界。《野草》用诗的形象、诗的意境和诗的语言来表达作者复杂深沉的思想感情,富于抒情性;以象征取代写实,以抒情代替讽刺,形成了一种奇诡、幽婉的风格。它标志着散文诗这种外来的文学体裁在中国的成熟,为我国现代散文诗的创作树立了第一块丰碑。

三 新文学建设的骨干与中坚

新文化运动和文学革命对于催生中国新文学的意义是巨大的,它们从思想上、理论上动摇了延续数千年的封建文化根基,沉重打击了行将没落的旧文学思想体系,为建构一种全新的具有现代意义的新文学体系提供了充足的理论准备,打下了坚实的基础。然而,破旧容易立新难,要建设一种前无古人的新文学远比破坏、扫荡旧文学复杂得多,也困难得多。事实正是这样。从 1917 年倡导文学革命以后的两三年间,新旧文学的论争固然呈颇热闹气势,但新文学创作却总是不够景气。鲁迅曾经慨乎言之:自胡适的《文学改良刍议》发表以来,虽然"白话作者逐渐多了起来,但又因为《新青年》其实是一个议论的刊物,所以创作并不怎样著重,比较旺盛的只有白话诗;至于戏曲和小说,也依然大抵是翻译",除了《狂人日记》等作品"算是显示了

'文学革命'的实绩","从《新青年》上,此外也没有养成什么小说的作家"①。其实何止《新青年》是如此,当时鼓吹文学新潮的《每周评论》、《新潮》、《少年中国》等均属综合刊物,发表新文学作品只是打打边鼓,不可能产生坚实、厚重的创作。文学革命的深入发展,向新文学者提出的一项紧迫任务,便是亟须注重新文学建设,包括组织一支新文学作家队伍,创办新文学刊物,以扎扎实实推动新文学创作的繁盛、发展。

在新文化运动中异军突起的浙江作家,面对历史的急切召唤,又一次毅然担起重任,在五四新文学建设中发挥了中坚作用。他们除了在"显示实绩"的创作上的领先优势表现出作为重要建设者的无可替代地位而外,还突出地反映在基于新文学建设的理论自觉性,担纲组建新文学社团,创办新文学期刊,组织起一支有生气、有力量的文学新军,朝着建设新文学的目标而努力。自1921年初起,我国文坛呈现新文学社团蜂起、新文学期刊纷呈的喜人景象,标志着新文学运动真正进入了它的"建设期"。这当中,浙江作家的贡献是无与伦比的。他们以广纳博取的精神吸取世界文学新潮,以此作为新文学建设的借镜,开始了体现现实主义、浪漫主义、现代主义等诸种文学思潮、流派特色的理论探索与创作实践,并在各自遵奉与倡导的文学思潮、文学观念下组织一批志同道合的新文学同人,组建一批体现不同创作倾向的新文学社团,使五四新文学从一开始便呈示出异彩纷呈的局面。在新文学建设初期,文学思潮、流派特色最显著、影响最大的四个新文学社团,是文学研究会、创造社、语丝社、新月社。这四个社团,主要是由浙江作家担纲组建,或在其中担负领衔者角色。这里恰恰反映出一批有识见有胆力的浙江作家作为首批新文学建设者的开拓性劳绩。

文学研究会于1921年1月成立于北京。这是中国第一个大型新文学社团。该会的12位发起人中,有6位是浙江人:周作人、郑振铎(1898—1958,笔名西谛,原籍福建长乐,生于浙江永嘉)、沈雁冰、朱希祖(1879—1944,海盐人)、蒋百里、孙伏园(1894—1966,原名福源,绍兴人),由周作人起草《文学研究会宣言》。在成立大会上,"推蒋百里君主席。首由郑振铎君报告本会发起经过"②。由此不难看出:在文学研究会的整个发起过程中,浙江作家担负着重要的角色。更重要的是:文学研究会作为体现"为人生"文学主张和提倡现实主义文学创作的新文学社团,其理论主张大率由浙江作家提出,

---

① 鲁迅:《且介亭杂文二集·〈中国新文学大系〉小说二集序》。

② 参见《文学研究会会务报告(第一次)》,载《小说月报》第12卷第2号,1921年2月10日。

如周作人在"宣言"中提出"我们相信文学是一种工作,而且又是于人生很切要的一种工作",其后沈雁冰发表《文学与人生》,郑振铎发表《文学的使命》等文,进一步阐说"宣言"确定的任务,奠定了该会的理论基石,使该会的创设有着明确的方向与路标。尽管文学研究会成员复杂,会员的创作倾向并不完全一致,但他们在"为人生"的旗帜下集结,保证该会从成立开始便有着自己的鲜明特色,使之成为中国新文学中一个典型的现实主义文学社团,内中就同它的创始人周作人、沈雁冰等浙江作家的理论导向密切相关。其中沈雁冰所起的作用是更为突出的。他不但是文学研究会的机关刊物——《小说月报》的主编,文研会因有自己的创作园地而更有所作为,其在这个社团中所起的切实有效的组织、协调作用是不言而喻的;同时,作为文学研究会最重要的理论家,他一面编刊物,一面从事文艺批评,发表了在所有文研会作家中数量最大的文艺批评文章,为文研会实施既定的创作方向施加了深巨影响。毫无疑问,文学研究会存在近十年之久,会员扩充到130余人,它造就了一支阵容壮观的作家队伍,形成了一个声势显赫的创作流派,产生了难以计数的文学作品,浙江作家的功绩应当是首屈一指的。

在新文学初创期,与文学研究会比肩而立的另一个重要社团,是创造社。它于1921年6月在日本东京成立。与文学研究会主张文学"为人生"不同,创造社是提倡"为艺术而艺术"的,由是产生了新文学史上"人生派"与"艺术派"两个截然不同、稍带对立的文学创作流派,同时也确立了创造社在中国新文学史上的重要地位。在创造社组建及其后的活动中,浙江作家郁达夫是个举足轻重的人物。郁达夫(1896—1945,原名文,以达夫名行世,富阳人)是最初筹建创造社的"四巨头"之一(另三人是郭沫若、成仿吾、张资平),一直担任创造社创办的刊物《创造》季刊、《创造周报》、《创造日》、《创造月刊》等的主要编辑工作,成为创造社的一位主要创始人和这个社团的有力组织者。因创造社在其初建阶段并没有像文学研究会那样定会章、发宣言,而是一个"没有固定的组织"、"没有章程,没有机关,也没有划一的主义"的社团 ①,因而郁达夫为《创造》季刊拟定的出版预告 ②便可视为这个社团的宣言书。预告指出:"自文化运动发生后,我国新文艺为一二偶像所垄断,以至艺术之新兴气运,渐灭将尽。创造社同人奋然兴起打破社会因袭,主张艺术独立,愿与天下之无名作家共兴起而造成中国未来之国民文学。"此后,创

---

① 郭沫若:《编辑余谈》,《创造》季刊第1卷第2期,1922年8月25日。
② 刊上海《时事新报》,1921年9月29日。

造社同人就在"艺术独立"的旗帜下共谋进取,为创建一种带有鲜明浪漫主义色彩的新兴文艺作出贡献。而郁达夫就成为这个社团最有成就的小说家。他创作的"自叙传"小说,在艺术上独标高格,开中国现代浪漫抒情小说的先河,为建构一种新型小说文体卓有建树。郁达夫无疑是创造社最有代表性的作家,也是中国现代浪漫文学最有代表性的作家。如果没有郁达夫,创造社的成就就大为逊色;没有郁达夫,中国的现代浪漫文学也将黯然失色。从这个意义上可以说,这位浙江作家给予中国新文学建设的贡献,不独表现在新文学社团的创建上,更重要的还在于新文学文体的创造性建设方面。

语丝社的成立,稍后于上述两个社团,它是在五四落潮以后的 1924 年11 月开始登上新文坛的。这个社团的"浙江色彩"是特别浓重的,因为无论是其发起人还是《语丝周刊》(后来是半月刊)的主要撰稿者,多半是浙江人。最重要的浙江作家有鲁迅、周作人、钱玄同、孙伏园、俞平伯(1900—1997,原名铭衡,德清人)、章廷谦(1901—1981,字矛尘,笔名川岛,绍兴人)、孙福熙(1898—1962,字春台,绍兴人)、柔石(1902—1931,原名赵平福,后改名平复,宁海人)等,这几位作家实际上也是语丝社的主要作家,而周氏兄弟则被称为"语丝派"的"主将"。正由于此,"语丝派"在同"现代评论派"论战时,常常被对方称为是"某籍"(即浙江籍)人士的集结派别。① 然而,语丝社在五四落潮以后思想沉闷、政治低迷的特定时代氛围里脱颖而出,语丝作家承续五四作家的遗绪,勇猛喊出"对于一切专断与卑劣之反抗"②的声音,为当时的沉寂文坛,划出一道亮色,在当时和后来都产生过强烈而深远的影响。这里显现的正是相当数量的浙江作家所蕴有的强烈的现实参与意识和不屈的斗争精神。语丝社的另一贡献,是在散文领域里创造了一种风格泼辣、幽默的"语丝文体",这种文体的创建,标志着议论类散文文体强化了文学性,从而使我国的杂感、小品散文创作开了一种新生面。"语丝文体"的首要创造者是鲁迅和周作人。鲁迅在杂感创作中形成的"鲁迅风",周作人在小品文创作中形成的"岂明风",分别代表了"语丝文体"的两种主要风格,这两种风格又成为"现代中国小品的两大派别"③,历史已确定无疑地记录了两位浙江作家对于中国现代散文的建设者和开拓者之功。

---

① 参见鲁迅:《华盖集·我的"籍"和"系"》。
② 《〈语丝〉发刊词》,载《语丝》创刊号,1924 年 11 月。
③ 周木斋:《小品文杂说》,中国广播电视出版社 1990 年版。

新月社作为提倡唯美主义文学思潮的新文学社团,在中国新文学史上也是独树一帜的,且以其为新文学提供精致艺术而在文学史上产生久远影响。它于 1923 年成立于北京,成员多为英美留学生,浙江作家所占的比例不高,但介入其中的两个浙江作家徐志摩和陈梦家在该社中所处的位置却十分重要。徐志摩(1897—1931,原名章垿,笔名诗哲,海宁人)是新月社的创始人之一。新月社在初始阶段并没有固定的文学刊物,徐志摩于 1926 年夏借《晨报副刊》版面出版《诗镌》和《剧刊》两种周刊,推广新诗和“国剧”,系统宣传新月社的文学主张。其中提倡新诗的格律化,主张新诗要有“三美”(音乐美、绘画美、建筑美),在创作实践中进行有益的探索和实践,形成新月派新格律诗的独特风格,在诗坛产生强烈反响。徐志摩又于 1928 年 3 月在上海创刊《新月》杂志,在创刊号上发表《新月的态度》,阐述后期新月社的文艺观点。《新月》的出版以及徐志摩主持《新月》,使新月社的声名更著,徐志摩作为新月社的组织者和引领者的角色地位也更为显露。而徐志摩在诗歌创作上的卓越成就,也毫无疑义应是新月社最具代表性的诗人。陈梦家(1911—1966,笔名漫哉,上虞人)是后期新月社享有盛名的代表诗人。其诗作受到徐志摩的赏识,在新月青年诗人中独领风骚。他还于 1931 年 1 月同徐志摩等创办《诗刊》杂志,同年 9 月,挑选闻一多、徐志摩等 18 位诗人的 80 首诗,编成《新月诗刊》,由新月书店出版,集内附有他撰写的长序,为新月诗歌的流布出力甚多。这一前一后出现的两位新月社诗人,标志着浙江作家在“纯艺术”领域里的建设也有着重大的创获。

在新文学建设初期,浙江作家创办或参与的新文学社团当然远不止上述四个。据统计,自 1921 年至 1925 年,全国先后创办的文学社团有 100 多个,出版新文学刊物 300 多种。这当中,作为五四新文学时期活跃在全国各地的一支“浙军”,其介入者自然不可胜数。而浙江本土此时期也涌现不少新文学社团,有的还产生过全国影响,这可以从另一个侧面印证浙江作家在五四新文学建设中的重要作用。

就影响而言,其时浙江本土出现的新文学团体,当首推在杭州成立的晨光文学社和湖畔诗社。这是两个前后承续、互有联系的新文学社团。晨光文学社于 1921 年 10 月由一师学生潘漠华、汪静之等发起成立,另有社员赵平复(柔石)、魏金枝、周辅仁等 20 余人,冯雪峰为后期社员,一师教师朱自清、叶绍钧、刘延陵为顾问。该社曾出版《晨光》文学周刊,发表社员的诗歌、散文等作品。这个社团活动时期并不长,至次年下半年即解散。湖畔诗社于 1922 年 4 月成立,其成员是应修人(1900—1933,慈溪人)、潘漠华(1902—1934,原名训,武义人)、冯雪峰(1903—1976,原名福春,笔名画室、何丹仁等,义乌人)和汪静之(1902—1998,安徽绩溪人,长期定居浙江),即"湖畔四诗人"。诗社出版过《湖畔》、《春的歌集》等诗集,创办过《支那二月》诗刊。这两个社团在 20 年代的中国文坛产生过较大影响。特别是湖畔诗社,它是继"中国新诗社"后的第二个诗歌社团,诗社推出的"湖畔四诗人"以描写爱情诗而闻名诗坛,形成中国新诗史上的一个重要诗歌流派——湖畔诗派。正如朱自清在总结新诗第一个十年的创作成就时所指出的:"真正专心致志做情诗的,是'湖畔'的四个年青人。他们那时候差不多可以说生活在诗里。"①这个诗社的存在意义,不独表现在其影响已超出了浙江的地域范围,同时也表明浙江诗人在一种新诗文体上的建设成就。

另一个有影响的新文学社团,是文学研究会宁波分会。这是一个较为松散的文学团体,其成员主要包括宁波的省立四中、上虞春晖中学等校师生及部分文学爱好者,还包括学会团体组织"雪花社"(1921 年 7 月间成立,社员多至四五十人)等。文学研究会重臣朱自清、叶绍钧、俞平伯、丰子恺、夏丏尊等人时在宁波、上虞任教或讲学,他们加入了分会的活动,遂使这个分会一度十分红火。分会为活跃创作,主办了诸多同人刊物,计有《我们》、《四中之半月》、《春晖》半月刊、《大风》、《山雨》等。由王任叔、张孟闻出任编辑,借宁波《四明日报》的版面创办的《文学》副刊,与文研会上海出刊的《文学周刊》相呼应,显示了这个分会的勃勃雄心。在诸多刊物中,以《我们》的文学品位最高。该刊为朱自清、俞平伯主编,刘延陵、丰子恺助编,叶绍钧参与其事。这是个文学年刊,曾于 1924 年出版《我们的七月》,1925 年出版《我们的六月》,刊物所载诗文,多出自宁波分会作家群之手。② 这个社团对于中国新文学的最突出成就,在于造就了一个高格调的"白马湖"诗文创作流派。上虞春晖中学挺立于白马湖之畔,它在 20 年代前期汇聚了一批新文学名家,一度声名远播,曾有"北有南开,南有春晖"之说。名家荟萃,又得白马湖青山秀水的滋润,遂有不少歌咏白马湖的名篇佳作问世,其较著者有朱自清的《白马湖》、丰子恺的《山水间的生活》、夏丏尊的《白马湖之冬》、俞平伯的《忆白马湖宁波旧游》等,"白马湖"也因此声名更彰。以富有秀气与灵性的"白

---

① 朱自清:《中国新文学大系·诗集导言》。

② 参见朱惠民:《红树青山白马湖》,《白马湖散文十三家》,上海文艺出版社 1994 年版,第 259—260 页。

马湖"作为中心意象,可以概括这个时期相当一部分文研会宁波分会作家的创作特色,因而"白马湖"诗文创作流派的确是一个实际的存在。而这个流派在当时新文坛上的极高的知名度,又适足以反映新文学建设初期浙江本土文学创作的繁盛状况。

这时期浙江本土出现的一些小型文艺社团,虽然当时没有很大的作为,也没有产生有影响的作品,但这里往往成为未来作家的摇篮,许多年轻人从这里起步走向文学,有的后来还卓然成家,因此也应当特别提及。这样的社团有:杭州的兰社,1922 年秋由杭州崇文中学生戴梦鸥(戴望舒)、张无诤(张天翼)、叶秋厚,之江大学学生施青萍(施蛰存)等发起成立,创办《兰友》小说旬刊,共出版 17 期,戴梦鸥、张无诤、施青萍都有小说、诗文作品发表。杭州的悟社,1924 年 4 月由之江大学爱好文学的青年学生发起成立,宣言称"以提高革命文学、鼓舞革命性为宗旨",编辑出版了社刊《悟》,发表倡导革命文学的文章和社员作品。杭州的荒原社,1928 年成立,社员主要是浙江大学学生,有叶元灿(叶以群)、周宗棠、应寒冰等,时在浙江大学任教的钟敬文也参加了活动,创办由叶元灿主编的《荒原》周刊,曾刊出《诗的专号》、《戏剧批评及讨论专号》等专辑。萧山的萧湘文艺社,于 20 年代后期由章太庵、许勉(继纲)、钱笑百等人发起成立,社员十余人,曾借《萧山民国日报》副刊《湘湖》(周刊)发表文艺作品。绍兴的微光社,由第五师范学生许杰等于 1921 年底发起成立,曾借《越铎日报》版面创刊《微光》文艺副刊,发表《微光文艺社宣言》,重申文学研究会"为人生"的文学主张,刊出小说、诗歌、剧本、读书录、文学论文以及通讯讨论等。绍兴的启明学社,由绍兴的省立五中学生于 1921 年发起组建,出版《启明》半月刊,曾寿昌主编,该刊中小说、散文、诗歌占很大比例。嘉兴的桐乡青年社,其前身是桐乡县进步青年沈雁冰等于 1919 年秋组建的"新乡人社",成员有沈泽民、孔德池、王会先、严家淦、卢树森等,曾出版《新乡人》两期;1922 年春,新加入金仲华、郑明德、孔另境等约 50 人,队伍扩大,沈雁冰遂联合杭州、嘉兴部分同人,在嘉兴南湖烟雨楼召开大会,经讨论表决,将刊物《新乡人》改名为《新桐乡》,将社名改为"桐乡青年社",该社曾多次举办暑期讲习会,沈雁冰、沈泽民等前往演讲,刊物也发表有沈氏兄弟的小说。温州的慎社,由夏承焘、梅冷生、陈仲陶等人于 1920 年发起组建,有社员 87 人,出版《慎社》诗刊。该刊注重诗词创作和词学研究,特别在词学研究上多有建树,夏承焘后来成为我国一代词学宗师。这些社团从不同侧面反映了受到五四新文化、新文学思潮熏染的浙江年轻一代介入新文学建设的喜人景象。有此浓厚的文学氛围,有此坚实的文学后备力量,浙江的新文学作家队伍日后将更形壮阔,也必将在未来的中国新文学发展中演出有声有色的话剧。

四　五四文学中的"浙江文学"

在新文学建设层面上,浙江作家的建设性贡献,除了文学理论建树、作家队伍组建外,更重要的是表现在文学创作实践上。中国新文学的第一批成果——五四文学,是由全国新文学作家合力创造的,而异军突起、阵容壮观的"浙军"尤其功不可没。这小独表现在"浙军"中的领军人物鲁迅、周作人等发出了中国新文学的第一声呐喊,具有一种先声夺人的气势,同时也表现在实力雄厚的"浙军"对中国新文学各个阵地的广泛占领。在五四新文学各种文体的首创性建设中,浙江作家都是积极介入、勇于开拓的,而且往往在各个创作领域里独占鳌头。小说创作方面:鲁迅是中国现代小说之父,郁达夫首创浪漫抒情小说,这两家小说是五四新小说中最耀眼的部分,长期以来很少有人超越,而"浙东乡土作家群"奉献的乡土小说拓宽、深化了此类小说的内涵,同样取得了别人无可替代的成就。诗歌创作方面:中国第一代新诗人周作人、沈尹默、刘大白等创作的初期白话诗,开了中国新诗的先河,"湖畔四诗人"在"情诗"的创作方面独辟蹊径,而徐志摩作为"纯诗"的创造者,无疑是五四诗坛最耀眼的明星之一。散文创作方面:"新青年"散文作家群中浙江作家占据重要席位,五四文学中最纯正的散文流派"语丝派"又是浙江作家独领风骚,而鲁迅、周作人作为中国现代散文宗师和两大散文流派的开拓者、创造者,其成就更是无人可以比拟。戏剧创作方面:沈雁冰、郑振铎等发起创建我国第一个现实主义戏剧团体,宋春舫、陈大悲、余上沅等作为我国第一代新剧的引入者、创造者,对于五四新戏剧的创建都作出了有目共睹的贡献。以上所述,仅仅举其大端(细部描述,将在下编"创作现象"中展开),但仅此足以说明浙江作家在五四新文学建设中的确有着十分显赫的地位,就中国五四文学而言,"浙江文学"无疑是它的一种不可或缺的构成。

需要说明的是,这里所说的"浙江文学",是指浙江作家参与创造的文学,它包括浙江作家在本地创造的和在"异乡"创造的两大块。在五四期间,浙江作家中的多数(特别是那些成就卓著者)是在"异乡"建功,中国五四新文学的创作阵地主要也是集中在北京、上海这些大都市,倘若把这些地方创造的文学都排除在外,浙江就基本上没有文学,这显然与史实不符。而且,就文学创作主体对于文学产品最终生成的决定性机制而论,不同地域的作家常常会产生打着独特地域印记的文学,一个作家可以走得很远很远,但他永远是那个地域的儿子。浙江作家在"异乡"创造的文学,就带着严家炎所说的鲜明的"区域性的特点"①。因此,以区域性特点视之,从中国新文学整体中析离出"浙江文学",也不是不可思议的。然而,包括浙江作家在内的中国新文学建设者,他们创建新文学的动机与着眼点却是整体而不是地域,他们意在创造的是整体的中国新文学而不是单个的地域新文学,因而他们的新文学理论与实践成果都是整个地渗透、消融在中国新文学的总体范畴之中的。这样,就决定了五四文学中的"浙江文学"的两个显著特点:一是浙江文学与中国五四新文学的整一性,即浙江作家创造的文学保持着同整个五四新文学走向的整体一致性;二是浙江作家的创作以其独特的存在形态(特别是鲜明的地域特色)而显出相当程度的独特性。

由于许多浙江作家在五四新文学建设中往往担负着引领者的角色,正是他们在坚持新文学的五四方向方面表现出极大的理论自觉性和创作先导性,这便有可能对此一时期的"浙江文学"产生直接的影响,使其保持着同五四新文学走向的基本一致。五四新文学观念的核心,是在现代启蒙主义思潮的影响下,注重个性解放意识,确立"人的文学"观念。因此,执著于"辟人荒"的工作,谋求"人的觉醒和解放",便成为新文学先驱的共识,也必然形成五四新文学创作的基本主题。有意思的是,这一带有方向性的路标,恰恰是由浙江作家首先择定的。周作人首倡"人的文学"理论,在新文学建设中无异于炸响了春雷;此论一出,立即为当时的新文学同人所接受:"今后的新文学,应该是周作人所说的'人的文学'。"②这一思想同时也为其他几位作为新文学先驱的浙江作家所确认。鲁迅在回述五四新文学运动时曾指出:"最初,文学革命者的要求是人性的解放。"③茅盾也说:"人的发现,即发展个性,即个人主义,成为'五四'时期新文学运动的主要目标。"④郁达夫对于文学应表现个性解放的要求体会更深切,因而对这一点也讲得更清楚:"五四运动的最大成功,第一个要算'个人'的发现。"⑤如此明确的"人的文学"意识,决

---

① 严家炎:《20 世纪中国文学与区域文化丛书·总序》。
② 罗家伦语,转引自陈炳堃:《最近三十年中国文学史》,上海书店 1989 年 10 月影印本。
③ 鲁迅:《且介亭杂文·〈草鞋脚〉小引》。
④ 茅盾:《关于"创作"》,《北斗》,1931 年 9 月创刊号。
⑤ 郁达夫:《中国新文学大系·散文二集·导言》。

定了浙江作家的创作必在发现"人"、表现"人"方面作出坚执的努力。综观这一时期的浙江文学,就其基本形态说,是在"人的文学"层面上。以鲁迅为代表的启蒙主义文学创作自不必说,其最重要的使命要求是重铸民族灵魂,猛烈抨击落后的"国民性",促使国民从麻木愚昧中警醒,体现了最显著的"立人"意识。周作人的前期散文也带有明显的启蒙性质,其对封建意识形态的批判,对旧礼教、旧制度的"非人"性的深刻暴露,同样是振聋发聩的。其他文学创作也在不同程度上反映了人们在自由平等、人格独立、个性解放思潮鼓舞下,或喊出强烈要求发展、完善自我个性的努力,或勇猛地向摧残人性的封建礼教、家族制度宣战,或犀利批判封建农村宗法制度的黑暗,或在个人爱情婚姻问题上表现出强烈的争取自由幸福的观念,等等,无一不表现出人的意识的觉醒和人的价值、尊严的被确认。郁达夫的小说在"灵和肉"的冲突中发出要求尊重"人"的尊严的呼喊,许钦文等的乡土小说对农村封建宗法制度的愚昧与黑暗的揭露,"湖畔四诗人"在凄苦的情诗中吐露感情受压抑的苦闷,徐志摩的诗作表现对于自由人性的向往等,都是典型的例证。

　　自然,以启蒙为导向,规定着五四文学以唤起人的觉醒、启迪人的心智为职志,"人的文学"就成为五四作家的首要选择。然而,五四前后的中国,内忧外患接踵而至,国家、民族的前途,社会、人生的命运,也势必成为作家关注的焦点,因此五四文学的主题常常表现出"启蒙"与"救亡"的双重变奏。而且,"人的文学"的主题本身就带有母题性质,它可以衍生出许多分主题,如与人的自然属性相联系侧重表现自我、个性,与人的社会属性相联系侧重表现社会、人生。后一重主题的强化,就使"人的文学"逐渐向"救亡"的方向发展。五四文学中的浙江文学,也大体上遵循着这样的变衍、发展轨迹:即在"人的文学"主题的统率下,强调了文学"为人生"的内涵,使之逐渐强化文学的"救亡"意识。事实上,在浙江作家那里,文学表现"个体"的人总是同"为人生"联系在一起的。鲁迅便是这样:"说到'为什么'做小说罢,我仍抱着我十年前的'启蒙主义',以为必须是'为人生',而且要改良这人生。"①鲁迅的作品在解剖国民的灵魂时,总是夹带着他那深巨的历史忧患意识,足见出其创作深切的改良人生、指导人生的命意。在浙江作家中,文学研究会成员占着很大的比重,这部分作家所表现的文学"为人生"的倾向特别浓重。

---

① 鲁迅:《南腔北调集·我怎么做起小说来》。

这不但在他们的小说中可以得到印证,即便是在初期的白话诗、早期话剧和后来的"语丝派"散文中,也同样有清晰的展露。而且,随着"救亡"形势的日渐峻急,五四以后的"浙江文学"还有着向"救亡"一面急剧倾斜的趋向。敏于感知的浙江作家及时捕捉时代新的信息,在文学观念上作着适时的调整。文学研究会主将沈雁冰于 1925 年 5 月发表《论无产阶级艺术》一文,标志着他已由"人的文学"观开始转向阶级的文学观;而同是文研会早期会员,沈雁冰乃弟沈泽民则在更早发表的《我们需要怎样的文艺》①一文里,已在鼓吹"革命的文学"主张了。尽管这一时期浙江作家还没有创作出成熟的阶级文学、革命文学作品,但已经开始出现的转化趋势必将在下一个时期获得更大规模的发展,"浙江文学"也将在顺应文学新潮中显出另一种新的走向。

就独特性而言,这一时期浙江作家创造的渗透着鲜明地域色彩的文学形态在五四新文学中独树一帜,从而赋予此时的"浙江文学"以鲜明的特色。最鲜亮的标记,无疑是浙江作家笔下浓墨渲染的吴越文化氛围和浙江山川风光,那是任何一个来自别地的作家的创作都无法混淆的。鲁迅小说中的"未庄"、"S 城",周作人散文里的"乌篷船"、"故乡的野菜",郁达夫的小说、散文中隐约透露的秀美的富春江的山光水色,是那样深深地刻印着"浙江"的"胎记",任什么力量也无法抹去。还有走到天边也改不掉的"乡音",浙江作家笔下的文学语言总是免不了"浙江腔"。读刘大白的早期白话诗,一望而知这是用浙东的方言俗语写成的,浙江人读起来犹如异乡遇故知般的亲热。而"浙江文学"中作为深潜的浙江标记的,则是体现着两浙文化精神的浙江人的意识观念、思维方式、文化性格,等等,这是积淀在浙江作家意识深处的东西,但它们总是在浙江作家的笔端经意或不经意地表露出来。"会稽乃报仇雪耻之乡,非藏污纳垢之所"——由此形成浙东人的"硬气",即"铁骨石硬"的性格,这在浙江作家的作品中随处都可以找到。像这样体现精神、意识性的东西,犹如吉光片羽般散落在浙江作家各种类型的作品中,倘若用心收集,不难从整体的五四文学中概括出一种叫做"浙江文学"的特色与风貌。事实上,地域性是一种很难消解的"惰性",一个作家可以远离故土,但他的创作总是离不开那一片曾经生于斯、长于斯的土地。正如鲁迅指出的:"凡在北京用笔写出他的胸臆来的人们,无论他自称为用主观或客观,其实往往是乡土文学,从北京这方面说,则是侨寓文学的作者。"②这里说的是"乡土文

① 刊上海《民国日报》副刊《觉悟》,1924 年 4 月 28 日。
② 鲁迅:《中国新文学大系·小说二集序》。

学",但放大来看,浙江作家"侨寓"于"异乡"而创作的文学,相对于整体的五四文学而言,它同样是一种"侨寓文学",从本质上说,它依然属于浙江自己。

倘若说,五四文学中"浙江文学"的地域特色,在单个作家身上仅仅是种"片断"显示,那么,作为整个介入于五四文学的浙东乡土小说,就带有更鲜明的"浙江"标记,在当时就产生广泛的影响,从而使"浙江文学"的独立存在意义变得更为切实而具体。毫无疑问,在中国的五四文学中,"乡土小说"是一种文化品位、艺术品位很高的小说,而浙东的乡土小说正是它的骨干和中坚。这不独因为"乡土小说"这种样式是由新文学奠基者鲁迅首创的——其创作虽不能以单纯的"乡土小说"名之,却可以说为"乡土小说"提供了经典的范式,其对于故土作家产生深刻的影响是顺理成章的,浙江的"乡土小说"作家几乎都是他的学生或私淑弟子,这无形中提升了浙江"乡土小说"创作的起点;同时还在于浙江有一个"浙东乡土小说作家群",其以群体的形式参与"乡土小说"的创造,创作上的优势与实绩,就更不是别地作家所可比拟。而且,这个群体中的作家,如许钦文、许杰、王鲁彦、潘训(潘漠华)、王任叔(巴人)等,都是中国新文学史上耳熟能详的人物,他们的创作自然不会不引起人们的注意。浙东的乡土小说对于表现深潜的浙江文化特色可以说是最充分的。它一方面以浙东作家秉有的刚韧与坚硬,挑开农村封建宗法制度黑暗的一幕,给以无情的鞭挞,暴露了浙江地区积淀深厚的封建文化、封建礼教的罪恶;另一方面又以崭新的视角表现了浙江沿海地区自近代以来商业经济驳杂的生存形态,写出了在商业经济熏染下"乡村小资产阶级的心理和原始式的冷酷"[1],展示了在一个独特地域里才有可能出现的现代文化现象。将浙江的过去和现在表现俱足,以此映照整个中国社会,昭示着浙东乡土小说的深刻性,同时也昭示着浙江作家以浙江特色参与中国新文学创造取得了丰硕成果。浙江作家对五四新文学作出的一个重大贡献在于此,五四新文学中体现最鲜明浙江色彩的也在于此。

---

① 茅盾:《王鲁彦论》,《小说月报》19 卷 1 期,1928 年 1 月。

第三章
浙江作家引领 30 年代文学新潮流

从 **20** 年代后期开始,中国新文学走完"五四阶段",进入它的又一个辉煌发展期,即文学史上称之为"30 年代文学"时期。此一时期文学较之于"五四文学"的显著变化,其一是文学主导倾向的转换:随着 1928 年前后无产阶级文学运动的倡导,左翼文艺蓬勃开展,文艺主潮日渐强化"救亡意识"和阶级要求,新文学的主导倾向逐渐实现了由个性解放向阶级解放、民族解放的转化,新文学的主题也不再是单纯的"人的文学",而是有了更为丰富、拓展的内涵;其二是文学的多元发展趋向日益明显:经十余年时间的积累,新文学为自己日趋完善提供了较为丰富的经验,不但其创作以气势开阔、积累深厚、艺术成熟为特色,还出现了思潮迭起、流派纷呈的文学发展新格局,各种类型文学创作的纷起竞存,大大丰富了中国新文学的表现内容和表现形态。"30 年代文学"无疑是继"五四文学"以后中国新文学的又一个发展高峰。

作为建设中国新文学的一支重要生力军,浙江作家始终同中国新文学共同着生命,也必然会随着文学潮流的发展而前进。经过五四的锤炼,进入一个新的历史时期,他们在思想上艺术上更成熟、精进,必会更有所作为;而此一时期,由于中国新文学中心南移,为造就更壮阔的浙江作家队伍创造了条件,从而使浙江显出前所未有的文艺繁盛局面。在建构中国"30 年代文学"新格局中,浙江作家的突出贡献是:面对文学发展的新趋势,他们以敏锐的感知捕捉文艺新潮,适时调整文学思想与观念,积极介入左翼文艺运动,以其先导性的文艺思想和丰厚的创作实绩再一次引领了中国文学新潮流。

同时,由于此时浙江作家队伍阵容壮观,不同类型的作家对多种文艺思潮和创作思想作了认真的探索和创作上的尝试,于是使此时的浙江文学呈现以左翼文艺为主潮、多种文艺思潮流派竞存的格局,在多种新文学样式建设中作出程度不同的建树。因此也可以说,30 年代的浙江作家在多方面引领了中国文学新潮。如果说,"五四文学"是浙江新文学的一个光辉的起点,那么,在"30 年代文学"中,浙江新文学已走向了更大的辉煌。

一　新文学中心南移对于浙江的意义

中国的 30 年代文学,是因以上海为中心蓬勃展开的左翼文艺运动而日渐壮大其声势的。这个继五四新文学运动以后的又一场规模空前的文学运动的产生,实有其深刻的历史渊源。国际无产阶级文学思潮的影响,中国大革命失败的现实,无产阶级单独领导中国革命的重任,都在召唤中国新文学作又一次历史性的变革,于是,从五四的"文学革命"到 30 年代的"革命文学"的转化,便成为一种不可逆转的趋势。此种转化,造成中国新文学的一次大规模的空间传动:即新文学中心的南移。五四落潮以后,"苦闷彷徨的空气支配了整个文坛"①,而以北洋军阀统治下的北方尤甚。曾是五四新文学策源地的北京,此时也显得死气沉沉。鲁迅描述的"寂寞新文苑,平安旧战场"②是对此的生动写照。富有变革精神的新文学作家,当然难耐此种寂寞的气氛,便纷纷南下当时革命空气高涨的广州、上海。而当大革命失败,倡导无产阶级文学的时机成熟,遂有一大批作家汇聚上海,成立"左联",组织广泛的作家队伍,掀起声势浩大的左翼文艺运动,使之成为当时中国"唯一的文艺运动"③,上海因此而成为中国新文学运动的中心。

中国新文学的历史性转化,尤其是新文学中心由北京南移上海,这对于此一时期浙江文学新格局的建构,意义是巨大的。从五四过来的一代浙江老作家,除周作人等少数作家继续留在北京,远离中国新文学中心以外,多数作家已适时调整文艺思想,把握文艺发展新趋向,积极投身于左翼文艺运动,为实现中国新文学的历史性转化发挥主导作用。由于许多浙江作家实际上担负了左翼文艺运动的领导责任,加以又有一大批新进的左翼作家的

①　茅盾:《中国新文学大系·小说一集导言》。

②　鲁迅:《集外集·题〈彷徨〉》。

③　鲁迅:《二心集·黑暗中国的文艺界的现状》。

加入,使得这一时期浙江作家队伍的左翼倾向特别浓重,浙江文学在引领中国 30 年代文学新潮方面也显得特别突出。同时,因新文学中心南移,与上海邻近的地域亲缘关系促成浙江作家由"边缘"向"中心"位移,为造就更壮阔的作家队伍创造了条件。如果说因前此的新文学中心在北京,浙江作家的介入,总有地理上的阻隔,不免有许多局限,即便介入,也难于改变"侨寓"的性质;那么,到了这一时期,文学中心就在邻近,提供了诸多精神上物质上的有利因素,必然会带动一大批人走向文学。许多浙江的文学青年就是这样一批一批走进上海的文学圈子的。

综观这一时期浙江作家的活动地域,其核心部分是在上海;同时由于上海与浙江的近便关系,也必推动浙江本土文学的发展。30 年代的上海文化具有开放性,除左翼文艺一枝独秀外,其他文学思潮流派也都在这里滋生。又因左翼文学的过重政治化倾向,导致一些作家的不满,使左翼文艺队伍后来也有所分化。这就决定了此时的浙江文学队伍并非"左翼"一派,而是存在着坚持多种文学思潮、流派的作家共存的格局。这一作家队伍新格局,可以分下述三大块予以描述。

阵容最为壮观的首推左翼文艺队伍。这一支队伍,因新文学大师鲁迅、茅盾的领衔而显得格外夺目。鲁迅于 1926 年 8 月从北京南下,先到厦门、广州,后在上海定居,开始了他在上海十年时期辉煌的文学生涯。这一时期,鲁迅以其在文坛的崇高声誉,发起成立"左联",很自然地成为"左联"的盟主、左翼文艺运动的一面旗帜。茅盾在大革命时期一度倾心于革命活动,奔走于广州、武汉等地,大革命失败后定居上海,完全走向文学,进行卓有成效的革命文学创作。他长期担任"左联"的行政书记,又以其丰富的创作实绩为左翼文艺赢得了声誉。还有三位浙江作家,既是"左联"的发起人,又长期担任"左联"的实际组织工作,在"左联"中有举足轻重的地位,这便是冯雪峰、夏衍、柔石。① 他们都是上个时期开始走向文学的青年,这一时期都倾向革命。他们带着青年人特有的革命朝气投身于左翼文艺运动,使左翼文艺增添了生机。类似的浙江左翼文学青年还有朱镜我、艾青、巴人、楼适夷、徐懋庸、沈西苓、陈企霞、何家槐、唐弢、黄源、林淡秋等以及为革命和文学献出生命的殷夫、潘漠华、应修人等"左联"烈士。这些任何一部中国新文学史都

---

① 据夏衍回忆,发起成立"左联",有一个"左联"筹备小组,成员一共 12 人,即鲁迅、郑伯奇、冯乃超、彭康、阳翰笙、钱杏邨、蒋光慈、戴平万、洪灵菲、柔石、冯雪峰、沈端先。见《懒寻旧梦录》,第 145 页。

不能不提及的"左联"作家的名字,无疑为壮观的浙江左翼文艺队伍增光添彩。无论是鲁迅、茅盾,还是浙江左翼青年作家,都在不同的文学创作领域里取得重大收获,他们的成就与业绩不但在中国新文学史上占着显著的位置,同时也必然是这一时期浙江文学中的主体部分。

另一个数量可观的作家群体依然保持着前进倾向,但又显出与"左翼"不尽相同的色彩。这部分作家并没有像"左联"作家那样直接参与从文学革命到革命文学的剧烈变革,而是继续循着五四的文学道路探索前进,在坚持个性主义、人道主义思潮、"为人生"的现实主义原则下对五四文学有所拓展。从上虞白马湖畔走出的"白马湖"诗文创作流派作家如丰子恺、夏丏尊等,于 20 年代后期来到上海,在从事教育和出版活动的同时坚持文学创作,便是持守此种立场的典型。他们一面保持着同左翼作家的一定的联系,一面又坚守政治上的独立,其创作被称为"立达"派 ①散文,显出积极的人生派倾向,讲究品格、气节和操守,在 30 年代文学中独树一帜。在五四文学革命中已露过头角的陈望道、郑振铎等作家,此时也没有参加"左联",但在政治上的不党不派中显出前进倾向。陈望道在复旦大学等校任教,从事语言研究,后来同"左联"作家一起发起"大众语运动",痛斥沉渣泛起的"文言复兴运动",又在鲁迅支持下创办《太白》杂志,对 30 年代的战斗杂文有所推进。郑振铎于大革命失败后被迫远走欧洲,30 年代初在北京的大学任教,主编进步文学刊物《文学》和《文学季刊》,1934 年末到上海,与"左联"作家保持密切联系,积极参加反帝反法西斯斗争。可以说,他们都是"左联"的"同路人"。与"左联"密切合作的并非"左联"的浙江籍作家,还有曹聚仁、傅东华等。前者高扬"文学为人生"的旗帜,因而同"左联"取同一步调,用犀利的杂文同"闲适派"文艺进行斗争;后者则潜心于翻译、理论工作,参与以"左联"作家为主体的《文学》的编务,为 30 年代文学的繁荣作出过贡献。前一个时期以乡土小说创作著称的"浙东乡土作家群"作家王鲁彦、许杰、许钦文等,此时依然在他们所熟悉的"乡土"里耕作,基本上游离于左翼文艺队伍之外,但仍保持着对黑暗社会的严峻批判态度。其时他们大都不在上海:王鲁彦辗转各地;许杰始而在浙江任教,后去马来西亚、广州、安徽等地从事文学活动;许钦文大部分时间在浙江中学教书,后因"无妻之累"受牢狱之灾。这也许是他们没有介入左翼文艺运动的一个原因。因就他们的总体创作倾向看,

①　因他们曾创办"立达学园"而得名。参见钱理群等:《中国现代文学三十年》,上海文艺出版社 1987 年版,第 387 页。

大都蕴含着对旧社会、对专制政治不屈的抗争态度,正显示出他们同"左联"作家的基本一致性。

还有一支远离"主流文学"的作家队伍。这部分作家,在政治态度、思想倾向上表现出同当时主流文学思想的不同程度的背离,但在艺术创新或在引进、实验文艺新潮方面都有所建树,也颇引人注目。远在北京的周作人,其时已稳居北方文坛"盟主"的地位,同上海的左翼文艺运动当然颇为隔膜,他提倡的"闲适"小品文就常常受到左翼作家的攻击。但作为"京派"的一位代表作家,他在 30 年代创作的大量散文,仍有独特的艺术韵味,拥有广泛的读者。徐志摩于 1928 年在上海创办《新月》杂志,揭起"新月派"旗帜,与当时正在开展的无产阶级文学运动相颉颃,理所当然成为当时"左联"作家的批判对象。然而,因《新月》的创刊而形成的后期新月派诗歌,对新诗的艺术创新又有难以磨灭的贡献。在文艺新潮的引进、实验方面卓有成绩的,是浙江作家领衔的"现代"作家群。这个群体因团结在大型文学刊物《现代》周围,创作多表现出"现代主义"倾向而驰名。群体中三个最著名的"现代派"作家施蛰存、戴望舒、穆时英,均来自浙江。他们原先都接受过左翼文艺,后来因不满于"左联"过重的政治化倾向,在政治上提倡自由主义,严守"艺术独立",也往往被"左联"作家批评,有的就被指称为"自由人"、"第三种人"而遭到长期批判。但他们的创作成就却是有目共睹的:戴望舒的"现代派"诗歌、施蛰存的心理分析小说、穆时英的新感觉派小说,为中国新文学提供了独特的文学品种,在文学史上都占有重要一席。与主流文学相悖、在艺术上有所追求的作家,还有邵洵美、章克标、严独鹤等。30 年代的上海,是一个自由度很大的活动空间,这为浙江作家施展多方面艺术才华、进行多种艺术探索创造了条件;而各类创作、多种流派在上海的共存共荣,正反映了 30 年代浙江作家队伍的壮观景象和浙江文学的繁盛局面。

由于毗邻文学中心,30 年代在浙江本土开展的文学活动也较前一时期有所发展,而且往往表现出同文学中心的联系与呼应。受到上海左翼文学的影响,浙东的宁波、宁海等地也一时兴盛革命文学,巴人、柔石、殷夫、林淡秋等作家在故乡即开始创作,后主要在上海,又常往返于沪、浙之间,对两地的左翼文艺都有所推动。前一时期的创造社主将郁达夫,因同后期创造社成员意见不合,此时已退出创造社,文艺思想也有些变化,他曾经参加过"左联",但不久即告"脱离",自谓"原因是因为我的个性是不适合这些工作的"①。此后他脱离了上海的左翼文艺圈子,于 1932 年移家杭州,从事小说、散文创作,但仍保持着同上海的联系,经常于沪、杭间走动,参加上海的"中国自由运动大同盟"、"上海文化界反帝抗日联盟"等组织的活动。这时期浙江创办的一些文艺社团,许多也同上海有联系。如被鲁迅称为"新的,年青的,前进的"②"一八艺社",是由 1929 年杭州艺术专科学校学生李可染等创办的"泼波社"演变而来,"泼波社"曾出版杭州《民国日报》文艺副刊《泼波》,刊物停刊后,该社成员大部分转入"一八艺社",在上海从事艺术活动,得到鲁迅的帮助和指导。许多社团显示出进步倾向。如朱渭深于 1930 年在湖州创建"流星文学社",在《湖州报》辟《流星周刊》,出版《流星丛刊》,有散文集、诗集、小品等等,因刊物表现出进步色彩,受到当局的警告而停刊。杭州师范学校学生姚思铨(即万湜思)等于 1931 年组建"白煤学社",表达像煤那样燃烧自己、献出光和热的愿望,组织读书会、介绍进步书刊,大力宣传争民主、反专制的进步思想,学社被当局查禁,部分社员遭军警逮捕。绍兴会稽山中学学生孙京坤、王新铭等于 1934 年发起成立"芭蕉社",办有《芭蕉》月刊,确定办刊宗旨为"文艺不能脱离社会……所以从事文艺应从社会生活中创造文艺,并用文艺来推动",同样被当局查封。

应当说,以浙江作家队伍之壮阔,加以又有靠近文化中心的地理优势,浙江本土在 30 年代应有更繁荣的文艺发展局面。然而,令人惋惜的是,这样的景象并没有出现。其中一个重要的原因是:由于浙江省的国民党当局推行严厉的文化专制政策,大肆扼杀、摧残革命的文化力量,对稍有进步色彩的文化人士也大抵采取打击、排挤态度。上述许多文学社团,并没有太多的"越轨"之举,一个个遭到查禁,便都是适例。而浙江省党部对鲁迅的态度,更是突出的例证。像鲁迅这样的名闻于世的文坛巨子,本是浙江的骄傲,但把持浙江省党部的某些人却把他视为眼刺肉钉,必欲除之而后快。早在 20 年代,鲁迅主编的《语丝》,就被浙江省党部明令禁止在浙江发行。1931 年,因鲁迅参加"自由运动大同盟",更被浙江省党部以"堕落文人"的罪名通缉,这通缉令至鲁迅去世都没有撤销。对于浙江省当局的无理迫害,鲁迅每念及于此,总有切肤之痛:"其实浙江是只能如此的,不能有更好之事,我从钱

---

① 　郁达夫:《回忆鲁迅》。
② 　鲁迅:《二心集·一八艺社习作展览会小引》。

武肃王的时代起,就灰心了。"①还不胜愤慨地指出:"夫浙江之不能容纳人才,由来久矣,现今在外面混混的人,那一个不是曾被本省赶出? 我想,便是荩白之流,也不会久的,将一批一批地挤出去,终于止留下旧日的地头蛇。"②30 年代,因郁达夫久居杭州,鲁迅以自己的切身体验为其深深担忧,故于1933 年 12 月作诗一首,劝其尽速离去。诗云:

> 钱王登假仍如在,伍相随波不可寻。
> 平楚日和憎健翮,小山香满蔽高岑。
> 坟坛冷落将军岳,梅鹤凄凉处士林。
> 何似举家游旷远,风波浩荡足行吟。③

诗作前三联,一再以杭州的史实典故作喻,极言其地之黑暗境状,规劝郁达夫不可久居。尾联则坦率地说出自己的鼓励和希望,愿其尽速摆脱羁绊,投身"旷远",殷殷之情,可谓溢于言表。鲁迅的意见,道出了自己对故土政治黑暗产生的愤懑心情,同时也深刻地揭示了浙江文坛不振的弊端所在,无疑是对浙江文学消极一面的有力针砭。浙江虽是人才济济,但以往各个时期大抵远走他乡,出现多少有点"墙里开花墙外红"的现象,不能不令人扼腕叹息。30 年代的浙江文学现象说明,出现一个民主、进步、宽容的政治局面,创造一种团结、协调、祥和的文化氛围,对于一个地区的文艺发展是多么重要!

二　30 年代文艺主潮中的引领地位

作为体现中国新文学顺应文学发展潮流的一种重大变革,左翼文艺的存在意义及其历史价值都是无法抹杀的。从 20 年代末期起,呼唤新文学由"人的解放"向阶级解放、民族解放转化,曾在中国新文学界形成一股普遍性的思潮,这股思潮在富有变革精神的"浙军"中必会引起广泛而热烈的回响,从浙江地域走出的一大批作家卷入了这股思潮。这同浙江毗邻左翼文学中心上海有直接关联,也同当时浙江地域的革命斗争情势紧密相关。左翼作

---

① 鲁迅致章廷谦信,1927 年 7 月 17 日。
② 鲁迅致章廷谦信,1927 年 7 月 28 日。按:荩白,指蒋梦麟,浙江余姚人,曾任北京大学教授及代理校长,当时任浙江省教育厅首任厅长。
③ 鲁迅:《集外集·阻郁达夫移家杭州》。

家来源的地域分布，既呈全国铺展态势，又有相对集中的区域。据姚辛编著的《左联词典》"左联盟员简介"①，在总数 288 位盟员中，按省籍统计，位居前五的是浙江（47 人）、江苏（31 人）、广东（31 人）、湖南（19 人）、四川（17 人）五省，共 145 人，占到总数的一半以上。这反映了左翼文学风潮在特定地域内的强势显现，而浙江左翼作家群无疑是左翼文学队伍中最有影响的一个群体，由此确立了它在中国 30 年代文艺主潮中的引领地位，而浙江左翼作家群的文学创作，也必会在左翼文学中崭露头角。

　　上海十年时期的鲁迅成为左翼文坛的盟主与旗手，应是文学变革的最典型的例证，同时也加重了"浙军"在左翼文学中的分量。尽管无产阶级文学是由创造社、太阳社作家首先倡导的，鲁迅还同这两个社的作家有过很长一段时间关于革命文学的论争，但这丝毫不影响鲁迅作为这股文学新潮的自觉的鼓吹者和左翼文学运动的真正意义上的领导者的角色地位。早在 1926 年前后，鲁迅已经意识到，沉寂的北京文坛不能久居，必须造就一个新的文学运动才能于新文学有所推进。他自述其从北京南下的两点"野心"：一是"想到广州后，对于'绅士'们仍然加以打击"，二是"与创造社联合起来，造一条战线，更向旧社会进攻"②，只是因部分创造社作家出于激进情绪，发起同鲁迅的论战，才延缓了合作进程，使无产阶级文学运动联合阵线的形成有所推迟。但鲁迅依然认为无产阶级文学运动的倡导，"实在具有社会的基础，所以在新份子里，是很有极坚实正确的人存在"③，给予肯定与支持。于是当倡导者们检讨了以往的错误，决定再度同鲁迅合作，成立"左联"，鲁迅便欣然首肯了。在"左联"成立过程中，鲁迅既是发起人之一，又是主席团成员，始终担负着最重要的角色。而且，"左联"因有鲁迅这面旗帜，才变得更有号召力，也使左翼文艺运动在鲁迅的指引下不时拨正方向。可以说，论到对于左翼文艺运动的贡献，鲁迅该是首屈一指的。同时，由于鲁迅引领左翼，这对于将一大批浙江作家召唤到左翼文艺队伍，也有着不可低估的作用。他到上海不久，即与郁达夫联手创办《奔流》杂志，介绍革命文艺理论和作品，这对郁达夫最初加入"左联"无疑有重要影响。他对于来自宁海的青年柔石，立即给予了充分信任，合办"朝花社"，编辑《语丝》，使柔石得到锻炼，后来又一起发起成立"左联"。他同冯雪峰保持着长期的友谊和联系，这

---

①　姚辛：《左联词典》，光明日报出版社 1994 年版。
②　鲁迅：《两地书·六九》，1926 年 11 月 7 日。
③　鲁迅：《二心集·上海文艺之一瞥》。

位来自浙东的质朴而梗直的青年显然与他灵犀相通,在彼此亲密的合作中推进了左翼文艺事业,冯雪峰就成为他与共产党沟通的最重要的桥梁。此外还有夏衍、殷夫、黄源、楼适夷、唐弢,等等,一个个都在他的扶掖、指导下成长为坚强的左翼文艺战士。地域亲缘关系容易使鲁迅同前进的浙江文学青年心灵沟通,而鲁迅的榜样和力量则的的确确是推动浙江左翼文艺发展的一个重要因素。

如果说,鲁迅对浙江的左翼文艺有引领者之功,那么,这一时期茅盾作为老资格的共产党人完全从政治走向文学,加入左翼文艺阵线,不但强固了"浙军"在左翼文艺运动中的引领地位,而且还以其显著的创作业绩扩大了"浙军"在左翼文艺创作中的影响。茅盾长期担任"左联"的行政书记,是"左联"的一位实际领导者。他又主持"左联"的大型文学刊物《文学》,组织、推动左翼文艺创作,同时继续发挥其文艺批评专长,发表大量文艺批评文章,对"左联"的创作以有力的指导。茅盾对于左翼文艺运动的最大贡献,体现在创作成就上,他是 30 年代无出其右的小说大家。左翼文艺在其初始阶段的明显弱点,是理论宣传多于创作实践,创作中带有显著的公式化、概念化倾向。作为左翼作家的茅盾的出现,并屡屡以其厚重的创作冲击文坛,不但改变了上述倾向,而且提升了左翼文艺的价值,证明左翼文艺同样叫以有很高的品位,这对于扩大左翼文艺影响的意义无疑是巨大的。而且,茅盾建构的现实主义文学创作模式当时形成群起仿效之势,长时期居于主流文学的地位,更有着无可估量的意义。茅盾的贡献,为浙江又添一层光荣。

左翼文艺阵线的两位重要组织者——夏衍和冯雪峰,为"左联"的成立,为巩固和扩大左翼文艺阵营,作出了辛勤的劳绩,从又一个侧面显示了浙江作家在左翼文艺运动中的卓越贡献。夏衍对于"左联"有创建者之功,这是他的一个很突出的功绩。其时他接受党组织的一项重要使命,就是协调创造社、太阳社成员和鲁迅之间的关系,动员鲁迅参加"左联"筹备工作。据钱杏邨回忆,派夏衍做鲁迅的工作,是基于两个方面的考虑:一是他同鲁迅是同乡,原本已有往来;二是他并非创造社、太阳社成员,同鲁迅没有"文学之争"①。夏衍接受使命,多次同鲁迅晤谈,终于取得鲁迅谅解,同意领衔成立"左联"。在"左联"的筹备、成立过程中,夏衍充当了重要角色:他既是 12 人的筹备小组成员,又是成立大会上的 3 人主席团成员之一(另 2 人是鲁迅、钱

---

① 吴泰昌:《艺文轶话》,第 299 页;参见夏衍:《懒寻旧梦录》,第 144 页。

杏邨),同时还是大会选出的 7 名执行委员之一(另 6 人是鲁迅、冯乃超、钱杏邨、田汉、郑伯奇、洪灵菲)。其后,他以极大的精力投入"左联"的实际工作,特别是在组织左翼戏剧界联盟,推动左翼戏剧、电影活动和创作方面,作出了别人无可替代的贡献。冯雪峰作为一位著名的作家理论家,鲁迅的亲密战友和学生,"左联"的实际组织者和领导者,为左翼文艺运动作出了更为出色的成绩。他在上一个时期就是著名的"湖畔诗人"。大革命失败后,思想急剧转变,成为坚定的共产主义者。他于 1928 年底结识鲁迅,在鲁迅的指导下编辑《萌芽》月刊和《科学的艺术论丛书》,传播马克思主义文艺理论,并同鲁迅结下深厚友谊。他也是"左联"的筹备小组成员,在"左联"的发起、成立过程中发挥重要作用。曾担任中央"文委"书记,"左联"党团书记等重要职务,担负过"左联"的具体的卓有成效的领导工作。他于 1933 年到达江西苏区,参加过两万五千里长征,成为新文学作家中少有的实际革命家。冯雪峰对左翼文艺运动作出的一个重大贡献,是他作为"左联"时期涌现的一位优秀的马克思主义文艺批评家,以其务实的理论品格,撰写大量文艺批评文字,对当时风行的教条主义和"左"倾机会论有所匡正。从革命文学的倡导到 30 年代的各次论争,冯雪峰大都参与,他不随波逐流,能以较辩证的目光和持平之论阐释马克思主义文学理论,评析各种文学现象。他不赞同创造社、太阳社作家对当时形势及文学创作的幼稚急进的理解,更不赞同革命文学倡导者攻击鲁迅、否定新文学传统,因而在革命文学论争中能持较为正确的立场。在"左联"批评"自由人"、"第三种人"以及其他论争中,他始终在竭力提醒人们注意"左"倾机械论倾向,反对关门主义。尽管冯雪峰的批评文字也留下了那个时代难以避免的局限,但在"左"倾成风的时代里能够尽力保持一个批评家独立的批评个性,能尽己所能去克服尽可能克服的局限,这已属难能可贵,这也是这位左翼文艺战士留给后世的宝贵经验。

　　作为"左联"时期"浙军"群体显现的,还有浙江"左联"青年作家群的崛起。这个群体阵容庞大,如果把在本地的和在外地的、知名的和不知名的加起来,就难以确切计数,这反映了在上海开展的左翼文艺运动在其毗邻的浙江涉及面之广、影响之大。在这个群体中,从浙东的宁波、台州地区走出的作家数量最大。这同这里大革命时期革命斗争形势高涨,大革命失败后共产党人仍坚持不屈的斗争,营造了一种浓厚的革命氛围密切相关。许多青年作家都是先经受了革命斗争的锤炼,而后走上文学道路,很自然会使他们走向左翼。如巴人是大革命时期的共产党员,曾任中共宁波地委宣传委员

（即宣传部长），经受过革命的严峻考验。柔石在宁海中学任教，后担任过宁海县教育局长，一直倾向革命，他耳闻目睹声振浙东的宁海农民"亭旁暴动"掀起和被镇压过程，几被牵连而仓皇他走，对革命的认识就更深入。朱镜我（1901—1941，原名朱德安，鄞县人）是后期创造社的重要成员，也有过从事实际革命斗争和无产阶级文学活动的经历。还有殷夫、楼适夷、林淡秋等，也有与此相似的历程。"湖畔四诗人"中有 3 人（冯雪峰、应修人、潘漠华）参加左翼，而且都成为"左联"的骨干。他们在前期的文学中已逐步加浓了社会参与意识，诗作吐露了对现实的不满和有所抗争的精神，以后随着革命形势的高涨而自觉卷进革命潮流，同革命文学阵营就有了割不断的联系。冯雪峰而外，应修人、潘漠华都是"左联"的领导成员，潘还是北方"左联"的创始者之一，他们二人都为革命和左翼文艺运动献出了生命。黄源、徐懋庸、陈企霞、唐弢等走向左翼，除了各自的革命经历外，还同他们的前辈同乡鲁迅、茅盾的扶持、引导不无关联。这一大批青年作家加入左翼，他们在左翼阵营中都有举足轻重的地位，无疑使"浙军"成为这个阵营中声势最壮的一支队伍。他们在创作上的成就，也在整个"左联"青年作家群中居于领先的地位。在诗歌方面，殷夫首创"红色鼓动诗"，其创作的思想、艺术并重的诗作，提升了"左联"政治抒情诗的品位，成为"左联"时期别人无可替代的一位杰出诗人。小说方面，柔石、巴人、楼适夷等人的作品，都是体现了"左联"小说中的较高成就者，而柔石则是"左联"青年小说家中的突出代表。散文方面，徐懋庸和唐弢的杂文，都因师承鲁迅且都达到同鲁迅的杂文几可乱真的程度而受到文坛的注目，他们在 30 年代杂文创作中的较大影响也是浙江左翼青年作家不小的收获。戏剧方面，夏衍是 30 年代左翼戏剧运动的领军人物之一，致力于戏剧文学、电影文学创作，其剧作代表了左翼戏剧的较高水平；沈西苓作为一位年轻有为、多才多艺的电影、戏剧艺术家，在左翼戏剧界也颇有声望。浙江左翼青年作家在各个文艺领域里都取得卓异成就，再加上他们的前辈作家鲁迅、茅盾等文坛巨子在左翼文艺界的深巨影响，"浙军"在我国 30 年代文艺主潮中取得引领地位，是毋容置疑的。

三 茅盾：30 年代文学的卓越代表

浙江作家在中国新文学史上无与伦比的地位在于：他们总是引领着中国现代文学新潮流，他们担负的往往是新文学开拓者、领军者角色。如果说,鲁迅是五四新文学的伟大奠基者,那么,茅盾就是 30 年代文学的卓越代表。

　　在左翼文艺队伍中,茅盾的影响仅次于鲁迅,甚至连当时的国民党报刊都称他与鲁迅是左翼的"两大台柱"①。而茅盾对于左翼文艺运动的最大贡献则体现在创作上的成就:早在"左联"成立以前,他就以长篇小说《蚀》、《虹》等的成功而"轰动文坛",成为一个知名作家;"左联"成立后,以更坚实的努力从事创作,发表了长篇巨著《子夜》和《林家铺子》、"农村三部曲"等不朽短篇名作,成为 30 年代无出其右的小说大家。吴组缃曾对茅盾的创作作过如此评价:"中国自有新文学运动以来,小说方面有两位杰出的作家:鲁迅在前,茅盾在后,茅盾之所以被人重视,最大原故是在他能抓住巨大的题目来反映当时的时代与社会。他的最大的特点便在此。有人这样说:'中国之有茅盾,犹如美国之有辛克莱,世界之有俄国文学。'这话在《子夜》出版以后说,是没有什么毛病的。"②这评价,对茅盾在文学史上的地位作了恰切的论定。事实上,紧随鲁迅以后出现的茅盾,就领衔新文学而言,不但表现在小说创作成就上,甚至还是一个时期文学的代表。正如有学者指出的:30 年代《子夜》等作品的出现,形成了"一种不同于鲁迅所代表的'五四'艺术传统的'范式',甚至可以说,由《子夜》、《林家铺子》和农村三部曲构成了一种可以称之为'茅盾传统'的东西"③。的确,由于茅盾是在一个特定历史时期从文坛脱颖而出的,其独特的思想文化积淀和社会革命家身份,注定其在引领文学潮流方面,也要扮演与时代特点相一致的角色。

　　茅盾同鲁迅一样,都是从浙江这片有着深厚传统文化积淀的土地上走出的新文学作家。从小生活在两浙文化圈内受其熏陶和浸染,以及作家个体同生养他的文化母体无法割断的精神联系,总是使他们难以抹去深受两浙文化传统影响的深刻印痕。然而,由于社会环境、时代条件不同,在同一文化圈内走出的作家有时也会呈现很不相同的文化接受状况。同是受两浙文化传统的熏陶,鲁迅和茅盾处在不同的时代,就颇有些不同情状。如果说,鲁迅在 19 世纪末期就已长大成人,并开始文化探索之路,其对两浙人文传统的承续,可以推衍到对稍远的"乡先贤"遗训的推崇与接受,文化思想中烙刻着更深邃的"固有之血脉"的印痕;那么,比鲁迅晚生 15 年的茅盾,其童

---

① 参见《左翼文化运动的抬头》,上海《社会新闻》1933 年 3 月 3 日。
② 吴组缃:《〈子夜〉》,《文艺月报》第 1 卷创刊号,1933 年 6 月。
③ 汪晖:《关于〈子夜〉的几个问题》,《中国现代文学研究丛刊》1989 年第 1 期。

少年时代就赶上 20 世纪初的文化大潮,走上文学道路已在五四新文化运动时期,吸纳外来新思潮方面显然会比他的前辈作家占有更大的比重。茅盾最初的文化接受,是维新文化思潮。这实在是天赐良机:两浙人文传统造就的近代维新思潮,在地处交通便捷的杭嘉湖地区曾形成浓重的氛围。此地文人云集,文化渊源深厚,崇尚实业的风气由来已久,加以便捷的信息传递,以富国强兵为号召的维新运动必然会在这里引起热烈的回响。近在咫尺的家乡乌镇便有浓厚维新文化氛围,童少年时期的茅盾便有了对"新学"的耳濡目染。其父沈永锡是一位颇有抱负的维新派人士,其最爱读的一本书便是谭嗣同的《仁学》,留意的学问不是"子曰诗云",却是"声光化电",最大的抱负是赴日本留学,学好本领走实业救国之路。他对儿子的教育,自然也重在"新学",嘱两个儿子长大以后成为"理工人才",走"振兴实业"之路,这对茅盾的影响必是刻骨铭心一辈子的。由此可见,从有着浓郁启蒙、维新色彩的地域文化中走出的茅盾,的确显示出新一代浙江作家所具有的特色:眼光向外,必造就他们知识结构的更新和意识观念的调整,特别是近代科学精神赋予他们审视世界的全新眼光和穷根究底的运思习惯,在心理素质、文化观念、思维方式上奠定了向现代转型的底色基调;关注现实,关注国家和民族的前途、命运,强化了他们对社会现实的参与意识,使他们的社会实践活动、文学创作观念总是显示出紧随时代潮流而动的趋向。

基于文化新质积累,茅盾作为一位真正从五四走出的作家便有着代表五四文学的一个重要侧面并预示着未来走向的意义。在五四文学时期,茅盾同时担负着文学家和社会革命家的双重角色,他是中国共产党最早的党员之一,曾以大量精力投入阶级解放和社会解放工作,这对其独特文学思想的形成必产生深刻影响。而就文学一面说,他步入文坛,已处在新文化运动的热潮中,当时人们对新文学的兴奋点与关注点已有了不同的内涵,他最初的也是影响了他一生的文学选择也会同前辈作家有所不同。如果说,在新文学的启蒙与救亡的双重变奏中,前辈作家大抵有过探索启蒙思潮的浓厚兴趣,那么在五四救亡热潮中走向文学的茅盾显然会选择偏重"救亡"的一面。他在五四期间的文学业绩,恰恰昭示了这一点。虽说他当时还不是创作家,但却是于五四文坛有深重影响的文学理论家。作为为着实现新文学宗旨而首举"改革"义旗的《小说月报》主编,和作为当时最大的新文学社团文学研究会的主要理论家,茅盾充当文学的"社会批评家"的角色在当时是无出其右的。他倾力宣传现实主义理论,提倡作家应承负历史使命意识,在当时就产生了深刻影响。如果说在双重主题交织中的五四文学也有一种"救亡"传统的话,那么茅盾无疑是体现这一传统的卓越代表。

当中国新文学由五四步入"30 年代",茅盾作为一个时代文学的代表意义就充分显露。他正式从事文学创作,是在大革命失败后的 1927 年 8 月,在"经验了动乱中国的最复杂的人生的一幕,终于感得了幻灭的悲哀,人生的矛盾,在消沉的心情下,孤寂的生活中,……开始创作了"[①]。这便是凝结着时代痛苦与深刻反思的长篇小说《蚀》三部曲(《幻灭》、《动摇》、《追求》)的相继问世。小说发表后立即引起轰动,反应空前热烈,显然是这部长篇的出现,对于中国现代长篇小说的成熟有着开创者之功。正如叶圣陶评述《蚀》所指出的:"不说他的精力弥满,单说他扩大写实的范围,也就可以大书特书。在他三部曲以前,小说哪有写那样大场面的。"[②]而小说的更重要意义还在于:它在一个表现中国革命的重大题材领域里切入,标志着显示出一种"史诗"格调的文学创作由此启动。此后,茅盾一如既往注视广阔的社会历史生活,创作出带有史诗型色彩的作品,先后出版的有:短篇小说集《野蔷薇》(1928)、长篇小说《虹》(1929)、中篇小说《路》(1930)和《三人行》(1931)等,已显露一个小说大家的风范。然而其艺术追求并没有到此为止。在 30 年代时代风云的激荡下,他一边潜心观察、搜集、研究广泛的社会生活素材,以求准确全面地把握"时代性";另一方面则"探求着更合于时代节奏的新的表现方法",在艺术上努力进行自我超越。终于,他的完整描述 30 年代时代生活图画的长篇巨著《子夜》和短篇小说《林家铺子》、农村三部曲等应运而生。这些作品,既体现了其小说创作的成就,同时也堪称 30 年代文学的标志性成果。站在历史的制高点上,茅盾当之无愧成为 30 年代文学的杰出代表。

作为 30 年代文学的卓越代表,茅盾是在领衔左翼文学和小说大家的创造性成就上,显示出别人无可取代的地位与价值。

在 30 年代文学中,茅盾首先是以左翼作家的身份介入其中的,其创作的左翼文本也就有了审视左翼文学成就的意义。左翼文艺在其初始阶段的明显弱点,是理论宣传多于创作实践,创作中带有显著的公式化、概念化倾向。作为左翼作家的茅盾的出现,并屡屡以其厚重的创作冲击文坛,不但改变了上述倾向,而且提升了左翼文艺的价值,证明左翼文艺同样可以有很高的品位,这对于扩大左翼文艺影响的意义无疑是巨大的。《子夜》是左翼文学的

---

① 茅盾:《从牯岭到东京》,载《小说月报》第 19 卷第 10 期(1928 年 10 月)。
② 叶圣陶:《略谈雁冰兄的文学工作》,《新文学史料》1982 年第 1 期。

重要收获,也是 20 世纪中国文学的巨大成就之一。瞿秋白称它是"中国第一部写实主义的成功的长篇小说"①。朱自清也认为"这几年我们的长篇小说……真能表现时代的只有茅盾的《蚀》和《子夜》"②。《子夜》以民族工业巨子吴荪甫的命运浮沉,展示了中国近代民族工业资本的悲剧命运,揭示了重大社会主题,显示出非凡气势;作品塑造了具有铁腕雄心的民族资本家吴荪甫形象,为文学史提供了体现"刚性"质素的形象类型,这个形象具有极高的美学价值,它在 30 年代文学中也是超凡绝伦的。左翼文学因茅盾的引领而拓展了表现的疆域,也因茅盾的引领而深化了创作内涵,使其能与同时期其他文学一争雄长,这是茅盾为左翼文学作出的杰出贡献。另一点需要特别指出的是,茅盾的存在,也为浙江又添一层光荣;而茅盾的创作显露的鲜明浙江色彩,则为"浙军"介入左翼文学并产生广泛影响提供了有力佐证。其许多作品(如《林家铺子》、《春蚕》)的背景以杭嘉湖为中心辐射上海的地域特色,反映了 30 年代浙江社会的深刻变动;作品中出现的买卖洋货、横冲直撞的小火轮等外国资本渗入所引起的种种变化,折射出那个时代典型的沿海地域特点,也打上了鲜明的浙江印记。这种不可取代的特色,既有浙江人创作左翼文学的标记,也必以作品的地域色调造成浙江文学在左翼文学中的优势。

茅盾擅长驾驭的文体是小说(尤其是长篇小说)。作为屈指可数的现代小说大家,他对整个 30 年代文学的最主要贡献是在体现 30 年代时代风尚的"史诗"型小说的创造性建构上。茅盾以典型的"史诗"作家为文坛所注目,集中体现在下述两点。其一是创作的"史诗"气魄。几乎用不着有一个从短制向长篇过渡的小说创作经验累积过程,他是一落笔就构制长篇:《蚀》三部曲开篇,《虹》、《子夜》紧随其后,40 年代还有《锻炼》、《腐蚀》、《霜叶红似二月花》等长篇问世,显示出一种全方位把握生活的气度。"我们时代的史诗是长篇小说。长篇小说包括史诗底类别的和本质的一切征象。"③别林斯基的这段话用来说明茅盾固有的"史诗"气魄,该是最恰切不过的。其二是作品本身所具有的"史诗"品格。茅盾同一般作家很不相同的一点是:以描写社会的"全般"见长,把笔触伸展到现代中国社会的各个历史时期、各个社会阶层,用艺术的雕刀刻绘了现代中国社会的历史长卷。诚如文学史家王瑶所

---

① 瞿秋白:《〈子夜〉和国货年》,载《申报·自由谈》1933 年 4 月 2 日。

② 朱自清:《子夜》,《文学季刊》第 2 期(1943 年 1 月)

③ 《诗底分类和分型》,《别林斯基论文学》,新文艺出版社 1958 年版,第 179 页。

说,茅盾小说写出了"中国社会革命的通史,简直是一部'编年史'"①。如此大手笔、大气魄,在同时期现代作家中是罕有其匹的。此种创作的文学史意义在于:一方面,它充分反映了 30 年代的时代风气,并以其得这一风气之先成为"30 年代文学"的领衔者;另一方面,它又以完备的创作形态与经验,为文学提供了可资具体借鉴的"范式",从而为 30 年代文学的发展施加了更为直接也更趋深化的影响。就时代风气而言,"30 年代文学"较之于五四文学明显强化了"救亡"意识,强烈的阶级解放和民族解放要求使作家的历史使命意识空前增强,一大批作家(包括原先提倡"个性主义"的作家)顺乎文学新潮走向"社会化":创造社"转向"在前,左翼文艺队伍形成在后,合力构建了注重社会参与的"30 年代文学"传统。在这一传统的形成过程中,茅盾无疑充当了领衔者的角色。而就茅盾"范式"的影响而言,其创作适应社会思潮而取得的巨大成功,显然给已具备同样要求的作家以莫大的鼓舞与鞭策。茅盾首创的"社会剖析小说"引来吴组缃、沙汀、艾芜等诸多同道,形成了 30 年代最有影响的一个小说流派——社会剖析派,而且其流风还及于戏剧、诗歌、散文领域,使注重"社会剖析"成为"30 年代文学"的一种普遍风气。这使茅盾引领 30 年代文学潮流的意义显得更为突出。

　　茅盾创作中另一种取得重大成就的文体是散文。他创造了一种与现实紧密相连并带有纪实风格的散文类型,在中国现代散文中独树一帜,也在一个文体领域里引领了 30 年代文学潮流。在 30 年代时代风潮中,茅盾提出:"我们应该创造新的小品文,使得小品文摆脱名士气味,成为新时代的工具。"②为此,他在《小品文与气运》、《不关宇宙或苍蝇》等文中,对周作人、林语堂倡导的以"自我为中心,以闲适为格调"的散文给予了尖锐批评。但茅盾对散文的这一认识,却有一个积累过程。其从事散文创作,始于 20 年代中后期,最有影响的是写于大革命失败后的一组"象征了一个时代的苦闷"的散文,如《卖豆腐的哨子》、《严霜下的梦》、《虹》、《雾》等。这些散文以诗与散文的因素结合,描绘了一幅幅扑朔迷离、愁雾茫茫的画面,展现作家内心世界的矛盾,同时也折射出一个时代的社会病象。到了 30 年代,茅盾摆脱了以往的苦闷与愁绪,也领悟到文学应有更重大的使命,于是所写散文呈现了"另外的一种小品文家的姿态":"他已经不是那样的苦闷忧郁了,他有的是

<hr/>

① 　王瑶:《茅盾对中国现代文学的历史贡献》,《茅盾研究论文选集》,湖南人民出版社 1983 年版。

② 　茅盾:《关于小品文》,《小品文艺术谈》(李宁编),中国广播电视出版社 1990 年版。

愤怒和冷刺的笑,有的是乐观的确信;对于事件的分析与了解,已不像前期那样'模糊的印象',他是试用着新的观点在考察一切了"。①这样就有了表现广阔社会生活,特别是反映城乡经济破产的随笔和速写,结集的有:《茅盾散文集》(1933)、《话匣子》(1934)、《速写与随笔》(1935)、《印象·感想·回忆》(1936)等。其中的一些名篇,如《"现代化"的话》、《故乡杂记》、《乡村杂景》、《香市》、《上海的大年夜》等,产生了广泛的影响。这些散文创作题材与小说创作题材保持着一致,以剖析社会人生见长,开启了"社会剖析派"散文的先河。如"故乡杂记"为题的一组散文,把读者带进日寇"一·二八"入侵上海的时代,深入社会底层,写了各色人等,展示了外敌入侵、官吏横行、苛捐杂税盘剥、农村经济破产的重重黑影,解剖了当时社会的本质,是最典型的30 年代时代生活画卷。郁达夫品评茅盾的散文,有独到的见解:"他的观察的周到,分析的清楚,是现代散文中最有实用的一种写法","中国若要社会进步,若要使文章和实际生活发生关系,则像茅盾那样的散文作家,多一个好一个;否则清谈误国,辞章极盛,国势未免趋于衰颓"②。的确是这样,茅盾30 年代的散文,一改新文学初期散文只抒写个人之弊,取而代之的是大量记述动荡时代、描绘人世百图的叙事写实型散文,大大拓宽了散文表现领域。这是小说家的茅盾写散文的显著特点,也是其在散文文体创造上的独特价值所在。"茅盾文体"的散文长时期影响后来的散文家,这也是其为新文学作出的重要贡献之一。

四　多元并存的文艺发展局面

尽管在整个"30 年代",多数浙江作家仍在异乡建功,但由于新文学中心南移,浙江作家大多活动在南方(以上海、浙江两地为最多),使得此一时期的浙江文学以更逼近浙江地域的态势展开,也必使其保持着更显著的独特的浙江品格。无论是以浙江地域为背景反映30 年代中国社会深刻变动的左翼文艺,还是依旧在古老乡土中寻觅历史的踪迹映照现实趋向的乡土文艺,以及更多的直接表现发生在浙江这块土地上的人事变迁、风光流转的作品,无一不具有这样的显著特点。而此一时期浙江作家参与中国新文学创作的人数之众是前所未有的,因而浙江文学的业绩也是异乎寻常的。30 年代文

---

① 阿英:《现代十六家小品·序》,《现代十六家小品》,光明书局 1935 年版。
② 郁达夫:《中国新文学大系·散文二集·导言》

学是中国新文学中最辉煌的一部分,同样也必然是浙江新文学中最辉煌的一部分。

　　就 30 年代浙江文学的总体走向看,由于它始终交融在中国新文学的发展大潮中,这就决定了它势必保持着同整体新文学走向的基本一致性。左翼文艺为主流的格局,表明了此一时期浙江文学的主导倾向同新文学主流的一致。浙江作家参与新文学建设的突出特点,是能够顺应文学发展的潮流,在文学观念和创作实践上都能够与时俱进,从而显示出与新文学同步发展的趋向。新崛起的青年作家自不必说,他们是在文学新潮的召唤下走上文坛的,一开始创作便表现出与主流文学相呼应之势,夏衍、徐懋庸、黄源等人便是此中典型。即便是五四走过来的作家,他们是在"人的文学"思潮中接受新文学的,但随着新文学主潮由个性解放向阶级解放、民族解放方向转化,他们认准此种转化的合理性和必要性,就会迅速调整思路,努力适应这种转化。从 20 年代末到 30 年代初,鲁迅的文学观明显强化了阶级意识和社会意识,他那种坚信"唯新兴的无产者才有将来"的鲜明政治倾向性,那种把杂文当作"感应的神经,攻守的手足"参与现实斗争的巨大热情,以及把杂文创作作为他 30 年代驾驭的最重要的文学样式,都证明他融合在主流文学中的自觉意识与积极参与态度。茅盾在五四时期主要从事文艺批评,其"为人生"的文学观包容了鲜明的个性主义与人道主义内涵,对文学思潮的吸纳除现实主义外还包括"新浪漫主义"(即现代主义)思潮。他是在大革命高潮时期看出新文学有转化的可能与必要,才急切呼唤"大转变时期"早早到来,并开始了倡导无产阶级文学的呼号①。其于大革命失败以后开始的文学创作,直奔"革命"主题,也是势所必然。还有一部分作家是在五四落潮以后的感伤时代氛围里开始文学创作摸索的,其时他们既有积闷要吐露,但同时又感觉着生活面的局促与视野的狭仄,使创作难有拓展。当新的时代思潮来临,意识到个人解放要求必须同社会解放融合在一起时,他们必会眼睛为之一亮,精神为之一振,迅速完成创作方向的转换。殷夫从早期《孩儿塔》里独唱无爱的忧伤到投身大众唱出无产阶级战歌的转向,柔石从哀叹"旧时代之死"到尝试写阶级对立的转换,都没有经历太久的时间。"湖畔四诗人"中的三位,也有与殷夫、柔石大体相同的经历。这样,基于时代思潮与社会思潮的变化,坚持左翼方向的浙江作家的创作显出一种合于时代节拍的走势,其

---

①　参见茅盾:《"大转变时期"何时来呢?》、《论无产阶级艺术》等文。

在 30 年代的创作保持着同主流文学整体创作倾向的一致,该是顺理成章的。新文学从五四走到 30 年代,既有主导倾向的转换,同时也应有五四精神的继续弘扬。因为对于新文学作家而言,追求民主自由、反对封建主义始终是一项长期的紧迫的任务,因而在 30 年代文学中,以反封建为核心的个性主义、人道主义思潮依然得到张扬,表现这种思想的创作依然占着明显的位置。只是反封建的内涵带有更多的现实印记,常常同对旧中国黑暗现实的批判结合起来,这是"五四文学"在新的时代里的拓展与深化。这个特点,在 30 年代的浙江作家创作中也表现得很突出,从中显出此一时期浙江文学的另一种走势。此种走势,反映在作家的观念和创作中,既有互相交叉的一面,也有完全独立的一面。由于"30 年代文学"既是对"五四文学"的转化与发展,同时也含有前者对后者的承传与深化的因素,两者不是截然对立的,因此在许多左翼作家那里,就往往表现出两种走势的并存与叠合。鲁迅是最典型的例证。其创作的主导倾向是强化了阶级意识,但无论是杂文还是小说(《故事新编》)创作,都仍有对中国"国民性"弱点的深刻剥露,有对封建文化和封建意识形态的犀利批判,表现出承续五四文学主题的鲜明意向。其他左翼作家的创作,如茅盾、柔石的前期小说,殷夫的早期诗歌,夏衍的早期剧作等,都程度不等地体现出两种走势并存的现象。注重文学"为人生"的作家,大抵在人道主义的立场上表现"人"的命运,但一面也加重了现实的色彩,把个人的命运同社会、时代联系在一起加以表现,加强了文学的社会性。郑振铎、王鲁彦等的小说,丰子恺、夏丏尊等的散文,便都有这样的特点。即使是个性主义色彩颇浓的郁达夫,此时在浙江创作大量小说、散文和游记,也明显加重了现实性,其在散文中喊出的对"中央党帝"的不满,则已见出同左翼作家倾向的一致了。至于在艺术上完全保持"独立"的作家,其创作的走势显然与左翼作家不在同一条路子上,他们强调文学表现人性,提倡人道主义思想,保留了更多的"人的文学"的倾向。作为新月派骨干的两位浙江籍作家梁实秋和徐志摩,揭起文学表现人性的旗帜,与左翼文学提倡文学的阶级性对垒,是最极端的例证。还有"人的文学"的倡导者周作人,此时也不接受阶级文学的主张,依然在他的散文里表现着"人性自由"、人道主义之类的观念。他们的创作与时代主潮是不合拍的,但其强调尊重人的尊严,向专制的当局要求民主、自由,也不是毫无意义的。

与 30 年代文学的多种走向相协调的,是此一时期文学创作方法的多元性与文学多元发展格局的建构。浙江作家对多种文学思潮都有所探索与实践,遂使这一时期的浙江文学涵盖了由 30 年代文学所产生的各种文学思潮与流派,并且因浙江作家创作的领先优势,使其在各种思潮和流派中都取得引领地位。

现实主义无疑是此一时期浙江文学的主流。左翼作家强调文学的使命要求和社会责任感,注重表现现实生活,特别是工农大众及其斗争生活,现实主义的特色特别鲜明。以左翼作家为主体的浙江作家,在现实主义文学创作中的成就自然也格外显著。此外,注重文学"为人生"的作家也体现出现实主义倾向,这就使现实主义在此时的浙江文学中占据最重要的地位。由于有两位现实主义文学大师鲁迅与茅盾领衔,不但提高了此时浙江文学的现实主义品位,而且明显加重了它在整个 30 年代现实主义文学中的领先优势。就现实主义的创造性成就而言,此时浙江作家的突出贡献,是对现实主义内涵的拓展和现实主义文学创作流派的创建。由鲁迅领衔,徐懋庸、唐弢等参与的"鲁迅风"杂文创作流派此时已开始形成,它在 40 年代还有更大的发展。此派杂文突出现实战斗性,注重文学因素在杂文创作中的介入,提高了杂文的艺术品位,显出杂文创作的现实主义深化。茅盾开创的"社会分析派小说"在 30 年代及其后都有重大影响,这个流派的出现,标志着现实主义在小说领域里的拓展。它强调文学的"社会化"与"理性化",主张以开阔的视野观照时代生活,注重用社会科学理论分析社会生活现象,以反映时代与社会的本质,使现实主义有了全新的内涵。"京派"作家的创作从文学思潮角度看,也大体上属现实主义范畴。此派创作虽有淡化政治、与政治保持一定距离的倾向,但并没有完全忘怀现实,而且就其从"文化"的意义上表现出重构中华民族文化道德的意向看,倒是见出显著现实主义特色的。而浙江作家周作人领衔"京派",正好反映出浙江作家在开创现实主义文学流派方面作出了多方面的建树。

相比之下,浪漫主义文学思潮在此时不占优势。这当然是时代条件使然。革命现实需要和更严酷的现实环境使一大批作家趋于"冷静",或转向实际斗争,使原先就薄弱的浪漫主义文学在此时更趋冷落。浙江的情况亦然。在上一时期体现浪漫主义色彩最浓厚的郁达夫,此时也改换了笔调,其创作的小说有明显向现实主义转化的趋势,不再主要提供落拓不羁的"零余者"形象,分明加大了现实的分量。在散文、游记中间或还有一点悠闲自得的情趣,但也于浙江山水的留连中传达出较多的现实感慨。这一时期体现浪漫主义文学特征较为明显的文学流派,是"后期新月派",这一流派的掌门人也是浙江作家,这就是在前一时期就闻名诗坛的徐志摩和后起的新月派诗人陈梦家。他们在 30 年代激烈的阶级对抗中,"不知道风是在那一个方向吹",比前期新月诗人表现出一种更加远离时代潮流和脱离现实的倾向,诗作也更趋向于抒写自我,使一种返顾自我的浪漫情怀"浓得化不开"。但此派诗歌注重艺术的精致,自谓"主张本质的醇正、技巧的周密和格律的严谨差不多是我们一致的方向"①,因此在追求"诗美"的创造上又有别种诗歌创作难以企及的成就。这个诗派在文学史上是有其重要地位的。

　　值得特别提及的是,现代主义文学思潮在这一时期增加了发展的势头,尤其是诗歌和小说领域,还形成了现代主义创作流派;而开创这两个流派的,依然是富有创新精神的浙江作家。现代主义从国外输入,始于五四文学时期,那时就有早期象征派诗作。经作家们的继续探索与实践,到这一时期,现代主义创作方法的吸收与运用,也逐步趋于成熟。而且,在当时的时代氛围中,某些政治上处于"中间"立场的"自由主义"作家,一面拉开了创作同现实的距离,一面增加了艺术上的多样探索,多方吸收别的创作方法为我所用成为一种时尚。浙江作家戴望舒、施蛰存等就是在这样的境遇下开始现代主义创作尝试的。他们原先都同左翼营垒有这样那样的联系,得到过鲁迅、冯雪峰、柔石等左翼作家的合作与帮助,创作上倾向现实主义,施蛰存的前期小说还被称为左翼小说。后来因政治、文学观念上的歧异,他们才完全脱离左翼,在艺术上别寻一途。其试验新文体创办的刊物,先是《无轨列车》,后是《现代》文学月刊,在这些刊物周围聚集了一批作家,出现了一个在30 年代文学中颇有声势的"现代派"。这个"现代派",便都是以浙江作家为代表的,其中有以戴望舒为代表的"现代派诗歌",以施蛰存、刘呐鸥、穆时英为代表的"新感觉派小说"。30 年代的"现代诗派",显然比五四时期同样倡导现代主义的"象征诗派",在艺术上有了长足的进展;而"新感觉派小说"则在小说中首次较为系统地引进、实验西方的现代主义表现手法,使小说这种样式别开生面。这样,在那时形成了一个以上海为中心、以浙江作家为主体的比较完整的中国"现代派",标志着现代主义文学创作已初步取得了同其他文学流派相抗衡的地位,其在文学史上的意义同样是不能低估的。这里显现的,依然是浙江作家勇于接受文学新潮,敢领潮流之先,艺术上不懈探索、寻求进取的精神。

---

① 陈梦家:《新月诗选・序》,新月书店 1931 年版。

第四章
浙江的战时文学与文学发展新态势

　　1937 年 7 月,卢沟桥的抗战枪声打响,标志着中国进入又一个历史时期,即全民抗战时期。抗战胜利后,紧接着又是三年解放战争。从抗战开始,至新中国成立,中国新文学在两次大规模的战争环境中展开,其生成形态、性质内容、表现方式与前两个时期表现出很不相同的特点。中国的历史性巨变在它的每一块地域上都会产生深刻的变动,浙江自然也不例外。此一时期,浙江文学在战时大环境中依然保持着与中国整体新文学的同构性;然而,由于具体的战时环境不同,作家队伍的构成有别,此时的浙江文学同整体文学的走向及与其自身前两个时期相比较,也显出了诸多独特性。

一　战时环境与文艺新格局建构

　　在中国新文学史上占据显赫地位的"浙江潮"文学现象,为积累深厚的浙江文学史写下辉煌的篇章。然而,一个无庸讳言的事实是,因中国新文学开展方式的特殊性:新文学运动大抵围绕北京、上海等"文化中心"而展开,新文学作家也大多集聚于此,因而阵容壮观、影响卓著的浙江新文学作家群基本上是在异乡建功,浙江本土的文学倒反见得冷落。就建构纯粹的浙江文学史而言,这无疑是一种缺憾。但事情总有例外。从抗战开始的战时环境,便营造了中国新文学的另一种格局:因战事纷起、区域分隔、大城市陷落,使原有的文化中心散落,新文学作家风流云散,原本作家队伍高密度聚

79

集现象已不复存在,从而形成一种作家向着家园故土回归、区域性特征分明的文学发展新局面。在 20 世纪前半叶,浙江新文学作家一次最大规模的本土回归,便发生在抗战的背景下,且有较长时间的持续,造就此一时期浙江本土文学颇为繁盛的景观:数量可观的浙江作家介入了延续抗战八年之久的涵盖浙、闽、赣、皖四省颇具规模的"战时东南文艺运动",而这场文艺运动又主要由浙江作家引领,再次显示了"浙江潮"在中国新文学史上无可取代的地位。这是浙江作家勇领新文学潮流,浙江精神在中国新文学建设中的又一次生动张扬。

抗战时期的文学是在特定历史条件下产生的。以民族解放为己任,必促成此时新文学使命要求的大转移:从"阶级解放"向"民族解放"转移;同时也决定了原先有左翼右翼之分的壁垒的消失,实现了不同政治倾向的作家在民族救亡的旗帜下的空前的联合与团结。这一时期的浙江文学,无论是在作家队伍的联合趋向上,还是在文学唤起民族觉醒、表现民族解放主题上,都显出它同整体抗战文学的一致性。然而,由于独特的战时环境形成的作家队伍的变迁,使此时的浙江文学格局较之于前两个时期发生了重大变化。一方面,应各地抗战文学之召唤,部分浙江作家依然四处流徙,在"异乡"建功,如茅盾、夏衍、丰子恺、夏丏尊等辗转于上海、武汉、香港及桂林、重庆等西南国统区大后方,郑振铎、胡愈之、陈望道等坚持在上海"孤岛"作战,艾青、徐懋庸、陈企霞、陈学昭等则去了延安共产党领导的抗日根据地,他们都成了各地文艺活动的骨干,显示出浙江作家在战时文艺运动中依旧遍布全国之势。但另一方面,基于抗战守土之职,又使更多的浙江作家向着家园故土回归,实现了浙江作家前所未有的在浙江本土的集结。据统计,战时浙江作家群人数之众不下百余人①,其中不乏如郁达夫、冯雪峰、许杰、许钦文、邵荃麟、葛琴、施蛰存、曹聚仁、王西彦、黄源、林淡秋、柯灵、董秋芳、何家槐、谷斯范等早就驰名文坛的老作家,更有一大批在战时崭露头角的新进作家,如后来成为"九叶诗人"的唐湜,以散文诗创作著称的莫洛,以及其后(四十年代后期至建国初)活跃于浙江文坛的作家如陈山、谢狱、林芷茵、曹湘渠等。这支队伍在战时浙江及其周边省份活动,虽时有分合,但就其整体而言,却贯穿浙江抗战全程,持续八年之久。他们稳稳地扎根于故土,创办为数众多的报刊、文艺杂志,发表大量文艺作品,开创了浙江本土文学少有的

---

① 参见王嘉良、叶志良:《战时东南文艺史稿》,上海文艺出版社 1994 年版,第 66—76 页。

兴隆局面。这一文学新格局的形成及其在浙江文学史上创造新的辉煌,主要取决于特殊战时环境以及浙江作家主体精神张扬两重因素。

战时文学新格局的建构,是由我国抗战文艺呈区域性展开的独特形态决定的。如果说,战前的文艺主要集中在北平、上海等大都会,那里成为作家们的主要集结地,那么,随着河山破碎,国土分裂,交通阻隔,作家们的活动区域势必改观,形成区自为战、人自为战的格局。当时的浙江金华成为抗战文艺的"重心点"之一,它具备了足以同全国几个著名抗战文艺中心并列的优势地位,足见其影响之大。更重要的是,这个"文艺重心点"还形成强大的辐射力量,以此为中心很快促成抗战文艺在全省铺展的蓬勃声势,而且其影响所及,还造就了整个东南地区抗战文艺的繁盛。随着战局的变化,区域分割态势愈益分明,浙江作为东南文艺中心的地位就更为显著。浙江作家邵荃麟意识到在"区自为战"的情势下,"在军事上东南事实上将形成独立军区,因此文化上也必须建立自给自足的中心区域";而就人才、物质、文化条件说,东南诸省"均将仰给于浙江","浙江文化运动的主要任务,就是建立东南的文化中心"[1]。正是在这样的客观条件下,浙江作家在一个新的文艺运动到来并以迅猛发展的势头向前推进时,必会以更自觉的姿态投入,也必会有所作为。

而从作家主体一面说,推动战时浙江文学空前兴盛,则显然是浙江作家和广大文艺工作者在抗战大时代里民族自省自立精神的大张扬。在民族存亡危急关头,一种固有的救国兴邦的传统文化精神必然会使他们焕发出巨大的热情并紧紧地凝聚在一起,用文艺为武器与敌人作殊死搏斗。1938 年初在金华创刊的《浙江潮》"潮头语"便显示了这样的豪迈气概:

> 浙江是东南沿海富庶的重心,是生聚教训的名邦;而自"八一三"沪战爆发,浙江更成了东战场国防的最前线。"保卫大浙江"这一口号,无疑是每个浙江人民被逼发出的雄壮的怒吼!
>
> ……
>
> "春雨楼头尺八箫,何时归看浙江潮。"我们没有这样诗人骚客式的感伤。我们要占据这文字的战垒,向敌人开炮;我们有的是铁与血,不达到收复失土,歼灭倭寇,誓不停止。[2]

---

[1]　邵荃麟:《一年来浙江文化运动的回顾与前瞻》,《浙江潮》第 42、43 期合刊(1938 年)。
[2]　《浙江潮》创刊号(1938 年 2 月)。

　　《浙江潮》曾是世纪之初新文学"浙江潮"涌动的象征,它在抗战时期旧名重用,再度成为中心意象,标志着战时浙江作家潮融汇在全国抗战文艺大潮中滚滚向前、不可抑止的发展势头。这里依然可见的是新文学的浙江精神在一个新时期里的延续。由五四发端的浙江新文学作家,自来就有一种勇于开拓、敢于创造的精神,此种精神遇合在举国一致、抗击暴敌的文艺大潮中,必会生发出充沛的激情,以敢领潮流之先的姿态毅然担起重任。在东南诸省最早标举"东南文艺"旗帜的是绍兴"东南文艺社"创办的《东南文艺》(1938 年初创刊),该刊述其创办缘起和宗旨即指出:"文艺工作者应当负有拓荒的任务,尤其在这个斗争的时代中,尤其在站在钱塘前哨的越王古城中,抗战文艺已成为文艺运动的主流。我们把握住这在后方在内地难得的题材,以文艺来暴露来反映。"①这里见出的便是浙江文艺工作者在一场新的文艺运动到来之际首举义旗、勇于开拓的精神。而文化之邦的浙江积淀甚深的优秀传统文化精神融化在浙江作家的意识深处,也会在一个重大历史关头得到生动呈现。许多作家正是在家国命运的感召下,以"乡前贤"为榜样,振奋了精神,义无反顾投身到抗战文艺大潮中。郁达夫可举为典型例证。其在战前的创作,风格偏于温婉,进入抗战大时代后,创作风气发生根本转变,一改往日的哀怨惆怅,代之以亢奋激昂。抗战初期,他先在浙江,后到福建,写下许多诗篇、杂文、散文,表达了抗击暴敌的不屈意志。自序标明"闽于山戚公祠题壁,用岳武穆韵"的一阕《满江红》词 ②,气势如虹,堪称绝唱。其下阕云:"会稽耻,终当雪;楚三户,教秦灭。愿英灵,永保金瓯无缺。台畔班师酣醉石,亭边思子悲啼血,向长空洒泪酹千杯,蓬莱阙。"词作缅怀在浙江、福建抗击倭寇的民族英雄戚继光,又化用"会稽乃报仇雪耻之乡"(鲁迅语)等典故,唤起故乡人民秉承前贤精神奋身抗敌,家国情怀民族精神溢于言表。郁达夫后来又奔走南洋,热情宣传抗战,最终献出了自己的生命。这一种在民族大义面前义无反顾的选择,当是浙江作家挺立于抗战文艺主潮之前的一个更内在的原因,同时它也成为浙江新文学精神中的一个鲜亮夺目的闪光点。

---

①　引自《战旗》"九·一八联合纪念刊"刊头语(1938 年)。
②　转引自黄毓泌:《郁达夫在闽从政片断》,《福建文史资料选辑》第 19 卷。此词在已出版的《郁达夫诗词抄》中未及收录。

二　战时浙江文学发展态势

考察战时"浙江潮"及与之相联的东南文艺运动在整体战时文艺中的独立存在意义,是必须从审视其独特的"运动形式"入手的。因为这是一个曾被人们忽视的文艺领域,对于它的运动轨迹大抵所知甚少,因此从纷纭复杂的文艺运动过程中理出头绪毕竟是观照历史的首要前提。而从呈示其独特的运动规律而言,也应以对历史的客观存在物的动态考量为依据。唯如此,方能得到恩格斯所指出的那种"普遍性的判断":"任何运动形式都证明自己能够而且不得不转变为其他任何运动形式。到了这种形式,规律便获得了自己的最后的表达。"①战时文艺,就其特殊的运动形态说,它是大规模战争环境的产物,其生成、发展与终结,均直接或间接根因于、服从于、受制于战争。不独创作主体因战争的感召不能不寻求适应性机制而调整其固有的运动形态,便是整个文艺运动的衍化、发展也不能不随战争形势的变化而变化。质言之,战争打破了文艺原有的运动形式,使之"转变"为别一种形式,即将其纳入战时体制而在自己的独特轨道上行进。

战时东南文艺运动作为一个独立的文艺运动存在,便主要取决于两种因素:外联系着战时文艺格局大调整,内适应着东南战局的独特发展态势。文艺格局的调整,是战时的普泛性现象:战争使原有的文化中心散落,作家们开始了适应战争形势的转移,主要表现为向内地转移,建立新的活动据点,而这些活动据点因战区的分割而处于分散、隔离状态。"区自为战"已是无可回避的选择,文艺活动在许多地区从一开始便呈现出独立开展趋势。茅盾在当时就指出:"像抗战以前的上海那样的文艺中心,今天事实上已经不存在。事实上,今天的中国文坛已形成了好几个重心点,重庆是一个,而桂林、延安、昆明、金华,乃至上海,也都是其中之一。"②这里所说的金华,便是东南地区的一个"重心点",此外还有永安、上饶、赣州等活动点,这几个点犄角相倚、互为照应,形成了战时东南的文艺活动区域。东南战局的独特发展态势,则使这一特定地区的文艺活动更趋稳固与长时期持续发展。战时东南地区以钱塘江为界被分割成两块:以北的苏沪皖地区基本上沦为敌占区,以南的浙省大部、闽赣二省及皖南地区则为我方控制区域,通常所说的

---

① 恩格斯:《自然辩证法》,《马克思恩格斯选集》第 3 卷,人民出版社 1975 年版,第 548 页。
② 茅盾:《抗战期间中国文艺运动的发展》,《中苏文化》第 8 卷第 3、4 期合刊,1941 年。

"东南抗战区域",即指后者,时称"东南半壁"。这一地域位于"前方的后方",战局基本稳定,有有利于抗战一面,但毕竟由于它"孤悬东南",同大西南的联系基本中断,抗战中期以后尤甚,这里的抗战队伍势必更显"独立作战"的特点。此种战局形势既使战时东南文化运动长期存在成为可能,同时也必导致它是在一个相对封闭的格局中以"自给自足"的形态展开。

然而,作为独立开展的一个文艺运动,"东南文运"并非一开始就是一个有组织的运动。"展开东南文艺运动"口号的提出是在抗战后期,就多少反映出"运动"的参与者在介入"运动"过程中的自发性。这也势必影响人们对这一文艺运动整体的认识。事实上,这里显示的恰恰是国统区抗战文艺运动的特殊"运动形式":自组织性,但这并不妨碍它作为有序结构的文艺运动过程的完整性。因为,"有序和组织可以通过一个'自组织'的过程真的从无序和混沌中'自发地'产生出来"①,战时东南文艺运动亦然。梳理其发展历程,所演示的正是其因"自组织"而从混沌走向有序的过程。从战时东南文艺运动的走向中不难寻觅战时文学"浙江潮"的走势。就大体而言,抗战时期的文学"浙江潮"是同战时东南文艺运动进程相始终,可分以下四个阶段叙述。

1. 初始阶段:浙赣线重镇金华首建"东南文艺据点"

在初始阶段,东南地区的文艺活动基本上呈各地分散展开态势,但也初步显示出以中心辐射全局的趋向。当时的文艺活动对整个东南地区都产生了辐射影响,对推进东南文艺发挥了重要作用的,是地处浙赣线要冲的浙中重镇金华。随着"八一三"全面抗战爆发以及随后不久上海、南京、杭州等大都市陷落,浙江的政治、文化中心的南移,"金华一跃而成为东南文艺的据点"②。战初金华之所以成为重要文艺据点,是由各种条件决定的。首先是特殊的地理位置。金华既是浙赣线重镇,同时作为浙江中部第一大镇,又是全省公路交通枢纽。对内,它连接西南的丽水、温州等地,又直达浙东的甬、绍、台地区;对外,经浙赣线与北端的沪、甬、杭相通,也是通往桂林、重庆等西南大后方的咽喉。其次,随着战局和政局的发展,金华的政治中心地位日益显著。早在 1937 年 12 月杭州沦陷以前,浙江省政府机关就已陆续内迁金

① 伊·普里戈金和伊·斯唐热的《从混沌到有序——人与自然的新对话》,上海译文出版社 1987 年版,第 11 页。
② 周梦江:《战时东南文艺——一笔流水帐》,载《文联》第 1 卷第 6 期(1946 年 6 月)。

华及金华地区所属的永康县方岩。在文化领域,随着各种文化机构、文化团体的迁入,加以外地文化人士的流动栖息,各种抗日文化组织如浙江省文化界抗敌救亡协会、战时教育文化事业委员会、战时作者协会、战时剧人协会、战时美术协会、战时艺术协会等相继成立,在全省产生广泛的影响。当时的金华就被誉为"浙江的心脏"①。

由于处在文艺中心位置,金华的文艺活动在全省乃至整个东南地区产生了深刻的影响。一是组织周全、阵容充实的文艺队伍成为浙江和东南的楷模,声援了各地的抗战文艺活动。战初金华呈各地文化人云集之势,从沪、甬、杭等地撤至此地的文化团体十余个,著名作家、艺术家数十人,活动较久的就有杜国庠、林默涵、邵荃麟、葛琴、骆耕漠、石西民、何家槐、聂绀弩、刘保罗、刘良模、石凌鹤、孙慎、尹庚、杜麦青、王闻识、王亚平等人,他们在此办刊物、搞创作、从事戏剧活动,对战初浙江文艺活动推动甚大。而影响最大的是稍后不久成立的中共浙江省文化工作委员会和中共东南文化工作委员会。"省文委"以骆耕漠为书记,邵荃麟、葛琴为委员,工作重心在浙江;"东南文委"以邵荃麟为书记,夏征农、钱俊瑞、冯定、骆耕漠、冯雪峰等为委员,工作以浙江为中心,面向福建、江西及皖南地区。这两个组织由著名文化人领导,广泛团结各方人士,发挥了组织、协调战时浙江和东南地区文化活动的作用。二是创办各种抗战刊物。在金华历史上,创办的刊物之多,在抗战初期是空前绝后的。在仅仅两三年时间里,就涌现出几十种刊物,其中影响较著的有《抗卫报》(胡济涛主编)、《大路周刊》(林光宇主编)、《东南儿童》(陈怀白、杭苇主编)、《战时生活》(王闻识等主编)、《大风周刊》(赵文龙主编)、《浙江潮》(黄绍竑、严北溟主编)、《新中国》(骆耕漠主编)、《抗建论坛》(骆耕漠主编)、《东南战线》(骆耕漠、邵荃麟主编)、《青年团结》(匡辛芜主编)、《妇女战线》(丁浩主编)、《文化战士》(聂绀弩主编)、《浙江妇女》(陈怀白、林秋若、秦秋谷主编)、《刀与笔》(万湜思主编)、《台湾先锋》(高甦主编)等。这些刊物,大多是综合性期刊,但几乎都辟有"文艺之页"、"文艺园地"、"文艺专栏"之类栏目,发表诗歌、小说、报告文学、杂文等文学作品,提供创作园地。三是组织报刊、书籍发行网络,为各地输送抗战精神食粮。金华地处交通枢纽,很自然地成为战时文化产品的集散地。1939 年,国民政府军事委员会曾确定重庆、桂林、西安、金华、兰州五地设立文化驿站,主要任

---

①　参见高洁:《浙江的心脏——金华》,《战时文学》第 1 卷第 5 期(1938 年)。

务是输送、运递宣传书报。金华文化驿站的设立,促进了东南各地的文化交流,也加强了同西南大后方的联系。金华与外地沟通的另一渠道是民间组织的书刊发行网络,其中影响最大的是上海新知书店和生活书店于 1938 年 3 月和 7 月在金华开设的分店,这两家书店不但在浙江各地设有业务联系点,而且还将书刊销售扩展到东南各省,甚至延伸到皖南新四军抗战前线。仅以生活书店分店发行《东南战线》为例,它在全国设立 36 处发行点,以浙、闽、赣三省为主,每期销售量达几千份——这在当时是颇为可观的数字。

2. 抗战深入:浙江各地文艺活动呈全面铺展态势

浙江各地前期的抗战文艺活动,在金华"据点"的推动下,开展活跃。随着抗战深入,实施全民总动员,浙江各地的文艺活动呈全面铺展态势。启动较早且卓有成效的是同金华毗邻的浙南丽水、温州等地。丽水是省府南迁后的第二道屏障,一些省政府机构先后迁移来此,省文化界抗敌协会、戏剧工作者协会、战时木刻研究会等文化团体,或在丽水组建,或从金华迁来后长期在此活动。就文艺活动而言,丽水开展得最有声势和特色的文艺门类是美术、歌咏、儿童文学。省文协丽水分会朱绛选编的《抗战歌声》,共出版 3 辑,发行总量达 10 万册之巨。另有阙仲瑶选编的《抗战歌曲》,发行量逾 15000 册。儿童文学创作也呈相当繁荣景象,这同该地创办大量儿童刊物有关,当时较有影响的以儿童、少年为读者对象的刊物有《战时中学生》(李一飞、郭莽西主编)、《儿童报》(许为通主编)、《东南儿童》半月刊(杭苇主编)等。这些报刊拥有固定的作者队伍,聘请外地知名作家担任特约撰稿人,质量较高。特别是《东南儿童》,面向整个东南地区发行,在当时全国少数几家儿童刊物中是出类拔萃的。其时温州的文艺活动也异常活跃,除尹庚等外地作家加盟以外,还聚集了一批温州籍作家,如莫洛、王季思、胡今虚、夏野士等。创办的刊物之多极一时之盛,在文学方面首推在整个战时文学中被誉为东南抗日风暴中的"海燕"的"海燕诗社"及其创办的《暴风雨诗刊》。海燕诗社出版"海燕诗歌丛书"两种,其一为《叛乱的法西斯》,其二为《义勇军的母亲》;又出版《暴风雨诗刊》两辑,其一定名为《海燕》,其二定名为《风暴》(第三辑定名为《太阳》,因日寇进逼温州而未出版)。"丛书"与"诗刊"的作者面甚广,其中包括雷石榆、罗铁鹰、辛劳、锡金、莫洛、吕漠野、胡今虚、向青、唐牧、童晴岚等;诗作厚重,反响强烈,艾青在 1941 年所作《抗战以来的中国新诗》中给予郑重推荐和介绍。

　　除浙南地区外，这一时期浙东文艺活动的开展亦颇为热烈，其中尤以绍兴为最。战初绍兴即创办《前线》周刊（郦时言主编）、《响导》周刊（吴文宪主编）、《战旗》五日刊（罗越崖主编）、《战鼓》周刊（吕国源主编）等。纯文艺刊物有绍兴东南文艺社创办的《东南文艺》（马园太主编）和《战时文学》。就目前掌握的资料来看，这是最早标举"战时东南文艺"旗帜的社团和刊物。《东南文艺》叙述创刊的缘起和宗旨指出："东南文艺，是绍兴爱好文艺者的同人杂志，创刊的动机很简单，大家觉得绍兴的文艺园地很沉寂，文艺工作者应当负有拓荒的任务，尤其是这个斗争的时代中，尤其是站在钱塘前哨的越王古城中，抗战文艺已成为文艺运动的主流。我们把握住这在后方在内地难得的题材，以文艺来暴露来反映。"这两个刊物存在的时间虽不长，但它们挺立在东南抗战"前哨"，作用是相当大的。在综合性刊物中，《战旗》是发表文艺作品较多的一种，特别是 1939 年后由东北籍流亡作家骆宾基接编，增加了文艺创作的篇幅，在战时浙江文艺中有显著地位。浙北时为沦陷区，条件困难，较之其他区域文化活动稍逊，但文艺工作者仍在游击区域创办报刊，燃起不灭的抗战文艺火种。当时浙北出版时间较长、影响较著的是两家报纸：《民族日报》（王闻识任总编辑）和《浙西导报》（吴曼华任总编辑）。《民族日报》辟有专栏"老百姓"，登载短小通俗的文学性短稿；另一专栏"实生活"，也以登载文艺稿件为主，杂文家谢狱接编该报副刊后，使其明显向文学性倾斜。后来他又在该报创办"文艺堡垒"周刊和"诗时代"双周刊。《浙西导报》的"后盾"专栏集中发表文艺作品，有木刻、诗歌、杂文、散文、小说，还连载中篇小说，成为该报最具特色的专栏。围绕这两家报纸形成的"浙西文学作者群"，尽管知名作家不多，但报纸在培植新进上所起的作用却不能低估。

3. 战局的变化与浙江作为"东南文化中心"地位的确立

　　武汉、广州相继失陷以后，战局和政局发生重大转折，抗战形势更趋严峻。一方面，日寇为进攻东南亚作准备，加紧对南方战场的战役进攻，东南战局遂由原先的一度平静转为吃紧。1941 年春，日军发起宁绍战役，宁波、绍兴相继失陷，浙江的抗战文化区域逐步呈现向浙西南收缩的趋向。另一方面，基于全国战局的演变，东南的浙、闽、赣三省与西南的联系已经中断，三省的抗战活动区域相对缩小，且呈现出日浙靠拢的趋势，终于形成了浙西南、闽西北、赣东南三足鼎立、犄角相倚、互为呼应的发展格局。这当中，浙江作为东南文艺中心的地位相当显著。"东南文委"负责人邵荃麟在当时就分析过浙江"将担负起更重大的任务":"在这个总目标之下,浙江文化运动的主要任务,就是建立东南的文化中心。自从武汉广州失守以后,全国文化中心西移,和东南的关系已经断绝,同时在军事上东南事实上将形成独立军区,因此文化上也必须建立它自给自足的中心区域,以供给广大的东南各省的需要。""就一切人才、印刷,发行的条件来说,浙江是比较最适宜的。环绕着这一中心,有安徽、江西、福建各省,均将仰给于浙江,因此今后浙江文化界必须担负起更艰重的任务。"①

　　这一时期,浙江承担了作为战时东南文艺中心的重任。此时金华的"东南文艺据点"已扩展为"金华—丽水文艺中心",两地文艺活动已连成一片;"浙江文委"和"东南文委"发挥了更重要的组织、领导作用,对东南诸省产生更显著的影响。其最具影响的,是这里大量编辑、出版的各种报刊。在此时期内,初期创办的各种刊物大抵都在正常出版,其中最为活跃、影响最大的两个刊物是严北溟主编的《浙江潮》和邵荃麟、骆耕漠主编的《东南战线》。这两个刊物实际上成了"浙江文委"和"东南文委"领导浙江省以至整个东南地区抗战文化活动的重要宣传阵地。《浙江潮》在创刊号的"潮头语"中,即表示要立足"东战场"前哨,"占据这文字的战垒",为"保卫大浙江"而呼号。这个出自浙江(金华创刊,丽水印刷)的刊物,在 1939 年以后东南处于"自给自足"的形势下,更呈现出活跃态势,由原先的半月刊改为旬刊,继而又改为周刊。《东南战线》的阵容更为壮观,其特约撰稿人包括当时活跃在浙、闽、赣、皖地区的知名文化人,有的甚至远在西北和西南。这个刊物发表文学创作和文艺论著较《浙江潮》为多,经常撰稿的作家有荃麟、葛琴、平子、绀弩、辛劳、黄源、楼栖、张天翼等。葛琴、绀弩的小说,荃麟的剧作,平子的报告文学,辛劳的诗歌,都是颇具影响的有特色的创作。此外,"东南文委"还以浙江为据点,促进闽、赣二省战时文艺活动的开展。如文委负责人邵荃麟指派浙江作家王西彦赴福建永安创办大型文艺杂志《现代文艺》,不仅推动了福建抗战文化发展,同时也壮大了战时东南文艺运动的声势。

4. 浙赣战役后浙江文艺运动的逆折与重振

　　1941 年夏,日寇为了确保已占领的浙江沿海地区,打通浙赣路,发动了浙赣战役,于是浙江、江西腹地也燃起了战火。尽管战役结束后,敌军从浙

---

① 邵荃麟:《一年来浙江文化运动的回顾与前瞻》,《浙江潮》第 42、43 合期(1938 年)。

赣线全线撤退,但仍占领诸暨、义乌、金华等沿线重镇。这个战役对浙江抗战文艺活动产生的直接后果是:因金华沦陷,这个文艺中心不复存在,同时由于沦陷区扩大,浙江抗战文艺区域再度收缩,文艺活动遭受严重挫折。但大敌当前,抗战文艺阵容仍能保持稳固,并在克服短暂的挫折后得以重振与发展。

本时期浙江文艺活动遭受的挫折是双重的。早在浙赣战役发生以前,反民主的政治势力有所抬头,浙江的文艺活动已经受到相当的损失。其中影响最大的是1941年初发生的"皖南事变"。由于当局加紧压迫,进步文化人士遭到不同程度的打击,"东南文委"负责人邵荃麟、骆耕漠、葛琴等先后离开浙江,转移外地,另一些党员作家和进步作家也都离此而去,许多刊物(包括影响最大的《东南战线》与《浙江潮》)先后停办。至浙赣战役发生,金华沦陷,浙江文艺活动再次遭受沉重打击。然而,在浙江的文艺工作者仍在为推进抗战文艺事业作坚实的苦斗。金华沦陷以后,文艺中心转移到了丽水,活动虽不如前两期活跃,但仍取得了颇可观的成绩。1942年春,浙江大学龙泉分校成立了"春雷文学社"、"文学研究社"、"芳野剧艺社"等文艺团体,出版刊物,组织演出,活跃了当时的文艺气氛。该校涌现的文艺人才如唐湜、伍隼(夏钦翰)、陆贯、金津等,发表诗歌、散文、杂文创作,为浙江文艺队伍平添了一支生力军。丽水还聚集了一批文艺人才,如作家冯雪峰从上饶集中营脱险后,曾避居丽水编过一段时间报纸,发表作品;文学研究专家夏承焘、王季思在浙大龙泉分校任教的同时发表诸多诗词作品;另有诗歌、散文、小说作家如莫洛、谢狱、谷斯范、陈山、林芷茵、曹湘渠、桑子、畸田等,是其时主要的文艺创作、编辑力量。在出版物方面,刊物虽已屈指可数,但两张报纸的文艺副刊却颇出名。这就是《东南日报》丽水版的《笔垒》和《浙江日报》的《江风》、《文艺新村》。《笔垒》先由金瑞本主编,冯雪峰曾接编一段时间,以后由谢狱主编,以谢狱主编的时间为最长。《江风》和《文艺新村》先后由万湜思、谷斯范、陈山、林芷茵、胡济涛、莫洛、曹湘渠编辑。这两报均为对开大报,除《文艺新村》为周末刊外,另两刊均为日刊。尽管所刊作品大多并非出于名家之手,但正如唐湜指出的:"我们不能小看了这些为数众多的蚂蚁似的报章小文章",它们的"艺术影响在当时就不小,至少是引出了东南两三个省的众多反响"①。此外,沦陷区浙西文学工作者也在"进行着庄严

---

① 《回忆:抗日战争时期的东南文坛》,《新文学史料》1990年第4期。

的工作"。这里的《民族日报》仍在坚持出版,同其相呼应的还有《浙西日报》,该报辟有《反攻》文艺副刊和《诗与散文》双周刊。前者由胡汉亮编辑,后者由梁荻云编辑,金清言、孙仲子、戴不凡等也参加文艺副刊编务。这两报的文艺副刊相当活跃,张白怀、胡汉亮、梁荻云、金清言、戴不凡、关非蒙、马园太、袁微子、沈达夫、闵子、珞珈等,发表诗歌、散文、杂文等文学作品。他们对于在危难中推动浙西文学的发展是功不可没的。

值得一提的是,在战局日益艰危的情势下,浙江作家仍在为推进战时东南文艺运动作出艰辛的努力。由于抗战地盘日渐紧缩,同大西南的联系已完全中断,为着实现"区自为战",东南作家必须更加紧密团结,以促进战时东南文艺的整体发展。1944 年下半年,许杰在《浙江日报》发表题为《东南文坛现状谈到东南文艺运动的前途》一文,首先提出东南报纸文艺副刊大联合的构想,具体倡议各报联合出版专栏"东南文艺",版面和内容保持相对一致,这就等于有了一个大型文艺刊物,从而再造一个东南文艺繁盛的局面。此举得上饶、赣州、永安等地报纸文艺副刊编者的热烈响应。许多报纸转载了许杰的文章,各报编者都提出了旨在促进"联合"的建设性意见。一个出版各报"联合专栏"的计划在深入酝酿讨论之中。《浙江日报·江风》的编者莫洛、陆贯,已在龙泉计划出版《东南文艺》。这一场讨论提出的种种设想与计划,终因抗战胜利在即,战时文艺即将完成历史使命而未能完全实施。然而,这里所蕴含的实质恰恰是:战时的浙江文艺活动是在抗战的凯歌声中收束的,也是在东南文艺的新高涨中收束的,也是在抗战胜利的凯歌声中收束的,浙江作家为我国长达 8 年的抗战文艺事业作出了有始有终、艰苦卓绝的努力与贡献。

三 "战时东南文艺"中的"浙江潮"

战时浙江文学作为我国抗战文学的构成部分和重要分支,其存在意义在于:它在推进战时东南文艺运动进而建构我国整体的抗战文艺大厦中具有重要的地位。浙江作家是战时东南文艺运动的主体,战时浙江文运是同东南文运紧紧联系在一起的,而且它始终处于东南文运的中心位置上,因而,透视战时东南文艺运动中"浙江潮"的影响和作用,将进一步揭示战时浙江文学的意义和价值。

如前所述,我国的战时文学基于抗战区域分割的态势,是呈区域性分布展开的。以金华、丽水等地为中心展开的战时浙江文艺活动,便是在这样的历史背景和历史条件下应运而生。它的产生,对浙江文学的发展推动甚大,但更重要的意义是由此促进了东南文艺运动的形成与发展。建立东南文运,是浙江作家根据浙江和东南地区抗战文艺的现状和趋向而提出的自觉要求。最早标举"东南文艺"旗帜、"努力催促东南战线上的文艺活动"的,是绍兴的"东南文艺社"。他们认为此举正是抗战文艺根据区域性发展的变化"给予东南战线的文艺工作者历史上新课题",并指出,开展东南文运,在"全国抗战文艺的关系上,它是整个运动的一环;同时,在另一个意义上,它是分外地触及地域关系的影响,有它底优越的特殊性"①。这无疑是很有识见的。在此同时,温州作家莫洛创建"海燕诗社",也提出了"建立东南诗运"的口号,"愿以强烈的斗争意志,把握住诗歌的武器,据守在自己的岗位,献出我们的生命来向暴敌抗争!"②莫洛们还有与正在金华、上饶等地活动的著名诗人覃子豪等联系,筹备成立"中国诗歌协会东南分会"的计划③,以期实现东南诗人大联合推进"东南诗运"的开展。抗战后期,尹庚在《浙江日报·江风》上提出要"建立东南文艺堡垒"的口号④,这立即为时在上饶编《前线日报·文艺评介》专刊的许杰响应,许杰认为不仅要"建立",还应当开展一个"运动",于是就树起了"东南文艺运动"的旗帜。他接连在江西和浙江的报刊连续发表《关于开展东南文艺运动》、《东南文坛与东南文艺运动——一个建议》、《关于东南文艺运动的初步计划》、《关于东南文艺》、《半年来的东南文艺运动》等文⑤,系统阐述了关于开展东南文艺运动的理论主张、具体计划、实施办法等,在当时东南地区产生了广泛而热烈的回响。这说明,为拓展浙江的文艺运动,使之延及整个东南地域,浙江作家作出了坚执的努力。事实上,浙江文运在"东南文委"提出的"立足浙江,面向东南"的方针指导下,其所起的作用早已不限于促进浙江自身文艺的繁荣,而是强调在整个东南地区产生强烈的辐射影响,在声援、策应、推进东南文艺运动中发挥重要作用。由于浙江作家的努力与浙江文运的存在,从而推演出规模与声势更壮大的东南文艺运动,这在中国抗战文艺史上的意义是巨大的。众所周知,在我国呈区域性分布的战时文艺中,影响最大的有西南以重庆为中心的国统区抗

①　墨易执笔:《东南战线上抗战文艺的新意义》,《〈战旗〉"九·一八联合纪刊》(1938年)。
②　莫洛:《叛乱的法西斯》扉页题词,新知书店1939年出版。
③　参见郑择魁:《抗日风暴中的"海燕"——关于"海燕诗社"与〈暴风雨诗刊〉》。
④　见《浙江日报》1944年5月19日。
⑤　上述诸文,均收《许杰文学论文集》,华东师范大学出版社1989年版。

战文艺和西北以延安为中心的根据地抗战文艺。东南文艺恰恰与大西南与大西北两个文艺中心鼎足而三构成我国战时文艺整体,这无形中加重了它在文学史上的地位。

论及战时东南文艺运动中"浙江潮"的深刻影响,重要因素自然应归结到作家——是在于当时形成了一个庞大的战时浙江作家群。这个群体主要分布在东南地域的浙江、福建、江西三省,正是他们与当时在此地的部分外地作家的联合努力,才演出了东南文运的有声有色的活剧。这是在战争催生下的作家队伍的集结。战争改变了作家的生活和工作环境,他们纷纷走出大都市,挺进到内陆小城乃至穷乡僻壤。这既是客观情势使然,也取决于作家的自觉要求。邵荃麟当时就指出:"我们的文化,已由一两个中心而分布到各地去。过去较为偏僻的地区,如桂林、昆明、金华、永安、曲江、老河口、衡阳、吉安等城市现在都成为该省的文化中心,文化更普遍地辐射到落后的农村中去。"①在此情势下,浙江作家向着家园故土的"回归",便是很自然的选择。倘若说,浙江出作家,但以往各个时期由于种种原因并未汇聚浙江,那么,战时环境无疑为作家聚集浙江创造了条件。

综观战时浙江作家群,20、30 年代就驰名文坛的老作家当是这个群体的主体。这部分作家中有:冯雪峰、许杰、许钦文、郁达夫、邵荃麟、葛琴、施蛰存、曹聚仁、王西彦、黄源、林淡秋、尹庚、孙用、董秋芳、陈楚淮、柯灵、谷斯范、贺宜等。这批浙江作家致力于东南文艺运动,是战时的特定环境提供的条件。如果说战前他们大抵集中在大城市或散处各地,那么在战时的流亡境遇中,血肉相连的家园故土便是一种有力的召唤:这里有熟悉的文化氛围和生活环境,有体验深切的父老乡亲,这终于有可能使他们割不断的乡情融会在故乡的抗战热流中。如冯雪峰战前在上海领导左翼文化工作,抗战初期乡居义乌,创作长篇小说《卢代之死》等,金华抗战文艺运动掀起后,随即加入"东南文委"的领导,"皖南事变"后被捕,受尽折磨,出狱后继续在浙南从事写作和文艺副刊的编辑工作。尹庚在战前知名度不高,其实他早已是"左联"的一名骁将,30 年代在上海从事出版、编辑工作十分活跃,抗战爆发后返回故乡浙江从事救亡工作,在金华、丽水、温州等地参加政工队活动。他运用"哑剧"艺术形式宣传抗战,为中国现代文艺史留下珍贵史料。董秋芳是鲁迅的学生,30 年代的左翼作家,抗战前夕由郁达夫引荐去福建工作,

---

① 邵荃麟:《我们对于现阶段文化建设的意见》,《文化杂志》创刊号(1941 年 8 月)。

战时任省政府编译室编译兼省政府图书馆馆长,后来主编《民主报》的《新语》副刊,致力于培植青年文艺队伍,开展积极的文艺思想斗争,成为永安文艺中心的重要骨干。其余作家虽经历不一,但战时环境促成他们效力故土又作出了各自的贡献则是一致的。

在战时浙江作家群中,新进作家的崛起也形成一支不能忽视的力量。浙江新进作家队伍的形成,同样得力于此地浓烈的抗战文化氛围。许多还在学校就读的爱好文学的青年,有的已在文坛初露锋芒,家乡展开的抗战文艺运动很自然地把他们卷到了旋涡中心。如温州的莫洛为浙南蓬勃开展的抗战文艺活动所鼓舞,组织了海燕诗社,创办《暴风雨诗刊》,在东南地区乃至西南大后方都产生了广泛影响。唐湜当时还是在校学生,他在前辈作家的扶掖下,一边完成学业,一边开始从事创作,编辑文艺刊物,是战火将他冶炼成硬朗的文艺战士,其后他在诗歌和散文领域里都卓然成家。作为文艺报刊编辑、作者的陈山(1917—1997,新昌人)、夏钦瀚(1926年生,苍南人)、谢狱(1919年生,绍兴人)、戴不凡(1922—1980,建德人)等,大抵也是战时大量涌现的文艺报刊给他们提供写作机会,以后在各类文学创作中取得了各自的成就。此外,还有一批土生土长的青年作家,在繁荣浙江文艺中发挥作用。如浙北沦陷区围绕几家报纸的文艺副刊形成的一个浙西文学作者群体。当时的校园文艺也很发达,在龙泉的浙江大学分校,在建阳的暨南大学等,多数是来自浙江和东南的学子,他们组织文艺社团,出版文艺刊物,由此形成了大学生作者群体,从这里走出一大批后来颇有成就的青年作者。如暨大学生斐玛(祝丰)的长诗《春天,在大学里》生动地凸现了战时大学生的生活,在几个大学里引起轰动。这类"不知名"作家,在战时作家队伍中所占的比重相当大,后来他们都因缺少"知名度"而被湮没了。唐湜在《回忆:抗日战争时期的东南文坛》一文中,对此作过详尽描述,并指出:"拯救一些即将完全湮没的战时无名作家的不知名作品,这是发扬潜德幽光,该是功德无量的。"的确是这样,战时浙江和东南的文艺运动是由一大批知名的和不知名的作家合力推进的,而在抗战洪流中崛起的青年作家群,同样功不可没。

战时浙江文学创作呈相当繁盛局面,作品数量之多、品种之齐全、题材面之广,在浙江本土的新文学创作中是少有的。报告文学在战时有着其他文学体裁无可比拟的战斗力。战时浙江几乎所有的报章杂志都发表过数量可观的报告文学作品,那些经常在报刊出现的标以"特写"、"通讯"、"素描"、"访问记"、"报告"等名目的作品,实质上就是集新闻性和文学性于一体的报告文学在战时的别一种称呼。当时作家流动性很大,常常深入战区、前线、农村,有丰富的生活实感。报告文学是他们乐于驾驭的样式,战地报告、随军散记、战区见闻之类的作品颇多。曹聚仁是以报道东战场闻名的作家,黄源、石西民、华岗的随军散记反映了新四军和江南游击区的战况,林淡秋叙写他转道宁波、途经故乡宁海、又从绍兴辗转北上到达皖南旅程的写真之作《交响》(报告文学集)等,都是颇有影响的报告文学作家和作品。小说创作也是浙江文学的重要品种。这同战时浙江和东南地域聚集着一批颇有实力的小说家不无关系。其中有 20 年代就名起文坛的许杰、许钦文,有 30 年代成名的左翼青年作家如葛琴、邵荃麟,还有抗战前后开始创作的作家如王西彦、谷斯范等。许钦文此时有 30 余个短篇和 2 部中篇,是创作量较大的作家。王西彦此时燃旺了创作热情,长、中、短制全面出击,农民、士兵、知识分子题材多方反映,是他一生中创作量最大的时期,不但成为战时东南地区最重要的小说家,也是我国 40 年代重要小说家之一。诗歌创作在战时浙江也可称蔚为大观。以全民抗战为契机,战时浙江一时风云际会,聚集了来自各地的新老诗人和刚在战火中脱颖而出的本土青年诗人。金华的诗刊《刀与笔》,温州的海燕诗社,以及浙南、浙西的青年诗人群,都奉献了难以数计的诗歌作品。诗人中老诗人冯雪峰在战时再度焕发了诗歌创作才华,他写于囚系期间的《真实的歌》、《灵山歌》中的 39 首长短诗作,是饱蘸着生命与热血写就的。新诗人中以莫洛和唐湜成就最著。前者以《暴风雨诗刊》中的诸多诗作驰名诗坛,后者以长达 6000 行的《英雄的草原》等力作为世所重。戏剧活动是战时动员民众宣传民众的最有效方式,战时浙江剧运开展得颇为热烈,救亡戏剧团体遍布各地。戏剧创作上最有成就的作家是邵荃麟、许杰、陈楚淮、刘保罗、夏野士、尹庚等,他们都有直接反映抗战现实的作品。陈楚淮的剧作此时转向现实主义,其创作的独幕剧《铁罗汉》、四幕剧《血泪地狱》等,直接反映抗战内容。尹庚(1908—? 原名楼宪,义乌人)在战时创造一种"哑剧"形式,作有《在高高的山岗上》、《当自己要活的时候》、《艺术家与小丑》等哑剧三种,提供了新的戏剧品种,也为中国现代戏剧史、文艺史留下一份珍贵的史料。

战时浙江作家群中几位重要作家,对于东南文运和战时浙江文学推动甚大,且都创作有较大影响的作品,予以特别介绍。

邵荃麟(1906—1971),原名邵俊远,慈溪人。30 年代在上海从事革命文艺活动,抗战爆发后即返回故乡参加浙江流动剧团,在金华、丽水等地从事基层抗日宣传和组织工作,随后担任省文委和东南文委领导,主编《东南战线》等刊物,成为战时东南文艺运动的重要组织者和领导者;后因浙江政治形势紧张,一度转入福建永安,继续为推动东南抗战文艺运动作出贡献。其创作有小说、散文,出版《英雄》、《宿店》等短篇小说集,以戏剧创作最为驰名,作有剧本《吉夕》、《代用品》(与冼群合作)和《麒麟寨》等。标明为"一景两幕"的《吉夕》,曾经在浙江龙泉公演过。该剧表现沦陷区内,抗日游击队员巧设机关,智取马市镇,惩处日本联队长、维持会长等汉奸,表达了中国人民抗击日军、誓不与汉奸为伍的坚定决心,在社会上引起较为强烈的反响。其最具影响也是抗战时期东南最优秀的剧作,当数四幕剧《麒麟寨》。这部剧作写的是改造绿林好汉、肃清汉奸、团结抗日的故事,描写的是山寨英雄如何在新的形势下走上抗战之路这一富有现实意义的故事。该剧在 1940 年出版,有特殊的意义。当时,正是国民党顽固派发动第二次反共高潮前夜,他们诬蔑共产党领导的抗日游击队是"游而不击",作品用生动事例说明:正是共产党人光明磊落、不畏艰险,团结一切愿意抗日的人们,才有大好的抗战局面,从而无情地揭露了顽固派的无耻谰言。

五四文学时期以创作乡土小说驰名的许杰,于战时辗转流亡各地,后来在老家天台办教育,从事抗日文艺活动,继而进入当时迁往福建建阳的暨南大学任教,其后又到上饶《前线日报》编文艺副刊《文艺评介》,积极倡导"东南文艺运动",是推动浙江和东南文运的中坚力量。其创作有小说集《暮春》、《子卿先生》、《火山口》等。鉴于抗战宣传需要,他在天台任教时,曾创办大公剧团,为给剧团提供剧作,尝试自己并不熟悉的剧本写作,作有《东亚新秩序》、《精神总动员》两种。前者是反奸剧,表现汉奸特务长在铁的事实面前和游击队长的教导下,激活了民族意识,把枪口对准日寇。后者的故事发生在金华国民总动员的前夜。一些醉生梦死的青年终于在血的现实面前幡然悔悟。抗日战士的血唤醒了他们沉睡已久的民族精神,使他们明白了"人类最大的仇恨,是民族的仇恨。民族的仇恨,是要用民族的血来洗刷的",毅然投身到救护伤员的工作中。剧作由此展示了"抗战必胜,建国必成"的前景。

王西彦(1914—1999),原名正莹,笔名杨洪、细言等,义乌人。1930 年开始小说创作,抗战爆发后辗转流徙各地,长期驻留浙闽赣三省,在金华、赣州、永安等地编辑报刊、从事写作,创办、主编战时东南地区影响最大的文艺刊物《现代文艺》。是战时东南最有影响的小说家,著有《悲凉的乡土》、《村野恋人》、《神的失落》、《古屋》、《寻梦者》等。其创作可归入"乡土小说"一路,以状写浙东大地上一片"悲凉的乡土"①著称。早期作品《鱼鬼》、《福元佬和他戴白帽的牛》等,写出乡民的绝望与悲愤,展示他们在贫困、受凌辱面前充满惘然与失落的精神世界,都有极精细的笔致。抗战爆发后,"乡土"依然是其抗战小说不可或缺的内涵。《眷恋土地的人》写农民杨老二克服对土地的眷恋之情,抛妻别子去大运河为军队摆渡,怀里还揣着地契,最后英勇献身。作品敏捷地捕捉住了战争对乡土的深层影响,并将乡土意识曲折有致地与民族意识相融合。《乡井》写勇猛侠义且风流倜傥的青年杨大龙,因是家中独子,负有传宗接代之责,本不想当兵,但目睹日寇的残暴行径后,终于在夜色中踏上了抗争的征途。在这些小说里,作家已将乡土的悲凉升华为悲愤,有了别样的格调。长篇《村野恋人》中,写青年农夫庚虎破除旧习俗,与自己心爱的金兰依然热诚相爱。后庚虎被日军捉去挑弹药,金兰便毅然搬去他家居住,为其分担苦难的命运;庚虎终于被日军枪杀,悲痛欲绝的金兰长跪竹林,情愿与爱人双双归去。这是一曲以抗战为背景的爱情悲歌,表现了乡土人性的坚韧。正如作者所言:"生命的美丽和庄严,就在于它的忍受和反抗,执着和追求。"②王西彦的另一副笔墨是写知识分子。他笔下的知识分子大多带有乡土气质,这些人物既难融入城市文明,又并不见容于乡土文化,他们是这个世界的"多余人",是终其一生在惘然中"找寻道路的人",是在历史与文化的夹缝中艰于飞行的"折翅鸟"。《神的失落》写出身乡土的知识分子在城市中追求爱情而不得,《寻梦者》写知识分子在乡村寻找幸福也不得,以深婉的笔调写出了"寻梦者"幻梦破毁后的失落与痛苦。这些作品为中国现代小说提供了重要的类型。

曹聚仁(1900—1972),字挺岫,号听涛,常用笔名陈思、阿挺、丁舟等,浦江石埠乡蒋畈村(今属兰溪)人。早年就读"浙一师",积极参加新文化运动。30 年代初,与鲁迅保持联系,主编《涛声》周刊,高扬"文学为人生"旗帜,与"闲适派"文艺对垒,发表不少切中时弊的杂文,在文坛颇有影响。抗战爆发后,他脱下长袍,披上军装,成为出色的战地记者,活跃于东战场,首次报道台儿庄大捷,采访过新四军将领,向海外披露"皖南事变"真相,使反映东南战事的《通讯报》名震大江南北。其后辗转浙、闽、赣三省,又应蒋经国之聘,长期扎根赣州,主编《正气日报》等,成为赣州文艺中心的骨干。通讯报告集

---

① 王西彦:《悲凉的乡土·自序》。
② 王西彦:《村野恋人·改版后记》,上海晨光出版公司 1947 年版。

《大江南线》(1941),分"武汉的命运"、"赣南行住"、"浙皖新行程"、"春夏之交"、"沿海风景线"、"经济线"、"抚顺行进"、"赣湘之行"8个部分,收通讯报告52篇。作品反映的内容,时间跨度大——从武汉会战写到太平洋战争前后;涉及面广——记述战场实况、军事进程、战时经济及政治动态等,具有较高史料价值。作者撰写这类作品,善于着眼现实又驾驭全局,注重事件描绘又时有精辟议论,显示出他擅长制作"新闻文艺"的独到功力。

黄源(1906—2003),原名黄河清,海盐人。1929年在上海从事外国文学翻译和编辑工作。1931年为上海新生命书店编辑《世界新文艺名著译丛》。1933年参加茅盾主持的《文学》月刊编辑工作。翌年协助鲁迅编辑《译文》、《译文丛书》。抗战爆发后,与茅盾、巴金等发起并编辑抗战文艺刊物《呐喊》、《烽火》。1938年底到皖南参加新四军,先后编辑《抗敌》杂志、《抗敌报》文艺副刊,主编《新四军一日》,并写作出版散文集《随军生活》(1938)。《随军生活》是黄源的第一本散文集。书前有作者代序《赴火线去》。全书分四辑,收散文15篇。第一辑:《赴乍浦前线》、《深夜荒山中访向奥六将军》、《轰炸下的乍浦》、《炮火下的家乡》、《海宁之夜》;第二辑:《一个沦陷了的城市》、《炮声响了》、《沉痛的话》、《谣言胜过炮火》;第三辑:《炮声中纪念鲁迅先生》、《记"中国的友人"——鹿地亘》、《以笔从军者晤谈记》、《一见的纪念》;第四辑:《空军的处女战》、《西站行》。作品真实地记述了浙北抗战的实况,表现了军民同仇敌忾、抗战到底的决心。

尹庚(1908—　),原名楼宪,义乌人。30年代在上海参加左翼文艺运动,有不少左翼文艺论著。抗战爆发后,在浙江、江西一带进行抗日救亡宣传,主要从事演剧和歌咏活动。抗战后期,积极推动东南三省文艺界联合,开展"东南文艺运动"。在实际的工作中,尹庚深深感到宣传活动中的语言障碍影响宣传效果。于是率先开始在国内尝试写作哑剧剧本。他自编自导演出的哑剧大概有五六种,经由报刊发表存留至今的有《在高高的山岗上》、《当自己要活的时候》、《艺术家与小丑》等三种。其哑剧文字剧本没有复杂的结构,人物、形象、主题的设置却很典型,简明扼要,一目了然。《在高高的山岗上》写的是抗日队员在某个黑夜如何摸鬼子岗哨打胜仗的事。《当自己要活的时候》写日本鬼子的杀人游戏中,沉默的农夫激发民族仇恨拿起锄头作武器为鬼子掘墓。《艺术家与小丑》的主题、情节也一样简洁明了,写了在抗日宣传中抗战工作者与伪组织喽啰的两种不同的宣传方式和效果。这些剧作不用台词,完全通过演员的表演完成,由此消除了语言的障碍,演出效果相当明显,激发了广大民众的抗日热情。

谷斯范(1916—1999),笔名江荻,上虞人。1936 年开始写作,有短篇小说《不宁静的城》等。1940 年发表长篇《新水浒》。小说讲述的是抗战期间太湖地区被日军击败的一支小游击队,经历了挫折、分化,终于投奔新四军、踏上抗战道路的故事。小说真实地反映了当时太湖地区军民抗日除奸的爱国主义精神和斗争气概,扫除了当时有人对抗战前途表示悲观的消极情绪。茅盾曾撰文指出它的主题"便是:游'吃'队如何变成了真正的游击队"。战后,1946—1947 年间,谷斯范在上海《东南时报》副刊连载据孔尚任《桃花扇》改编的《新桃花扇》(原名《桃花扇底送南朝》)。小说描写南明小朝廷的腐朽历史,借古讽今,讥嘲国民党统治。谷斯范的小说具有很强的现实意义,他在形式上走的是民族化、大众化的路子,在探索利用旧形式创作新小说方面作出了有益的尝试。

青年诗人莫洛(1916 年生,原名马骅,温州人),于 1938 年发起组织海燕诗社,在东南地区颇有影响。该社的诗人们"愿以强烈的斗争意志,把握住诗歌的武器,据守在自己的岗位,献出我们自己的生命来向暴敌抗争"①。自筹经费推出《暴风雨诗刊》三辑(《海燕》、《风暴》、《太阳》),编辑出版《海燕诗歌丛书》(莫洛的《叛乱的法西斯》,唐牧的《义勇军的母亲》,陈如旧的《大时代的插曲》等),莫洛所起作用最大。1940 年他投奔新四军,并随新四军辗转于苏皖等地,写下反映抗战生活的抒情长诗《渡运河》,组诗《月亮照在江南》和《我们渡过长江》等。1941 年秋返回浙江,到丽水编《浙江日报》副刊,直至抗战胜利。莫落的诗具有极强的政治鼓动性。如抒情长诗《叛乱的法西斯》,愤怒痛斥了法西斯暴行,号召全世界反法西斯人民特别是中国人民"用血肉来抵抗暴力","向法西斯敲响起最后的丧钟";《渡运河》写的是诗人在北移途中化装通过敌占区、渡过运河、奔向苏北根据地的见闻和感受,把心理现实主义提升到一个新的层次,给人奋发向前的精神力量。

在开展东南剧运方面,几位温州籍剧作家多有建树。董每戡(1907—1980),原名董华,温州人。30 年代投身左翼文艺运动,1931 年创作的三幕剧《C 夫人肖像》,轰动上海,受到鲁迅赞赏。同时还作有《饥饿线》、《夜》、《黑暗中的人》、《典妻》等剧。抗战开始后,创作一系列剧作,较著者有《敌》、《俘房》、《孤岛夜曲》、《最后的吼声》、《保卫领空》、《天罗地网》、《秦淮星火》等,

① 莫洛:《叛乱的法西斯》扉页,新知书店 1939 年版。

98

全都以抗战为题材，对唤起民众，保卫国土，起了很大的鼓励作用。夏野士（1912—1990），平阳人，以善抗战戏剧驰名。处女作《保卫卢沟桥》即是在七七枪响后的第二天写成的剧本，是以纪念卢沟桥为题材的同类剧作中最早面世的一个剧本。其成名作为《守住我们的家乡》，1938年创作。其他抗战剧作还有《复仇》、《我们不受压迫与利用》、《怒吼了的村庄》、《九一八的晚上》等。独幕剧集《守住我们的家乡》，由永嘉游击文化社纳入《游击》半月刊社的游击丛书于1938年正式出版。董辛名（1912—1975），温州人。他一生致力于导演工作，并作有剧本多部：独幕剧《胜利的启示》、哑剧《敌人的兽行》、《最后胜利》、《生命线》等。1939年，由游击文化出版社出版的独幕剧集《游击队的母亲》，一时成为战时演剧活动争相演出的剧作。

四　辗转流徙各地的战时作家创作

　　战时浙江作家除汇聚东南外，还有相当部分或因抗战需要，或由于个人原因，随着战争环境的变化，辗转流徙各地。战时"文化人"的命运是同正在蒙难的祖国紧紧联系在一起的。这些作家原先都在上海、杭州、北京、香港等大都市从事文学活动，抗战初期，大都投入抗战活动，后随着大城市陷落，战局一再"吃紧"，于是就开始他们辗转流徙各地的战时生涯。尽管过着颠沛流离的生活，但他们都没有放下手中的笔，继续为抗战事业作出自己应有的贡献。就战时作家活动的区域而言，大体上集中在三大块：一是重庆、昆明、桂林等"大西南"国统区，二是以延安为中心的共产党领导的解放区，三是上海"孤岛"及部分沦陷区。"浙军"以队伍庞大著称，在上述地区，几乎都有浙江作家的身影。这部分作家的创作当然也是战时浙江文学的重要构成，而且还因其时有许多"领军"作家流徙各地而加重了这部分文学的分量。其创作依然涵盖各个文学领域，取得不同程度的成就。

　　抗战时期的浙江作家小说创作较前有所回落，但战争并未使其"绝响"。战前就已驰名文坛的小说家依然焕发热情，用小说表现抗战"大时代"，必然使其继续保持相当水准。长篇小说大家茅盾此时也是四处流徙，由上海、武汉、香港而桂林、昆明、新疆、延安、重庆，过着极不安定的生活，但仍有大量创作问世。除战初的"急就章"《第一阶段的故事》（1938）、《锻炼》等外，其时最重要的两部作品是《腐蚀》（1941）与《霜叶红似二月花》（1942）。前者以切入抗战敏感部位与日记体小说的新颖样式著称，对发生仅三四个月的"皖南事变"作出及时回应,小说以其独特的思想艺术成就,不仅成为抗战时期以现实题材揭露国民党统治下政治黑暗的代表作品,也是茅盾的小说谱系中仅次于《子夜》的重要作品。后者则将视线回归浙江城乡,以丰盈、充实的地域风情画再次显示浙江作家表现那片迷人土地的深厚功力,小说中浓香四溢的江南风习、世态人情,和充满东方审美情调的文化气息,标明其是茅盾一生中的又一部力作。执著于乡土小说创作的王鲁彦、许钦文等,战时也辗转各地。王鲁彦举家内迁,先后到长沙、武汉、桂林等地,从事抗日文化工作,主编抗战后期大后方最有影响的文学期刊之一——《文艺杂志》。他们的创作依然保持着对民族文化历史的反思与对现实的批判性姿态,作品或表现战时人民苦难,或抨击黑暗统治,且都不同程度显示出浙江地域特色的渗透。战时还涌现出不少新进作家及其有影响作品,女作家郁茹的《遥远的爱》可谓一时之翘楚。郁茹(1921—)原名钱玉如,杭州人,幼年家贫,自学成才。1938 年流浪到重庆,在图书馆当管理员,并学习写作。1939 年发表短篇小说《恒河》,在全国女青年抗日文学作品征文中获奖。40 年代初发表《遥远的爱》,为当时文坛所重。这部小说描写小资产阶级出身的女青年知识分子罗维娜挣脱恶劣环境的羁绊,走出私爱的狭隘天地,勇敢地献身于民族解放事业。小说有明快的抒情笔致,细腻的心理描写,刻画了性格鲜明的青年女性形象。罗维娜这一形象在当时的青年知识分子中产生较大反响。小说受到茅盾的热情称赞:"这一部小说给我们这伟大的时代的新型女性描出了一个明晰的面目","我们看见一个昂首阔步的新女性坚定地赶上了时代的主潮,——全身心贡献给民族"。① 郁茹后来长期从事记者和编辑工作。1949 年有短篇小说集《龙头山下》出版。

抗战时期在"孤岛"上海的两位女作家的创作没有直接反映抗战,提供了另一种小说样式,也颇值得注意。苏青(1917—1982),原名冯和仪,常用名苏怀青,笔名苏青,鄞县人,出身书香门第。1935 年开始发表作品。上海沦陷后主编《天地》文艺月刊。1943 年出版自传体长篇小说《结婚十年》。《结婚十年》是部率性之作,它以作者自身的经历为依凭,描写主人公结婚十年的坎坷遭遇,自然而又清婉地表现了女性的痛楚、挣扎与追求,揭露封建文化对中国家庭根深蒂固的影响,包含着追求妇女解放的主题,并常在对琐事俗务的描写中表现真切的人生体悟。张爱玲因此称苏青是一位能"踏实

---

① 茅盾:《关于〈遥远的爱〉》。

地把握住生活情趣"的作家,认为"她的特点是'伟大的单纯'。经过她那俊洁的表现手法,最普通的话成为最动人的,因为人类的共同性,她比谁都懂得"①。小说半年间印行 9 版,其后共印 18 版,使苏青名噪一时。1947 年以后,苏青又陆续创作了《续结婚十年》、《歧途佳人》、《朦胧月》等长篇小说。同苏青创作路数相近的女作家施济美(1920—1968),绍兴人。1942 年东吴大学毕业,并开始发表作品。她先后创作出版有小说集《凤仪图》和《鬼月》。其作品以女作家独有的女性心理、女性视角和纤细、柔美的笔调,表现细致入微的女性柔情,颇得读者青睐,而在创作艺术上,注重情感氛围的营造和意象的刻画,也可以窥见师法张爱玲小说技巧的痕迹。

　　战时浙江诗歌创作,比起小说来,似有更长足进展。其突出之处在于:伟大的民族解放战争孕育了作为时代象征的代表诗人,并由此带动了中国新诗的整体发展。

　　艾青(1910—1996),原名蒋海澄,金华人。有"民族诗人"之誉,是战时诗歌创作成就最高的诗人。他最初是学绘画的,1928 年入杭州国立西湖艺术学院绘画系。1929 年赴法留学,1932 年回国,在上海加入中国左翼美术家联盟。同年 7 月被捕,在狱中完成其成名作《大堰河——我的保姆》,1935年出狱后继续从事诗歌创作。1941 年赴延安,曾在延安鲁迅艺术学院任教。主要诗集有《大堰河》(1936)、《他死在第二次》(1939)、《向太阳》(1940)、《旷野》(1940)、《北方》(1943)、《雪里钻》(1944)、《黎明的通知》(1943)等。

　　艾青成名于 30 年代初,抗战时期形成诗歌创作的第一个高峰。这时期,他辗转武汉、桂林、重庆、华北、西北等地,为空前高涨的全民抗战热情所鼓舞,又目睹了人民的深重灾难,大大激发起创作热情。他写下的《向太阳》、《火把》、《雪落在中国的土地上》、《北方》、《手推车》等诸多脍炙人口的名篇,热情讴歌光明,倾吐国破家亡的忧愤,在诗坛产生重大反响。艾青创作的这个高峰,既在其个人的诗歌创作道路上有重要意义,对整个战时诗歌乃至中国新诗史而言,也有着别人难于逾越和无可取代的地位与价值。

　　作为从浙江走出的诗人,艾青的战时诗歌既抒写民族的苦难和奋起,又烙刻着来自浙江大地诗人的深重印记,体现出显著的地域特色。从艾青诗艺世界的构成看,"土地"与"太阳"是其中的两个起支柱作用的核心意象。"太阳组诗"在艾青的诗歌创作中占有极重要的分量,是其艺术世界的一个

---

　　① 《女作家聚谈会》,载《杂志》1944 年 4 月号。

重要支柱,但就诗歌艺术成就而言,其"土地组诗"又要高于"太阳组诗"。艾青从"大堰河"这片充满苦难的土地中走出,难免带上"农人的忧郁",但浙东"土性"文化中的刚性与"硬气",也在潜移默化中内化于他的性格与气质里,使其诗歌创作呈现出一种富有韧性和力度的外柔内刚的忧郁美与力感美。艾青的这种文化积淀和审美个性,在抗战前后所写的土地组诗中得到鲜明的呈现。这只要审视艾青乡土诗中土地、旷野和乡村三个系列的诗作,就可以得到清晰昭示。"土地"系列在艾青诗作中占着最大比重。他从小生长在农村,对家乡那片"紫色的"土地有着刻骨铭心的记忆,《大堰河——我的保姆》便是土地诗的起始之作。于是,他对江南乡野的泥土芳香,对北方广漠的原野和沙漠的风,有着像土地一样的特别古老而深沉的爱。他善于发掘土地的美,并能用高度诗化的语言来展现土地的自然美,但特别看重的在于土地是维系种族和人类的纽带,它把千万颗心都扭结在一起,"互相感染着,互相牵引着"(《土地》),显示出强大而又神秘的凝聚力。缘于此,就会有他的战时诗歌对土地的苦难与忧患的特别强烈而持久的感受,由此升华出对于土地、对于祖国、对于民族的深沉的爱,升腾起一种愤怒的力、反抗的力。由"旷野"诗拓展的是高扬的民族意识、民族精神的礼赞,表达了诗人对抗战必胜的坚定不移的信念;而乡村诗《村庄》(1941)和《献给乡村的诗》(1942)等,则表达出诗人对故乡的真诚怀念,战争年代对故土的深沉执着的爱,对故乡大地上人们的深深怀恋,可谓溢于言表。

浙江战时诗人的活跃态势,还因与艾青同处"七月"派的诗人之多而得以显现。"七月"诗派是抗战期间的一个重要诗歌流派。该派因聚集在由胡风主编于1937年7月创刊的《七月》杂志周围而得名,标举现实主义旗帜,表现抗战主题。阿垅(1907—1967),原名陈守梅,杭州人。1927年开始写作并在杭州报刊上发表诗作。九一八事变后投笔从戎,考入南京的中央军官学校。1939年赴延安抗大学习。1946年在成都编辑文艺刊物《呼吸》,1947年因遭国民党通缉而潜回南京、上海等地,后蛰居杭州。1955年受胡风案株连,1980年平反。著有诗集《无弦琴》,评论集《人与诗》和《诗与现实》。阿垅的抒情诗写得真挚深沉,他从不停留在表象上低吟浅唱,而是突入其内,或以舒卷的口语化的句式传达主体澎湃的激情,如《去国》《无题》等都以简练的诗行、铺排的句式、回肠荡气的旋律,来表达诗人对爱、对真理、对人的尊严的执著追求。代表作《孤岛》就采用暗喻的手法,写"孤岛"弃儿似的孤悬于海上,远离大陆,看似无所归依,实际上它却是大陆伸出的一部分,两者在深处"永远联结而属一体",诗人便借这似断实连的自然景观,一往情深地表达了自己与正义力量不可分割的血肉之情。

也是"七月"派诗人的冀汸(1920年生),原名陈性忠,湖北天门人,长居浙江,系浙江专业作家,曾任浙江省作协副主席。1940年开始发表作品。此时著有诗集《跃动的夜》(1942)等。无论是长诗《跃动的夜》,还是短诗《今天的宣言》等都是一些能给我们以巨大震撼的极勇壮而雄强的诗。孙钿(1917年生),原名郁钟瑞、郁文源,笔名村因等,上海人。解放后长期在宁波工作。属"七月"派诗人。1933年开始发表作品。此时著有诗集《旗》(1942)等。孙钿写诗不太爱用象征、意象的方法,而常常采用直接采写现实入诗的方法。而他写现实又仿佛是不动声色的。如《送讯》、《我们的雪天》都是采用此类写作策略。

在抗战时期进入诗歌创作高潮的著名浙籍诗人力扬(1908—1964),原名季信,字汉卿,青田人。他原先是从事美术活动的,曾入国立西湖艺专,参加过"一八艺社",后加入中国左翼美术家联盟,并开始诗歌创作。抗战爆发后,他参加了郭沫若领导的"第三厅",积极从事救亡诗歌运动,编辑过长沙《抗战日报》副刊"诗歌战线"、综合诗歌丛刊《五月》和诗刊《诗时代》,其自身的诗歌创作也获得丰收。1942年发表于《文艺阵地》的著名叙事诗《射虎者及其家族》为其代表作。该诗从自家几代人的贫困生活中撷取若干片断,写出了农民生活的艰辛及不断的挣扎反抗,以及他们在复仇道路中的新觉醒。诗作通过一个家族的生活史,形象地反映出旧中国农民的遭遇和命运。力扬还出版有诗集《枷锁与自由》、《我底竖琴》、《给诗人》等。其诗作常用铺陈手法构造新颖意象,描绘生活场景,抒发真情实感,形成鲜明的现实主义基调。

戏剧创作是战时东南文艺的重要品种,外地浙籍作家也多有建树,其中以著名剧作家夏衍的成就最著。抗战爆发后,夏衍辗转各地,先后在上海、广州、桂林、香港、重庆主办《救亡日报》、《华商报》、《新华日报》等,从事抗日文化活动,特别是戏剧运动。这一时期他创作了《法西斯细菌》(1942)、《一年间》(1939)、《芳草天涯》(1945)等多种剧作。多幕剧《法西斯细菌》以知识分子为题材、以抗战现实为背景的优秀剧本,堪称是抗战时期现实主义戏剧的代表作。剧作表现"法西斯与科学不两立"的主题,对人类的公敌投掷了最大限度的憎恨与愤怒,批判了当时知识界超脱政治、科学至上的错误思想倾向。《芳草天涯》虽然写的是家庭矛盾和夫妇不和,但剧作者从客观环境的险恶、社会矛盾的激化,为爱情主题披上了一层时代悲剧的色彩,通过平凡知识分子在战时所经历的悲欢离合的故事,揭示了国统区知识分子的种种精神痛苦,也表现出他们对未来前景充满信心的乐观情绪。这是一出悲切感人、激荡心弦的抗战戏剧。

另一个需要提及的是上海"孤岛"期间坚持斗争的著名剧作家柯灵(1909—2000,原名高季林,绍兴人)。1930 年任绍兴《儿童时报》编辑。1931年冬到上海,从事报刊编辑工作和戏剧、电影活动。上海沦陷后,在"孤岛"坚持斗争。创作涉及小说、散文、儿童文学、戏剧、电影文学,尤以改编世界名著而闻名。他创造和改编的剧本有《飘》、《夜店》、《恨海》、《武则天》、《乱世风光》、《海誓》等。四幕剧《夜店》,是他于 1944 年和师陀根据苏联作家高尔基剧作《底层》改编的,既忠实于原著精神,又非常"中国化"的优秀剧本。该剧通过社会的小小"窗口"——人来人往的夜店,力图在广阔的社会背景下去展示现实的丑恶。在这个"窗口"中我们看到,有挥霍百万家产而今靠妻子卖笑为生的浪荡子,有红极一时而今穷困潦倒的昆曲戏子,有多愁善感的下等妓女,有走南闯北看尽人间悲酸的江湖郎中,有怀疑憎恨人世而又豪侠仗义的小偷,有寄人篱下受尽折磨的女孩子,还有清道夫、报贩、卖馒头的、小瘪三等。社会三教九流、各色人等均聚集于此,展示了世态百相,这也正是旧中国社会现实的真实写照。但越是黑暗的时代,越能激发人们的抗争意识,越能让人坚定地相信"地狱早晚要塌的"真理。这正是《夜店》的现实意义所在。该剧的人物描写、语言运用、场景与气氛的渲染,自然贴切,具有浓郁的民族风味。

战时浙江散文显然强化了战斗色彩,素有"匕首"、"投枪"之称的杂文兴一时之盛。此时鲁迅已不在了,但鲁迅精神永存,"鲁迅风"杂文依然高涨。上海"孤岛"有"鲁迅风"杂文论争,几乎是在浙江作家中展开。巴人与冯雪峰无疑是这一时期浙江杂文创作代表。此时的巴人是"孤岛"时期"鲁迅风"杂文流派的组织者和领导者,也是重要的杂文家和杂文理论家。杂文集计有同别人合出的《边鼓集》(1938)和《横眉集》(1939),专集有《扪虱谈》(1939)、《边风集》(1943)等,杂文理论著作《论鲁迅的杂文》(1940)等。巴人的杂文纵横驰骋,议论风发,像鲁迅的杂文一样,对现实进行了极其广泛的文明批评和社会批评。其杂文体式丰富,格调多样,有政论性杂文、散文诗式杂文、书札类杂文、偶语类杂文、杂记式杂文、按语评点式杂文等。其中有独创特色,写得最多的是那些在生动记叙、描写自己的亲身经历和见闻之中,融进鲜明爱憎和深刻见解的社会评论性的杂文,如《说笋之类》、《杂家、打杂、无事忙、文坛上的"华威先生"》等。这类杂文没有理论家的架子,但在散文式的"直感""形象"的抒写形式之中,活跃着杂文家批判思辨的惊魂。冯雪峰(1903—1976),原名冯福春,曾用名李允生、冯诚之,笔名雪峰、洛扬、画室、何丹仁等,义乌人。1921 年参加了朱自清等指导的文学社团晨光社,开始创作新诗,走上文学道路。1922 年在杭州与汪静之、应修人、潘漠华组织湖畔诗社,相继出版新诗合集《湖畔》和《春的歌集》。1926 年开始研究和翻译马克思主义文艺理论,撰文介绍苏联文艺界情况。1929 年参与筹建中国左翼作家联盟。1931 年任"左联"党团书记。1937 年抗战爆发后,创作反映红军长征的长篇小说《卢代之死》,并在家乡开展抗日救亡活动。1941 年被捕,囚于上饶集中营,在狱中创作抒发对党和革命忠诚的诗数十首,后结集成《真实之歌》出版。1942 年被营救出狱,先后在重庆和上海两地从事统战和文化工作,直至全国解放。这时期出版杂文集《乡风与市风》(1944)、《有进无退》(1945)、《跨的日子》(1946),寓言集《今寓言》(1947)等。其杂文充满着批判的锋芒,抨击了封建主义和殖民主义造成的精神创伤。艺术上善于把批评锋芒隐藏于细密说理中,包含了哲理,"充分的展开了杂文的新机能"①。

　　这一时期在报告文学创作方面作出出色成绩的是赵超构。赵超构(1910—1992),常用笔名林放等,瑞安龙川(今属文成)人。1934 年任南京《朝报》编辑,开始写小言论。1938 年起任重庆《新民报》主笔,为《今日论语》专栏撰搞。1944 年曾以《新民报》的记者身份参加中外记者团访问延安,写了长篇报告文学《延安一月》。1946—1966 年,担任上海《新民晚报》总主笔、总编辑、社长等职,经常为"短评"、"随笔"、"未晚谈"专栏撰写文章。《延安一月》全书分两辑:"西京一延安间"辑,收文 8 篇;"延安一月"辑,收文 39 篇。作者本着"现在的新闻报道,就是将来的史"(《延安一月·序言》)的态度,对中国共产党领导的革命根据地延安的军事、政治、经济、文化教育等方面作了全面真实的报道,为历史留下了珍贵的记录。作品集中讴歌党领导下的优秀中华儿女在前线浴血奋战的斗争精神,以及他们在新天地里创造新生活的辉煌成就,使人们大开眼界。这部作品在当时引起轰动,被誉为是继斯诺《西行漫记》以后又一部介绍革命根据地延安的力作。

---

　　①　朱自清:《历史在战斗中——评冯雪峰〈乡风与市风〉》

五 战时浙江文学的独特品格与意义

综观战时浙江作家群所作出的特殊成就与贡献,除了在推进东南文艺运动中所显示的重要业绩以外,还有作为浙江作家在本土一次大规模的集结而呈现的意义:即他们以其为故土贡献的丰厚文学创作实绩和展现独特的战时文艺品格,使一部浙江文学史的内容变得更为丰富而厚实。同时,战时浙江作家依然辗转各地遍布全国,由"浙江潮"而映照全国,也为中国新文学的发展提供了诸多有益的经验。

在中国新文学的宏观视野内,浙江是有个庞大的作家群体的,然而由于在多数时段里这个群体是在异乡建功,其创作大抵是源于地域又超越地域的,因而堪称为纯粹的"浙江文学"的为数就不很多。能够改变此种状况的便只有在战时。在整个抗战期间,外地建功的浙江作家的创作依然有着深刻的地域烙印(如茅盾的江南水乡小说、艾青的乡土诗等),也可说与浙江本体紧密相联;而战时浙江作家在本土集结,汲取本土丰富的创作材料,反映本土人民的生活与斗争,甚至驾驭本土人们易于接受的文艺样式,则为产生较为地道的浙江本土文学提供了更为充分的条件。从这个意义上可以说,战时浙江作家为推动地域文学的发展所作出的贡献是巨大的。尽管基于战时的艰苦环境和抗战现实的迫切需要,我国的抗战文艺作品中有不少是"急就章",缺少产生久远影响的"扛鼎之作",当时评价东南文艺创作时也有人客观公允地指出其"没有产出纪念碑式的作品"[①]的弱点,浙江作家也未能免俗,其时的整体创作水平自不能与其他几个时期相比。然而,融汇在抗战大潮中激发起创作热情,依然使浙江作家积极进取,在多个文学创作领域里取得不菲成绩。战时浙江文学一度呈现相当繁盛局面,作品数量之多、品种之全、题材面之广,在浙江本土的新文学创作中是少有的。报告文学、诗歌、戏剧等文学样式,因适于动员民众、宣传民众,有着其他文学体裁无可比拟的战斗力,为作家所乐于采用,创作呈现发达景观,不少作品产生了全国影响。

战时浙江文学在体现战时性和地域性两个特征上,形成了鲜明的战时文艺品格和地域文艺特色,为中国新文学提供了许多有益的经验。战时性集中体现为作家对战时责任的体认,造就全新的创作格调,建构文学联系时

---

① 周梦江:《战时东南文艺——一笔流水账》。

代、与人民的命运攸切相关的文学价值观念体系。此种文学新格局的建构，探其原因，外之联系着战争的时局，内之联系着作家的心理情绪，正是国破家亡的现实促发作家形成同仇敌忾之势，把文学定位在强化社会意义的层面上。这一点，在文学样式的选择上表现最为明显。文艺服从于抗战，用时代的最强音喊出民族的心声，是当时作家的共同追求，因而报告文学和诗歌创作成为作家选择的重要样式。许多作家深入战地生活，及时给予报道，创作了许多有影响的作品；持续开展的"东南诗运"燃烧诗人的激情，促成了全新的创作格调，而艾青、阿陇、力扬等在外地建功的诗人，则提升了战时诗歌品位。即便是较为精致的小说与戏剧创作，也强化了社会功能与现实效应，把"如何坚持抗战到底"定为创作主调，透出鲜明的时代色彩。文学应当随着时代风气的转换而转换，应当承担起应有的历史使命意识与社会责任感，这也许正是浙江新文学作家的一个宝贵传统。从五四文学到30年代左翼文学的转化中，以鲁迅、茅盾领衔的左翼作家以及其时出现的一个庞大的浙江左翼作家群，已经显示过他们顺应文学发展潮流及时调整文学创作心态寻求与之对应的创作趋向，到抗战时期，他们再次顺潮流而动，汇聚在民族解放的热流中，创作出用血泪凝聚而成的"战时文艺"，表现了可贵的胆识与品格。这一历史经验所包含的深层次的精神内涵的东西，是值得后人细细体味，永远记取的。

在战时性意义上，战时东南文艺生成于抗战前线，在浓郁的战争氛围中体现出更显著的战时文艺品格。由于东南地区的战局一直处于艰危形势中，文艺服从战争的要求更为突出，加以作家原先的艺术要求与创作倾向大致相同，东南文艺比之于"大西南"等地的文艺，形成更自觉的对于战时责任的体认。这集中反映在两个方面。一是在文艺价值取向上，几乎形成一边倒的观念：强化文艺的社会功能和现实效应，使文艺在参与现实与历史中发挥最直接的效用。王西彦主编的《现代文艺》和许杰主编的《文艺评介》，就多次载文批判"反对作家从政论"、"文艺独立论"等。而在"大西南"一度露脸的"战国策派"，在东南则被斥为"血腥中的梦幻"①。在这种整体文艺氛围影响下，东南地区的文艺创作趋求也很容易见出一致：现实主义占据压倒一切的主流地位，对现实的把握与参与，则明显注重了文艺的现实感与时效性。许多原先在艺术上有所探索的作家，受战时文艺风尚左右，创作风气必

---

① 白盾：《血腥中的梦幻》，《前线日报·文艺评介》(1944 年)。

有改变,郁达夫的诗风由感伤、低回向激越、昂扬转换,是最突出的例证。文艺样式的择取也是体认战时责任的必然选择:抗战时期需要文艺对生活作近距离观照,因而多数作品是"实生活"的反映,而那些数量多的无法统计的自编自演的街头剧、活报剧之类,则有更明显的即时性效应。这也许有损于文学的艺术品位,但恰恰是适应了民族解放战争急需的。二是在文艺回归民众,并通过这种回归而靠拢民众的战时文化心态方面,东南文艺也显得非常突出。这同样取决于战时东南地区的特殊性:文艺活动区域基本上是在以往文化落后的山野小县,这比之于战时文艺的另一些聚集地重庆、香港、桂林、昆明等大中城市来,这里读者对象文化水准低下是不言而喻的,文艺皈依民众,就更需要采用能为普通民众接受的艺术形式。战初东南文艺大抵是在通俗文艺层面上展开,其后作家们又一直为大众化作出努力,是毫不足怪的。加以战时东南地区专业性文艺期刊不多,刊载文艺作品数量最大的是小型刊物和报纸文艺副刊,这既为造成一支颇为壮观的业余文艺队伍提供了方便,但同时也影响了更多较为"精致"的文艺作品的产生。从战时东南文艺的总体实绩考察,大众文艺所占的比重之大就远过于外地,这一方面取决于专业作家的刻意努力,为创造大众文艺作出了出色成绩(通俗文艺的成就是不能低估的);另一方面就源于业余作者的创作,它同样不可小视(因为这一部分创作的数量相当大)。由是观之,战时东南文艺的大众化成就在总体文艺实绩上也许是最突出的。这既显示出文艺的品位,同时也呈示一种特色:尽管战时东南文艺的整体艺术水平不高,与"大西南"比较存在明显差异,但毕竟也有其优势所在,即在体现文艺的时代的人民的方向上有无可漠视的成就。

地域性表现在文艺的地理区域种型特征上。过去限于主客观条件,浙江作家大多不在浙江本土,因而真正意义上的地域文艺便难于产生。抗战为浙江作家提供了汇聚浙江的机遇,使他们在创造具有鲜明地域特色的文艺方面有所作为。正如当年邵荃麟在金华创办的《战时生活》中著文指出的,中国历来的文化运动都集中在大都市,"别说内地小县份中,就是边僻一些的省城中,也看不到有什么文化粮食,因此,七侠五义一类的书籍销路,甚至超过新文化书籍",因此迫切要求将"文化力量分散到各个落后区域中去"。①这要求在战时环境中恰恰部分实现了。东南文艺运动涵盖的区域主

---

① 邵荃麟:《文化的黑暗与光明》,《战时生活》第 2 卷第 1 期 1938 年。

要是浙西南、闽西北、赣东南一带,其中包括丽水、云和、永安、赣州这样的山区小县城,为文艺深入到"落后区域"提供了条件,同时也为文艺增添地方色彩有所助益。当时浙江作家普遍提出的一个口号是东南文艺必须"表现东南"。"表现东南"的内涵包括"把握住东南战线上特有的英雄故事和富有革命意识的民族性",以及"与群众呼吸接近"的"地方性的故事"与对地方读者富有"感染性"的艺术形式等。①于是,用切近地方生活的内容与为东南老百姓所喜闻乐见的艺术形式创作文艺作品,便成为浙江和东南作家的共同追求,使具有地域意义的浙江和东南文艺在全国抗战文艺中显出别具一格的色调。由创造地域文艺,实现了文人文艺同大众文艺的融合,实现了文艺向边缘地区的渗透,使金华、丽水这些战前被称为"文化荒丘"的地方也呈现文艺繁荣景观,这在浙江文艺史上是了不起的贡献。

　　浙江新文学作家积极介入抗战文艺运动,并担纲开展战时东南文艺运动之更重要的价值,还体现在思想文化史上的意义。抗战文化运动是我国文化思想领域里继五四新文化运动以后又一次"新启蒙运动"。著名理论家、时任东南文委书记的邵荃麟,在其总结抗战初期文化运动的特点的文章中就指出:随着抗战文化的普遍展开,"中华民族的第二代文化正在统一持久的神圣抗战中成长",而作为其第一个重要特点显露的,"是新启蒙运动有空前的发展"。②抗战中期,他进一步阐发了"新启蒙运动"理论,认为建设抗战文化提出民族化的内容与形式,"都是为适应现阶段中国历史的实际要求,这一切仍应认为是承袭着'五四'以来中国新文化运动的传统,它的总方向仍然是'五四'所提出的启蒙运动"③。抗战文化运动承袭着五四新文化运动的传统,特别是由于五四文化深刻的影响力所致,决定了这两种文化在总体精神上的一致性,都可纳入毛泽东所总结的"新民主主义文化"的性质范畴。将这种文化精神发扬光大,并使之真正具有丰富而厚重的文化积累,势将在我国优秀的民族文化传统的基础上造就"中华民族的第二代文化"。而且,抗战文化运动比之于以往的新文化运动毕竟又有了长足的进展。首先,文化普及的规模是前所未有的;其次,抗战文化运动致力于新的文化思想体系的建构,也使新启蒙运动在内容上有所深化。抗战文化的"新启蒙运动"在广度与深度上达到了前所未有的程度,显示了文化的多层次展开,其结出

---

① 墨易执笔:《东南战线上抗战文艺的新意义》。
② 邵荃麟:《文化的黑暗与光明》,《战时生活》第2卷第1期(1938年)。
③ 邵荃麟:《我们对于现阶段文化建设的意见》,《文化杂志》创刊号,1941年。

的丰硕成果在中国现代文化思想史上有着巨大意义。然而,需要指出的是,抗战文化运动是在极艰难的情势下展开的。战争破坏了一切正常秩序,河山破碎、国土分裂、交通阻隔,像以往和平时期那样实现文化力量的自由交往与聚合已不可能,即便欲觅一个相对稳定的文化环境亦属奢望。战争环境的险恶性,遂使这一文化启蒙运动显出艰难性和呈示出区域分布的状况。正如邵荃麟所指出的:"今天的抗战是持久战全面战,在这个战争中间,中国将出现若干独立的抗日战区,每一个地方都需要建立它的文化中心,然后才能使文化配合着政治而进行,同时也只有这样,才能使新启蒙运动获得胜利的发展。"①这就决定了战时作家是在极艰难的情势下开展文艺运动,由此也显示出所做的"新启蒙"工作更属难能可贵。

在中国抗战文艺史上,作家们投身抗战文艺首先值得称道的是自觉的历史参与意识。面临历史赋予的严峻任务,重要的是参与,而后是为完成历史使命所作的竭尽全力的斗争。在烽火连天、河山破碎的战乱年头,浙江作家辗转各地,为民族解放事业而呼号、而战斗;东南抗战文艺运动崛起于被敌人分割包围中的东南一隅,以其独特的存在宣告了祖国的东南端也燃烧着不灭的抗战文艺火种,又因其存在显示了我国的抗战文艺在东西南北各地全面展开的壮阔声势,这本身就是件了不起的事情。战时文艺的存在,是一种极艰难的存在。处于战场前哨的艰险,山野乡间物质生活条件的艰辛,因战局多变作家难免颠沛流离之苦,这需要付出多大代价!然而,浙江作家在这片多难的土地上硬是支撑了八年之久,东南文艺运动长盛不衰。这里,熠熠闪光的便是中国作家自觉承担历史使命感与民族责任感的战时文化精神。缅怀历史,我们首先应该记得的是浙江和东南作家在参与历史中的无私奉献:丘东平紧握笔杆牺牲在东南战场,王鲁彦、蒲风等为战时文艺呕心沥血而被夺去年青生命,冯雪峰、董秋芳等在推进抗战文艺运动斗争中遭受牢狱之灾,更多的作家则在贫病交困中为抗战文艺事业尽献其绵力。这种由血性凝成的精神,给后世以永远的启迪,这也许是文艺史乃至思想文化史上最值得珍视的东西。

---

① 邵荃麟:《文化的黑暗与光明》。

第五章
40 年代后期浙江文学

一 民主潮流中文学新走势

40 年代后期,随着民族解放战争的结束,两个中国命运之大决战开始,中国人民进入了艰苦卓绝的三年解放战争时期。此一时期,由于国内政治局势的变化,社会动荡不安,浙江的作家队伍经历了又一次流徙与变迁,进行了新的分化和组合,从而使浙江文学显出新的走势。

抗战胜利后,浙江作家队伍变化的一个明显标志是:战时浙江作家群的解体。随同战争结束与之俱来的是文学仍向作为政治、经济、文化中心的大城市的回归:随着文化人的服务场所(机关、出版部门、大中学校等)向城市的复员,作家的创作园地(报纸、文艺刊物)仍集结于城市,必使原先的僻居边远地区的"文化中心"不复存在,作家文学家又一次大规模流动与迁徙。此时浙江的金华、丽水等地已消失了原先的"文化中心"意义,政府机关、报纸刊物相继迁往杭州,作家队伍随之星散。但由于新文学传统的关系,同时也由于政治情势使然,正同 30 年代的杭州没有造就新文学繁盛的局面,这一时期也大致相仿,浙江作家仍然大抵呈示出向各地流动的态势,主要去向则仍是上海、香港、南京等大都市。

然而,此种格局,因 1947 年大规模的战争爆发,国内民主与反民主的政治斗争日趋尖锐化,作家的政治分野和思想分野日益明显,浙江作家队伍的组合状况及其流向又有所变化。大体说来,此时的浙江作家队伍有两种基本流向。一种是奔向解放区。除了原来已在以延安为中心的抗日根据地从事革命文艺活动的艾青、陈企霞、陈学昭、徐懋庸等作家,此时继续扎根解放区外,还有部分作家通过不同途径进入解放区。如黄源、楼适夷、刘金等从江南新四军战场进入华东解放区,担任文艺宣传和领导工作。著名电影、戏剧家袁牧之于抗战后期到达延安,此时组建延安电影团,为新中国电影的诞生做了开拓工作。小说家萧也牧由抗战时的浙西沦陷区进入华北抗日根据地,走向共产党领导的晋察冀边区。小说家何家槐胜利后曾在家乡和上海教过中学,于 1948 年经香港和武汉进入解放区——江汉军区。他们都是党员作家,在两个中国命运决战时刻进入解放区,自是一种必然的选择。另一种是在国统区坚持斗争。这部分作家的数量相当大。他们大都是党员作家或进步文艺人士,一边进行文学创作,一边从事民主运动,为呼唤新中国的诞生作出了重要贡献。辗转于上海、香港等地从事文学活动的作家有茅盾、夏衍、冯雪峰、邵荃麟等,他们都是革命文艺阵线的组织者和领导者,此时除仍坚持小说、戏剧、散文创作外,又在文艺思想领域开展积极的斗争,在国统区文艺界产生重大影响。戴望舒经抗战锤炼后,此时思想发生很大变化,创作转向现实主义,又加入了反内战、争自由的民主运动。王西彦战后在福州、桂林等地任教,小说创作仍是其主业,此时继续在农村题材和知识分子题材中耕耘,创作更趋于成熟。青年作家唐湜和莫洛此时在思想和创作上也更为精进:唐湜于 1947 年到上海,先后参与《诗创造》、《中国新诗》的创办,成为著名的“九叶诗人”,其创作的抒情诗《骚动的城》,反映故乡温州市的罢市斗争,有力地配合了民主运动;莫洛于战后前往杭州、南京等地,1947 年返回故乡,出版诗集《渡运河》、散文诗集《绿化树》等,表达了对黑暗的诅咒和对理想的憧憬。许多作家此时更强化了现实参与意识,运用文艺武器直接针砭现实,使之在民主运动中发挥重要作用。如唐湜继续发挥“鲁迅风”杂文的威力,用杂文为武器投入反饥饿、反内战、反独裁的运动;谷斯范创作《新桃花扇》,借古讽今批判国民党当局的腐朽统治;儿童文学作家金近发表《红鬼脸壳》等许多童话创作,揭露、讽刺、鞭挞黑暗现实等。这一时期,也有部分作家在政治上取自由主义立场,置身于现实斗争之外,注重在艺术上的探索,如徐訏、曹聚仁等。梁实秋则从抗战开始逐步加重了参政意识,一度步入政界,先后在重庆的教育部和《中央日报》任职,其文学创作思想显然与革命文学阵线进一步拉大了距离。

就文学的主导倾向而言,40 年代后期浙江文学的基本走势,是确立“民族、民主”的基本主题。这一基本主题的表现,有前期、后期之分,前期侧重表现民族解放主题;后期则因围绕国统区民主运动的高涨,文学日益强化民主化倾向而侧重表现民主性主题。民族解放主题的强化,是抗战的历史要求决定的。在国家、民族危急存亡之秋,各阶级的利益趋于一致,政治倾向的对立状态会暂时消融,文学把表现民族自救、民族解放作为压倒一切的主题,是势所必然。即使是抗战后期,抗战形势日趋艰危,国内的反民主势力已有所抬头,但作家们仍以大局为重,仍然把坚持抗战到底作为文学的主要使命。战时浙江作家群苦苦支撑八年之久,东南文艺运动不但持续开展,而且在后期还呈新高涨之势,便是历史要求与作家使命意识紧紧融合在一起的集中反映。抗战结束后,随着国内政治形势的剧变,历史对文学提出的使命要求又一次转化,文学创作的主题也必会随之转移。尽管从本质上说,两个中国命运之决战,说到底也是关涉中国民族彻底解放的问题,这里也包含着"民族性"因素,许多文学作品表现出对民族前途、命运的担忧,渴望建立一个民主、自由的新中国,就表现了这样的意向。然而,毕竟由于最后三年的决战,充满着激烈的阶级对抗,关系到中国人民两条道路、两种命运的抉择,自由与专制、民主与独裁的斗争必然会贯串其间,文学创作的"民主性"主题也势必会日益强化,并逐渐占据主导地位。事实上,早在抗战后期,国民党的反民主势力已有所抬头,并已引起作家们的注意。史鑑在《浙江潮》中撰文指出,战时文化应包容民主性的内涵,"为了使民众能以民主的方式与民主的力量动员起来,那么作为动员手段的文化工作,自然非有民主的内容不可";该文还预料:"抗战胜利后的中华民国是民主共和国,这样的国家是自由、幸福、平等的。我们要缔造的国家形态是如此,那么当为国家的动力之一,当为一个国家的上层建筑的文化运动,自然也非适合这个国家形态的要求不可,要求我们的文化运动,应该充实民主精神与作风。"[1]但现实状况恰恰与人们预料的相反,抗战愈是深入,愈接近胜利,民主与反民主的斗争就愈加尖锐。战时东南地区的永安在抗战胜利前夜掀起了"永安大狱",进步文化力量遭到了反民主势力的极力摧残。时在永安主编《民主报》文艺副刊《新语》的浙江作家董秋芳,因发表《沉默之美》等呼唤民主的文章被投入了监狱。随着三年解放战争的大规模展开,反动当局的专制、独裁统治的面目暴露无遗,国内民主运动的声浪日益高涨,文学创作表现争民主、争自由,反内战、反独裁的内容遂占据压倒一切的地位。这一时期浙江文学创作

---

[1]　史鑑:《民主内容·民族形式》,载《浙江潮》第 125 期。

的主导倾向,显然是定在"民主性"主题上。冯雪峰的"寓言"、唐弢等的杂文、谷斯范的讽喻小说、金近的影射现实的童话,等等,构成对反民主倾向的直接针砭;即便是寓意深至、倾向内蕴的小说,如茅盾、王西彦等的作品,也有明显的现实投影,总是在对旧制度旧事物的无情剥露中,包含了对一切没落、腐朽势力的深刻批判。可以说,40 年代后期的浙江文学在埋葬中国历史上最后一个反动王朝的斗争中,尽了自己应尽的职能。

需要指出的是,40 年代后期的浙江文学,同当时整个中国文学的走向,既有一致性的一面,也有独异性的一面。一致性表现在浙江作家对国统区文学的介入,诸如参与民主运动,确定民主性创作主题,作品对黑暗制度的无情批判等等,都是纳入国统区文学的总体框架之中的。独异性表现在浙江作家大多活动在国统区,因而显出同当时占据中国文坛前瞻性地位的工农兵文学的隔膜与疏离。浙江作家中已有一部分作家如艾青等活动在解放区,其创作表现出与共产党制定的文学的工农兵方向的一致。但这部分作家为数不多,同庞大的国统区作家队伍相比较更构不成比例。由此决定了这一时期的浙江文学在尽对旧社会的批判职能中显出更显著的批判色彩,同时也决定了下一时期面对新中国全面贯彻工农兵文学的方向、路线时,会有一个较长时间的接受、调适过程。

二 与时代潮流呼应的文学创作

因处在战争和动乱的环境中,40 年代后期浙江作家的创作较之成就辉煌的五四和 30 年代文学,自不可同日而语。但作家们基于特定的时代使命要求,依然会用文学作出与时代潮流相呼应的反映,在创作上仍会有不同程度的收获,而适应时代需求和新的文学品种的成熟,在某些文学样式(如电影文学、儿童文学)的创造上还有所突破与创新。就文学的思想艺术倾向而言,此时的浙江作家大体上分隔在国统区与解放区两大块,不同地域的文学呈现出不同的思想色调与艺术追求,从而构成此一时期文学较为驳杂而又色彩多样的局面。

国统区的文学,集中反映了处在民主潮流激荡中人民的愿望与要求,表现了这个时代所赋予的独特的使命。当时已是新中国诞生前夜,面临两个中国、两种命运生死存亡的决战,反动政权愈益腐败,反压迫、反独裁,争民主、争自由的声浪日益高涨,国统区的进步文学就是汇聚在这股强劲潮流中的重要力量。当时身处国统区的浙江作家,多数卷入了这股潮流,特别是从上两个时期走来的老作家,焕发了战斗热情,依然成为中坚力量。茅盾于40年代后期奉献了长篇小说《锻炼》以及《委屈》等多个短篇小说集,从不同视角反映了国统区的社会现状。特别是被称作"大时代小插曲"的《清明前后》,这个他一生中唯一的一个话剧剧本,在国民党统治面临严重危机、民主运动不断高涨的历史背景下拉开序幕,有着更深刻的现实观照意义。剧作以抗战胜利后发生在重庆的轰动一时的"黄金案"为创作素材,以真人真事为模特,表现国民党官员操纵投机买卖行情中饱私囊,小职员受骗而锒铛入狱,许多人遭受更惨重悲剧,一些民族资本家终于觉醒,决心行动起来为民族前途而奋斗。剧作以当时国民党统治中心重庆为背景,写出"人为的雾比天然的雾更暗淡更阴惨的重庆",深刻揭示了国民党反动统治的黑暗、腐朽的本质,为其最终的必然灭亡作了生动的注脚。冯雪峰于战后也在重庆、上海等地从事文学活动,此时的创作主要是散文,著有《乡风与市风》等,尤其是寓言创作,在我国现代寓言宝库中占有重要地位。其寓言创作起始于20年代,在1947—1948年间达到创作高峰,自称是"反动政权下言论极端不自由的结果"(《雪峰寓言·后记》)。出版的寓言集有《今寓言》、《雪峰寓言》、《雪峰寓言(续编)》等。"雪峰寓言"继承中国寓言的优良传统,又注入诗人的灵感与理论家的深邃,在文学样式的开拓中卓有建树,同时用寓言讽喻、批判黑暗现实,发挥了独有的战斗功能。新进作家的成熟并在中国文坛崭露头角,也是此一时期浙江文学创作的一个重要特色。王西彦战后仍辗转各地,在福建、广西、湖南等地任教,并坚持创作。此时他的创作以长篇为主,成为40年代文坛的重要小说家之一,就在于他在战乱环境中坚持不懈地垦拓,在创作数量上占有极大的优势。他继续在乡土生活和知识分子生活两个熟知的生活领域里深入开掘,从而形成具有稳定性的创作特色和风格,同时其对国统区苦难的深刻表现使作品增加了批判现实的力度。此外,如谷斯范在此时创作了长篇历史小说《新桃花扇》(1948),运用借古讽今的手法描写南明小朝庭的腐朽历史,讽刺国民党统治,极具现实意义。金近、包蕾等儿童文学作家的创作,也强化了现实针对性,在独特题材或独特文学样式的把握上尽了文学反映时代、服务现实的职能。

解放区作家的创作,有着与国统区文学完全不同的色调。它是在一个新的时代环境、新的意识形态领域里展开的,文学承担着民族解放、阶级解放的双重使命要求,政治倾向性特别明显。延安文艺座谈会后,提出了文学的工农兵方向,开创了文学新的时代主题。进入解放区的浙江作家为数不算多,文学成就也相对薄弱,特别是在表现文学新主题方面似力有为逮。但作家们在新的文学环境中依然作出了自己的努力,在文学活动或文学创作中取得不同程度的成绩。艾青于战后活动在华北解放区,曾任华北联合大学文艺学院副院长。参加延安文艺座谈会后,又一次喷发创作热情,创作、出版《黎明的通知》、《愿春天早点来》、《献给乡村的诗》、《反法西斯》等诸多诗集,堪称解放区乃至整个 40 年代诗坛最重要的诗人之一。这时期的诗作在思想和艺术风格上较前有明显的变化,热情讴歌伟大的民族解放战争,抒写解放区的新天地、新气象,诗歌格调更趋清新明朗。陈企霞(1913—1988),鄞县人。30 年代在上海从事左翼文艺运动,与著名作家叶紫创办"无名文艺社",出版《无名文艺》月刊,著有短篇小说《狮嘴角》等。1940 年赴延安,任《解放日报》文艺副刊编委,参加过延安文艺座谈会。抗战胜利后任华北联大文艺学院文学系主任,并兼《北方文化》、《华北文艺》等编务,对推动解放区文艺贡献甚多。陈学昭(1906—1991),原名陈淑英,海宁人。延安时期著名女作家。曾赴法国留学,获文学博士学位。1938 年赴延安参观访问,写下报告文学集《延安访问记》。1940 年冬再度赴延安,曾任《解放日报》编辑,参加过延安文艺座谈会。抗战胜利后赴东北,曾任《东北日报》副刊主编。其在解放区创作的长篇小说《工作着是美丽的》(上册),是一部自传体小说,于 1949 年 3 月出版。小说描写了知识分子在革命队伍里锻炼成长的过程,在当时的解放区小说创作中颇有代表性。欧阳凡海(1912—1970),遂安人,著名作家、文学评论家。著有杂文集《长年短辑》、小说《金菩萨》及研究专著《鲁迅的书》等。他两次到延安,曾任延安鲁迅艺术学院文学研究室主任,讲授新文学运动史,战后在华北联大任教,主编晋察冀边区刊物《时代青年》,在宣传马克思主义文艺理论方面卓有建树。袁牧之于 1946 年进入东北解放区,担任东北电影制片厂厂长,开始了反映工农兵新生活的电影制作,为新中国电影事业的发展奠定了基石。

在浙江新文学作家队伍中,处于自由主义立场的作家为数甚多,他们在各个时期都有注重艺术形式探索的可称之作。这一时期他们在艺术形式上有许多新鲜创造,为 40 年代的中国文坛增添了亮丽色彩。其中最为突出的是开创后期浪漫派小说和"九叶派"诗歌。而在散文艺术创造上特别值得提及的是梁实秋。梁实秋(1903—1987),祖籍浙江余杭,出生北平。他可以看作是"闲适派"在 40 年代的主要传人。30 年代开始散文写作,著有《骂人的艺术》。他于 40 年代陆续写作的《雅舍小品》,于 1949 年 11 月初版(台湾正中书局),使他获得声誉。《雅舍小品》中的散文,内容驳杂,有抒发对动物的感受,如《谦让》、《猪》、《鸟》等;有谈艺术与娱乐,如《音乐》、《下棋》、《画展》等;也有讲人生和社会问题,如《乞丐》、《穷》、《中年》等。作品写的是个人身边琐事,不外乎衣食住行、营养娱乐、结婚生子、写信养鸟、人伦道德、世态炎凉、生老病死,等等。尽管这些作品舍弃了文学对阶级压迫、民族抗争等重大事件的表现,与现实保持一定的距离,或呈现出逃避现实的态度,但却注重道德、伦理的解剖,重视对人性的剖析,注重以审美态度观照人生的方方面面,给人以独特的理趣与审美享受。从这一点上看,梁实秋的散文是"赋得"的言志。其散文充满幽默,其幽默使人有所会心,话中有耐得咀嚼的智慧,此外还有博雅的知见。他强调"散文的美妙多端,然最高的理想也不过是'简单'一义而已"①。但这"简单"要经过"审慎选择"和"割爱",遂有其文古朴、简洁、隽永、畅达、井然有序的格调;加以其为文讲究节制与适度,力求美善和谐、趣义交织,故而其散文对人有难以抗拒的魅力。丰富散文的艺术表现,这应是梁实秋对中国新文学作出的一项重要贡献。

我国的电影事业到 40 年代有较大发展,一批优秀的进步电影文学作品也出现在这个时候。浙江作家对此贡献甚多,除已述及的夏衍外,还有不少浙江作家是专事戏剧电影文学创作的。许多电影名作出于他们之手,如果将 30 年代电影名作计算在内,那是非常可观的。

沈西苓(1904—1940),原名沈学诚,德清人。曾经从事过左翼电影活动,将夏衍的报告文学《包身工》材料演绎成电影文学剧《女性的呐喊》,是其独创,并获得较大成功。1937 年问世的反映青年出路问题的《十字街头》,标志着其创作思想的日益成熟与发展。剧作描写了 30 年代四位失业的大学生老赵、阿唐、刘大哥、小徐的苦闷和觉醒,彷徨和挣扎,最后选择了投身社会之路,生动地反映了 30 年代知识青年处在人生选择的十字路口的精神面貌。剧作搬上银幕后,获得较大社会反响。沈西苓的最后一部作品是《中华儿女》,这也是作者抗战时期唯一创作的作品。它由四个短故事组成,总的主题是描写中国不同阶层的人们如何进行抗战,反映抗日群众的觉醒和斗争。袁牧之也是三四十年代的重要电影工作者。1934 年创作的《桃李劫》,是其第一个电影剧本。剧作写一对富有正气、耿直不阿的小资产阶级知识青年,

---

① 梁实秋:《现代文学论》,《梁实秋批评文集》,珠海出版社 1998 年版,第 173 页。

怀抱理想走进社会,面对不合理的社会现实,表露出一次又一次的义愤和反抗,最终仍落得家破人亡的结局,对社会提出了深沉的控诉。1937 年创作了深刻描写都市下层生活的《马路天使》。该剧生动地再现了 30 年代都市下层社会贫苦市民歌女、妓女、吹鼓手、剃头匠、小贩等的苦难生活,同时也写出这些小人物身上所具有的团结互助、正直善良、同甘苦共患难的优秀品质,歌颂了人性的至善至美。这部作品盛映不衰,长期以来脍炙人口。史东山(1902—1955),杭州人。20 年代即投入电影事业,30、40 年代创作热情进一步激发,推出的一批作品奠定了他在中国电影史上的地位。1938 年完成了抗战爆发后第一部正面描写抗日战争的剧作《保卫我们的土地》。剧作选取了从九一八到八一三这个时期作为故事发生的背景,通过刘山夫妇的觉醒和老四的堕落以及两者之间的对比和斗争,暴露日本侵略者烧杀抢掠的罪行,鞭挞民族的败类,歌颂反抗侵略、保卫祖国的英雄人民。1947 年完成的《八千里路云和月》(原名《胜利前后》),取得更大成功,影片上映后,轰动了国内外。作品以抗战开始到抗战胜利初期为场景,通过救亡队员江玲玉、高礼彬的经历,并有意和周家荣利用抗战发国难财对比,暴露国民党反动派抗战时消极逃跑、胜利后劫收发财的丑恶行径,从一个侧面概括了战时和战后国民党统治区社会生活的真实。上海"孤岛"时期的柯灵,著有电影作品《乱世风光》,描写了"孤岛"生活的两面:发国难财的奸商在交易所里兴风作浪,过着荒唐奢侈的生活;在物价高涨下呻吟的贫苦市民,却受着二房东的剥削,在街头冒雨排队买米,在为生存而含泪供人消遣。作者以相当敏锐的观察力,较为深刻地揭露了"孤岛"这两种天壤之别的生活。桑弧(1916—   ),原名李培林,宁波人。1942 年作有《洞房花烛夜》和《人约黄昏后》等剧本。1947 年的讽刺喜剧《假凤虚凰》,是他战后的第一部作品。作品用讽刺喜剧的形式,揭露了旧社会尔虞我诈的生活方式:公司经理张一卿企图利用仪表堂堂的理发师杨小毛向征婚的范如华求婚来骗得一笔钱弥补他投机生意的亏空;范如华并非富家之女只是个寡妇,希望用征婚的办法来物色一个才貌双全的依靠,维持她不劳而获的生活,结果闹出大笑话。整个剧本富有喜剧色彩,情节结构巧妙,人物形象生动,对话风趣,达到了相当高的艺术水平。

儿童文学创作取得重大收获,是本时期浙江文学的一大亮点。浙江作家为发展我国的儿童文学事业作出贡献,始自五四,鲁迅、周作人、茅盾、郑振铎、丰子恺等新文学先驱的理论建构,对我国儿童文学的诞生有开山之功,他们的创作实践也为以后的文学创作树立了表率。从 20 年代到 30、40

年代,浙江的成人文学作家在儿童文学创作中多有收获,同时也逐渐形成一支专事儿童文学创作的队伍。这支专业儿童文学作家队伍在 40 年代后期,因金近、包蕾、吕漠野、仇重、圣野、鲁兵、田地等的杰出表现,凸显出浙江儿童文学的繁荣景观和领先全国的优势,同时也预示着我国儿童文学一个崭新时代的到来。

金近(1915—1989),原名金汝盛,上虞人。是本时期最重要的浙江专业儿童文学作家。12 岁到上海谋生,1935 年在上海《儿童日报》做杂务,后当助理编辑,开始儿童文学创作。新中国成立以后曾调回浙江,任浙江省作协副主席。其儿童文学创作涉及童话、儿童诗、小说、散文等多个领域,而以童话最具影响。1937 年在《小朋友》上发表第一篇童话《老鹰鹞的升沉》,1947 年是其创作的黄金期。出版有童话集《红鬼脸壳》和《顽皮的轮子》,收入了其 40 年代创作的大量政治讽喻性童话,或揭露与鞭挞国统区的黑暗现实,或教育少年儿童认识现实、憎恶黑暗、渴求光明,较为集中地体现了金近的童话创作成就。童话代表作《红鬼脸壳》虚构了一个象征黑暗社会现实的"马虎国",螳螂大臣和针眼儿大臣为争夺代表发财的红鬼脸壳而勾心斗角欺压百姓,百姓们奋起反抗,最终臣子们被压死在"避难"的高楼下。作者用象征手法将统治阶层腐败丑恶、争权夺利的内幕暴露无遗,同时揭示了反动统治必将灭亡的趋势。本时期金近还先后出版了两本儿童诗集:《小毛的生活》(丰子恺绘画)和《小河唱歌》;小说创作《小和尚法本》、《这一天》等,注重在朴实的叙述中追求深刻的意味,是描写当时少年儿童命运的力作。

儿童文学创作起步较早的浙江作家有吕漠野(1912—1999),嵊州人。创作始于 30 年代初,抗战期间就有不少作品,至 50 年代初,创作、翻译 200 多篇儿童文学作品,以童话为主,兼及小说、寓言、童话诗等。其童话代表作为创作于抗战时期的连载童话《一只小公鸡的故事》。40 年代后期是其童话创作高涨期,作品多以反内战、反法西斯暴行为主题,如揭露反动统治阶级狡猾与残忍本质的《狐狸吃鸡》、痛陈反动当局禁止言论自由的《大胆的镜子》等。儿童小说创作方面,以贫穷孩子为主人公的《可爱的小黑》等三篇,从不同的角度描写了穷孩子的凄苦生活,具有较强的表现力和感染力。仇重(1914—?),原名刘显启,黄岩人,也是起步较早的儿童文学作家。其第一个中篇童话《苹儿的梦》,将一些富含教育性的话题融入儿童的日常生活中,在小读者中产生较大影响。此期创作有短篇童话集《稻田里的小故事》,作品写抗战胜利后更为黑暗腐败的社会现实,增强了讽刺意味。短篇小说集

《春风这样说》收入了仇重最有代表性的 7 个短篇小说,通过拟人化的"春风"给孩子讲故事的新颖形式,从不同侧面反映了伟大的抗日战争。领一代儿童戏剧创作风骚的是包蕾(1918—1989),原名倪庆秩,镇海人。他从 1938 年开始儿童剧的创作,主要作品有《祖国的儿女》、《雪夜梦》等,多以表现抗日游击队和爱国少年投身抗日斗争等为内容。在上海担任"中国少年剧团"编剧的 1946—1948 年间,是他儿童剧的多产期,艺术上对浪漫主义手法的运用较为突出,往往在表现社会生活的同时还注重"写得更'儿童的'一点,对儿童的兴趣、语汇、幻想,都经过一番考虑"①。这一点在《胡子和驼子》等十几个儿童剧中都有体现。包蕾此间创作的童话《石头人的故事》、童话诗《愚笨的裁缝》、小说《恳亲会》等,一如他的儿童剧创作:色调分明、想象丰富、有趣动人。

　　本时期的新进儿童文学作家有圣野(1922—),原名周大鹿,现名周大康,东阳人。1946 年底开始为《中国儿童时报》写小诗,后为该报当义务编辑,创作有诗集《啄木鸟》收入的 57 首小诗,作品较为含蓄地揭露邪恶与黑暗,歌颂正义与光明,是作者走向儿童诗世界的最初探索。单篇儿童诗以《欢迎小雨点》最见功力,它也是圣野早期儿童诗的代表作。作品中可爱的小雨点在美妙和谐的雨中快乐地歌唱,孩子们眼中的自然世界充满诗情画意,诗人平实质朴的叙述、新鲜精巧的构思、似是信手拈来的白描手法的运用,使这首简朴、清新的儿童诗有着近乎纯美的艺术境界。鲁兵(1924—2006),原名严光化,金华人。在浙江大学读书期间以"严冰儿"的笔名为《中国儿童时报》写稿,后成为该报业余编辑。其创作的第一篇童话《林子里的故事》,从正面歌颂了为传统观念所厌恶的乌鸦、老鹰等飞禽,鼓舞人们憎恨黑暗势力和世俗偏见,热爱正直勇敢和光明。童话《大珠子》曾被改编成儿童讽刺剧《皇帝与太阳》,在浙江大学演出,较好地配合了当时的民主潮流。1948 年由小草丛刊社出版了他的童话选集《桥的故事》。他在散文诗园地也有不少的收获,作品有象征反动统治腐朽衰亡的《城墙》、迎接春天到来的《春天的声音》等,后出版有散文选集《泥巴孩子》(1951)。田地(1927—　　),原名吴南薰,奉化人。创作大多收在诗集《告别》和《风景》中,数量并不多,却以平淡朴实的风格深刻地反映旧中国灰暗、凄惨的农家生活而引起人们的注意。不少以儿童口吻写的儿童诗如《家》、《日子就这样过去了》等,曾获

---

① 包蕾:《胡子和驼子·后记》,转引自张香还著《中国儿童文学史》,浙江少年儿童出版社 1988 年版。

臧克家好评:"田地,小小的年纪,他的诗象小孩口里的话,没有虚假和做饰"。① 代表作《傍晚来的客人》是一首长达70行的叙事长诗,作者以儿童的口吻愤怒地记叙保长向农民催租逼债、抢夺物品的令人发指的事实,触及社会黑暗的本质,并在诗作结尾处表达了农民奋起抗争的信心。

三 浙江作家在后期文学流派中的地位

在中国现代文学史上,40年代依旧活跃或在此时出现的与大规模的战乱环境不甚协调的文学流派,如"七月"诗派、"九叶"诗派和"后期浪漫派"小说等,引进西方表现技巧,在艺术探索上卓有成就,长期以来受到文学史家和研究者的关注。这些流派的形成,是一种颇为奇特的文学现象,原由盖在于:一些作家在动荡的现实面前无所适从,便将兴趣转移到了艺术探索一面,而某些艺术上较为成熟的东西也会形成群起仿效之势,于是就可能出现带有流派性的文学现象。浙江作家中注重艺术探索的为数不少,这就使他们在建构40年代文学流派中占据相当显著的地位。

40年代后期出现的一个重要小说流派,是注重艺术探索、表现浪漫情怀的"后期浪漫派"②。可以纳入这个流派的作家为数不多,研究者比较一致认定的是徐訏、无名氏二位。徐訏是浙江慈溪人,无名氏(卜乃夫)长居浙江,同浙江结下了不解之缘,由此可以看出这个小说流派同浙江作家的深刻关系。尽管后期浪漫派没有形成很大的声势,但其在文坛的影响却不可小觑。当徐訏以一万七千言的小说《鬼恋》于1937年1月在《宇宙风》上连载的时候,读书界惊异于文坛上出现了又一个难得的"鬼才"。作为一个教授作家,徐訏的哲学和心理学知识非常渊博,但他并没有把小说写成学究的讲章,面对着租界社会的读者,他建构了自己独特的叙事方式:曲折离奇的故事中渗透着几分华美,跌宕多姿的展示给人带来几分紧张的期待,这不仅使其创作有很高的艺术品位,还使他成为了一个畅销作家。其创作的《鬼恋》、《精神病患者的悲歌》、《荒谬的英法海峡》、《风萧萧》等就是颇获文坛好评又深受读者欢迎的作品。他的小说作为浪漫化、通俗化的成功尝试不能不说是"孤岛"文学的一个奇迹。无名氏的小说也有相类之处。在徐訏的浪漫言情小说于1943年名列畅销书榜首之后,无名氏于次年接踵而起,成为后期浪漫抒情小说的又

---

① 臧克家:《告别·序》,上海群星出版公司1947年版。
② 严家炎:《中国现代小说流派史》,人民文学出版社1987年版,第125页。

一员大将。他的《北极风情画》和《塔里的女人》,以其新奇艳丽的书名、风流倜傥的爱情故事、跌宕多姿的人际悲欢,以及迷乱苍茫的哲理思索,一版再版,风靡文坛。这个小说流派给后人的启示是:畅销的通俗小说和雅致的浪漫小说合而为一,在不同程度上满足不同程度读者的需求是十分可取的。

对于徐訏领衔后期浪漫派小说,需要多费些笔墨予以介绍。他于 1931 年自北京大学哲学系毕业,转心理学系攻读研究生;1936 年赴法留学,在巴黎大学获哲学博士。心理学和哲学专业的背景,使其创作以突进人的心理与表现哲思见长。1937 年 1 月在《宇宙风》连载《鬼恋》而成名。这篇小说写"我"与一自称是"鬼"的黑衣女子偶遇,随后展开了曲折奇异的情节。那种迷宫般的叙述、令人欲罢不能的悬念、幽明错综的男女情爱,一下子便攫住了无数的读者。"孤岛"时期,徐訏留居上海。1940 年前后,他集束式地推出了《吉布赛的诱惑》、《荒谬的英法海峡》、《精神病患者的悲歌》和《一家》等中长篇小说,都极畅销。1943 年,因其小说在大后方的畅销之盛,被出版界誉为"徐訏年"。他早期的小说以柔曼的异国情调和浪漫空幻的憧憬取胜,其中渗透着他对东西方文化及人类的现实与未来的哲理性思考。《吉布赛的诱惑》写"我"在马赛与一模特潘蕊一见钟情。潘蕊随"我"到中国后,因语言和习俗的原因而与周围格格不入。"我"便与她重返马赛,她立时容光焕发,而"我"则陷入了孤寂与妒忌。两人之间唯一的出路便是随吉布赛人浪游天下,"在大自然的空气中听凭上帝的意志,享受你们的爱情"。在这里,作者通过一个浪漫至极的爱情故事,传导一种带有宗教意味的人生哲学与人生态度。《荒谬的英法海峡》则是康有为《大同书》的现代小说版,它以"南柯一梦"的方式,写"我"在英法海峡航行时被海盗劫至一个岛屿,从此进入一个世外桃源,一个乌托邦,一个理想国。在那里,各色人种杂居,人人平等,爱情自由。作者以此映衬资本主义文明的种种荒谬。徐訏并不是一个耽于幻想,止于浪漫,卖弄学识的小说家。1946 年出版的长篇《风萧萧》,以"我"与舞女白苹、美国交际花梅瀛子、美国小姐海伦复杂的爱情纠葛和政治牵连,展示了"爱与恨,生命与民族,战争与手段,美丽与丑恶,人道与残酷,伟大与崇高,以及空间与时间,天堂与地狱"的错综图景。白苹(真实身份是中国军方间谍)为窃取日军情报,被日本间谍宫间美子设埋伏捕杀;梅瀛子(真实身份是美军间谍)设计毒杀宫间美子,为白苹报仇后隐匿民间;"我"则辞却海伦的柔情,逃离上海,投奔大后方,从事"属于战争的、民族的"工作。小说依然不脱其诡谲的情节,但不乏民族意识的火花。徐訏后期的小说如《烟圈》

有明显的淡化情节的倾向,有更为切实而深邃的现代主义主题。这是他在艺术上进行自我超越的一次企图。但总体上看,他的小说仍以扑朔迷离、奇崛跌宕的情节,以对世间百相淋漓尽致的抒写而让人惊叹和不忍释卷。从艺术表征上看,他的小说是现代主义浪漫化、通俗化的成功尝试。

中国现代主义诗潮发展到40年代,由于战争环境的驱迫和现代主义漠视社会现实的弱点,促使现代诗人们调整自己的艺术追求,摈弃现代主义诗情的弱点,吸取现实主义关注时代的长处,保留现代主义诗艺上的优点,重新改造、整合为一种融合现代主义与现实主义优长于一体的诗美风格,使现代主义诗风在新的历史条件下得以延续与发展,兴盛于40年代中后期的"九叶"诗派便是这种发展的显著标志。而浙江的穆旦、唐湜和袁可嘉都是其中的重要成员。

穆旦(1918—1977)原名查良铮,海宁人。是"九叶诗派"中成就最高的诗人。30年代开始诗歌创作,曾是"西南联大三诗人"之一,也是现代主义诗风自觉的追求者。他自觉吸收消化中国古典诗词的内蕴美,接受西方现代诗的意识,特别是T.S.艾略特的传统,也自觉地承接了艾青、冯至等的艺术探索之路,以惊人的创造力进行现代主义诗歌的"探险",在不长的时间里出版了《探险队》、《旗》和《穆旦诗集1939—1945》等三部诗集。穆旦将高度的智性的抽象与肉体的感性观照紧密结合在一起,用富于生命的内在感觉来体味与同化外在的一切,使进入诗中的一切变得富有生命力,如《春》借咏春来传达一个年轻生命从觉醒、痛苦到渴望新生的内心体验。穆旦的诗还常常把极为矛盾的两种情感纠结在一起,深刻地揭示一代知识分子内心"丰富的痛苦",又用带有深厚感情色彩的意象展示出来,体现沉厚凝重而又有一种紧张感的风格。思考的深沉与超前,表达的过分陌生与隐曲,使其不少诗的境界与内涵较难为人们所理解,有时甚至显得晦涩。他的著名爱情诗篇《诗八首》,将神与人的声音、自然与生命、感情与理智、热烈与冷静非常复杂地纠合在一种隐曲的意象里,其丰富深沉的内涵至今仍为人们喜爱而又难于把握。他的《赞美》等抒情诗,对民族命运的深切关注与对现代主义诗艺的执着追求达到了复杂而又近乎完美的结合。总之,穆旦的探险,带有艾略特以来新传统的光彩,同时表现出自己的鲜明个性,"他以全身心拥抱自我,也因而拥抱了历史的呼吸,拥抱了悲壮的'山河交铸'",他所表现的是"他的全人格、新时代的精神风格、虔诚的智者的风度与深沉的思想的力量"①。

---

① 唐湜:《搏求者穆旦》,《新意度集》,北京三联书店,1990年版,第105页。

唐湜(1920—2003),温州人,诗人和诗评家。1948 年毕业于浙江大学外文系,又曾借读建阳暨南大学。在大学期间就曾参加战时东南文艺运动,对开展"东南诗运"贡献甚多。40 年代后期参与《诗创造》、《中国新诗》的编辑工作。从 1943 年开始发表作品,结集出版的诗集有《骚动的城》、《英雄的草原》(长诗)、《飞扬的歌》、《幻美之旅》、《霞楼梦笛》、《蓝色的十四行》等;有诗论集《意度集》、《新意度集》、《翠羽集》等。80 年代出版的《九叶集》收其诗作 15 首,遂有"九叶诗人"之称。长达 6000 行的《英雄的草原》,抒写了一曲草原上盛唱的爱情故事:森林的太阳希德斯与月亮茜梦达,用伟大的爱情化解了两国积怨甚久的敌对处境,统一了国家,又联手打败了外来入侵者,"建立了一个崭新的/劳动人民的国土",反映了诗人朴素的政治信仰,诗人自谓这是"一篇理想主义的政治寓言"。诗集《骚动的城》表达的大多是诗人个人的情绪感觉、沉思冥想,透出对生活的独到感悟与理解,但也有部分反映了当时动乱的社会现实。《骚动的城》一首抒写故乡温州人民的罢市斗争,表现当时国统区的黑暗现实,是"物价从烟突里奔出/像黑烟一样往上飞",引起都市人们的骚动不安,从中可以听到 40 年代后期中国社会急剧震荡的涛声。唐湜作为"九叶诗派"的重要一员,其诗作较多吸取国外现代派的艺术风格与创作手法,但又没有西方现代派诗歌中那么多的"朦胧和失落感",也可称是别具一格的。

袁可嘉(1921—),笔名柯茄,慈溪人。曾在《文学杂志》、《中国新诗》等刊物上发表新诗和评论文章。此后主要从事翻译工作,大量译介英、美诗歌。著有诗文集《半个世纪的脚印》,诗学论著《现代派论·英美诗论》和《论新诗现代化》等。有诗作收入《九叶集》,被称为"九叶诗人"。袁可嘉的现代诗,形式较为整齐,善于在讥刺与反讽中表达自己的思想,许多诗作的现实批判性很强,如《上海》、《南京》、《难民》等,也有的诗寄托了诗人对于人生的哲理沉思,如《空》、《墓碑》等。袁可嘉更主要的贡献还在于他对新诗现代化的理论思索,他的《新诗现代化——新传统的寻求》等一系列诗论文章,在总结五四以来新诗现代化探索所取得的经验的基础上,第一次系统地阐述了中国现代主义新诗美学的基本原则:在忠于时代与忠于艺术相统一的思想原则指导下,他提出的诗歌主题意识与表现方法的"高度综合的性质",实现诗的"现代、象征、玄学"的综合原则,以及比较完整的关于实现中国新现代化所经过的艺术道路与方法的思考,都有完备的理论性与超前性。

就领衔流派意义而言,40 年代的两个重要诗派:起始于抗战初期、在 40

年代仍有发展的"七月"诗派,和 40 年代后期出现的"九叶"诗派,应当特别论及。这两个流派不但有浙江诗人参与,如"七月"中的艾青、冀汸、孙钿,"九叶"中的穆旦、唐湜、袁可嘉,更重要的在于:其领军人物恰恰是浙江诗人艾青和但穆旦。艾青是"七月诗派"的主要引领者。艾青在抗战时期的许多诗作都发表于《七月》杂志或是在《七月》丛书中出版。一些新进的年轻诗人受到他的影响,逐渐互相吸引、靠拢,从而在艺术风格的内在的重要方面显现出明显的共同点。这样,就完全有理由说,是艾青的创作和胡风的理论一起影响到了一个诗派的形成。"七月诗派"的重要成员绿原在后来的《白色花·序》中说过,"他们大多数人是在艾青的影响下成长起来的",由此可以印证艾青在这个诗派中的楷模作用。艾青与"七月诗派"的关系,表现在多个方面。在诗歌形式上,"七月"诗人受艾青自由诗体的影响,主张"形式永远是活的内容的形象反映,必须为内容所制约,不可能脱离对内容进行发掘、淘汰、酝酿的创作过程而先验的存在"①。因此,他们适应各种诗情的表达,对自由诗体进行了广阔的开拓。他们的诗歌形式自由奔放,不注重文字的雕琢、韵律的齐整和形式的精巧,以质朴、粗犷、明快为主体风格。"七月"诗人的自由体诗探索正是在艾青的启发、引领下形成一股潮流,又与艾青一起将其推向一个新的高度。穆旦是公认的"九叶"诗派中成就最高的诗人。其诗风凝重,有"虔诚的智者的风度与深沉的思想的力量",诗中充满了那种灵魂的自我搏斗,诗作"给人一种难得的丰富和丰富到痛苦的印象,甚至还有一些挣扎的痛苦印记",表现那种"诗人的自我分析与人格分裂,甚至自我虐害的抒情",对于死亡、恐怖的关注,是最接近现代派的,因此,唐湜说他是"自觉的现代主义者"②。的确,穆旦受西方后期象征派和现代派的影响很深,其诗歌的外在形式逼似现代派,但他仍然是我们民族的诗人,其骨子里的思想、感情,以至思维方式、情感表达方式和诗的意象都是东方式的,他始终坚持用自己的语言、自己的方式传达他对他所热爱的大地、天空和那里受苦受难的民众的关怀。穆旦的诗作标志着中国现代主义诗歌已跨越二三十年代而真正走向成熟,标志着中国现代主义诗艺继李金发、戴望舒、卞之琳等现代诗人之后攀登到一个新的高峰。

---

① 绿原:《白色花·序》。
② 唐湜:《诗的新生代》

第六章
新的时代与浙江文学新篇章

    1949 年 10 月新中国的成立,标志着中国社会进入了一个全新的历史时期。新的政治秩序、新的社会制度、新的价值体系开始逐步确立,文学的发展也自然而然地进入了新的历史阶段。这便是中国当代文学时期。

    浙江当代文学以新中国成立后至"文革"开始这十七年为第一阶段。这一时期文学的主导方向,是由 1949 年 7 月召开的全国第一次文代会确定的。周扬在这次大会上所作的报告中指出:"毛主席的《在延安文艺座谈会上的讲话》规定了新中国的文艺的方向,解放区文艺工作者自觉地坚决地实践了这个方向,并以自己的全部经验证明了这个方向的完全正确,深信除此之外再没有第二个方向了,如果有,那就是错误的方向。"①由此确定了建国初文艺运动的总方向是为"工农兵"服务,同时也确立了文艺为政治服务并从属于政治的价值取向。这一阶段浙江文学的总体特征是:第一,歌颂新社会新时代的文学成为文学创作的主潮。无论是旧社会中走过来的老作家,还是新社会中成长起来的新作家,都把歌颂新社会新时代作为自己的重要使命,文学的"工农兵方向"得到了全面的体现。第二,文学创作以鲜明的阶级倾向、政治色彩以及对大众化、民族化的追求,显现出社会主义文学的新质,但在艺术质量上有所下降。第三,随着 1957 年反右扩大化,以及以后的一系列政治运动,中国的知识分子命运一步步走向失控状态,新中国的文学发展在

---

    ①   周扬:《新的人民的文艺》,《周扬文集》第一卷,人民文学出版社 1984 年版,第 513 页。

极"左"思潮的控制下,开始步入一种简单的政治工具化的困顿局面,作家的个性理想、文学内在的精神丰富性受到了较大的遏制。

作为新中国文学的一个重要分支,浙江文学在建国初期依然处于全国文学发展的重要地位。这主要表现在:一是一大批早已蜚声文坛的著名作家仍然散布在全国各地,其中有不少作家还走上了国家文化、文艺部门的领导岗位,如茅盾、冯雪峰、夏衍、郑振铎、邵荃麟、巴人、艾青、陈企霞等,他们依然成为新中国文学发展的领军人物,同时仍然以极大的热情继续从事自身的文学创作。二是一部分过去在"异乡"建功的作家,如黄源、林淡秋、许钦文、王西彦、陈学昭、谷斯范、金近、董秋芳、唐湜、莫洛等,此时长期定居浙江,深深地扎根故土,并创作出一些在当时文坛广受好评的优秀作品,使浙江本土意义上的文学发展进入了一个相对稳定的历史时期。这些作家同时还致力于全省文学秩序和文学机构的建立健全,特别是浙江省文学艺术界联合会以及中国作家协会浙江分会的建立,为浙江文学的发展提供了良好的外在环境。三是浙江省内各条战线上的大批业余作者迅速成长起来,他们以自身特有的朴实文风、大众化和民族化的特色,迅速地反映着浙江大地上社会主义建设的火热生活,成为浙江文学发展中一支不可忽视的力量。

但与声势显赫的现代期相较,浙江的当代文学在全国的地位已有较大幅度的回落。个中原因很复杂,但鲁迅领衔的五四浙江作家群已不复存在,许多作家担任领导职务不再有以前那样厚重的创作,以及新进作家尚未达到前辈水平等,肯定是重要原因。而从作家一方面说,自50年代中期以后,随着极"左"思潮的泛滥("胡风集团"案、反右扩大化等),浙江作家与全国同行一样,个人命运遭受了极大的冲击,失去了创作的平台和心境,创作受严重影响。因此,浙江的当代文学在显示新的发展特点的同时也显现出艰难前行的发展态势。

一　建国初文学新篇章

中国当代文学新篇章,是在一种新的社会意识形态和新的文学创作观念支配下开启的。新中国成立后,人们以前所未有的热情全身心地投入到新中国的建设当中,以前所未有的激情讴歌着新的生活、新的理想。几千年封建专制制度的压迫、百余年国外列强的侵略、数十年战争的摧残,中国的平民百姓在噩梦般的黑暗岁月里等来了黎明,等来了新时代的曙光。人民,这个最底层的社会组成细胞,第一次被明确地赋予当家做主的社会身份。这一神圣的社会身份的确立,使每一个个体的人在新的社会体系中有了不可替代的社会责任感和历史荣耀感,也使人们首次感到了自身与整个民族之间的密切关系。所以,如果说五四以来的文学发展基本上是沿着批判和控诉这一文学主题,强调的是对黑暗现实的揭露和对光明时代的向往,那么这一现状随着新中国的到来和黑暗现实的消失,失去了现实表达的针对性。由此,颂歌——歌颂新时代、新生活,自然而然地成为建国初期的文学主潮,新老作家们都以一种高度自觉的写作方式将审美理想设置在颂歌的写作之中。新中国的文学,正是在这种颂歌主潮中翻开了新的篇章。

浙江的文学发展,也同样在这种积极的、昂扬的、催人奋进的颂歌大潮中打开了新的一页。从整体上看,这一时期构成"浙江文学"的几种主要创作力量,都不同程度地反映出抒写新时代新篇章的特点,同时也显示出其承续现代期文学而又有所发展、变衍的趋向。

在异乡建功的老作家,此时期虽然大部分已走上文艺领导岗位,但依然焕发热情、焕发青春,笔耕不辍,为新中国文学创作奠定了厚重基石。茅盾在新中国成立后,当选为中国文联副主席、中国作家协会主席,并长期担任文化部长之职,成为新中国文化/文艺界最重要的领导者之一。此时其文艺工作主要在文学期刊编辑和文艺评论的著述上,主编《人民文学》和《译文》,同时撰写了大量的文艺评论文章,扶植青年作家,出版了《夜读偶记》、《鼓吹集》、《鼓吹续集》等文艺论著,其文艺评论在相当程度上左右了当时的文学创作。夏衍也先后在北京、上海等地的文化领导岗位上任职,1955 年后,担任了文化部副部长、中国文联副主席等职。其创作依然侧重在戏剧影视文学方面,特别是其改编、创作的《祝福》、《林家铺子》、《革命家庭》、《烈火中永生》等电影文学剧本,是建国初电影文学创作最重要的收获之一,在文艺界产生巨大影响。冯雪峰先后担任人民文学出版社社长兼总编、《文艺报》主编与中国作协副主席等职,发表了大量的文艺论著,创作和出版了电影文学剧本《上饶集中营》等。尤其是作为鲁迅文学事业最忠实的传承者,他此时主持了《鲁迅全集》的注释、出版工作,投入大量精力从事鲁迅研究,先后出版《回忆鲁迅》、《论〈野草〉》、《鲁迅和他少年时代的朋友》、《鲁迅的文学道路》等论著,为建国后的鲁迅研究事业作出了开启方向的贡献。艾青在建国后先后担任中国文联委员、中国作家协会理事、《人民文学》副主编等职,并创作了组诗《南美洲的旅行》、《大西洋》,叙事长诗《黑鳗》,出版了诗集《宝石的红星》、散文集《走向胜利》等，其创作依然显示出中国顶尖诗人的本色。此外，徐迟先后任《人民中国》（英文版）编辑、《诗刊》副主编等职，陈企霞任《文艺报》副主编等，都在编辑、创作、评论等方面作出不同程度的贡献。这些浙江籍作家虽身在异乡，但心系故乡，茅盾、夏衍、艾青等多次还乡，有的作品还在故乡写出（如艾青的"还乡诗"），对浙江的文学事业以很大的推动，而他们在不同岗位上为繁荣新中国文艺所作出的重大建树，则又奠定了浙江在中国当代文学中的重要地位。

在现代期已成名的作家向本土回归，扎根故土，潜心创作，促成浙江本土文学的繁荣，是建国后浙江文学的一大特色，这一特色在很大程度上改写了现代期"浙江出作家"而"本土不出作品"的尴尬局面，这对于建构浙江文学新篇章无疑有着极为重要的意义。建国后，黄源回到浙江担任省文联党组书记、文化局长，领导全省的文化艺术工作。其在领导浙江文艺工作期间，最值得称道的是，于1955年为配合当时反对官僚主义的现实需要，组织文艺工作者整理、改编旧昆曲本《双熊梦》为新本《十五贯》，演出获得极大成功，《人民日报》发表了《一出戏救活了一个剧种》的社论和《满城争说十五贯》的文章，在全国引起了巨大反响。许钦文在建国后回到浙江担任中国作协浙江分会主席，并在繁忙的工作岗位上撰写了《鲁迅先生的幼年时代》（传记文学）、《学习鲁迅先生》（散文集）、《山乡变水乡》（散文集），继续显示出一个鲁迅嫡传弟子和乡土文学作家的创作特色。著名小说家王西彦在建国初任教于浙江大学，继续焕发着创作热情，曾两次赴朝鲜采访，写作了《为了祖国和人类》、《朴玉丽》等小说散文，其创作体现了那个时代的鲜明特色。著名作家陈学昭在建国初回到浙江后也担任了文艺界的领导岗位，并在此时迎来了她一生中最辉煌的创作时期，她长期深入杭州郊区体验生活，除了完成了其代表作《工作着是美丽的》续集之外，同时还创作了著名的长篇小说《土地》、《春茶》，出版了诗集《纪念的日子》。著名的"七月派"诗人冀汸，建国初即任浙江省文联创作组组长，后曾任浙江省作协副主席。这一时期除出版了《喜日》、《有翅膀的》等诗集外，还创作和出版了两部质量相当不俗并引起了较大反响的长篇小说《走夜路的人们》、《这里没有冬天》。在现代文学期以《新水浒》等小说驰名的谷斯范，建国后也长期在浙江工作，曾任浙江省作协副主席。此时他迎来了他一生中创作最为丰硕的时期，先后出版了通讯报告文学集《最可爱的人》、《我怀念朝鲜》，散文报告集《五圣山下的故事》、《沸腾的村庄》，短篇小说集《山寨夜话》、《晚间来客》。这些作家在建国后所焕发出来的巨大创作生机,极大地繁荣了浙江本土文学,并将浙江文学发展提升到一个新的层次。

推动浙江本土文学繁荣的,还有建国初一大批文学新人的涌现。随着建国后社会形势的好转与社会主义建设的有序进行,工业、农业、文教各条战线焕发出巨大生机,文学艺术领域也一时呈现出欣欣向荣之势,此时当代文坛的一个重要特点就是新人辈出,一大批来自基层的新作家登上了文学殿堂。浙江也不例外。在这一时期登上浙江文坛,并以其作品在全国引起了相当反响的郑秉谦出版有《柳金刀和他的妻子》(短篇小说集)、《如此科长》(小品文集)。而沈虎根则一登上文坛就虎虎有声,创作量非常大,且质量也相当不俗。他先后创作和出版了《在难忘的日子里——全国青年社会主义建设积极分子大会侧记》(报告文学)、《金枝玉叶》(儿童小说散文集)、《入党之夜》(长篇小说集)、《枣树院的人们》(短篇小说集)、《没有太阳的日子》(短篇小说集)。在新安江水库建设工地上走上文坛的福庚,创作出版了《新安江春汛》(短篇小说集)、《新安在天上》(诗集),这不仅吐露了新中国建设者对于美好明天的欣喜之情,而且也预示着浙江的社会主义建设与当代文学建设的喜人前景。其他的如倪善华的《水乡秋歌》(长诗)、田地的《佛子岭组诗》(诗集)、陈山的《擂鼓集》(诗集),都在建国后的文坛引起一定反响。浙江新一代作家与诗人的兴起,昭示了浙江文学在建国后发展的喜人形势,为浙江文学新篇章的书写提供了巨大的支撑和后续力量。

就文学创作倾向而言,建国初的浙江文学,与全国文学发展的主旋律相互呼应,以歌颂新中国、歌颂共产党、歌颂社会主义建设事业的伟大成就为主要方向。与现代期文学以揭露批判旧社会的黑暗与腐朽为主不同,建国后人们沉浸在新中国建立的巨大喜悦之中,同时全国第一个"五年规划"的成功实施与提早完成,社会主义建设事业的蓬勃发展,人民在某种程度上真正实现了当家做主,作家们歌颂新社会抨击旧社会的创作热情油然而生,浙江的当代文学创作步入了"社会主义现实主义文学"时期。尽管此种文学形态烙上了那个时代的深重印记,在艺术上并不完善,但作家们唱出的对新社会、新时代的颂歌是真诚的,他们努力探求一种合于时代节律的艺术内容与形式的愿望也值得珍视,而且他们的确也提供了不少有价值的文学创作,因此汇聚在中国当代文学创作洪流里,建国初浙江文学创作同样有着自己的特色与成就。

建国初浙江文学呈现一度繁荣的景象,同各级党组织对文艺工作的重视,组建文艺团体,培植新生力量,促成文艺活动形成一定的规模与声势,有着密切联系。1950 年 11 月,浙江省文学艺术界联合会筹备委员会成立,推选筹备委员 11 人,其中陈学昭、吕漠野、马骅(莫洛)、夏钦翰、骆可、郑奠等作家加入筹备工作组。同年 12 月,中华全国文学工作者协会杭州分会成立。其时杭州、温州等部分市地也相继成立了相应的文学工作者协会等群众性组织。1954 年 7 月 27 日至 8 月 5 日,浙江省文学艺术工作者第一次代表大会召开,正式成立浙江省文学艺术工作者联合会。省文联和各个文学协会都积极组织全省文学工作者,学习马列主义理论和革命现实主义创作方法,深入工农,深入生活,大力培养工农兵中的文学作者,开展各项创作活动。在省文联的参与和指导下,由各地宣传、文化、出版部门和工会等组织的群众性文学艺术创作组织及其活动也在全省蓬勃兴起。如 1955 年 4 月,由杭州市工人文化宫等组织发起的杭州工人业余文艺创作组成立,并在其后开展了一系列的业余文艺创作培训活动。

为促进创作繁荣,给文学工作者提供发表作品的园地,这一时期创办的一些文学刊物或报纸的文学副刊,对文学创作的推动甚大。文学刊物创办较早的是《浙江文艺》,1951 年 10 月创刊于杭州,由浙江省文联主办。全省各级新闻、出版、文化部门和群众团体办的报纸均辟有文艺副刊,同时还创办了一些普及性、通俗性的文学报刊。各级党报或设副刊或不设副刊,但都刊登大量配合政治运动的、主要由工农兵作者创作的文学作品。如《杭州日报》开辟了"西湖"副刊。《宁波日报》从 1951 年 9 月创刊开始,先后开辟有"大众文艺"、"工农文艺"、"俱乐部"等副刊和专页,1956 年还曾开辟"黄连"副刊,专门发表讽刺小品和批评文章,在读者中引起较强烈的反响。1949 年 5 月,《温州日报》改名为《浙南日报》,曾创办"瓯江"副刊等。这些报纸副刊对培养文学新生力量都起了很大作用。

总之,建国初期的浙江文学,在总体上与全国的文学发展基本保持着同步性和一致性。从创作成就看,这一时期在外地建功的作家依然保持着全国领先的优势,本地作家的创作与一些先进地区(特别是有着解放区文学传统,贯彻文学"工农兵方向"较力的地域)相比较存在着一定差距,但仍然出现了一些具有全国影响的作品,如戏剧上推陈出新,产出了《十五贯》等经典性的作品;儿童文学创作中,金江、洪汛涛等创作的《神笔马良》等优秀作品,也为全国读者所传颂。因此,就总体而言,仍有其不俗的成绩。当然,从现代期走到当代,因作家队伍的变迁,特别是受到各种政治运动的干扰和极

"左"思潮的影响,浙江当代"十七年"文学之路走得并不平坦,其文学创作成就在全国并不占有优势。

二　在艰难曲折中前行

尽管建国初的浙江文学保持着一定的发展态势,但与其在现代期处于全国绝对领先的地位相比,这时期已呈现出明显的下降趋势。这主要表现在以下几个方面。首先,浙江文学在现代文学领域的地位几乎是一个无法超越的顶峰,不仅以名家、名作多而占据着现代文学的"半壁江山",更以勇为人先的理论和创作的开拓而领衔于现代文坛,当代浙江文学则无复有此优势。这取决于不同的时代环境与条件。如果说,以鲁迅、茅盾领衔的"浙军"对于中国新文学的重大贡献是在于开创了"五四文学传统"和"30 年代文学传统"的话,那么在新中国文学时期这两种传统已让位于"工农兵文学传统",浙江的优势尽失自在情理之中。而且,对于新的文学气候,许多浙江作家多少有些不相适应,甚至在某种程度上还有一定的抵牾,一大批卓有成就的浙江作家在后来的各种"批判"中纷纷"落马",便是明证,如此状况还何谈文学的"中兴"局面? 其次,从作家队伍看,中国新文学顶尖作家鲁迅、徐志摩、郁达夫、戴望舒等已相继谢世,未能进入当代;进入当代的重量级作家茅盾、夏衍、艾青、冯雪峰等,受到各种政治运动的肘掣,或难以下笔,或下笔不能切合"时尚",或干脆被剥夺了写作的权利,他们虽仍有创作,但已不可能产出像现代期那样的扛鼎之作。这两种文学精锐力量的消失或难有作为,是此时期浙江文学地位下跌的重要因素。而浙江文学新人的成长还有一个过程,像沈虎根、福庚、郑秉谦等青年作家虽已作了努力,但要冲上全国地位尚须积以时日,尤其是当时浙江的文学环境并未处于主流意识形态中心,要求他们写出如来自于解放区地域那样紧跟潮流的作品,实在也难为了他们,这无形之中拉开了同全国的差距。再次,从此时产出的文学作品看,也印证了地位下降并非虚言。现代期浙江作家以善于创制开拓之作、轰动之作著称于中国文坛,此种现象在建国初浙江文学中已了无踪影。当时文坛最叫响的两种文学创作题材是农业合作化题材和革命历史斗争题材,最轰动文坛的作品是"三红一创保林青",这些似乎都非浙江作家之所长,因此轰动之作也都与浙江作家无缘。无论是陈学昭的《土地》、《春茶》,还是冀汸的《走夜路的人们》、《这里没有冬天》,都无法达到同期全国文学作品前列的地位,这无疑暴露了浙江文学在进入当代以后的某种危机。再次,建国后"体制化"文学要求设置的桎梏,无疑制约了浙江作家的创作,从而影响了当代浙江文学的产量和质量。据陈学昭回忆,她回杭州后不久就自觉要求回乡深入生活,但她的写作却受到诸多限制,如其小说《土地》出版时被迫压缩,删改得不成样子。乃至在浙江的有些领导眼中,"浙江无作家,文艺不成界",连省文联的人员编制、办公用房也不予解决。这些都不利于浙江本土文学的发展。在这诸多因素的合力作用下,浙江文学领先于全国的地位受到了根本性的动摇。

当然,在制约浙江文学发展质量的诸多因素中,政治性因素是占据主导地位的。按照"党的文学"的要求,体制化文学给浙江当代文学所规定的方向是"颂歌"+"大众化形式",因此,在建国后相当一段时间内,都很少有浙江作家能创作出表达自身真情实感的文学作品,题材狭隘、缺乏性情和个性、大而空、主题单一、人物模式化、以简单的阶级斗争模式代替叙事艺术的深入探索等等,成了浙江当代文学的通病。体制的约束对于浙江文学发展的阻碍,是显而易见的,而体制的松动对于浙江文学发展的促进,也是相当明显的。1956 年 5 月,在毛泽东提出"百家齐放,百家争鸣"的双百方针之后,全国文艺界的僵化思想有很大的改变,某些业已形成的文艺教条主义、机械主义思想有所收敛,在全国良好文艺形势的鼓动之下,浙江作家对文学艺术进行了新的大胆尝试,焕发了新的活力。在文艺理论与评论方面,艾青与陈梦家在新创办的《诗刊》等重要杂志撰文介绍徐志摩、戴望舒等现代诗人的作品,大胆地倡导新的艺术探求;同时,艾青还写下了《礁石》等"骨气凛然"的诗歌名篇。汪静之则创作出版了诗集《诗二十一首》。特别值得引起注意的是,这一时期浙江作家直接批判官僚主义、教条主义、机械主义的杂文、小品文开始涌现,呈现出回归现代文学批判精神的某种良好趋势。浙江籍作家邵燕祥在 1956 年后写了《给一位工程公司的经理》、《大众电影一处颂声》、《贾桂香》、《时间的话》等一批批判现实、抨击时弊的杂文作品,同时,魏桥的《多谋还有善断》,谢狱的《标签》、《申冤》、《卖血》,李德吾的《阿 Q 到美国》、《来而不往非礼也》,伍隼的《"封条"与"禁令"》,等等,都以批判现实的力度和讽刺的艺术深度引起了较大的反响。在这一时期,浙江文学呈现出较为自由的发展局面,文坛回归了生动活泼的态势。这充分表明,只要体制与政策较为宽松,浙江文学很快就能重新焕发活力。

然而,在建国后的"十七年",文学界的这种宽松环境是屈指可数的,浙江当代文学发展在较长时间内都处于一种曲折发展与艰难前行的情形之中。

一个非常值得令人深思的现象是,建国以后的历次文艺思想批判,浙江作家几乎都是首当其冲。1954 年,全国范围批判《红楼梦》研究,被批判的主角就是浙江作家和学者俞平伯,他甚至被加上胡适"唯心主义"代言人的吓人罪名,开启了后来对知识分子层出不穷的思想批判之风。50 年代上半期,文艺界最重要的理论刊物《文艺报》,屡屡因表达的文艺观念"犯禁"或受到牵连而遭到批判,重点批判对象便是一前一后主持《文艺报》的浙江作家冯雪峰、陈企霞。1950 年,浙江作家萧也牧发表《我们夫妇之间》,随即他成为建国初一种文艺思想——"小资产阶级文学观"的代表,而遭到猛烈批判。50 年代后期发动的对"资产阶级人性论"的批判,代表人物依然是浙江作家:巴人因为发表《论人情》、《沉重的笔》等强调文学作品中的"人性问题"而获罪。而批判声势更为浩大、牵连人数更多的则是"胡风集团案"和"反右斗争"。1955 年,"胡风反革命集团案"的罗织,形成了建国以来最大的政治冤案,浙江作家则成为这次政治冤案牵连的重灾区,冀汸、阿垅、方然等诸多浙江作家受到了严重迫害。在"反右斗争"中,最早沦为"右派"的,就以浙江作家为多。1955 年 8 月,就有"丁玲、陈企霞反党集团案",陈企霞更是因"托派嫌疑"而被开除党籍。[1]"丁玲陈企霞反党集团案"进一步扩大后,受到牵连的艾青很快就被打成了"右派",不久,冯雪峰也牵连了进来。最后,所谓的丁、陈集团扩大成了包括丁玲、陈企霞、冯雪峰、艾青、罗烽、白朗和李又然反党集团,这个由七个作家组成的右派集团中,浙江作家占了四位,而且其中三位都是当时在全国具有重大影响力的作家。在建国后历次文艺思想批判乃至政治迫害中,浙江作家屡屡遭受重创,从现代期延续下来的浙江作家队伍当然已不可能有原来那样的壮观声势了。

建国后的历次政治运动,特别是"反右斗争",对浙江本土作家队伍也构成极大冲击,甚至可以说是受到致命性的打击。1957 年 6 月反右派斗争开始后,从文联主席宋云彬到几位著名的新老作家陈学昭、黄源、谢狱(时任浙江日报副刊主编)、郑秉谦,还有"作协"的具体负责人郑伯永以及文化界较著名人士,如南下干部、浙江日报的第一副总编高光,省政协副秘书长曹湘渠,几乎都以"向党进攻"的罪名,被划为右派。文艺界的有生力量,一大批

---

① 朱正:《1957 年的夏季:从百家争鸣到两家争鸣》,河南人民出版社 1998 年版,第 354—355 页。

创作势头强劲、艺术功底深厚的浙江作家,如唐湜、田地、邵燕祥、孙大雨等也难逃厄运,浙江省内文艺界差不多是"一锅端"了,自然是元气大伤。另外,一批创作势头良好的浙江籍在校大学生,也相继被打成了右派,如北京大学的沈泽宜、蔡根林,南京大学的骆寒超,复旦大学的叶鹏,他们才刚刚冒尖,就被剥夺了写作的权利。这种对于浙江文学有生力量的过早摧残,日后必然继续影响到浙江文学的兴盛与繁荣。同时,一些历史问题被重新翻出来加以批判,如艾青在延安时期发表的《了解作家,尊重作家》,被1958年的《文艺报》当作资产阶级唯心论文艺观的典型,加以新的罪名予以批判。俞平伯的《红楼梦研究》也再次被翻出来批判,并成为了打击一大批作家的大"帽子"。全国各地的文艺界在反右中都受了伤害,但像浙江这样遭受重创的,似乎并不多见。在这种情形之下,作家的主体性受到了严重的戕害,创作主体对于生活与艺术的深层思考一律被剥夺和取消。不要说"干预生活,揭露问题"的批判现实型创作不可能见诸世,就连最起码的反映人性与人情、爱情与婚姻的作品也被当成资产阶级的大毒草。因此,自反右运动开始,浙江文艺界与全国一样缺乏正常的文学创作,所剩下的只是群众性的、大众化的庸俗"颂歌"和"战歌"。

在1957年反右运动扩大化之后,随之而来的是"大跃进"、"人民公社"等运动,浙江文学界充斥着"假、大、空"的口号、颂歌型作品,对现实生活进行虚假的夸张,闭上眼睛赞颂"美好"的社会景象,用作品去图解政治意识形态与路线斗争,以大胆狂妄的激情代替科学发展观,就像全国范围内的情形一样,成为了这一时期浙江文学的普遍特征。特别是在1958年配合"大跃进"掀起的群众性民歌运动中,与《人民日报》"亩产23万斤"的"卫星"相映成趣的,是全国人民一起鼓吹:日产一个郭沫若,每人一日作一首诗。这时的浙江也出现了"人人学写诗"、"家家出诗人"的文学"大跃进",一时之间"诗歌"满天飞,各县市、公社、大队、小队乃至小组油印出版的"诗集"不计其数,浙江文艺出版社还为此专门收集整理出了《稻花钢水谱新篇》。这些不计其数的集子中的作品,全是吹牛比赛之作,大话空话连篇,乃至有"一只南瓜如航母/占了半个太平洋","牛头在江北/牛嘴在江南"这样神侃海夸的诗句。从总体上看,这一时期的浙江作家与全国人民、全省人民一样,失去了最基本的理性判断能力,在狂热的激情和盲目的崇拜中大量创作了一些所谓的大众化、口号化、标语化的"文学作品",真让人怀疑这种文学作品是否来自外星球。

不可否认,这一时期尽管创作举步维艰,文艺阵地也急剧萎缩,如《杭嘉湖文艺》和《西湖》于 1959 年相继停刊,《浙江文艺》于 1964 年停刊,但"双百"方针仍有所贯彻,现实主义创作精神仍在强调,许多作家仍在艰难中前行。特别是 60 年代初期,党的文艺政策有所调整,作家的创作积极性有所调动,曾出现过一段短暂的创作活跃期。浙江作家在他们自己熟悉的生活题材中,还是创作出了一些较为成功的作品,如金近、圣野、田地等儿童文学创作;福庚 1958 年深入新安江水电建设工地,写出了《新安江之歌》、《新安在天上》等诗集和《新安江春讯》等小说集;火刀等也创作了不少工人题材作品;诗人陈山从 1962 年开始便长期在舟山蚂蚁岛蹲点,进行专业创作,先后出版了《渡江战》、《开国集》、《报国集》等颇具个性的诗歌。在戏剧电影方面也有不少的收获,涌现了夏衍改编的《林家铺子》(1959),季康、公浦编剧的《五朵金花》(1959),贝庚执笔的《孙悟空再打白骨精》(1960),柯灵编剧的《秋瑾》(1963),林家、徐进、谢晋编剧的《舞台姐妹》(1964)以及顾锡东编剧的《蚕花姑娘》(1965)等优秀剧作。

三 "文革"十年的空前萧条

从 1966 年到 1976 年的"文化大革命",是我国文学创作的萧条期、灾难期,给我国的文艺发展带来的巨大损失几乎是难以估量的。在这一场号称"文化革命"的历史浩劫中,作家作为知识分子成为了"阶级斗争"重点批判的对象之一。在"四人帮"的法西斯专制主义的统治之下,浙江的文艺创作也与全国一样,遭到了重创乃至毁灭性的打击,浙江作家(不论是在本土的作家还是在外地工作的作家)都被剥夺了写作的权利,浙江文学与全国文学一样进入了空前的萧条期。

从 1966 年所谓"砸烂"、"文艺黑线"开始,浙江与全国文联、文协、作协被迫解散,文艺刊物相继停刊或转而成为了"文斗"的阵地,成为了非文艺刊物。文艺、文学出版社相继被取消,文艺工作者基本上下放到农场从事体力劳动。从此时起到 1971 年长达五六年的时间内,浙江未产生一部真正的文学作品。1971 年后,专制主义的文化政策虽然因受到反对而有所松动,再加上林彪垮台,随着部分出版社和文艺刊物恢复活动,浙江的整个文艺界稍有复苏,但文化专制主义仍在施行,这些文艺创作很快就变质了,成为了"阶级斗争为纲"的政治文艺、从事"帮派"斗争的"帮派"文艺、为某一群人夺权服务的"奴婢文艺"。直到"文革"后期,浙江文学才出现了几篇稍有艺术性的作品。

实际上,"文化大革命"虽然直接起于 1966 年,但其序幕 1965 年就已经拉开,这就是浙江作家吴晗创作的新编历史剧《海瑞罢官》遭受批判。1965年,江青、康生勾结张春桥和姚文元进行密谋策划,精心炮制了《评新编历史剧〈海瑞罢官〉》,并以此为突破口借以达到控制整个文艺界,从而最终控制国家最高权力的目的。《海瑞罢官》于 1961 年发表并广获好评,是一部"清官戏",重点突出的是海瑞不畏强权、追求真理,它与当时反对官僚主义、唯上主义的政治风气是合拍的。这部戏也曾获得中央领导的称赏。但在姚文元炮制的《评新编历史剧〈海瑞罢官〉》出台后,这一部"清官戏"却被诬陷成了影射"彭德怀事件"的反党反社会主义的"大毒草"。次年,姚文元又发表了煽动性极强的《评"三家村"》,再一次对吴晗等人进行恶毒攻击。1966 年 5月 18 日和 21 日,《浙江日报》也分批刊登了批判《海瑞罢官》和"三家村"反党集团的有关文章。

1966 年 2 月,江青在上海召开了一个部队文艺工作座谈会,不久出台了一个纲领性的文件——《部队文艺工作座谈会纪要》,同年 4 月由中央批发全国。该纪要明确提出了"文艺黑线专政"的观点,认为建国以来的十七年文艺基本上没有执行毛泽东文艺路线,而是"被一条与毛泽东文艺思想相对立的反党反社会主义的黑线专了我们的政,这条黑线就是资产阶级的文艺思想、现代修正主义的文艺思想和所谓 30 年代文艺的结合"。于是,在"破旧立新"、"灭资兴无"、"摧毁文艺黑线"等一系列口号下,中国新文学受到前所未有的摧残。特别是在批判所谓"30 年代文艺黑线"、"黑八论"的狂潮中,许多对中国现当代文学建设作出重大建树的浙江作家再次成为批判的主要目标。茅盾作为新中国文学的领衔人物,此时被免去文化部长、中国作协主席职务,他在 30 年代创作的名著《林家铺子》因夏衍改编为电影被当作"大毒草"在全国范围批判;夏衍作为"30 年代文艺黑线专政"的代表人物,受到更残酷的迫害与摧残。时任中国作协党组书记的邵荃麟,因主张写"中间人物"而被指为"黑八论"的鼓吹者之一,终至冤死狱中。类似于此蒙难的浙江作家,还有一大批。

在这场"文化大革命"中,"四人帮"的文艺打手是姚文元。姚文元,原籍浙江诸暨,1931 年生于上海,解放后一直在上海报社、杂志社以及上海市作家协会工作,反右时期以写大批判文章而出名,并出版了《论文艺战线上的修正主义思潮》等攻击性极强的反动论著。"文革"期间,作为"四人帮"的核心成员,他以文艺理论家自居,一方面大肆制造各种文坛冤案,另一方面极力吹捧江青等人的所谓红色文艺路线。在这场空前的文化浩劫中,浙江文学界也同全国一样,对于原有的"现实主义"文艺路线展开了大规模的批判,同时竭力鼓吹极为荒谬的极"左"文艺思想和创作原则。其中"根本任务论"、"三突出"和"写斗走资派"便是其核心的内容。所谓"根本任务论",就是把塑造工农兵无产阶级英雄典型当作社会主义文艺的"根本任务",从根本上排除了写其他阶层人物的可能。所谓"三突出"创作原则,是为"根本任务论"服务的,它要求在具体创作中贯彻"在所有人物中突出正面人物,正面人物中突出英雄人物,英雄人物中突出中心人物"的原则,并将它定为"文艺宪法",所有作家创作时都必须遵照执行。至于"写斗走资派"更是直接为"四人帮"篡党夺权服务的反革命主张。

浙江文艺界被极"左"思潮所控制,浙江文坛处于严重的失控状态,任何文艺创作都无法正常进行。"残酷斗争、无情打击"的"无产阶级专政"口号,代替了艺术创作,1967 年下半年,一份大批判刊物《浙江文艺战报》出笼,在浙江全省张开了专制主义的文网,对建国以来的浙江文艺创作罗织罪名,大加捕杀,把一大批优秀的文艺作品诬蔑为封、资、修的黑货,加以挞伐和摧残;认为整个浙江文艺界被一条又粗又长的文艺黑线专了政。而且,还要把这条"黑线"追溯到 40、30 甚至 20 年代,刨根究底,灭尽剿绝。于是,昆曲《十五贯》和绍剧《于谦》便成了浙江文艺界重点批判的目标。

如前述,被誉为"一出戏救活一个剧种"的《十五贯》,也是反对"官僚主义"、"主观主义"的"清官戏",并曾获得毛泽东和周恩来的充分肯定。但《浙江文艺战报》为了批判该剧,不惜进行曲解和罗织罪名,指责该剧:"本来在无产阶级专政条件下,受审的都是敌对阶级地富反坏有牛鬼蛇神,而《十五贯》却居心险恶地把熊友兰、苏戌娟打扮成无辜的平民百姓,'良民屈斩',这样的专政机构要它何用?"同样,为了批判由双戈和魏峨编创的绍剧《于谦》,《浙江文艺战报》不仅肢解剧本内容,而且精心刻意地上抹旁连,一方面把矛头指向中央和省里的有关负责人,诬说这是他们蓄意谋划的一起"极为严重的反革命政治事件",该剧无疑是一棵"鼓吹反革命宫廷政变的大毒草"①。另一方面还株连其他,凡是出版、广播、文物等单位当时有关于谦的一切宣

① 本节引文均转引自志云、晃铖:《推倒诬陷 肃清流毒》,《东海》1979 年第 1 期。

传,都要被列为专案对象,严审细查。在这张专制主义的文网下,全省文艺界的领导干部和广大作家都受到了极大的迫害,文学创作损失惨重。

在《浙江文艺战报》的清算血洗之下,浙江省文联及下属的各个协会,被历数了三代"班底"的"黑史",从此就被"彻底砸烂",无影无踪了。在十年"文革"中,全省几乎所有作家都被迫放弃写作,或遭受批斗,或下乡劳动改造,或接受群众监督,许多作家被迫害致死。全省的文学组织机构遭到彻底破坏,刚刚成立不久的浙江省作家协会、杭州市作家协会、宁波市作家协会以及温州市作家协会均被迫解散。所有文艺刊物均被迫停刊,只有原《西湖》为适应所谓"革命形势"的需要,在1969年复刊为《革命文艺》,也已经成为了非文艺性质的刊物。

这一时期,浙江与全国的文学创作一样,几乎呈现空白状态。当时全国只有《虹南作战史》等几部样板小说和八部样板戏,浙江文学界更是无文学创作可谈。在"文化大革命"时期,浙江出版的文学类作品少之又少,而且几乎都是适应当时政治形势和斗争热情的口号式作品,不仅思想内容空洞,艺术更是无从谈起。据统计,"文革"十年,浙江共出版有小说《进军号》、《开端》、《管山人》、《登高赞》,均为配合政治斗争而集体创作的短篇小说集,属于个人创作的只有《海防线上》(小说散文集,陆扬烈)。诗歌方面的情形也相当类似,"文革"十年,浙江共出了四个诗歌集子,均为集体创作或"征文",内容空洞、艺术粗糙,都是口号标语,分别为:《向着太阳歌唱》、《书记的斗笠》、《我们是开路工》、《征途万里凯歌高——献给党的十大》。散文、报告文学共有三个集子,分别为《战地黄花分外香——战斗英雄故事集》、《夜宿土豆村》、《怒潮汹涌》,也都是集体创作和征文。这些作品要么是诠释"阶级斗争"的工具,要么是空喊口号,根本谈不上什么艺术性与文学性。而在戏剧创作方面,则基本上为空白。

随着1971年林彪反党集团的覆灭,"文化大革命"后期,浙江省的文艺活动开始有所恢复,一些文艺刊物相继复刊,如《浙江文艺》于1975年4月复刊,《革命文艺》于1974年改名为《杭州文艺》,并恢复为综合性文艺月刊,一部分作家也开始了创作。但这些刊物和作品基本上还是承续着"三突出"和"斗走资派"的极"左"思潮,带着明显的阶级斗争和路线斗争的叙事主题,都没有脱离"无产阶级专政下继续革命"的框架,存在着较为明显的艺术缺陷。而稍称得上"文艺"的仅有"文革"末期毛英的《司令员的发言权》(短篇小说集)和张抗抗的《分界线》、胡尹强的《前夕》。虽然这些在内容方面仍有"以阶级斗争为纲"的痕迹,但相对较为注重人物形象的塑造和艺术加工,与口号式作品有所区别。

在"文革"期间文艺一片萧条的情势下,显示出一丝光亮的是抗逆专制的"地下文学"。"地下文学"与当时公开的出版物"官方文学"、"遵命文学"迥然不同,它完全是由作家或群众自发进行创作,不求公开发表和出版,通过非公开渠道以手抄、油印等手段进行传播的文学。此类创作,以对于专制的反抗、真诚的创作态度、独立的思考精神、多元的艺术探索,构成它的主要特征。就全国而言,"文革"时期影响最大的"地下文学"门类是诗歌,浙江作家创作的"地下文学",成就突出的是散文,其产生全国影响,后人给予高度评价的是张中晓的散文与丰子恺的《缘缘堂续笔》。这两位作家在"文革"时期都被"发配"到浙江,他们在饱受摧残、身心俱疲的情况下,不忘用手中的笔,吐露胸中的积愤,表达对专制的抗争,抒写对历史与时代的深沉思索,其散文有极高的艺术价值,在中国现代散文史上留下了珍贵的记录。这可以说是浙江作家在特殊年代里作出的难得的贡献。

第七章
走出思想禁锢的新时期浙江文学

　　1976 年 10 月,以粉碎"四人帮"为标志的十年动乱宣告结束,中国社会开始进入一个新的历史时期,这就是人们习惯上所称的"新时期"。但是,人们真正从思想上开始摆脱"四人帮"的专制统治,开始摆脱十七年极"左"思潮的禁锢和制约,还是在 1978 年 12 月中国共产党的十一届三中全会召开之后。十一届三中全会以后,以高举"实践是检验真理的唯一标准"为旗帜的思想解放运动在全国蓬勃展开。这场思想解放运动,不仅清算了十年动乱的种种流毒,还对以往的"左"倾路线也进行了必要的反思。这为文学的解放奠定了重要的思想基础。1979 年之后,大量的老作家陆续复出,各种文学新人也不断涌现,文学的主体意识开始逐步觉醒,文学创作呈现出日趋繁荣的新局面。从伤痕文学、反思文学到改革文学、寻根文学以及后来的现代主义文学思潮,中国当代文学的发展真正地进入了一个全新的发展时期。

　　浙江省的文学发展也与全国文学发展保持着紧密的同步性。从 1976 年到 1978 年两年间,浙江作家基本上处于一种过渡期和休整期。无论是生活在本省的还是生活在外地的浙江作家,都从历史的巨大伤痛中渐渐地苏醒过来,清理思想,冲破羁绊,蓄势待发。党的十一届三中全会之后,浙江作家的创作激情喷薄而出,无论是被迫停笔多年的老作家,还是历经动乱的新作家,都纷纷拿起笔来,或倾诉内心的伤痛,或讴歌新的时代。从总体上看,这一时期的浙江文学创作主要体现出四个较为明显的特征。一是在不同的阶段都出现了一批在全国占有重要地位的当代浙江作家。除茅盾、艾青、夏衍、徐迟、柯灵、茹志鹃等早已蜚声文坛的浙籍老作家外,新时期初期,浙江作家中就有林斤澜、叶文玲、汪浙成、温小钰、顾锡东、张抗抗等,他们的作品一出现在文坛便引起广泛的注意,并不时地获得全国性的文学大奖,这足以证明他们在全国作家队伍中的重要地位。80 年代中期,出现了李杭育、李庆西、张廷竹、徐孝鱼、蒋风等作家。李杭育被公认为是全国"文化寻根"小说的代表性作家;李庆西的笔记体小说以及一些新潮文学评论,在全国文坛产生广泛的影响;张廷竹的《他在拂晓前死去》荣获了 1984 年全国短篇小说奖;蒋风的儿童文学研究,也一直在全国儿童文学研究领域中占有举足轻重的地位。80 年代后期,又出现了余华、梁晓明等现代主义的代表性作家。二是建立健全了全省文学发展的各种体制。从省作家协会到各地市的作家协会,以及各县的文学协会,得以全面恢复和成立并开始切切实实地开展工作。《东海》、《江南》、《西湖》等文学刊物相继复刊或创刊,各种报纸的创刊以及副刊园地的设立,为全省文学的发展提供了重要的发表阵地。浙江文艺出版社等专业性文艺出版社的创建,也为全省文学的发展提供了良好的外在条件。三是民间的文学创作异常活跃。各种文学社团的自发组成,各种民间性的文学刊物大量产生,激发了全省广大青年作者的文学热情,为浙江文学的发展起到了不可或缺的作用。四是现代主义创作思潮开始在浙江文坛全面登陆。这一点在诗歌和小说领域中表现得尤为明显。

从建国以后浙江文学的发展历程来看,这一时期是浙江文学的重要转型期。它使文学较为彻底地摆脱了建国以来长期受"左"倾思潮干扰的困顿局面,使作家们从思想观念、艺术观念以及审美情趣上,都作出了重大调整,文学创作开创了一个全新的格局。

一　文学秩序的复归

"文革"十年给中国文学带来的深重灾难,在本质上是"四人帮"通过一系列文化专制的手段,彻底地消解了任何一位作家的思想个性和创作个性,从根本上铲除了文学创作的自由秉性,使文学完全沦为反动权威的御用工具。它首先从思想上瓦解了所有作家艺术创造的能动性,以强权理论无情地褫夺了一切有才情的作家的基本创作权利,从而也就必然在文化结构的深处颠覆了所有正常的文学秩序。面对这一状况,从新时期开始,浙江作家和全国作家一样,首先要迫切解决的是恢复个人作为社会成员的写作权利,并进而在思想上完成拨乱反正,彻底解放被"四人帮"长期歪曲了的思想观念,重建正常的社会价值标准、伦理标准以及科学的文艺标准。为此,浙江省文艺界多次组织有关作家参加各种理论学习与讨论,积极投入到思想解放和观念解放的形势中。很多饱受政治伤害的新老作家纷纷撰文,认真地反思过去,畅谈重建浙江文学创作新秩序,全面发展浙江文学的种种想法。如林淡秋就指出:"粉碎'四人帮',我们文艺界的'风气'有了历史性的大变化,周总理在讲话(指1961年在全国文艺工作座谈会和故事片创作会议上的讲话)中所提倡的破除迷信,解放思想,敢想、敢说、敢做的新风气出现了,文艺规律的探索工作也受到了重视,但都不过是良好的开端。不少禁区远没有冲破,许多是非问题还没有解决。"黄源也一再强调,"要按艺术规律办事"。陈学昭从自身的经历出发,认为:"中华人民共和国建国就要30周年了,可是封建传统的残余和封建习气至今还没有肃清,民主作风还是不够的。无论是政治民主,艺术民主都是不够的。"剧作家顾锡东也说:"我们许多戏剧作家特别领受过'五子登科'的辛酸味,而且因为禁锢长久,在创作上似乎特别不容易苏醒过来,至少在我省是如此。'穿着绣花拖鞋走柏油马路'看看条件蛮好,步子就迈不开。"评论家张颂南则强调:"发扬艺术民主,是提高文艺创作质量的主要条件,如文学作品的真实性和作家的个性表现,也要艺术民主来保证;没有艺术民主,思想就不能解放,迷信便不能破除,也就不敢在创作中去触及重大的社会问题,不敢把自己摆进作品里去,而这样的作品是没有生命力的。"①

　　从70年代末到80年代初,随着党中央平反冤假错案政策的逐步落实,大量的浙江作家开始获得人生自由和创作自由。艾青1979年平反后任中国作协副主席,焕发出新的创作热情,写下了《归来的歌》等一批重要作品,歌颂祖国迎来新的春天,并再次轰动诗坛,显示出一位老诗人不竭的创作生命力。夏衍1977年后出任中国文联副主席,尽管年老多病,但他仍以顽强的毅力撰写各种文章以及长篇回忆录《懒寻旧梦录》。此外,如徐迟、柯灵、唐湜、冀汸、冯亦代、陈学昭、莫洛、谢狱、金江、魏桥、郑秉谦、高光、骆寒超等作家纷纷平反,并重新走上文学岗位,开始了正常的文学创作和研究。这些深受迫害的作家重新开始了文学创作,同时也激发了全省其他文学青年对创作的热情,使浙江作家队伍的成长进入了良性发展轨道。

---

① 《学习周总理文艺讲话笔谈》,《东海》1979年第4期。

　　与此同时,在文学组织机构、发表园地以及出版机构等方面,浙江省也开始逐步地全面恢复正常的文学秩序。1979 年 3 月,停止了近 15 年文学组织活动的中国作家协会浙江分会恢复了日常工作,常设机构在省文联。这标志着浙江省文学专业组织机构也开始恢复正常的工作秩序。1980 年 6 月,中国作家协会浙江分会第二次会员代表大会在杭州召开。共有 170 名全省作家代表参加了本次大会。老作家林淡秋、黄源、陈企霞、陈学昭、汪静之、许钦文等带着崭新的精神面貌出席了本次大会。会议由许钦文主持,黄源在大会上致开幕词,谷斯范作工作报告。报告分三个部分:一、历史的回顾;二、重大的变化;三、今后的任务。报告回顾了浙江文艺队伍成长的经历,总结了解放后十七年来浙江文艺创作取得的成就,肯定了浙江文学战线十七年执行的文艺路线基本上是正确的。但同时也指出,由于十年动乱,以及极"左"思潮的危害,浙江省始终未能组织起一支比较整齐、稳定的作家队伍。会议提出作协今后的任务是:一、组织作家深入生活。二、继续落实党的政策,调动一切积极因素,巩固和发展安定团结的大好形势。三、积极开展文学评论,加强文学期刊工作。四、大力扶植新人新作,不断扩大文学创作队伍。五、关心会员的生活福利,保障作家的正当权益。全会选举产生了第二届作协领导班子,黄源任主席,高光、唐向青、陈企霞、朱明溪、谷斯范、沈虎根、张颂南、陈晓泉为副主席,丁凡等 21 人为常务理事。本次会议还制定并通过了《中国作家协会浙江分会章程》,明确了全省作协会员的权利和义务。

　　随后不久,浙江省各地市的作家协会也开始建立健全。杭州市作家协会、宁波市作家协会以及温州市作家协会分别于 1981 年、1982 年恢复正常的文学组织工作,其他地区也都在 80 年代初期相应成立了地区级作家协会。这些文学专业机构的建立,为培养全省文学新人、积极开展各种文学活动、推动全省文学的繁荣起到了重要作用。

　　还值得提及的是,浙江以往没有一个专门从事组织文学评论、研究的机构,这多少影响了浙江文学自身的健康发展。1984 年,浙江省作家协会成立由著名文学评论家骆寒超主持的文学理论研究室,该研究室除适时进行浙江当代文学创作评论外,还组织、协调全省的文学评论工作,对浙江省的文学创作、文学批评推动甚大。1992 年,在该研究室基础上成立浙江茅盾文学院,文学研究、评论的功能又有所拓展。1993 年,浙江茅盾文学院更名为浙江文学院,现任院长盛子潮,文学评论新秀洪治纲等加盟,使浙江的当代文学评论又提高了一个层次。

这种文学秩序的复归，同样也体现在浙江省各种文学刊物的纷纷复刊和创刊上。1978年10月，《浙江文艺》复刊并更名为《东海》，开始专注于发表小说、诗歌、散文、戏剧剧本，成为一份纯文学杂志。原《杭州文艺》复名为《西湖》，也开始成为一份纯文学刊物。与此同时，由宁波市文联和群众艺术馆主办的《宁波文艺》(后更名为《文学港》)于1980年创刊，由省文联主办的大型文学季刊《江南》、浙江人民出版社主办的大型文学刊物《东方》、浙江省少年儿童出版社主办的《当代少年》、浙江省民间文艺家协会主办的《山海经》、浙江省艺术研究所主办的《戏文》、温州市文化局主办的《文学青年》等刊物也都于1981年相继创刊。众多文学刊物的诞生，不仅显示了浙江文学创作欣欣向荣的大好局面，还为全省作家走向全国提供了坚实的阵地，特别是其中有不少刊物，如《江南》、《东方》等在当时的全国文坛上都拥有重要的地位。

80年代中期，浙江省的文学刊物更为丰富。除了上述一些刊物之外，全省的每个地区都创办了自己的文学刊物，如嘉兴的《烟雨楼》、湖州的《水乡文学》、绍兴的《野草》、金华的《三月》、衢州的《浙西文学》、丽水的《丽水文学》、台州的《台州文学》等。尽管这些刊物大多属于民间性质，只有《野草》等后来成为国内外公开发行的刊物，但它们都办得有声有色。有的刊物，如金华地区的《三月》杂志，以小小说为主打品牌，在当时的全国文坛产生了较大影响。与此同时，浙江省内的不少县级文联或文化馆，也都创办了自己的刊物，其中较有影响的，有余姚的《姚江》、奉化的《雪窦山》、乐清的《箫台》、永嘉的《楠溪江》、诸暨的《浣纱》、上虞的《曹娥江》、绍兴的《百草园》、嵊州的《剡溪》、桐乡的《桐乡文艺》、江山的《仙霞》、温岭的《三角帆》、临海的《台州湾》、椒江的《椒江》等。这些刊物的创立，为培养本地区的文学新人，扩大全省作家队伍，无疑产生了重要作用。

随着改革开放政策的进一步实施和人们思想观念的进一步解放，社会环境越来越宽松，人们的思想也越来越活跃，这为文学的繁荣提供了良好的现实基础。无论是全国还是浙江省，在整个80年代前期，人们对文学都寄予了极大的热情，越来越多的青年都在积极地从事文学创作。各种民间性质的文学社团也风起云涌。从80年代初期开始，据不完全统计，浙江省内较有影响的各种文学社、诗社达50多个。它们广泛分布在全省各机关、各高等院校、各地县以及一些中学校园中。这些文学社团不仅拥有相对固定的作者群体,有的还拥有自己的刊物。如在中国作家协会浙江分会内成立的"我们诗社",1980 年底由陈继光、谢鲁渤、高钫等人发起,社员由 12 人发展到 15 人。该社倡导由每个不同的"我"组成"我们",发展诗歌,让诗歌走向世界,走向心灵,走向未来;并自办社刊《我们诗丛》,出刊多期。该社创作成果颇丰,除诗歌外,小说、散文也取得了可喜的成绩,为杭州最有影响的文学社团之一。几年内,社员共发表各类文学作品近千篇(首),个人出版集子达 21 种,其中有陈继光《泪水孕育的歌》,冰凌、白虹、奕林的《我们的三月八日》,谢鲁渤、管思耿、张德强《密密的小树林》,楼冰、孙武军、魏德平的《三棱镜》,高钫的《远方的苹果花》等。创建于 1981 年的新人文学社,以省会城市杭州地区为主,由具有一定写作能力和影响的中青年创作者组成,主要社员有张晓明、沈治平、赵丹涯、李杭育、陈建军、黄亚洲、吴广宏、徐孝鱼、吴明华、叶林、谢鲁渤、王旭烽、张廷竹等人。他们每半月举行一次创作交流会,互相看稿,对社内成员已发表的作品进行评论。年终举行一次年会,邀请有关各界人士参加,旨在切磋技艺,相互学习,提高写作水平,争取文学作品冲出浙江,走向全国。该社在成立后的两年多时间中,在全国各大刊物上均有社员作品发表,成为杭州当时最有影响的文学社团之一。1983 年由杭州大学团委组建的树人文学社也是当时我省影响较大的文学社团之一。该社团是以在校学生为主的综合性文学社,荟萃了该校大部分创作力量。社员发展到 60 多人,并聘请了高光为名誉主席,李杭育、张抗抗、沈虎根、福庚、冀汸、薛家柱等为顾问。社内有自办刊物《树人文学》,社员的创作曾在《人民日报》、《东海》、《文学青年》、《西湖》等报刊上大量发表。此外,以朱晓东等诗人为核心的地平线诗社则强调诗歌的现代精神,致力于现代诗的探索,并出版有数十期《地平线》内刊,在全国诗坛上颇有反响。以杭钢诗人为主体的"十二路诗社",着重以工业生活为题材,创作了大量颇具生活气息的诗作。这些民间文学社团的大批创立,不仅表明了当时我省文学发展的繁荣局面,壮大了我省文学的发展声势,也表明在经历"文革"之后,浙江的文学秩序正快速向正常方向前行。

在具体创作上,从新时期初期的"伤痕文学"到"反思文学",生活在外地的浙籍作家成就显赫,像冯骥才的伤痕小说、张抗抗的知青小说、徐迟的报告文学等,都是当时全国文坛上的代表性作家作品。此外,像艾青、夏衍、茹志鹃、林斤澜等作家也都沿着全国文学发展的主潮不断地创作发表了大量的优秀作品。生活在浙江本土的作家们也迅速地调整自身的艺术观念,使文学向真正的现实生活回归,向人的内在心灵和情感世界回归,向丰富的生命实体回归,向普通百姓的生存际遇回归。关注着普通人的生命状态,关注着平民百姓的精神世界,是这一时期的浙江文学主潮。如《江南》在1981年的创刊词上就明确地强调:"思想解放的洪流,是任何力量都阻挡不住的。它波澜壮阔地朝着彻底唯物主义的方向奔腾而去。我国人民向社会主义现代化进军的脚步,正在坚定不移地向前迈进。文学,应该以其更加广泛的题材,更加深刻的思想,更加真实的描绘,更加丰富多彩的风格流派,来反映广阔的现实和丰富的历史,才能更好地为人民服务,为社会主义服务;才有助于培育人民的伟大理想和高尚情操。我们主张站在党性和人民性一致的立场上,关心人民疾苦,反映人民要求,敢于为人民讲话,永远和人民同命运共呼吸。"创刊词还指出:"如同科学、教育等事业一样,文学也有其独特的发展规律。我们主张作家、文艺编辑、文艺领导,都要无条件地遵循文艺发展的规律,遵循创作规律,给作者以最充分的创作自由、讨论自由、探索自由,鼓励作者在艺术上大胆追求,勇于创新。坚决反对用行政命令的手段,对文艺进行不适当的干涉。"正是这种对文学创作规律的全新认识和对进一步解放思想的迫切要求,使广大作家的文学观念逐步复归到文学的本体上来。人们不再信奉以往的"三突出"模式,不再满足于"五老峰"的创作套路,而是重新开始思考文学与人和人的生活之间的密切关系,使被"左"倾思潮长期所扭曲了的现实主义精神得到复苏和深化。从这期间全省所发表的作品来看,已不限于写工农兵的生活,也不再以塑造英雄形象为主要目标,作为一种艺术的反拨,作家们较多地关注着各种各样的"小人物"和普通人。如叶林、徐孝鱼的《没有门牌的小院》,张廷竹的"阿西们"系列小说,王旭烽的"春天"系列小说,沈治平的"小巷人物"系列小说,都着力于叙述一些普通人的生存状态、命运际遇以及美好心灵。诗歌创作也开始从以往假大空式的颂歌形式走向抒真情、露个性,如田地的《复活的翅膀》、冀汸的《我赞美》、唐湜的《幻美之旅》等,还有一批青年诗人如孙武军、吴晓、张德强等,他们的诗歌更多地体现出一种朦胧诗的特征。这些创作都标志着我省作家的创作已开始复归到一种新的审美观念和艺术情趣上来。

这一时期,随着骆寒超、何志云、钟本康、沈泽宜、高松年、徐剑艺、盛子潮等一批评论家的出现,全省的文学批评也逐步走上正轨。他们以自身的艺术思维和对全国文坛的紧密跟踪,在浙江省内积极参与组织了一系列全国性的文学研究会,使我省作家不断地参与到全国作家和理论家的思想交流之中。如 1984 年春末,由作协浙江分会和浙江省当代文学研究会联合主办的"艾青诗歌讨论会",汇聚了省内外一批优秀的作家、诗人和文艺理论家,会议进行了六天,不仅对艾青的作品进行了广泛的研讨,还对当时的诗歌创作进行了热烈的讨论,给本省一些作者以极大的启发。1983 年 5 月,"浙江籍作家讨论会"在金华召开,不仅本省一些创作活跃的作家和评论家参加了此次会议,而且还邀请了外省一些作家如俞天白、杨佩瑾等。会议就新时期以来的浙江文学状况,特别是长篇小说、中短篇小说以及诗歌在全国文学发展中的地位进行了广泛的交流与讨论,不少人认为这种作家、评论家共聚一起探讨创作问题,直接对话进行沟通,很有意义。1984 年 5 月,温州又召开了关于当前文艺思潮和文学创作的讨论会。参加会议的全国作家、评论家分别就"当前社会思潮和文艺思潮之间的关系"、"对现实主义创作原则的认识"以及"对当前创作中出现的一些现实主义新趋向"等问题进行了客观深入的探讨,明显地带着对新时期文学思潮的研究和分析。1984 年 11 月,杭州还召开了关于"新时期新的人物形象"讨论会。会议从当时的浙江文学创作现状出发,结合全国的文学创作动向,着重讨论了变革时期新的人物形象产生的背景、意义和时代特征,讨论了当时反映变革时期的文学作品中出现的一些值得注意的趋势。这一系列讨论会,不仅说明了此一时期浙江文学界十分活跃的创作局面和思想局面,还从客观上有力地推动了全省文学的发展。

但是,这种思想观念和艺术观念的转变并不是一蹴而就的,特别是经历了数十年极"左"思潮的影响,人们的世界观、人生观都深受政治意识的制约,文艺观很难一下子从阶级斗争和政治形态中完全挣脱出来。所以,这一时期在浙江创作界也出现了一些争鸣现象,如张廷竹的《希望》、叶九如的《一对忘年交的遭遇》、王旭烽的《人精》、王克俭的《被遗弃的人》都在全省引起了广泛的争鸣和讨论。其中像张抗抗的《爱的权利》、姚云的《谁是第三者》、徐旭明的《调动》以及《江南》杂志上发表的《女俘》等作品还引起了全国范围内的争鸣。在这些争鸣文章中,虽然也有不少还带着狭隘的阶级论等"左"倾论调,但基本上都是围绕着小说中人物命运以及人物的性格中所体现出来的新型的价值观和人生观展开讨论,其方式也都是带着商榷的色彩,而不是"无限上纲"和"打棍子",是对文学创新出现的种种新动向的一种合理性探讨。

二 寻根文学的崛起

历史进入 80 年代中期。随着现实主义文学的逐渐复归与深化,以及改革开放带来的中西文化大交汇,作家的自我主体意识越来越强烈,作家对文学本体的认识也越来越清醒,由此形成了一股超越社会、历史、政治等惯常艺术思维的新的创作思潮,这便是寻根文学思潮。

其实,早在 80 年代初期,全国就已经出现了一些着力于表现传统文化形态、探求在深远的地域文化内部所形成的人的生存方式和生命特征的作家,如汪曾祺的一些苏北风俗民情小说、贾平凹的商州系列小说、张承志对中亚草原的着力张扬、乌热尔图对东北密林中鄂温克人的描述等。尽管这些作家的创作在当时也引起了不少人的关注,但是,没有人将他们作为一种独特的创作动向横向地联系起来加以考察。而真正地形成一种有自觉意识、有理论主张并公开打出"文化寻根"旗号的群体性艺术思潮,则是 80 年代中期的事。1984 年底,活跃在当时文坛上的上海、北京等地以及浙江省部分青年评论家、作家聚会杭州,以一种相当民司化的方式召开了一次关于全国小说中文化深层结构的讨论。这场讨论的着眼点就在于如何寻找中国文学的内在底蕴,写出中国人内在的精神特质,从而寻找到中国当代文学的新走向。韩少功、王安忆、郑万隆、李杭育、李庆西等作家都在本次会议上作了重要发言。实际上,正是这次杭州会议,直接催动了翌年的寻根文学大潮。

这期间,一批具有强烈文化意识的青年作家已明显地不满足于对社会现实的简单叙写,他们借助域外文化的开放性思维,开始对传统文化进行深入探寻,努力发掘自身文学的民族文化之根,产生了诸如韩少功、郑万隆、阿城、王安忆、林斤澜、李杭育、郑义等一大批文化寻根意识极为突出的作家,掀起了一股声势浩大的寻根文学思潮。这些作家一方面不断地创作出大量的寻根文学作品,如韩少功的《爸爸爸》、王安忆的《小鲍庄》、林斤澜的"矮凳桥系列"、郑万隆的"异乡异闻系列"、阿城的"三王"、郑义的晋文化小说等;另一方面又发表了大量的关于文化寻根的理论文章,如韩少功的《文学的根》,阿城的《文化制约人类》,李杭育的《理一理我们的根》、《文化的尴尬》,郑万隆的《我的根》,等等。

在这场寻根文学大潮中,浙江作家发挥了重要的作用。他们努力探入吴越文化的内部,寻找地域文化中的种种本质特征,然后在这种文化的历史语境中塑造人物,营造话语空间,并以此折射作家对传统文化内在结构的深层思考,如李杭育的"葛川江系列"小说、林斤澜的"矮凳桥系列"小说、叶文玲的"长塘镇风情"小说,等等。这些作家的寻根方式和对吴越文化的理解方式都不一样,可以说是从各种角度展示了浙江这块地域中传统文化发展过程中体现出来的各种形态,使他们在全国文化寻根小说中占有显赫的地位。

李杭育作为全国寻根文学的重要代表人物,他对吴越文化的追寻并不只是满足于人们通常意义上的江南水乡风情,而是带着强劲的反思力量,超越了江南水乡的阴柔质地,以期还原这块大地中远古时期的阳刚之美。他曾说过:"吴越这一块,也惨得很,被蒙上了不白之冤。而今人们(尤其是北方的同志)谈起吴越文化,就只晓得它的风花雪月、小家碧玉、秦淮名妓、西湖骚客和那市民气十足的越剧……"①于是,他便从远古时期的吴越文化中寻找新的人文内涵,希望从断发文身的"百越"先民,从十年生聚、卧薪尝胆、报仇雪耻的越王勾践那里汲取生命的原真形态。他希望吴越先民那种淳朴熊蛮、坚毅顽强的阳刚之气作为一种文化传统能流贯到今人的血脉之中,成为当今吴越文化的主体精神。因此,他在作品中总是有意地避开或者改变客观现实的情状,每写自然风光,有意不写江流的开阔、平缓,山川的秀丽、妩媚,而着意于大自然的粗野、雄浑、奔放的一面,专写洪水暴发,江潮汹涌,昏天黑地,疯蟹入城;每写人物,也是一个比一个更粗砺、豪爽、倔强。② 可以说,李杭育笔下的"吴越文化",完全是一种对历史文化的复古和还原,是对现时性吴越文化的叹挽和追悼,其本质上带着文化哲思的意味。

林斤澜的"矮凳桥系列"小说则着眼于浙江温州地区的风俗民情,着意于地域文化在平民百姓日常生存状态中的具体表现方式,但他更强调这种传统地域文化对人性的制约,像《溪鳗》等小说,不仅写出了灵动隽永的典型的江南风情:鳗、桥、水道、菜市等,而且还写出了这种生存氛围中人性与人情的特殊秉性。汪曾祺曾说:"斤澜的老家在温州,他写的是温州。但是他写的不是乡土文学。乡土文学是一个恍恍惚惚的概念。但是目前某些标榜乡土文学的同志,他们在心目中排斥的实际上是两种东西。一是哲学意蕴,一是现代意识。林斤澜不是这样。"③实际上。林斤澜的这一系列小说不仅

---

① 《理一理我们的"根"》,《作家》1985 年第 9 期。
② 此处论述参阅了金汉:《中国当代小说艺术演变史》,浙江大学出版社 2000 年版,第 202 页。
③ 《林斤澜的矮凳桥》,《小说文体研究》,中国社会科学出版社 1988 年版,第 353 页。

不排斥哲学意蕴和现代意识，而且还着重强调这些东西。他是以此作为切入点，展示传统文化内部的种种特质，同时他又大量地袭用了一些温州方言，阅读起来颇有些奇特，所以不少人称之为"怪味小说"。

叶文玲的"长塘镇风情"小说也是立足于她的故乡玉环县楚门镇，以乡风乡情来叙述那里一些极为平凡的普通平民的人性美和人情美。她说："我这个来自山头海角的人，总觉得对那些被侮辱和被损害的、心灵高尚美好的小人物，一辈子还不清相思债、恋念情。"①所以，她在《心香》、《青灯》、《井旁的柚子树》、《小溪九道湾》等一系列作品中总是用极为细腻的语言和极为温情的语调塑造着一个个来自故乡的小人物，通过一个个乡情乡民的叙述，展示那种极为普通又极为永恒的人性之美和人情之美。

李庆西等则以新笔记体的小说形式进入文化寻根的内涵。他曾在《新笔记小说：寻根派，也是先锋派》论文中强调："作为新时期小说的一项文体实验，'新笔记小说'体现着一种新的小说观念。这种自由、随意的文体，必然伴随着思维的开放性，同时表明它与一切既定的规范格格不入，尤其对那种缺乏现实主义态度的'现实主义'文学不屑一顾。"他认为新笔记小说有这样几个特点："一是叙述为主，行文简约，不尚雕饰；二是不重情节，平易散淡，文思飘忽；三是取材广泛，涉笔成趣，富于禅机。"②他的一些新笔记体小说，如《张三、李四、王二麻子》、《甲鱼背上的人们》、《车祸》、《老的、小的》等，都充分地体现出这一十分独特的审美追求。

此外。还有赵锐勇以诸暨浣江文化为背景的"浣江系列"小说，沈治平以江南运河为内蕴的"南运河系列"小说，沈贻炜以绍兴风俗民情为内核的"绍兴市井系列"小说……均以吴越文化和吴越风情为依托，着眼于表现吴越之地的风土人情，营造吴越地区的文化氛围，体现出鲜明的寻根特征。

在诗歌创作上，以王彪、王自亮、李越、陈云其、丁竹、厉敏等为主的东海诗群，则努力将自己的审美触角探入海洋文化之中，通过对大海、巨岬、礁石、鱼类等等意象的抒写，以展示深邃的海洋之中所包并的各种生命与人性的气质，寻找另一种文化的内涵。在《蔚蓝色视角：东海诗群诗选》中，他们阐述道："在我们眼里，海不仅仅是现实的海，它包蕴着生命诞生、运动、死亡的奥秘，从宏观和微观，展示着宇宙生生不息的内涵。"所以，"我们更看重的是另一个海——那深藏于表象之下的生命。犹如石头里游动的鱼，或者树

---

① 《梦里寻你千百度》，浙江人民出版社 1982 年版，第 301 页。
② 李庆西：《文学的当代性》，人民文学出版社 1988 年版，第 63、66 页。

根和草叶上奔流的河流,它们的生命是那样神秘优美,那样动人心魄。海给予我们深沉的思考与博大的胸怀,海的潮汐即是我们生命的律动。海既是生命的摇篮,也是诗歌的摇篮","正如我们竭力走原生之海一样,我们烙着几千年文化印记的身上,也激荡着生命的原生之汁"①。

以柯平、伊甸、宫辉、力虹、沈健、程蔚东以及后来的力佳、沈方、石人等为代表的"南方生活流"诗派,从 1982 年开始逐渐形成,并由浙江省诗论家沈泽宜和洪迪等人进行跟踪评述。1985 年之后形成顶峰,在全国诗坛产生了很大的反响。1987 年 5 月《青春》杂志推出了"桂冠诗人专号",共选登了 23 位全国"桂冠诗人"的作品,其中浙江诗人占了 6 位,5 位是"南方生活流"诗人,足见这一流派在当时全国诗坛中的地位。"南方生活流"诗人群结构松散,路数各异,没有领袖,却有不谋而合的共同选择。"内外结合,既面对自我又面向生活;坚持认为诗歌的现代化首先必须是观念的现代化、心态的现代化,与种种以现代技巧贩运陈腐观念的伪现代诗势不两立;强调诗的即时性、此在性,力图在追求诗的恒久美的同时凸现现代美;回避艰深、拒绝精致、奢侈的优美,以朴拙的现代口语和高能见度的文字努力呈现原本说不清楚的感觉与情绪;开放型的艺术观,在坚持诗群基本特色的同时,灵活地进行艺术上的自我调节,甚至不惜作大幅度的校正与转换;写诗不是为了向读者灌输什么、教训什么,而是'我是这么感觉的,你呢'。"②

寻根文学思潮是以向内转的方式,将新时期的文学表现对象引入到民族传统文化内部,以期找到林立于世界文学之中的华文文学之根,它的外在表现形态也许充满了某种乡土文学的质色,但它却截然不同于以往的乡土文学。无论是它的思维广度、思考向度还是它的表现方式,都带着明确的现代意味,充满了人本主义情怀,是现代哲学与现代意识交汇下形成的一种独特的文学思潮。它的意义在于极大地开拓了新时期以来文学表达空间,打破了作家们长期恪守的现实主义艺术圭臬,将文学引入到更为深入也更为广阔的精神视域之中。诚如季红真所言:"文化寻根的思潮,将文学置身于东西方文化价值的多维时空中。她强化了作家的文化意识,开阔了他们的文化视野,促进了文学观念的变革。由于文学观念的变革,文化寻根思潮事实上把新时期文学推到了一个新的水平,不仅此前的许多分散的主题获得集中深化,而且也开拓了艺术表现的新领域。譬如,由社会学而至人类学,

---

① 见该诗集《献辞:面对海洋》,浙江文艺出版社 1992 年版。
② 沈泽宜:《诗的真实世界》,南京大学出版社 1993 年版,第 190 页。

由人性而至人本问题,等等。这使新时期文学基本上完成了艺术的嬗变。这既反映在一批具有新的精神品格的作家与作品问世,也反映在许多人们熟悉的作家创作风格的发展。这一艺术的嬗变极大地改变了新时期文学的原有秩序,作为第一个十年的最后一股思潮与第二个十年的第一股思潮,文化寻根绝非偶然地成为新时期文学的一个里程碑与转折点。"①所以,1985年前后的寻根文学大潮,不仅是中国新时期文学的重要转折点,也是浙江新时期文学的重要转折点。浙江作家以其自身敏锐的艺术感知力和顽强的探索精神,在这场文化寻根过程中,直接触动了当代小说在审美内蕴上的转变。

　　围绕着文化寻根这一创作主潮,浙江文学界呈现出十分活跃的创作态势。为了全面推动浙江省的文学创作更深入地参与到全国文学发展的格局中,使浙江文学保持自身良好的发展势头,此一时期,从省委宣传部到作协浙江分会以及全省各地市作协分会,都频繁地召开各种大规模的文学现象研讨会,广邀全国一些活跃的作家和批评家,就当时的各种创作问题进行广泛的交流与探讨。据不完全统计,由众多省内外作家和评论家参与的全国性的研讨会,在这一时期就有十多次。其中有不少研讨在当时的全国文学界产生了较大反响。如1985年由作协上海分会、江苏分会和浙江分会等共同举办的"长江三角洲当代小说研讨会"在杭州召开,省内外大批青年作家在会上对文学的文本形式进行了深入的讨论,同时也对当时出现的一些寻根文学进行了及时的评价。1986年7月在舟山召开的"海洋文学笔会",就海洋文化与海洋文学进行了深入的探讨。1986年10月在杭州召开了"城市文学研讨会",全国一些活跃的作家、评论家像吴亮、朱大可、宋光霖等作了非常精辟的发言。1987年底,由杭州市作协主办的"小说语言研讨会"在杭州召开,直接针对小说的语言形式进行了专项探讨,温小钰、叶文玲、李杭育、程德培、南帆、钟本康、高松年、盛子潮等都发表了自己的独特认识。1988年5月在杭州召开的"中外当代小说走向研讨会",与会者达150余人,包括全国一些中外文学研究专家和著名作家。这次会议直接将中外当代小说放在同一个时空中进行相互比照,以极大的信息量和颇高的学术性在全国文学界引起了较大的震动。此外,还有大量的省内各种文学现象研讨会也频频召开。这些研讨会在很大程度上为浙江作家提供了很多新鲜的创作

---

① 　季红真:《忧郁的灵魂》,时代文艺出版社1992年版,第65—66页。

动态和审美信息,使浙江作家不断保持着与全国文学界的紧密对话。

三　现代主义思潮的勃兴

与寻根文学几乎同时兴起于新时期文坛的,是一股强劲的现代主义文学思潮。随着改革开放的逐渐深入,特别是域外现代思想的大量涌入,以现代主义为主流的各种外国文学思潮开始在中国大陆大面积地登陆。一批青年作家以敏锐的艺术思维和积极的探索精神不断地吸取一些域外现代主义文学的创作观念和表现手法,并开始致力于这种现代文本的尝试,从而掀起了继寻根文学之后的一股强大的现代主义文学浪潮。浙江作家当然也不例外,他们也同样以各种艺术观念和创作方法介入到这股现代主义大潮之中。各种新的文学观念,各种现代艺术手法,在浙江文坛开始竞相上演,形成了一种真正意义上的"百花齐放"的格局。

从本质上说,现代主义思潮在新时期文学中的勃兴,虽然依托于文化开放和思想解放的大背景,依托于多元化文化格局的必然性发展趋势,但它的内在动因仍是起源于作家对现实创作与内心生活表达的不满足,起源于作家自我创新意识和文学发展的迫切要求。在长期性文化封闭的环境中,作家们的创作往往有着相当大的自足性,而当他们将自己的艺术思维和审美理想投置在世界文学发展的历史背景中,他们便惊异地看到,"原来小说还可以这样写",文学有着如此丰富的表达方式,于是以"怎么写"为突破口,形成了一种民间性的现代主义文学思潮。

这种思潮的良好后果就是改变了人们一贯强调的"内容第一,形式第二"、"内容决定形式"的创作观念,将"怎么写"与"写什么"放在同等地位进行认识,从而使新时期以来的文学在形式上发生了本质性的革命。在这种革命过程中,不仅一大批世界经典性的现代主义文学文本起到了直接的范本作用,一批新型的文学理论也起到了重要的导引作用,如形式主义、新批评、符号学、结构主义、原型理论,等等。实际上,现代主义文学思潮正是在各种新理论与创作实践的双向渗透中全面展开的。但是,不能否认的是,在这股现代主义的文学思潮中,也存在着较为明显的对西方现代作品的模仿痕迹,大多数作家的创作带着盲目的实验性,不少作品都带着语言的游戏特征,缺乏创作主体自身内在精神的深刻性,不仅影响了广大读者的接受,而且也缺乏丰厚的审美内涵。虽然这种情况在浙江作家中表现得并不是很普遍,但也时有出现。

在这种现代主义思潮中,诗歌一直以一种民间的方式走在其他文学门类的前列。大量的民间诗歌群体,依靠他们了解的丰富的国外现代主义文本,提出了各种新颖的艺术见解和审美理想,从而凝聚在一起,汇成了强大的民间现代主义诗歌热流。浙江省也不例外。以梁晓明、余刚、李绚天、潘维、梁健等为代表的诗人们,从 80 年代中后期就组成了"北回归线"诗歌群体。他们几乎聚拢了当时浙江全省所有重要的先锋诗人,并不定期地出版《北回归线》刊物,不断地推出一些青年先锋诗人的探索诗作和理论宣言。这些诗作鲜明地体现了诗人们对西方现代诗歌精神的吸取,强调诗歌形式的内在美感,强调意象、通感、蒙太奇等现代表达方式,同时也强调现代人的精神困顿和心灵失控的种种状态,将早期的朦胧诗大大地推进了一步。

顺应于莫言、冯骥才等一批新历史主义小说写作思潮的是,浙江省也有一批作家开始站在现代主义思想角度重新审度历史、重构历史、还历史以普通人的生存状态。这方面尝试较早的是张廷竹等作家。张廷竹的一系列关于"我父亲"的中短篇小说,看似在重述历史故事,实则完全逃离了以往历史小说的写作规范,既无具体的可勘正的史实史料,也无公众共同体认的历史价值观和真实观。质言之,历史在他的笔下只是一道虚设的故事背景,一种人物展示自身性格与命运的外在环境,并不具备真实的逻辑力量。"我父亲"带领的一支国民党军队穿梭于中缅边境,与日本军队进行着各种各样的大规模战争较量,很难有具体的史料可以佐证,只有一些生动的具体可感的场景,和战争年代的生存方式以及人性的种种表现。其实,这正是新历史小说的审美目标。它不注重事件的可勘正性,只强调叙事自身的真实性;它不对历史的宏大问题进行诠释,只对历史境域中人和人的生活进行生动地表达。继张廷竹之后,还有王彪、廉声等作家也创作了一批质量相当不错的新历史小说。

而真正在文本形式上进行卓有成效的探索的,则是 80 年代后期出现的海盐作家余华。余华作为中国当代先锋作家的一个重要代表人物,几乎从一开始进行现代主义的创作时,就努力规避当时的一些先锋作家对域外现代派的简单模仿,而是从审美观念上进行新的探索和定位。在《虚伪的作品》一文中,他曾明确地表明了自身的叙事理想——

在我心情开始趋向平静的时候,我便尽量公正地去审视现实。然而,我开始意识到生活是不真实的,生活事实上是真假杂乱和鱼目混珠。这样的认识是基于生活对于任何一个人都无法客观。生活只有脱离我们的意志独立存在时,它的真实才切实可信。而人的意志一旦投入生活,诚然生活中某些事实可以让人明白一些什么,但上当受骗的可能也同时呈现了。几乎所有的人都曾发出过这样的感叹:生活欺骗了我。因此,对于任何个体来说,真实存在的只能是他的精神。

当我认为生活是不真实的,只有人的精神才是真实时,难免会遇到这样的理解:我在逃离现实生活。汉语里的"逃离"暗示了某种惊慌失措。另一种理解是上述理解的深入,即我是属于强调自我对世界的感知,我承认这个说法的合理之处,但我此刻想强调的是:自我对世界的感知其终极目的便是消失自我。人只有进入广阔的精神领域才能真正体会世界的无边无际。我并不否认人可以在日常生活里消解自我,那时候人的自我将融化在大众里,融化在常识里。这种自我消解所得到的很可能是个性的丧失。①

这段话不仅表明了余华自身的艺术哲学,也潜示了他在现代小说创作中体现出来的某种新型的审美品格。而这,也正是余华小说的现代意义所在。他深刻地感受到了现代小说对艺术真实观的另一种理解,从而提出了强调"心灵真实"在创作中的重要意义,以创作主体内在的精神秩序重构小说中的叙述,展示新型的小说形态。从《十八岁出门远行》、《西北风呼啸的中午》一直到《现实一种》、《四月三日事件》、《河边的错误》等一大批作品,余华就是带着这种全新的审美理想进行严肃的创作实践,并使他在新时期现代主义文学的发展过程中产生了巨大的影响,成为一位不可或缺的代表性作家。

此外,生活在省外的一些浙江作家也积极地参与了这场现代主义文学大潮。如张抗抗的《隐形伴侣》等作品,就明显地超越了她自己以往的知青小说,对意识流等叙事手法进行了积极的尝试。

---

① 《余华作品集》第 2 卷,中国社会科学出版社 1995 年版,第 281 页。

第八章
市场经济下的文学多元化新格局

　　历史进入 90 年代之后,波谲云诡的文学思潮、变动不居的创新意识,渐次转向对文学市场化走向、作家社会角色的重新认识和定位的讨论,中国当代文学开始走向新的自我反省、自我调整,文学创作也在经历了市场经济的荡涤后逐步走向深入、走向成熟。

　　浙江文学也同全国一样进入了这种冷静、深入的反省期和调整期。一方面,作家们从市场经济的社会转型期中逐步调整自身作为社会中心价值代言人的角色,开始面对边缘化的文学境域进行深度的艺术探索,使文学渐渐地复归到个人的心灵深处,弘扬作家自身的创作才情和审美理想,使这一时期的浙江文学真正出现了一种多元并举的审美格局。另一方面,文学评论和文学研究也进一步与本省的创作实际形成了紧密的同构关系,无论是高等院校中的一些专业研究人员,还是各个文学部门的职业评论家,都自觉地将研究目光投向本省的创作实践,积极跟踪本省文学的发展态势,深入研究本省作家的创作动向,为推动全省的文学繁荣起到了重要作用。此外,面对新的社会发展格局,各级文学组织机构,省内各种文学刊物以及出版社也都进行了一系列政策和思路上的调整,进一步加强了对全省文学创作的关注力度。

一　文学观念的转型

　　随着 90 年代市场经济的来临,以自由竞争和利益分享为标志的新型社会秩序逐步深入人心,成为左右人们生存观念和生活方式的重要法则。从本质上说,这种社会转型是一种历史的必然选择,是彻底解放生产力,充分发挥每个个体生命内在智能的有效方式,也是将社会分配引向合理化、公平化,重新建构适应全球化生存机制的重大策略。这种社会转型的直接结果,当然不仅仅是社会现实层面上的体制转换,它必然要引起人们在思想观念和生存方式上的深层嬗变,必然要促动人们对以往某些传统生存体制的反思。面对这一重大的社会转型,文学界触动最大的有以下三个方面:

一是面对市场经济,如何认识和把握现实社会中的新型等级秩序,即由物质利益的拥有量而重新界定的社会等级秩序?由于市场经济的前提是公平的自由竞争,目标是物质利益的重新分享,在这种实利原则的驱动下,人们从先前的权力等级制度下彻底解放出来,每一个公民都拥有改变自己命运的机会,事实上也是很多默默无闻的人瞬间成为巨贾富商,成为上层社会中的主宰人物。而在这个过程中,知识价值并没有得到充分的体现,很多知识分子,尤其是人文知识分子,却越来越成为社会的边缘人,物质化、欲望化的倾向日趋浓重。在这种现实生存境域中,作家的价值判断、认知方式和生存观念必然要进行重新调整。但是,如何进行调整才更为科学,更能体现社会发展的本质?

二是作家面对几十年来形成的专业化体制,如何重新定位自己的社会角色和地位?以往的作家一直处在社会中心意识地位,是社会主流价值形态的代言人,是精神领域中的权威发言人。也就是说,作家在社会中拥有不可改变的重要地位,在公众心目中具有较大的文化导向性。而市场经济的来临,使人们更多地关注着社会物质利益,必然地导致对精神文化需求的淡漠,这无疑动摇了文学的社会作用,使作家们对自身的社会角色和地位产生了怀疑,心理上的失衡状态也在所难免。作为一个纯粹的精神劳作者,作家如何重新认识自己的职业?

三是在自由竞争的社会机制牵引下,以市场占有量为目标的各种文化门类之间的竞争日益加剧,特别是迎合现代信息社会和快节奏生活的大众传媒开始飞速发展,成为文化消费的主要快餐。影视、时尚杂志以及各种新型娱乐项目充分发挥各自的优势,大力瓜分大众文化的消费空间,文学的消费市场急剧萎缩。面对这种现实,作家的创作如何去适应市场经济的需要,是降低自己的作品格调,去迎合庸俗的大众文化时尚,还是继续坚持自己的精神品格和创作理想,与世俗化现实保持清醒的距离?

　　事实上,这三个方面的触动包含了作家对社会本质的重新理解和把握,对自我角色的重新体察和定位,对文学价值的重新思考和确立。它体现出来的是,作家们在文学观念上的全面梳理和转型。正是这三个方面的有力触动,使全国文坛在整个 90 年代出现了极为频繁、也极为复杂的创作景观。一方面,各种新的主义和思潮此起彼伏,新写实主义、新状态主义、新新闻小说、新都市小说、学者化散文、新现实主义冲击波、小女人散文、个人化写作等口号和旗帜四处飞扬,这些口号和旗帜尽管在一定程度上体现了一些创作倾向,有的也的确揭示了某种创作规律,但大都没有严密的逻辑和理论支撑,只是刊物和时尚批评家为了重新激活文坛而挑起的一种话题式讨论,他们的目的恐怕不只是为了对某些文学现象的总结,而是更多地为了利用各种文化传媒,炒作业已寂寞的文学创作。其中,刊物和出版商的宣传意识尤为明显。另一方面,批评界中不同的艺术观念和文学思潮也开始不断地进行面对面的质疑和碰撞,出现了 90 年代中期关于人文精神的大讨论,关于小女人散文的大争论,关于韩少功"马桥事件"、王蒙与王彬彬之间"二王"的争论,关于新现实主义冲击波的质疑,关于个人化写作与个人隐私披露之间的讨论,等等,各种尖锐的、一针见血的批评文章频频出现。应该说,这些批评和争论大多是带着学理的、就事论事的,很少有涉及政治性的盖帽子和人身攻击,就创作而论创作,就艺术规律、审美观念进行相互探讨,有些争论(如人文精神大讨论、新现实主义冲击波的争论)不仅在文坛上的波及面极广,而且延伸到美学界、哲学界乃至整个文化界,给文坛带来强劲的思想之风。此外,一批批文学新人也在不断地登上文坛,以崭新的文学面容和特有的艺术风格逐渐引起人们的注意,如 60 年代出生的作家群、70 年代出生的作家群,在文坛上形成了一个个特殊的写作群体。

　　浙江省作为东南沿海经济发达地区,从 80 年代以来,一直是全国的经济强省,特别是 90 年代以后,市场经济发展尤为迅猛,也颇为成熟。在这种市场经济的驱动下,一方面,全省的作家队伍受到了一次自然清理,一部分作家开始弃文从商,从而剔除了一部分带着明确的功利性创作目标的作家,因为市场经济已不可能使他们获得显赫的社会身份和丰厚的物质利益。这无疑使全省的作家队伍进一步得到了纯粹化。另一方面,在全国文坛十分喧嚣的背景中,浙江文坛虽然保持着某种相对的平静,没有出现各种争论中的焦点人物和焦点话题(只有散布本省之外的少数浙江作家引起了一些争鸣,如关于余秋雨文化现象的争论、关于金庸文学地位的争论等),也很少有作家盲目地去追逐那些新主义新思潮,但艺术思想和审美观念同样也受到了不同程度的影响,不少作家的创作呈现出鲜明的新思潮和新观念。这种观念的转变,实质上也是由社会的重大转型所引起的人们在生存价值和思想观念上的必然转型。

这种转型首先体现在作家们对自我社会角色的重新界定上。同全国作家一样,浙江作家也开始自觉地调整自己的生存心态,努力淡化自身作为社会代言人的身分,将作家的职业与社会其他职业放在同等位置,放弃以往内心中不自觉形成的、在现实生存环境中的某种潜在的优越感,以自然公民的身份寻求自己的社会价值。应该说,这种心态的调整并非一蹴而就,而是经历了一段时间的自我挣扎,特别是对文学日益走向边缘化,其社会作用和轰动效应日渐淡漠,作家们对自身生存价值的怀疑、对文学信念的动摇都不可避免地发生过。但是,随着社会体制的一步步健全和市场经济的逐步完善,特别是浙江省作家协会率先取消了专、吐作家体制,浙江作家终于从这种心理失衡状态中开始了艰难的转型,并成功地完成了自我角色的调整。

其次,这种转型体现在浙江作家们对市场经济秩序下形成的多元化文化格局的重新认识上。多元化文化格局,不仅是市场经济时代的重要文化表征,体现了文化市场的多样化需求,而且也是充分展示每个作家自身的艺术理想和创作个性的必然结果。只有形成了真正意义上的多元化文化格局,才能让广大人民在文化消费上获得丰富的选择余地,也才能让作家充分自由地发挥自己的艺术使命和艺术良知,展示作家作为人类灵魂的探索者,在人类精神内层上发掘的勇气和能力,这是浙江作家在 90 年代所形成的一种明确的文学观念。正是这种更为纯粹的艺术理想的引导,浙江的文学发展在 90 年代逐渐走向新的成熟时期。

这种文学观念的转型,不仅体现在全省作家的思想观念和创作实践中,还体现在各种文学组织部门以及相关的文学领地中。1992 年 1 月,第四次全省作家代表大会在杭州召开。由于作协体制改为团体制会员,这次大会的代表以各团体会员代表身份出席,共有 79 名作家分别代表全省各地市以及各省直系统出席了本次大会。黄源致开幕词,省委常委、宣传部长孙家贤代表省委作了题为《肩负时代重任,繁荣文学事业》的讲话。大会以着眼于现在,着眼于未来,着眼于人民利益,着眼文学繁荣的精神和"团结、友谊、进步"为主旨,审议并通过了谷斯范代表第三届理事会所作的理事会工作报告,修改了省作家协会章程,并按照新会章选举了新一届作协主席团和常务理事会。会议推举叶文玲为省作协主席,梁雄为常务副主席,吴军、张颂南、汪浙成、沈虎根、黄亚洲、薛家柱为副主席。与此同时,会议还进一步建立和完善了各创委会,调整并建立了 10 个创委会。会后,在新一届作协领导班子的努力下,1992 年 6 月成立了浙江茅盾文学院(次年 6 月改名为浙江文学院),该文学院由省作协直接领导,主要职能和任务是组织作家的理论学习,提高作家的理论修养,指导文学创作;组织作家深入生活,扶持重点文学创作。在一部分业余作者中实行合同制作家制度和创作假制度;举办各种门类、形式的创作培训班,有重点地对业余作者和文学新人进行轮训,提高创作水平;围绕全省各地的文学创作实践,开展理论研究和文学评论工作,进行创作、学术交流。从 1992 年起,由文学院具体负责每年出版《浙江文坛》一书,对当年全省各门类的文学创作进行整体评述。浙江文学院的设立,进一步强化了省作家协会作为全省文学组织机构对全省文学创作的具体指导、培训和研究,充实了省作协的某些内在组织功能。

此外,省内的各种文学刊物也进一步强化了对本省作家的关注和培养。除了《江南》、《东海》、《西湖》、《野草》、《文学港》等全国公开出版的纯文学刊物,全省各地市在 80 年代陆续创办的一些纯文学刊物,继续肩负起发现本省本地区的文学新人、培养本省本地区的作者队伍的重要任务。同时,从省级各种报纸到各地市日报也纷纷开辟文学副刊,设立各种有特色的文学专栏,也极大地丰富了本省作家的发表园地。不少报纸的副刊产生了广泛的影响,如《浙江日报》的"钱塘江副刊"、《钱江晚报》的"晚潮副刊"、《杭州日报》的"西湖副刊"、《杭州日报下午版》的"迟桂花副刊"都很有质量,为全省作家提供了大量的发表阵地。

但是,在这种市场经济的冲击下,全省的文学发展也不可避免地受到了一些负面影响。如 80 年代成立的大量民间文学社团,随着 90 年代经济压力的加剧和作家队伍的分流,大多停止了文学活动;不少有实力的作家在"下海"成功后,开始了商海生涯,也不再从事文学创作;各种纯文学刊物不断地受到经济压力,维持生存越来越显得艰难。受物质生活和务实思想的制约,越来越多的青年热衷于高收益的工作,热爱文学创作的新人越来越少,一直到 90 年代末,全省出现的有潜力和有影响的青年作家只有艾伟、赵柏田、潘维、李郁葱、马叙、水东流等为数不多的人。所有这些,都在一定程度上影响了全省文学的进一步发展。

二 地域文化的深层探进

从全国文学发展的总体态势来看,90 年代以来,作家们普遍关注的是一些人类共识性问题和社会焦点问题,譬如现代都市生活中的新经验、社会改革进程中的某些热点现象、极端个人化的生命体验、生命潜在状态的各种本能欲望,等等,作家对自身所处的地域文化的探索并不明显。只有少数作家带有一些自觉的地域意识,像陈忠实、贾平凹、李佩甫等,但他们也只是在自己的某些作品中体现了对地域文化内涵的关注,并不具备明确的地域文化探寻。也就是说,90 年代的作家,更多的是将自己的审美眼光投向大众生活,投向集体记忆,有意识地回避像以往寻根文学那样对地域文化的深层反思,以谋求更为广阔的接受群体,寻找更为宽泛的阅读市场。

但浙江作家却不太一样。继李杭育、叶文玲等作家的文化寻根小说之后,浙江的作家仍一直承传着追寻地域文化风情的文学传统,他们似乎尤为关注自己的这块生存之地,并努力沉入其中,不断地寻求地域深层的文化内涵,运用各种文学样式将它们表现出来。特别是 90 年代初期,无论是小说、散文,还是诗歌、影视文学,不少有影响的作品都鲜明地体现出吴越地域的风情特色。当然,这里所说的"吴越风情"并不是严格的文化学意义上的概念,它事实上只强调浙江的地域文化风情,是指浙江作家对其长期生活其中的地域文化、山水风光以及风俗人情的自觉关注。

德国哲学人类学家兰德曼曾说:任何一个个体的人都是文化的存在、历史的存在、社会的存在。"人生而有之的身心构造不是一切。这种构造只是他的全部实在的一部分。我们仅仅询问人的身心品质,我们就不能理解他。除了研究身心品质之外,还应研究他的客观精神中的根;除了研究他生而有之的自然品质之外,还应研究文化制约作用——只有这样我们才能完全理解他。"①这就是说,一个人从他出生的时候开始,就会不自觉地接受地域文化的熏陶,包括生活方式、内在性格以及成长记忆,"地方是有名有姓、可以考证、实实在在、准确无误、要求极高,因而可以信赖的集中一切感受的地点。地方同感情紧密相连,感情又同地方有深刻的联系。历史上的地方总代表一定的感情,而对历史的感情又总是和地方联系在一起的。"②所以福克

---

① 《哲学人类学》,上海译文出版社 1988 年版,第 218 页。
② 《福克纳中短篇小说集》,中国文联出版公司 1985 年版,第 12 页。

纳多次强调,"我的像邮票那样大小的故乡本土是值得好好描写的,而且即使写一辈子,我也写不尽那里的人与事"①。马尔克斯一提起他的故乡加勒比,就滔滔不绝地说:"我认为,加勒比教会我从另一种角度来观察现实,把超自然的现象看作是我们日常生活中的一个组成部分。加勒比地区是一个截然不同的世界,它的第一部魔幻文学是哥伦布的日记,这本书描述了各种奇异的植物以及神话般的世界。是啊,加勒比的历史充满了魔幻色彩,这种魔幻色彩是黑奴从他们的非洲老家带来的,但也是瑞典的、荷兰的以及美国的海盗们带来的。……它(加勒比)不仅是一个教会我写作的世界,也是我不感到自己是异国人的唯一地方。"②从这些经典作家的言谈中,我们不仅可以看到地域文化对于他们创作的重要作用,也可以认识到,地域文化在空间上虽是有限的,但在时间上却是无限的。

吴越文化作为一个历史范畴,实际上存在着源远流长的历史积淀。它在地域空间上并不只是包括浙江,浙江只是越文化的核心所在。其实,早在先秦时期,越地属尚武之地,民风颇为强悍。因此,如果从历史上看,吴越文化的真正勃兴,可能是在晋灭吴之后,江南士族阶层在政治上受到压制,产生了"朝隐"的心态,便转而向文化方面发展。由此也影响到吴越地区的社会风尚发生了重大变化,由尚武转向尚文。在尚文之风的导引下,人们的价值取向也开始转变,文人学士的社会地位开始得以提高,文化艺术逐渐繁荣,书法和绘画成绩卓然。宋代以降,中原汉民大量南迁,使吴越地区一度成为中国政治、经济、文化的中心,成为文人荟萃之地。勾栏瓦肆遍布杭城,话本小说异军突起。继北曲之后,南戏独树一帜。到了明代特别是近现代,江浙一带由于地处沿海,较早受西方文明熏染,发展近代民族工业、民族经济皆走在国人前列,教育事业也迅速发展,专家学者人才辈出。即以文学而言,近代吴越文学更得风气之先。王国维开近代美学之先河,五四以后不仅出现了像鲁迅、茅盾这样的文学巨匠,而且涌现了大批有世界影响的优秀作家,如郁达夫、叶圣陶、艾青、丰子恺、徐志摩、戴望舒、夏衍等。可以列入中国现代文学史的作家就有上百名,吴越作家真正具有三分天下有其一的阵势。③

当然,吴越文化经过几千年的历史演进,如今已形成了一个庞大的、开

---

① 《福克纳中短篇小说集》,第11页。
② 《番石榴飘香》,三联书店1987年版,第74—75页。
③ 《文学浙军与吴越文化》,浙江文艺出版社1999年版,第7页。

放性的动态体系,它蕴藉着丰富驳杂的内涵,尤其是经过改革开放之后现代文明的融会,它的文化质色也发生了更多的变化,要对其作出准确、全面的概括已不太可能。但就其历史的沿袭来看,吴越文化的地域特征虽然不是先天的自然物,但是,在与异域文化从对峙隔绝到接触交融的态势中,它仍保持着妩媚阴柔的主脉在朝前发展。与此同时,"夫越乃报仇雪耻之乡",上古春秋时,这里曾演出撼天动地的越王勾践卧薪尝胆、十年报仇的故事。这种刚硬的人文性格尽管在后来的文化碰撞中逐渐消殒,但也不是失去了所有的基因。这种丰厚而复杂的文化内蕴,吸引了全省相当多的作家和评论家对它进行各种角度、各种方式的思考和表达,如陈军不但写出一批有关吴越风情的中短篇小说,还发表了颇有见地的《小说氛围十三悟》,对吴越之地的历史文化进行了多方面的深层感悟。对此,盛子潮曾作过精辟论述:

> "吴越文化"在整体上给人一种甜软温馨的感觉,曾有论者对这一块土地的文化现象作过如下的表述:"这里的男士多以文弱、精明为主,这里的女子也格外娇嫩美好。这里的音乐多以丝竹管弦奏春江花月夜等徐缓悠然之曲,这里的歌舞也无非荷花仙子、采茶扑蝶之类,格外柔曼、轻歌曼舞、甜软细腻的女子越剧,之所以在江浙地区这么流行、普及,深受百姓的喜爱,以至成为江南文化的一个明显标志,最充分地说明了吴越文化的某些本质特征。"如果从美学分类上看,吴越文化显然属于阴柔美范畴。鲁迅就说过:"我不爱江南,秀气是秀气,但小气。""满洲人住江南三百年,便连马也不会骑了,整天坐茶馆。"这虽是带讽刺的幽默话。但毕竟道出了一个事实:比起北国"骏马秋风"的阔大气象,吴越的"春花秋雨"显得太过纤弱。①

吴秀明则从文学艺术角度来思考吴越文化的特点,他认为:一、吴越之民勤劳又机巧,富于创造精神,这是中华民族精神的重要因子;二、吴越之民重乐轻礼,酷爱自然,富于想象,为文学艺术提供了较好的心理基础;三、吴越之民性主和谐,包括奢靡民风,艺术多呈阴柔秀美。② 这种地域文化质色,在 90 年代继续成为浙江作家的发掘热点。1992 年 10 月,浙江省作家协会在杭州召开了一次规模颇大的"吴越风情小说研讨会",会议邀请了全国创

---

① 《东方闲情·代序》,浙江文艺出版社 1993 年版,第 11—12 页。
② 《文学浙军与吴越文化》,浙江文艺出版社 1999 年版,第 9 页。

作界和评论界的许多重要人物,如汪曾祺、王愚、雷达、吴秉杰、王干、费振钟、朱晖、林建法等,就"吴越风情小说"展开了多种层面的学术交流,有力地拓展了浙江作家对吴越文化的理解,丰富了作家们的精神视野,也坚定了作家们对吴越文化自觉探寻的信心。翌年,以"吴越风情小说书系"为标志的一套丛书隆重面世。这套由浙江作家创作、浙江文艺出版社推出的书系共五部,包括:陈军的《东方闲情》、杜文和的《牧野津古渡》、金学种的《驻跸三怪》、陈小萍和胡小远的《太阳酒吧》、刘文起的《梅龙镇三贤》等。这些作品从各个角度、用各种方式对吴越地域文化进行了卓有成效的艺术探索,以种种具象化的手段对吴越之地丰富的人文内涵进行多方位的表现。而在其他省份,就很少看到浙江作家这样以群体性的、自觉的审美方式对地域文化进行多方位的开掘。

早在 90 年代初,《西湖》杂志就曾以"西湖历代名人绣像小说"为专栏,倡导一种图文并茂的新型历史文化小说。这些小说主要以与西湖相关的历史文化名人为题材,如岳飞、苏东坡、白居易、林逋、龚自珍等,用现代叙事手法,对他们在吴越之地的生活进行形象的再现,并配以一些精美的绣像图画,既图文并举,又带有明确的新历史主义小说的特征。项冰如、王旭烽、沈治平、谢鲁渤等一批颇为活跃的新老作家都参与其中,创作了诸如《孤山梅魂》、《倦倦游子归》、《风波亭岳飞全忠》、《花非花雾非雾》等一大批作品。"这些小说写历史人物而有现代人的眼光,用通俗的笔法而有高雅的情趣,的确做到了新故相济、雅俗共赏。"①

90 年代中期,袁大梁、陈军、杜文和、王旭烽等作家以"茗古屋闲话"为栏目创作的一系列文化散文,同样也是一种典型的对吴越地域文化的审美发掘。他们致力于用闲适的话语、淡泊的心境、自足的语调、精巧的构思和纤细的感悟来审度吴越之地的人文景观、历史遗迹和文化征兆,明确地呈现出吴越文化中的清淡、秀逸、灵性的审美质感。他们认为:"中国的文化精神自古有一种闲适的抒情气质。好的谈天就是一篇好的散文。林语堂说,一个国家真正俊美的散文,在谈天说地中发展成一项艺术的时代方能产生。春秋诸子学说,不就是一群慧智过人,长于辞令,善于譬喻的思想家和艺术清客,彼此谈天论道的结果吗?"所以他们强调"茗古屋闲话","它的神魂是性灵,笔调是本色,风格是闲适,意蕴是文化"②。应该说,这是一种完全自觉的

---

① 钟本康:《以故为新以俗为雅》,《杭州日报》1990 年 11 月 20 日。
② 陈军:《主持人的话》,《西湖》1995 年第 3、4 期。

艺术行为。他们是有意识地以自己的美文式笔调,再现南方文人对地域文化氛围的感受能力、体悟能力,以及表达能力。

以费淑芬、汪逸芳、白虹、莫小米、赵福莲、苏沧桑等为代表的浙江女性散文作家,几乎从创作的一开始就自然而然地承纳了吴越地域文化的精髓,灵性十足、小巧精致、轻逸闲适……她们共同地体现出一种对宏大叙事的规避、对历史重负的逃离、对现实热流的疏远,而是强调自我生存的感受、心灵内在的波动以及对生活的精到感悟。她们的散文不仅篇幅短小,且语调轻婉、感情细腻、语言精致,无论欢乐抑或感伤,都是点到即止,从不纵横铺陈,像三月桃花下款款而行的丽人,一举手一投足,都自成江南特有的韵致。

此外,在 90 年代末期,浙江还涌现了像刘长春、张加强等散文作家对自身所处地域中的一些历史文化名流的反思与追述。他们常常采取翔实的史料和冷静的思考,极力穿透那些历史人物和历史事件,站在现代人文立场上来重新梳理地域文化的特征,重新反思南方文明发展的轨迹。

与这种自觉的地域文化创作思潮相呼应的是,有关吴越文化的文学评论和研究也逐步走向深入和完整。李庆西、高松年、盛子潮、吴秀明、钟本康等评论家都发表了大量的有关吴越文化的研究文章,不仅对作家们理解吴越文化提供了重要的理论参照,而且也对这一创作思潮进行了及时全面的总结。如高松年的理论专著《当代吴越小说概论》、吴秀明主编的《吴越文化与文学浙军》,以及钟本康有关吴越风情小说研究的系列论文,都是对这一思潮进行深入的、体系化的研究之后结出的重要成果。

从上述这些创作现状来看,浙江作家一直恪守着对吴越地域文化的探索意识,他们试图通过多种艺术方式切入这块土地的内部,展示其中特有的精神风貌和人文品质,发掘出它们对人的言行、精神以及生命本质的影响状态,并以此体察到人类在文明进程中地域文化的作用和地位。

三　弘扬时代的主旋律

90 年代的中国文坛是一个地地道道的"多声部剧场"。各种主义、各种思潮的文学创作纷纷登场,多元化的创作景观非常明显。在这种多元化的创作背景中,很多作家都在寻找属于自己的审美理想,使文学更趋向于个人化和经验化,带有某种共同文学母题和审美风范的作品越来越少。这种现象对于作家向生命深层挺进,对人性和生命的潜在状态进行深入的探究,使文学在存在的勘探上更进一步无疑是有极大益处的。但是，这也带来了某种遗憾，譬如作为弘扬时代主旋律的作品越来越少。尽管90年代中后期曾涌现了全国关注的"新现实主义冲击波"，但这种冲击波仍然带着二三十年代"问题小说"的创作特征，不少作家的作品还仅仅停留在对社会表层现实的关注上、对生存热点问题的聚焦上。他们的主要目标还是通过对一些现实热点问题的及时捕捉与表达，来使自己的作品引起大众的普遍关注，从而赢得某些市场阅读的连锁效应，骨子里还缺乏对社会历史进程的整体把握，缺乏对民族精神内在主脉的生动再现，也缺乏某种震撼人心的审美力量。

真正的主旋律作品，不是某些外在的、强加于作家心灵中的意识形态，而是作家自觉地站在神圣与崇高的精神维度上，在充分地把握了现实和历史的重大事件后，以一种辩证的、合乎历史规律的眼光，来重新建构某种具有史诗品性的艺术作品。这些作品可以对历史、社会进行深刻的反思和尖锐的批判，也可以对某些精神主流进行客观的、独到的评判。它是作家带着明确的使命意识和人类良知进行创作的结果，也许它不一定非常宏大，甚至气势磅礴，但它必然地体现出创作主体高度的社会责任感和道义感，必然让人们在欣赏过程中受到巨大的震动，使他们从中看到理想和信念，从中找到希望和曙光，永远地受到正直、善良、纯朴、神圣的浸润，犹如福克纳所言："人是不朽的……人有灵魂，有能够怜悯、牺牲和耐劳的精神，诗人和作家的职责就在于写出这些东西。他的特殊的光荣就是振奋人心、提醒人们记住勇气、荣誉、希望、自豪、同情、怜悯之心和牺牲精神，这些是人类昔日的荣耀。为此，人类将永垂不朽。"①

90年代以来，不少作家之所以在有意拒绝对时代主流的总体关注、对主旋律精神的大力弘扬，其中可能存在着两个方面的原因：一是一些作家承受了多年主流意识形态的干预，尤其是极"左"思潮的影响，作家们似乎对那些宏大的、关涉历史与政治的重要事件失去了兴趣，更多的作家倾向于民间化、非主流化，拒绝承担社会现实中的重大生存命题；二是市场经济的来临，物质化现实生存法则的突显，又加剧了人们对利益分享的重新关注、对生存地位的重新界定、对审美观念的重新思考，这导致了一些作家更愿意去表现个人化的审美理想，更喜欢去创作大众所乐于接受的文学作品，以期使自己的作品能占领更多的市场份额。

---

①　《美国作家论文学》，三联书店1984年版，第368页。

　　但浙江作家对此却保持着相当的警惕。他们一直没有放弃由鲁迅、茅盾等文学先辈所确立下来的文学传统,依旧将文学的使命意识和作家的社会责任感紧紧地投置在自己的心中,坚持从社会和历史的重大进步出发,关注重大的历史进程,关注现实的主导意识,努力以纵横捭阖的气势来叙写时代主流精神,展示历史的宏阔场景,高扬时代的主旋律。从创作方法上看,他们更多地趋向于现实主义手法,致力于沉入社会现实生活和重大历史事件之中,通过自己的精心积累和深入思考选择那些具有典型意义的表现对象,以一种厚重的、具有较强震撼力的事件支撑作品的内核。从审美理想上看,他们更注重自身的社会责任感和历史使命感,力图通过这些作品反映作家自己对历史和社会现实重大问题的认识和思考,用大手笔、大视野来确证自己对某个时期精神主脉的理解。在这种弘扬时代主旋律的过程中,浙江作家成功地规避了以往那种赞歌式的创作理念,尤其注重艺术形式上的完美和成熟,并且涌现出一大批艺术性和思想性均结合得较好的优秀作品。譬如影视文学中,程蔚东的《中国神火》、《中国商人》,根据茅盾原著改编的《子夜》,黄亚洲的《开天辟地》、《野姑娘茉莉花》、《新房子老房子》等一批作品,都具有广泛的影响,并获得了一系列全国重要奖项;报告文学中,夏真的《父老兄弟》、《世界五百分之三的希望》、《生命之歌》,张晓明的《东方之路》等长篇报告文学,都在文坛产生了较大的反响;小说创作中,叶文玲的长篇《无梦谷》、《秋瑾之死》都产生了广泛影响,其中《无梦谷》曾获纽约国际文化艺术中心"中国文学创作杰出成就奖",王旭烽的长篇《南方有嘉木》获中宣部"五个一工程"奖;诗歌创作中,柯平以毛泽东的诗人性格为背景,创作了长诗《诗人毛泽东》;戏剧文学中,以"改革之光"为主旨的一系列全省性的戏剧文学创作也涌现了一大批颇受观众喜爱的作品。

　　弘扬时代的主旋律,之所以一直在浙江作家中占据着重要地位,并成为浙江作家自觉的创作追求,其主要原因有三个方面:一是浙江文学自身的历史承传。鲁迅、茅盾、夏衍、艾青等一大批现代文学巨匠,他们的毕生创作几乎都是站在社会的最前沿位置,密切地关注着时代的主流,以高度的艺术良知和社会责任感实现着自身的艺术理想。这种良好的文学传统无疑也对当代的浙江作家产生了巨大影响。二是浙江文化主管部门的积极倡导。如在全省第四次作家代表大会上,省委常委、宣传部长孙家贤以"肩负时代重任,繁荣文学事业"为题作了重要讲话,与会代表们就此广泛深入地讨论了文学如何着眼于现在,着眼于未来,着眼于人民利益,着眼于文学繁荣的精神和

"团结、友谊、进步"的主旨,提出了弘扬时代主旋律的创作要求。三是浙江改革开放后社会现实本身的迅猛发展,也吸引着作家们对现实生活的密切关注。

1997年初,省作家协会组织了"浙江省优秀文学奖"的评选工作,对全省作家在1993—1996年期间的创作进行了总结和评选,共评出65部(篇)获奖作品。其中长篇小说《南方有嘉木》(王旭烽著)和长篇报告文学《生命之歌》(夏真著)被评为特别奖,叶文玲的《无梦谷》、余华的《许三观卖血记》等5部作品获优秀长篇小说奖,张廷竹的《中国无被俘空军》、王彪的《乡村教育》等20部作品获优秀中短篇小说奖,唐湜的《蓝色十四行》、冀汸的《灌木年轮》等6部诗集获优秀诗歌奖,省散文创委会编辑的《二堂喧哗集》、谢鲁渤的《独洗苍苔》等6部散文集获优秀散文奖,《浙江杂文选集》等2部杂文集获优秀杂文奖,李建树的《李建树儿童文学作品选》、倪树根的《没有尾巴国的没嘴巴国王》等7部作品获优秀儿童文学奖,孙建江的《二十世纪中国儿童文学导论》、盛子潮的《小说形态学》等11部专著获文学评论奖,张晓明的《东方之路》、沈治平的《赤子情怀》等6部长篇报告文学获优秀报告文学奖。从这些获奖作品来看,绝大多数都体现着对时代主潮的热切关注,对社会主脉的深切表达。

四　余华:走向世界的重量级小说家

在中国现代文学史上,浙江作家以名人辈出、大家凸现为世瞩目,每个时期都出现过引领全国文坛的大师和巨匠。此种现象在建国后的浙江文学中有所回落,长时间未曾出现在全国产生重大影响的作家。然而,在新时期浙江文学中,于80年代崛起、90年代创作达到高峰的余华的涌现,使此种状况得到改观。余华不仅是90年代中国文坛数一数二的作家,而且在世界范围内享有广泛盛誉,他的小说不仅多次获得国际性的文学大奖,而且翻译成英、日、德、法、意、韩等十几种文字风行海外。余华的出现,不仅预示了浙江文学重振雄风的希望,而且让人们欣喜地看到了经过多少年沉寂之后的浙江文坛,终于重新有了可以望鲁迅、茅盾之项背的世界级作家。

余华,1960年4月3日生于杭州,后随父母迁居海盐。中学毕业后,从事牙医工作,由于对文学的喜爱和对于作家工作之自由的向往,开始学习文学创作。余华是以《十八岁出门远行》借先锋小说的浪潮崛起于新时期文坛的。但在此之前,他就显示了某种与众不同的文学创作特质。据余华自述,他最早的创作,主要是受到了日本川端康成那种注重细节的艺术影响。1983 年,他在《西湖》第 1 期的头条发表了《第一宿舍》。这篇小说以余华自己在宁波进修的医院生活为依托,通过某个医院集体宿舍里居住的四位进修生,展示了来自不同地域、具有不同文化背景和个性特征的四个青年之间的各种纠葛。小说以一种烘云托月的手法,着力刻画了毕建国的内心品质——内敛,真诚,谦卑,善良,生活上不拘小节,但专业上却精益求精,最后患绝症而死。而"我"、陕西人和小林,直到毕建国临终之际,才深深地感受到一个真正好人即将离去的悲伤。这篇作品虽然还不成熟,但已经开始显露出余华擅长于刻画人物内心的隐秘和在细节把握上的独到艺术才能。不久,余华又完成了《"威尼斯"牙齿店》和《鸽子,鸽子》,分别发表在《西湖》1983 年第 8 期和《青春》1983 年第 12 期上。作品虽然格调唯美、文笔清丽,但并没有引起太多注意。1984 午 1 月,余华的《星星》刊发在《北京文学》第 1 期的头条。小说塑造了一个活泼可爱而又执着异常的男孩"星星",他酷爱音乐,为此父母给他买了一把小提琴。于是星星每天骑在阳台的栏杆上,沉迷于小提琴的练习之中,并搅得左邻右舍颇有意见。父母考虑到他在栏杆边练琴的危险和邻居的不满,悄悄地将小提琴卖掉了,这让星星陷入巨大的失落和绝望之中。一个偶然的机会,星星碰到了另一个拉小提琴的小女孩云云,于是两人一起练琴,并最后取得了赴国外深造的机会。这篇小说颇得汪曾祺《受戒》的神韵,同时也透出一股川端康成的细腻与唯美、感伤,显示了余华丰瞻的艺术灵性,并获该年度《北京文学》优秀作品奖。此后,余华从牙医的岗位上调入了海盐文化馆从事专业创作,并迎来了他的第一个创作高峰:《竹女》和《月亮照着你,月亮照着我》发表在《北京文学》1984 年第 3 期和第 4 期,《甜甜的葡萄》发表在《小说天地》1984 年第 4 期,《男儿有泪不轻弹》发表在《东海》1984 年第 5 期。余华这一时期的小说,走的是散文化、抒情化的路子,作品色调单纯而明丽,叙述流畅而善于细节把握,格调唯美而清婉。但总体而言,此时的余华最多也只能算是一个地方作家中的好苗子。

随着 1984 年、1985 年的文化热,外国文学热,及现代主义哲学观念的引入,卡夫卡、马尔克斯、威廉·福克纳、博尔赫斯和鲁诺·舒尔茨等一批真正意义上的现代主义作家开始进入中国作家的视野。1986 年春,余华接触到了《卡夫卡小说选》,为卡夫卡天马行空式的自由叙述所征服,这使他得以从拘泥于川端康成拘谨的心理叙述的困境中解脱出来,找到了新的创作空间,从此创作进入了一种质的飞跃，并迅速在新时期文坛崛起，引起了国内评论界的密切关注，成为了一位在当代中国文坛具有相当大的影响和地位的先锋小说作家。

1986 年底，余华带着新作《十八岁出门远行》参加了《北京文学》在北京召开的笔会，这是余华受到卡夫卡启发后的首篇先锋作品，李陀看到这一作品后，认为余华已经走到了当代文学的前列。这篇作品发表后，果然引起了巨大的反响，余华从此以先锋小说作家的姿态在中国文坛迅速崛起。从1986 年底到 1987 年的一年多时间里，余华连续创作了三个短篇和四部中篇，它们是：《十八岁出门远行》、《西北风呼啸的中午》、《死亡叙述》、《四月三日事件》、《一九八六年》、《河边的错误》、《现实一种》。这些作品非常密集地发表在 1987 年到 1988 年的《北京文学》、《收获》、《钟山》、《上海文学》等国内重要的文学刊物上，迅速引起了当时文坛的广泛关注，余华成为了先锋作家中的领军人物。

与当时的先锋小说作家普遍沉迷于叙事形式的实验不同，余华对于先锋文学有着自己独特的理解，这主要体现在他不仅找到了一种天马行空式的新的叙事形式，使得自由想象能够纵横地放飞，更本质地，余华还找到了对于人的生存和存在的可能性的深刻理解，从而使得他拥有了一种先锋的体验和先锋精神。也就是说，余华的特出之处，在于他所拥有的与众不同的先锋精神。成名作《十八岁出门远行》，不仅奠定了余华的叙述基调，而且是余华先锋精神的特出表达。作品所着重表现的，并不是人物的丰富复杂性和社会现实生活的广度和深度，而是余华对于人的生存本身的敏锐体察。十八岁的"我"为父亲所驱遣一个人孤零零地走上了远行的路程，前途何在，归宿在何方，皆不得而知，当"我"坐上一辆汽车为幸运之时，却遭遇了汽车抛锚之后路人疯抢苹果，我出面阻止而被打得头破血流，苹果的主人——司机不但不来帮忙反而哈哈大笑并与抢劫者一同离去，抛下了孤零零充满了迷惘的"我"。这篇作品，以不可思议的反现实的逻辑，揭示了人类生存的本质：人的成长乃至人生旅途，就是一种迷途中的追寻，"他人"皆不可靠，"家"只存在于你自己的内心。作品放弃了现实之真，却直切地达到了对于存在之真的表达。《西北风呼啸的中午》同样展示了这样一个人无从左右自身的存在命题。"我"在温暖的被窝里享受着严冬的宁静，结果却被一个陌生的壮汉撞开了房门，并进而成为一个毫不相识的死者"好友"，在寒风中为他奔丧。陌生的壮汉仿佛是命运送给"我"的一条绳索，是生命中一种至高无上的权力砝码。他一出现,"我"便被牢牢地系在这根绳索之上,失去了所有的选择权。在《死亡叙述》和《四月三日事件》中,人类生存中的悖谬和荒诞、人情法理的错位更加显得不可思议。《死亡叙述》中的卡车司机"我"多年前撞死了一个孩子,虽然最终选择了逃逸并从此安然无事,内心却一直受到巨大的折磨,尤其是看到自己的孩子长大后那双黑亮的眼睛,以及他在学骑自行车时惊恐地叫着"爸爸"时,"我"仿佛又回到了当年的事故现场,灵魂备受谴责。于是在这种"责任"和"道义"的驱动下,当"我"再次撞死一个女孩时,便毫不犹豫地抱起女孩的尸体来到附近的村庄,请求家长的宽恕和原谅,结果却被女孩的家人在锄头、镰刀和铁耙的攻击下,残忍地结束了生命。《四月三日事件》从一个类似于迫害狂的视角出发,精确地演绎了处于青春期的主人公"他"在亲人、朋友以及同学之间隐秘的冲突状态。"他"在十八岁生日临近之时,随着内心期待的巨大落空,渐渐地感到自己"无依无靠",并迅速陷入某种极端孤立的生存氛围里。由此而导致的结果是,一切基本的社会伦理迅速崩解,无论是家庭、朋友还是异性之间,都显得危机四伏,甚至杀气重重。人与人之间的不可理解,就像弗洛伊德的潜意识理论所揭示的那样,人心沉溺于海平面下的冰山,是巨大的黑洞,它可以吞噬一切理性和温情。

自从踏上先锋之路,余华就热衷于表现人性存在中的负面因素,特别是对于人的残暴和血腥杀戮、非理性的死亡,余华有着特殊的表达嗜好。余华看来,这些都是存在中的本然因素,一个真诚的作家不应该放弃对它们的表达;否则,他就放弃了对于人类存在真相的揭示,从而会对于人类的存在造成一种浅薄的乐观主义误导。余华指出:"暴力因为其形式充满激情,它的力量源自于人内心的渴望,所以它使我心醉神迷。让奴隶们互相残杀,奴隶主坐在一旁观看的情景已被现代文明驱逐到历史中去了。可是那种形式总让我感到是一出现代主义的悲剧。人类文明的递进,让我们明白了这种野蛮的行为是如何威胁着我们的生存。然而拳击运动取而代之,在这里我们可以看到文明对野蛮的悄悄让步。即便是南方的斗蟋蟀,也可以使我们意识到暴力是如何深入人心。在暴力和混乱面前,文明只是一个口号,秩序成为了装饰。"①于是,暴力、血腥频频出现在余华的作品中,形成了一种弥漫性的文本存在。更容易引起争议的是,余华对于暴力、血腥的表达,常常保持一种冷静的旁观态度,以一种冷酷的神情注视着自己笔下人物的相残,而丝

---

① 余华:《我能否相信自己》,人民日报出版社 1998 年版,第 162 页。

毫不肯以作家的主观介入来进行批判和谴责。但是,余华对此有着自己的独特理解,他认为,如果作家过多地介入和评价暴力和血腥事件,很容易使得人性中的本真存在的真实表达流于一种臆造式的攻讦。因此,余华在很长时间内,一直坚守这种冷酷的叙述方式,以一直不回避、不逃避的直面现实姿态,孜孜不倦地探寻着人类存在的荒诞本质。

在《河边的错误》中,死亡是一个人性存在中的错位的活生生的标本。这篇小说累计写到了五个人的死亡,除了疯子之外,其余四人都是直接或间接地被疯子所害。而疯子作为一个空洞的、非理性的生命,他在河边的所作所为,既是嘲笑人类理性秩序及其法律尊严捉襟见肘的一把利刃,又是动摇人类智慧、伦理情感以及生存准则的一个陷阱。在正常的理性思维看来,疯子无疑是非理性的死亡和血腥的根源,但在福柯的意义上,正常人有何正确和理性可言,是谁赋予他们以理性的权利扼杀疯子? 人性中的灰色存在,是否唯有死亡的报应? 他能否在现实中找到一种存在空间? 《现实一种》更是一场"死亡"与暴力和血腥的盛宴。在这篇小说中,除了老太太无疾而终之外,余华又演绎了两对兄弟相互残杀的死亡过程。山岗的四岁儿子皮皮出于一种无知和好奇,将襁褓中大哭不止的堂弟摔死,这种过失性的杀人并没有理性的支撑。但是,围绕着这事件,山岗和山峰兄弟俩却迅速地卷入一种非理性的复仇漩涡里——山峰一脚踢死了自己的侄儿皮皮,接着又被山岗折磨致死,山岗最后也因为故意杀人被处以极刑。对此,山峰的妻子还余怒未消,谎称自己是死者的妻子,主动要求捐赠死者的遗体,使被枪毙后的山岗再次被医院作为器官移植的捐献者,承受被肢解的命运。在小说的结尾,作者以冷酷的笔调,详细地描述了山岗的尸体被医生用解剖刀肢解的血腥场景,所有的残酷都被作者作了历历在目的细致呈现。这篇小说,展示的显然是人性中的非理性存在,但是,以理性的名义开工肢解山岗尸体的医生,比作品中凶残的每一个人更为血腥和残酷,显得更无人性,但是他们背后却有着救死扶伤的理由,从而给自身的行动赋予了一种正义的面孔。这很容易使人联想到一战、二战、"文革",人类的哪一次大灾难不是在理性、真理的名义下开展的? 至此,余华以自身的冷酷笔调,直逼人类的生存本质,一刀辟中了人类存在的荒诞。在《一九八六年》中,余华借一个在"文革"中受迫害成为了疯子的历史教师用中国传统中的各种刑罚自残的血腥场面,展示了中国历史的延续方式——依靠血腥和暴力,并成为了集体潜意识,深入每一个内心,而爆发于潜意识外显的疯子身上。正是借助各种暴力和血腥的展示,余华毫不留情地揭示了人类本性中的非理性存在,揭示了人类存在中的恶的因素,直逼人类存在的荒诞本质。

在叙述方式上,余华的先锋小说找到了一种特殊的逻辑结构方式。它不以事理逻辑为依据,而以心理逻辑、象征的诗学逻辑为准绳,从而展开了一种让想象自由飞翔的天马行空式的叙述:"我采用了并置、错位的结构方式。但实质上,我有关世界结构的思考已经确立,并开始脱离现状世界提供的现实依据。我发现了世界里一个无法眼见的整体的存在,在这个整体里,世界自身的规律也开始清晰起来。"①就像《世事如烟》中所表现的那样,作者将叙事的内驱力建立在某种虚蹈的"命运"之中,作品中的人物成了一个个生命的象征符号,围绕着梦境、预言、幻想、恐惧等生存状态,他们不断地进行各种无助的挣扎和反抗。其中,算命先生作为"权力意志的最高象征",不仅成功地操纵着周围人群的"命运",使自己的暴力意志不断地通过他人的死亡获得延伸,而且还直接以暴力手段,从一个个少女那里获得所谓的生命精气。无论是汽车司机、灰衣女人、接生婆,还是1、2、3、4、5、6、7等这些数字化的人物,他们的精神无处不遭受着暴力的无情折磨。在作品人,一切事情的发生都不是以事理逻辑为依据的,而是遵循着表现压抑、争夺、心理摧残而展开的,意象化的场景和片断,拼贴、并置、螺旋式的重复,与所表现的内容合为一个阴沉的整体,叙事的张力与人性存在的荒诞耦合为一种独特的审美力量,达到了内容与形式的高度统一。

虽然在先锋小说创作中余华达到了数一数二的高度,但是面对 90 年代的社会转型,他并不就此满足于自身的文学表达,而是与社会一道寻求着新的突破方式。可以说,一方面是社会转型导致的文学边缘化,先锋小说受众群缩小,从而导致余华对自身的创作作出了相应的调整;另一方面,先锋式的文学表达方式,毕竟不是一种独创,任何一个有自身追求的作家恐怕都不会仅仅满足于此,同时,先锋写作也有其自身的局限,它不重情节、不重人物塑造、不重生活实感的表现,而过分偏重于象征性的表达,过分偏向于人的抽象层面,这种写作,很容易使得本身已经边缘化的文学失去阅读的基础。因此,进入 90 年代后,余华的写作逐渐转型,并在转型之后,达到了其第三个创作高峰的到来。与先锋时期偏重于短篇和中篇相比,实现转型之后的余华小说在长篇上获得了超越性的突破,并以其独特的审美魅力赢得了世界

---

① 余华:《我能否相信自己》,人民文学出版社 1998 年版,第 169 页。

声誉和全球影响。

余华1990年开始创作《在细雨中呼喊》。很多人都将《在细雨中呼喊》视为余华创作由先锋实验向朴素回归的转折点，其中一个重要原因，就是这个长篇有效地限制了暴力性、血腥气、彼此杀戮的痛快展示，对于冷酷叙述有所放弃，主观情感有所介入，笔下开始出现了温情和悲悯的意绪。余华自己认为，这是一本关于时间的书，"它的结构来自于对时间的感受，确切地说是对已知时间的感受，也就是记忆中的时间；这本书试图表达人们在面对过去时，比面对未来更有信心。因为未来充满了冒险，充满了不可战胜的神秘，只有当这些结束以后，惊奇和恐惧也就转化成了幽默和甜蜜。……回忆的动人之处就在于可以重新选择，可以将那些毫无关联的往事重新组合起来，从而获得全新的过去，并且还可以不断地更换自己的组合，以求获得不一样的经历"。[①]

虽然这部以"文革"为叙事背景的长篇小说中也不乏余华所一贯钟爱的暴力展示，但和以前的作品有了重大的区别。《在细雨中呼喊》里，暴力不再以一种"快感"的方式呈现出来，代之而起的是作者对于笔下人物"受难"心理的悲悯。在这部作品中，余华放弃了冷漠的叙事表情，而代之以一副温情的面孔。作品虽然涉及了大量的人物死亡，像弟弟孙光明的死，祖父孙有元的死，父亲孙广才的死，母亲的死，继父王立强的死，同学苏宇的死，刘小青哥哥的死，孤独老太太的死……所有这些死亡，但是，这些死亡都普遍剥离了暴力炫耀的成分，而在展现人性中暴力存在与非理性的一面的同时，作者对苦难的生存进行了有力控诉，在苦难的生存中展示了温情的并不虚妄，展示了人性中不仅只有负面的因素。在这部小说中，余华赋予了人物死亡一种对命运、对现实秩序、甚至对历史本质的反抗和倾诉，是生命与历史对峙之后的悲剧性表达。此时的余华已无法保持往昔的冷漠，也不想保持那种冷漠，因为悲悯的出现，使他意识到了更为强大也更为宝贵的人性力量。这种悲悯情怀的确立，是余华小说创作的一个极为重要的变化。它标志着余华从先前的抽象的哲学化命运思考向情感化生命体恤的巨大转变。

1992年，余华完成了长篇《活着》，发表于《收获》1992年第6期（7万字）；1993年由长江文艺出版社出单行本；1994年应张艺谋之邀改编成电影剧本，并对小说的情节作了补充，增加了5万字，以12万字的篇幅编入《余华

---

①　余华:《我能否相信自己》,人民文学出版社1998年版,第149—150页。

作品集》，由中国社会科学出版社出版。这个作品于 1998 年获得意大利格林扎纳·卡佛文学奖最高奖，台湾《中国时报》十本好书奖(1994)，香港"博益"十五本好书奖(1994)，第三届世界华文"冰心文学奖"(2002)。并且先后入选香港《亚洲周刊》评选的"二十世纪中文小说百年百强"。小说还被译成了十几种文字风行海外，使余华的影响越出了国门，成为了一名引起世界广泛关注的中国作家。

《活着》由一个民间采风的知识分子，引出了主人公福贵对于他一生的叙说，整篇小说都是以福贵的自我叙述来完成的。在福贵的叙述中，中国最普通的一位农民的一生得以生动展现：年轻时的福贵，曾经是一个纨绔子弟，他曾经在女人的胸脯上找寻快乐和放纵，在她们的肩膀上招摇过市风光无限，在赌场上心旌摇动地体味生命的刺激和冒险。然而，当这一切都如海市蜃楼般轰然倒塌之后，他终于陷入了生活的困境之中，终于明白了自己为所欲为的沉重代价，也同时看到了苦难对他的一次次无情的击打。自此以后，所有的厄运开始紧紧地追随着福贵的脚步，并毫不含糊地夺走了每一个与他有着血缘亲情的人的生命，一次次将他推进伤心绝望的深渊，使他成为一个深陷于孤独而无力自拔的鳏夫，只有与自己影子似的象征物——那头叫富贵的老牛相依为命了却残年。但是，福贵经历了一次又一次的苦难，他却始终坚信：即使生活是最为悲惨的，即使命运是最为残酷的，自己也应该鼓足勇气和拼足力量熬过去，直到人生的最后一刻。

在这部作品中，死亡虽然一如既往地频繁出现在余华的笔下，但是，在这部作品中，死亡却被作者赋予了一种全新的温情品格，它不再是血腥的、残暴的，而是平静的、无可奈何的，经过它的考验，福贵人性品格中的温情面和坚韧面得以完美体现。在这里，死亡是余华解读"活着"的一个支点。年轻的时候，因为赌博成性和拈花惹草，福贵不仅将自己的富足之家弄得倾家荡产，而且活生生地气死了自己的亲爹。正是从这次事件中，福贵获得了一种极度的精神震撼和道德警醒，从而使自己慢慢地改变了玩世不恭的个性，恢复了善良、同情和宽厚的人性品质。特别是当他被抓为壮丁历时数年死里逃生之后，他似乎更加深刻地体会到了活着的不易和家庭的温暖，从此之后，福贵虽然在生活上陷入了空前的贫困之中，但是他的胸怀、他的眼光、他的精神，却变得宽广起来。但命运却无常地与福贵玩起了颠倒游戏，他身边的亲人一个接一个地在灾难中死亡：先是儿子有庆的突然死亡，接着又是女儿凤霞和妻子家珍的死亡，然后是女婿二喜和外孙子苦根的死亡。一个个亲人都被死神以这样或那样的方式残酷地夺走了鲜活的生命,只留下福贵一人面对这样的生离死别。这种残酷的命运,以钝刀割肉的方式,考验着福贵的生存耐性,在无常的命运面前,他除了宽容和忍耐,别无选择,正是在死亡不断的考验面前,福贵深刻地理解了生存的本质,人的终极都是坟墓,然而,活着毕竟是活着,活着就是对于命运和宇宙的胜利。除了死亡之外,生活的极度贫困,是考验福贵的生存耐性的另一个极限。这种贫困,既是中国频繁出现的天灾人祸的一个缩影,同时也是历史和宇宙赐予福贵而使之历练为一个凡人英雄的宿命。正是在这种特殊的生存困境中,妻子家珍积劳成疾,久病无医而逝;凤霞在小小年纪时,就被迫送给他人;有庆不仅要在课余割羊草,还要赶着上学。为了让脚上的鞋子不被磨破,有庆养成了赤脚跑步上学的习惯,久而久之却练成长跑第一名,结果又因此第一个跑到医院被抽血抽死;即便是外孙苦根,也是因为过度饥饿之后饱食豆子而胀死。在整个叙述中,作者都赋予了福贵的语调一种平静、温和的品格,他不是没有向命运和贫困抗争过,但是,事实证明在历史的因果链条和宇宙的必然法则面前,福贵的抗争要么是徒劳,要么是微不足道。然而,正是这种无可奈何的承受与忍耐之中,福贵的温情品格得到了升华,他活出了凡人哲学,活出了生存本身的要义。小说因此而营造出了一种伦理温情,为福贵的内在韧性提供了更深更广的历史空间,使他在苦难中的生存熠熠生辉。

在叙事上,这部作品笔调单纯,净朗而不含杂质,全篇呈现出一种透明的质地。作者一任人物的叙述自然舒缓地流淌,绝不加以半点干预,它改变了余华一贯的先入为主,作者大于人物的强硬叙事风格,从而赋予了人物自身一种独特的丰满品格,造就了人物的立体性。在结构上,余华延续了他惯用的并置式结构和重复的回旋式结构,苦难、死亡、忍耐——忍耐、死亡、苦难的并置、轮回和重复,造就了作品以一种沉缓的音调,在旋律的回旋中一步步一滴滴地实现了人性的升华,从而使得作品的叙述基调与人类漫长的生存挣扎和忍耐形成了一种协合。最终,余华在阿Q式的贫民身上,实现了主题与叙事的双重超越,正像福贵自己所说:"这辈子想起来也是很快就过来了,过得平平常常,我爹指望我光耀祖宗,他算是看错人了,我啊,就是这样的命。年轻时靠着祖上留下的钱风光了一阵子,往后就越过越落魄了,这样反倒好,看看我身边的人,龙二和春生,他们也只是风光了一阵子,到头来命都丢了。做人还是平常点好,争这个争那个,争来争去赔了自己的命。像我这样,说起来是越混越没出息,可寿命长,我认识的人一个挨着一个死去,

177

我还活着。"福贵的这番话,表面上看来充满了命定论式的悲观,然而,它却在更为深刻的意义上揭示了人类生存的本质过程:对于人类历史的长河来说,除了少数几个英雄能够留名,无数平凡的人活得只是一个过程,活着就是活着,然而,正是这个平凡得有些懦弱和卑微的过程的嬗替,谱写了"人民"(而不是英雄)的历史。《活着》这部作品,不仅是一个历经苦难的中国人的寓言式写照,同时也是人类生存的真实写照,正是在这个意义上,它具有了"世界文学"所要求的地方性、民族性与世界性、人类性相协调的品格,并从而为余华赢得了世界声誉,深受各国读者和评论家的喜爱和好评。

1995 年《收获》第 6 期推出了余华的又一部长篇力作《许三观卖血记》,1996 年由江苏文艺出版社出版了单行本。2004 年,该小说荣获美国巴恩斯·诺贝尔新发现图书奖。这部小说与《活着》一样,也被翻译成了十几种文字,受到海内外读者和评论界的关注,进一步扩大了余华创作的世界性影响,夯实了其世界性作家的地位。

《许三观卖血记》的情节内容其实很简单,写的是一个下层工人许三观十二次卖血的经历。许三观第一次卖血,是与爷爷同一个村庄的阿方和龙根一起去的。因为乡间农民认为衡量一个男人身体是否壮实的标准,就是能否卖血。许三观借这次卖血获得的 35 元卖血钱,顺利地娶回了油条西施许玉兰。此后他又一次一次卖血,或为支付医药费,或为让全家人都穿上新衣;或在三年自然灾害中,因一家五口人喝了 57 天的玉米粥,饥饿难耐,靠卖血钱得以让全家人上胜利饭店吃上一顿饱面;或把卖血得来的钱交给下放在农村的儿子,让他与队长搞好关系,争取早点回城。他第七次到第十一次卖血,是因为儿子得了肝炎,已在上海医院急救,他四处借钱而不得,为救儿子的命,只好一路往上海方向卖血筹钱,先后在通往上海的林浦、百里、松林、黄店、长宁等地五次卖血。途中几次因卖血晕倒,差点送掉性命。他第十二次卖血,是在退休之后。他觉得他 11 年没卖血了,以前都是为他人,今天要为自己卖次血,好在卖血后吃一盘熟悉的炒猪肝和喝一碗温黄酒。结果是医院里年轻的血头不但不要他的血,还说他的血只配作油漆,他终于泪流满面。这篇小说,既可以看成是一位普通中国人苦难一生的写真:必须靠出卖生命的一部分——"血"——来获得生存;同时它又有更高一层的意义,那就是揭示了人类的存在真相,人的活着,正是靠让度自己的一部分生命来换得自己的活着的。就像人的劳动,一方面是对于生命的一种损耗,但另一方面,正是通过劳动,人才获得了自己的生命存在,人之所以区别于动物而为人。"血"在这部作品中,正是这样一种象征,血是构成人的生命的必要部分,但是,许三观的一生,正是靠让度这种生命的一部分来获得生存的条件的——娶妻生子,传宗接代,度过苦难,延续生命。这种情形,正像是时间构成了人的生命存在,但人只有通过让度时间的方式,才能获得生命存在,人活的是时间,与许三观卖血而活,具有某种同构关系。因此,可以说这部作品的意义,并不在于写出了一个普通中国人的苦难一生,而且它还展示了人类生存的本质,从而具有了人类性和世界品格。

《许三观卖血记》的叙事,最突出的就是"重复"的回环式使用。作者所写的许三观的一生,就是一次次地重复卖血的一生。它就像音乐中的一段旋律,被余华不断地演绎了十二次,尽管每一次重复的理由和目的都不一样,但是,就卖血事件的过程来说,却有着惊人的一致性——从卖血前的喝水和贿赂血头,到卖血后去胜利饭店吃猪肝喝黄酒。但正是这种重复,不仅使许三观的卖血价值得到了不断的加强,也使整个小说的悲情力量获得了不断的提升,从而凸现了许三观的宽容胸怀,凸现了他的悲悯情怀,凸现了他作为世俗英雄的牺牲品质,凸现了他在面对苦难和拯救苦难过程中所展示出来的非凡勇气,也凸现了中国底层平民在寻求生存意愿中所表现出来的韧性品质。

余华曾说:"我在海盐生活了差不多有 30 年,我熟悉那里的一切,在我成长的时候,我也看到了街道的成长,河流的成长。那里的每个角落我都能在脑子里找到,那里的方言在我自言自语时会脱口而出。我过去的灵感都来自那里,今后的灵感也会从那里产生。"[①]这段话可作多方面多层次的理解,但不管怎么说,是浙江给了他文学土壤,而余华的异军突起,使文学"浙军"在中国的文坛格局中有了不一样的分量。可以说,余华的成功,改写了浙江当代文坛长期以来缺乏重量级作家的尴尬局面,标志着此时浙江也涌现了堪称国内文坛的领军式人物,这应是新时期浙江文学的最重要收获之一。一个享有世界声誉的国内顶尖级作家的出现,书写了当代浙江文学史的高标格局,也预示了浙江当代文学在原有成就基础上获得更高层次发展的可能性。

---

① 余华:《余华作品集》》第 3 卷,第 386 页。

五 "重振浙军雄风"

90 年代中期,随着市场经济的一步步深化,浙江的社会经济发展出现了前所未有的好势头,各项经济指标开始跃居全国前列。坚实的物质基础,也为文学的发展创造了良好的外部条件。一部分浙江作家开始面对浙江辉煌的文学传统,面对浙江发达的经济水平,思考如何"重振文学浙军",以有效的方式回应光荣的历史,适应社会经济的发展。

1994 年 11 月,由省委宣传部和省作家协会共同组织的全省青年作家代表大会在杭州隆重召开,来自全省的 110 名青年作家代表参加了本次会议。中国作家协会书记处书记张锴、中宣部文艺局领导刘玉山以及省委、省委宣传部等部门领导参加了本次大会,并在会议上作了热情洋溢的发言,鼓励浙江青年作家要继承五四以来浙江作家的辉煌业绩和光荣传统,肩负起历史的重任,为重振浙军雄风而努力。省作家协会党组书记林晓峰代表省作家协会作了题为《我省青年文学创作的现状及进一步繁荣、提高的几个问题》的专题报告,对全省青年作家的队伍、创作现状以及存在问题进行了全面的分析,并提出了一系列新的工作思路,如定期开设全省青年作家培训班、设立青年作家专项奖、在全省建立一批让作家深入生活的创作基地等,以期卓有成效地建立起一支跨世纪的浙江文学新军。这次会议,以组织的形式正式提出了"重振文学浙军"的口号,促动了全省作家开始面对历史和现状,对整个浙江当代文学发展进行多方位的思考。

1995 年 5 月,随着省文联的文学月刊《东海》编辑班子的重组,新任主编赵锐勇也在该刊开辟"重振文学浙军"专栏,多次召开沙龙性质的小型文学会议,广邀省内有关部门的领导以及省内外的文学专家,对如何重振文学浙军展开了广泛的讨论。这些讨论从各个方面反思了浙江文学创作中存在的种种问题,譬如专业作家的缺乏,大多数正值创作高峰期的作家担任着各种岗位的行政职务,影响了作家们的创作精力;浙江作家的自足感较强,一些作家过于满足现实生存状态,危机感、自我超越的意识都不强,制约了浙江文学向更高层次的发展;作家队伍的老化,有实力的青年作家较少,创作人才的梯队形成不明显;特别是对小说、散文等文学门类的创作缺乏大气派、大手笔、大格调的作品;文学职能部门缺乏相应的、系统的文学浙军发展计划,等等。这些讨论均以对话形式在《东海》上不定期地发表,在全省文坛产生了较大影响。

为了在更大范围内推动这场讨论的深入,1995 年 6 月 11 日,《浙江日报》也发表了一篇题为《无可回避的平庸》的文章,掀起了"重振浙军雄风"的讨论高潮。在这篇文章中,作者牛干以相当尖锐的语气,从四个方面对浙江当代作家的创作现状进行了批评。他认为,浙江作家的创作心态较为浮泛,充斥着一种闲遣文人的优越感和自足感,许多作家常常以贵族化的生存姿态在创作中尽显种种机智与灵气,却忽视了对生命本身的深切体验和对时代困厄的本质关注,也缺乏对自我生存境遇及传统文化积淀的有力穿透;浙江作家的艺术人格出现两极分化,一部分人拒绝交流,骨子里存在着文人相轻的思想,一部分人则表现得颇为媚俗,把创作目标对准流行的文学热潮,在人云亦云中失去了坚定州乙术人格;地域文化也对浙江作家产生了负面影响,尤其是吴越文化中小巧有余而博大宏阔不足、阴柔有余而阳刚不足的文化特质,使浙江作家的作品一直显得缺乏大视野、大手笔;此外,批评职责的日渐荒废也是导致浙江当代文学日渐平庸的一个重要原因。大量的学院派批评家不愿介入到当下浙江创作批评中,而少量的专职批评家逐渐蜕化,影响了对浙江作家的有效批评。该文发表后,在浙江文坛引起了强烈反响。薛家柱、项冰如等一大批老作家和中青年作家也都参与到讨论之中。他们认为,要重振浙江文学,首先必须正视浙江当代文学发展现状,必须从中认真地审视自身的弱点,只有认清了自己的不足,才能找到超越的途径,"振兴文学浙军"也才能变成现实。围绕着这个话题,《浙江日报》在副刊上开设专栏,进行了为期近半年的大讨论。

"重振文学浙军"的大讨论一直延续了一年多时间,引起了全省所有作家以及各个文学部门的高度重视,并促动了浙江省作家协会等有关部门对文学工作思路进行了合理的调整。1997 年 12 月,浙江省作家协会第五次代表大会在杭州召开。省委、省政府有关领导出席了本次大会,省委副书记刘枫在开幕式上作了重要讲话。会议以"高举邓小平理论伟大旗帜,民主、团结、鼓劲、繁荣,迎接 21 世纪文学春天的到来"为主题,讨论并修改了《浙江省作家协会章程》,选举产生了新一届省作家协会主席和副主席。主席为叶文玲,副主席为黄亚洲、林晓峰、傅通先、顾颂恩、程蔚东、汪浙成、薛家柱、杨东标等。出席这次大会的全省作家代表 300 名,全体代表们本着重振文学浙军的强烈愿望,共同献计献策。会后不久,省作家协会便提出了建设"浙江省现实主义文学精品工程"的口号,通过对全省有实力的作家进行摸底调查,让作家们自报创作选题,然后通过专家论证,分三期连续确立了 20 余部长篇小说与长篇电视剧的"精品工程"计划。到 1999 年,先后出版了王旭烽的《茶人三部曲》、陈军的《北大之父蔡元培》、夏辇生的《船月》三部长篇小说,并在全国文坛产生了良好的反响。

与此同时,浙江作家的创作也显得尤为勤奋。小说、诗歌、散文、儿童文学、报告文学、文学评论等各种文学门类,无论是作品的数量还是质量,在这个时期都取得了丰硕的成果。据不完全统计,从 1996 年到 1999 年这 4 年之间,全省作家共出版长篇小说 67 部、小说集 55 部、散文集 126 部、诗歌集 93 部、文学评论及文学理论著作 39 部。这无疑标志着"重振文学浙军"开始渐露端倪。

下　编
浙江 20 世纪文学创作现象

第九章

小说（上）

一 由近代向现代转型的浙江小说

在中国古来一直视诗歌为文学正宗的国度里,小说则"言不齿于缙绅,名不列于四部"①,长期是一种边缘文体。明清以降,随着民间社会与商业社会的兴起与不断走向成熟,小说才初现繁荣。近代,东部沿海工业(尤其是印刷业)化和都市化程度较高的江、浙、闽、沪共同编织了发达的商业区域和流通网络,小说的创作与流传便在其中渐入佳境。在浙江,小说不仅有着良好的受众土壤,而且小说作家与作品汩汩而来,层出不穷。

时至晚清,康梁维新派卷起了强烈的时代风潮。作为文化载体的小说自然地、很快地被列入了革命的范畴。梁启超立足"新民说",于1899年至1902年间先后发表了《夏威夷游记》、《印译政治小说序》、《饮冰室诗话》、《论小说与群治之关系》等,提出了"诗界革命"、"文界革命"、"小说界革命"等口号。在《论小说与群治之关系》中,文学史上历遭轻侮的小说被梁启超推为"文学之最上乘";在他看来,"小说有不可思议之力支配人道",可以革新道德、宗教、政治、风俗、学艺、人心、人格。所以,"欲改良群治,必自小说界革命始;欲新民,必自小说"②。在梁启超等人的策动呼号下,视小说为"末技"

---

① 摩西:《小说林发刊词》,载《小说林》第一号。
② 梁启超:《论小说与群治之关系》,载《新小说》第一号。

的传统文学观念被迅速打破,一时间小说出现了突如其来的空前的繁荣。

梁启超的小说理论有很强的功利性,其核心是强调小说与社会政治的关系,强调小说革命在启蒙运动中的突出地位。此前,康有为便早提出:"《六经》不能教,当以小说教之;正史不能入当以小说入之;语录不能喻,当以小说喻之;律例不解治,当以小说治之。"①他设想将小说作为一种全能型的范本施行其对下层社会的教化功能。因此,梁启超极力倡导寄托"政治之议论"的"政治小说"。由于梁启超的小说理论彼时影响之巨,以他主办的《新小说》为旗帜的"新小说派"更"似乎是登高一呼,群山响应"②。这在全国立刻掀起了一股"政治小说(社会小说)"热。近代晚清的浙江小说自然难避其锋,与此潮流上下同心。

从戊戌变法到辛亥革命前后期间,浙江"政治小说(社会小说)"目前已见到的有 19 部,其中著名的有戊公的《立宪镜》、萧鲁甫的《花柳深情传》、陈墨涛的《海上魂》、冬青的《活财神》、王妙如的《女狱花》等。这些小说,其内容大体可分为两类:一是强调学习西方,鼓吹社会改革。如戊公(杭州人,生卒年不详)的《立宪镜》(1906)写出生法国的亨利,回国后感时运之不济,而主张师法西洋,实行立宪;蛰园(吴兴人)的《邹谈一噱》(1906)以虚幻之想、寓言之思,改写"卧薪尝胆"之本事,写勾践留洋回国,效仿西人之体制,在古越王国作改革之实验;王妙如(名保福,字妙如,近代女作家,钱塘人)的《女狱花》(1904)、陈渊(1885—1907,字墨峰,绍兴人)的《女英雄独立传》(1907,未完)等则宣扬妇女解放,鼓吹西式女权。萧鲁甫(字詹熙,衢州人)的《花柳情深传》(一名《醒世新编》)为此类小说之最著。小说叙浙东巨族魏隐仁本簪缨世家,从魏父起,全家吸食鸦片。魏隐仁生有四子一女,聘一酸腐孔姓教师。魏与孔参加乡试,因烟瘾发作而病倒,皆不中。魏父死,托梦告诫禁绝鸦片、时文、小脚三事。魏死后,家道衰落。太平军波及江东,孔投清军当师爷,因仍作八股文写妓女应酬文字而被解职;又进杂货店当管账,因不会打算盘被解雇。魏家逃难,几个女人因小脚而遭难。魏次子华如逃到玉山当塾师,后捐监中举,当了后补知府,仍穷愁潦倒。三子水如爱宦家小姐小脚,与之成亲,受尽淫妒之苦。四子月如出国留学,回国后办洋务、造机器,引起全村轰动。大儿子镜如下决心戒了烟。魏家女子一起放了脚。后华如

---

① 康有为:《本书目志》卷十四识语,上海大同书局 1897 年出版。转引炯等编《中华文学通史》第五卷,第 492 页。

② 包天笑:《钏影楼回忆录》,香港大华出版社 1971 年版,第 357 页。

上书朝廷论变法,被任命为道台,回家探亲,见家道复苏,全村人都成了巨富。总结经验,认为只有把西方的科技和中国的三纲五常结合起来才能使中国富强。小说痛陈八股文、鸦片、女子缠足之害。当然,这类小说中亦有揭露改革之弊端和表达对改革失望之意的,如老耘(又名真小人,杭州人)的《一字不识之新党》(1907)便辛辣地嘲讽改革者的"文化蛮荒"与投机主义;而由"古吴贾慕谊口述,武林人吴和友编辑"的《现身说法演义》(1910—1911)则以某种"亲历感"与"现场感"叙说理想化的改革理念在实践中与社会现实的严重错位。二是抨击清廷,宣传革命。如冬青(字戏墨,杭州人)的《活财神》(1909)叙玉皇大帝与佛祖赌博,输掉四千万万镑款,要财神设法。财神请众神商议,又请众绅士商议,皆互相推托。财神亲自下尘世访灶司、城隍、土地皆无钱。遂至蓬莱山访吕纯阳求点金术,未遇。财神在尘世混迹于安乐窝,与张四姐鬼混;到女总会赌博,输掉金钩如意;路遇孔方先生、倒运、穷酸、落薄、苦命等人,遍阅世情诡诈,又被酒色财气所迷。财神决定收拾凡心回去不意找到吕纯阳,将一乱石假山点成黄金,叫八万四千搬运鬼搬到南天门。财神上天缴旨,这群搬运鬼都投入尘世做经纪商,致使世界商务发达,经商人拥挤。小说用游戏笔墨"隐借财神,激烈世事",其嬉笑怒骂之态、含沙射影之功十足。茗溪人的《误中误》写林则徐禁烟,抨击清廷误国。陈渊的《海上扶余》、陈墨涛(绍兴人)的《海上魂》则都抒写民族气节,鼓吹种族革命。

　　政治小说在艺术上有一些共同的特征:1.情节框架的虚幻性、寓言性(勾践留洋、玉帝赌博)与情节背景的现实性、时事性(鸦片、八股文、缠足、英军侵藏)相糅;2.人物设置的影射性(玉帝、孔姓教师)和形象的概念化(《水月灯》中的益罗国大将"强横霸道",《花柳情深传》中魏家四子分别以"镜花水月"名之);3.叙事语言中掺入大量宣讲语言;4.多用章回体,又吸收了一些外国小说的技法。① 此外,一些政治小说还冠以"滑稽小说"之名,以游戏笔法,行戏谑之风,表忧患之心,典型的如冯文耷(号麒麟词人,慈溪人)的《水月灯》(1908)。该小说共四回,单独成篇,共叙七则故事。第一回叙盘格罗国大将"强横霸道"率兵侵略西藏,大喇嘛求援,"胡里胡涂"率僧兵相救,结果全军覆没。第二回前半回写义和团扶清灭洋,政府派无心党去查办实不办;,有心党首领上疏陈述利害,反遭杀身。结果中外开战,义和团尸横遍

---

① 　关于"政治小说"的共同特征,参见张炯等主编:《中华文学通史》第五卷,华艺出版社2001年版,第501页。

野,清政府赔款。后半回写长人国得疫症,矮人国送药相援,不料长人国恩将仇报,竟对矮人国下战书,最后长人国战败,两国修好。第三回前半回写三人谈治国安邦之策,守旧老人反对变法,主张恢复八股取士。维新少年批评程朱理学空疏无用。唯进步老少年将人分为九等,每等又分九类,谓朝野共和分九等。后半回写高等学生钱女与赵郎订夫妻立宪合同,钱女拟夫妻宪章二十条。第四回前半回叙陈大爷因依附洋人出卖土地而发财致富,结果乐极生悲,被江湖医生所骗,双目失明,气绝而亡。另,睡狮的《革命鬼现形记》(又名《革命魂》,1909)、谢亭长(杭州人)的《尚父商战记》(1907)及《活财神》等皆是此种风格。但浙江的政治小说也难避其通病:因过于强调政治功利性,政治宣讲味道太浓,偏理重教,从而在艺术上显得单薄、粗疏、直露,"开口便见喉咙",以至于日渐为读者嫌弃。

政治小说日渐式微,"起而补救政治小说的不足的,是谴责小说"①。在各种小说史论中,谴责小说都被作为晚清小说的代表,被认为是晚清最大、最有成就的小说派别。这股以揭露政治黑幕、痛陈社会腐败的小说潮流,几乎与政治小说同时决堤,一时蔚为壮观。与政治小说的凌空蹈虚、沙中建屋和偏理重教相反,谴责小说体现了早期的批判现实主义色彩。江苏人李伯元的《官场现形记》无疑是谴责小说的发轫之作。由于这部小说影响巨大,此后,以"官场"为题材和书名的仿作层出不穷。在浙江,便有老耘的《新官场现形记》(1907)、许优民的《后官场现形记》(1907)及西湖情侠的《孽报缘》(1908)等以揭露官场丑态为主要内容的小说问世,与晚清盛极一时的谴责小说此呼彼应。而钱锡宝的刊行于民国五年(1916)的《祷杌萃编》则可视为晚清谴责小说的余绪,并且是这一时期相对沉寂的浙江文坛屈指可数的佳作。

除却政治小说与谴责小说,鸳派言情小说在浙江也有很大市场。这一时期最著名的鸳派小说家是陈蝶仙。陈蝶仙(1879—1940),钱塘人,原名寿同,字昆叔;改名栩,字栩园,号蝶仙别署天虚我生等。著作宏富,所作长篇为鸳派小说之滥觞。其所作《泪珠缘》(1900)、《柳非烟》(1907—1908)等在全国皆有很大影响。《泪珠缘》(1900 年出前三十二回,1907 年续后三十二回)叙越国公秦政之妹婉香因父母双亡寄居秦府,秦政子宝珠与婉香相爱,宝珠去小桃花馆探望婉香,共填《感皇恩》词,并以《西厢》词句相试探。宝珠

---

① 杨义:《中国现代小说史》第一卷,人民文学出版社 1998 年版,第 24 页。

随母柳氏去叶府拜寿,婉香在家与舅妈藕香、表姐丽云作吊落花诗。柳夫人回府,婉香因迎接稍迟被丽云取笑,暗中伤心。梦中宝珠告诉她叶老太太给宝珠提亲聘她为妻,梦醒而病,宝珠睡在小桃花馆陪伴。次日叶府姊妹来,吃酒、赋诗。过了三月,婉香与丫环种牡丹,宝珠又请叶府众亲来赏牡丹、饮酒、听戏。时家中爷们或私支银两,或大闹戏馆,宝珠病,忽东府墙外失火,秦府将烧毁之处买进盖起花园,名榆园。诸清客为园题额。宝珠和婉香同读《眉香楼诗集》,无限感慨。中秋,宝珠去叶府赏月,偶见叶赦和小姨娘杨小环通奸;杨悬梁自尽,其魂向叶索命,叶赦因之丧命。宝珠吊祭,无限悲伤。后宝珠由母亲做主,娶叶蕊珠为妻,生下一男孩。秦父病逝,众遵遗嘱分家。翌年中秋,摆酒听戏,时收到张总管派人送来电报,故事戛然而止。很显然,《泪珠缘》之艺术运思深受"红楼"笔法之影响。《柳非烟》叙侠客陆位明、才子施逖生、财主卫默生三人同爱佳人柳非烟。柳非烟只爱施逖生。卫默生与贪财的柳母勾结陷害施逖生,欲强娶柳非烟,陆位明仗义制裁卫默生,几经曲折,柳、施二人终成眷属。小说仍不脱明清小说"才子佳人"之模式。

　　晚清浙江文言笔记小说式微。但仍有俞樾的《右台仙馆记》(1910)很值一读。这是一部轶事小说集,16 卷,收轶闻异事 667 则,一则一事。又附《耳邮》4 卷,两书大同小异。内容人事居多,鬼怪十之一二。如卷二记一人至贵州为县令,颓垣土屋,一县吏出迎,谓此县已二十余年无县令,记西南边陲之荒凉。卷三记浙江宁波的溺、焚女婴。卷四记浙东农民典妻之俗。又"秦娘"写秦娘误入青楼,矢志自爱。强笑迎客,使大醉,服客之衣帽诈为客,大骂"婢子接客无礼",扬长而去。《右台仙馆记》文笔纯熟练达,点染出 19 世纪后半期深刻的社会危机,具有学人小说的特点。鲁迅《中国小说史略》评:"颇似《新齐谐》为法,而记叙简雅,乃类《阅微》。"

二　现代小说创建期的独领风骚

　　五四之前的近代中国文坛,尽管有梁启超等人的摇旗振鼓,但小说与小说家仍不成为文学的主流。小说与小说家终能登上"文学之正宗"、"文学之大主脑"①的地位,当以五四时代为分水岭,从这时起,诚如鲁迅所言,"小说

---

① 鲁迅:《集外集拾遗·帮忙文学与帮闲文学》。

家侵入文坛",文学的文体格局遭到了颠覆性的挑战,小说作为先前的边缘文体勇猛劲锐地向文学的中心地带挺进。小说作为五四新文学的突破口,最终带动了整体性的文学革命。在这个历史性的发展进程中,毫无疑问,浙籍作家的作用具有前导性、先锋性和最坚实的革命性。

中国现代小说由"边缘"向"中心"的位移,首先得益于一批学养深厚,并具有清醒批判精神的浙江作家在小说理论上作出的重要建树。鲁迅的《中国小说史略》对结束"中国之小说自来无史"的旧局,自是功不可没,它在中国的小说研究与小说理论史上均具有开创性的贡献。《中国小说史略》搜罗辑录了中国自远古神话至晚清谴责小说等数百种小说及相关资料,对中国千余年的小说既作了历时性的源流辨析,又作了共时性的归类研究;既有对小说艺术精微细致的体悟,又有对与小说同源同构的社会、政治、文化诸因素的真知灼见。鲁迅的小说研究"以点、线、面三者交融贯通的特色,从根本上打破了金圣叹那种有点无线,得线遗面的才人式评点的格局,又避免了清末《中国历史小说史论》等文章的空疏浮泛,做到史识卓具,体系井然"①。《中国小说史略》之后,"研治之风,颇益盛大,显幽烛隐,时亦有闻"②。郁达夫于 1926 年发表专著《小说论》③原是作者在武昌师范大学文科任教时准备的讲稿,对小说的性质和价值,小说的文体学特征,小说创作中的结构安排、人物塑造、环境设置等技巧问题,均有全面而精辟的阐述。沈雁冰的《小说研究 ABC》中关于小说的文体界说,已能看出现代小说意识拨云见日般的清晰与明朗。他写道:"novel(小说,或近代小说)是散文的文艺作品,主要是描写现实人生,必须有精密的结构,活泼有灵魂的人物,并且要有合于时代与人物身分的背景或环境。"现代小说理论关于小说的诸种要素,在沈雁冰的论述中已有高度概括性的体现。此外,周作人等人关于小说的片谈散论,与同时代的其他先进的小说理论一起,也对于革新小说观念,为小说作文体学上的理论甄别,澄清小说在概念上的混乱,免使小说被"拉去归入子部杂家"④,并最终赋予和提升小说的科学和艺术品格,产生了现实的同时也是长远的影响。五四时代的这批浙江作家,裹挟着进步的小说观念,通过对民初旧小说,特别是对黑幕派小说与鸳鸯蝴蝶派小说的急风暴雨式的无情斗争,

---

① 杨义:《中国现代小说史》第一卷,人民文学出版社 1986 年版,第 86 页。
② 鲁迅:《中国小说史略·题记》,人民文学出版社 1973 年版。
③ 郁达夫:《说渤》上海光华书局 1926 年版。
④ 周作人:《日本近三十年小说之发达》,载《新青年》第 5 卷第 1 号(1918 年)。

净化了小说风气,建立与维护了进步的小说"意识形态",促进了现代小说意识的催生与最终确立。五四时期,浙江作家对于中国现代小说的最大贡献,还在于他们在小说创作上的杰出成就。鲁迅作为中国现代小说之父,至今仍有着高山仰止的高标地位;在五四小说——中国现代小说的第一次预演中,"浙东乡土小说作家群"师承鲁迅而崛起,在现代小说界引起强烈反响;从浙西富春江畔走出的郁达夫,以其特有的"水性文化"气质开小说抒情、写意文风,在现代小说中首创"自叙传"小说样式;而另一些浙籍作家(如汪敬熙、俞平伯等)作为第一批登台的现代小说家,对中国现代小说的创建也有着开拓之功。

鲁迅于世纪之初便关注中国小说的根本改造。在留日期间于仙台医学专门学校学习时受现实刺激,深感最重要的是改造"愚弱国民"的精神,遂弃医从文,而"从文"的首途便是小说革新。他与其弟周作人于 1909 年翻译出版《域外小说集》,旨在移入"异域文术新宗",以为革新中国小说的借镜,可谓用心良苦。1912 年试作文言小说《怀旧》,除语言形式外,对小说从内容到体制的探索,革新精神已清晰可见。五四新文化运动前后,在逃异乡走异路的上下求索中,在经历了资产阶级革命的起落之后,鲁迅以深邃的洞察与丰富的体悟,将民族与民众的苦难、历史与社会的黑暗尽收眼底,了然于胸,开始了现代新小说的制作。他以"我以我血荐轩辕"的激情与气概,将个人的生命与灵魂许诺给了民族的命运,以战士的姿态实践着一个伟大的思想探索者的历史使命。鲁迅的小说,立意峻拔,独出机杼,语风讥诮,疏清峻洁,他既是中国现代小说的始作俑者,也是中国现代小说最高成就的体现者。他作为五四时期为复兴祖国文学而被呼唤出来的第一代作家的卓越代表,作为以文学揭橥、承载民族苦难并参与社会历史发展的哲人与战士,他的小说给我们民族带来了弥足珍贵的新的因素:忧愤深广的总倾向,沉郁宏达的总格调。①

1918 年 5 月,《新青年》第四卷第五号发表了鲁迅的《狂人日记》。作为中国现代小说史的开篇之作,这部小说与五四前夜急进的民主主义启蒙运动和新文化运动相互辉映,彪炳史册。小说以对一个妄想型迫害狂病人内心活动的逼真而深刻的记述,极富艺术地象征了一个觉醒者苦闷沉郁的心态和狂乱的精神世界,悲怆愤懑地"暴露家族制度和礼教的弊害"②,成为一

---

① 　杨义:《中国现代小说史》第一卷,第 153 页。
② 　鲁迅:《且介亭杂文二集·〈中国新文学大系〉小说二集序》。

篇反封建的檄文,向"绝无窗户而万难破毁"的"铁房子"奋力投出一枪。《狂人日记》的卓越之处在于,它作为一个完备的象征文本,用"吃人"这样的行为意象映射了中国封建社会的全部历史与现实。在谈到这部小说的写作契机时,鲁迅曾说:"偶阅《通鉴》,乃悟中国人尚是食人民族,因成此篇。此种发见,关系亦甚大,而知者尚寥寥也。"①小说触目惊心地揭开了"满本都写着""吃人"两字的历史,对于旧社会吃人本质的揭露,对于"礼义之帮"尚是"食人民族"的"发见",使这部小说有着振聋发聩之功,惊世骇俗之效。"礼教吃人"从此成为街谈巷语。在这个"四千年时时吃人的地方",吃人有着先验的合法性,从霸王之主、开国之君,到忠义之臣、执刑之卒,"吃人"因顺理成章而使吃人者心安理得,旁观者熟视无睹。并且,吃与被吃的关系也绝不仅仅是君/臣、臣/民或成王/败寇之间单向度的吃/被吃,它实际上已形成一个极为复杂的网络,从赵贵翁到大哥,从医生到路人,每个处于这一网络之中的人,自己想吃人,又都有被吃之虞,恶恶相循,有始无终。同时,诸如"易子而食"、"食肉寝皮"、"炒食心肝"这样暴戾而惨绝人寰的吃人行为,总是能得到礼教话语的合法性支持,这使吃人行为的残忍性得以掩蔽、虚饰和淡化。礼教的伪善和狡诈,与它的凶残一样,在鲁迅如炬的目光下无可遁逃。鲁迅的叙说入木三分;他对于旧制度之罪恶本质如此痛切深刻地披剥和指斥,使《狂人日记)抵达前所未有的思想深度,它以富于战斗性的、锐不可当的批判精神开启了中国现代小说的源头。

1921 年 12 月至 1922 年 2 月,《阿 Q 正传》在《晨报副刊》连载。这是鲁迅对辛亥革命作批判性历史总结的最杰出的作品,也是鲁迅解剖"国民性"、塑造不朽的人物典型的最杰出的作品。阿 Q 是辛亥革命前后生活在江南小镇未庄的一个雇农,他无家无产无业,寄居在土谷祠,以替人打短工谋生。鲁迅以深沉的哀怜描写了这个栖息在社会最底层的小人物悲凉无助的生存状态:他被剥夺了姓赵的资格,仿佛也没有资格求婚示爱;他被剥夺了革命的机会,最终又被掠去了生存的权利。但鲁迅写《阿 Q 正传》"实不以滑稽或哀怜为目的",而是要将它"作为我的眼里所经过的中国的人生"来写出,并要努力"画出这样沉默的国民的魂灵来"。因此,阿 Q 这个伟大的典型负载着这样两方面的艺术价值:一方面,在他的身上留有历史车轮碾过的辙痕,他的个人历史与社会历史同构同趋,因此他的个人命运实际上投射出了那

---

① 鲁迅:《致许寿裳(1918 年 8 月 20 日)》,《鲁迅全集》第 11 卷。

个时代民众与民族的苦难与悲欢;另一方面,阿Q作为一个内涵丰赡的艺术个体,蕴藉或暴露出了国民性中最全面也是最本质的内容。

《阿Q正传》将人物和故事直接置入辛亥革命的重大历史背景中。作为一种历史总结,鲁迅以小说这样的经验方式批判了资产阶级革命的虚弱。当革命发生的时候,本当成为革命对象的赵秀才和假洋鬼子却抢了先机,摇身一变成了革命者,而首先在未庄高喊"造反"的阿Q却一直无缘真正介入革命,相反最终做了替死鬼,被"咸与维新"的新政权冤杀。死水微澜的未庄复归于平静,所有的秩序一如既往。在这里,"革命"作为一个政治事件,由于角色的滑稽性置换,从而表现出荒诞意味。在这样一个荒诞的历史境遇里,辛亥革命没有也无法解决中国革命所最终要解决的历史课题。"《阿Q正传》的杰出之处就在这里,它描写了阿Q这样一个毫无政治气质的人物,却在历史的理性天平上准确无误地衡量出辛亥革命这场资产阶级最值得夸耀的政治革命的铢两。"①

与此同时,阿Q作为"'乏'的中国人的结晶"②进入世界文学不朽的人物画廊。阿Q的性格核心是精神胜利法。他无视切近的生存困境,不着边际地吹嘘"我们先前——比你阔多啦!"或宣称"我的儿子会阔得多啦!"受人欺凌则以"总算被儿子打了"来自慰。他无端地鄙薄城里人,又蔑视未庄人,自以为见多识广。他的萌生于阶级复仇意识的原始的革命冲动,最后也不过是土谷祠里的一场酣梦。他的精神胜利法以一种非常圆通的方式,使他瞬息之间就能在心理上扭转自己的强弱位置,获得一种自欺欺人式的精神平衡与满足。在这里,阿Q的个人命运与近代以来备受列强欺凌的中华民族的苦难史形成对应,而他的精神胜利法则充分体现着民族性格中愚钝、冥顽、解减饰非、自欺欺人的病态心理。阿Q是那个时代整整一代人的心理缺点的高度概括,他使无数的中国人在不断的自况与反省中清晰地发现自己体内或隐或现的"阿Q相",这种发现让人震撼,让人警醒,也让人惊惧。实际上,阿Q及其精神胜利法作为一种有着巨大普泛性的心理结构,显然涵纳了超越民族的、更为普泛的人群。他作为伟大的艺术典型而成为世界性的文化与精神财富。

鲁迅一生在小说方面著述不多:1923年8月,北京新潮社出版《呐喊》,录小说15篇;1926年8月,北京北新书局出版《彷徨》,录小说11篇;1936年

① 杨义:《中国现代小说史》第一卷,人民文学出版社1986年版,第167页。
② 沈雁冰:《读〈呐喊〉》,载1923年10月《文学周报》第91期。

1月，上海文化生活出版社出版《故事新编》，录小说 8 篇，其中《补天》原在《呐喊》中以《不周山》为题录入。除去早年所作的文言小说《怀旧》，鲁迅一生所作小说计 33 篇。但这不多的篇什，却开创了"一个伟大的文学主潮"（杨义语）。20 年代的乡土写实派小说，与鲁迅的《风波》、《祝福》、《故乡》有着天然的亲缘与承继关系，文学研究会的人生派小说则与他的现实主义精神有着内在的贴近与认同感，即便是浪漫抒情派小说也因为"伟大的文学主潮"而发生分化、迁衍。他以同代人难以企及的现实主义深度，以中西融通的精湛技巧，感召了一个时代的文学潮流，引领着一个时代文学的根本方向。他的小说中，无论是难以释怀的乡土情结，或是忧愤深广的历史批判，都体现着他以作家特有的方式参与社会、介入历史的现实主义态度。而他的小说的"一篇一境"，警拔精粹的语体，点睛式的白描，坚韧刚劲的风骨，以及游刃有余的气度，则使中国现代小说在草创时期即耸起了让后人艰于超越的高峰。

"乡土写实派"是 20 年代与人生派、浪漫抒情派并立文坛的三大小说流派之一，是现实主义传统在乡土题材中的延续与深化，它以浓郁的地方色彩、深刻的现实立意，拓展了中国现代小说的艺术空间，对推动中国现代小说建立民族气派与民族风格，有着积极的意义。"浙东乡土作家群"在 20 年代崛起，成为这期间"乡土写实小说"的创作中坚。王鲁彦是这一流派的领衔人物，而许钦文、许杰则是将这一流派的艺术风格与境界推向成熟与更高层次的杰出代表。

"浙东乡土作家群"对乡土题材的关注，一方面有其艺术选择上的客观必然性，另一方面则可以看出其与鲁迅小说紧密的师承关系。正如许多研究者已指出的，在"乡土写实派"作家的作品中，出现了一些与鲁迅的农村题材作品相关联的族类。如《故乡》族类，即以平等的、尊敬的态度回忆作者童年时代留下深刻印象的农民朋友，像王鲁彦的《童年的悲哀》；《祝福》族类，即对农村劳动妇女，尤其是被损害的寡妇，致以深切的同情的作品，像王鲁彦的《李妈》；《阿 Q 正传》族类，以诙谐的笔调写悲惨的农村故事，体现了作者对落后的农民"哀其不幸，怒其不争"的复杂感情，像王鲁彦的《阿长贼骨头》、许钦文的《鼻涕阿二》等。但这些作家很显然以试图超越鲁迅的努力而成绩斐然。他们凭据自己对乡土民风民情的真切深入的体验，用生动别致的笔触，为文学史提供了许多鲜活丰满的艺术形象，为读者提供了更为开阔的艺术视野。尤其是他们写出浙江山村的强悍民风、古老乡镇的阴郁空气、滨海农村的人情世态,描画与营造了浓郁的地方色调,显示了极其重要的文学与流派意义,使中国现代小说在民族化轨道上着实地推进了一步。

王鲁彦(1901—1944),原名王锡成,又名衡,笔名鲁彦、王忘我等,镇海人。1922年加入文学研究会,并于次年在《东方杂志》11号发表处女作《秋夜》。1926年出版第一个短篇小说集《柚子》,此后又有《黄金》、《童年的悲哀及其他》、《小小的心》、《屋顶下》、《雀鼠集》、《河边》、《伤兵旅馆》和《我们的喇叭》等八部短篇小说集络绎问世。另有中篇小说《乡下》,长篇小说《婴儿日记》(与夫人覃谷兰合著)、《野火》(后改名《愤怒的乡村》)。

鲁迅在1935年所作的《中国新文学大系·小说二集导言》中将王鲁彦及许钦文等称为"乡土文学"作家。王鲁彦自取笔名"鲁彦",有对鲁迅明显的效仿与师法。其处女作《秋夜》即直接取法《狂人日记》,以梦幻形式与象征手法叙写一个孤身战士厝身旷野,恶斗凶顽,拯救苍生而不得,荷戟彷徨,四顾茫然,独怆然而涕下的凄苦心境。王鲁彦真正开始乡土小说的写作,当在1925年以后,以《菊英的出嫁》、《许是不至于罢》的发表为标志。因此,王鲁彦虽是"乡土写实派"小说家中成就最大的作家之一,但乡土小说的写作实属后起。王鲁彦一旦进入这一题材的创作,立即便显示出其不同凡响之处。他对于浙东滨海乡土风情的稔熟,对于其中饶有文学意味与现实意义的内容的开掘,以及他扎实、纯朴的写实手法,给人留下了深刻的印象。1928年,即王鲁彦发表《黄金》次年,茅盾以"方璧"为名作《王鲁彦论》,对王鲁彦在乡土写实道路上的探索与追求给予了充分肯定与高度赞赏,并满怀信心地预言王鲁彦在此艺术道路上"一定还有更好的成绩"①。王鲁彦的乡土小说写出了宗法制农村陈陋的生活习俗、晦暗的处世心理、隔膜的人际关系、悲哀的人生境遇,于对世态炎凉的反映中表达自己或批判或同情的价值立场。《黄金》写陈四桥的如史伯伯,本是一个家境平稳的小康之家,因儿子年终不曾汇款回家,顷间便在势利成风的村子里备受冲袭。他老婆去串门,人家唯恐她开口借钱,早早摆下脸色将她拒之千里;他去参加婚筵,也遭冷遇,只能屈尊末席;女儿在学校被老师刁难,被同学嘲笑,连家犬也在屠坊被人屠戮。在他当办的祭祖羹饭的席面上,后辈对他无端挑衅,肆意侮慢,连乞丐也上门强讨现洋,无礼嘲弄。后来,家中被盗,也不敢声张,怕人猜疑他假装失窃,意图抵赖债款。小说深刻地揭露了金钱原则下冷酷、鄙俗的人际,生动

① 方璧:《王鲁彦论》,载《小说月报》第19卷第1期,1928年1月。

细致,人物的形态口吻惟妙惟肖。《岔路》写吴家村与袁家村瘟疫肆虐,生灵涂炭,但野蛮愚昧的习俗与自私虚妄的心理而导致的械斗,使两村人血肉横飞,其惨状甚于瘟疫。小说展示了宗法制农村愁云悲雾般的生活图景。在另一代表作《童年的悲哀》中,王鲁彦刻意塑造了一个善良而多才多艺的"下流人"阿成的形象,以阿成的友善热忱和禀赋过人,与乡村小资产阶级对他的不屑、挤兑相比照,写出了一个以富贵穷贱为等级观念的乡村社会的价值内核。这个小说有鲁迅《故乡》的影子,并同样表达了作者对于故乡既爱又憎的复杂情感。

鲁迅的乡土小说常表现乡村本土封建势力强大的因袭力量对人性与人生的扼杀,对历史进步的无形牵制,而王鲁彦的乡土小说则还表现了外来文明对宗法制乡村经济形态与文化心理的侵扰与破坏。小说《桥上》写村人伊新叔原本生意兴隆的南货店在永泰商行的排挤下濒于倒闭的过程。永泰商行凭借洋机器(喻示工业文明)与雄厚资本(商业资本),高效低价,轻而易举地造成了伊新叔的滞销、积压与蚀本,并同时击溃了他在宗法制社会里倚仗熟人熟面、自然而然形成的信用。乡土经济所遭遇的阵痛及其所蕴涵的文化寓意,是《桥上》所着力开挖的主题。我们可以在后来茅盾的《林家铺子》、"农村三部曲"及 80 年代李杭育的"葛川江系列"中看到王鲁彦的《桥上》所具有的母题意义。在另一些小说中,如《屋顶下》、《李妈》等,王鲁彦则或通过婆媳矛盾,或经由主佣对立,象征性地喻示城市或殖民化文明与乡土文化心理的对峙,以及前者对后者强有力地侵渐。王鲁彦对处于双重文化压力下疲于挣扎的乡土人生寄予了深切的关注与同情。

王鲁彦的乡土小说又以浓郁的浙东风情取胜。他小说中那些以"桥"、"碶"为名的村镇(如陈四桥、毕家碶),反映着滨海水乡独有的地理风貌。坐航船、"捉大阵",则是具有"商标"意味的水乡生活方式。河流上往来游弋的各种船只,有"小脚姑娘似的"柴船,有"呆笨老太婆似的"冬瓜船,"风流少年似的"小划船,还有"巨大的野兽似的"轧米船,其描写浸透着水乡湿润的风味。王鲁彦的不少小说所记叙的乡土习俗,可作民俗学的考据与阐发。《菊英的出嫁》写"冥婚",《岔路》写迎关帝驱瘟神,其他如婚丧、祭祀、出游、械斗等,多有涉及。即便在《黄金》等小说中写"释梦",也是摒弗洛伊德而取浙东风俗,即以梦兆占吉凶,以深具迷信色彩的释梦理论来揭示人物的深层欲望。应该说,这些"民俗"虽以强烈的写实风格给人深刻印象,但也使王鲁彦笔下的乡村显得阴郁暗淡。大多数时候,王鲁彦对乡土陋俗持批判性态度。

　　王鲁彦进入乡土题材小说的创作后,在不长的时间里,很快就形成了自己坚实、成熟的风格。他坚持以普通人为小说的核心形象,精于心理刻画,长于环境描写。朴实淳厚的叙述,意味深长的点画,沉郁凄清的抒怀,常使人于不经意间得其感染。

　　许钦文(1897—1984),原名许绳尧,字钦文,绍兴东浦村人。1922 年在绍兴的《越铎日报·微光》发表小说处女作《晕》,并开始在《晨报副刊》陆续发表小说。1926 年,鲁迅以《呐喊》的版税垫支为其出版了短篇小说集《故乡》。此后不久,又出版了《毛线袜及其他》、《鼻涕阿二》、《赵先生的烦恼》、《回家》等。鲁迅作《幸福的家庭》,冠以"拟许钦文"的副题,并"附记"云:"我于去年在《晨报副刊》上看见许钦文君的《理想的伴侣》的时候,就忽而想到这一篇的大意,且以为倘用了他的笔法来写,倒是很合适的。"鲁迅此举,使许钦文名噪一时,《故乡》也于三年间连出四版。

　　许钦文是最早出现的乡土写实小说家之一。在他前期的不少小说里,"鲁镇"或鲁镇所属的"松村"常是人物和故事所在地,这可以看出他与鲁迅在文学上的血脉关系。他的小说既渲染面对故乡昨是今非的感伤和失落(《父亲的花园》),更表达对乡土社会人生悲剧的深广忧愤(《疯妇》、《石宕》)。《疯妇》写一个儿媳妇被逼至疯至死的故事,但作者没有简单地将此归咎于婆婆的个人品质,而是引导读者将审视的目光越过俗套的婆媳不睦而投向作为人物生活背景的乡规陋俗,以刺激人们对妇女价值的重审。《石宕》以采石工人毙命石窟的惨剧为叙事焦点,又以村人为谋稻粮,自甘冒险,前赴后继,仍采石为生的凄境作结,以沉郁凝重的笔触将劳动人民的悲惨命运进行了意韵悠长又撼人肺腑的展示,是《捕蛇者说》的现代小说版。著名的中篇《鼻涕阿二》则描写宗法制社会毁人于无形的冷酷:菊花因是二胎女儿而为全家鄙视,落了个"鼻涕阿二"的绰号,"大家都因为她是'鼻涕阿二',所以她有供人差遣的义务",她在家中地位如同奴婢。维新开始后,她进了夜校,不想因为一场恋爱风波在道德上再度贬值,被家人讥为"贱小娘"。丈夫死后,她被婆婆卖给钱师爷做妾。从此,为"争取做人",她用尽心计,耍尽手腕,取宠于师爷,排挤正室,虐待奴婢,成为凤姐式的人物。但很快她又为师爷的新欢所排挤,最后死于困窘,连在师爷的牌位上刻下自己名字的资格都没有。小说揭示了依据封建等级制判断个人价值,进而规定个人命运的乡土生活逻辑与社会心理,写出了宗法制社会乡村妇女的非人地位及环环相循的悲剧性人生轨迹。

　　许钦文的艺术才能与题材选择是多侧面的。20 年代,乡土写实小说之外,许钦文还创作了一些以知识青年生活为题材的小说,以娴熟的心理分析技巧,边叙边议,讽喻时尚,针砭浮世。《小狗的厄运》以轻松幽默的笔调穷尽热恋男女的微妙心理,《理想的伴侣》以讥诮的风格贬抑"爱情至上"论,而《梅和鹤》则以"梅妻鹤子"之典影射国民党高压政策下知识分子的某种矛盾心态。其小说注重社会政治价值,谙于心理分析,当他将思想内容与心理分析技巧圆熟地结合起来时,时能产生鲁迅式忧愤深广现实主义效应。早在 30 年代就有人评价:"他能用速写的笔,便捷而自然的画出那些乡村人物的轮廓,写出那些年轻人在恋爱里的纠纷。(他)文笔似平淡却很老练。虽没有激越的情感,但在读者的心上,却由淡而浓的染上了一层印痕。"①

　　许杰(1901—1993),字士仁,笔名张子三,天台人。出身清寒。1921 年开始在《越铎日报·微光》发表作品。1924 年在《小说月报》发表成名作《惨雾》,并入文学研究会。茅盾在《中国新文学大系·小说一集导言》中说:"许杰开始创作大概在一九二三年下半年。他最初的两年光景,一气里给了我们十多篇农村生活的小说,其中长的如《惨雾》,有三万多字,短的亦常在一万字以上。在那时,他是成绩最多的描写农民生活的作家。"出版有小说集《惨雾》、《暮春》、《飘浮》、《火山口》、《铸炼集》等,另有散文集与文艺论集多部。

　　许杰的乡土小说裹挟着强劲的山风,浸润着浓重的土趣。他以开阔的意境、明朗的格调、宏大的气势、精湛的描绘,为读者打开了一幅幅浙东乡村风俗画卷。枫溪村,用它遮天蔽日如火如荼的枫叶,透迤透彻不绝如缕的溪涧,每每在他小说的开卷处美丽地沉默着,或热闹着。各色人等在一种特有的气息与氛围里或耕或锄,或嘻或嗔。这里有庙宇,有戏台;有琴师,有赌徒;有泼妇,有蛮汉;有典妻的陋俗,有械斗的惨剧。然而,"许杰小说的乡土气息,主要的不在于这种美丽的自然景色和古老的恶劣风习,而在于他以一种粗豪、开阔的文笔,写出了浙地山乡剽悍倔强的民风。……活跃在许杰的这些小说中最有特色的人物,是械斗场上的勇士(《惨雾》),戏台下的泼妇(《台下的喜剧》),嗜赌成性的浪子(《赌徒吉顺》、《飘浮》),作恶多端的盲人(《琴音》)。这里缺少的是羞涩、怯懦、朴讷,所多的是好胜斗狠、放荡不羁、执迷不悟和敢于在大庭广众中抛头露面"②。《惨雾》写玉湖和环溪二村为争

---

①　郭箴一:《中国小说史》(下),商务印书馆 1939 年版,第 660—661 页。
②　杨义:《中国现代小说史》第 1 卷,第 512 页。

夺一块沙渚而械斗。作者驰骋文笔,叙写械斗从偷袭到对垒到火拼的整个过程,既有对恐怖气氛的着力渲染,又有对血腥场面的淋漓描绘;既写了男丁的凶蛮,又写了新寡的恸伤,将一场由自私、狭隘和凶悍相互撞击而激发的血腥悲剧刻画得惊心动魄,令人难以释怀。许杰以磅礴通脱的文气,令人赞叹的场面调度能力与精湛的叙述技巧,开创了乡土写实小说的又一种风格类型。

许杰的小说才能是多方面的。《子卿先生》揭露一个"讼棍"丑鄙的灵魂和行径,淋漓尽致地写出他以庸劣的伎俩鱼肉百姓、欺凌妇女的丑态。小说以一种反讽调式贯穿全文,讥诮生动,亦庄亦谐,是张天翼式的讽刺风格。

1921 年 6 月,创造社在日本正式成立,"一时如狂飙突起",它以对青春浪漫气息的呼唤,为小说带来了浪漫抒情之风。浪漫抒情派小说承续中国文学的感伤传统,又传导着强烈的价值叛逆倾向,在强调小说向个性与自我逼近的同时,铺展了人物孤冷、彷徨、沉郁、幻灭的心路历程及相应的情感与精神状态。浪漫抒情派小说对传统的小说体式进行了同样是狂飙突进式的破坏,但有破有立,它所发展的散文化和诗化小说体式,在某些方面某种程度上又提高了小说的表现能力。它以自觉鲜明的流派意识,将自己嵌入了中国现代小说史的历史坐标。这个流派中,浙江作家郁达夫是毋庸置疑的中坚。

郁达夫聪颖早慧,15 岁即开始创作旧体诗,并向报刊投稿。1913 年赴日留学,1919 年考入东京帝国大学经济部。留日期间,他广泛涉猎西洋文学,从中深受影响。尤其受日本文坛当时风行的"私小说"("自我小说")的影响全深,以"私小说"作家葛西善藏、佐藤春夫为偶像。受累于"弱国子民"的身份,在异国十年屡遭歧视、冷遇和屈辱,这一方面激发着他的爱国热忱,一方面也促成了他忧郁感伤、愤世嫉俗的思想性格。在与郭沫若等发起成立创造社后不久,出版短篇小说集《沉沦》,一时文坛倾动。这也是中国现代文学的第一个短篇小说集。创造社诸作家中,以郁达夫的生活与文学道路最为曲折,但纵观其一生,"他永远忠实于'五四',没有背叛过'五四'[1],始终保持了爱国进步知识分子高尚的品德。

郁达夫有"文学作品,都是作家的自叙传"[2]的主张。从《沉沦》(1921)始,到《出奔》结(1935),他一生所作 50 余篇小说中,有近 40 篇属自叙传小

---

[1]　胡愈之:《郁达夫的流亡和失踪》,《新文学史料》1978 年第 1 期。
[2]　郁达夫:《五六年创作生活的回顾》,《过去集》。

说。他以卢梭《忏悔录》式的率真敞裸胸襟,心灵之河决堤而追,任意东西。他用浓郁的抒情笔调对自我个性与气质进行张扬与宣泄,对自我内心进行暴露与表白。这明显受浪漫主义精神中个性主义力量所驱策,是对以"灵的觉醒"为代表的浪漫主义理想的求索。在他的小说中,伊文、Y、于质夫、文朴和"我",作为叙述者或叙事主人公,虽不可与作家本人简单等同,但无疑有着作家清晰的自我形象的投影,他们孤独、自卑、愤世、抑郁、感伤,有着病态的敏感与自虐心理,有着屠格涅夫笔下"零余者"形象的质趣。《沉沦》描绘一个中国留日学生,渴慕真诚的友谊和纯美的爱情而不得,却因是弱国子民而备遭轻侮和冷遇,落得形单影只,抑郁寡欢,消沉绝望。他不甘沉沦,又无力自拔,在妓院失了贞操,心中痛切,投海自毁。郁达夫借小说主人公之口,遥呼神州:"中国呀中国,你怎么不强大起来!""我就爱我的祖国,我就把我的祖国当作了情人罢。""祖国呀祖国!我的死是你害我的!你快富起来!强起来罢!"这个伤痕累累的异乡灵魂,深刻地反映了五四时期在外侮与内轧下苦于挣扎的中国知识青年普遍的心态与精神面貌,在青年读者中激起了强烈的共鸣和巨大的反响。由于小说中有不少大胆的涉性描写,也招致守旧阵营的诋毁与诘难。郭沫若在《论郁达夫》中说:"他的清新笔调,在中国枯槁的社会里面好像吹来了一股春风,立刻吹醒了当时的无数青年的心。他那大胆的自我暴露,对于深藏在千年万年的背甲里面的士大夫的虚伪,完全是一种暴风雨的闪击,把一些假道学、假才子们震惊得至于狂怒了。为什么? 就因为有这样露骨的真率,使他们感受着作假的困难。"①在《茫茫夜》中,作为教员的于质夫愤世嫉俗,耿介冲动。当军阀捣乱学校,使他有生计之危时,他便由伤心而自弃,纵情声色,陷溺肉欲。郁达夫小说的自我形象总是有着不可遏制的情欲冲动,有着强烈的灵肉分裂,理智总显脆薄,情感永呈激越。但郁达夫总是将个人的感伤与绝望融入到黑黢黢的社会背景中去,将自我悲剧的表象与社会根源相维系,使产生普遍性,使个人遭受的精神苦刑有更为理性和富于时代意义的阐发。"将亡未亡的中国,将灭未灭的人类,茫茫的长夜,耿耿秋星,都是伤心的种子。"《茫茫夜》中的这段因时因地油然而起的感喟,可视为郁达夫对狭隘自我的超越,视为对"私小说"之"局面太小"的超越。他的感伤,"是对国家,对社会的"②。

---

① 郭沫若:《论郁达夫》,《沫若文集》第 12 卷,第 547 页。
② 郁达夫:《北国的微音》(1923 年 3 月 7 日),《过去集》。

郁达夫小说的自我形象其实是"在重压下的呻吟之中寄寓着反抗"①的，因此，尽管看上去灰暗、哀婉，甚至于颓唐，但依然掩饰不住其中的忧愤与绝然。《采石矶》以清代党同伐异的伪儒戴东原影射胡适，同时以遗世傲立的黄仲则自况，意在表达郁郁不得志的苦闷，表达对话语强权的抗议。《青烟》则以神幻手法描写故乡家屋的颓败，由此作生发性的愤世抒怀："是黎明期限了！啊呀，但是我又在窗下听见了许多洗便桶的声音，这是一种象征，这是一种象征。我们中国的所谓黎明者，便是秽浊的手势戏的开场呀！"

当郁达夫小说中知识分子的个人愁苦与劳动人民的苦难发生重叠时，他纤敏强烈的私人感受便会带上更为鲜明的社会倾向性，而小说也意境焕然，纯真深切。1923 年 7 月作《春风沉醉的晚上》，写穷困潦倒的"我"蜗居贫民窟的阁楼一隅，卖文为生，与烟厂女工陈二妹相遇，"同是天涯沦落人"的相似境遇使他们互生同情，结下友谊。陈二妹美好的心灵、坚强的性格，使"我"虽处窘困但如沐春风。小说揭露了现实环境的丑恶，并通过对陈二妹的赞美，反过来自嘲了"无名文士"的软弱无能。次年又作《薄奠》："我"在一个大风之日乘人力车回寓，为表对车夫的感激与同情，以银表相赠，不料车夫却登门奉还。他终日辛劳，风雨无阻，只幻想能买上一部车，但愿望终成泡影，他也落水身亡。"我"应车夫妻子的请求，买了一辆纸糊的洋车，在他灵前烧化，以示"薄奠"。小说像一曲挽歌，哀婉凄清，感情真挚，深切动人。

1927 年至 1928 年，郁达夫陆续发表了《过去》、《羔羊》等重要小说。这些小说借人物的爱情挫折寄托了大革命濒临失败及失败后知识分子歧路无为，怅惘沉迷的情怀，哀叹与悲声交织。由于小说描写有狭邪之风，颇受误解。实际上，郁达夫正是意图通过这种狂欢似的迷乱来传导一种"世纪末"情绪，"兴末路之悲"②。有论者指出，《过去》"与昔日小说不同，在这里完全舍弃了那种只注重自我心理描写而不注重客观人物性格刻画的写法"，"标志着他的创作风格已由主观抒情过渡到客观写实"。③

郁达夫的小说结构单纯，意境超渺，文字清隽，格调凄切。他的小说从一个独特的角度对人类的精神世界作了深度开掘，记载下了五四时代人性觉醒的历史。他的浪漫抒情风格直接影响了一个时期的小说创作，开创了小说艺术的一个流派，其余波至今犹在。他毫无疑问的是 20 世纪中国文学

---

① 郑伯奇：《中国新文学大系·小说三集导言》。
② 郁达夫：《文艺鉴赏上之偏爱价值》，《敝帚集》。
③ 张炯等：《中华文学通史》第 6 卷，华艺出版社 2001 年版，第 212 页。

的巨擘,是文学史的里程碑。

倪贻德(1901—1970),笔名尼特,杭州人。1923 年起开始发表文学作品,并加入创造社。有《玄武湖之秋》(1924)、《东海之滨》(1926)、《百合集》(1929)等短篇小说集。因受西方近现代美术思潮的浸染,他认为艺术当重在"自我的内心的表现"①,主张"用生命赤裸裸地表现我们泼辣的精神"②,又受郁达夫的直接影响,故他的小说多为自叙传性质(常以一落拓善感的青年画家为主人公),崇尚自我表现,真情袒露,不拘一格。他从"世上的弱者"的立场出发,将小说中的自我形象与"零余者"构成形影之势,传达凄清、孤零、怆然、感伤的情怀。《玄武湖之秋》写一个青年画家与三个美貌女学生的爱情经历,实是反映他本人一段生活经历的。他说:"那篇小说,是写我正当年青时候,同了三个美貌的女学生,在那玄武湖上,如何相亲相爱,后来分别之后,又如何思慕她们的一段想象。"小说有"放浪的情节",有"大胆的描写"③,既清丽又哀婉,既放达又隐逸。《零落》写一个中产阶级书香世家的败落,也以作者自己家道的衰颓为本事,表达了对旧家深切的怜惜与依恋之情,渲染出一种如梦似烟的幻灭感。倪贻德的小说散文化倾向突出,重写意,有节律,文字清丽,品格纯洁,《玄武湖之秋》、《花影》、《零落》等小说是浪漫抒情派中的珍品。倪贻德 1927 年东渡日本,入东京川端绘画学校习画。"五卅惨案"后忿然回国,专事美术研究和教学工作。

王以仁(1902—1926),字盟鸥,天台人。自幼好学,于中国古典文学造诣颇深。1923 年,在《小说月报》、《创造周报》等刊物上发表诗文。1926 年,因失恋,跳海自杀。他的死,在当时被公认为文坛的损失。王以仁虽是文学研究会成员,却为浪漫抒情小说之狂飙所裹挟,每以郁达夫派自命。《中国新文学大系·小说三集》将其列入创造社一系。所著《孤雁》一书,死后即由商务印书馆出版。该书包括《孤雁》等六个短篇,以书信体写成,全书合篇独立成篇,合拢来则前后衔接,脉络相通,成为一个完整的中篇。书中借一个失业青年的流浪遭遇,抒发不满现实、愤世嫉俗的感情。感情强烈,一唱三叹。④

鲁迅、郁达夫、王鲁彦等浙籍小说家是中国现代小说发展史上熠熠生

① 倪贻德:《近代艺术的趋向》,载《艺术漫谈》,上海光华书局 1928 年版。
② 转引自严家炎选编:《中国现代各流派小说选》第 1 册,北京大学出版社 1986 年版,第 461 页。
③ 倪贻德:《秦淮暮雨》,载《玄武湖之秋》,泰东书局 1927 年版。
④ 参见严家炎选编:《中国现代各流派小说选》第 1 册,第 475 页。

辉、彪炳史册的名字。与此同时,另有一些浙籍作家,其小说作品难以归入流派,但他们在中国现代小说的发轫期即初试啼声,是中国现代小说的第一批宁馨儿。其作品大多是感应时代潮流的产物,在启蒙话语与文学革命洪流的双重推动下,涌现到文学史的前台。他们对中国现代小说品格的建立与迅速走向成熟,有积极的功益。汪敬熙、俞平伯就是这样的人物。汪敬熙(1897—1968),字缉斋,笔名 KS,生于杭县(今余杭)。1919 年毕业于北京大学经济系,是新潮社和《新潮》杂志的主要作家。小说处女作《雪夜》发表在1919 年《新潮》创刊号,是继《狂人日记》之后最早出现的一批白话小说之一。后又发表《谁使为之》、《一个勤学的学生》、《一课》、《瘌子王二的驴》等短篇小说。有小说集《雪夜》出版。俞平伯(1900—1990),原名铭衡,字平伯,笔名萍初、古槐居士等。祖籍德清。生于一书香世家,家学渊源。1915 年考入北京大学文学部,1918 年开始在《新青年》发表作品,并加入新潮社。所作小说不多。汪敬熙、俞平伯的小说属作为中国现代小说序曲的"问题小说"。汪的《雪夜》描写困顿中的不幸家庭,表达对不幸者的同情,对暴戾者的鞭挞。《一个勤学的学生》则是一篇现代儒林外史式的小说,描写一个十年寒窗一旦高中的学子,躺在床上大造白日梦,小说借此抨击世相。俞平伯的《花匠》则是龚自珍《病梅馆记》的现代小说版,写花匠为迎逢达官贵人,春寒料峭时节以火催花,盘枝曲茎,对花木大加摧残。小说以象征主义手法抒写自然人性被压抑、扭曲、摧残的痛苦。鲁迅曾称赞"《新潮》里的《雪夜》……都是好的"[1],肯定了《雪夜》及"问题小说"在思想艺术上的进步性。

三　走向成熟的 30 年代小说

　　30 年代小说创作数量激增,长、中、短制俱全,且流派纷呈,风格多样,标志着现代小说走向成熟。在此成熟过程中,浙江作家又首建奇功,往往成为各个流派的领衔人物:茅盾在 20 年代末期以长篇小说大家的身份率先出现,标示着中国现代小说阔大了气势,建构了小说的"史诗"品格,而他的以杭嘉湖为中心,辐射浙江、上海,反映广阔社会面的小说又开了我国社会剖析派小说的先河;左翼作家柔石、王任叔、楼适夷等取材于浙东地区反映尖锐阶级对立、农民反抗斗争的小说,以艺术上的独具一格提升了左翼小说的价

---

[1]　鲁迅致《新潮》编者的信,载《新潮》第 1 卷第 5 期,1919 年 5 月。

值;退出左翼阵线、潜心于艺术创新的穆时英等首倡中国式的新感觉派小说,施蛰存则在心理分析小说中独辟蹊径,这两种小说样式的出现,大大丰富了中国现代小说;鲁迅、郑振铎等在历史题材领域深入开掘,在艺术上作了多样探索,拓宽了小说内涵,他们的小说以形式别致、意蕴深广而成为中国现代小说中的又一艺术珍品。

茅盾无疑是 30 年代最重要的小说家,也是成就最为卓著的长篇小说大家。他是在大革命失败后的 1927 年 8 月,在"经验了动乱中国的最复杂的人生的一幕,终于感得了幻灭的悲哀,人生的矛盾,在消沉的心情下,孤寂的生活中,……开始创作了"①。这便是凝结着时代痛苦与深刻反思的长篇《蚀》(由《幻灭》、《动摇》、《追求》三个中篇组成)。小说各篇在《小说月报》发表后,即列入"文学研究会丛书"出版单行本,1930 年由上海开明书店结集为《蚀》出版。《蚀》描绘了大革命某些方面的历史图景,刻画了那个历史时期一部分小资产阶级知识青年的幻灭、动摇、追求以至最终失败的结局,揭示了他们在各种险恶环境中所遭受的精神苦刑。《幻灭》中的章静(静女士)天真而富于幻想,于读书和爱情两方面俱感幻灭,又为北伐胜利所感召,奔赴革命中心武汉,满怀憧憬,结果是深感矛盾,饱受苦闷,每次都"只增加些幻灭的悲哀"。章静的遭遇,是时代阵痛的征候,是追求个性解放和心灵寄托的脆弱知识青年共同的命运。《动摇》状写大革命时期的复杂景况,"积年的老狐狸"、劣绅胡国光在国民党县党部负责人方罗兰的姑息下,利用种种卑污手段混入革命阵营,且以极"左"的伪装面目成为"革命的店主";方罗兰则在爱情和政治上皆举措不定,左右摇摆,当胡国光与城外反革命势力里应外合、叛变暴动时,他却为了个人安危,弃城出逃,离开革命。作品以一个小县城政局的动荡不定,暗喻大革命在某种内在危机的催动下招致失败的必然性。《追求》意在"暴露 1928 年春初的知识分子的病态和迷惘"②。小说描写了几个在大革命高潮期间高度亢奋的心灵,于革命退潮后不甘自沉,个个有所追求,却终至于失败而痛苦愤激,绝望颓圮。小说弥漫着"幻灭的悲哀,向善的焦灼,和颓废的冲动",格调最为低沉。三部曲真实地记录了大革命的历史图景,也真切地烙印着作家当时痛苦、忧愤和迷茫相交织的复杂心态。

作为茅盾前期创作思想呈示的,还有可与《蚀》视为同一时期的长篇小说《虹》。作品作于 1929 年 7 月。这个作品依然表现小资产阶级知识分子,

---

① 茅盾:《从牯岭到东京》,载《小说月报》第 19 卷第 10 期(1928 年 10 月)。
② 茅盾:《读〈倪焕之〉》,载《文学周报》第 10 卷第 20 号(1929 年 5 月 12 日)。

但其写作意欲"为中国近十年之壮剧,留一印痕"①,明显见出创作色调有所不同。小说的主人公梅行素出生在四川成都一个守旧的行医家庭,受五四思潮的影响,效仿娜拉,挣脱旧的家庭制度与伦理观念的束缚,弃家出走,独立做人,并东出夔门,来到上海。在社会风气与思潮形态都十分错综复杂的大都市里,她有过迷惘和不安,但在革命者梁刚夫的帮助与感召下,热心阅读马克思主义理论著作,渐渐觉醒,认识到帝国主义、军阀是"套在我们颈上的铁链",认识到"真正上海的血脉是在小沙渡,杨树浦,烂泥渡,闸北,这些地方的蜂窝样的矮房子里跳跃",因此,"准备把身体交给第三个恋人——主义",将自己纤细而刚劲的身影汇入到"五卅"运动的洪流中去。茅盾说过:"'虹'是一座桥,便是春之女神由此以出冥国,重到世间的那一座桥。'虹'又常见于傍晚,是黑夜前的幻美,然而易散;虹有迷人的魅力,然而本身是虚空的幻想。这些便是《虹》的命意:一个象征主义的题目。"②《虹》象征了中国近代知识女性走向觉醒与独立时艰险曲折但又不乏绚丽的心路与命途,梅行素也是茅盾在此前后塑造的"时代女性"人物画廊中最具复杂性也最丰实最具光彩的一个。

从 30 年代初开始,茅盾的创作有了重大转换,执著于对一种新的创作方法的探求,这就是其自谓的"旧理论不能指导我的工作","我困苦地然而坚决地要脱下我的旧外套"③,即摆脱早期"经验了人生"而创作,到后来为创作而去体验人生,形成一种注重社会分析的大规模"解剖社会"的创作范式。此种范式,以中国现代小说史上具有史诗性结构和气魄的巨著《子夜》的诞生为标志,《子夜》以世居上海的民族工业巨子吴荪甫的命运浮沉,展示了中国近代民族工业资本的社会命运的悲剧。吴荪甫是"二十世纪机械工业时代的英雄骑士和'王子'",他有雄厚的资本、过人的胆识,且果敢干练、雄心勃勃,为实现他理想中的工业王国而不遗余力。但在帝国主义和军阀政治的双重扼制下,他发展民族工业的雄心不能不成为无法实现的幻想。他在与帝国主义的掮客、金融资本家、"公债场上的魔王"赵伯韬的勾心斗角中败下阵来;他扑不熄工厂工人罢工的烈焰;他苦心孤诣经营的益中信托公司也在军阀混战、农村破产等打击下溃散……仅仅两个月的时间,吴荪甫便只落得全军覆没、众叛亲离的下场,在子夜时分用冰冷的枪口抵着自己的脑袋的

---

① 茅盾:《虹·跋》。
② 茅盾:《我走过的道路》(中),第 36 页。
③ 茅盾:《答国际文学社问》,《茅盾全集》第 20 卷,人民文学出版社 1990 年版,第 43 页。

结局。《子夜》以铁腕雄心的吴荪甫的失败,深刻地揭示了在半殖民地半封建的中国民族资本主义工业必撞南墙的历史法则。小说塑造的吴荪甫形象,则集中体现了中国民族资产阶级在性格上的本质特点。《子夜》的艺术结构宏伟而谨严。全书以吴荪甫与赵伯韬之间的矛盾斗争为主线,穿插双桥镇农民起义、工厂工人罢工等其他线索,错综复杂,但有条不紊。茅盾精于人物的心理描写,尤其善于在错综的人物关系、社会关系及尖锐的矛盾冲突中刻画人物的心理状态与精神面貌。比如他让吴荪甫过着"打仗的生活",让他在起伏不定的生活波澜中时而兴奋、时而沮丧、时而激动、时而焦虑。《子夜》的语言艺术也相当高超,简洁生动,流畅自如,特别是人物语言,常能贴近人物,并能随人物性格的发展而变化。

《子夜》是左翼文学的重要收获,也是 20 世纪中国文学的巨大成就之一。瞿秋白称它是"中国第一部写实主义的成功的长篇小说"①。朱自清认为"这几年我们的长篇小说……真能表现时代的只有茅盾的《蚀》和《子夜》"②。鲁迅也兴奋地将《子夜》看作是可以藉以傲睨文坛"反对者"的重要作品。③《子夜》的问世,以及茅盾于同期创作大量反映时代激变的经典作品(如《林家铺子》、农村三部曲等),茅盾当之无愧地成为 30 年代文学的卓越代表。

柔石(1902—1931),原名赵平复,台州宁海人。"左联五烈士"之一。1923 年开始文学创作,1924 年自费出版短篇小说集《疯子》。1928 年夏,柔石只身赴上海从事文学活动,与鲁迅有了亲密的交往。这年,他第一次以"柔石"为笔名在《奔流》月刊发表《人鬼与他的妻的故事》,并立即引起了文坛的瞩目。到 1931 年 2 月 7 日被捕牺牲,他出版有长篇小说《旧时代之死》(1929)、中篇《三姊妹》(1929)、《二月》(1929)和短篇集《希望》(1930)。

《二月》是柔石的重要作品,鲁迅为其作《小引》。主人公肖涧秋在六年的漂泊之后,来到类乎"世外桃源"的芙蓉镇当教员。他厌倦"主义"之争,但仍希望以一己之努力改变现状。他开始去援助新寡的文嫂母女。校长之妹陶岚心折于他的学识与人格,热烈地追求他。于是诬蔑之声四起,说他与文嫂有染,又欲攫取陶岚。文嫂在绝境中,意识到肖涧秋将以与她结婚来挽救她,便自杀以成全肖涧秋与陶岚的姻缘。但此举更使肖涧秋陷入了"我简直似一个杀人犯一样"的痛苦与忏悔。在绝望与空虚中,肖涧秋借口去女佛山

---

① 瞿秋白:《〈子夜〉和国货年》,载《申报·自由谈》1933 年 4 月 2 日。
② 朱自清:《〈子夜〉》,载《文学季刊》第 2 期(1943 年 1 月)。
③ 参见鲁迅:《致曹靖华》(1933 年 2 月 9 日),载《鲁迅书信集》(上),第 352 页。

游玩,奔赴上海,离开了"世外桃源"。小说揭示了悲天悯人的人道主义在黑暗社会前的无力,表达了对知识分子出路的思考。《二月》情节跌宕,叙事流畅,意境飘逸,抒情优美,语言脱俗,能给人以强烈的感受。

1930年3月,《萌芽月刊》发表《为奴隶的母亲》。这部感人肺腑之作,是柔石最优秀的短篇小说。小说描写春宝爹在贫病交加中将妻子典给邻村的李秀才。春宝娘被迫离开了年仅五岁的春宝,来到李秀才家,为人做传宗接代的工具。整整三年,她过着屈辱痛苦的生活:当春宝病重的消息传来时,她无法去探视,在焦虑中憔悴不堪;她为秀才生了一个儿子秋宝,又被夺去做母亲的权利。三年期满后,当她坐着轿子回村,在村口那一群追着轿子哗弄的孩子中竟有她的春宝。春宝自然已是认不得自己的亲娘了……"小说以浓重沉痛的笔墨,写出了在贫困和陋俗的夹攻下,贞操可以典当,人格可以典当,神圣的母爱感情也因之被毁灭的社会历史荒谬性,从而以出色的艺术表现力升华出一种严峻警拔的既是社会的、又是心灵的双重悲剧境界来。"①

1931年2月7日,柔石与"左联"其他四位作家喋血龙华,身中十弹。"中国失掉了很好的青年"②,而中国现代小说史也将为失去一位艺术潜能远未开掘发挥的优秀作家而永留缺憾。

魏金枝(1900—1972),原名义云,笔名凤兮、莫干等,嵊县人。1921年与潘漠华、应修人等发起组织了"晨光文学社"。1924年参加湖畔诗社。1926年在《莽原》发表短篇小说《留下镇的黄昏》,"描写着乡下的沉滞的氛围"③。1928年结集出版了短篇集《七封书信的自传》,"以忧郁的含泪的文笔,写出了古旧的农村在衰老,在灭亡,在跨进历史的坟墓里去"。它和其他几位作家的作品一起,被鲁迅称为"总还是优秀之作"④。1930年加入"左联",同年出版小说集《奶妈》。1933年出版小说集《白旗手》。此时,魏金枝已是与张天翼齐名的"左翼文坛的前期新人"。

《校役老刘》写一个长相丑陋、被讥为"好一张像尿壶的脸"的学校勤杂工老刘,在奉尊损卑的社会里,受尽了侮辱与损害。小说在描绘老一代中国人的人生方式和文化心理上,极为细致独到,于忧郁中透出深邃,贯注着对

---

① 杨义:《中国现代小说史》第2卷,第297页。
② 鲁迅:《为了忘却的记念》。
③ 鲁迅:《〈中国新文学大系〉小说二集序》。
④ 鲁迅:《我们要批评家》,《二心集》。

受侮辱与损害的劳动者真诚而深沉的关注。《奶妈》写一个秘密的女革命者
——奶妈,长期以来被人怀疑行为不端,并有"告发者"之嫌,小说最后揭示了
她的真实身份。她的英勇牺牲令人顿生百般感慨。这篇小说在当时的革命
小说中实属翘楚,它在技巧上的精心之处颇让人咂摸。《白旗手》写士兵哗
变:一群新兵不堪受辱,在白旗手——一名勤务兵的组织下揭竿而起。小说
对事态演变的叙述,对心理转折的刻画,显得精细、自然、流畅,也是同类作
品中的杰作。魏金枝酷爱杜甫,其作品也多怀忧患,其风格也有杜诗的凝炼
沉实,"沉郁顿挫"。有论者认为,魏金枝与张天翼一道,促进了 30 年代小说
界"鲁迅风"的发展。

王任叔(1901—1972),笔名巴人,奉化人。1923 年参加文学研究会,并
开始在《小说月报》发表小说。1925 年发表短篇小说成名作《疲惫者》,叙述
浙东一个雇农运秧哥辛劳一生,备受地主剥削,一无所有,却被诬为偷钱贼,
最终沦为乞丐的悲惨经历。笔调质朴,感情沉哀。后被茅盾收入《中国新文
学大系·小说一集》。此后二十年间,有《监狱》、《殉》、《破屋》、《影子》、《在
没落中》、《乡长先生》、《捉鬼篇》、《流沙》、《皮包和烟斗》、《佳讯》等短篇小说
集出版,以及《死线上》、《阿贵流浪记》、《某夫人》、《证章》、《一个东家的故
事》等中长篇小说出版。另有长篇《姜尚公老爷列传》、《超然先生列传》、《沉
滓》在报刊上连载。1984 年,人民文学出版社出版了他于 20 年代末完成初
稿的长篇小说《莽秀才造反记》。

王任叔早期的小说较为芜杂,写实与抒情并重,章法却稍嫌混乱。早期
较有价值的小说多在《破屋》集,描写农民受经济崩溃的祸害和受兵匪滋扰
的悲惨命运,大致可归入"乡土写实派",尤以《疲惫者》为著。但总体上看,
王任叔早期的小说技法较为粗疏,在乡土题材小说的成绩上稍逊于王鲁彦、
许杰等人。进入 30 年代,王任叔的小说在更为坚实的生活基础上,以更为开
阔的视野和沉稳老辣的技巧而引人注目。他在继续乡土题材描写的同时,
又开拓了都市生活题材的描写,并在求深求实的道路上努力迈进。《族长底
悲哀》、《乡长先生》敏锐地揭示了 30 年代浙东乡村宗法制在殖民化过程中的
畸变。《失掉的枪枝》由一个神枪手性格的前后变化,反映了 20 年代农民生
活由宁静、动乱到觉醒的过程。王任叔的讽刺小说也是 30 年代同类小说的
重要收获。《皮包和烟斗》以写实技法,勾画了一个媚上欺下、八面玲珑的市
侩主义者丑态。《证章》则是以荒诞手法写就的"官场现形记"。

王任叔曾受巴尔扎克写《人间喜剧》的启发,"计划着想写所谓的《中国

悲剧丛书》——主要是几个长篇小说的结集"①。此计划最终未能圆满完成。就已完成的几部小说看,《莽秀才造反记》写清末浙江宁海人民反清灭洋的武装起义,《某夫人》写一个知识女性在大革命前后的追求和幻灭,《证章》鞭挞官场哲学,《超然先生列传》痛斥空谈抗战之"超然先生"的无耻,《姜尚公老爷列传》则揭露了一个乡村土皇帝的伪善面孔,极尽讽刺之能事。

这一时期,浙东的左翼青年作家还有几位在小说创作上颇有所收获。楼适夷(1905—,原名楼锡椿,字建南,余姚人)创作有反映浙东人民生活和斗争的短篇《死》和《盐场》,在当时很有影响,作品被鲁迅和茅盾推荐译成英文,编入小说集《草鞋脚》。林淡秋(1906—1981,原名林泽荣,笔名林彬等,宁波人)在柔石的带领下走上文学道路,创作短篇小说《货色》等,后结集成《光明与黑暗》出版,又与柔石合译《丹麦短篇小说集》等。陈企霞(1913—1988,鄞县人)曾同青年作家叶紫创办无名文艺社,得到鲁迅的支持,创作有短篇《梦里的挣扎》、《狮的嘴谷》等,为他后来的文学活动奠定了坚实基础。孙席珍(1906—1984,原名彭,以字行,绍兴人)是北方"左联"的代表作家,时创作短篇小说《没落》、《阿娥》,被美国作家埃德加·斯诺译成英文收入《活的中国》,又出版短篇小说集《到大连去》、《女人的心》,中篇小说《凤仙姑娘》、《战争三部曲》等,是当时青年作家中创作成就较著的一位。何家槐(1911—1969,义乌人),于"左联"时期开始小说创作,著有短篇小说集《暧昧》、《寒夜集》。其创作在当时影响相对较小。

30年代的上海,由施蛰存主编的《现代》杂志所吸纳的一批作家,如刘呐鸥、穆时英、杜衡等,构成了当时的中国现代派作家圈。这是西方现代主义文学深入中国的文学土壤后滋长出来的一个相当成熟的小说流派,在当时曾笼统地被称为是"新感觉派",尽管其中成就最大者施蛰存拒不承认自己的"新感觉派"属性,并且他的小说确乎非"新感觉派"所能涵盖。这一派作家在小说观念与小说形式上大胆而积极的实验,丰富了中国现代小说形态,拓展了小说的表达空间。作为第二代"海派"小说,这一流派的小说不仅风靡当时,并且很显然影响了后续的、以张爱玲为代表的市民传奇小说。这一流派中,浙籍作家穆时英、施蛰存是领衔人物。

穆时英(1912—1940),笔名伐杨、匿名子等,慈溪人。中学毕业后考入上海光华大学中国文学系,潜心研究外国文艺流派。16岁开始写小说,1930

---

① 王任叔:《两代的爱·后记》,香港海燕书店1941年版。

年在施蛰存主编的《新文艺》上发表《咱们的世界》、《黑旋风》,在《小说月报》发表《南北极》,一时成名。1932 年出版小说集《南北极》,时誉颇高。此后三年里,陆续出版了小说集《公墓》、《白金的女体塑像》、《圣处女的感情》,被誉为"中国新感觉派的圣手"。

穆时英结集在《南北极》中的早期小说,多以闯荡江湖的流浪汉为主人公,颇多豪侠之气。《黑旋风》写一群现代社会的下层人物对水浒英雄及其事迹的摹仿。《咱们的世界》写李二爷"向钱报仇",入伙海盗的故事。《南北极》则写上层社会与下层社会的尖锐对立。小说野话、黑话连篇,风格粗豪。这是作家早期的流氓无产者意识的体现。自 1932 年在《现代》杂志创刊号上发表《公墓》,其小说的内容、技巧、风格都出现了反差很大的转变。《公墓》以后的小说脱去了"水浒气",而充斥着万花筒般疯狂旋转的都市风景。他的这种蜕变很显然地受了日本新感觉派的影响。在他这期间的小说中,都市总是喧嚣杂乱,混迹其中的人们为了解放被生活压扁了的灵魂,无休止地放纵着、疯狂着、堕落着,文本内外散发着浓郁的孤寂与失落感。《上海的狐步舞》借用电影蒙太奇手法,将上流社会同一时间段里不同地点的糜烂生活场景剪辑在一起,又与下层人民的悲苦境况相拼贴,以完成小说的题旨:"上海,造在地狱上面的天堂!"施蛰存称这个小说"就论技巧,论语法,也已经是一篇很可看看的东西了"①。《夜总会的五个人》写某个周六下午出现在夜总会中的五个人的命运:破了财的富商,失恋的大学生,人老珠黄的交际花,自我迷失的学者,失业的公务员。他们在夜总会颓靡的音乐中以或放浪或怪异的方式解决内心的惶惑、失落与空虚,但曲终人散之后,他们又陷入了无底的精神深渊。富商开枪自杀,其他四人为他送葬,突然都悟到死亡对于精神磨难的解脱之效。作家以精湛的技巧描写出了现代都市社会的畸态。穆时英同时也受施蛰存小说的影响,在作品中传导弗洛伊德的性欲理论。最著名的作品是《白金的女体塑像》。小说写一个独身医生,生活有节律,不近女色,但某日为一个因性生活过度而得肺病的阔太太诊病时,为女病人白金色的裸体所惑,例行公事的平静表情下,起伏着激烈的性心理活动。小说结尾处极为巧妙地点明,独身医生娶了妻,且上班也不准时了(生活节律被打乱)。另外如《圣处女的感情》、《公墓》等,皆是弗洛伊德主义的心理分析小说。

---

① 施蛰存:《社中日记》,载《现代》第 2 卷第 1 号,1932 年 11 月。

穆时英小说运用了大量的现代派描写手法:意识流、时空倒错、通感、内心独白等。他用字体的大小来表示说话声音的大小,用括号表示人物不可告人的心理活动;用直觉式的描写来表现都市的光怪陆离和纸醉金迷,用奇崛的语法组合来表现人物的复杂心理或特定氛围,沈从文说他"所长在创新句,新腔,新境"①。他对小说结构形式的锐意创新,也颇多可嘉许之处。

施蛰存(1905—2004),笔名安华、薛蕙、李万鹤,杭州人。出身于书香门第。1923年到上海入上海大学,开始文学创作。1926年转入震旦大学学法文,曾与同学戴望舒、杜衡、刘呐鸥创办《璎珞》旬刊。1928年,参加编辑《无轨列车》、《新文艺》等刊物。1932年5月在上海现代书局主编《现代》月刊。1935年,应上海杂志公司之聘,与阿英同编《中国文学珍本丛书》。著有小说集《上元灯》、《将军底头》、《梅雨之夕》、《善女人行品》、《小珍集》等。

1929年出版的短篇集《上元灯》以一种深具东方诗韵的风格而引人注目。其中《上元灯》以日记体形式写一书生与一深情少女的恋爱,古朴自然,既有五四时期个性解放思潮的折射,又不失江南风俗文化含蓄清远的意境。《扇子》写一对青梅竹马的少年男女,以一团扇为信物,并在月圆之夜以团扇追扑流萤,其情其境,颇得唐诗之韵。这个集子中,另有几篇写少年初恋,恻恻感伤。其中以《周夫人》为最著。小说写一个寡妇周夫人,常将十二岁的"我"引进内室,依偎搂抱,求得感情与生理上的替代陛满足。十年后,待我初识情事,突然领悟到当年周夫人的心情,不禁心下怅然。这一路子的小说,后来为施蛰存所嗜写。

1932年,《将军底头》出版。次年,《梅雨之夕》出版。施蛰存的小说出现了至关重要的转变。弗洛伊德主义成了他主要的"小说世界观",精神分析成为他小说的核心方法,而性心理则成了他小说的主要的描写对象与叙述动力。这期间他深受奥地利作家显尼志勒的影响,热衷于"爱情与死亡"的主题,热衷于心理分析,在作品中融现实与幻觉、真实与假象为一体,阴森怪诞,神秘晦暗。小说集《将军底头》是一组以古事为题材的作品:《鸠摩罗什》写高僧鸠摩罗什难抵色诱,终犯淫戒。《将军底头》写名将花惊定阵前被砍首级,仍人不离鞍,策马向所爱少女奔去。《石秀》则是对水浒故事的改写,描写草莽英雄石秀杀嫂之举背后复杂的欲念。施蛰存自己说:"《鸠摩罗什》是写道和爱的冲突,《将军底头》却写种族和爱的冲突了。至于《石秀》一篇,

---

① 沈从文:《论穆时英》,《沈从文文集》第12卷,花城出版社1984年版,第203页。

我是只用力在描写一种性欲心理⋯⋯"①小说集《梅雨之夕》展示的是现代都
会市井人物的"性欲心理":《薄暮的舞女》通过舞女素雯在一个晚上与舞场
经理、投机商人和男舞伴的五次电话,巧妙地表达出现代都市爱情如商品,
如同"在想起吃桔子的时候就去买桔子一样"。名篇《梅雨之夕》写"我"下班
回家途中,在一屋檐下避雨时与一美丽少女邂逅。"我"心有所动。后与她
同伞结伴,行走间恍然觉得她貌似自己初恋的女子,顿时绮想连绵。待到发
现她不是自己初恋之人,又觉压抑顿消,心下舒坦。及至别过少女上了车,
无意识中仍张着伞,回到家中,听妻子的叫唤犹似少女声音。小说结尾极富
机趣。这种真幻相杂,半梦半醒的心理描写,像充满自我抑制的又略具狂躁
的人的梦呓,传导出一种与现代都市的晦暗压抑相吻合的、"恶之花"似的病
态美。施蛰存随后出版的两部小说集《善女人行品》(1933)、《小珍集》
(1936)则逐渐注入了现实主义色彩,在继续注重心理发掘的同时,加重了写
实的成分。

　　曾在中国现代文学史上被称为"第三种人"代表的杜衡(1907—1964,原
名戴克崇,笔名苏汶,杭州人),其小说创作走的也是一条文体实验的路子。
他创作的小说集《石榴花》、《怀乡集》中的许多作品,刻意追求形式翻新,也
可入新感觉派小说之列。但其以评论见长,以鼓吹文艺自由论著称,编有
《自由文艺论辩集》,小说家的声名因而不彰。

　　30 年代,中国文坛出现了一股写历史小说的热潮。这是以既定的历史
事实或故事以至神话传说为题材的创作,作家以现代意识激活尘封的史料,
以对历史事件和历史人物的崭新诠释,讽喻民族与阶级矛盾空前激化的时
代与社会现实。鲁迅的《故事新编》,茅盾的《大泽乡》、《石碣》、《豹子头林
冲》,郑振铎的《桂公塘》,都是彼时文学热潮中的产物,并是一时之杰作。

　　鲁迅于 1936 年 1 月出版了小说集《故事新编》,所辑小说八篇,都是"神
话、传说及史实的演义",从开始创作到最后结集,前后有十三年的时间跨
度。首篇《补天》作于 1922 年,曾以《不周山》为题收入《呐喊》初版。小说以
女娲抟土作人、炼石补天的故事,描绘这位人类母亲的淳厚形象。《奔月》写
羿射日后,又将世间妖孽与大小动物"射得遍地精光",他与嫦娥只能天天吃
乌鸦炸酱面,嫦娥打熬不过,偷服金丹独自奔月去了。弟子逢蒙对他偷施冷
箭,欲置其死地而欺世盗名。小说勾画了羿这个勇士的孤寂心境。《铸剑》

---

①　施蛰存:《将军底头·自序》。

是其中最为出色的。小说原题《眉间尺》，写于 1927 年。剑匠之后眉间尺，为报父仇，让黑衣人携其首级与宝剑进宫，借向国王献技之际，劈下仇人暴君之头，黑衣人随后自刎以酬眉间尺的信任。小说写得奇诡峭拔，刚劲壮烈。《理水》和《非攻》则以胼手胝足、为民造福的大禹和墨子为"中国的脊梁"来颂扬。《采薇》写武王伐纣，伯夷叔齐因"义不食周粟"而饿死首阳山的故事。小说既鞭挞了现实社会中那些趁火打劫、卖身投靠、制造流言的无耻行径，也批判了伯夷叔齐消极抵制的软弱无力。《出关》以老子与孔子的对话始，接着描写了老子西出函谷关的途中遭遇，批判了那种处处退却的"无为"心态。《起死》借《庄子》中的一则寓言，以独幕剧形式，戳穿庄子"齐物论"的荒谬，以此批判九一八后在知识分子中滥觞的民族失败主义、虚无主义与消极逃避思想。《故事新编》在对历史题材的处理上，"只取一点因由，随意点染"，且人物与情节也以"速写居多"①。但他以极其俭省的笔墨勾画了栩栩如生的形象，生动精致的故事。鲁迅还在叙述中大胆地引进了现代生活细节，于荒诞中见新意。

郑振铎作为文学研究会的骨干，主要贡献是在文学理论建设方面。创作以小说为重，著有小说集《家庭的故事》、《取火者的逮捕》和《桂公塘》。《家庭的故事》(1928)是"将逝的中国旧家庭的片影"②，寄托着对老人、浪子、弃妇的深切同情，以及对知识分子生活情趣的眷恋，是急进空疏的普罗文学泛滥之际于喧闹中辟出的"一小册略带些怀旧性质的故事集"。但郑振铎的创作中最有价值的部分，当是小说集《取火者的逮捕》和《桂公塘》中历史题材的小说。当时，郑振铎急切呼求"力的文学，争斗的文学，为群众而写的文学"③。《取火者的逮捕》(1934)中，《取火者的逮捕》、《亚凯诺的诱惑》、《埃娥》、《神的灭亡》等，借希腊神话影射现实，歌颂不屈不挠的反抗精神，抨击暴虐的高压统治。《桂公塘》(1937)中的《黄公俊之最后》、《毁灭》和《桂公塘》三篇，皆以中国历史上文天祥等有气节的人物为叙事对象，歌颂其誓不低头、永不妥协的高尚情操，写得苍凉悲壮，极富感染力。郑振铎的历史题材小说是 30 年代左翼作家以文学与现实、与社会抗争的代表作。

在 30 年代浙江作家创作的小说中，还值得提及的是曾受到鲁迅重视的

---

① 鲁迅：《故事新编·序言》。
② 郑振铎：《家庭的故事·自序》。
③ 郑振铎：《我们所需要的文学》，载《郑振铎文集》第 6 卷，人民文学出版社 1988 年版，第 323 页。

叶永蓁(1908—1976,原名叶蓁,乐清人)的《小小十年》。叶系行伍出身,毕业于黄埔军校,参加过北伐战争。自传体长篇小说《小小十年》按年叙述,写出了主人公"小小十年"的经历,同时也表现了人物在那个风云激荡的年代里新旧思想的交战、爱和憎的纠缠、感情和理智的冲突,较真切地记录了时代青年的心理状态和情感历程。鲁迅在该书"小引"中认为,本书"有直抒己见的诚心和勇气",可以"为现在作一面明镜,为将来留一种记录",给予了不错的评价,因而颇引起当时读者的注意。

四 并未绝响的"战时小说"

40 年代横跨抗战和解放战争两个战时环境,浙江作家的小说创作较前有所回落,但并未"绝响",民族、人民革命的呼号仍催动着浙江作家有所作为,只是地处国统区的生活环境完全不同于西北的解放区,浙江作家依然执著于乡土,保持着对民族文化历史的反思与对现实的批判性姿态:老作家茅盾此时仍有大量创作,除抗战"急就章"外,其时最重要的两部作品是《腐蚀》与《霜叶红似二月花》,前者以切入抗战敏感部位与日记体小说的新颖样式著称,后者则将视线回归浙江城乡,以丰盈、充实的地域风情画再次显示浙江作家表现那片迷人土地的深厚功力;老作家许杰、许钦文、王鲁彦等此时也有不少作品,或表现战时人民苦难,或抨击黑暗统治,作品都不同程度显示出浙江地域特色的渗透;40 年代崭露头角的王西彦,是那时创作力最旺盛的作家,也是战时东南地区最重要的小说家,他创作的两个系列(乡土系列与知识分子系列),多数是立足故土的产物,其乡土小说显然是五四浙东乡土小说的承续与发展;此外还有注重文体实验的徐訏的小说及青年女作家苏青、郁茹等的创作,同样值得注意。

在抗日战争与解放战争期间,茅盾为抗日救亡和反独裁反内战而奔走呼号,生活动荡,但仍坚持创作。1938 年,长篇小说《第一阶段的故事》以《你往哪里跑》为题在香港《立报》副刊连载。小说以上海八一三战事为背景,描写战争给人民生活造成的剧烈震荡,展示"大时代降临"时人们不同的精神面貌,揭露了抗战中的种种丑恶、黑暗现象。"你往哪里跑",用意便在于要求人们在祖国命运攸关的问题上作出自己的选择。但由于落笔匆迫,结构涣散,人物欠琢磨,是"写失败了"。

1941 年初夏,茅盾写作长篇小说《腐蚀》,以强烈的政治敏感,对发生仅三四个月的"皖南事变"作出了反应。这部"暴露书"以"皖南事变"前后的"陪都"重庆为背景,通过国民党女特工赵惠明由堕落到自新的过程,将批判的锋芒指向作为"日本特务组织的'蒋记派出所'"①的国民党特务统治,尖锐地抨击了国民党法西斯的独裁专制以及破坏全民抗战的倒行逆施。小说以日记体写成,是赵惠明的自叙与忏悔。赵惠明早年参加过学生运动和救亡工作,并因此勇敢地与自己的封建官僚家庭决裂。但她性格中利己、虚荣的比重不小,贪图"生活得舒服些",终于抵不住威逼利诱,被特务拉去入了伙,从此手上便沾了"纯洁无辜者的血"。但在特务组织中,她时遭排挤,并被上司侮辱和玩弄。她对"狐鬼满路"的特务生涯早生憎厌,但无力自拔。革命者小昭对她的爱和规劝,使她于绝望中产生了希望。小昭被害后,她怂然与黑暗势力决裂,弃暗投明,施计将女学生 N 从特务的魔掌中救出,"从老虎的馋吻下抢出一只羔羊",自己也走上自新的道路。小说将赵惠明这一形象置入特定的环境里塑造,概括了多年以来特别是抗战以来作者对国民党统治集团的深刻观察和认识。《腐蚀》的意蕴其实是越出抗战的。这部小说以其在思想和艺术上的独特成就,不仅成为抗战时期以现实题材揭露国民党统治下政治黑暗的代表作品,也是茅盾的小说谱系中仅次于《子夜》的重要作品。

　　《霜叶红似二月花》于次年写成出版。小说的叙事时间逆推到五四前夕,其情节主线是:江南雨季,河水暴涨,惠利公司的轮船在行驶中使河水溢出两岸,冲毁了沿河的农田,两岸的地主与农民群起反对。围绕这个事件,惠利公司经理王伯申、地主阶级顽固派赵守义及开明乡绅钱良材等三种势力激烈交锋,最后民族资产者与封建豪绅相互妥协,改良主义四处碰壁,乡下农民无辜受损。小说展示了五四前后乡土中国社会阶级和历史文化蜕变期的复杂状态。茅盾以霜叶比拟似是而非的假左派,喻其似"红"而非真"红";同时也以霜叶与反革命势力相比,喻其得一时之势,但终不可能长久②。《霜叶红于二月花》的写作体现了茅盾对用小说反映"全般性社会机构"的目标的追求,是对《虹》所描写的都市生活的补充,丰富了五四以后一段社会历史情状的纪实,因此它的一个重要价值在于,"它描写了与《虹》截然不同的五四以后的另一个侧面,即时代的冲击力尚未达到或者影响甚微

---

　　① 茅盾:《腐蚀·后记》。
　　② 参见《茅盾文集》(六),第 258 页。

的一个侧面,从而表现了社会的'全般'性"。① 但《霜叶红似二月花》最让人神往的,还是叙述中浓香四溢的江南风习、世态人情,是那种充满东方审美情调的文化气息。"它徐訏从容地把这个县城中的张、黄、赵、王、朱、许六家和城郊的钱家聚于笔底,灵活穿插,姑长媳短、夫懦妇怨、主嗔仆笑,写来细致绵密,沉著蕴藉,天衣无缝。它写得如同生活本身一样清淡琐屑,也如生活一样真切、沉重。"②

《霜叶红似二月花》原是茅盾"计划写'五四'运动前到大革命失败后这一时期的政治、社会、思想的大变动"的鸿篇巨制的第一部,但只完成了第一部,"还没有沾大革命的边",就因为"环境变化,竟未能继续写下去"③。这不能不说是浙江现代小说史,也是中国现代小说史的大憾。

其后,1943 年茅盾发表中篇《走上岗位》,并于 1948 年在香港将它改写成二十万言的长篇《锻炼》。这是茅盾计划撰写的"五部连贯的长篇小说的第一部"④。小说仍以上海八一三战事为背景,描写了这期间上海各阶级和阶层的社会动态,结构宏大,人物众多,文笔洒脱,风格明快。但由于过于执著于政治意图,在突出现实社会意识的同时,人物的性格内涵被简化,体现在《霜叶红似二月花》中的令人陶然的浓郁的历史文化意识被稀释。这是这部小说的局限,也是它长期不为人瞩目的原因。

抗战爆发后,"像抗战以前的上海那样的文艺中心,今天事实上已经不存在。事实上,今天的中国文坛已形成好几个重心点,重庆是一个,而桂林、延安、昆明、金华,乃至上海,也都是其中之一"。⑤ 浙省大部、闽赣二省及皖南地区,是谓战时文艺的"东南半璧"。浙中重镇金华,时有壮观的作家队伍,其间的文艺活动,对整个东南地区都产生了辐射影响,对推进东南文艺发挥了重要作用。而浙籍作家在东南地区的积极活动(如王西彦主持《现代文艺》,许杰、曹聚仁、谷斯范等主持或创办《前线日报》、《东线文艺》等)使东南文艺从原初散落自在的状态转化为自觉的、有组织的行动,并终于形成某种规模与格局,使东南文艺与大西北文艺、西北根据地文艺、东北沦陷区文艺、上海"孤岛文艺"等遥相呼应,将整体战时文艺促成"全璧"。

王西彦是战时东南文艺中最重要的小说家,也成为 40 年代最有影响的

---

① 王嘉良:《茅盾小说论》,上海文艺出版社 1989 年版,第 9 页。
② 杨义:《中国现代小说史》第 2 卷,第 123—124 页。
③ 茅盾:《桂林春秋》,载《新文学史料》1985 年第 4 期。
④ 茅盾:《锻炼·小序》。
⑤ 茅盾:《抗战期间中国文艺运动的发展》,《中苏文化》第 8 卷第 3、4 期合刊,1941 年。

小说家之一。其首先引人注意的是乡土题材小说。其中既有鲁迅及二三十年代"浙东乡土写实派"的影响,也融合着他个人自童年始便有的对乡土的深刻体悟。在他的笔下,浙东大地是一片"悲凉的乡土"①,他便欲写出这"乡土的悲凉"。《鱼鬼》写一个绰号"鱼鬼"的农民,因面相丑陋,且当过坟地里的弃婴而遭人歧视。他"农忙时种地,空闲时捉鱼",一年到头起早贪黑,日辛夜苦,依然交不足村里第一位大人物"议员五爷"的地租。绝望与悲愤交织的"鱼鬼"在痛打"议员五爷"后,纵身洪流。《福元佬和他戴白帽的牛》写福元佬家因连遭不幸而归咎额上长白毛的牛"是天上白虎星下凡,是个败家精",要将它卖了。福元佬在将牛牵往市场的途中,留恋、负疚之情难以控制。作家用精微动人的心理描写刻画了他充满惘然与失落的精神世界。最后,牛被乱兵抢走,福元佬一下跌入了绝望的深渊。

随着抗战爆发,抗战题材进入了王西彦乡土小说的创作中。战争对于乡土观念浓厚的农民来说,不仅是一种时空意义上的劫难,也是一种尖锐的精神挑战。王西彦敏捷地捕捉住了战争对乡土的深层影响,并将乡土意识曲折有致地与民族意识相错综。《眷恋土地的人》写农民杨老二抛妻别子去大运河为军队摆渡,怀里还揣着地契。对抗战的逐渐深入的体悟,使他意识到"把鬼子打退"与个人安身立命之间的必然联系。在撤军途中失散后,他感念着妻儿的召唤,孤身返乡。但途中遇日军犯乡,他在林中伏击之,英勇献身。《乡井》写勇猛侠义且风流倜傥的青年杨大龙,因是家中独子,负有传宗接代之责,在战争爆发后,为免被抽壮丁而躲进深山里的亲戚家。待乡井沦落,打着太阳旗的人们找上门来,父亲的卑躬屈膝让他心生羞辱。直到父亲为掩护自己,也被强征充当炮灰时,倔强的杨大龙终于在夜色中踏上了抗争的命途。在这些小说里,王西彦在表现乡土的悲凉时,又进一步让悲凉升华为悲愤,有了别样的格调。

王西彦的乡土小说还表现了乡土人性的坚韧,这在他的表现乡村男女情爱世界的小说中尤为突出。在长篇《村野恋人》中,青年农夫庚虎家族数代单传,每代男子不到三十五岁便毙命。面对"不会有好结局"的宿命,庚虎与金兰依然热诚相爱。金兰更是不顾父母的粗暴干涉,常与庚虎在美奂常屋后面的竹林里幽会。美奂常屋是村中祭祀之所,传说有一对无缘今生的怨男痴女在此自缢殉情。后庚虎被日军捉去挑弹药,金兰便搬去庚虎家与

---

① 王西彦:《悲凉的乡土·自序》。

安隆奶奶同住,与她分担苦难的命运,并断然拒斥了城里富商子弟的追求。庚虎在企图逃跑时被射杀。悲痛欲绝的金兰长跪在竹林里,思忖着假如她能与庚虎在此双双自缢,该是何等的幸福啊。王西彦说:"生命的美丽和庄严,就在于它的忍受和反抗,执着和追求。我的努力很简单,我企图借用一个发生在山僻农村的小故事,写出生命的坚韧和可惊的执着追求。"①他曾计划撰写的包括《村野恋人》在内的"农村妇女三部曲"——《微贱的人》和《换来的灵魂》(未完成)——就集中表现了他的这种创作意图。杨义在分析王西彦的这类小说时说:"……他的视角是人性的,淡化政治的。他的偏嗜在于用人的悲剧去实现道德的完善和人性的高扬,憎恶乡土陋习和崇敬乡民美德的矛盾心态,使作品把丑恶夸大成宿命,又把人性浪漫到了有点超然世外了。"②

王西彦小说的另一个门类则是知识分子题材。他笔下的知识分子大多带有乡土气质,这些人物既难融于城市文明,又并不见容于乡土文化,他们是这个世界的"多余人",是终其一生在惘然中"找寻道路的人",是在历史与文化的夹缝中艰于飞行的"折翅鸟"③。长篇小说《古屋》(1946)以一个城堡式的古屋象征陈旧的家族制度,屋主孙尚先是京师大学出身,早年还参加过学生运动,但他此时的任务却是竭力维护崩溃中的"古屋"。尽管他殚精竭虑,但依然挡不住"古屋"被肢解的命运。在另两部长篇《神的失落》(1945)和《寻梦者》(1948)中,前者写出身乡土的知识分子马立刚在城市中追求爱情而不得,后者写成康农在乡村寻找幸福也不得,以深婉的笔调写出了"寻梦者"幻梦破毁后的失落与痛苦。

谷斯范于 1940 年创作发表的长篇小说《新水浒》,在抗战时期也颇驰名。小说讲述的是抗战期间太湖地区被日军击败的一支小游击队,经历了挫折、分化,终于投奔新四军、踏上抗战道路的故事。小说真实地反映了当时太湖地区军民抗日除奸的爱国主义精神和斗争气概,扫除了当时有人对抗战前途表示悲观的消极情绪。茅盾曾撰文指出它的主题"便是:游'吃'队如何变成了真正的游击队"。战后,1946—1947 年间,谷斯范在上海《东南时报》副刊连载据孔尚任《桃花扇》改编的《新桃花扇》(原名《桃花扇底送南朝》),是其又一部重要作品。小说描写南明小朝廷的腐朽历史,借古讽今,讥嘲国民

① 王西彦:《村野恋人·改版后记》,上海晨光出版公司 1947 年版。
② 杨义:《中国现代小说史》第 3 卷,第 102 页。
③ 《找寻道路的人》和《折翅鸟》皆为王西彦小说名。

党统治。谷斯范的小说具有很强的现实意义,他在形式上走的是民族化、大众化的路子,在探索利用旧形式创作新小说方面作出了有益的尝试。

战时抗日题材的小说中,浙江女作家郁茹的《遥远的爱》可谓一时之翘楚。郁茹于1938年开始学习写作,1939年发表短篇小说《恒河》,在全国女青年抗日文学作品征文中获奖。40年代初发表《遥远的爱》,被当时文坛所重。这部小说描写小资产阶级出身的女青年知识分子罗维娜挣脱恶劣环境的羁绊,走出私爱的狭隘天地,勇敢地献身于民族解放事业。作者对这样一种献身精神与高尚品格给予了热情讴歌。小说以明快的抒情化风格,细腻的心理描写,刻画了罗维娜这样一个性格鲜明的青年女性形象,在当时的知识分子中影响颇大。茅盾热情地撰文称赞:"这一部小说给我们这伟大的时代的新型女性描出了一个明晰的面目来了。……通过仔细分析的内心斗争的过程,我们看见一个昂首阔步的新女性坚定地赶上了时代的主潮,——全身心贡献给民族。"①

战时的上海,浙籍作家也引领着一时之风骚。

徐訏以自北京大学哲学系毕业,转心理学系攻读研究生,又于1936年赴法留学,在巴黎大学获哲学博士的学养底子,进行小说创作,使其创作以充满哲思、擅长艺术探索见长。1933年开始发表作品,1937年1月在《宇宙风》连载《鬼恋》,一举成名。这篇小说写"我"与一自称是"鬼"的黑衣女子偶遇,随后展开了曲折奇异的情节。那种迷宫般的叙述,令人欲罢不能的悬念,幽明错综的男女情爱,一下子便攫住了无数的读者。"孤岛"时期,徐訏留居上海。1940年前后,他集束式地推出了《吉布赛的诱惑》、《荒谬的英法海峡》、《精神病患者的悲歌》和《一家》等中长篇小说,都极畅销。1942年,他赴重庆任中央大学教授。1943年,因其小说在大后方的畅销之盛,被出版界誉为"徐訏年"。他早期的小说以柔曼的异国情调和浪漫空幻的憧憬取胜,其中渗透着他对东西文化及人类的现实与未来的哲理性思考。《吉布赛的诱惑》写"我"在马赛与一模特潘蕊一见钟情。潘蕊随"我"到中国后,因语言与习俗的原因而与周围格格不入。"我"便与她重返马赛,她立时容光焕发,而"我"则陷入了孤寂与妒忌。两人之间唯一的出路便是随吉普赛人浪游天下,"在大自然的空气中听凭上帝的意志,享受你们的爱情"。在这里,作者通过一个浪漫至极的爱情故事,传导一种带有宗教意味的人生哲学与人生

---

① 茅盾:《关于〈遥远的爱〉》,转引自张炯等主编《中华文学通史》第七卷,第134页。

态度。《荒谬的英法海峡》则是康有为《大同书》的现代小说版,它以"南柯一梦"的方式,写"我"在英法海峡航行时被海盗劫至一个岛屿,从此进入一个世外桃源,一个乌托邦,一个理想国。在那里,各色人种杂居,人人平等,爱情自由。作者以此映衬资本主义文明的种种荒谬。

徐訏并不是一个耽于幻想,止于浪漫,卖弄学识的小说家。1946 年出版的长篇《风萧萧》,以"我"与舞女白苹、美国交际花梅瀛子、美国小姐海伦复杂的爱情纠葛和政治牵连,展示了"爱与恨,生命与民族,战争与手段,美丽与丑恶,人道与残酷,伟大与崇高,以及空间与时间,天堂与地狱"的错综图景。白苹(真实身份是中国军方间谍)为窃取日军情报,被日本间谍宫间美子设埋伏捕杀;梅瀛子(真实身份是美军间谍)设计毒杀宫间美子,为白苹报仇后隐匿民间;"我"则辞却海伦的柔情,逃离上海,投奔大后方,从事"属于战争的、民族的"工作。小说依然不脱其诡谲的情节,但不乏民族意识的火花。

徐訏后期的小说如《烟圈》有明显的淡化情节的倾向,有更为切实而深邃的现代主义主题。这是他在艺术上进行自我超越的一次企图。但总体上看,他的小说仍以扑朔迷离、奇崛跌宕的情节,以对世间百相淋漓尽致的抒写而让人惊叹和不忍释卷。从艺术表征上看,他的小说是现代主义浪漫化、通俗化的成功尝试。他的小说是"孤岛"文学的一个奇迹。

"孤岛"时期的两位浙江女作家苏青和施济美,提供了一种较为典型的女性文学文本,在文学史上也应有其一定地位。苏青的自传体长篇小说《结婚十年》和《续结婚十年》,描写知识女性的坎坷遭遇,虽笔法"单纯",只重于对琐事俗务的描写,内中透视的却是真切的人生体悟,于表现女性心理最见功力;施济美的小说集《凤仪图》和《鬼月》,也有独到的女性视角和纤细、柔美的笔调,写出细致入微的女性柔情,着力表现一些男性作家无力窥探的女性隐秘和无力写出的女性柔情,故而颇得读者青睐。她们的作品在"孤岛"时期的上海名噪一时,并不是偶然的。

第十章
小说(下)

一 "十七年"与"文革"时期小说景观

　　新中国成立,浙江的小说创作又步入了一个新的天地。50年代的浙江小说,就其创作队伍来看,较建国前完全不同的是:它已稳稳地扎根在浙江这块土地上,改变了以往浙江作家多在"异乡"建功的格局。这支队伍依然有一个人员比较整齐、结构相对合理的作家阵容:已享文名的"老"作家如王西彦、冀汸(1920—,原籍湖北天门,长住浙江,著有长篇《走夜路的人们》、《这里没有冬天》等)、陈学昭等正当壮年,在新时代里仍然保持着良好的创作势头;新一代的作家如福庚、高光(1924—1998,原名高华文,河北盐山人,著有中篇小说《在激流中》等)、郑秉谦等正相继涌现,并显示出不俗的潜质。新时代新生活激起了作家巨大的创作热情,他们全身心地投入到各自熟悉的题材领域里,在不长的时间里,推出了一批又一批令人欣喜的作品。

　　50年代浙江作家队伍的构成相对比较单纯。他们主要有三部分人:一是知识分子作家;二是来自部队的作家;三是来自基层的业余作者。一个新政权的出现,在很大程度上就意味着文学又被置入了一个新的文学规范与一种新的文学环境里。新中国初期的文学,实际上是延安文艺精神的延续,它决定了新中国文学的工农兵方向,以及一种现实主义的、大众化的艺术价值取向。浙江的小说创作概莫能外。我们可以看到,来自知识分子队伍的作家如王西彦、陈学昭等,以巨大的真诚关注现实,写出了倍回地暖》、《土地》、《春茶》等反映土改等农村生活的长篇小说,即使在知识分子题材小说的创作中,如陈学昭的《工作着是美丽的》,也同样可以看到知识分子如何进行自我超越,通过"改造"(工作)而进入新的人生境界。来自部队的作家如茹志鹃、毛英、戈基等,则以对战争记忆的描述而在这一时期独领风骚。来自基层的业余作者则满怀激情地讴歌新生活、新风尚。

50 年代初,陈学昭的创作在浙籍作家中是尤其显目的。她横跨知识分子与农村生活两大题材,且都成绩不俗。陈学昭(1906—1991),原名陈淑英,陈淑章,笔名野渠、式微等,海宁人。受五四洗礼,1923 年参加浅草社,同时开始从事文学创作,20 年代即出版有散文集多种。1927 年赴法留学,后成为《大公报》驻欧特派记者。抗战爆发后,她投奔延安,撰有通讯散文集多种,并出版了短篇小说集《新柜中缘》。1949 年 8 月返回浙江,先后参加农村土改和担任浙江大学党支部书记。建国后不久,即出版有长篇《工作着是美丽的》(上)(1949)、《土地》(1953)。"文革"后重返文坛,出版了《工作着是美丽的》(下集,1979;续集,1982),以及 50 年代即已着手写作的长篇《春系》(1979)。另有《陈学昭文集》(5 卷)出版。

《工作着是美丽的》是一部自传体小说。主人公李珊裳是经历五四新文化运动洗礼而涉足文坛的知识青年。大革命失败后,黯然去国,赴法留学。在那里,她遭遇了生活中的种种不幸。抗战爆发后,她毅然回国,与自私的丈夫、不幸的婚姻、褊狭的情囿统统告别,踏上了民族救亡的光荣之途,并在革命队伍中经受了各种风浪的考验,成为一名坚强的战士。解放后,李珊裳放弃了舒适的城市生活,参加土改运动和农村合作化运动,勤奋创作,努力以自己的作品为社会主义建设服务。可是反右扩大化使耿直、率真的她成为"右派",被清除出党。沉重的打击使她困惑,甚至想走上绝路。经过反复的思想斗争,她勇敢地直面人生,接受命运的考验和锤炼。她轻装奔赴生活第一线,在朴实善良的工农大众中得到温暖,品味着人生的苦与乐,更体会到"工作着是美丽的"。① 小说人物形象丰满,个性鲜明,通过她曲折、奋斗、追求的一生,反映了中国社会各个时代的巨大变迁和社会思潮的演变。1953 年 2 月由人民文学出版社出版的长篇《土地》则根据陈学昭自己 1950 年在海宁黄墩乡参加反霸斗争,后又参加土改运动的亲身生活经历写成。

---

① 参见王嘉良等主编:《现代浙籍作家论丛》,上海社会科学院出版社 1991 年版,第 210 页。

小说描写黄墩乡土改工作全面铺开后,大学生李明来到黄墩村工作队。由于地主侄子俞士豪当选村长,其堂侄俞建章又窃取了农会副主任之职,群众对斗争大地主有顾虑,斗地主的积极分子葛炳村等又遭暗害。后在林队长的指导下,李明紧紧依靠贫雇农,发动群众,开诉苦会,斗倒地主,镇压恶霸,并撤销了俞士豪等人的职务。农民分到了土地、农具和房屋,热火朝天地投入爱国增产和抗美援朝运动。作品具体反映了建国初期江南农民对土地的迫切要求与农村尖锐的阶级斗争,热情歌颂了伟大的土改运动。《春茶》(作家出版社 1957 年出版上卷,浙江人民出版社 1979 年出版上、下合卷)根据作家 1952 年深入杭州西湖区龙井乡写茶农的一段甘苦相知的生活经历写成。小说上卷描写狮岭村茶农在党支部书记沈大达的带领下,响应毛主席"组织起来"的号召,顶住想砍掉农业社的歪风、官僚主义领导的压制和富裕中农的阻挠,使农业社得以诞生并不断巩固和发展。下卷反映了狮岭村和杨岭村人民在三年困难时期,自力更生,艰苦奋斗,击退了阶级敌人的载,在社会主义的康庄大道上奋勇前进。作品塑造了沈大达、沈瑞珍兄妹和赵小毛、唐开祥等先进农民形象,也描写了他们的婚姻和爱情纠葛。陈学昭的小说坚持社会主义现实主义的创作原则,贴近生活,也贴近政治,积极诠释社会主义在中国社会历史发展进程中的必然性。

陈学昭小说的叙述风格在中国当代文坛上可谓独具一格。她的小说语言朴质而典雅,本色而清新,自然而亲切。小说的情节通常没有大起大伏,文本形式通常也以单线条结构来体现,不枝不蔓,脉络清晰。她的叙述语调从容自如,优雅的写景状物与抒情化的心理描写穿插其间,构成了她独特的叙事魅力。

战争题材小说是中国小说史上的一个重要品种,也是新中国小说中与农村题材相并立的两大题材之一。刚刚经过战争洗礼的新中国,硝烟仍犹在挹,对于战争的描写,既符合读者的天性中某种潜在的阅读心理,又符合对国家意识形态话语的诠释。浙江作家中,毛英(1936—　,原名毛维泉,兰溪人)的《司令的发言权》、郑伯永(1919—1961,笔名夷夫,乐清人,著有长篇小说《太阳初升》等)的《我的"舅妈"》、戈基(1927—　,原名杜承龙,东阳人,著有长篇《暗渡》等)的《连心锁》等,是"十七年"时期乃至"文革"时期浙江军事文学的主要收获。但总的说来,可能与偏重抒情、质地相对绵软的地域文化有关,浙江的军事文学并不在全国占据显要地位;相反,与同时期全国高产高质的军事文学作品相比,浙江的军事文学创作相对滞后,落差颇大。唯一的例外是茹志鹃。例外之处,或说茹志鹃的成功之处,就在于赋予了军事文学、战争小说以一种崭新的视角、一种清新的叙事风格。这种视角和风格,如果要追究其文化渊源的话,却恰恰正是抒情、绵软的吴越风情。

茹志鹃(1925—1999),笔名阿如、初旭,杭州人。1942 年起在余杭、永康读中学,后随兄参加新四军,历任军区创作组组长、《文汇月报》编辑、《上海文学》副主编等职。著有长篇小说《她从那条路上来》,短篇小说集《百合花》、《高高的白杨树》、《静静的产院》等。1958 年,茹志鹃创作《百合花》时,正是极"左"思潮泛滥之际,反右开始以后,高度政治化的时代氛围,使整个社会处于一种人人自危的状态,在揭发、诬告、清算、斗争等人类的丑态一再暴露后,人与人之间的关系到了空前紧张的地步。在这个时候,《百合花》以对战争环境下的人情美与人性美的卓越开掘,成为那个时代里温暖了无数枯冷心灵的一束光芒。小说写一个生性腼腆的小战士(通讯员)与一个过门才三天的新媳妇因借被子而小有冲突,但通讯员为掩护担架队而牺牲时,新媳妇摆脱羞涩,一针一线地为他缝好衣服上的破洞,噙着热泪为他盖上那床"枣红底色上撒满白色百合花的被子"。与当时众多面目相似的战争小说不同,在《百合花》里,战争场面被虚化,而战争环境中人与人之间的感情碰撞所发出的巨大声响已淹没了枪炮交鸣。茹志鹃说:"战争使人不能有长谈的机会,但是战争却能使人深交。有时仅几十分钟,几分钟,甚至只来得及瞥一眼,便一闪而过,然而人与人之间,就在这一刹那里,便能够肝胆相照,生死与共。"①相比照于现实生活中的人际,《百合花》所隐藏的讽喻与感慨如海水不可斗量。时任文化部部长的茅盾,在读到这篇短小精致、视角独特、风格清丽的小说时说:"这是我最近读过的几十个短篇中最使我满意,也最使我感动的一篇。"②

《百合花》显示了茹志鹃刻画普通人的情感世界的美学追求。在她后来的创作中,一些贴近政治、塑造"英雄"、反映尖锐矛盾冲突的作品,大多失败,而与《百合花》风格相近的如《春暖时节》、《同志之间》、《静静的产院》等委婉清丽的作品,则屡屡给人欣喜与感动。她的小说以短篇见长,结构细致严谨,尤擅用典型化的细节来刻画人物,展示心理。《百合花》中,通讯员枪筒里插着的树枝和野花、通讯员给"我"开饭的两个馒头、通讯员衣服上撕破的大洞、新媳妇的印着百合花的新被子等,对表达人物的性格、心理及精神

---

① 茹志鹃:《我写〈百合花〉的经过》,载《青春》1980 年 11 月号。
② 茅盾:《谈最近的短篇小说》,载《人民文学》1958 年第 6 期。

面貌都起到了极好的作用。特别是这些细节常常前后呼应,一步步地将人物情感推向高潮,并显示了作家高超的情节结构能力。

在歌颂新时代、新生活、新风尚的合唱队中,专业作家不遑遑让,来自基层的业余作者更是不遗余力。他们或高歌沸腾的工地,或浅唱温情的乡村,也描绘为保卫新生活而誓死抗争的壮烈。这当中,福庚、谷斯范、郑秉谦等的创作最为突出。福庚(1932—),原名樊福庚,原籍江苏扬州,长期在浙江工作,1959年调浙江作协任专业作家,是当时浙江最负盛名的工业题材作家。著有《新安江春汛》、《安家乐》等。他于1959年出版了短篇小说与特写集《新安江春汛》,描绘新安江水电站工地沸腾的生活和建设者的精神面貌。作者在《后记》中说:"让我这本书,成为跃进声中一个欢乐的音符,前进里程中一页小小的速记吧!"所录9个短篇,如《新安江春汛》、《未完的争论》、《高佬佬》、《旗开得胜》、《带哨的鸽子》等从各个不同场景表现水电站工地热烈紧张的施工情景,歌颂了工人、干部英勇豪迈的革命精神。小说尽管烙有鲜明的"大跃进"的时代印记,但不失真纯,艺术上也颇多可圈可点之处。谷斯范建国以后长期在浙江工作,曾任浙江作协副主席,著有短篇小说集《风雨故人》、《山寨夜话》等。他在1964年将写于1953—1963年的8个短篇结集为《晚间来客》出版。其中《晚间来客》写1961年秋某晚"我"访问四明山某生产队时,亲身经历的故事:该队像迎贵宾似的迎接调来山区工作的老赵;老赵则是战争年代与该大队长相生伯同生死共患难的熟人,他要求乡亲们把自己当作以前的老赵看待,反映了人民与干部的患难友情。另一篇《素芬和三婶》写某村青年妇女素芬去公社学习双手采茶法归来,她婆婆三婶不相信双手采茶法的优越性,于是,婆媳俩开展竞赛,婆婆连输三次,不得不承认双手采茶法就是好。小说写得意趣横生,乡土气息浓郁,表达了新时代里新生活方式的美好及人们开朗活泼的精神面貌。郑秉谦(1930—),笔名颜颜,建德人。他则从另一个侧面——以对新生活的捍卫来表达对新生活的热爱。1956年,他出版短篇小说集《柳金刀和他的妻子》,所录7个短篇均为作者1953—1955年参加东海群众性对敌斗争组织工作时写的。这些作品描写东海民兵的英雄事迹,赞美渔民们的劳动生活。郑秉谦的军人身份对他的小说视角有很大的规约性,因此他的小说偏重于剑拔弩张的情节。小说集中以《柳金刀和他的妻子》为最著。小说描写东沙岛民兵队长、渔民柳金刀和他的妻子阿娥为了建设和保卫他们在新中国成立后获得的新生活所进行的斗争。柳金刀在保卫海岛的战斗中受伤被俘。他在敌船上机智地抱住敌军官跳入大海,壮烈牺牲。他实现了自己的理想:活着是为了从大海索取宝藏,死去是为了保卫这片拥有宝藏的大海。

"十七年"时期的浙江小说创作,由于受当时文学环境与文学规范的左右,总体上看,体现为一种在政治意识形态驾驭下的与时代潮流紧相合拍的性质。因此,这时期的小说一方面相对全面地展现了时代风潮,展现了时代的生活面貌与情感方式,并在艺术上不乏创造,但另一方面,其局限可能更为明显:题材的狭窄性、主题的功利性、艺术上缺乏个性及公式化、概念化、雷同化现象是其主要弊病,而"大跃进"时期的"假大空"则更是把文学(小说)推向绝境。茹志鹃的《百合花》定稿后,屡投不中,盖因为与时代"主旋律"甚不相谐,后虽发表,并有茅盾的赞誉为佑,但不久仍然遭到了严厉的批评,其小说被指责没有反映"当前现实中的主要矛盾","不大胆追求最能代表时代精神的英雄形象,而刻意雕琢所谓小人物","作品中很少出现复杂的矛盾冲突",等等①。可见,作家的生存环境与写作环境都并不宽松,这使得作家的主体自由空间非常窄小。某种意义上说,作家的创作很大程度上是一种命题作文,并且其素材、主题、创作原则都有先在的规定性。浙江作家对于政治意识形态话语,无论是主动迎合还是被动接受(茹志鹃在挨批以后便有过相当的紧张与惶乱,并积极地写过一些配合"主旋律"的作品),都反映了政治意识形态话语对创作主体性的强大的穿透与整合力量。另外,受战争文化心理的深刻影响,浙江小说也逃不脱两极思维模式,逃不脱两军对垒式的情节设置,英雄主义和乐观主义的叙事话语,以及"斗争"、"战役"、"英雄"、"胜利"等军事语汇所蕴含的政治功利性主题。小说创作中的这种文化心理,到了"文革"更有了登峰造极的演示。相比之下,反映普通人的世俗生活及"平常心",抒唱政治生活之外的"爱情牧歌",表现浮世之中的苦难灵魂,则是这一时期浙江小说创作中少之又少的内容。而这"少之又少",可能恰恰是浙江小说大而又大的缺憾。

"文革"十年,浙江文坛万马齐暗。其荒芜之状,回望之中,至今令人感觉惨痛。在有限的文献中,我们可以看见,这十年间,浙江小说创作大致"收成"情况:《进军号》(1971),短篇小说集,浙江人民出版社编;《开端》(1972),短篇小说集,前锋文艺创作组编;《征文》第1~3辑(1972,小说散文集)、《管山人》(1972,短篇小说集),浙江省纪念毛主席《讲话》发表三十周年征文办

---

① 《茹志鹃研究文集》,浙江人民出版社 1982 年版,第 118 页。转引自吴秀明主编:《文学浙军与吴越文化》,浙江文艺出版社 1997 年版,第 285—286 页。

公室编;《海防线上》(1972),小说散文集,陆扬烈著;《司令员的发言权》(1973),短篇小说集,毛英著;《前夕》,长篇小说,胡尹强著;《百丈岭》,长篇小说,绍闻著;《分界线》,长篇小说,张抗抗著。另外,叶文玲、谷斯范等人在"文革"后结集出版的小说集,如《无花果》、《噩梦》等,其中若干篇什写于"文革"。

综观这十年的小说创作,有以下几个现象当可注意:(1)在极"左"文艺思想的严酷控制下,现实主义精神被严重扭曲,政治已经泛化为现实生活的全部内容,四面响着清冽的"进军号"。到处唱着空泛的"登高赞",历史因为刚刚进入"开端"而被虚无化,而种种虚妄的两军对垒则在"分界线"或"海防线上"摆布着。(2)作家的主体性几近沦丧,"命题作文"以"征文"的形式弥散到整个创作界,创作个性已完全不重要,它完全可以统一在"创作组"或"办公室"的意志之下,成为一种抽象、虚拟的存在。即使像《前夕》这样在艺术性上有颇多砺炼的作品,也因为对阶级斗争和路线斗争的宣扬而造成艺术价值打折扣。

《百丈岭》,绍闻著,浙江人民出版社 1976 年出版。作品描写 1964 年初冬,青龙山公社百丈岭大队党支部书记王水根从县三级干部会议上带回"农业学大寨"精神,带领广大干部群众,准备扩种春粮,解决由于秋旱造成的缺粮困难,还提出了在百丈岭上修水库,变旱为水夺高产的设想。作品紧紧围绕修水库展开一系列斗争,最后挖出了隐藏的敌人,排除了干扰。百丈岭响起了新的炮声,人们投入兴修水库的新的战斗。小说尽管描写的是"文革"前的故事,但已明显地具备了"文革"思维,人物、情节、环境等都是极"左"理念支配下的产物。

《前夕》,胡尹强著,人民文学出版社 1976 年出版。胡尹强(1937—),宁海人,浙江师范大学教授。《前夕》是其处女作。相对而言,这是"文革"期间较好的、在艺术上较多磨砺的一部小说。作者以自己在教育岗位上的切身体会为出发点,拟在小说中表达对教育领域"唯智"倾向的一种批判,但在写作、修改、出版的过程中,渐渐偏离初衷,而被纳入时代所铸定的思维与认识模式中,即以两种教育思想的斗争,引申为两种路线的斗争,从此证明"文化大革命"的合理性与必然性。小说梗概如下:1965 年秋——"文革"前夕,在锦江中学——一所高考升学率年年名列前茅的、全省闻名的重点中学里,一场新的巨大的变革正悄悄地酝酿着。校长陈文海大半生贡献给了中学教育,是全省闻名的教育专家。青年教师方壮涛刚从大学分配来,任高三(6)

班班主任和语文老师。他在校党支部副书记赵峰(从部队转业而来)的支持下,坚决贯彻毛主席的教育方针,走与工农相结合的道路,促进学生在德、智、体各方面的全面发展。这就与校长陈文海、教研组长彭加禄等人片面强调"智育第一"、逼着学生"爬塔尖"(高考升学)的教育思想发生了一系列矛盾冲突。最后方壮涛被撤销了班主任职务。但他在广大师生和工农群众的支持下,坚持不懈,并满怀信心地迎来了 1966 年。《光明日报》在小说出版后不久即以《一场惊心动魄的阶级搏斗》为题,以大篇幅介绍和评论《前夕》。在这篇文章里,方壮涛被认为是执行毛主席的无产阶级教育路线的代表,陈文海被认为是刘少奇修正主义教育路线的代表,因此,"方、陈之间的矛盾冲突,反映了两个阶级、两条路线的斗争,是很有典型意义的",而《前夕》自然也就成了"一本反映无产阶级文化大革命前夕教育战线两个阶级、两条路线斗争的作品"①。此后,全国许多报刊与大学学报皆发表关于《前夕》的专论,纷纷认为《前夕》的突出成就在于,它通过对锦江中学斗争生活的描绘,相当有力地揭露和鞭挞了十七年反革命修正主义路线在教育领域专政的罪行,热情歌颂了无产阶级和劳动人民在毛主席革命路线的指引下对这条黑线的抵制和斗争,这就抓住了现实生活的本质,揭示了无产阶级文化大革命的必要性和及时性"②。对《前夕》的种种评论与阐释。或有在政治上"拔高"之嫌,但可肯定的是,与当时泛化的政治生活一样,《前夕》也是一个被泛化的政治文本。"文革"后围绕《前夕》展开的种种批判,从另一个侧面进一步说明了它的这种文本属性。

《前夕》在艺术上已现圆熟。它自然流畅的叙述,细腻真切的心理描写,饱满丰实的人物形象,都显示出作者不俗的功力。可惜,因为不言而喻的原因,这些长处都被冲淡乃至被刷洗了。

二　新启蒙时代的浙江小说

随着"文革"结束,浙江当代文学与中国当代文学一起迎来了春天。从70 年代末到 80 年代中期,浙江当代文学依次步入了由"伤痕"而"反思",由

---

① 王尊政、倪振良:《一场惊心动魄的阶级搏斗——谈长篇小说〈前夕〉的主题思想》,载《光明日报》1976 年 2 月 21 日第 3 版。

② 裴显生:《斗争还仅仅是开始——读长篇小说〈前夕〉》,载《南京大学学报》(哲学社会科学版)1976 年第 1 期。

"反思"而"寻根"的演进轨迹,与中国当代文学史的基本框架形成同构对应之势,以对"人学"的强调,对"人性"的开掘,以及对一切宏大叙事的热烈追随,酝酿了新启蒙时代文学的基质。从创作原则上说,现实主义精神的回归成为这一时期小说创作的突出的话语现象。但现实主义不是简单的平面还原,而是呈螺旋式上升,我们可以在"伤痕—反思—寻根"的文学观念的深刻嬗变中清楚地看到现实主义精神的奋力掘进之势。与此同时,这种"掘进"又是多向度的;从题材上看,这种"掘进"使小说题材摆脱了政治的狭隘领域,把触角延伸到更为深广的现实与精神的时空里,有五彩缤纷之感。从方法上看,这种"掘进"使现实主义拓开了自己的边界,出现了与不同创作方法互为融通的精彩局面。几乎可以肯定地说,一度式微的浙江小说,在"阵痛"之后正迅速地崛起,感应着现实与时代的精神律动,汲取着深厚的地域文化营养,携着前辈依然夺目的文学荣耀,坚实勇毅地向国内文坛挺进,并放射出锐利的亮光。

在"伤痕文学"的"清创"性书写洪流中,浙籍作家可谓其中翘楚。张抗抗(1950—　),生于杭州,19岁插队至黑龙江。主要作品集有《夏》、《张抗抗中篇小说集》,长篇小说《隐形伴侣》、《赤彤丹朱》、《情爱画廊》等。其《爱的权利》便是在聆听并追随"新生活的脚步"(张抗抗语)时倾力发出的呐喊。对于"爱"的基本权利的争夺,既揭示了刚刚被颠覆的时代里铁血般的人性扼杀,又充满了对于人性解放的痛苦向往。她的小说在新时期一开始便染上了浓郁的人文主义的启蒙色彩。其后,张抗抗在《夏》、《淡淡的晨雾》、《北极光》、《塔》、《红罂粟》、《白罂粟》等小说中,以知青的苦难作为"伤痕"的证据,并以"思考的一代"特有的敏锐与深沉,切入了对时代与人生悲剧的历史性探究中。张抗抗是同时代的女性作家中最早切入"反思"命题的小说家之一。《北极光》以陆岑岑与三个男性之间错综的关系以及人物不同的命途,让人清晰地看见了历史在一代人心灵上烙下的不可磨灭的黑色印记,以及人们在梦魇中痛苦地挣扎。《夏》、《淡淡的晨雾》这两个系列中篇则借岑朗犀利的谈锋,划破了被某些所谓的"规范"、"纪律"等帷幕所遮蔽的现实与历史诡计,以对历史高度自觉的审视意识,驳斥了阻挠或歪曲历史进步的阻力与惰性力。在这些小说中,主人公都有着高洁而远大的"北极光"式的理想,尽管不免有些乌托邦意味,但那种热忱无畏、不屈不挠的执著态度,充满了扑面扑心的青春气息。张抗抗这一时期的小说,以对知青境遇和内心思想的真诚深刻的袒露,引起读者共鸣,产生了很大的社会反响。

在"伤痕文学"涕泗滂沱的情境里,另一浙籍小说家叶文玲的创作可谓别具一格。叶文玲(1942—),玉环人。16 岁发表小说作品。1962 年迁居河南,1980 年调回浙江。曾任浙江省作家协会主席。主要作品集有《心香》、《无花果》、《长塘镇风情》等,长篇小说《无梦谷》、《秋瑾》等。正如她的小说《心香》题目所示,叶文玲以其清幽淡远的风格,疏离着一般"伤痕文学"的痛切与一般"反思文学"的沉重。品貌出众、才艺绝伦的哑女暗恋岩岱,但后者高高在上,无心垂爱。然而一场政治风暴将岩岱着实地从天上掼到了地面。在一个众叛亲离、人人自危的特定时刻,哑女不顾风险,营救岩岱,她为了岩岱不至挨饿而甘受他人凌辱。叶文玲立足于民间道德立场,倾心讴歌充盈于社会底层的永不泯灭的人性美与人情美。这种讴歌在此后的《小溪九道弯》等小说中依然执著而嘹亮。叶文玲是个"唯美式"的作家,她对于美有着异乎寻常的敏感,"她的整个写作总是倾注着美的情愫,让美与诗意烛照生存的晦暗,剥示人性的邪恶,使残酷变得亲和,使苦难变得温馨"①。叶文玲的小说,是这一时期布满泪痕与血迹的声讨与说教中的异类,她朴素的民本思想,她对于美的酷嗜,提示着一种美好的道德理想,一种人文重建的精神资源。

汪浙成(1936—),笔名青放,原籍奉化,生于杭州。1958 年大学毕业后分配至内蒙古工作。1962 年始与其妻温小钰合作发表小说。1986 年夫妻二人调回浙江。主要小说集有《别了,蒺藜》、《心的奏鸣曲》等(均与温小钰合作),另有《汪浙成温小钰小说选》。温小钰(1938—1993,杭州人,1960年大学毕业后至内蒙古大学任教)。这对伉俪作家早在 60 年代就有小说问世,"文革"结束后重返文坛,于 1980 年发表了有着"右派情结"的著名中篇《土壤》。小说通过辛启明、黎珍、魏大雄这三个 50 年代农学院同学,在改造某农场土壤的过程中所发生的命运遭遇和爱情纠葛,揭示了复杂的生活土壤如何把他们铸就成有着不同灵魂的人,提出了"改造社会土壤更重要"的主题。小说让三个人物分别成章,各自采用第一人称,自吐心曲,自暴灵魂。章回之间各自独立又相互交错,彼此映照。小说对严峻的政治环境下人物灵魂的揭示,深沉而痛切。以"土壤"作题,使小说具有寓言品质。小说在叙述方式上的独到之处,令人精神为之一振,这不仅表明汪、温是此一时期注重小说技术层面的开掘、创新的少数作家之一,同时也预示,正是对小说技

---

① 洪治纲:《叶文玲:寻找理想生命的聚光》,载《整合与阐释》,作家出版社 1999 年版,第174 页。

术的高度自觉,使汪、温日后的小说创作具有弹性颇大的发展可能性。此后不久,汪、温以《苦夏》对孩子升学问题的透视,以《小太阳的苦恼》对独生子女现象的反映,表露出他们作为现实主义作家庄严的社会责任感与社会批判意识。

社会政治层面的批判在一个阶段后陷入了某种困顿。很快,"寻根小说"被提到了文学平台上。所谓"寻根",便是要"跨越文化断裂带"①,"寻找民族文化精神"②,获得民族精神自救的能力。因此,"寻根文学"又是"反思文学"的一种延伸,"产生了将'反思'深入到事物'本原'意义的趋向,探索历史失误与民族文化心理'积淀'之间的关系"③。就文学本身而言,"寻根小说"还有一个风格意识在里面,即如何在世界性的文学格局中,像拉美文学那样在本土的文化传统中寻求风格资源,以民族化本土化的文学样式夺人眼目。由"政治"而"文化",题材领域空前扩大,文学又找到了新的生长点,小说的美学含量也丰盈起来。而浙籍作家这一次又做了弄潮儿。

李杭育(1957—　　),原籍山东乳山,随家迁居杭州。1979年开始发表作品,主要作品集有《最后一个渔佬儿》、《红嘴相思鸟》,长篇小说《流浪的土地》。他在1985年第9期的《作家》杂志发表了《理一理我们的"根"》。这是"寻根小说"的经典文献之一。但李杭育的"寻根小说"的创作则早在1982年即已开始,他的包括《沙灶遗风》、《最后一个渔佬儿》在内的"葛川江系列",被认为是"寻根小说"杰出的成果而载入中国当代文学史册。李杭育认为,文学的根在中原文化规定之外,在"非规范文化"之内,"分布在广阔的大地上,深植于民间的沃土"④。他的"葛川江系列"便扎根乡土社会,以吴越文化为依托,表现对乡土自然生存状态的流连与悲悯。《沙灶遗风》有对"葛川江"流域居住、饮食、礼仪、信仰等民俗风情的考察与描绘,揭示了一些物化的文化积淀及正在流逝的风俗。主人公施耀鑫一生与画屋民风相系,但新一代的青年人以造洋楼为时髦,使画屋遗风横遭贬抑,施耀鑫惘然中不觉便成为"最后一个"。《最后一个渔佬儿》中,渔佬儿福奎在工业文明侵渐、江水被污、鱼群锐减、渔民纷纷弃渔改行的情况下,仍然坚守着以捕鱼为生的自然性的生存方式,他每天只管吃饭、睡觉、下滚钩,"不知有晋,无论魏汉",直

① 郑义:《跨越文化断裂带》,《文艺报》1985年7月13日。
② 李庆西:《寻根:回到事物本身》,《文学评论》1988年第4期。
③ 洪子诚:《中国当代文学史》,北京大学出版社1999年版,第323页。
④ 李杭育:《理一理我们的"根"》,《作家》1985年第9期。

到他所爱的女人阿七也弃他而去,他仍然固执地将生命中仅存的一切统统托付给一江春水。"葛川江系列"表现了经济变革所必然带动的文化变革及因此而起的心理冲突,表现了两个时代交替时古老生活方式的无奈感与失落感,而"最后一个"所体现出来的悲壮意味,则镀亮了吴越人格的坚忍与优美。李杭育对"文化"内涵的理解与对民俗材料的处理,深具才情。在他的小说中,充盈着特异的民俗风情和方言俚语,渲染着一种特异的文化氛围,从而"把一条江、一种文化氛围化"。他说:"我尽可能地在小说中历史地写民俗,这就是说,把民俗作为一种文化现象来发现和表现,把握住它的历史内容和文化价值,并使之氛围化,笼罩在场面与人物之上。这样,在小说里,风俗不仅是诗情画意的东西,而且也是富有思辨的东西。"在李杭育的"葛川江"艺术世界里,对于葛川江人的生产方式、思维定势、审美趣味的历史观照,反映了李杭育意向性很强的主体文化意识的追求,在他塑造的葛川江儿女群像和他镂刻的葛川江风情背后,他以他似拙实巧的"思辨"方式,表达着他为心目中的吴越文化之正宗造影的努力。① 李杭育的"寻根小说",以其旗帜鲜明的文化理念与创作观念,为浙江文坛在"寻根"大潮中争得可观的一席,同时,他的创作是后来的"吴越风情"小说的直接诱因。就新时期的浙江小说而言,李杭育无疑是最具全国性影响的浙江"本土"作家。

　　林斤澜(1923—),温州人。40 年代即开始小说创作。现居北京。主要作品集有《山里红》、《满城飞花》、《矮凳桥风情》等。他以矮凳桥为"我的'血缘',我的'基因',我的'根'"②,其"矮凳桥风情"系列小说以"怪味"的乡土叙述,成为"寻根/文化小说"中的奇葩。《矮凳桥风情》包括《溪鳗》、《袁相舟》、《舴艋舟》、《章范和章小范》等 21 篇作品。矮凳桥原是新东山区一个僻静贫瘠的小镇,桥、溪、街等风物构筑了它别具风情的生活与人事场景。但在经济大潮的冲刷下,矮凳桥的面貌与"风情"日新月异,时有不可思议之处。林斤澜敏锐地捕捉到了乡土自然生活与现代经济生活碰撞后产生的"花非花"、"鱼非鱼"的模糊情状,揭示了矮凳桥人在生活方式发生错位时表现出来的价值理想与人格风范。小说《溪鳗》写"鱼非鱼"酒店的女店主溪鳗有做鱼不见鱼的好手艺,隐喻式地象征了她"人非人"的悲剧人生。但尽管她备受磨难,她还是以宽厚的胸怀,收养了残瘫的前镇长,在她的身上,一种

---

① 参见张谷风:《文化皈依与表达的困难——李杭育小说的浪漫精神》,载王嘉良等主编:《现代浙籍作家论丛》,上海社会科学院出版社 1991 年版。
② 林斤澜:《矮凳桥风情·后记》。

人性的光芒温婉地散发出来。"矮凳桥风情"系列的叙事扑朔迷离,"好比叫幔(即雾)幔着,千奇百怪,你当是看清了,其实雾腾腾";语言冷涩奇崛,其中掺入大量温州方言。林斤澜像一个"沉思的老树的精灵"(黄子平语),浑身闪烁着参透世事的机智,他用一种庄谐互寓的调式,为我们打造了一个个多姿多味的矮凳桥文本。"矮凳桥风情"系列发表后,以它"怪味豆"式的文体风格,在批评界与理论界引起了一场关于"文体学"的论争。

叶文玲的以故乡玉环楚门为背景的"长塘镇风情"系列,更是充满着诗意的氤氲,它仿佛沈从文笔下的湘西世界,成了叶文玲所苦苦构筑的理想家园和灵魂的终极寓所。在那里,处处是淙淙不绝的清溪小涧,是旷古永存的蓝天碧云芳草地,是那绵长而悠久的小巷,是人与人之间亲切质朴的交谈……那里不仅有为打捞朋友的一支钢笔而掏干井水的担水佬(《井旁的柚子树》),有因侍理菜园而闻名小镇的舅公(《舅公》),还有"两眼乌亮亮一笑"的绝代戏子尹如蝉(《浪漫的黄昏》),有俊俏雅秀、心乖手巧的初梅(《此间风水》)……他们在平平凡凡中总是透射着一种质朴的美、和睦的美、恭谦的美、旷达的美,使庸常的人生着上了亮丽的色彩,所以让人读来格外的亲切和香醇。

"文革"结束后至80年代初的浙江小说,感应着时代风潮,不仅在思想主题领地里作了艰苦而不懈的开掘,并且在题材、技法方面也有着程度不一的发掘、尝试。此前,在政治功利性过强的文学观念指导下的小说创作,往往将取材的范围局限在社会政治生活,公式化概念化痕迹太重,作家常在一种"无主体性"的状态下进行写作,无个性成为文学的时代通病。新时期的浙江小说,感沐着由第四次文代会刮起的倡导"创作自由"的春风,作家的主体性空前活跃,"创新"成为一种文学时尚,作家殚精竭虑地进行着种种突破性的写作尝试。这种尝试,首先造成了传统题材领域的冲决,从而形成了一个相对多样化的题材格局。

最先引起人们注意的是"小人物"题材。这以叶林(1955— ,金华人)、徐孝鱼(1946—1998,杭州人)的《没有门牌的小院》,胡尹强的《楼梯间里》,叶宗轼(1930— ,舟山人)的《海边人家》,张廷竹的《阿西们的笑》,王旭烽的《从春天到春天》等作品为代表。这些小说并不局限于写工农兵生活,不再以塑造英雄形象为主要目标,作为一种反拨,较多地关注各种各样的"小人物"、普通人。《没有门牌的小院》所写的"小院"中"五院士"或卖艺,或卖药,或打白铁,或砌灶头,皆为在街头巷尾艰难谋生的芸芸众生。小说对这些"三教九流"的小人物的生存境况给予了热情关注,既表现了他们身处社会底层的苦难遭际与卑微心理,又显现出他们坚毅顽强、勇于进取的性格内涵。《楼梯间里》写三个生活道路各不相同,但又都有坎坷遭际和命运的"小人物",分别住在同一幢教学楼的三个楼梯间里。他(她)们的生活、思想、性格普通、平庸,毫不起眼,其中两个不过是教着初一"差班"的中学教员,另一个则是刻了30年钢板的谦卑的小职员。但在勤勤恳恳的工作中,在共同的对于事业和理想的追求中,友谊与爱情的火花在他们之间迸射,在他们身上闪烁着感人的人格力量,作者对这几位"小人物"倾注着深沉的爱与由衷的赞美。《阿西们的笑》表现一群身无长物的社会青年在困顿与迷茫中不失乐观与善良的美好心灵,《从春天到春天》及其后一组以"春天"为题的系列小说则描述一个普通知识女性在社会潮汐间疲于挣扎的生存困境。

其次,吴越文化题材因其鲜明丰赡的浙江地域特色,在"文化热"的浸淫下,令浙江作家趋之若鹜。叶文玲的"长塘镇风情"系列、林斤澜的"矮凳桥风情系列"、李杭育的"葛川江系列",便都是本真的吴越文化展示。此后还有王旭烽的"茶人系列"、沈贻炜(1946— ,绍兴人,主要作品集有《小阿凡提的故事》、长篇小说《荒烟》)的"绍兴水巷系列"、沈治平(1939— ,笔名方石,杭州人,主要作品集有《古井》、《漂移的屋子》)的"南运河系列"、赵锐勇(1954— ,诸暨人,主要作品有《悲欢曲》、《妈妈啊妈妈》等)的"浣江系列"等。这些小说或偏重于风俗人情的描绘,或侧重于生存状态的勘探,使吴越文化得到了多侧面多层次的铺陈与渲染。吴越文化在数千年的历史萃取中形成了剑胆琴心、箫剑交鸣、刚柔并举的核心境界,有着崇尚自然与性灵的艺术气质,有着温润典雅的人情风格。吴越文化不仅是浙江作家取之不竭写之不尽的写作资源,也是他们的价值取向与美学风范的制约者。浙江作家在吴越文化题材小说的写作中,热衷摹画吴越风情,月白风清、小桥流水、古刹深寺、桃红杏白、茅舍雨巷,以及茶、酒、烟、云等空灵之物,常充斥文本,由此,又形成机巧、简约、委婉且偏重抒情的文体风格。吴越文化题材小说又可分为市井小说与乡土小说两种形态或两大系列,前者以陈军的"杭州市井系列"等为代表,后者以李杭育的"葛川江系列"等为代表。

军事题材在浙江小说史上始终不占显著位置,但在这一题材领域奋力掘进的张廷竹却颇有收获。张廷竹(1950—),笔名阿西等,生于香港,从小居住杭州。1984年参军,当战地记者。1980年开始发表作品。为他带来盛名的军事题材小说以《黑太阳》、《酋长营》、《支那河》、《阿波罗踏着硝烟逝去》及稍后的《他在拂晓前死去》等"战史故事"系列与"南疆系列"为代表。
尽管军事题材在中国当代文学中是一个"传统"的题材领域,且在 80 年代初
因为徐怀中、李存葆等作家的涌现而有了突破性的进展,但张廷竹"在众多
的军事作家中呈现出别一种创作风格,他既没有纯农民出身的作家李存葆
的简捷明快、莫言的粗鄙豪放,也没有军事家庭成长起来的刘亚洲、朱苏进
的十足的'兵味',更多的则是'乡土文化'濡染后的超拔与练达,在包容性和
本色性上大大超出了其他军事作家"①。毛英则在此期间出版了长篇《一夏
一冬》。小说描写抗日战争时期活跃在浙中山区的一支敌后游击队的战斗
故事。与作者一贯的风格相同,这部小说侧重于表现军旅或战争环境对个
人的意志考验,表现在特定情境下人际纠纷与心理矛盾,及革命者的高尚
情操。

　　知青题材创作在浙江稍嫌疲弱,仅以张抗抗的《夏》、《淡淡的晨雾》、《北
极光》和郑九蝉的《荒野》和《红楼》等为代表。与 80 年代初风靡全国的"知青
文学"同步同质,张抗抗此间的小说由"伤痕"而"反思",既有"对生活权利得
不到保障、真诚信仰被愚弄的愤怒,和回首往事的悔恨和悲哀"②,又有于迷
惘中惊起,投身生活,追随理想的坚强与乐观。这些小说明显地带有启蒙主
义的色彩。郑九蝉(1949—,台州人),80 年代初期即以小说《能媳妇》享誉文
坛。此后相继出版有长篇小说《黑雪》、《浑河》、《荒野》、《红楼》等。他的小
说大多以北大荒的知青生活为表现内容,在叙述人与自然、人与人之间复杂
关系的同时,尤为注重对历史与人性的双重反思,如《荒野》和《红楼》等作
品。小说结构宏阔、语势强劲,而且在一个个传奇般的人物命运历程中,洋
溢着生命内在的最原始也是最为本真的人性力量。

　　这一时期,值得一提的还有新武侠小说作家曹布拉。曹布拉(1953—　),
笔名牛不也,杭州人。80 年代初曾发表过《双钓台》、《书生意气》等小说,并
引起文坛广泛关注。80 年代后期开始致力于新武侠小说的创作,出版过多
部长篇武侠小说,其中《一剑三花》和《江南游戏》是他的代表作。他的新武
侠小说注重情节和悬念,不过于讲究"武"的招式,而尤重"侠"的精神,常常
使人物在极为传奇般的经历中闪烁着崇高的侠义之气。

　　需要指出的是,中篇小说成为这一时期小说的主要品种。仅从量上考
察,此间的中篇小说也为浙江小说史上之前无古人的鼎盛期。这不仅因为

---

①　吴秀明主编:《文学浙军与吴越文化》,浙江文艺出版社 1999 年版。
②　洪子诚:《中国当代文学史》,第 268—269 页。

投入创作的小说家较之以往有了量上的递增,更重要的是,中篇小说此时往往成为作家构思时的首选。

中篇较之于短篇,不只是篇幅的扩大。一般说来,中篇应具有比短篇更大的经验容量与审美信息量。短篇的长处在于对生活或经验的瞬时点击,对主题思维的要求不在于巨大而在于精深或尖锐。中篇则既可以有相对完整的故事性,又能体现出一定的叙事智慧。对中篇小说的选择,既体现了浙江作家相对充沛饱满的经验积蓄,又体现了他们一种已然自觉的文体意识。在中篇小说创作成绩斐然的 80 年代初,人们已经有理由期待一个长篇小说的高潮在浙江这方灵秀之地訇然掀起。

三　先锋实验小说与小说的多元化

在关于中国当代文学史分期的讨论中,有一种论点颇引人思考。它强调中国当代文学的"新时期"是从 80 年代中期即 1984 年或 1985 年开始的。其理由或其表征,就是现代主义文学思潮的涌进与雄踞文坛多年的传统小说美学形态的解体,长期以来单极化的小说形态格局被颠覆,一个多元化时代自此降临。尽管此论调有机械与武断之处,但仍不失启发性及在某种意义上的合理性。可作例证的便是此一时期的浙江小说:1984 年以后,与"寻根小说"的迅速走红相近,浙江的小说创作出现了令人瞩目的显著分化。现代小说技法在小说的艺术思维中越来越得以凸现,"形式主义"日益走向前台,某一段时间里,"怎么写"竟成为压倒一切的文学问题;而现代主义文化/哲学对生活现象与生活本质的二度阐释,使传统的、旧有的文学方式陷入了表达的困难之中,并且每每失语,于是对于新的话语方式的实验便成为必然之势。我们看到,这一时期的浙江小说,一般的现实主义形态小说仍顽强地固守自己的阵地,现实主义已不复具有"无边"的吞纳之力,而各式各样的新型叙述话语则奋力蹿跃,显示出某种挑战姿态,并有訇然成大器者。历史地看,无论就全国还是就一省而言,80 年代中期出现的这种写作分化,不仅是文化与艺术发展规律使然,同时也是文学在日后走向正轨的必要铺垫。现将这一时期浙江小说,择其主要形态述之。

意识流小说。早在 1979 年,茹志鹃便在《人民文学》第 2 期发表了短篇小说《剪辑错了的故事》。这篇小说开"反思文学"之先河。但这篇小说真正为人所关注并具有文学史价值的,则是它在艺术形式上的大胆探索与创新。

这是中国当代文学最早的意识流小说之一。小说情节原本非常简单:老甘与老寿在战争年代结下生死之交;但"大跃进"时期,已当了"书记"的老甘热衷于"假大空",大放"卫星"邀功于上级,竟置群众死活于不顾,老寿愤而与之断交。小说表现的是极"左"思潮对党群关系、对人民利益的毁损的主题。但这个"简单"的小说在加入意识流技巧后,时序被切断,重新"剪辑"后又发生了"错乱"。小说共七节,奇数节叙写"大跃进"(现实世界),偶数节则用意识闪回的方式叙写战争年代(回忆世界)。这种"剪辑"造成了一种对比,特别是以老寿恍惚不定的意识流动来制造历史颠倒感。到了80年代中后期,中国的意识流小说在技术上更为圆熟,许多变种不断生发,表达效果更为丰实多姿。张抗抗的《隐形伴侣》则是这一时期意识流小说的代表作。从题材上看,《隐形伴侣》仍是"知青小说",但题材在这里只是一个外壳。用张抗抗自己的话说,《隐形伴侣》是一部"心态小说",是一部关乎"人物内心活动",揭示"人自身的内部矛盾"的小说。① 小说主人公、北大荒"知青"肖潇因不堪忍受丈夫陈旭无休止的谎言而与之离婚。但在经历了诸多的现实波折后,她陷入了不可避免的"自审",发现自己也是一个说谎者,一个更虚伪更不负责任的说谎者。由是她发现了一个分裂的自我:"显我"和"隐我"。两个自我的冲突,其背后牵系的是真与假、善与恶、美与丑的冲突,是对人的自我意识与主体精神的深刻反思。小说发表后引起了强烈的社会反响。从叙事手段上看,小说没有采用惯常的全能视角,而是将对现实生活的观察与理解融进极为主观化的叙述语流中,间以梦境、幻觉、独白,辅以隐喻、象征修辞方法,非常精微细致地传达出人物的心绪、焦虑与欲望。"意识流"在这里更接近它原初的面貌:涉及了更多的潜意识场景,有了更显动态更为圆润的转换或跳跃。由于小说的"心态"性及"自审"的艺术要求,使得"意识流"不仅在技术上与小说相互吻合,而且更体现"意识流"作为现代主义小说技巧本身所附携的人本主义内涵。张抗抗自己曾说:"文学形式的突破便是文学内在的突破。"②换句话说,"意识流"在这里并不只是被浅表性地当作一种技巧,相反,它本身就是一种文学观念。而《隐形伴侣》则意味着张抗抗的小说从一般社会学向人学拓进的重大转变。

先锋小说。1987年至1989年间,余华发表了他作为一名先锋小说家的最重要的作品:《十八岁出门远行》(1987年9月)、《一九八六年》(1987年9

---

① 张抗抗:《心态小说与人的自审意识》,载《大江行动》,贵州人民出版社1996年版。
② 同上。

月)、《河边的错误》(1988 年 1 月)、《现实一种》(1988 年 1 月)、《世事如烟》(1988 年 9 月)、《难逃劫数》(1988 年 11 月)、《古典爱情》(1988 年 12 月)、《往事与刑罚》(1989 年 2 月)等。余华的小说是一种让人感受强烈的颠覆性存在：历史、现实、伦理以及小说形式等一切既定的秩序或格局，先后或同时成为他选择的挑战对象。他的小说是一种寓言式写作，通过"寓言"而挑开历史或现实的铁幕，显示其残酷的本相，使人于惊愕中产生战栗，于战栗中再度惊愕(《一九八六年》)。其小说对现实的洞察同样深刻而具颠覆性：《十八岁出门远行》寓言式地表现了成人世界(现实世界)的复杂性，在一个充满欲望与暴力的世界里，善良与纯真总是被嘲弄与践踏，划开生活温情脉脉的面纱，就会露出冷酷与荒诞的真相；《现实一种》更以一个兄弟相残的故事，揭示"暴力是如何深入人心"的，揭示人性中野蛮凶顽的底质，以及稍经诱发便如洪水猛兽的盲目性与危险性；"百善之首的'孝'在《世事如烟》中被逆转，在小说世界中充满的是父辈剥夺子女的生存权利，用过去扼杀现在。如果《一九八六年》等作品是反历史，那么《世事如烟》就是反孝经。"①余华的尖锐使所有的人都感到震惊。

余华的颠覆性写作还表现在他通过戏仿某些文类，对由这些文类固定下来的价值观念进行拆解。《河边的错误》戏仿侦探小说，《古典爱情》则戏仿《聊斋》式的志怪与才子佳人小说。他最著名的戏仿小说当属《鲜血梅花》。这个武侠小说的戏仿之作讲述一个幼年丧父的侠客成年后为父报仇的故事：他积年累月地奔波于江湖黑道，寻找杀父仇人。但由于对父亲记忆的淡漠，他始终无法激起对仇人的愤恨。他寻仇的动机感便随着时间的推移而不断衰减。相反，他渐渐喜欢上了流浪生活，以至于有意无意地延耽了他的复仇。直到他发现仇人已被他无意中置死，他伤感的却是漂泊生涯的行将结束。余华的文类戏仿，被认为也参与了对现实秩序的经验的颠覆。他以一个怀疑论者的立场，揭示了世界被遮蔽被掩盖的另一种可能性。而有论者更认为《鲜血梅花》的为父报仇的主题完全可以看成"寻找父亲"主题的变种，因为"我们时代的'先锋派'，在他们讲述的关于历史或现实的故事中，'父亲'不是被'遗忘'，就是苍老而濒临死亡，现在却渴望'为父报仇'(寻找父亲)。无父(无历史或现实)的恐惧已经从潜意识深处流露出来，其写作

---

① 赵毅衡：《非语义化的凯旋——细读余华》，载《生存游戏的水圈》"中国后现代文学丛书"，北京大学出版社 1994 年版，第 258—259 页。

姿态和立场的微妙改变是不难理解的。"①

作为一个先锋小说家,余华为我们提供了具有他个人标识性的叙事风格和话语方式。他创设了一种"无我的叙述",一种以冷漠为基质的叙事调式。与此同时,他用卡夫卡式的变异和夸张,直抵灵魂的痛处。他的小说中充斥着有悖常理的事件,现实世界在他的眼中发生了严重的扭曲。于是,现实与幻觉之间的界限消弭,灾难与预兆互相对译;叙述时间是非线性的,借此打乱线性的因果链;人物形象是类型化或符号化的(在《世事如烟》中,人物失去了姓名,分别用1、2、3等数码来标示),以突现人的某种抽象本质。当余华作为一名先锋小说家在文坛亮相不久,他独特的风格与深刻主题,使人立刻将他与鲁迅进行类比联想。有论者说:"在新潮小说创作,甚至在整个中国文学中,余华是一个最有代表性的鲁迅精神继承者和发扬者。"②有论者在对鲁迅和余华的比较分析中,存同求异,以肯定余华的独特价值:"鲁迅的对抗双方是以新旧来区分的:新的总是弱小的,但却是应当同情的,真理性更强的体系。而余华的对抗双方是以虚实来划分的:虚的总比实的真理性更强。而且,'新'是历史地确认的,'虚'是一种意义诠释态度,是主观因素决定的。虚实的对抗有新旧对抗所不可有的新的向度。这可能就是本世纪初与本世纪末中国作家的区别。"③

现实主义一般化形态的继续。80年代中后期的浙江文坛.尽管以余华为代表的先锋派小说有着引领一时风骚的强劲势头,尽管现代主义的涌进造成了传统文学观念的巨大裂变,并导致了多元化的文学格局,但现实主义仍然保持着顽强的生命力,坚持现实主义创作原则,并努力促进现实主义在不同题材领域深化的小说家仍占据多数,如郑九蝉、沈贻炜、徐海滨、闻汲、高峰、王克俭、赵和平、李涛、金一鸣等,他们的作品从质到量,都仍然是浙江小说的中坚,一些感人至深的呕心沥血之作,支撑着浙江小说自现代以来构筑起来的文学荣耀。这其中,胡尹强、汪浙成等人的创作尤其可圈可点,意义深远。

胡尹强是一位有着执著的现实主义追求的作家。他坚定地认同契诃夫关于"最优秀的作家都是现实主义的"论断,并以此自策,孜孜以求。长期以

---

① 杨匡汉、孟繁华主编:《共和国文学50年》,中国社会科学出版社1999年版,第402—403页。

② 李勘:《中国当代新潮小说论》,载《钟山》1988年第4期。

③ 赵毅衡:《非语义化的凯旋——细读余华》。

来,他在校园题材领域里不倦耕耘,收获颇丰。他总是立足于自我的真实经历和真切感受,勇于面向现实,面向矛盾,阐发关于社会、历史、人生的种种精辟独到的见解,或提出绵里藏针式的尖锐批评。80 年代初,胡尹强以中篇《楼梯间里》(1982)再度引起文坛注意。1984 年,发表了与茅盾 20 年代著名小说《动摇》同名的长篇小说。这部小说讲述发生在各个学校之间的紧张得令人窒息的名次之争。主人公周梦健在这场角逐中,在争与不争之间惶惑着、动摇着。小说同时描写了基层教师苦乐甘甜及他们复杂而丰富的内心世界,揭示了教育界在错误的教育观念引导下出现的种种弊端。在"争"与"不争"的动摇中,实际上隐含的是对中国教育"生存,还是毁灭"的哈姆莱特式的本体究诘。1989 年,胡尹强出版了他的第五部长篇《情人们和朋友们》(人民文学出版社)。这部长篇以更大的时空构架,更充裕的艺术空间,描写了一群青年知识分子在苦难相煎的人生道路上所作的存在主义式的"别无选择"的选择,展示了他们步履维艰的心路历程。小说主人公钟兆斌与女友姚蔚冰倾心相爱,但在六七十年代的政治风暴中,爱情被典当给了政治,他们分道扬镳,钟娶了贤妻姜芹,姚则嫁了"政治明星"蒋永茂。时过境迁,当政治风暴平息后,感情危机却不期而至,钟、姚跌入某种无力自拔的生活旋涡中。与此同时,学校里校长与书记之间,钟兆斌与蒋永茂之间,正义者与投机者之间,更为尖锐更为本质的冲突有声有色地进行着。在这场冲突中,像蒋永茂这样的冒充教育内行的政治投机者总是占得上风:过去是这样,现在仍然是。作者通过对充满悖谬的社会现实的揭示,透露出一种带着荒诞意味的对于存在本相的洞察。

胡尹强的校园题材小说,学校或教育界始终是一扇向着时代与社会打开的窗口,通过这个窗口,我们能够感受到时代的风潮,可以看见正直的知识分子殉道式的坚忍品质和富于道德感的人格境界,可以体会到作者对于现实人生的见微知著式的开掘。胡尹强作为一名长期从事中国现代小说研究并在小说理论上有精深钻研的学者①,其小说有着很强的艺术自觉。他善于捕捉外表平淡但内涵精微的社会命题,善于描画人物丰富的内心活动,并用一种大巧若拙式的写实手法,将小说的主题与人物性格表达,刻画得富于张力。90 年代,胡尹强有《蝴蝶效应》、《我由不得你》等力作问世。小说的故事空间有了更大的延伸与突破,对人物尤其是对知识分子的刻画仍是入木

---

① 胡尹强著有小说理论专著《小说:历史与品性》,上海文艺出版社。

三分。这些小说体现出胡尹强在艺术上自我突破、自我完善的不已壮心。

汪浙成、温小钰这对惯常以知识分子生活为主要的小说题材的作家,在80年代中后期则将视野拓展到了更为宽泛的社会领域。在1984年至1990年,他们分别写出了《白花苜蓿之蜜》、《葵花地女郎》、《似瀑流年》、《灰黑红绿交错的早晨》、《失落》、《元勋》等中篇,所涉题材与人物呈斑斓之势。如《灰黑红绿交错的早晨》写公案,《失落》写战俘,等等。这些小说直接介入现实的社会问题,在大胆的剖析中发出振聋发聩之声,颇具震撼力。特别值得一提的是他们的短篇《名都困考》,可看作是他们在艺术上注意自我突破自我提升的精彩之作。小说写一个出版社编辑为编印一张"本市公厕示意图",走访了市卫生局、环保局、城建局、报社、消防队、市委、市府,终于搞清人口已逾百万的中等城市竟只有50个正式公厕,于是通过人大代表递交提案,使建新公厕作为市政决议通过。但在设计方案上争执又起,选址成为无法突破的难题,于是又决定组成"出国考察经济发达国家公厕问题代表团",从东半球到西半球、又从北半球到南半球地逛名都、考困情。建新公厕的事就此拖延,不了了之。小说于诙谐中暗藏机锋,幽默里包裹冷嘲,语言娴熟干练,情节曲折有致,配以伸张有度的夸张,使小说深具寓意。小说中,作者还常以类似"太史公曰"的方式介入叙述过程,发表见解或感叹,在造成文本断裂的同时,还造成某种语义衔接上的错综之双,具有元小说的某些意味。这可以看作是这对夫妻作家从《土壤》始就非常刻意地对叙述技法的选择与提炼的一贯作风。总的看来,汪、温的现实主义小说"有着作为知识分子对自身文化定位的倾向,即'上下求索'的社会批判和在'启蒙'意义上的人文主义立场"①。但过于急切的功利目的,也不免伤及小说的艺术水准。对于这样的两难,汪、温同样也不能轻易横跨而过。

在这种多元化的小说创作格局中,李庆西的《人间笔记》等系列新笔记小说显得独具一格。这些小说实际上承纳了文化寻根小说的某些内涵,大多取材于凡人琐事,写事状物亦多用白描手法,讲究叙事上的简洁和话语自身的韵致,突出人物内在的个性禀赋。如《阿鑫》、《钥匙》、《锁》、《不二法门》等作品,都短小精悍,行文追求自然淡泊,但话语之中却充满了叙事张力,读后令人回味无穷。

此外,郑秉谦的《碧海缘》、张晓明(1945—,《江南》杂志主编)的"末代"

① 《现实的凝望与关怀——汪浙成、温小钰小说创作论》,载《文学浙军与吴越文化》,第159页。

大学生》、冀汸的《故园风雨》及谢鲁渤（1949—　）的《沉吟的码头》等也是这一时期现实主义形态小说的重要成果。长篇《碧海缘》是一部反映东海渔民斗争生活和海洋风情的小说，是郑秉谦最熟稔的题材，尽管其思想内容多少有些发黄显旧，但扑面而来的海洋风情则是其引人入胜之处。刘绍棠则干脆称这部小说为带"海味"的"乡土文学"①。长篇《"末代"大学生》则描写一群因"文革"而中途辍学的大学生在某山区小城的蹉跎岁月，力图表现一代青年知识分子的思想与人生追求。长篇《故园风雨》以半个世纪的年代跨度，描述了华侨在风风雨雨中的坎坷遭际，讴歌他们的爱国之情与赤子之心。小说集《沉吟的码头》的主要篇什则着力刻画在改革年代出现的风物与生活变迁，有吴越风情小说的成分。由于作者的诗人身份，小说中便颇有象征与隐喻之功，有潜在的思辨底色。

四　转型期的嬗变与"浙军"再显峥嵘

90 年代，是浙江小说的一个空前繁荣时期。从"重放的鲜花"到晚生代，参差不齐的年龄层次，喻示了作家队伍的多元并存结构，由此发散出来的诸多方面的"多元"化情状更是显示浙江小说异彩纷呈、众声喧哗的广场式的狂欢之态。从题材类型上看，城市小说已阔步赶上，与乡土小说齐头并进；文化小说有了越来越精细的地域性定位，并经过了"吴越风情"的再度命名；"历史"曾经是，现在仍然是小说取之不竭的写作资源，并有了多样化的价值取向；女性文学的勃兴，也被认为是题材领域的一次新的"圈地运动"。从创作方法上看，现实主义与现代主义，新写实与先锋派，多元并举，某些融通与交汇正深刻地进行着。从主体动向看，"主旋律"写作与个人化写作所体现的精神与价值立场成为主体性的两极，"中间状态"则保有宽泛的话语空间，而一些作家在与时代与社会的共振或拒斥中，其主体取向与发生着深刻嬗变的经济、文化一起进入了转型期：或由贵族化的精英意识转入普泛的世俗关怀，或由先锋式的超验叙事走向平实化的经验描摹，而性别意识作为文学想象的另一基础，正成为主体性的另一构成元素。从体裁上看，长、中、短篇俱制，而长篇小说的巨额生产则是这一时期浙江小说丰收性景观的重要方面。从文体学或叙述方式上看，实验文本依然在尝试突破语言所能达到的

---

① 　参见刘绍棠为《碧海缘》作的代序《乡土文学中的海味》，黑龙江人民出版社 1984 年版。

表意限度,传统文体也已经调节好"体"、"用"之间的对峙与不谐,或诗化或写实或中庸的种种文本形态给出了"鸡尾酒"式错落斑斓的效果,其中,如《人间笔记》这样的写意形态笔记体小说更是为文体学提供了新的理论话题。凡此种种,仿佛突然之间,人们对浙江小说有了一个崭新的印象,这一印象又似乎与"蒸蒸日上"、"一日千里"这样的修饰性话语相联系,表征着对于浙江小说的某种期待与信心。就在这个时候,"重振浙军"作为口号被响亮地提了出来。显然,这个口号不仅是基于对浙江文坛在建国后长期疲沓、创作水准总体滞后现象的一种痛切感受与集体焦虑,更是对由眼下的浙江文学(特别是小说)所呈现的蓬勃态势深怀信心。站在某种历史高度,他们仿佛已经望见了鲁迅、茅盾、郁达夫等巨匠的项背。人们已经开始,并且有理由开始展望重振浙军的光荣与梦想。

90年代浙江小说创作在现实题材的取向上,乡土小说仍然是首选,并且成绩斐然。楚良、赵锐勇、阙迪伟、韦晓光等在"乡土"里长期辛勤耕耘,每有不凡之作。就立意而言,90年代浙江乡土小说有了多样化的主题:(1)接续鲁迅乡土小说的批判传统,痛陈乡村社会的文化与历史沉疴,痛斥在乡村现代化进程中"新宗法制"的罪孽与残暴。这以楚良的长篇小说《天地皇皇》(1997)和阙迪伟(1956—)的《乌桕林神思》(1992)、《十面埋伏》、《下乡纪事》、《新闻》、《第一案》、《幸福路》(1996)、《跳蚤》、《热天》(1998),韦晓光的《摘贫帽》、《村里事》(1996)、《柴脑家的喜剧》(1998)等为著。这两位作家带着丰厚的乡村生活经验和对现代环境中农民心理状态的准确理解,越过对乡村贫穷的表层书写,将笔触伸到了乡土文化的内在层面,使叙事投注在当今乡村的各种生存焦点,剖示出许多发人深省的思想征候。《十面埋伏》讲述一个濒临倒闭的乡镇企业主王豹在市场经济时代困兽般的"文化突围"。在这里,乡土社会固有的积陋顽习,与被现代社会充分煽动的欲望一起,构成了"经济规律"的重要部分,在原本单纯的经济行为里无端地派生出种种障碍。《新闻》则讲述这样一个故事:记者胡一民前往某乡采访,意外地碰上了该乡领导一死一伤的事件。乡领导为掩盖不可告人的死因,一边大肆非法动用各种手段(白、黑两道的)对怀疑者进行疯狂逼压,一边则利用媒体和其他途径大造舆论,为"殉难者"宣传造势。这些人玩权、法于掌股,视民怨于不屑。虽然经过胡一民等人的揭露,使触法者最终有了应得的下场,但小说给人的心理震撼却久久难以平息。阙迪伟的小说揭示了现代乡村"新宗法制"下农民的生存环境,揭示了"新宗法制"对于中国乡村民主、法制等现代性追求之途的剪径式暴行。阙迪伟的乡土小说所体现出来的敏锐精深的观察与思考,严峻忧患的现实主义情怀,使他很快就成为 90 年代中期中国小说"现实主义冲击波"中惊涛拍岸式的人物。韦晓光(1961—)的《摘贫帽》、《村里事》等则不动声色地揭示了农民自身的某些劣根性对乡村社会现代化演进的潜在阻挠。《摘贫帽》以一个地、县联合调查工作队下乡调研、帮助农村摘贫困帽为主线,一方面展示了部分实权干部的官僚习气,另一方面又从更深的层面上揭示了农民自身的愚顽本性。一心为农民、千方百计帮助他们解决温饱的地区管副主任好不容易让狗精出资,使全村农民种上了早稻,可是他们却不加管理,理由是让其荒芜,种单季更合算,致使工作队的全部心血付之东流;陶副局长建议全村养獭狸致富,可待到上门收购时,因为价钱没有当初许诺的那么高,村民们便拒绝出售,结果错过良机又惨遭损失。小说以此道出了我们乡村社会难以进步的本质原因:不是没有好的思路,也不是没有条件和政策,而是人的素质低下。这种自私、目光短浅的心理才是制约农村发展的症结。韦晓光的小说常有轻喜剧的诙谐效果,阅读时让人不免想起赵树理。(2)"乡土小说"作为文化小说的一脉,展示"乡土"的或古朴或粗放的风俗人情,从现代视角切入,既揭示现代化进程对沿传风流的销蚀,又努力在传统生活方式或观念中寻求道德资源,以对现代文明贫弱的伦理基础批判。如王旭烽的《乡村婚事》(2000)便具有民俗学的叙事立意,以一个家庭的婚事为主线,穿插着关于浙东乡村中耕猎、祭祀、婚丧等风俗礼仪。小说故意使用了不少乡村俗语,以贴近叙述对象的文化属性。赵锐勇的《栈脚料》(1992)讲述一个农村小伙子去城里抢粪便,纵身跃入料栈的百年粪池去用手掏。城市人肮脏的排泄物于庄稼人则是宝贵之物(这隐喻了城乡间的文化差异及其冲突)。小伙子事后用湖水洗净了身子,换了衣服去城里的女友家,但女友的妹妹竟然嗅出了他身上的粪臭。无言的冲突之后,小伙子离开了女友,并从此向城市永远地背过身去。赵锐勇在小说中沿用了新写实的一般叙述态度,以波澜不兴的中性调式,于平缓和冷漠中讲述着这个城乡冲突中失意的乡土故事。实际上,平和冷漠中隐含了对现代城市文明虚伪性的一种批判。金学种(1949—,原名金学宗,鄞县人),主要作品集有《驻踔三怪》等,中篇《她们》(1994)由《无病娘》、《妙青婶》、《阿要姐》等三个短篇构成,小说刻意偏离意识形态视角,努力写出三个身处底层的女性与旧文化、旧道德的密切关系,以她们高尚的人生境界来表达向传统文化索求伦理资源的渴望。(3)以乡土小说为外壳,表达更为抽象或更为本质的生命意识。这以余华的《活着》、《许三观卖血记》、《呼喊与细雨》为代表。《活着》(1992)以主人公徐福贵几十年的苦难经历,求证人类生存的终极价值。福贵原为地主,因嗜赌而破财,沦为佃农,不料在土改时以此身份保全了性命,而赢了他家一百亩地的老二却被枪毙。与福贵一起被解放军俘虏的福生,后虽参加解放军立功当了县长,但"文革"中挨不过批斗而投井自杀。生命的无常感在《活着》中四处飘荡。而福贵,当父母、妻儿、女婿、外孙在或无可规避、或突如其来的灾难中接踵死去后,为坚守内心无可言说的亲情,顽强地活着。小说开头和结尾都写到福贵开导老牛(它的名字也叫福贵)耕田的情节,他对老牛吆喝的一串名字全是已故亲人的名字。其间的文化隐喻丰富而多义。《活着》所体现的精神涵义,有着加缪所倡扬的西西弗斯式的生命哲学。这部杰出的小说于1996年获得了意大利"格林扎纳·卡佛"文学奖。可以肯定的是,余华正作为一名世界性的作家而崛起。

城市题材小说经过80年代的奋力挣扎,已有不俗成绩,而到了90年代,则已明显从乡土小说的阴影中走出,伸张着自己的艺术空间和独立不羁的品质。从取材类型看,大致有如下几种:(1)商海搏击型。商业化、市场化是城市概念的基本内涵。中国的城市现代化起步时间不长,所谓的城市文明实际上长期以来与乡土文化有着深厚的联系。当真正的城市化(表征为高度的商业化、市场化)浪潮席卷而来时,城市人特别是搏击商海的弄潮儿,就必定会经受一场脱胎换骨式的身心蜕变。这种蜕变所包含的痛苦与欣悦、期待与失落、理想与迷惘,都极富意味。"商海搏击型"小说的主人公便在商海的潮起潮落中演示着自己的人生,从中感悟着新的生活观念与生活方式所带来的生存遭际。叶文玲的《冬之潮》(1992)、夏真(1946— ,原名朱亚珍,宁波人)和王毅(1944— ,乐清人)合作的《最后一曲蓝调》(1992)、王旭烽的《编、编、编花篮》等皆属此类。(2)都市心态型。这类小说描摹城市生活风貌,从中揭示都市人复杂的人际环境与心理律动,百姓家事、城市爱情、市井人物,皆是这类小说的表现对象。这类小说的作者差不多都是"城市批评家",在他(她)们笔下,城市以"恶之花"的面目出现,物欲横流,人格卑微,它给人生造出了数不胜数的价值迷津与心灵创伤。王旭烽的"咖啡屋系列",顾艳(1957— ,海宁人,主要作品集有《无家可归》,长篇《杭州女人》)的《黄莺小唱》(1992)、《精神家园》、《靠在冷墙上》、《夏日的玫瑰》(1998),李杭育的《螳螂药免费》(1992)、《故事里面有个兔子》(1996),王霄夫(1961— ,东阳人,主要作品有《走神》等)的《上上签》(1992)等是为代表。王旭烽的

《银座咖啡屋》(1994)以主人公庐培满怀理想主义情怀为都市人寻找精神家园的故事,写出了现代人在都市生存境遇中的错位感与荒谬感。庐培不听父亲劝阻,执意开了一间咖啡屋,以期使之成为都市青年们理想与梦幻的归宿,或曰灵魂的栖息之地。孰料,小郭和海莉却把这当成庸俗的调情场所,大搞婚外恋,原本纯洁的女侍苦苦也被这灯红酒绿诱惑得渐行渐远……咖啡屋越来越远离庐培的理想,沦为无聊者和浅薄者的游戏室。荒谬的现实终于消解了庐培的善良初衷。小说真切地揭示了转型期都市社会里的价值迷失与生存困惑。顾艳的小说多写爱情,以都市青年的生活方式来承载现代知识分子的文化情趣。在她的小说里,城市爱情总是飘忽不定,总是伴随着剧烈的撕扯与痛楚,充满焦虑与困窘。她小说的抒情气质与不可求的爱情之间形成了很大的张力,于表面的随意中显示反讽意味。李杭育的《故事里面有个兔子》则以某个夏天"我"在四个女人间乐此不疲地奔波来表现都市小人物"欲望化"的生存动机及生存价值的卑微。王霄夫的《上上签》则以剧团红角"花和尚"遁入空门的故事讲述商业大潮对传统人文精神的冲蚀。

3. 都市文化型。这类小说以都市民间沉积的传统文化形态(或心态、或器物)为表现对象,发掘历史文化所蕴藏的审美内涵,及与现代文明对照下的灿烂景观。陈军(1954—,杭州人,主要作品集有《日出巴格达》、《东方闲情》等)的《玩人三记》、王旭烽以"西湖十景"命名的系列中篇及"茶人三部曲"等便属此类。因与"吴越风情小说"在题材上有相当重复,故容后再说。

　　90 年代浙江小说创作在历史题材的取向上有了许多崭新的变化。首先是对于文学创作中的"历史观念"或"历史态度"有了本质性的转变,特别是在"新历史主义"史观的冲击下,作家们逐渐认识到了历史的文本性,也就是说,历史本身是非叙述、非再现的,历史无法还原,但历史只能借助文本呈现,因此历史总是无法逃避文本(语言)的修饰、篡改甚至歪曲,也无法逃避权力话语的虚构性叙事的命运。因此,在上述观念中的 90 年代历史题材小说的创作相对于传统的"历史文学"便有了某种颠覆性。首先是对作为"集体记忆"的历史观念的冲破,历史成为一种个人化的历史,作家们"把过去所谓的单数大写的历史(History)改造和化解成众多复数的小写的历史(histo-ries);把单个从根本上非叙述、非再现的历史(history),拆解成一个个由叙述人讲的故事(his-story)"①。其次,个人化的历史叙述构成了对主流意识

①　马相武:《"现代寓言"的"新历史"》,载《文艺报》2000 年 6 月 27 日第二版。

形态(权力话语)历史叙述的消解。再次,由于历史的个人化倾向,对历史题材的艺术处理方式上也就有了新的变化,"真"、"伪"的界限模糊了,"欲望化"或心灵化的历史叙述成为历史题材小说新的话语方式。(1)新历史主义小说。新历史主义被称为是"将历史……从整体或本质上视为斗争、对抗、权力网与利比多因素所决定的现象"①。尽管"斗争"、"对抗"这样的提法仍然存在,"阶级"或经济决定论等曾经通用的历史范畴已不再占据历史前台的主要席位,相比于"阶级"范畴的过于简约,"权力"、"欲望(利比多)"等更富张力的概念成为历史的阐释依据。新历史小说相对于旧历史小说,其转型有以下几个特征:A. 小说主题强调从正史到野史;B. 思想观念从民族寓言到家族寓言;C. 叙事角度强调历史的虚构叙事;D. 人物形态从红黑对立到中间灰色域;E. 小说语言表征为从雅语到俗语。② 浙江作家中廉声(1955—,原名王连生,金华人,主要作品集有《战争故事》等)的新历史小说创作可谓独树一帜。其代表作《月色狰狞》(1991)可谓"权力"与"欲望"相织的新历史文本。小说以抗战时期浙西天目山地区为背景,围绕欲杀土匪头子莫天良这个情节轴心,展开诸多的故事线索,反映当时日军、伪军、国军、土匪武装等各派势力之间的纠葛和冲突。同时小说又以寡居的美妇孟嫂为另一故事中心,几个男人对她的疯狂追逐,最终导致一个政治事件(战争)改变了方向。小说让政治斗争与人性角逐相绞合,使历史事件变得扑朔迷离,并与由官方钦定的历史文本拉开了距离。廉声的《国泰中药店》、《妩媚归途》(1992)、《响马镇》、《故尘飞扬》、《短篇二题》(1993)、《青萝镇》、《姨妈在1943 年庙会》(1994)等沿袭了这一创作路子。他的历史叙述,充满了悬而未决的预兆、波诡云谲的缺席、颓败朽坏的场景、神秘莫测的宿命,以及权力争胜中的肉欲气息。余华的《活着》、《呼喊与细雨》其实也是新历史主义小说。此外,张万谷的《台门》(1994)、周新华的《民国六年风调雨顺》(1994)等都可归入新历史主义小说的麾下。(2)史传小说。叶文玲的《秋瑾》、陈军的《北大之父蔡元培》、夏辇生(1948—,笔名雪梦等,主要作品集有《紧急追踪》、《冠军失踪以后》等)的《船月》等。《秋瑾》(1996)采用"以情写史"的方式艺术地再现了秋瑾就义的历史事件。尽管关于秋瑾有着浩繁的史料,并且叶文玲强调当她自己面对这位英烈,认定那种"纯粹故事式的虚构都将是一种

---

① 赵一凡:《新历史主义初评》,载《国际文化思潮评论》,中国社会科学出版社 1999 年版,第152 页。

② 参见王岳川:《重写文学史与新历史精神》,载《当代作家评论》1999 年第 6 期。

最大的不敬和亵渎"①,但她仍然使用了一种极为诗化、抒情化的方式,以心灵激活历史,以情感点燃语言,在对英烈的灵魂叩问中再现了一种伟大的人格境界、一种非凡的精神力量。小说将叙事时间压缩在秋瑾从被捕到就义的三天里,避免了对历史人物的生命历程的线性叙述,让人物不断地与"我"的现在情感进行对话,突出"我"对秋瑾生命经历的感受,使秋瑾成为作者自己所理解的秋瑾;同时,作品又借用共时态的叙事方式,以不同人物的回忆不断地引带出秋瑾传奇的人生历程。《北大之父蔡元培》(1999)以蔡元培为中心,塑造了一批 20 世纪初至上半叶有代表性的中国先进知识分子的群像,梳理了他们的生平风貌和思想脉络。小说时代背景宏大,人物阵容庞硕,思想议论精湛。对蔡元培的刻画,一出手便抓住了人物的本质方面,当蔡元培在小说中亮相时,"已经站在了这样的一个历史高度:他是翰林造反第一人,新政府中科举出身的第一人,也是集百家之言为准绳、开未来民主先河的第一人。在对历史与重大历史人物的关系上,他有其不可替代之处,他有超出常人的与历史及历史人物建立某种深刻联系甚至默契的能力"②。由蔡元培,我们进而看到了章太炎、鲁迅、胡适、陈独秀、黄侃、刘师培等文化思想界的巨子,看到了民族的群星闪耀的时代。小说沿线性进行叙述,文风拙实,详略有致。《船月》(1999)则以抗日战争时期韩国流亡政府首领金九在嘉兴的一段流亡生活为题材,以这位传奇英雄与一个中国船娘的爱情故事为核心,展现了一段战争洗礼与恩怨情仇的真实历史。小说由"船"和"月"的意象入手,将江南水乡独具的意境铺陈开来,而情节便以与这种意境相吻的节奏和格调舒缓地、抒情化地展示在这片空间或背景里。30 年代,金九为躲避敌人追捕而隐姓埋名,与船娘朱爱宝以夫妻的名义蛰居在嘉兴南湖之滨。传奇由此开始;在夏辇生极为情感化的叙述里,催化 20 岁的船娘与 57 岁的异族英雄的激情之恋几乎就是作者的叙事动机与动力,因此,无论是历史事件或是虚构情节,在夏辇生的调理下,最终都会在一个特定的方向上成为合力,滑入朱爱宝的情感轨道,推动着她义无反顾地冲向作者期待中的"高峰体验"。在这里,我们可以看到夏辇生作为一个女性作家在面对历史题材时所可能选择的情感化的价值取向和相应的叙事方向。

90 年代浙江小说创作另一引人注目的题材类型是"吴越风情"小说。

---

① 叶文玲:《秋瑾·楔子》,浙江文艺出版社 1996 年版。
② 王旭烽:《仰望世纪初的灿烂星斗:读〈北大之父蔡元培〉后感》,载《当代作家评论》2000 年第 1 期。

1993—1995 年,浙江文艺出版社陆续出版了"吴越风情小说书系"。书系共 6册,分别为陈军的《东方闲情》,金学种的《驻跸三怪》,陈小萍、胡小远的《太阳酒吧》,杜文和(1954—　　　,笔名越风等)的《牧野津古渡》,刘文起的《梅龙镇三贤》等。陈军则另有《陈军吴越风情小说精选》于 1995 年在台湾出版。盛子潮在《吴越风情小说书系·代序》中归纳吴越风情小说有如下文体特征:(1)营造一个由传说、民俗、风土人情、自然文化景观所构筑而成的吴越文化氛围;(2)感知者的抒情视角;(3)简化、诗意化的人物关系;(4)意象化、情景化的语言形态。有如下形态类型:(1)小镇风情;(2)水乡风情;(3)市井风情;(4)历史风情。最后,吴越风情小说在总体上体现了"悲"、"秀"的美学价值①。"书系"中的小说,除有相近的文体特征外,又由于叙写对象的不同而分别归入不同的形态类型。陈军的《玩人三记》是市井风情的优秀之作。小说以笔记体式叙写何梦白之玩器、玩医、玩文。全文由三个主要部分构成:一、玩器记道,表现何梦白对美玉的透辟见解和赏玩的高雅情趣;二、玩医记趣,表现何梦白对传统医道的精通和行医的潇洒态度;三、玩文记怪,表现何梦白对笔记随笔的谙熟和用文耍弄"牛二保长"的怪招。小说切入了吴越文化人格的内核,开掘出独具品位的人生哲学。小说中无论是人物言谈举止、古器医道的描述,还是文白相间、杭州俚语的运用,都散发着杭州的人文历史、文化积淀的独特风韵。

　　在"吴越风情小说"中,王旭烽的"茶人三部曲"是尤其应该注意的。王旭烽(1955—　　　),平湖人,主要作品集有《从春天到春天》,长篇《姑娘山速写》等。"茶人三部曲"包括《南方有嘉木》(1995)、《不夜之候》(1998)、《筑草为城》(1999),以杭州为背景,叙写忘忧茶庄传人杭九斋及其后二代后人经营茶业。把杭氏家族的命运史与浙江近、现、当代社会变革史结合起来,展现百余年来华茶兴衰起落的全过程,使平等、坚韧的茶人精神与奋进、奔突的时代精神交汇在一起。小说有着浓郁的茶文化氛围,它不仅从大量的茶史、茶经、茶道、茶俗、茶歌、茶典中弥散开来,而且从茶人的行为、心理、观念、精神中透发出来。在作者笔下,茶被人格化了,而世代操持茶业、以茶为生活生命生存之必需的茶人,自然受到茶性的滋养、熏陶,以至铸就出茶人的灵魂。在风云变幻的年代,内忧外患终于使茶人家族走向崩溃的边缘,但茶人精神并不就此消失,相反,它依然以它的坚韧推动着新一代的茶人逐步

---

　　①　参见盛子潮:《论吴越风情小说——〈吴越风情小说书系·代序〉》,载《诗和小说的艺术阐释》,浙江文艺出版社 1998 年版。

走向广阔的社会生活。在这里，王旭烽设置了"茶"与"历史"的一种比照，刚性的"历史"屡屡断裂，而软性的"茶"却穿越了历史的断层，不绝如缕。王旭烽以自己的智慧和颖悟，攫住了"茶"所寄寓的文化精神与价值理想。

90 年代浙江小说创作的题材类型之广，超过了这之前的任何一个年代。除去上述主要类型，知识分子题材、军事题材、女性题材、少儿题材、公安题材……不胜枚举，且每一题材领域都涌现了不凡之作，如叶文玲的长篇《无梦谷》之于知识分子题材，王晓明（1954—　　，金华人）的《西路军魂》之于军事题材。但任何一种题材都不会是画地为牢式的孤立之态，它的边缘总是与别的题材领域在不同逻辑层次上发生着重叠、相交。比如，一部知识分子题材的小说，同时也可能是女性题材的；一部乡土题材的小说，同时也可能是历史题材的，或"吴越风情"题材的。因此，我们在这里论述小说题材类型，大致上取其特征较显著者。比如《南方有嘉木》，我们将它放入"吴越风情"小说范畴，而不将它归入新历史小说。但不管我们在论述布局中怎样煞费苦心，仍然无法涵盖尽可能多的题材类型。简约化的文学史写作，总是避免不了挂一漏万的尴尬。于是，丰赡的小说景观既让人鼓舞，又让人慨叹。

90 年代浙江小说在创作方法或原则上延续了 80 年代中后期以来多元化的格局，并有更大程度的发散。现实主义、现代主义及其变体差不多都能在 90 年代的浙江小说中找到范本。就创作手法而言，现实主义和现代主义之间、不同流派之间的界线已经渐次消弭，我中有你，你中有我，现实主义作家也能熟练地操持"意识流"，而一些现代主义小说则在不断地加大写实成分。但 90 年代小说最值得注意的还是作家主体价值取向的变化态势。随着全球化与市场经济的全面推进，一个文化多元时代来临，"共名"写作被消解，而立足个人化立场的"无名"写作成为潮流。个人化在某种意义上就是边缘化，因此，它不仅意味着对抽象"集体性"的拒斥，也意味着对中心话语、主流话语的批判。浙江作家在 90 年代对个人化立场的进入，意味着一次大的主体性新动向的发生，一方面，一些作家改换了写作题材，如李杭育由"乡土"而"城市"，风格也由敦厚而反讽；另一方面，浙江的小说在延续传统的抒情品格之外，有了更深刻更厚重的批判精神。这在余华、阙迪伟等人的小说中尤其能够感受到。

余华在进入 90 年代以后，陆续出版了几部影响巨大的长篇小说。人们看到了他明显的变化。经过 80 年代先锋小说的充分实验后，他已经有了完美的叙事技巧。随着先锋/精英意识在文化转型期的耗散，余华的小说已逐渐接近日常生活的写作,开始表现出某种世俗关怀。这时候,他的小说有了更为朴实的外表,线性叙事、写实风格是他这一时期典型的技巧。唯一没有改变的是他的中性调式,那种不动声色的"零度"叙述。这一时期,余华开始反复强调他自己是一个"现实主义作家"。在我们看来,这位 80 年代中期以来的"先锋派"的先锋,显然意识到了他与同乡先驱鲁迅的继承关系,并以"现实主义"来强调自己的现实批判精神。

浙江的先锋小说在 90 年代仍保持着一定的规模与水准。先锋小说的存在价值,一方面在于它语言形式的极端实验,对传统叙事模式的大胆叛逆;另一方面,在主题内涵上则表达人类的荒诞体验或存在的某种非现实的可能性。总体上说,先锋小说的存在,显示了在商业时代里对媚俗的一种抵抗,对纯粹精神的一种坚守。浙江作家中,陈锟是先锋小说一贯而坚定的创作者;黄石、夏季风等虽作品不多,但他们实验性很强的叙事文本引人注目;另有一些作家,如李森祥、杜文和等,在写作传统的现实主义小说的同时,也时有叙事实验,并有成功之作。当然,在充分体现个人化、先锋性等品格方面,最有成绩的还是列入"晚生代"的王彪,以及在 90 年代末崭露头角的艾伟。

王彪(1961—   ,黄岩人,主要作品有《致命的模仿》、《身体里的声音》等)的小说表达了欲望作为核心动机对人类生存行为的制约,表达在一个价值失控年代里迷失在欲望之途的心灵救赎之可能。在他的小说里,性是基本的欲望形式,《在屋顶飞翔》中无处不在的通奸,《病孩》中病态的肉欲,《欲望》中色情的诱引,体现着王彪对欲望之核的本体性思考。他的小说还深受陀思妥耶夫斯基的影响,表达一种"罪与罚"的主题:欲望化的生活行为或生存方式通常都导致了悲剧性结局,这在《致命的模仿》、《欲望》等小说中皆有表现,死亡成为他的小说中频繁出现的一个意象。可能是基于一种原罪意识,"苦难"也是王彪小说主要的表现对象。在他的小说里,"苦难"常以现实人生不完美的形式霰现出来,这种不完美通常致命般地击溃人的生存信仰与人生理想,导致进一步的悲剧。这在《青丝》、《哀歌》、《死是容易的》、《大鲸上岸》等小说中有集中体现。这使他的小说具有了很强的寓言性质。有论者认为"王彪的写作意义在于,以一个人文主义者的天性和良知,去感知和捕捉种种苦难的存在现状,并从存在之因的探析中,尝试着构建一种真正意义上的'人'的存在的价值尺度",而王彪的小说便是"面对某种存在之境的苦难言说"①。1998 年,王彪发表了他的第一部长篇《身体里的声音》。小说甫一问世,便激起很大反响。小说以"文革"时的某江南镇为背景,以一场盲目而疯狂的武斗为情节主线,讲述了一段惊心动魄但又万般无奈的生命悲剧史。小说深化了作家在以往叙事中对自身成长记忆的体悟与思考,深化了关于生命、欲望、苦难、历史的哲学命题,也推进了作为先锋派叙事对人类存在的深层探究。王彪的小说唯美而铺叙,文本构成多用拼盘式,多视点切入叙事片断,经由某种内在逻辑最终组合成事件的全貌,不确定性的片断组成了确定性的全局,或确定性的片断组成了不确定性的全局。

出生于 60 年代末的宁波作家艾伟在 1998 年的突然出现,使浙江文坛着实惊喜了一阵子。像大多数的晚生代作家一样。童年经验是艾伟小说的主要叙述对象,他以一种极富质感的语言和一种单纯明亮的风格为我们描述生动而感伤的乡村生活场景。《乡村电影》以村霸守仁与滕松之间就扫不扫晒谷场的对峙始,最终这种对峙却被电影卖花姑娘所溶解:他们都为电影人物的悲惨命运所打动,"不但滕松泪流满面,连放映机旁的守仁也几乎泣不成声了"。他的《与木壳收音机为伴》、《七种颜色的玻璃弹子》、《敞开的门》、《广陵散》、《到处都是我们的人》等,在展示艾伟明净的叙事风格时,还显示出他高超的叙事技艺。艾伟的叙事时有很明显的主体性介入,是一种主观化的间接叙事,他控制着叙述的节奏、速度及方向,读者完全受叙述的引导,并且每每在他设下的叙事圈套中欲罢不能。艾伟这两年的高产及他鲜活的个人风格,使他很快便受到了全国性的关注。此外,如王手的《火药枪》、黄立宇的《一枪毙了你》、陈锟的《敞开隐秘》等也都在叙事上带着浓浓的探索意味,并引起了文坛的广泛关注。临近世纪末,一批年轻作家踊跃而出,赵柏田、夏季风、李浔等,都是浙江小说强劲后势的证明。

90 年代另一重要的主体动向是女性文学的勃兴。浙江女性小说的创作走的是一种民族化本土化的路子。一方面,女性作家通过创作表达对历史、对社会的承担,另一方面则对父权/男权传统进行严峻批判。前者如叶文玲的《秋瑾》、王旭烽《南方有嘉木》、顾艳《杭州女人》、钱国丹(1944—   ,乐清人,主要作品集有《闺中女友》等)的《家祭》等,通过对巾帼英烈的塑造,对民族迁衍的叙述,对家族剧变的记录,体现一种强烈的历史感、道义感与社会责任感。后者如顾艳的《杭州女人》、蒋启倩(1954—   )的《花园深处》等,以

---

① 吴秀明主编:《文学浙军与吴越文化》,第 170—171 页。

对女性日常生活的写作,对女性日常心理的刻画,揭示一种更为本质的性别遭遇与性别意识。这些女性作家在描写和塑造女性人物形象方面,已走出了两极化的模式,以更本真的形态呈示了女性的痛苦、欣悦、期待、失落及丰富的欲望。可以毫不夸张地说,女性作家及其作品,在90年代的浙江已是二分天下有其一。这样一种创作格局,预示了浙江文坛在不久将来的某种新态势。

第十一章
诗歌(上)

一 "诗界革命"中的浙江启蒙诗人群

　　20 世纪中国新诗的源头可上溯到新旧世纪之交的那场"诗界革命"。这场革命对于中国诗歌由传统向现代转型起到了重要的作用,近代"新派诗"的理论与实践对于五四新诗的产生有着直接的影响。而在此间被梁启超称为"近世诗界三杰"中就有二杰是浙江籍诗人:夏曾佑、蒋智由。他们与另两位浙籍重要诗人——章太炎、秋瑾等一起,在近世诗界掀起了一股声势不小的浙江启蒙诗潮。这股诗潮的基本特点是:内容上鼓吹维新变法、反对列强入侵、宣传民主思想、反映民生疾苦;形式上主张运陈入新、融化中西、不拘格律、以新名词入诗等。这既标志着由先哲龚自珍开启的启蒙思潮在世纪之初的浙江诗人中得到了承续,同时也为中国传统诗的现代裂变起到了积极的催生作用,更为五四以后浙江新诗高峰期的到来积蓄了强大的势能。

　　夏曾佑属维新派人物,与梁启超、谭嗣同等人交往甚密,政治思想也很相近。为宣传"新学"理论,他首倡"新诗"创作。他写"新诗"好用新名词来表达自己的宇宙观、人生观。如:"冰期世界太清凉,洪水茫茫下土方。巴别塔前分种教,人天从此感参商。"诗中的"冰期"、"洪水",用地质学家语;"巴别塔"云云,用《旧约》典故。对于这样的诗,梁启超也说:"当时除我和谭复生外,没有人能解它。因为他创造许多新名词,非常在一块的人不懂。"①夏曾佑所用"新名词"主要有两类,一类是科学新名词,一类是宗教典事。如他的两首七律《赠梁任公》和《沪上赠梁启超》,几乎全用宗教典事,如其中的一首:"有人雄起琉璃海,兽魄蛙魂龙所徒。天发杀机蛇起陆,羔方婚礼鬼盈车。南朝文酒韬乾战,西婉山川失宝书。君自为繁我为简,白云归去帝之居。"这样的诗也属"苟非当时同学者,断无从索解"者。梁启超说:"当时吾辈方沉醉于宗教,视数教主非与我辈同类者,崇拜迷信之极,乃至相约以作诗非经典语不用。所谓经典者,是指佛、孔、耶三教之经。故《新约》字面,络绎笔端焉。谭夏皆用'龙蛙'语,盖时共读约翰《默示录》,录中语荒诞曼衍,吾辈附会之,谓其言龙者指孔子,言蛙者指孔子教徒云,故以此徽号互相期许。至今思之,诚实发笑。"②从这些"怪话"满篇的"新诗"中,反映出近世思想界理论贫乏之情状,但它对于近代诗歌的变革却有着不可忽视的价值。诚如一位论者所说:"夏穗卿和谭嗣同的提倡多用新典也并非全无是处,总是让人们摆脱了传统的束缚,以为作诗非得用古典不可吧。从此,诗歌里便出现了外国地名、人名,以及外国的教义和典故,至少扩大了眼界,为人们接受西方思想开了风气。"③

　　然而,夏曾佑并"不尽以新名词眩新异也",也写了一些"意境深邃之作"④。这类诗集中表现了一位维新志士对祖国危亡局势的深切关注和忧虑。如写于甲午战争时期的《送汪毅白出都》,对近代以来的对外战争每每以割地赔款结束,即"金缯日见归鞻译"的现实,写下了"太息湘淮龙虎地,谁人慷慨策神州"诗句,抒发对国势日危的深深忧虑。写于"戊戌政变"一年后的那首《元夜》:"春阳春雨太模糊,口水楼台望欲无。不信万家丝竹夜,有人挥涕读《阴符》!"《阴符》即指古代兵书《阴符经》,此泛指国事策略。它反映出诗人在变法失败后另寻救国方略的思想动向。这在《为药雨题扇诗》、《己亥除夕》等诗中亦有隐约的表现。特别是他的《留赠方药雨》二首,被梁启超《饮冰室诗话》评为"怆往悲来,深情无限"之作。

　　蒋智由作为一位资产阶级维新派的活跃人物,思想颇为激进。他在日本接受了西方文化的影响,其新派诗洋溢着科学与民主的精神。他的名诗

①　《饮冰室诗话》,人民文学出版社 1959 年版,第 50 页。
②　同上书,第 49 页。
③　姜德明:《鲁迅与夏穗卿》,《书叶集》,花城出版社 1981 年版,第 100 页。
④　钱仲联:《近百年文坛点将录》,《中国近代文学研究》第 1 辑,第 169 页。

《卢骚》这样写道:"世人皆欲杀,/法国一卢骚。/《民约》倡新义,/君威扫旧骄。/力填平等路,/血灌自由苗。/文字收功日,/全球革命潮。"此诗具有强烈的民主意识,诗的末二句因被邹容的《革命军·自序》所引用而得以广为传播,影响甚广。他的《呜呜呜呜歌》和《北方骡》("思铁路之得也")等作品,表现出对西方科技文明的崇尚。前者歌颂火轮船,极力渲染其巨大的声威;后者借牲畜与火车的对比来显示科技给人们带来的福祉。更为可贵的是,诗人还把物质手段提高到时代文明的高度,激励国人自强奋争:"文明高度竞亦烈,/强者生存弱者仆。""丈夫当此涌血性,/苍茫独立览河山,/不觉英雄壮志生。"他不只礼赞西方的民主与科学,还用此来分析批判封建专制思想和传统儒学。他在《见恒河》一诗中批判封建专制和闭关锁国的政策:"闭关锁国限山海,/专制一教穷朝昏。"在《闻蟋蟀有感》中他直言不讳地说:"呜呼! 吾寻汉种多弱根,/汉种自古多儒生。"此说虽不无偏颇,但对封建统治者尊儒保君的险恶用心的揭露与贬斥是有相当的警示作用的。更为深刻的是,他对中国国民奴性意识的批判,如《奴才好》以新乐府的形式、幽默的笔调,对国人之奴性作了无情的嘲弄与鞭挞,并在《观世》中说:"积成奴仆性,/谄谀竞为生。/智种日摧抑,/劣败理亦平。"此所谓奴性摧抑人的智慧最终导致民族劣败,确系真知灼见,对后世学人不会没有影响,这大概就是其后鲁迅等对于中国国民性的思考与批判的近代思想渊源。

蒋智由诗的科学民主思想、文化批判意识和献身革命的精神,都毫无例外地源于他的深刻的爱国主义情思。他的《东海》、《醒狮歌》、《潇湘怀屈原》、《鸣蝉满树读离骚》、《梦起》、《雄思》和《痛哭》等诗作,都表现了诗人对祖国命运的关注和国家意识的觉醒,用杂言歌行体写成的《醒狮歌》就是这样的杰作。诗人把当时的中国比作"睡狮",质问它为何"沉沉一睡千年长"?在虎视眈眈的西方列强面前,它又为何"戢耳敛牙缩爪一任众兽戏弄相"呢?诗人接着说:"吾不惜敝万舌茧千指为汝一歌而再歌兮",以催促"睡狮"醒来,赶走列强,雄踞东方。全诗充满着对祖国巨大潜力的自信、对光明未来的憧憬,爱国之情感人至深。

蒋诗属新派诗,在形式上他力求打破旧诗的束缚,许多诗句式多变,于参差中见出韵律美;他作诗也用新名词,类似夏曾佑《绝句》中出现的词语,更多的是借用旧形式而追求新意境,如《挽古今之敢死者》五章,皆脱胎于汉乐府,然意境则新。所以有论者说:"就'新诗'论'新诗',当以蒋观云的成绩最为惊异。"①梁启超有《广诗中八贤歌》首咏蒋智由云:"诗界革命谁与豪?/因明巨子天所骄。/驱役教典庖丁刀,/何况欧学皮与毛!"②这样的评价,是符合蒋智由创作实际的,也是他当之无愧的。

与夏曾佑、蒋智由相比,章太炎的诗在体制上缺乏新意,它基本沿用旧体格律诗的体制,但在诗的内在精神上与夏、蒋仍是相当一致的,他们的诗都具有强烈的爱国主义精神。所不同的是,章太炎的诗在表现爱国主义时融进了更鲜明更强烈的民族意识。这种意识可从两个层面来把握:第一个层面是从国家民族的整体利益出发的爱国情思;第二个层面只是从汉民族利益出发的反清革命的思想。前者具有宽泛性,后者则留有狭隘性。但在章太炎的诗中却奇妙地糅合在一起,很难将它们彼此分离出来。不过为了叙述的方便仍按这两个视角加以述介。

章太炎始终是一位爱国者,戊戌变法失败后,面对国势日颓、民族危机不断加深的现实,诗人写下了《艾如张》、《董逃歌》、《杂感》、《台北旅馆书怀寄呈南海先生》和《西归留别中东诸君子》等作品,抒发年轻诗人壮志难酬的悲愤。其中《艾如张》这首古朴幽雅的乐府歌行,倾诉了诗人在报国路途上难觅知音的苦闷心情:"中原竟赤地,/幽人求未得。"中日甲午海战失败后,清廷签订了马关条约,将台湾割让给日本,台湾人民奋起反抗。因此,诗人寄希望于台湾人民,写下"谁令诵《诗》、《礼》,/发冢成奇功"的诗句。"发冢",是《庄子·外物》篇中的一个典故。"儒以诗礼发冢",意在讽刺儒生盗墓。此为反其意而用之,把台湾人民比作不诵诗礼的"盗贼",而正是这些"盗贼"。在抗日保台的斗争中建立了不朽的功勋。接着,诗人写他当时误走武昌,后来识破张之洞的《盘盂》书(影射张之《劝学篇》),脱离险境。但离开武昌后,诗人向何处去呢?他徘徊踟蹰,不知奔向何方:"驰步不可东,/驰步不可西,/驰步不可南,/驰步不可北。"一种无所适从之感表露无遗。但诗人不能忘记灾难深重的祖国:"顾我齐州产,/宁能忘禹域。"最后,诗人决心与张之洞决裂,把目光转向民间:"怀哉殷州世,/大泽宁无人?"向往殷州之际的革命壮举,希望民间能出现陈胜、吴广式的草泽英雄,挽国势于既倒。这首诗非常典型地反映了近代革命青年寻求救国之道而不得的苦闷心态。

当然,章太炎的爱国诗篇几乎无一例外地与维新变法、反清革命等近代重大历史事件相联系,由于晚清政府的腐败无能,致使列强接踵而至,若欲

---

① 杨世骥:《文苑谈往·诗界潮音集》,中华书局 1946 年版,第 26 页。
② 《近代诗人述评》,《南京大学学报》1962 年第 1 期,第 41 页。

救民族于危亡,必先革新清廷之政治。为此,近代志士前仆后继,喋血疆场。作为同道者的章太炎愤然地写下了许多悲悼先烈的诗篇。戊戌六君子殉难后,章太炎悲愤异常,写下《祭维新六贤文》,痛斥封建顽固派的残暴,歌颂了谭嗣同等六君子为拯救民族危亡和变法事业而勇于献身的革命精神。同年12 月,章太炎为躲避清廷的追捕,东渡日本,临行前写下"举头望天毕,/黯黯竟如何。/浊流怀阿胶,/谁能澄黄河?/独弦非可弹,/临风发《商歌》。/既不逢重华,/安事涕滂沱"(《杂感》)这样的悲愤之辞。类似的悼亡之作还有《题亡国惨记》、《山阴徐君歌》、《狱中闻沈禹希见杀》和《狱中赠邹容》等。其中以《山阴徐君歌》最为著名,他以十分悲愤的心情详细叙述了光复会会员徐锡麟入赀安徽道员、发动安庆起义、刺杀巡抚恩铭未遂、反被挖心烹肝的经过,盛赞徐君身先士卒、视死如归的斗争精神和崇高的民族气节。诗人一方面痛斥敌人的残暴,同时又以浪漫主义手法写烈士坚贞不屈的战斗精神。心跃起直上栋间,质问谴责行凶者,足以使敌人胆战心惊。诗的结尾表现了诗人对革命先烈无限景仰与哀悼之情。

章太炎的诗,从形式上看多为五言古诗,他论诗推崇汉魏两晋。他的五言以古风居多,又多用乐府古题,如《艾如张》、《董逃歌》、《孤儿行》、《陇西有壮士》等。他的五古朴茂渊懿,寄意深远。他学古能不为古所囿,非在字摹句拟,而是摄取其精神。严复评其诗云:"陈义奥美,以激昂壮烈之韵,掩之使幽,扬之使悠。此诣不独非一辈时贤所及,即求之古人,晋、宋以下,多可得耶?"①此评难免溢美,但于把握章太炎诗之特色亦不无助益。章太炎论诗不主张用典,但其诗中却用典甚多,有的还艰深难懂;章太炎作诗不取近体,但也写了不少律诗;章太炎诗多有议论,但不乏形象鲜明的动人之作;章太炎诗的语言多有诘屈聱牙之感,但亦有通俗浅显之作。总之,章太炎的诗歌继承了魏晋诗歌中"上念国政,下悲小己"的现实主义传统,以诗歌为武器,干预时政,宣传革命,抒发民族感情,发挥其战斗作用。在艺术上,典雅古朴,格调纯正,功力深厚,自成面目;但用典过多,语言艰深,又限制了其诗的影响。

与章太炎一样怀抱救国大志、满腔爱国热情的近代杰出女革命家秋瑾,在其短暂而闪光的一生中,写下了许多脍炙人口的壮美诗篇。其战斗的呼唤、澎湃的激情,至今仍回荡在祖国的大地上,经久不息。秋瑾一生以从事

---

① 《严复致章太炎书》,《章太炎选集》,上海人民出版社 1981 年版,第 112 页。

革命活动为主,但诗歌创作却从未中断。她的诗歌创作大体可以 1904 年东渡日本为界分为前后两个时期:前期诗歌虽多写风花雪月、离情别绪,但从这些咏物抒怀之作中,仍可窥见女诗人的叛逆精神与崇高人格。如《梅》10章,便以"侠骨棱棱"傲雪之梅自喻:"冰姿不怕雪霜侵,/羞傍琼楼傍古岑。/标格原因独立好,/肯教富贵负初心。"蔑视世俗富贵,傲然挺立于严霜冰雪之中,不正是诗人自我人格的形象写照?但女诗人的豪侠之气不为世俗所容,常有生不逢时、英雄末路之感。可贵的是,女诗人并未屈服于世俗,她毅然冲出家庭的牢笼,走上救国救民的道路,写下《杞人忧》、《感事》、《黄金台怀古》、《剑歌》、《宝刀歌》等力作。"漆室空怀忧国恨,/难将巾帼易兜鍪。"(《杞人忧》)"东侵忧未已,/西望计如何?/儒士思投笔,/闺人欲负戈。"(《感事》)"几番回首京华望,/亡国悲歌泪涕多。/北上联军八国众,/把我江山又赠送。"(《宝刀歌》)忧国忧民之情真挚感人,力透纸背。特别是那首被广为传诵的《黄海舟中日人索句并见日俄战争图》:"万里乘风去复来,/只身东海挟春雷。/忍看图画移颜色,/肯使江山付劫灰!/浊酒不销忧国泪,/救时应仗出群才。/拚将十万头颅血,/须把乾坤力挽回。"诗人从日俄战图上看到国土被侵占,悲愤异常,决心以生命保卫祖国的神圣领土:"拚将十万头颅血,/须把乾坤力挽回。"这是多么震撼人心的声音啊!这声音发自世纪之初的一个女子之口,不能不令人肃然起敬。总之,在这些后期诗作中,响遏行云的声音是忧国忧民的感慨、振聋发聩的呐喊和推翻清王朝的誓言,表现出浓郁的爱国主义情思和革命英雄主义气概。正是这些思想厚重、艺术精湛的后期作品,奠定了秋瑾在中国近代文学史上的重要地位。

然而,秋瑾对于近代文学更为独特的贡献还在于那些宣传女权思想的诗歌创作。这部分作品在她的诗中并不占有很大分量,其影响在当时乃至现在仍不及她的爱国诗篇,但就文学史尤其是妇女解放史而言,其意义与价值相当重要。可以说秋瑾的女权诗开启了 20 世纪中国女权主义文学之先河,为五四以后中国女性文学的发展奠定了坚实的基础。早在 20 世纪初,秋瑾就以诗的形式来宣传男女平权和妇女解放的思想。她以自己痛苦的经历,痛斥了重男轻女的恶习,揭露了封建伦理纲常对妇女的摧残与迫害,并以无所畏惧的姿态,勇敢地举起了争取妇女人格独立、个性解放、男女平权的大旗。为了实现妇女的独立与解放,她组织了最早的妇女团体"共爱会";为了开辟宣传阵地,她典质簪珥,创办了《中国女报》,并以通俗易懂的文字、喜闻乐见的形式,写下了许多具有女权意识的文学作品,如她的长篇弹词

《精卫石》就是这方面的代表作。但更具影响力的还是她的女权诗。在她的诗中,有的严厉抨击重男轻女的思想、主张男女平权的:"莫重男儿薄女儿,/平台诗句赐蛾眉。/吾侪得此添生色,/始信英雄亦有雌。"(《题芝龛记》)有的以历史上的女豪杰来贬斥男子:"肮脏尘寰,/问几个男儿英哲?/算只有蛾眉队里,/时闻杰出。"(《满江红》)还有的诗把争取妇女解放与当时的民族解放结合在一起,如她的《勉女权歌》:

> 吾辈爱自由,勉励自由一杯酒。男女平权天赋就,岂甘居牛后?愿奋然自拔,一洗从前羞耻垢。若安作同俦,恢复江山劳素手。
>
> 旧习最堪羞,女子竟同牛马偶。曙光新放文明候,独立占头筹。愿奴隶根除,智识学问历练就。责任上肩头,国民女杰期无负。

正是从妇女解放需与民族解放结合这一思想出发,秋瑾经常勉励她的女友要勇敢地肩负起拯救祖国危亡的神圣职责:"欲从大地拯危局,/先向同胞说爱群。"(《赠语溪女士徐寄尘和原韵》)同类作品还有《赠女弟子徐小淑和韵》、《戏寄尘再叠前韵》、《赠小淑三叠韵》,尤其是《柬徐寄尘》更具代表性:"祖国沦亡已若斯,家庭苦恋情太痴。只愁转眼瓜分惨,百首空成花蕊词。//何人慷慨说同仇?谁识当年郭解流?时局如斯危已甚,闺装愿尔换吴钩。"徐寄尘是秋瑾的好友,她虽然同情革命,并曾"悉倾奁中物,纳助瑾举义",但她自己并没勇气参加革命斗争。这两首诗中,秋瑾希望徐氏姊妹在祖国危亡之际,不要苦恋家庭,只知在闺中作诗填词,而应脱下闺装,换上战袍,积极投身到民族解放事业中去。诗人正是以自己献身革命的实际行动写就了一首最辉煌的诗。

秋瑾的诗词在艺术上也有自己的鲜明特色:文词雄丽,音调高亢,颇有渐离击筑之风;一唱三叹,慷慨激昂,又如引吭作燕赵之悲歌;气魄宏伟,感情充沛,有上下千古、不可一世之慨;显示出与其"女侠"性格相符的浪漫主义风格:刚健遒劲,雄浑豪放。像"不惜千金买宝刀,貂裘换酒也堪豪。一腔热血勤珍重,洒去犹能化碧涛。"真可谓豪气逼人,气势如虹,简直难以想象是出自一位女诗人之手。这种浪漫主义风格具体表现为:想象丰富,形象夸张;直抒胸臆,不事雕琢;巧用比喻,人格自现;语言质朴自然,清新流畅,寓风韵于字里行间。无论从诗情主题还是从诗美艺术看,秋瑾的诗词在近代浙江乃至全国诗坛上都是首屈一指的。

二　新诗催生及湖畔诗派在浙江的崛起

　　1917 年 2 月,《新青年》上发表了胡适的 8 首白话诗。随后,除胡适继续写作白话诗外,《新青年》同人如陈独秀、李大钊、鲁迅、周作人、沈尹默等,也陆续发表了白话诗,为新诗的进军"敲边鼓"。当时发表新诗较多的刊物,除《新青年》外,还有《新潮》、《星期评论》和《少年中国》等,培育出刘半农、刘大白、康白情、俞平伯等较有成绩的白话诗人;同时,其影响又波及留日学生郭沫若、田汉、宗白华,他们也创作了不少白话新诗。至此,中国诗歌在五四诗体大解放的声浪中完成了由传统向现代的转型,产生了从内容到形式都具现代意义的新诗。此中最有力者当推并非浙江作家的胡适、郭沫若,但已在当时文坛上有重要影响的浙江作家虽不属意于新诗,却也对新诗的催生起过擂鼓助威的作用,如鲁迅、周作人、沈尹默、刘大白、俞平伯等都有传诵一时的诗篇;而稍后诞生于浙江杭州的湖畔诗派则在五四诗坛中产生了重大影响,确立了浙江诗歌在全国诗坛应有的地位,并为此后浙江诗歌的繁荣奠定了良好的基础。

　　在五四白话诗人群中,浙江籍诗人有周氏兄弟、刘大白、沈尹默、俞平伯等。周氏兄弟虽无意于成为诗人,但为了给新诗呐喊助威,也写起了新诗。鲁迅对古典诗词有很深的造诣,写过不少艺术水平极高的古典诗词;他为了给新诗壮其声威,写下了《梦》、《爱之神》、《他》、《他们的花园》等白话诗作品。如《爱之神》就别有一种幽默味:"一个小娃子,展开翅膀在空中,/一手搭箭,一手张弓,/不知怎么一下,一箭射着前胸。/'小娃子先生,谢你胡乱栽培!/但得告诉我:我应该爱谁?'/娃子着慌,摇头说,'唉!/你是还有心胸的人,竟也说这宗话。/你应该爱谁,我怎么知道。/总之我的箭是放过了!/你要是爱谁,便没命地去爱他;/你要是谁也不爱,也可以没命地自己去死掉。'"像这种极富情趣的新诗,鲁迅写过几首就搁笔了。直到 1924 年又写起了散文诗,后结集为《野草》出版,开创了中国现代又一个新诗品种。

　　几乎与鲁迅同时,周作人也创作了《过去的生命》、《两个扫雪的人》、《小河》、《饮酒》和《山居杂语》等白话诗作。比较而言,周作人的白话诗比鲁迅的诗味更浓些。兄弟俩的主题无非是五四的热门话题:恋爱自由、个性解放、劳工神圣等,但周作人的诗更具艺术性,显得含蓄蕴藉。像《过去的生命》将抽象的时间化为具体可感的"沉沉的缓缓的"脚步声;《两个扫雪人》则

261

营造出一种情景交融的意境,以雪的洁白比拟扫雪人的勤劳与善良,以雪的阴冷来反衬诗人对劳动者的热烈同情与赞美;尤其是那首著名的《小河》,彻底打破了旧诗的韵律与节奏,以散体式的结构方式,长短不一的诗行排列,并配以淡淡的象征主义表现手法,自由、酣畅地表达个性解放的要求,不仅有了新的思想新的意境,而且能给人以清淡自然的诗意和浓郁的美感。因此,周作人虽写诗不多,却成为五四白话诗人群中比较讲究艺术的诗人之一,也是浙江作家对中国早期新诗所作的独特贡献。

沈尹默早年毕业于日本京都帝国大学。归国后曾任浙江高等师范学校教员、北京大学教授。1918 年参编《新青年》。他是五四白话诗运动的开拓者之一,其独特贡献在于探索如何把白话诗写得深沉含蓄、富有神韵。他的白话诗只有 1919 年前发表的 15 首。由于他古体诗的功力深厚,创作新诗时便有意识地吸取旧诗的有益成分,音节上力求抑扬顿挫、和谐悦耳,且注重于诗境的含蓄蕴藉、耐人寻味,因而他的白话诗在当时普遍受到好评。如著名的《三弦》,全篇并不直接写三弦与弹奏人,却绘出了一幅层次清晰的画面,烘托出优美的三弦曲调,以艳丽的世景反衬出衰败的世道。又如被称为现代第一首散文诗的《月夜》,用象征的手法写出五四青年追求人格独立的渴望,读来兴味无穷。

刘大白(1880—1932),原名金庆棪,后改名刘靖裔,字大白,绍兴人,清朝贡生,曾留学日本,并加入同盟会。1919 年在浙江省立第一师范执教时开始写作新诗。他是"星期评论派"的代表诗人,其白话诗成就可与刘半农比肩。他的《红色的新年》、《五一运动歌》等热情歌颂了工农革命,带有明显的社会主义倾向;他吸收民歌民谣入诗,写成《卖布谣》、《田主来》等佳作,为以后新诗民族化大众化提供了有益的经验;刘大白还写出了艺术性较高的《春意》与《邮吻》,前者写浮荡在春水中的没篷的小船,船上坐着划船的"短衣赤足的男子"、"乱头粗服的妇人"和"红衫绿裤的小孩",他们在"一划一桨一谈一笑一唱中"行进着,并把这"爱的生趣"充满了船外的天空与水底,渲染出一种春意也无法比拟的田家乐,诗写得极富层次感,表现出诗人良好的捕捉诗意的能力;后者是早期白话诗中难得的情诗佳作,诗从拆信、读信、揭邮花等细微的动作写起,细腻地传达出"我"看情信时激动和喜悦之情:"我不是爱那一角模糊的邮印,/我不是爱那幅精致的花纹,/只是缓缓地/轻轻地/很仔细地揭起那绿色的邮花;我知道这邮花背后,/藏着她秘密的一吻。"这样的佳作在早期白话诗中是不多见的。

　　俞平伯(1900—1990)，原名俞铭衡，德清人。1919 年毕业于北京大学，先后任清华大学、北京大学教授，早年参加新文学运动，是文学研究会、新潮社、语丝社成员。1922 年与朱自清、叶圣陶等创办五四以来最早的诗歌刊物《诗》，倡导诗的平民化。他创作了不少散文，同时从事古典文学编选、校点、注释和辑录工作。俞平伯是新潮社的代表诗人，有诗文集《冬夜》、《西还》、《忆》等。他主张作诗应力戒虚伪提倡真实，"因为真实便不能不自由"，"不愿顾念一切作诗律令"。但他并不排斥古诗的有益成分，他对旧诗词有很深的造诣，在写作新诗时仍讲究辞藻的选择、音节的安排以及意境的营造。由此，他的诗显得自由直率，且又不失诗的蕴藉和神韵，确是"真正的诗"。但俞诗并未脱尽旧诗的影响，他用五古翻译的波特莱尔的《恶之花》就是一个例证。

　　陆志韦(1894—1970)，湖州人。东吴大学文科毕业，后留学美国，获芝加哥大学哲学博士学位，曾任燕京大学文学院院长、代理校长等职。1919 年开始新诗创作，1923 年出版诗集《渡河》，收诗作 91 首，这是自胡适《尝试集》以后公开出版的第七本新诗专集。陆志韦对新诗的表现形式进行了多种尝试，主张有"节奏的自由诗"和"无韵体"，《渡河》实践了其诗歌主张，出版后传诵一时。朱自清在《中国新文学大系·诗集导言》中对陆志韦的诗及其在诗坛上的地位作了很高评价，认为"第一个有意实验种种体制，想创新格律的，是陆志韦氏……这种努力其实值得钦敬，他的诗也别有一种清淡风味"。

　　如果说浙江籍白话诗人在早期中国新诗坛上并未形成流派显示其整体实力的话，那么 20 年代初诞生于杭州的湖畔诗派则以流派的方式显示出浙江诗歌在全国的重要地位与影响。湖畔诗社于 1922 年成立于浙江杭州的西子湖畔，主要成员有汪静之、应修人、潘漠华、冯雪峰等。当年出版四人的诗歌合集《湖畔》，次年又出版应、潘、冯三人诗歌合集《春的歌集》。湖畔诗人是一群"专心致志写情诗"①的年轻人，他们的情诗侧重写青春的苦闷和内心的欲求，同时也写自然风光和人生情境的诗，深化了"个性解放"的时代主题。艺术上均以大胆率真、直抒胸臆为特征，虽然缺乏提炼，但以自由的感情抒发打动读者的心扉，显示出一种稚拙之美、粗朴之气。

　　汪静之(1902—1996)，安徽绩溪人。五四期间开始试写新诗。1921 年与潘漠华、魏金枝、柔石、冯雪峰等在杭州创办晨光文学社，组建湖畔诗社。

----

　　①　朱自清：《中国新文学大系·诗集导言》。

他虽非浙江籍作家,但一生与"湖畔"有缘,创作起于杭州,1955 年起定居杭州,大半生在浙江度过,该是一位本真的"浙江作家"。他是湖畔诗人中创作最丰者,其诗大多收集在《蕙的风》(1922)和《寂寞的国》(1927)里,其中爱情诗占有很大的分量。两部诗集虽多为情诗,但在情感色调上却有不小差异:前者热烈、单纯、直率、明朗,多写恋爱的甜蜜与醉人;后者则显得凄凉、深沉、落寞、暗淡,多写失恋后的孤寂与痛苦。在《蕙的风》中,有的诗大胆袒露男女的情爱,显得天真直率,如《别情》写抒情主人公无论在睡觉、喝茶、上课、读书,还是在蚊帐里、茶杯里只看到一个心上人,他也要把心上人寄来的诗稿也吞到心里面去;《过伊家门外》写抒情主人公敢于"冒犯了人们的指摘,/一步一回头地瞟我意中人",而受到"不道德"的指责;《被残的萌芽》为私生子受歧视鸣不平;《孤苦的小和尚》写年轻的小和尚偷看求佛的妇人等;还有许多描写恋人间亲昵关系的诗,像"我昨夜梦着和你亲嘴。/甜蜜不过的亲嘴!"(《别情》)"伊笑得不可遏止,/忸怩地伏在我胸前。/双手箍着我的颈。"(《换心》)这些诗虽不乏肉的气息,甚至引来了胡梦华等人的"含泪的批评",但这恰恰写出五四时期觉醒了的人们对于爱的现代追求:不仅要"有灵魂底拥抱,更望有肉体的飞舞"[①]。如此大胆直率的性爱描写在当时确有惊世骇俗之势,具有强烈的反封建色彩。汪静之这类写自己情感生活的诗,虽意在发泄青春期的苦闷,但这种个人的苦闷一经传递,就会被纳入到反封建的时代大潮中,产生较大的社会反响。除情诗外,在《蕙的风》中还有不少写自然风光的诗,从 1920 年的《小鸟》开始,汪静之的自然诗就显露出以孩子般的眼光观照自然的物我浑然一体的纯真,在他的自然诗里满贮着诗人的喜悦和青春气息。由于当时诗人正处在恋爱阶段,致使他笔下的自然也变得情意绵绵:"山是亲昵地擒着水,/水也亲昵地擒着山,/湖儿伊充满了热烈的爱,/把湖心亭抱在心里,/荡漾着美的波浪,/与他不息地接吻着。"(《西湖杂诗·二》)汪静之的西湖诗基本做到了青春美与自然美的完美统一,这或许是西湖那柔性的自然山水与诗人的纤弱敏感的性情臻于默契的结果吧。

从 1923 年到 1927 年这五年间,随着国内政治局势的日趋恶化,特别是五卅运动和大革命失败,使诗人一度陷入悲观伤感的境地,从时间顺序看,其情绪走向是越往后越低沉、颓丧,作于这一时期的《寂寞的国》便是这种心情的艺术反映。就以情诗而言,《寂寞的国》中再看不到《蕙的风》里那种"把

---

① 潘漠华:《春的歌集·恋诗篇》。

灵魂的牢狱毁去"的勇气,也没有了那种用率真的爱情描写来肯定人的独立价值的积极向上的亮色,而是发展与强化了青春苦闷这一路,使希望的亮色逐渐消失,爱情终于成了浇愁的酒与麻醉的药,如《唱罢》《播种》,有的甚至流露出悲观厌世、及时行乐的消极情绪,如《柳儿》《海上吟》和《莫停下你的金樽》等;还有的虽是取材于人生题材,但也染上了悲观厌世的情绪:"生命的本身就是厌倦,/生命的本身就是苦恼! /休向他求取锦绣,/他给你的只有糠糟!"这样的诗并非个案,像《命运是一个屠户》《我怎能不狂饮》《我只有憎恶》《失望是厚大寿板》《听泪》《我结的果是坟墓》和《我是天空的晚霞》等,这些诗中反复出现的是坟墓、殡殓、肃杀的秋风和枯死的红叶,诗人仿佛是在为自己唱着悲泣的挽歌。当然,汪静之诗情的这种变化,有其现实的时代原因和深沉的人性悲剧根源,是当时的时代情绪和与生俱来的悲剧意识在诗人身上的折射,透过这些诗仍可窥见一代青年的心路历程,所有这些足以证明汪静之虽悲观了点,但仍未偏离诗的本性:真诚。从总体看,汪静之的诗在处理情感时过于放任自流,缺乏必要的限制与内敛,虽然《寂寞的国》在诗艺上比《蕙的风》要好些,不再自由散漫得如同分行的散文,而有了较为整饬的格律,诗情也显得比较深沉,但有的诗仍太意气用事,图一时之快,使诗的含蓄美荡然无存。

应修人(1900—1933),原名应麟德,慈溪人。他后来成为一名坚强的左翼文艺战士,早年却是以新诗走上文学道路的。其以新诗闻名,是因为他倡导成立了湖畔诗社,编辑并自费出版了《湖畔》和《春的歌集》两本诗集。但在此前,他创作了许多旧体诗,在楼适夷、赵兴茂编的《修人集》中就有 20 题共 28 首近体律诗和绝句。这些旧体诗,或诅咒十里洋场的铜臭生活,或赞美故乡山村的风土人情,或抒写对劳动人民的同情和对理想境界的憧憬,充满感时忧国的爱国情思。应修人的新诗创作始于 1920 年,起初多写哲理诗,虽有议论却不乏蕴藉之作,但多数留有旧诗的痕迹,如《村居》《暴风去后》、《灿烂的未来》等。由于个人感情生活的不同,应修人写的爱情诗并不多,收入《湖畔》里的 22 首诗,没有一首真正的爱情诗,直到"爹妈的媳妇"离家后,他才有了爱情生活,才开始写情诗。但此时的情诗并不像汪静之那样"放情地唱",而是很有节制,显出一种成年人的持重,如《偷寄》《楼梯边》和《到邮局去》等。就是那首大胆奔放的《妹妹你是水》,也没有汪静之情诗那种"肉底飞舞":"妹妹你是水——/你是荷塘里的水。/借荷叶做船儿,/借荷梗做篙儿,/妹妹我要到荷花深处来!"诗中的"妹妹"似指他当时颇为倾心的女友湘芩,却又可看作一种理想生活的象征,是一首典型的"发乎情止乎礼"之作。《小学时的姊姊》是应修人又一首出色的爱情诗,这首长诗通过对小表姊的深情怀念,曲折地表达了对封建婚姻制度的不满。全诗以一件件旧事的追怀,引出续续不断的情丝,一件琐事构成一个戏剧场景或生活画面,写得既缠绵悱恻又回肠荡气。1924 年以后,应修人在共产党人的直接影响下思想发生了突变,自觉地加入了红色的革命诗歌的方阵,写下了《雪夜》、《黄浦江边》等抒发反帝爱国之情的政治抒情诗,这些诗富有形象性与艺术美,几乎可以与殷夫的红色鼓动诗媲美。

潘漠华(1902—1934),原名潘训,宣平人。早年以新诗、小说创作驰名,后从事左翼文艺运动,并以身殉之。他从 1922 年与汪静之等创办湖畔诗社以来,先后出版了《湖畔》(四人合集)、《春的歌集》(与应、冯三人合集)、《雨点集》、《应修人潘漠华选集》、《漠华集》等。朱自清曾说潘漠华的情诗"最是凄苦",有"不用掩抑之致"①。但为何最为凄苦,实缘于他凄苦的恋爱生活,他"爱了一个礼教和世俗都不许他爱的女郎"②。这"女郎"(在许多诗中则以"妹妹"相称)就是他的堂姐潘翠菊,他俩从小感情很好,后来就相爱了。但现实是这"妹妹"是不能爱的人,否则就会背上乱伦的恶名,母亲也坚决反对,并给他聘了形式上的妻子。潘漠华一直在这苦境里煎熬,写出的诗也就分外地凄苦。《祈祷》诉说了诗人在"妹妹"门前徘徊了九夜而不敢进的痴心与可怜;《隐痛》相当沉重地忏悔了自己"心底深处",开着的那朵"罪恶的花";《雨后的蚯蚓》、《月夜》、《杂诗三》满贮着灵魂挣扎后的泪水。在《将别》时虽有"倒入我怀中","摸遍你的身体,/解开你的衣襟来",慢慢地"朗诵你心头颗颗的字"的无限柔情,但别后又是"永远,永远独自流着的相思泪"。他曾想从这旷日的苦恋摆脱出来,让自己的灵魂获得《再生》;但诗人是真正的性情中人,始终难以挣脱这滴血有年的苦情,写下更为凄苦的《夜歌》、《爱的哭泣》,写下"我生前,你心是我的坟墓,/我死后,你心也是我的坟墓"这字字滴血的诗句。潘漠华的情诗,在诗形上不事雕琢,以感情充沛直抒胸臆见长,他的诗情虽比汪静之的凄苦,比应修人的坦率,却与他们一样地真诚。潘漠华参加革命后,情诗虽然写得很少了,但写下了《心野杂记》、《晚上》、《苦狱》、《乡心》和《冷泉岩》等小说作品,其中前三篇被茅盾选入《中国新文学大系·小说一集》,产生了不小的影响。

① 朱自清:《中国新文学大系·诗集导言》。
② 冯雪峰:《秋夜怀若迦》。

冯雪峰(1903—1976),原名冯福春,义乌人。1921 年在新文学运动的影响下加入晨光社,次年与汪、应、潘等组成湖畔诗社。自 1921 年 11 月 22 日在《时事新报·学灯》上发表第一首新诗作品《到省议会旁听》后不久,就加入了歌咏爱情的行列,湖畔期间写的近 30 首新诗中有一半是情诗。其情诗写作与他的同人们一样缘于其恋爱生活的真实体验。他的情感境遇与潘漠华颇为相似,他母亲给他养了个童养媳,但他并不喜欢,却又爱上同村的表姐。更糟糕的是,他的"童养媳"后来竟背叛了他,把一个野男人引到了自己的床上,被他父亲当场捉住,于是只好让她带着耻辱回老家。而他的心上人不久也许配给另一个男人了。可以说冯雪峰内心与潘漠华一样苦不堪言,但他的情诗则没有潘漠华的凄苦。朱自清说他是"笑中也有泪",但这情感的泪并不像潘诗那样尽情地宣泄,而显得相当有节制,善用理性来克制感情的喷发,使其诗作也表现出轻倩而空灵的风格。他的情诗是他情感生活的外化,却并没有确定的指向。无论是那位整天在房中哭泣而怨恨群鸟不解其意的"伊"(《幽怨》),还是"我"与她形影不离且把流泪的眼病传染给"我"的"伊"(《伊在》),都不是确指他的表姐,而是指向更为空泛的爱情对象。即使像《落花》这样写自己真实苦情的作品也作了诗意的处理,使之显得较为空灵:"片片落花,尽随着流水流去。//流水呀!/你好好地流罢。/你流到我家的门前时,/请给几片我的妈;——戴在伊的头上,/于是伊的白头发可以遮了一些了。/请给几片我的姊;——/贴在伊的两耳旁,/也许伊照镜时可以开个青春的笑呵。/还请给几片那人儿,——/那人儿你认识么?/伊的脸上是时常有泪的。"诗人将那片片落花献给三个女人,其中一个却是他讨厌的童养媳,可见诗人的爱带有泛爱倾向,既有少男少女间的性爱,又有刻骨铭心的亲情,也包含着对不幸者的同情,体现出冯雪峰情诗所独具的人道主义的博大情怀。正是从这人道主义的立场出发,他赞美生命不息抗争不止的精神,如《雨后的蚯蚓》;他歌颂同情互爱、以德报怨、宽容恕人的人间真诚,如《小朋友》、《三只狗》和《两个小孩》等;他也以诚挚、温馨而又悲凉的心情写下了许多歌咏亲情的诗篇,如《睡歌》、《清明日》等,尤其是那首长达 70余行的母亲写真的《睡歌》,展示了一位贫苦农妇充满爱心的情感世界,其感人的力量可与艾青的《大堰河——我的保姆》相比拟。冯雪峰的一些爱情小诗也写得深婉曲折极具情致,如《春的歌》中的一、二、六、十首和《山里的小诗》等,都以虚取胜,增强了诗的弹性。冯雪峰还注重表现超乎情欲的精神性因素,或用生活化的场景来展示,如《愿良人早点归来》、《老三的病》、《路情》,或是借寓言的情节来喻指,如《这深山中只她一个人》等,都隐藏着对爱情本质的理性思索。即使像《被拒者底墓歌》表达至死不渝的情歌也显得相当有理智,这或许就是冯雪峰情诗不同于湖畔同人之所在。

三 徐志摩与浙江浪漫主义诗潮

浙江浪漫主义诗潮始于五四前后的"湖畔诗派",稍后的"普罗"诗人如殷夫等也带有深厚的革命的浪漫蒂克倾向。如果说在新诗草创期的浙江浪漫主义诗潮主要以群体的方式来证明自己的存在的话,那么到了 20 年代中后期则以具有广泛影响的个体形象来显示其在中国诗坛上的领衔地位,新月诗人徐志摩便是这样的实力派人物。他一登台亮相便迅速占据了中国诗坛的制高点,成为中国浪漫主义诗歌创作屈指可数的领袖人物,朱自清、蒲风都认为堪与郭沫若比肩者当推徐志摩。继徐志摩之后,又有邵洵美、陈梦家、方令孺等新月诗人,共同为浙江诗歌在中国诗坛赢得了重要地位。

徐志摩(1896—1931),笔名诗哲,海宁硖石镇人。他是一位以诗和生命来构筑并奉献于个人理想的浪漫诗人,在不到 35 年的生命长度里,为后人留下了四部诗集:《志摩的诗》(1925)、《翡冷翠的一夜》(1928)、《猛虎集》(1931)、《云游》(1932)。

综观徐志摩短暂的一生,他从"柔情似水"的吴文化氛围中走出,难免受其影响,使其人其作染上浓郁的江南柔性文化的情调,显得清丽柔美,婉转动人,抒情味甚浓;青年时代徐志摩又远涉重洋,赴美、英留学,接受现代欧美文化的滋养而导致其思想的驳杂性。在他身上既有中国传统文人的"名士气",又有西洋现代文人的"绅士气",这种亦中亦西、中西合璧的特性,使其新诗理论与实践典型地反映出浙人中"欧美留学生群体"的思想倾向与艺术追求。当然,也正是在这中西文化艺术的交汇与碰撞中,徐志摩与他的新月同人一起,在五四白话新诗面临困境的时候,为中国新诗的健康发展,探索出一条既符合中华艺术精神又具有现代特点的创作道路。他虽然不是新诗美学体系——"三美"理论的首创者,却是这一理论最成功的实践者。这对于矫正白话新诗粗糙、直白和散文化倾向,使新诗重新回到符合汉语特点的正确轨道,提升新诗的艺术品位,起到了非常重要的作用,这或许是浙江诗人徐志摩对中国新诗最重要的贡献。

徐志摩注重诗的音乐美,但他不像闻一多那样要求节奏的严谨整饬。

他主张音乐的本身还得起源于"纯真的诗感",节奏要随诗情的流动而变化。他在《诗刊放假》一文中说:"正如一个人身的秘密是它的血脉的流通,一首诗的秘密也就是它的内含音节的匀整与流动","一首诗的字句是身体的外形,音节是血脉,'诗感'或原动的诗意是心脏的跳动,有它才有血脉的流转。"徐志摩就是以此来处理诗歌的音节,以求得节奏变化与感情起伏的和谐一致的。他的名作《再别康桥》就是这方面的典范之作。他讲究绘画美,但与闻一多追求西洋油画的意境不同,他更注重于诗歌意象的苦心经营,他总是选择那些新颖美妙的意象来创造淡墨写意般的画境。如《再别康桥》中的"西天的云彩"、"河畔的金柳"、"软泥上的青荇"、"榆荫下的一潭"以及"斑斓的星辉"、"彩虹似的梦"和"沉默的夏虫"等一组组意象,构成了一个起伏变化、匀整流动的意境,传达出诗人那依依不舍的离愁和理想破灭后的深深的幻灭感。他也讲究建筑美,但在"节的匀称,句的均齐"的要求上比闻一多要灵活得多宽松得多,他更多地吸取西洋诗的形式,更注重诗形与诗情的和谐统一,并不机械地死扣"建筑美"的信条,而是依据诗情需要,灵活选用各种形式,只追求大致整齐和错落有致的参差美。像前面提及的《再别康桥》和《沙扬娜拉》都是齿状形排列的,它不仅与诗情相吻合,其本身也有一种曲折的美。

就思想价值而言,徐志摩的诗歌显得相当驳杂,但"爱祖国、反封建、讲人道"①仍是其诗歌创作的主要思想特征。与此相对应的主要有三类诗:一类是具有平民风格的诗。如《先生,先生》中揭示了贫富悬殊的阶级对立;《毒药》中对恶浊的世界作出了"发冷的诅咒";《大帅》、《人变兽》和《这年头活着不易》等表达了对军阀混战的不满与讽刺以及对劳工们不幸生活的同情。这些都体现出诗人关心民生疾苦、同情下层平民的人道主义思想,具有相当的进步性。

第二类是抒写性灵的抒情诗。这类诗是徐志摩最具性灵与个性的作品,也是对新诗最独特的贡献。也许是多水的浙西孕育了诗人如水的柔情。徐志摩是一位特别钟情于感情和"性灵"的诗人,他曾在《志摩杂记》和《我所知道的康桥》等文中,一再谈到英国剑桥大学研究生院的生活培育了他这种"性灵"。他说:"我的眼是康桥教我睁的,我的求知欲是康桥给我拨动的,我的自由的意识,是康桥给我胚胎的";"在星光下听水声,听近村晚钟声,听河

① 卞之琳:《徐志摩诗集·序》,四川人民出版社 1981 年版。

畔倦牛刍草声,是我康桥经验中最神秘的一种:大自然的优美,宁静,调谐在这星光与波光的默契中,不期然的淹入了你的性灵";他还在日记中说:"我想在霜浓月淡的冬夜,独自写几行从性灵暖处来的诗句"(见《志摩日记》)。由此,徐志摩认为,只有表现真性灵的文学才是好的文学。在新的时代里他还那么热衷于谈论明人袁宏道曾倡导的"性灵说",是不是一种倒退呢? 显然不是,我们且不说"性灵说"本身所具有的反封建意义,而在徐志摩的观念里,"性灵"实际上就是个性解放思想在艺术理论上的一种体现,他曾说:"不能在我生命里实现人之所以为人,我对不起自己;在为人的生活里不能实现我之所以为我,我对不起生命。"(见散文作品《话》)显然,尊重个性是徐志摩"性灵观"的核心内容。因此,抒写这种以个性自由为内核又具有浙江地域特色的"性灵",便成为徐志摩抒情诗的重要特征。他的抒情诗,真率地袒露着诗人的内心世界,热情地表现了他对个性自由一刻不停地追求:他追求友谊与爱情,追求自由与童贞,追求光明与理想,追求本民族的伟大精神,并力求本色地表现这一切。我们可以责备诗人的天真朦胧、耽于幻想、不切实际,有时竟至逆时代潮流而碰得头破血流,但对他心目中一些美好事物热情、勇敢、执著的追求,则构成了徐志摩"性灵"最突出的特点。《为要寻一颗明星》里的骑手,宁可自己倒下,也要追求"水晶似的光明";《海韵》中的女主人公,嬉戏着风暴到来时的大海,终被浪涛卷走,悲凉中透示出勇敢;《我有一个爱恋》虽以恋爱为题,表现的仍是那种对理想锲而不舍的追求精神;《他眼中有你》里的童贞是那么可爱;《车眺》中的自然景色是那么富有韵味;《庐山石工歌》中那"痛苦人间的呼号"又是那么深沉而有气势,不禁使人"灵府里动荡";《难得》一首是这样抒写纯真的友情的:"难得,夜这般清静,/难得,炉火这般的温,/更是难得,无言的相对,/一双寂寞的灵魂!"这是多么亲切感人的抒写啊! 徐志摩的爱情诗虽不无伤感,但却同样袒露着诗人的性灵。像《山中》写的是月明之夜对一位远在山中的恋人的思念,诗人化清风问候恋人,吹松针落到窗前,"不惊你安眠",其相思之情是多么地浓烈,却又如此温柔而体贴。在这里,美的景色、美的想象与同样美的情思三者融合在一起了,确实是"从性灵的暖处来的诗句"。即使那首曾视为"充满了黄色的色情描写"的《雪花的快乐》,如果不是接受者自身的邪念,而是把它看作具有特定对象的情诗,同样可以说这是一首热烈而又专一的爱情诗;如果把诗中的"她"视为理想的象征,那么这首诗就有了更深的含义。当然,徐志摩的情诗中确有一些过于伤感的作品,如《翡冷翠的一夜》以及《猛虎集》和《云游》中的某些作品,除了诉说失恋的痛苦之外,就只剩下"灵活的腰身子",而像《春的投身》和《别拧我,疼》之类,则属于轻薄之词了;但这样的作品,在徐志摩诗中仍属少数,他的大多数情诗都写得情真意切,表现细腻,真挚感人,较好地体现了他的艺术个性。

第三类是思想残破的诗。这类诗鲜明地反映了徐志摩的政治倾向。他在英国时不仅形成了"爱、美和自由"三者合一的个人生活理想,而且还孕育了他的社会政治理想:英国式的资产阶级民主政体。当这种种理想在现实中化为泡影后,在他的诗中就出现了一些悲观厌世的作品,有的甚至陷入了神秘的玄妙之中,如《卑微》、《渺小》和《季候》等。更有甚者,他还写了《西窗》、《秋虫》等这类讽刺无产阶级革命和社会主义思想的诗,由此遭到"左联"作家的批评。总之,徐志摩诗的思想价值远不如他对中国新诗艺术方面所作的独特贡献,而从中国新诗发展历史进程看,后者比前者更具有文学史意义。

邵洵美(1906—1968),余姚人。原名邵云龙,后改名为洵美,也是一位新月诗人,他的《洵美的梦》、《蛇》、《女人》和《季候》4 首诗曾被陈梦家选入《新月诗选》。陈梦家《新月诗选·序言》里说:"邵洵美的诗是柔美的迷人的春三月的天气,艳丽如一个应该赞美的艳丽的女人(她有女人十全的美)。只是那绻绵是十分可爱的。《洵美的梦》是他对于那香艳的梦在滑稽的庄严下发出一个疑惑的笑。如其一块翡翠真能说出话赞美另一块翠,那就正比是洵美对于女人的赞美。"①《洵美的梦》抒写诗人一个香艳缱绻的美梦。诗人不说他如何思念那情人,而是说那个轻得像云的梦带着礼物去惊醒那最不易入睡的处女,搅得她整夜难眠。接着诗人做了个白日梦,梦见自己走进了一个圆门,"那里的花都能把她们的色彩芬芳编织成歌曲,做成诗,去唱软那春天的早晨"。当诗人听到了这自然与美的召唤后,便明白了自己的运命:"神仙的宫殿决不是我的信处。啊,我不要做梦,我要醒,我要醒!"

邵洵美的《蛇》显然是一首写房中做爱的诗,但诗人的联想与比喻却是相当令人震颤的:"在宫殿的阶下,在庙宇的瓦上,/你垂下你最柔嫩的一段——/好象是女人半松的裤带/在等待着男性的颤抖的勇敢。"这分明是写作爱的前戏动作;接着写接吻:"我不懂你血红的叉分的舌尖/要刺痛我那一边的嘴唇?"再写性交时的动作与感受:"我忘不了你那捉不住的油滑/磨光

---

① 陈梦家:《新月诗选》,新月书店 1931 年版,第 27 页。

了多少重叠的竹节;/我知道了舒服里有伤痛,/我更知道了冰冷里还有火炽。"应该说,这是一首比徐志摩任何一首艳诗都要肉感的诗,但由于其想象的丰富、比拟的优美,并不使人感到淫荡,这也许就是艺术"点金术"的魔力之所在。相对而言,邵洵美的《女人》与《季候》要显得含蓄些;前者以吟咏的语调赞美女人,说她像"一首唐人的小诗","一弯灿烂的天虹";而后者则可视为他的代表作,被各种选本收录。它以春、夏、秋、冬四季来写恋情的发展变化及不同季节里的色彩。

陈梦家(1911—1966),上虞人。1928 年入南京中央大学,开始新诗写作,曾与徐志摩等创办《诗刊》,并独自编选具有流派性质的诗歌选集《新月诗选》。主要作品有《梦家诗集》、《铁马集》、《梦家诗存》和《陈梦家作诗在前线》等。其中《梦家诗存》收入 1929 年至 1935 年间的诗作《一朵野花》、《夜渔》、《老人》等 23 首。这些诗作,无论是写个人空虚的幻想、歌咏梦和爱情,还是描绘一草一木,都流露出诗人的一片纯真。如《一朵野花》:

> 一朵野花在荒原里开了又落了,
> 不想到这小生命,向着太阳发笑,
> 上帝给他的聪明他自己知道,
> 他欢喜,他的诗,在风前轻摇。
> 一朵野花在荒原里开了又落了,
> 他看见青天,看不见自己的渺小,
> 听惯风的温柔,听惯风的怒号,
> 就连他自己的梦也容易忘掉。

陈梦家的诗句式整齐,格律严谨,讲究押韵,在轻柔的调子里流淌着脉脉情致,很好地实践了新月派诗的音乐美与建筑美。

方令孺(1897—1976),安徽桐城人,著名的新月女诗人。解放后曾任浙江省文联主席等职,对浙江的新文学建设作出了重要贡献。主要作品有散文集《信》、《方令孺散文集》和译著《钟》等。其收入《新月诗选》的一首爱情诗是这样写的:"爱,只把我当一块石头,/不要再献给我:/百合花的温柔,/香火的热,/长河一道的泪流。//看,那山岗上一匹小犊/临着白的世界;/不要说他愚碌/严守着它的静穆。"从这首小诗看,方令孺在爱情方面似乎是受过不小的挫折,有过温柔、火热,也有过泪流,所以她现在已变成了"一块石头”，只好像一只“愚碌”的小犊那样严守着“静穆”。陈梦家在《新月诗选·序言》说方令孺的这首诗是：“一道清幽的生命的河的流响，她是有着如此样严肃的神采，这单纯印象的素描，是一首不经见的佳作。”

孙大雨(1905—　)，诸暨人，新月诗派早期重要成员之一。他于1922年考入清华，接触闻一多等新诗作者，从事新诗创作，与年轻诗人朱湘、饶孟侃、杨世恩合称“四子”，颇有影响。新月诗派热心创制新格律诗，孙大雨在运用外国诗的韵律上有独到之处，他采用“商籁体”写的诗，格律严谨，操纵裕如。陈梦家编的《新月诗选》选其十四行诗三首。其诗歌代表作为一千行的长诗《自己的写照》。陈梦家认为这是“一首精心结构的惊人的长诗，是最近新诗中一件可以纪念的创造”[1]。

四　戴望舒与浙江现代主义诗潮

在30年代中国诗坛上，现代主义诗潮的发育虽算不上很完善，但也形成不小的气势，在它的鼎盛期(约1935—1937)差不多可以与当时处于强势地位的现实主义诗潮分庭抗礼。而对于这股诗潮的形成与推动，浙江籍诗人的贡献无疑是首屈一指的：1932年《现代》杂志在上海创刊，标志着中国现代诗派的形成，而其中的第一主编便是杭州人施蛰存；出现于现代主义诗潮全盛期的《新诗》月刊与现代诗杂志《菜花》，其主编是余杭的戴望舒与浙江吴兴的徐迟。他们与卞之琳主编的《水星》、路易士主编的《诗志》以及《现代诗风》、《星火》等，共同将现代主义诗潮推向高潮。在现代派诗人群中，除戴望舒、施蛰存、徐迟外，浙籍诗人还有桐乡的钱君匋、诸暨的孙大雨和杭县的赵萝蕤等。尤其是戴望舒，他是现代主义诗潮中无可争议的领袖人物，他的理论和创作几乎规范了现代派诗的创作路径和走向，对于现代主义诗潮的繁盛起到了其他诗人无法替代的重要作用。而且，这股现代主义诗潮还延续到40年代的中国诗坛，其承续者便是具有明显现代主义特征的“九叶诗派”，而在“九叶”诗人中就有“三叶”是浙江诗人，他们是宁海的穆旦、温州的唐湜和慈溪的袁可嘉等，他们共同为40年代现代主义诗歌的进一步发展作出了重要贡献。

现代派中最重要的诗人是浙江余杭的戴望舒(1905—1950)。1925年，

---

① 《新月诗选·序》。

他进入上海震旦大学法文班补习法文,后又留学法国,有机会直接阅读欧洲象征派诗人魏尔伦、果尔蒙、耶麦等人的作品,并受其深刻影响。这也许是他以后从事现代派诗歌创作的重要因素。著有诗集《我的记忆》、《望舒草》、《望舒诗稿》、《灾难的岁月》和《望舒诗论》等。

戴望舒现代主义诗歌创作主要经历了三次超越:第一次是从诗情内容的传达上对新月诗派唯美主义诗风的超越。这在诗集《我的记忆》的前两辑中表现得最为明显。第一辑《旧锦囊》收早期诗作 12 首,大都幽怨、哀伤,带有浓郁的感伤与颓废色彩,明显留有新月派诗的痕迹。到了第二辑《雨巷》里,戴望舒的创作已由新月诗的唯美主义倾向过渡到以魏尔伦为代表的法国象征主义。由于唯美派与象征派在诗情基调与音乐美的追求上有共同之处,所以这一次超越带有更多的过渡性质;其中最为突出的超越之处,是戴诗吸取了魏尔伦诗的朦胧美,其典范作品便是那首以旧时杭州的小巷为描写对象、具有浓厚的钱塘文化氤氲的《雨巷》,它虽不是一首典型的现代派诗,因为它有流动的音乐美,这是现代派所反对的,但它所具有的诗情的朦胧性和诗意的多层性,却是现代派诗的共同追求。《雨巷》意在抒写大革命失败后诗人自己那种浓重的失望、愁怨和茫然彷徨的情绪,但诗人并未用直笔抒发,而是以一种既表现自己又隐藏自己的象征艺术来传达这种浓得化不开的情绪。诗中的"雨巷",狭窄破旧、阴暗潮湿、断篱残墙,被迷茫的凄风苦雨笼罩着,这正是当时令人窒息的时代氛围的象征性隐喻。诗中那个"我",一腔愁绪,满腹哀怨,在烟雨迷茫的雨巷里独自徘徊,希望逢着一个结着愁怨的丁香姑娘;在雨的幻觉里,"我"与她邂逅相遇;然而,她又旋即消散在雨的哀曲里;"我"又只好回到那个现实的雨巷里,独自彷徨着,彷徨着……在这里,诗人以一种象征的笔法细腻曲折地传达出一种对希望与理想把握不定的心绪,而这种心绪正是当时被时代环境压得透不过气来的人们的精神状态的形象写照。

如果说《雨巷》的朦胧美体现了戴望舒对早期诗作的超越的话,那么它的音乐美却是对新月派诗美理论的某种承续和发展,因此这第一次超越带有明显的过渡性质。但从《我的记忆》一辑(收诗 8 首)开始,戴望舒开始全面反叛新月诗派"三美一体"的美学理念,提出了反音乐、反绘画、反建筑的诗美主张:"诗不能借助音乐,它应该去了音乐的成分","诗不能借重绘画的长处","韵和整齐的字句会妨碍诗情,或使诗情成为畸形","新的诗应该有新的情绪和表现这情绪的形式"。① 这种形式便是具有散文美的无韵自由体，其典范之作就是那首著名的《我的记忆》。至此，戴望舒的新诗创作完成了第二次超越，真正成为一名现代派的标志性诗人，《我的记忆》也成为中国现代派诗的起始点。这首诗表面看来是在抒发往昔的情怀，其实是在巧妙地抒写自己种种悲欢的人生体验。诗人把"记忆"称作寂寥时的密友，它到处生存着："在燃着的烟卷上"，"在绘着百合花的笔杆上"，"在喝了一半的酒瓶上"，"在撕碎的往日的诗稿上"和"在压干的花片上"都留有它的身影；但"它是胆小的，它怕着人们的喧嚣"，只是在"寂寥时，它便对我作密切的拜访"，"它的话是古旧的，老讲着同样的故事，/它的声调是和谐的，老唱着同样的曲子，/有时它还模仿着爱娇的少女的声音，/它的声音是没有气力的/而且还挟着眼泪，夹着太息"。这一连串的意象呈现，多么洒脱自然！它完全摆脱了韵律节奏的外在束缚，表现出一种明白如话的生活与情绪节奏，体现了无韵自由体诗所独具的诗情美与散文美。在这里，诗情美的追求显然是受到法国后期象征派诗人果尔蒙的影响，果尔蒙所谓的"诗情"，并非指语言外在的音乐美，而是指情绪的内在起伏和情感的内在旋律，即重视内在的"诗情"，轻视外在的音韵；而散文美却来自于耶麦的"抛弃了一切虚夸的华丽、精致、娇美，而以他自己淳朴的心灵来写他的诗的"②，即"没有词藻"的散文美风格。在诗集《望舒草》(此集把《我的记忆》一辑中的 8 首诗全数收入)里，具有这种诗情美与散文美的作品还有《三顶礼》、《印象》、《烦忧》、《秋天的梦》、《少年行》、《二月》、《深闭的园子》、《寻梦者》、《乐园鸟》、《单恋者》、《我的恋人》等。所有这些都昭示着戴望舒的现代主义诗歌创作已进入了一个全面成熟的时期。

戴望舒诗歌创作的第三次超越则表现为兼收并蓄的现实主义对现代主义的矫正上。经受过抗战洗礼的诗人终于从象牙塔中走出，结束了《我的记忆》以来回避社会现实、抒写孤独忧郁的基本主题，代之以民族斗争、社会斗争的现实政治主题，并有诗集《灾难的岁月》出版，显示出戴诗价值取向上的重要变化；艺术倾向上也由果尔蒙、耶麦转向瓦雷里、艾吕雅、苏拜维艾尔等，呈现出以现实主义为内核兼取象征主义、超现实主义和浪漫主义的基本态势，从诗情到诗形全面超越现代主义诗风。从《元旦祝福》开始，土地与人民已成为戴诗歌咏的中心，从而取代了前三个时期一直延续的忧郁、感伤的

---

① 戴望舒:《诗论零札》,《戴望舒诗集》,四川人民出版社 1981 年版,第 161、162、163 页。
② 戴望舒:《耶麦诗·译后记》,原载《新文艺》创刊号,1929 年 9 月。

基调,并成此后戴诗的基本主题。像《狱中题壁》对抗日义士的歌颂,《我用残损的手掌》对山河破碎的悲愤,《心愿》所表达的抗战到底的决心,所有这些都显示出诗人与时代、人民有着血肉般的联系,诗人戴望舒终于从雨巷走向了战场。由于诗情主题的变化,必然带来艺术取向上的变化,《元日祝福》以后的诗作不再借助象征体中介来曲折地抒写感情,而取用直抒胸臆的方法和盘托出自己的政治观点与情感,如《心愿》、《等待》都很典型。有的则兼取现实主义与浪漫主义创作方法,运用寓情于景或寓情于事的手法传情达意,如《狱中题壁》、《过旧居》和《偶成》等,都以感情内敛并与画面相融为其特征,是现实主义与浪漫主义结合的典范之作。当然最具神采的还是那首融超现实主义、象征主义于一体的《我用残损的手掌》:"我用残损的手掌/摸索这广大的土地/……无形的手掌掠过无限的江山,/手指沾了血和灰,手掌沾了阴暗,/只有那辽远的一角依然完整,/温暖,明朗,坚固而蓬勃生春"。这首明显带有苏拜维艾尔《远方的法兰西》的构思痕迹的散文体自由诗,并不像苏氏那样如实地抚摸群山、江河以至于整个法兰西,而是以地图为象征体,以抚摸祖国大地为超现实幻境,把实境与幻境融合为一体,寓虚于实,以虚驭实,在残破的祖国山河中,描画出"那辽远的一角"的"温暖,明朗,坚固而蓬勃生春"的理想境界,成为诗人在他生命最后一年里朗诵得最多的一首杰作。

从戴望舒完成三次超越的创作历程中,我们可以看出他是一个永不满足、勇于探索、不断创新的诗人,这种艺术探险的精神本身就是一笔很珍贵的文化遗产,而他在新诗创作上的成功实践,特别是他对中、西两种艺术源流的调和与整合所获得的巨大成功,积累了丰富的理论与实践经验,这不仅确立了他以及他的故乡浙江在中国现代诗歌史上的重要地位,而且对当下中国汉诗写作也具有重要的启示作用和借鉴价值,这或许就是戴望舒的重要意义之所在。

戴望舒的同乡、杭州人施蛰存虽以心理分析小说著称于世,但是他在译介英、美意象派诗人的作品方面得风气之先,曾在《现代》杂志上率先发表一组题为《意象抒情诗》的作品,对现代诗风的形成与发展起到了推波助澜的作用。蓝棣之编选的《现代派诗选》①收施蛰存的诗作共 12 首:《桥洞》、《祝英台》、《夏日小景》、《银鱼》、《卫生》、《嫌厌》、《桃色的云》、《秋夜之檐溜》、

---

① 人民文学出版社 1986 年版。

《彩燕》、《冷泉亭口占》、《乌贼鱼的恋》和《你的嘘息》等。施蛰存的现代诗注重意象的选择，运用意象艺术表现现代人微妙的心理和瞬间的感觉印象。如《银鱼》这首仅六行的短诗，就是由"银鱼"这一核心意象为基点生发联想与想象的，诗人由横陈在菜市场里的"银鱼"联想到土耳其的"女浴场"；又由银光闪闪的"银鱼"产生了类似于"柔白的床巾"的瞬间印象；再由银鱼那"魅人的小眼睛"联想到"初恋的少女"以及她那颗将要袒露出来的心；素静的银鱼堆在嘈杂的菜市场，这原本是一种平常的生活现象，但诗人却敏感地捕捉到了一点微妙的失落与伤感；尽管他没有一句感叹，可他用"柔白的床巾"与"横陈的银鱼"来隐喻"初恋的少女"，心情无疑是沉重的，读者不难从中体验到一种忧郁的情绪。再如《桥洞》，这也是一首具有明显的印象主义风格的诗，诗中描绘的是一幅江南水乡的行舟图：在晨曦的雾霭中，一叶小舟随着微风缓缓地驶近了桥洞，就在进入桥洞的一瞬间，诗人产生了一种神秘的感觉："桥洞是神秘的东西哪/经过了它，谁知道呢，/我们将看见些什么？"这仿佛是自语，也是在追问，把读者引入了人生的也是心理的"桥洞"；虽然过了第一个"桥洞"后，诗人看到了一些淳朴的美景："殷红的乌桕子"、"白雪的芦花"、"绿玉的翠鸟"；然而，当诗人想微笑时，秋晨的雾庞大起来，"一个新的神秘的桥洞"出现了，于是诗人又陷入一种忧郁的迷惑中。诗并未和盘托出那忧郁之情，而是用一组组意象来暗示或隐喻主体的情愫，给人一种迷人的朦胧美，这正是现代派诗追求的。

吴兴人徐迟(1919—1996)，虽是当代文坛上著名的报告文学作家，但早年却是一位知名的现代派诗人。他1933年开始发表诗作，1936年与戴望舒等人创办《新诗》月刊和《菜花》等，同年出版诗集《二十岁人》，他在此诗集的序言里说，他的诗是废物，是在为爱情而失眠的夜晚写成，是附在给女性的信里的，"我这个人是属于感伤的男子"。所以，他的诗多写青春的伤感、爱情的苦闷，多愁善感、沉迷恋情，但不是呼号爱情，而是对爱情的玩味与欣赏。《苔雪的溪水上》和《巨》都是这样的作品；前者以诗人的故乡吴兴南浔为背景，极写苕霅溪沿岸的迷人风光：近处有荻芦、竹篱和短墙上的牵牛花，稍远处有水田、桑林、屋宇、祠庙与运河的帆樯、小桥，再远处有太湖上的七十二峰，而就在这故乡的山光水色里，孕育了诗人对故乡绵长的思恋；后者则写一对少男少女划着一叶积满雨雪的木舟，戏嬉于冬日的山光水色里的情景，传达出初恋的欢悦。在那炫新好奇的小巧形式的背后，是一个二十岁人在很聪明地吐露衷情。在《明丽之歌自跋》里，徐迟说整个集子从幻想出发,只赞颂幻想,"幻想是如此之遥远又是如此之接近的,我宁愿人说我是一个欺骗自己的说谎者。"①入选《现代派诗选》的《七色之白昼》、《微雨之街》、《轻的季节》、《幻想》和《一天的彩绘》等都是写诗人的幻觉的。如《七色之白昼》写"我"在昼眠时产生的七种美丽的颜色,这七种颜色又变幻成"七个颜容的胴体的女郎",并在雾里旋转起来,显然这是诗人性爱梦幻的记录;《一天的彩绘》虽也是写恋爱的梦幻,但其变幻的空间与幅度开阔了许多,诗中的"我"幻想着自己的恋人"她",一会儿"坐在无限之草原",一会儿又在"动物院中了";一会儿在咖啡厅里喝咖啡,一会儿又回到了生她养她的海边河畔;这会儿她还是音乐会里的听众,另一会儿她又变成了大寺院里的一幅壁画;最后"她"回到了"我"的眼前,而且像"我"一样在想,但"她"在想什么?"我"仍不明白,一种茫然感油然而生。这种大幅度的幻觉描写,在其他现代派诗人中也是不多见的。徐迟还运用跳跃性更大的意象组合来表现大都会的气息。在《都会的满月》里,诗人把罗马字母、星、齿轮、满月、摩天大楼与"短针一样的人"等彼此突兀的意象并置在一起,显示出都市的森然冷漠和都市人的孤独与被异化;《微雨之街》以雨的无穷隐喻"我的寂寞"的泛滥,《春烂了时》则把都市人比作"贪心的蚂蚁",并时时与乡间的"小野花"相比照,以表达诗人对都市文明的鄙视与诅咒。除创作外,徐迟对于现代诗学也有所贡献,30 年代末他写了一篇颇具影响力的诗论《抒情的放逐》②,提出要从诗歌领域"放逐"抒情。他说抒情的放逐是近代诗在苦闷了若干时期以后始能从表现方法上找到一条出路。在艾略特的诗里,开始了抒情潜意识地被放逐的悲剧。但是,人类习惯了没有抒情的生活,却没有习惯没有抒情的诗。抒情依旧是美好的,但那要在这世界、这时代来一个改造之后。而目前,抒情的放逐是建设的,而抒情反是破坏的,战争中尤其如此。放逐抒情带给诗歌一种冷漠的客观性,并导致表现上的间接性、晦涩性以及后来的小说化、典型化、非个人化倾向。徐迟后期的诗虽有这方面的影响,但他始终是一位充满激情的诗人,他的理智无法也无力抵御激情的喷发,所以"放逐抒情"也不可能在其创作实践中得到真正的落实,无论是他的诗还是文仍以激情澎湃见长。

属现代派创作倾向的浙江诗人,除上述知名者外,还可以举出几位。钱君匋(1907—1998,桐乡人),虽以书画篆刻闻名,却有诗集《水晶座》和《素

---

① 1936 年《新诗》第 1 卷第 5 期。
② 载 1939 年 7 月《顶点》第 1 期。

描》行世。钱君匋的早期诗作以歌咏爱情为主,明显留有新月派诗和古典诗的痕迹,如《我将要引长热爱之丝》。真正显现出现代派诗风的作品是《苍茫》、《夜的舞会》和《云》(都已入选《现代派诗选》)等。《苍茫》表面写的是渐渐黯淡的晚霞,其实是在抒发人生的疲惫感与苍茫感。《夜的舞会》完全是一种感觉印象的诗意表现,与穆时英的新感觉派小说《上海的狐步舞》颇为相似,写出都市舞会特有的景致:闪烁于柏枝间的电炬与榴花、震耳欲聋的Jazz乐、引人沉醉的威士忌和那些既"梦沉沉离魂地"又"明炯炯清醒地"的舞侣,构成了一幅由"散乱的天蓝,朱、黑、惨绿,媚黄的衣饰幻成的几何形体",就像"万花镜的拥聚惊散在眼的网膜上",一切都是散乱、破碎、飘动与不和谐的,这种感觉印象在现代派诗里是相当典型的。女诗人赵萝蕤(1912——,祖籍杭州,生于德清),曾就读燕京大学中文系、英语系,又入清华大学外国文学研究所三年,赴美入芝加哥大学深造获博士学位,有精深的外国文学素养,对现代主义诗潮也情有独钟。她在三四十年代也发表不少具有现代主义倾向的诗作,但其主要贡献是在西方现代派文学的评介和研究上。30年代,她应戴望舒之约,翻译了英国诗人 T. S. 艾略特的长诗《荒原》,译文忠于原著,文笔流畅,于 1937 年由上海新诗社出版。其研究欧洲文学史、外国现代派作品的文章也颇有影响。

中国现代主义诗潮发展到 40 年代,由于战争环境的驱迫和现代主义漠视社会现实的弱点,促使现代诗人们调整自己的艺术追求,摈弃现代主义诗情的弱点,吸取现实主义关注时代的长处,保留现代主义诗艺上的优点,重新改造、整合为一种融合现代主义与现实主义优长于一体的诗美风格,使现代主义诗风在新的历史条件下得以延续与发展,兴盛于 40 年代中后期的"九叶"诗人群便是这种发展的显著标志。而浙江的穆旦、袁可嘉和唐湜①都是其中的重要成员。

穆旦(1918—1977),原名查良铮,海宁人。30 年代开始诗歌创作,曾是"西南联大三诗人"之一,也是现代主义诗风自觉的追求者。他自觉吸收消化中国古典诗词的内蕴美,接受西方现代诗的意识,特别是 T. S. 艾略特的传统,也自觉地承接了艾青、冯至等的艺术探索之路,以惊人的创造力进行现代主义诗歌的"探险",在不长的时间里出版了《探险队》、《旗》和《穆旦诗集 1939—1945》等三部诗集。穆旦将高度的智性的抽象与肉体的感性观照

---

① 因唐湜的创作在新时期又出现了一个高峰,为能完整地描述其创作,故放到下章第二节里介绍。

紧密结合在一起,用富于生命的内在感觉来体味与同化外在的一切,使进入诗中的一切变得富有生命力,如《春》借咏春来传达一个年轻生命从觉醒、痛苦到渴望新生的内心体验。穆旦的诗还常常把极为矛盾的两种情感纠结在一起,深刻地揭示一代知识分子内心"丰富的痛苦",又用带有深厚感情色彩的意象展示出来,给他的诗带来了沉厚凝重而又有一种紧张感的风格。思考的深沉与超前,表达的过分陌生与隐曲,使其不少诗的境界与内涵较难为人们所理解,有时甚至显得晦涩。他的著名爱情诗篇《诗八首》,将神与人的声音、自然与生命、感情与理智、热烈与冷静,非常复杂地纠合在一种隐曲的意象里,其丰富深沉的内涵至今仍为人们喜爱而又难于把握。他的《赞美》等抒情诗,对民族命运的深切关注与对现代主义诗艺的执着追求达到了复杂而又近乎完美的结合。总之,穆旦的探险,带有艾略特以来新传统的光彩,同时表现出自己的鲜明个性,"他以全身心拥抱自我,也因而拥抱了历史的呼吸,拥抱了悲壮的'山河交铸'",他所表现的是"他的全人格,新时代的精神风格、虔诚的智者的风度与深沉的思想的力量"。①

　　袁可嘉(1921—　　),笔名柯茄,慈溪人,曾在《文学杂志》、《中国新诗》等刊物上发表新诗和评论文章。此后主要从事翻译工作,大量译介英、美诗歌。著有诗文集《半个世纪的脚印》及诗合集《九叶集》,诗学论著《现代派论·英美诗论》和《论新诗现代化》等。袁可嘉的现代诗,形式较为整齐,善于在讥刺与反讽中表达自己的思想,许多诗作的现实批判性很强,如《上海》、《南京》、《难民》等,也有的诗寄托了自己对于人生的哲理沉思,如《空》、《墓碑》等。袁可嘉更主要的贡献还在于他对新诗现代化的理论思索,他的《新诗现代化——新传统的寻求》等一系列诗论文章,在总结五四以来新诗现代化探索所取得的经验的基础上,第一次系统地阐述了中国现代主义新诗美学的基本原则:在忠于时代与忠于艺术相统一的思想原则指导下,他提出的诗歌主题意识与表现方法的"高度综合的性质",实现诗的"现代、象征、玄学"的综合原则,以及比较完整的关于实现中国新诗现代化所经过的艺术道路与方法的思考,都有完备的理论性与超前性,对于当下汉诗的现代化仍有很好的借鉴价值。

---

① 唐湜:《穆旦论》,载 1948 年 8 月《中国新诗》第 3 期。

五　艾青与浙江现实主义诗潮

　　现实主义诗潮在中国诗坛上一直占据主导地位,浙江的许多诗人也偏重于写实。从五四时期以刘大白为代表的白话诗,到 20 年代中后期的无产阶级优秀诗人殷夫,再到抗战时期的艾青、冯雪峰、阿垅、赵萝蕤、赵瑞蕻以及莫洛与温州的海燕诗社等,都在中国新诗史上留下现实主义力作;而艾青作为中国新诗现实主义主潮的代表诗人,其创作实绩与诗学理论上的建树,确立了浙江现实主义诗人在此诗潮中的核心地位。

　　艾青的诗歌创作,在中国新诗史上经历过几个不同发展阶段:他成名于 30 年代初,抗战时期形成诗歌创作的第一个高峰;40 年代后期至 50 年代前期是其创作的调整与平稳发展期;50 年代后期至 70 年代中期他被剥夺了创作与发表的权利,是诗人的受难期;70 年代末 80 年代初,这位饱经忧患的老诗人又唱出了更深沉更凝重的歌,又托起了他创作生涯中的第二个高峰。诗人一生受了那么多苦难:被弃、流浪、监禁、流放……但他仍痴心不改,把自己的一生献给了中国的新诗事业,像艾青那样终生写诗、死不悔改,尤其在晚年还能保持那么旺盛的生命力,这在同辈诗人中是绝无仅有的。

　　艾青的诗歌创作不拘泥于现实主义一种艺术方法与风格,而是吸收与融合了印象主义、象征主义和超现实主义等多种艺术技巧。确切地说,艾青属于综合主义,不过其内核仍是现实主义,他的诗的基本主题便是时代、社会、祖国与人民,只是在表现这一主题时采用了非现实主义的艺术方法与技巧。所以,从主导倾向来看,许多文学史家将他定位为现实主义主潮诗人,也是顺理成章的事。从艾青艺术世界的构成来看,"土地"与"太阳"是其中的两个起支柱作用的核心意象。"太阳组诗"在艾青的诗歌创作中占有极重要的分量,是艾青艺术世界的一个重要支柱,但就与浙江的关系而言,就远不如他的"土地组诗"。艾青从"大堰河"这片土地中走出,难免带上"农人的忧郁",但浙东"土性"文化中的刚性与"硬气",也在潜移默化中内化于他的性格与气质里,使其诗歌创作呈现出一种富有韧性和力度的外柔内刚的忧郁美与力感美,这在他抗战前后所写的土地组诗中表现得尤为鲜明。为了叙述的方便,我们把艾青的乡土诗分成土地、旷野和乡村三个系列。

　　艾青从小生长在农村,对家乡那片"紫色的"土地,对江南乡野的泥土芳香,对北方广漠的原野和沙漠的风,有着像土地一样的特别古老而深沉的爱。他特别熟悉土地,特别善于描写土地,也特别能发掘土地的美,并能用高度诗化的语言来展现土地的自然美。如《土地》、《低洼地》对江南田亩与桂林乡间的低洼地的自然形态作了十分细致的描绘,展示了江南水乡色彩斑斓而又有些许神秘的自然美景。然而,诗人并没有陶醉迷失在乡土的美景之中,他爱土地、爱山林、爱草地,还蕴含着更丰富更深层的原因,那就是土地"以黑色的乳液/哺育了我们的生命"(《我们的田地》)。土地是《农夫》的生命之源,也是维系种族和人类的纽带,它把千万颗心都扭结在一起,"互相感染着,互相牵引着"(《土地》),显示出强大而又神秘的凝聚力。艾青对源于土地的苦难与忧患的感受是特别强烈而持久的,但在这种苦难里,我们会强烈地感受到一种愤怒的力、反抗的力,而这种力的根底便是诗人对于土地、对于祖国、对于民族的深沉的爱,这种爱像土地一样博大、像土地一样古老与恒久。写于 1938 年 11 月 17 日的《我爱这土地》,便是这方面的杰作:诗人以飞鸟自喻,愿以"嘶哑的喉咙歌唱":"这被暴风雨所打击着的土地,/这永远汹涌着我们悲愤的河流/这无止息地吹刮着的激怒的风/和那来自林间的无比温柔的黎明……"诗的四个意象:土地、河流、风和黎明,其中的"土地"是其中心意象,因为"河流"是在它的宽阔的胸脯上涌动的河流;"风",是在它的颜面上吹刮着的风;"黎明"也是拂照大地身躯的黎明,它们的推移序列是土地——河流——风——黎明,正好演绎了诗人对于民族命运的感同身受式的体验与认识:一个民族的新生与振兴,必然要经受苦难的折磨、悲愤的抗争,才能最终奔向温柔的黎明。正是在这一基点上引发出诗人誓死保卫国土、愿为民族的解放而献身的精神情怀:"——然后我死了,/连羽毛也腐烂在土地里面",表达了诗人对于土地的至死不渝的挚爱之情。

作为"土地"意象的延续,艾青的"旷野诗"承续了"土地诗"的主题与基调,仍以抒写苦难为主;但旷野的苦难与土地的苦难相比,无论从诗情的内容还是色调看都有各自的特色。如果说,土地的苦难更注重于人为的战争因素、更强调悲愤抗争的审美力度的话,那么,旷野的苦难则更注目于自然环境的窒闷与死寂、更渲染悲哀的广阔与深邃。在诗人的笔下,那薄雾迷蒙着的《旷野》(1940)是那样的灰暗、单调、阴冷与寂静,而生活在这里的人们虽然走着不同的方向,"却好像被同一的影子"引导到同一的命运——"灾难、疾病与死亡";然而他们似乎已经习惯了这种近乎原始与凝固的生存方式,而我们的诗人却无法保持沉默,他悲愤地呼喊道:"旷野啊——/你将永远忧虑而容忍/不平而又缄默么?"这一声沉重的呼喊,不禁使人们想起鲁迅先生当年对那些中国儿女们那种"哀其不幸,怒其不争"的悲愤。稍后写成的《冬天的池沼》把旷野上的小池塘拟喻为一个佝偻在阴郁里的等待死神的悲哀的老人,显然,这个极富想象力的意象已经浸透了诗人的忧郁情调,给人一种无法抑制的恐惧与震颤,这就有些难怪那些乐观主义的非难了。当然,艾青并没有长久地沉溺于这种忧郁之中,那《冬天的池沼》很快从一个阴郁的老人变成了一个快乐的少女,不久又写下了《火把》、《太阳》等色调明朗的作品。当艾青走出新宁来到重庆时,时令已是1940年的夏天,重庆郊外的原野又一次拨动了诗人的心弦,于7月8日写下了《旷野》(又一章)。由于环境、气候与心情的变化,给这首《旷野》的前半部分带来了生机勃勃的景致,表现出一种热烈雄浑的气势,充分反映出诗人的情绪已由悲哀忧郁转到了乐观亢奋。但艾青对旷野的感受,虽有情调上的悲喜变化却无认识上的美丑之别。我们的诗人仍然忘不了山下那些"喘息在/贫穷与劳苦的重轭下"的人们,他们像被山岩所困似的,"宿命地生活着:/从童年到老年,/永无止息地弯曲着身体,/耕耘着坚硬的土地。"看着这样的人们,诗人便会很自然地想到自己。为了逃避这宿命般的命运,他也曾离弃了衰败的乡村,但如今他又回到了与之相似的旷野,他不得不承认自己是"旷野的儿子",他似乎是宿命般地要与大地母亲融为一体。这就引出了艾青土地组诗的另一主题:人与自然的关系。土地、旷野、农人的现实苦难,使诗人感到忧郁和悲伤,但大自然的广袤无垠、荒蛮任性,又让他感到惊惧与欣喜、旷达与深邃。他似乎听到了大自然的律动,感受到了大自然内部所蕴藏着的无与伦比的巨大能量,这能量一旦释放出来便会把这世界掀个天翻地覆,给这世界带来前所未有的永恒的美。正是受了这种美的诱惑和驱动,使诗人产生了与之沟通、与之融合的强烈情感冲动,并最终抵达与天地共存、与日月同辉的永恒圣境。

如果说"土地——旷野"组诗侧重于表现诗人的受难体验,并由此引发出对土地与旷野的博大、坚忍、原始、荒蛮的力感美的礼赞的话;那么,他的以故乡村庄为描写对象的"怀乡诗",便是着力抒写故乡山村由贫穷愚昧走向富裕文明的历史性变化,以及由这种变化带来的忧患感和欣慰感,其中明显地贯穿着科学启蒙的思想主线。《村庄》(1941)和《献给乡村的诗》(1942)都是延安时期的作品,都表现出对故乡的真诚怀念。触发这种怀乡之情的现实机缘,恐怕就是延安这个全新的环境。当诗人带着农人的忧郁,冒着北国的风沙与旷野的薄雾,投进太阳的怀抱时,他感到了从未有过的惊喜,他看到了解放区农村在共产党领导下,通过减租减息、发展生产,改变了贫穷落后的旧貌,呈现出一派生机勃勃的新气象。这一切都触发诗人自然而然地怀念起自己的那个"可怜的村庄",想起了它的贫穷、落后、愚昧与鄙陋。《村庄》这首诗的抒情方式是颇为奇特的,它采用的是以"恨"传"爱"的逆向抒情方式来表达对故乡的刻骨铭心的爱的。他"恨"故乡的鄙陋,"恨"都市里的吸血鬼,更"恨"那些甘愿受穷而又不思抗争的村民。表面上看是诗人对故乡的厌恶和唾弃,而实质上是一种恨铁不成钢、爱极而恨的情绪宣泄:"要到什么时候我的可怜的村庄才不被嘲笑呢? /要到什么时候我的老实的村庄才不被愚弄呢?"从这充满深情的呼唤里,我们强烈地感受到了诗人期望迅速改变家乡面貌的急切心情。

与《村庄》相比,《献给乡村的诗》所显示的思想主题和忧患意识跟它基本一致,只不过在对故乡的看法上后者显得比较客观全面,既看到了它的贫穷又看到了它的美丽。但在诗情强度上,两首诗有很大的差别,前者异常愤激强烈,而后者则比较平静温婉,流露出一种绵长的思念之情。诗人描写了故乡(畈田蒋)那秀丽的景色,描写了生活在故土上的父老乡亲,既歌赞了他们的辛勤劳作,又对仍陷于贫困的乡亲寄予深切的同情。诗人满怀激情歌唱:

> 我的诗献给生长我的小小的乡村——
> 卑微的,没有人注意的小小的乡村,
> 它像中国大地上的千百万的乡村。
> 它存在于我的心里,像母亲存在儿子心里。

改革开放后的故乡,小山村的美景与村民的生活变得越来越和谐。1982 年,饱经沧桑的诗人回到故乡时,已经不再"觉得卑屈"了。1992 年春天诗人再一次看到丰衣足食、安居乐业的故乡时,感到了从未有过的宽慰。

殷夫(1910—1931),原名徐祖华,又名白莽,象山人。殷夫虽算不上是完全意义的现实主义诗人,但他的大多数作品在关注时代与现实方面与现实主义基本一致,可视为 30 年代中后期中国现实主义诗歌主潮的源头之一。殷夫虽与艾青同龄,却比艾青早熟;当艾青还在杭州、巴黎学画时,他已写下了组诗《放脚时代的足印》和诗集《孩儿塔》;1927 年走上革命道路,1929 年开始了职业革命家的活动,同时写下了《别了,哥哥》、《血字》等大量"红色鼓动诗",收入诗集《伏尔加黑浪》里;1931年被国民党秘密杀害,他以鲜血和生命写完了最后一首诗。由此,我们不仅从殷夫身上看到了浙东人的"硬气",而且还感受到了由这种"硬气"升华而来的献身革命、献身真理的崇高精神情怀。

殷夫的诗歌创作可以1929年为界分为前后两个时期。前期作品大都收在诗人的自选诗集《孩儿塔》里,共65首。其中虽有离别家乡特别是身处囹圄时怀恋故土、思念亲人、献给母亲的诗,如《我还在异乡》、《东方玛利亚》、《给母亲》和叙事长诗《在死神未到之前》等;又有揭露现实、诅咒人世的诗,如《无题》组诗、《梦中的龙华》、《现在》和《人间》等;还有诗人个人情怀的祖露与高洁人格的礼赞,如《醒》、《清晨》、《生命·尖刺刺》、《祝——》和《花瓶》等。但最为引人瞩目的是爱情诗,它几乎占了诗集的一半,殷夫情诗的显著特点是真诚而又苦涩。其中有表现初恋时的羞怯与欣喜,如《呵! 我爱的》、《我们初次相见》等;但更多的是失恋后的孤寂与忧悒,如《宣词》、《致F》、《别的晚上》、《给——》、《死去的情绪》、《记起我失去的人》等,尤其像《挽歌》这样的作品简直就是诗人对自己吟唱的一首送葬曲,其意象的暗淡、心境的凄苦阴郁决不下于鲁迅的《墓碣坟》等作品,读来令人震颤不已。这些作品大概就是诗人所说的"阴面的果实"。殷夫曾在诗集自序《"孩儿塔"上剥蚀的题记》里说:"我的生命,和许多这时代的智识者一样,是一个矛盾和交战的过程,啼、笑、悲、乐、兴奋、幻灭……一串正负的情感,划成我生命的曲线;这曲线在我的诗歌里,显得十分明耀。"然而,诗人并没有陷入那缠绵的伤感里踯躅不前,不久便从感情的羁绊中挣脱了出来,把那些"阴面的果实"和"病弱的骸骨"扔进了"孩儿塔",怀着对未来的坚定信念,充满奋发创造的激情向前走去。

1929年至1931年可视为殷夫诗歌创作的后期。在这一时期里,诗人比较出色地将无产阶级革命斗争的内容引入了诗的王国,使那些具有明确功利目的的政治抒情诗,不仅有了极强的宣传鼓动作用,而且还给人以情感的陶冶与审美的愉悦,提升了"普罗诗"的艺术品位。从诗情主题看,殷夫政治抒情诗的一个显著特点便是真诚。他的诗并不空喊口号与廉价抒情,而总是将自己的真情实感和自己的人格融进诗的字里行间,是一种全人格的外化。那首著名的《别了! 哥哥》就是这方面的杰作。它把个人亲情与阶级感情交织在一起,写出了诗人对他大哥的手足之情:"二十年来手足的爱与怜,/二十年来的保护和抚养",以及大哥对自己"诚意的教导"与"牺牲的培植";但作为一位坚定的无产阶级革命战士,他最终还是毅然决然地与哥哥诀别,因为他们已分别隶属于各自不同的阶级,为了革命,为了真理,即使那"前途满站着危崖荆棘,/又有的是黑的死与白的骨","但他决心要踏上前去",即使与他大哥再见于两个阶级交战中也在所不惜。这种以亲情来反衬阶级情革命情的诗作,读来真挚感人,在当时的"普罗诗"中亦属上乘之作。从诗艺上看,殷夫"普罗诗"的基本特点是议论性与形象性的有机融合。他的政治抒情诗总是把精当的议论依托于形象的描绘上,善于用丰富的意象及意象的不同色调来传达他的情与思,这一特点显然得益于新月派诗对他的影响,《孩儿塔》里的大部分诗作都是相当精美的意象诗。因此,殷夫在他的政治抒情诗里,就以其大胆的想象和丰富的意象来表现那种澎湃的革命激情,并使两者水乳般交融在一起,收到了极佳的艺术效果。如那首为纪念"五卅"四周年而作的《血字》,就把"五卅"幻化为一个顶天立地的巨人,并让它站在南京路上振臂高呼:"把你的血的光芒射到天的尽头/把你刚强的姿态投映到黄浦江口,/把你的洪钟般的预言震动宇宙!"这一浪漫主义的大胆想象,把"五卅"运动的精神内核形象地传达出来,在思想与艺术上都达到了相当高的水准。

与艾青一样同是从"大堰河"这块土地上成长起来的诗人冯雪峰,在他的早期情诗中已烙上浙东"土性"文化的深深印记,抗战时期的冯雪峰已从早期的浪漫主义转到了革命现实主义,"土性"文化的韧性也已升华为对革命的无限忠诚及对共产主义的坚定信念。他在上饶集中营里秘密写成的诗集《真实之歌》(1943)和《灵山歌》(1946),就形象地传达出这位"地之子"的"硬气"和革命战士不屈的精神。诗人融象征与写实于一体,写出了许多极具艺术感染力的作品。如其中的《荒野的曙色》通过幻觉的意境象征性地表现了自己的理想和希望;《短歌》经由对"玄色的飞鸟"的祈愿,传达了自己的思想情操与精神境界,寄寓了诗人的政治志向。抒情长诗《雪之歌》写雪花从天空飘落到地上,给所到之处送去了一个梦的纯境,一些最先感受到雪花真气的生命开始惊动,随后大地上出现了一场激动人心、美丽无比的变化:梦的纯境变成了真的实境;显然,雪花的飘落、消融与升腾的过程,其实就是一场革命运动由宣传、组织到最终取得胜利的生动隐喻,同时也表现了身处囹圄的诗人渴望革命风暴早日到来的急切心理。还有《背影》、《落日》、《风》等诗篇通过创造高大的象征性形象来赞美革命者的高风亮节;而《老鹰谣》则采用寓言诗的形式来寄托作者的情思。所有这一切都在读者面前矗起了一个坚毅不屈的共产党人的崇高形象。

与艾青同处"七月"派的另一位浙籍诗人阿垅(1907—1967),原名陈守梅,杭州人。1936年曾赴延安抗大学习,1946年在成都编辑文艺刊物《呼吸》,1947年因遭国民党通缉而潜回南京、上海等地,后蛰居杭州。1955年受胡风案株连,1980年平反。著有诗集《无弦琴》,评论集《人与诗》和《诗与现实》。阿垅的抒情诗写得真挚深沉,他从不停留在表象上低吟浅唱,而是突入其内,或以舒卷的口语化的句式传达主体澎湃的激情,如《去国》、《无题》等都以简练的诗行、铺排的句式、回肠荡气的旋律,来表达诗人对爱、对真理、对人的尊严的执著追求的意愿,向世人宣告"我无罪"! 或以拟喻性的意象抒情,即将主体的情意虚拟为具体的物象,使之具有更深的思想寓意,如《孤岛》就采用暗喻的手法,写"孤岛"弃儿似的孤悬于海上,远离大陆,看似无所归依,实际上它却是大陆伸出的一部分,两者在深处"永远联结而属一体",诗人便借这似断实连的自然景观,一往情深地表达了自己与正义力量不可分割的血肉之情,并对企图隔断这种联系的"嚣然的海波"和"迷惘的海雾"发出鄙夷的笑声;再如《纤夫》写出了纤夫负重而坚韧的姿态和纤夫拖拽重船张聚的力。

在抗战时期进入诗歌创作高潮的著名浙籍诗人力扬,其诗作也呈现出显著的现实主义特色。其最著名的叙事长诗《射虎者及其家族》(1942),用历史叙事的方式展现民族、人民的苦难,具有厚重的历史感和强烈的现实意义。该诗从自家几代人的贫困生活中撷取若干片断,写出了农民生活的艰辛及不断的挣扎反抗,以及他们在复仇道路中的新觉醒。诗作通过一个家族的生活史,形象地反映出旧中国农民的遭遇和命运。力扬还出版有诗集《枷锁与自由》、《我底竖琴》、《给诗人》等。其诗作常用铺陈手法构造新颖意象,描绘生活场景,抒发真情实感,形成鲜明的现实主义基调。

在现实主义诗歌团体中,温州的"海燕诗社"是不能忘记的。该社诞生于抗战的炮火之中,由当时的中共永嘉县文委负责人、青年诗人莫洛发起成立。该社的诗人们"愿以强烈的斗争意志,把握住诗歌的武器,据守在自己的岗位,献出我们自己的生命来向暴敌抗争"①。该社还自筹经费推出《暴风雨诗刊》三辑(《海燕》、《风暴》、《太阳》),编辑出版"海燕诗歌丛书":莫洛的《叛乱的法西斯》、唐牧的《义勇军的母亲》、陈如旧的《大时代的插曲》等,后

---

① 莫洛:《叛乱的法西斯》扉页,新知书店1939年版。

因日军进逼温州,该丛书才被迫停刊。在海燕诗社中影响最大的是莫洛(1916—),原名马骅,温州人。1938 年发起组织海燕诗社,并出版长诗《叛乱的法西斯》。1940 年他投奔新四军,并随新四军辗转于苏皖等地,写下反映抗战生活的抒情长诗《渡运河》,组诗《月亮照在江南》和《我们渡过长江》等。1941 年秋回温州,因叛徒出卖被捕。出狱后到丽水编《浙江日报》副刊,直至抗战胜利。莫落的诗具有极强的政治鼓动性。如抒情长诗《叛乱的法西斯》,愤怒地痛斥了法西斯烧、杀、抢、掠的种种暴行,号召全世界反法西斯人民特别是中国人民"用血肉来抵抗暴力","向法西斯敲响起最后的丧钟";《渡运河》写的是诗人在北移途中化装通过敌占区、渡过运河、奔向苏北根据地的见闻和感受,把心理现实主义提升到一个新的层次。莫洛这时期的许多战斗抒情诗如《小河》、《过扬中岛》、《啄木鸟》等,也都洋溢着童性的天真与乐观的信念,给人奋发向前的精神力量。

第十二章
诗歌（下）

一　以颂歌为主调的建国初诗歌

新中国成立后，歌颂新生的共和国，歌颂党和领袖，歌颂劳动人民翻身当家做主人的新生活，一时间成为中国诗坛上最响亮的声音。政治敏感性极强的浙江诗人也迅速加入了这一颂歌大合唱的行列，以发自内心的真诚唱出了时代的最强音。老诗人艾青、唐湜等继续焕发青春，更可喜的是扎根于浙江土地的一批青年诗人的涌现，显示出浙江诗歌的新特点。就题材而言，有反映新旧社会变化的怀乡诗，如艾青的《双尖山》、唐湜的《划手周鹿之歌》和蔡根林的《东阳江》；有反映农村建设生活的民歌体新诗，如李苏卿的《小篷船》、《月下挖河泥》等；有反映边疆海岛生活的。如陈山、方牧的作品；也有抒唱建设者之歌的，如郑成义、谢其规、邵燕祥的作品；还有在全国也颇具影响的儿童诗创作，如圣野、田地、贺宜等的儿童诗作品。所有这些，共同汇成了一股强劲的当代浙江诗潮，为共和国新诗的繁荣作出了不小的贡献。

进入新生的共和国，艾青就写下了《我想念我的祖国》、《好》、《双尖山》和《新的年代冒着风雪来了》等歌唱祖国、人民和新生活的诗篇。其中《双尖山》是较有影响的一首长诗。它以坐落于浙江中部的双尖山为中心意象，既写出他童年梦幻中的双尖山，那仿佛是一座温馨的"母亲山"，因为它哺育了山下千百万的居民；也写出了双尖山高大、险峻又有一点神秘的身影：在晴朗的日子,它"像一个古代的骑兵,/满身披挂着弓箭,/骑着紫铜色的骏马,/在天边驰骋";在浓雾迷漫的阴天,它又"像一个被囚禁的武士,/那巨大而忧郁的影子,/谁看到了都会感到不安",尤其是那阴森森的"千丈岩",它虽高峻陡峭,却在悬岩的边沿开着"最魅人的花朵"。在诗人的笔下,这些自然景物本身已具备了相当高的审美价值,但诗人赋予了它们更丰富的象征意义与人格内涵,寄托了他曾想做一个劫富济贫、横扫人间不平的"强盗"的童年梦想,也寄寓了他对富有原始野性的力感美的崇尚,同时也体现出他对"无限风光在险峰"这一人生哲理的深刻感悟与审美把握。另外两首以故乡生活为题材的长诗也值得注意:一首是以家乡人民抗日斗争为题材写成的《藏枪记》,比较真实地塑造了杨大妈这位革命母亲的动人形象;另一首是根据舟山群岛上一个民间传说写成的《黑鳗》,诗作极力渲染以陈全、燕鳗为代表的贫苦渔民,与以恶霸渔王为代表的剥削阶级之间的生死搏斗,表现出极强的阶级斗争意识,但由于穿插了一个极具传奇色彩的爱情故事,使这首演绎阶级斗争的长诗给人一种阅读上的情味,这在那个极"左"思潮泛滥的年代里是相当难能可贵的。

艾青对建国初诗坛的贡献还表现在咏物诗与国际题材的诗歌创作上。早在抗战时期,艾青就写了大量优秀的咏物诗,其中有动物诗,如《驴子》、《骆驼》、《水牛》和《雪里钻》等;植物诗,如《树》、《山毛榉》、《古松》和《orange》(橙子)等;有的描写自然现象,如《春》、《初夏雨》、《秋晨》和《风的歌》等;还有的吟咏路、桥、车、船等,如《公路》、《桥》和《手推车》等。建国后,艾青又在新的历史条件下写起了咏物抒情的哲理小诗,如《西湖》、《小兰花》、《礁石》、《珠贝》、《鸽哨》、《黄鸟》、《启明星》等,这些小诗因从个性出发,抒写诗人自己的人生感慨与人格追求,艺术技巧也臻于成熟,所以显得很有诗意。如传诵一时的《礁石》就是一首颇具象征神韵的咏物诗佳作:"一个浪,一个浪,/无休止地扑过来,/每一个浪都在它脚下/被打成碎沫,散开……//它的脸上和身上/像刀砍过的一样/但它依然站在那里/含着微笑,看着海洋……"从诗的表层看似乎是在写面对海浪撞击而依然站立、微笑着的礁石,但透过这一意象,读者似乎看到了那位饱经生活磨难而依然乐观向上的诗人自我人格形象;若再作进一步的联想,便可将礁石视为曾经沧桑而仍然屹立的我们伟大祖国的象征。艾青的这类小诗,形象单纯,情景交融,寓意深刻,含蓄蕴藉,深得象征之神韵,是那个时代里不可多得的艺术珍品。

艾青这一时期的成就还表现在国际题材的诗歌创作上。尽管这类诗在艾青的创作历程中并不具有开拓意义,因他早在 30 年代初就写下了《巴黎》、《马赛》、《画者的行吟》等国际题材的诗,但 50 年代前期写成的《南美洲的旅行》仍具有鲜明的时代特征:表现殖民地人民的苦难生活,歌颂黑人兄弟坚强乐观的性格,鞭挞资本主义和殖民主义的罪恶。可贵的是在表现这些政治性主题时,诗人并没有完全陷入概念化的政治说教,而是坚持自己善于抒写苦难与希望的创作个性,将那些政治性诗情主题寓于动人意象之中,如《一个黑人姑娘在歌唱》,诗人抓住描写对象的肤色和情绪的鲜明对比来构思全诗,揭示出殖民主义世界存在的深刻的阶级对立;《自由》、《在智利的纸烟盒上》等,诗人以敏锐的目光捕捉美元上的"自由"两字,展开想象,深入开掘,从而戳穿了金钱制度下虚伪的自由;《维也纳》则运用讽喻性总象,把当时还处在德军控制下的维也纳比作一个"患了风湿病的少妇/面目清秀而四肢瘫痪",并将其与阴暗衰颓的氛围结合在一起,传达出诗人对殖民主义者的深切痛恨,对维也纳人民真孕刚鞠情、希望与祝福。总之,艾青 50 年代初的诗歌创作,虽不如抗战时期,但在当时的诗坛上仍属成就最高者之一,为浙江诗人在全国诗坛占得了一席之地。

与艾青一样为浙江诗歌作出重要贡献的还有温州的唐湜。早在 40 年代他就出版了诗集《骚动的城》、《英雄的草原》、《飞扬的歌》和诗论集《意度集》和《新意度集》。建国后,他曾教过书,做过文艺编辑和戏曲编导,也写了大量的诗:但由于众所周知的原因,他被错划为右派,所有作品都没有发表的可能。直到新时期,这些被称作"潜写作"的诗作才得以整理并发表,先后出版了《海陵王》(1980)、《幻美之旅》(1984)、《遐思:诗与美》(1984)、《泪瀑》(1985)和《霞楼梦笛》(1987)等多种诗集。部分诗作又被收入名噪一时的《九叶集》(1981)而成为"九叶"诗派的重要诗人。

从诗体形式上看,唐湜的艺术成就主要表现在叙事诗和十四行诗上,从诗情内容看,多以南方(主要是以群山、岛屿、大海为特征的温州)的自然山水、风土人情、地方艺术和历史传奇为抒写对象,表现诗人对故乡的热爱、对现实的愤激、对理想与美好未来的憧憬与向往。写于 60 年代初的南方风土故事诗《划手周鹿之歌》,就是根据诗人年轻时在家乡听说过的一个有关木排划手的民间传说写成的。在传说中,周鹿是南方水车的发明者,又是砍伐树木、划木排的能手,他是个美少年,过着漂泊的生活,可几个少女同时迷上了他,为他发着傻;但爱情却导致了他的死亡。诗人以这个奇幻的传说为基本故事框架,把"南方海边风土的描绘,民间生活的抒写,拿浪漫主义的色调融合起来"①,同时又融进了诗人在逆境中备受压抑的激情。为突出这个故事的悲剧性主题,作者"挑了他的单纯的爱与为了爱的悲剧的死来描绘"②。基本情节是写划手周鹿与乡绅的养女产生爱情,在周鹿去远方伐木时,乡绅把小孤女许配给了一个官少爷。小孤女在忧愤中病倒,灵魂化作一只小翠鸟去远方寻找周鹿,周鹿回来后与小孤女在祭神时沉入海底。长诗是在一片热闹而美丽的景象中写他们迎接死亡的:

> 他们的眼光默默相望着,/凝合成了一片无声的合唱! //呵,不能让人间的婚礼把我们结合在一起,/那就叫水底的音乐把我们的灵魂凝合——;//叫水波来完成我们爱的旅程,/叫水波来完成我们青春的航行! //也叫水波来完成我们爱的抗议,/叫水波来歌唱我们青春的胜利! /
>
> ……喝呵,喝下这一杯醉人的酒,/叫我们的心灵呵更加清醒! /喝呵,喝下这杯喷香的酒,叫我们开始又一次生命的旅行;//去一个欢乐的幻想,/去向那个水底蓝色的家乡!

整首诗就这样以浙南的标志性意象——蓝色的水波与诗所表现的各种情绪亲密无间地融合成一体。诗中无论是"纯洁安静"的牧歌情调、"神秘奇幻"的想象境界,还是汹涌澎湃的情绪波动,都与"水"这一意象的各个方面:或平静透明,或幽深虚幻,或狂暴激烈,融合在一起,收到了极强的艺术效果。同样取材于家乡民间传说的风土故事诗,还有《泪瀑》与《魔童》。前者写的是流传于海岸的一个有关瀑布的传说,后者则是一则近于哪吒闹海的童话,它们都充分展现了浙南沿海的民情风俗,也使处于压抑状态下的诗人获得了艺术想象的巨大空间。

唐湜曾一度将此种想象拓展到了邈远的历史长河,写下了一组吟咏古代诗人的作品:《桐琴歌》——呼唤流亡南国十二春的蔡伯邕,《边城》——寻访在边城奋战、刺虎的陆游,《春江花月夜》——聆听唐代诗人那凄凉悲怆的春江花月夜,《敕勒人,悲歌的一代》——抒写北魏六镇大起义波澜壮阔的历史悲歌,还有那部在温州城武斗声中写下的、由近百首变体的十四行诗组成的历史叙事长诗《海陵王》。这部异彩纷呈的史诗般作品,文笔流畅,情节动

---

① 唐湜:《泪瀑》,人民文学出版社1985年1版,第2页。
② 唐湜:《泪瀑》,第2页。

人,场面壮观,成功地塑造了海陵王与虞允中两个主要人物。为了写活野心勃勃、豪放而阴狠的海陵王的性格,作者给他设置了爱妃珍哥这一人物作为陪衬。美丽而又残忍的珍哥与海陵王之间的原始性爱,既单纯又狂放,像两团荒蛮的野火,纠缠追逐,一直烧到大江边上才双双覆没。对西蜀文人虞允中,虽着墨不多,但给人留下的印象却相当深刻:对祖国大好河山的挚爱,对战争正义性的深刻理解,使他敢于率八千溃卒抗击百万大军;利用有利地形挫其前锋,造成敌方内乱,挽救了南宋的危亡。这一形象的成功之处,不在于写出了他指挥若定、果断机警的军事才能,而在于写出了他报国之心以及他那文人头脑与大将风度相统一的儒将风采,读来令人神往。

唐湜对浙江乃至中国诗坛最重要的贡献,还在于他对十四行体中国化的不懈探索。1995 年由燕山出版社出版的《蓝色十四行》,是诗人近 30 年间所作的十四行诗选集,是从此前出版的《幻美之旅》、《遐思:诗与美》和《新翠集》等一千多首十四行诗中筛选出来的 334 首精品。唐湜也是中国最为执著的十四行诗韵实验者,《中国十四行诗选》(中国文联出版社出版)选入他的作品 43 首,超过朱湘、冯至等名家。该书编选者钱光培认为他的创作与探索的丰富性可以进入世界十四行史。唐湜十四行体的最大特色,在于他自觉而专注地力求将这种西方形式与本土内容和风格结合,使二者形神合一,浑然一体,实现东、西诗艺的合璧,这一点在他的诗里获得了近乎完美的体现。《新翠集》中有一辑 15 首的《故事钩沉》最能见出这种特色。《王子猷》、《吴王小女》、《浴日》等古代异闻、传说,借助外来的形式,创造出一个个瑰丽、神奇的艺术空间。唐湜的十四行是最中国的,也是最西方的。

在 50 年代诗坛上,还有一位像艾青、唐湜一样因诗罹难的年轻诗人蔡根林(1936—　　),东阳人。中学时代即开始发表新诗习作,1956 年秋考入北京大学中文系,次年初发表抒情长诗《东阳江》[①];后被收入谢冕、钱理群主编的《百年中国文学经典》(北京大学出版社 1997 年版),在燕园名噪一时。1957年夏因写了一篇《放开嗓子唱》的诗体大字报,被错划成“右派”,毕业后发配内蒙,一颗刚刚升起的诗星即被无情扼杀,沉埋了 20 余年,其间只断断续续地发表过《爸爸给我讲的:缸覆笋、火焙羊》、《根》和《斗牛》等颇见其力度的诗作。80 年代初调入浙江师范大学中文系任教。90 年代中期,随着《东阳江》的重新发表,蔡根林的诗名才为人所知。他简直就像一块化石,一件珍

---

① 　《东阳江》初刊于北京大学综合性文艺刊物《红楼》第 2 期;1995 年 2 月 3 日重刊于《太原日报》副刊《双塔》上。

贵的出土文物,在沉埋 40 余年之后,重新焕发出夺目的艺术光彩。因为它已成为他们那一代人"苦难而荣耀的青春时代的见证"①。

蔡根林的《东阳江》显然受到艾青的怀乡诗《大堰河——我的保姆》和《双尖山》的影响,有人甚至认为它是这两首诗的"富有才气的整合"②。"大堰河"与"东阳江"都是土地、故乡与母亲的象征,抒发的都是对于土地母亲感恩戴德的一片赤诚。《东阳江》整体的构思与想象上也明显受到《双尖山》的启发:艾青把故乡的双尖山想象为既是一位温馨的母亲,又是一位英武而忧郁的骑士;蔡根林的《东阳江》也基本上是这两种想象的融会。东阳江既是一条母亲河,也是一条父亲河。它温柔美丽而又粗犷剽悍,在蓝天下威严地自由地汩汩涌流。诗的前半部分先写东阳江那母亲般的温婉与宽厚:"对岸柳树下歌声悠扬,/归鸦把身影投在江面。/我呆呆地站在沙滩上,/小手指含在嘴里,/望着远去远去的江水/快要触到下垂的晚霞。"再写抒情主人公——都个顽皮的少年在母亲河里嬉戏的一幅幅图景:有时他"像一条小鱼在水底匐行";有时为了报复顽皮的同伴,他会"出水面偷拿了他的衣裳";有时他也会站在那狭窄的木板桥边,突然发出一声惊叫去吓唬胆小的姑娘;有时他还会来一个冒险的恶作剧:在午夜和小伙伴们一起偷偷解开渡船的缆绳,鲁莽地窜行于柳树丛中……这是一幅多么令人神往的图景啊! 然而,这充满童趣与温馨的时光是那么地短暂! 在诗的后半部分,那温柔妩媚的东阳江突然间变成了一条脾性暴躁的父亲河:"当被撩拨得难以忍受,/它也会凶猛地爆发:/它吼叫着,撕裂轰轰倒塌的堤岸",顷刻之间,田园诗般美丽的土地变成了一片汪洋泽国。一场浩劫过后,只留下生锈的铁环、污浊的树干、木桥的残骸以及村民们争夺土地的械斗……这又是一片多么惨不忍睹的劫后景象! 这哪里是在写一条江,这分明是在演绎一种生命的波动,是饱经沧桑的诗人与同样饱经沧桑的我们祖国的象征。

50 年代另一位重要的浙江诗人是湖州的李苏卿(1935—　)。如果说艾青、蔡根林的诗因受浙东"土性"文化影响而显得深沉厚重的话,那么处在浙西"水性"文化氛围中的李苏卿则显得比较清丽与灵动。李苏卿 14 岁参军,曾赴朝参战,立过二、三等功。1953 年发表第一首诗《守住和平的门闩》。在大跃进民歌运动中,因发表《小篷船》、《月下挖河泥》等民歌体新诗,受到过

①　沈泽宜:《沧桑作证——评〈东阳江〉》,《名作欣赏》1995 年第 5 期。
②　楼肇明:《在沙滩上留下一行通向树丛的脚印——重读蔡根林的〈东阳江〉》,《名作欣赏》1995 年第 5 期。

郭沫若、臧克家、田间等著名诗人的好评,产生了全国性影响。此后,他在繁忙的报社工作之余,仍笔耕不辍,一直坚持诗歌创作,发表短诗 2000 余首,出版了《无花果》《小篷船》《野草莓》《贝壳集》等四部诗集,1998 年 12 月由贵州人民出版社出版了《李苏卿诗选》。这部诗选以四部诗集为基础分为《小篷船》《贝壳集》《无花果》《野草莓》和《脚印集》等五辑。其中最能代表诗人 50 年代诗歌创作成就的是第一辑和第五辑。

　　第一辑《小篷船》所选的均为民歌体乡土诗,这些诗的写作时间不同,但作品的诗情主题与风格却基本一致,都写出了江南农村(太湖流域)的劳动生活、风土人情与自然美景,表现了农民纯朴善良的品格,以及对美好生活的向往与憧憬。其中有描写家乡自然风光的,如《苕溪》《深秋夜景》《摊平杭嘉湖一幅绸》和《春雨》等;也有抒写农民感情生活的《情歌五首》,那都是与劳动紧密结合在一起的纯洁、健康、崇高的爱情;还有组诗《太湖新渔歌》(五首)和《舟山二题》等反映渔民生活的作品,也写得很有生气。尤其是那组描写农业劳动的诗,如《月下挖河泥》《挖水渠》《做秧板田》《烧肥》《学插秧》《除稗草》《捻河泥》等,从诗题上即可看出诗人对农事劳动的熟悉,他几乎写尽了农业劳动的方方面面,而且写得富有诗意和情趣,如那首最得民歌神采的《小篷船》就是这方面的代表作:

　　　　　　　　小篷船,装粪来,
　　　　　　　　惊飞水鸟一大片。
　　　　　　　　摇碎满河星,
　　　　　　　　摇出满囱烟。

　　　　　　　　小篷船,装粪来,
　　　　　　　　橹摇歌响悠悠然。
　　　　　　　　穿过柳树云,
　　　　　　　　融进桃花山。

又脏又臭的送粪劳动,在诗人的笔下变得那么富有诗意:惊飞的水鸟、满河的星星、悠扬的橹声,与倒映在水中的柳树与桃花一起编织成一幅明丽动人、多姿多彩的水乡图景,艺术地传达出水乡人民乐观向上、奋发图强的精神气象。

第五辑《脚印集》收入了李苏卿 1953 年至 1962 年创作的诗歌。诗人走到哪里,哪里就留下他深深的脚印。1953 年他随中国人民志愿军赴朝参战,在朝鲜的五圣山下写成第一首雄壮的军歌《守住这和平的门闩》,表达了年轻的志愿军战士誓死保卫祖国与和平的决心:"我愿意献出年轻的生命,/也要守住这和平的门闩。"这不是一个远离战火的诗人的豪情,而是一位在战场上随时都有生命危险的战士发自内心的呼声,这呼声是那样真切、那样有力!它没有美丽的词藻和炫人耳目的技巧,却有着热爱祖国、热爱和平的赤诚之情。从朝鲜回国途中写下的《在三八线上》、《网》、《小手向我招扬》等作品,记录了诗人的真实感受。回国后,他曾随部队到过北京、兰州、唐山和福州,写下了《心啊,飞向北京》、《擦枪》、《给电话架线员》、《深山巡逻队》、《雪山上的兵》与《海防抒情》等诗作,真切形象地反映军营生活的各个方面,尤其是那组《军营情歌》(三首),想象丰富,感情真挚细腻,读后让人回味。如《我想做一颗露珠》,写"我"之所以渴望做"一颗露珠",是因为想通过那露珠看到"心盘的人儿"——那第一个迎接太阳的人,当他从"我"身边走过时,"我"就去吻湿他的军装;"我"还想落在椰子树上,"每晚等我心上的人儿,/出来迎接月亮,/跟他去巡逻大海,/共同享嗅碱盐芳香"。这虽是设想女主人公对军营战士的思恋与怀想,却更有效地表达了海防战士对纯洁爱情的渴望。

邵燕祥(1933—),原籍浙江萧山,生于北京。1947 年开始发表诗歌和小说,1951 年出版第一部诗集《歌唱北京城》,此后出版了《到远方去》、《八月的营火》、《给同志们》、《芦管》。50 年代初期,邵燕祥曾以中央人民广播电台记者的身份,采访过许多工厂、矿山、建筑工地等,沸腾的建设热潮,工人们忘我的劳动,深深地感染了诗人,并成为他诗歌创作的重要源泉。这一时期大量的诗作,初步再现了 50 年代工业建设的壮丽图景,成功地用诗的语言塑造了一大批青年建设者形象。其中有钢铁工人、建筑工人、煤矿工人以及年轻的边疆建设者。这些年轻的建设者们,满怀豪情,蔑视一切困难,走向河西走廊和戈壁荒滩,担负起祖国赋予的伟大建设任务。如在当时具有广泛影响的《到远方去》就是这样的作品。诗作写一对热恋的情人怀着对社会主义事业的坚定信念、对美好理想的热烈憧憬,毅然告别天安门奔赴河西走廊去修筑铁路。他们深信:"没有的都将会有,/美好的希望都不会落空。"这可以说是 50 年代青年建设者蓬勃向上积极进取精神的集中体现。从诗艺上看,邵燕祥的诗歌着力抒写青年建设者的豪情壮志,充满火一样的青春气息,格调昂扬高亢、刚劲有力、激动人心;艺术形式也多种多样:有民歌体、自由体和"楼梯式",但主要是自由体、民歌体与民间说唱的三者融合,以造成明快奔放的节奏和旋律。但邵燕祥的建设者之歌大都存在着思想热情有余而形象诗意不足的时代通病。

　　这一时期活跃在浙江诗坛上的较著名诗人还有陈山(1917—　　),原名杨时俊,新昌人。他建国初在上海作协担任领导职务,1962 年调任中国作协浙江分会副主席,长期在舟山蚂蚁岛蹲点,从事专业创作,著有诗集《渡江战》、《开国集》、《擂鼓集》等。其诗作或反映重大历史事件,或表现海岛渔村生活,有强烈的爱憎情感和浓厚的生活气息。如《擂鼓集》(上海文艺出版社,1962)是作者赴东海渔村生活并参加远洋捕鱼的创作成果,描绘了东海渔区的动人景象,抒发了歌赞劳动者的热烈情怀。两位著名的"七月派"诗人冀汸和孙钿此时也有不少诗作发表,但因随即而来的"胡风冤案"的牵连而被迫停止了创作。此时浙江涌现的一批年轻诗人是较为引人注目的,率先涉足诗坛的是一批以工人为主体的业余作者,如高钫、张新、陈绥之、崔汝先、徐云鹤等,他们的主要作品收集在后来出版的《青年诗选》(东海文艺出版社,1959)。在新安江水电站建设工地深入生活的福庚,创作也较活跃,其诗集《新安在天上》(东海文艺出版社,1959)成为建国后浙江第一部工人作家个人诗集。此外,方牧、薛家柱、叶宗轼、李广德等也时有诗作发表。在外地工作的浙江籍人,较著者有:郑成义(1928—　　,淳安人),著有诗集《喜报》、《鼓点集》、《万弦琴》等;谢其规(1933—　　,绍兴人),著有诗集《钢铁齐鸣》、《秋天的杜鹃花》、《小红螺》。60 年代至 70 年代,浙江诗歌创作的基本走向,是日趋政治化,诗歌的内容与主题紧密配合中心任务与政治运动,抒发所谓革命豪情,诗味越来越淡薄,如先后出版的多人合集《扬旗集》(东海文艺出版社,1962)、《向着太阳歌唱》(浙江人民出版社,1973)。整个"文革"期间,几乎没有产生一首好诗,给浙江诗坛留下了空白。

二　新时期现实主义诗潮的复归

　　中共十一届三中全会的召开,不仅使当代中国的政治经济发展进入了一个新的历史时期,而且使当代中国的文学发展也进入了一个新的时期。当代诗歌创作终于结束了一花独放的封闭局面,逐步形成了一个多种诗风竞相发展的格局:首先是现实主义诗歌的勃兴,接着是朦胧诗的崛起,最后是新生代的涌现。当然,率先在新时期诗坛引人瞩目并显示其雄厚实力的,无疑是现实主义诗人群,而此中的引领者便是浙江籍老诗人艾青。艾青的创作实绩不仅标志着他第二个创作高峰的到来,也使讲真话抒真情的现实主义传统在中国诗坛上获得恢复和发展,并再一次成为新时期现实主义诗歌主潮的标志性诗人,为浙江诗人在全国赢得了崇高声誉。艾青于 1982 年与 1992 年的两次回乡,对浙江的现实主义诗潮起到了明显的推动作用。除艾青外,浙江的另几位老诗人,如唐湜、冀汸和田地等,他们都从沉沦中复出,重新焕发艺术青春,每人都有诗集问世,各以鲜明、独特的抒情个性赢得了省内外读者的喜爱,在个别抒情领域居于全国领先地位。温州老诗人莫洛在散文诗创作上取得较前更突出的成就。90 年代初,唐湜、岑琦、骆寒超三人的"十四行诗"合集,标示着现实主义诗歌的创新与拓展。在老诗人的影响下,一批具有现实主义倾向的浙江中年诗人,在历经了时代与人生的坎坷后,又在浙江这块他们苦恋着的土地上站立起来,以巨大的热情投入新时期诗歌创作,取得了不俗的成绩,诗风也渐趋稳健、凝重,在走向成熟的同时又有新的探索与发展。像蔡根林、李苏卿、沈泽宜、方牧等早在 50 年代就名噪一时,进入新时期后也时有佳作问世;像岑琦、高钫、洪迪、梁雄、龙彼德、江坪等则成为新时期之初浙江诗坛的中坚力量,有些诗人的作品产生了全国性影响。更为可喜的是,一批既有现实主义倾向又有当代意识的青年诗人,在浙江大地上迅速成长,一时间形成新人辈出的局面:先是陈继光、谢鲁渤、孙武军、吴晓、张德强、黄亚洲、楼奕林等活跃一时;稍后又有柯平、王自亮、王彪、嵇亦工、伊甸等破土而出。他们与中、老年诗人一起,形成了老、中、青三位一体的格局,共同为浙江现实主义诗歌的繁荣作出了自己的贡献,并在全国诗坛占据了相当重要的位置。

新时期浙籍诗人中最引人瞩目的是艾青的复出。1957 年他被错划为"右派",先后被发配到北大荒和新疆石河子垦区,一去 21 年,尝尽了人间苦难。然而他诗心未泯,1978 年 4 月 30 日在《文汇报》上发表了《红旗》一诗,宣告诗人艾青在遭受了长期的流放生涯后,又唱着《归来的歌》重返诗坛了。他以火一样的激情创作了大量优秀作品,在新时期诗坛上又一次引起强烈反响。在短短的几年里就出版了《归来的歌》、《彩色的诗》和《雪莲》等诗集。1991 年由花山文艺出版社编辑出版了五卷本《艾青全集》,其中第 1—3 卷为诗歌和诗论卷。

艾青"复出"后,最先引起强烈反响的是《在浪尖上》、《光的赞歌》和《古罗马的大斗技场》等几首长诗。这类诗具有鲜明的思想倾向性,或控诉"四人帮"草菅人命的罪恶,或鞭挞一切剥削阶级的奴隶主意识,或抒写对真理之光至死不渝的献身情怀等,都以诗人独特的节奏与旋律奏出了时代的最强音,显示出对人类社会历史极强的思辨色彩。接着,因出访活动的增加,艾青又第三次写起了国际题材的诗,这些诗多写现代大都市,如写法国的《红色磨坊》、《巴黎》、《巴黎,我心中的城》,写美国的《百老汇舞蹈》、《芝加哥》、《纽约》、《洛杉矶》、《旧金山》,还有写欧洲、日本及中国的《墙》、《慕尼黑》、《维也纳的鸽子》、《罗马在沉思》、《银座》、《大上海》和《香港》等。这些作品,无论从都市意识、城市感觉,还是从艺术感知方式和整合都市的能力诸方面看,都足以代表新时期都市诗创作的最高水准,像《芝加哥》、《纽约》这样的作品,与他早期的《巴黎》、《马赛》相比也毫不逊色。新时期艾青还写了大量的咏物诗,无论从数量还是质量上都超过了建国初期,可与抗战时期等量齐观。取材也相当广泛,不仅沿袭了以往的各种类型,而且还写了不少文体方面的小诗,像《小泽征尔》、《欧罗巴圆舞曲》、《平衡木》、《自由体操》、《跳水》、《花样滑冰》等,这类诗巧用比喻与素描,写得轻灵优美,给人音、形、色与力的多方面审美享受,像《墙》、《盆景》、《伞》、《镜子》等则有了极深沉的人生感慨与寄托,具有很高的审美价值。总体看来,艾青新时期的诗虽没有早期诗作那种强烈的情感撞击力,但诗人密切关注时代生活,对社会、历史和人生进行了感同身受式的剖析与思考,议论与抒情融合,歌颂与暴露交错,构成艾青新时期诗歌博大深邃的艺术境界。

第一是诗形构造上的巨型构思艺术。这种美学追求在以往的长诗中就已表现得相当鲜明,到了新时期的长诗如《光的赞歌》、《古罗马的大斗技场》、《面向海洋》、《大上海》、《香港》、《纽约》、《芝加哥》等作品里,则更成为一种自觉的追求,成为体现诗人博大艺术气度的最好见证。艾青善于借用现代电影艺术中的镜头推移法,将微观的客体形象推向宏观的象征性境界,以此来传达创作主体磅礴的艺术激情与深刻的哲理沉思。例如在《光的赞歌》这首巨型构思艺术的代表作里,诗人从"光"这一微观的、如实的物理现象出发,借此作了惊人的联想,使其艺术触角既伸向广袤的空间——从自然世界到人类社会,又伸向漫长的时间——"从周口店到天安门"的人类历史长河,并以此纵观宇宙变迁,横观社会纷争,最终都归结于"光"的作用,从而使"光"成了将人类引向物质文明与精神文明的神秘力量的象征。《古罗马的大斗技场》则是电影蒙太奇手法的标本,诗人先写中国古人在小瓦罐里斗蟋蟀的情景,然后将其推向古罗马大斗技场里奴隶角斗士之间的互相残杀,再推向地球这个最大的斗技场里人类在战争中的大角斗;从小瓦罐边怀着无知的残忍看斗蟋蟀的孩子,推向古罗马大斗技场里那些"从流血的游戏里得到快乐/从死亡的挣扎中引起笑声"的奴隶主贵族,再推向当今世界上那些"把全人类都看作奴役对象"的霸权主义者;由小到大,由近及远,层层推进,把人类几千年来奴役与反奴役、压迫与反压迫的斗争历史表现得既深广又动人。至于《面向海洋》,诗人也是从自己正航行于其中的、"不知疲倦地翻腾着"海浪、"鼓荡着永恒的矛盾"的海洋出发,将其推向人生的海洋和世界的海洋,并从中得出"有了运动才有生命"的自然定律。在都市诗《纽约》中的推移有了变化,它不再是时空一致的平移,而是纯空间的垂直推移,诗人先从高空摄取纽约整体形象——一位巨型的钢铁女神,然后往下推到纽约城最高的曼哈顿的摩天大楼,再往下推到由钢铁与玻璃构成的峭壁耸立的峡谷里涌动的车流与人流,最后又随着都市的物流把镜头推移并定格在那尊自由女神像上。这最后的一笔写尽了诗人对西方式自由的嘲讽,因为人在这物欲横流的都市里已被完全扭曲和异化。艾青的这类长诗总能抓住自己的真实感受,凭借整合各种时空的艺术才能,来完成一个个巨型的艺术构思,充分传达出主体的艺术激情和哲理沉思。

如果说艾青这一时期的长诗注目于重大的社会历史命题并力求揭示其客观规律的话,那么,他那些有感而发的咏物抒怀的哲理小诗,则注重于通过那些司空见惯的平凡事物来发掘其深沉的人生内涵。艾青的咏物小诗同样关注社会现实人生,但很少对现实作直接的反映,而总是以象征性意象对生活作较远距离的间接的表现,常采用的方式是从具体到抽象再回到具体,而这最后的"具体"已成为一种象征。因此,人生哲理与象征性意象的融合,便成为艾青新时期诗歌创作的第二个特征。诗人无论是从形象中发现思想还是为思想寻找形象,他都习惯于把哲理性思考熔铸于象征性意象的苦心经营之中,赋形象以象外之旨。如《镜子》:"有人喜欢它/因为自己美/有人躲避它/因为它直率/甚至会有人/恨不得把它打碎",相当准确地写出了镜子的功能特征,但在诗中它不仅仅是一个客观物象,而是一个已经注入了诗人主观感受的象征性意象,通过"镜子"这个意象,可以联想到一种人生状态,可以想象到诗人对自己的人格追求。再如那首著名的《盆景》,在一般人看来,盆景艺术是一种美的创造,但艾青却从这个不正常的生命景观中看到了更丰富、更深沉的内涵。他怀着忧郁的感情对盆景作了这样的描述:"其实他们都是不幸的产物/早已失去了自己的本色/在各式各样的花盆里/受尽了压制和委曲/生长的每个过程/都有铁丝的缠绕和刀剪的折磨。"本可以在大自然的怀抱里正常生长的花木,却因人为的喜好而被弄成畸形,妨碍它的自由生长,一个鲜活的生命被无情地扭曲与变形,从中不难看出诗人"对自由的嘲讽",对生命悲剧的痛切思索。显然,"盆景"这一象征性意象渗透着诗人对现实人生的深切感受,同时又形象地折射出不幸时代的某些特点。再如《鱼化石》,写的是"鱼化石"的形成过程,表达的思想感情是丰富而深沉的,既可说是诗人自己生活道路的回顾,也可以看作是具有类似遭遇的人生的形象写照。此外,还有像《仙人掌》、《海水和泪》、《蛇》、《神秘果》、《芦苇》等大量咏物诗,都做到了人生哲理与象征性意象的浑然融合。深刻的人生哲理给人以智的启迪,丰富的象征性意象给人以美的享受,两者相辅相成,相得益彰。

著名的"七月派"诗人冀汸(1920——),祖籍湖北,后定居浙江。40—50年代就出过诗集多部,如《跳动的夜》(1942)、《有翅膀的》(1950)、《喜日》(1951)和《桥和墙》(1953)等。复出后仍笔耕不辍,1983年4月出版诗集《我赞美》(诗刊社主编的"诗人丛书之一",江苏人民出版社),共收短诗25首和一首长诗《我赞美》,数量不多,但沉郁顿挫,质朴而凝重。诗集共分三辑,《回响》、《呼唤》两首为第一辑,是诗人复出后痛定思痛时对同罹厄难的友人们的回答与呼唤;第二辑收诗19首,大多为通篇象征的咏物诗,具有相当深沉的历史感;第三辑就是《我赞美》,这是一首具有叙事因素的催人泪下的抒情长诗,它赞美了一位温柔又果断、沉静而豪爽的妇女,融进了诗人20余年的坎坷人生与感慨。诗所创造的那位在冷雾凄迷的夜晚,曾以处子的胸膛温暖一位"囚徒"之心的女性是难能可贵的,她的性格令人想起中国妇女天性中最宝贵的东西:献身式的爱和不被任何艰难困苦所征服的非凡勇气和坚毅精神。进入90年代后,冀汸的诗已不再像80年代初那样炽热如火了,而代之以朴实、纯净、恳切与尖锐,不凭借外衣,而是以内在的力度震撼读者,《诗刊》1996年6月号"名家经典"栏目推出《冀汸诗选》17首,就是这种诗风的具体体现。

在浙江还有两位热衷于十四行诗写作的诗人,他们是岑琦和骆寒超。他们都在1994年出版了诗集。岑琦的《少女与天使》收十四行诗27首,骆寒超的《伊甸园》(与其妻陈蕊英的合集)第四辑收十四行诗35首。岑琦的十四行诗整齐规范,柔婉清丽,叮咚作响,如《柳荫下的深井》;骆寒超是位著名的

301

诗歌理论家,他痛感 90 年代某些诗作的散漫与拖沓,一度潜心于十四行的实验,力图创造一种自由中见规范、放纵里有约束的诗形,并让诗歌的超验精神自然地渗透于其间。如《楼兰梦》(二)就是这样的典型作品。综观唐、岑、骆的十四行诗具有共同之处:三位诗人都拥有典型的东方灵魂、东方气质,写的都是本土的现实题材及轶闻故事,形式上都程度不同地对外来传统有所改作。诗歌评论家沈泽宜认为,他们至少在以下三方面恪守着十四行规范:"1. 每首都是十四行,每行都是 4 音步或 4—5 音步;2. 有韵而不是无韵;3. 语言都富有典型的纯诗风度。"①这种规范对于当下诗坛的芜杂无疑起到了一种纠偏作用。

在浙江,还有许多老、中年诗人在坚持创作,新诗元老汪静之虽痛感老之将至,却仍写下"生命不妨像枯叶/诗歌定要美如花"(《向阎王买寿》,《诗刊》1983 年 7 月号)这样的诗句,以表达生命不息、写诗不止的献身意志。建国以后,他一直潜心创作,先后出版了诗集《诗二十一首》《六美缘》等诗情纯美、意境深远的优秀作品。曾以写儿童诗闻名的奉化诗人田地,在沉默了20 余年之后,也出版了诗集《复活的翅膀》,以自己流放青海的辛酸经历反思那段不堪回首的历史。曾为革命作出过重要贡献的老共产党员冯增荣、方家溪,也诗兴勃发,于 1996 年出版了二人合集《风雨情缘》。此外还有乡土诗人李苏卿的《无花果》和《野草莓》,洪迪的组诗《华北平原》,闻欣的诗集《带蜜的云》和组诗《水走路的艺术》,茹菇的诗集《翠绿的乡情》,以及董培伦、方牧、张德强、陈蔚东、谢鲁渤、黄亚洲、龙彼德、吴晓等都为浙江新诗的繁荣作出了自己独特的贡献。由于篇幅所限,下文只选择几位诗人略加介绍。

梁雄(1942—)的诗歌创作主要集中在新时期之初,多取材于橘乡生活题材,有较浓的泥土气息与民歌风味,如《炊烟》、《小茅屋》、《鼾声》等就是这样的作品。发表于 1984 年《诗刊》1 月号的《炊烟》,通过对炊烟、母亲、农家风情的描写,抒发了诗人对故土、母亲和祖国的思念与赞美之情。全诗不仅意象别致、富有生活情趣,而且配以流畅动听的音乐美,于不经意间提升了诗的艺术品位。梁雄其他题材的诗,可谓形式多样,不拘一格,往往有以小见大之功力。《小鸟天堂》写得活泼可爱,却在天真中透出深沉,着实耐人寻味;《题剑池瀑布》别出新意,对剑池瀑的评价最为中肯,并隐含着对那些依托他人而身价百倍的人的讥讽与唾弃;《柴根雕》具体生动地证明了"不是

---

① 浙江文学院编:《95 浙江文坛》,第 83 页。

缺少美,而是缺少发现"这样一个哲理;《泉》赞美了"既不喧嚣,又不枯寂"的小小的生命;《老猎狗》则意在言外,借"老猎狗"那种看到下一代胜过自己而感到的欣慰之意,来触发读者的广阔联想。这些诗都运用了写实与象征结合的艺术手法,使其获得了较高的美学价值。

龙彼德(1941—　),湖南沅陵人,1964年毕业于南开大学中文系,曾在"北大荒"生活过10年,南归后定居浙江,长期从事文学编辑工作,主编过文学月刊《东海》。正式出版的诗集、诗论集、小说集等18种,其中比较重要的诗集有《魔船》、《铜奔马》、《瀑布鸟》和《生命树》等。龙彼德是年轻时在与北方人民、特别是赫哲族渔民同甘共苦的斗争生活中获得诗的创作灵感的。那段时期的生活,不但直接反映在当时写的《大汗歌》与《春华集》两本诗集里,还成了他进入新时期后取之不尽的诗情之源。南归浙江后的龙彼德,虽然也写了反映时代要求的反思之作《祖国,你应该富》,成为我国新时期诗歌中最早呼唤改革的诗作之一。但北疆那片令他魂牵梦索的黑土地,仍是其诗歌天国中的主角,1983年在《诗刊》发表的《北极光》三首,就是这样的经典之作。其中的《挖人参》是一篇备受读者关爱的抒情诗,《洪汛鸟》写北疆一只黑羽小鸟,每当洪水突至之前,它"宁愿背负'不吉利'的罪名/默默忍受迷信者的诅咒",日夜急飞,惊呼报警,甚至不惜为此葬身于咆哮的洪流。诗的结尾借小鸟之口倾诉:"我之所以不停止我的歌喉/只缘我对多灾多难的祖国/还未爱够……"读来感人至深,催人泪下,是龙诗祖国主题的直接外现。

进入90年代后,龙彼德的诗歌视野更加开阔,题材更加多样,诗情主题由祖国提升到生命的高度,思辨的色彩也渐趋浓厚。1993年出版的诗集《魔船》既给读者提供了多种向度的审美可能性,又充分体现了其诗风的变化。喜欢言志者可读《斑马》《魔船》、《试剑石》,喜欢探讨夫妻情谊的可读《藤与树》、《风雨中的鸽子》,喜欢惊心动魄之现代美的可读《达美妮》、《象墓地》,喜欢窥探诗人心灵悸动的可读《脱网》、《散发》,而喜欢哲理、究天人之际的可读《斜塔》、《相望》和两首长诗《止水》与《大裂谷》。《止水》集中体现了诗人对人生的思考。止水是河的一段。它弱小而具野性,冲黄土而奔流,却遇高坎阻拦,成为止水。但它大难不死,反被净化,蓄积成流。以后,又有丛山峻岭的深锁,黑暗死亡的扼杀。但它一路拼搏,杀出生路。待来到原野,却又被抛上"砧板"。可这时的它已成大河,所向披靡,终于归入大海。诗在礼赞"止水"巨大生命力的同时,也在告诉人们:生命总是由小到大、由弱变强、从有限到无限、从毁灭到再生、最终与宇宙合二为一,直抵永恒之圣境,造就至善至美的伟大人格。这显然是对生命的形而上思考。《大裂谷》不再像《止水》那样再现生命历程的全景,而是聚焦于宇宙生命的大劫难。地壳猝然撕裂带来巨大灾难,宇宙失去平衡,结果是葱绿锐减、衰黄疯长。但正是这摧肝裂胆的断裂迫人奋起、填补空缺、去恶扬善、重造新的世界与平衡。在此,灾难已成了伟大生命的产婆。这显然是对曾遭受过十年浩劫的祖国与人民的痛苦思索。到 1997 年出版的《生命树》里,这种思辨特点继续延伸,其中在台湾诗界引起反响的长诗《坐六》便是例证。在《坐六》中,诗人坐在中华文化的“六”上,利用“六合”、“六识”、“六欲”、“六痆”、“六度”等文化符码,紧密结合自己的生存感受展开想象,将自己的爱与恨、愤怒与讥刺、唾弃与憧憬扑朔迷离而又实实在在地予以展露,置读者于一个穹窿般覆盖你的信息场,让你自己去感受、领悟。于天堂、地狱、神道、魔鬼,以及大千世界的众生色相中,你触摸到诗人那颗跳动着的心。1998 年 10 月,浙江文艺出版社出版了龙先生的一部诗歌精品选集《与鹰对视》,入选的 145 首诗分别从已出版的 9 部诗集的 1000 多首诗中选出,可谓众芳荟萃,蔚为大观。从那里,我们可以看到龙先生是怎样摩顶放踵、毕生追求,终于抵达诗歌写作的自由境界的。总的来看,龙彼德的诗不乏激情的撞击力与思辨的穿透力,视野开阔,张力饱满,但龙先生似乎还没找到理性与激情的平衡点,早期诗作过于外露,而晚近之作又过于理智,如果日后他能处理好此二者的关系,其前程将不可限量。

孙武军(1957—),舟山人。作为一位浙江新时期崛起的重要青年诗人,孙武军与北岛等朦胧诗人同时步入中国当代先锋诗坛,并曾引起较大反响,部分诗作曾被译成英文流传海外。著有诗集《三棱镜》等。孙武军的诗大多带着历史深处的文化记忆和自我生命的苦难印记,以强烈的社会使命感和浓郁的忧患意识,不断地抒发着自己有关理想、信念、生命以及苦难的主题。与当时的整个朦胧诗潮形成了某种紧密的同构关系。在语言表达上,孙武军强调诗歌意象的明净,并极力将自己的理性思考融入整体性的意象之中,从而使每首诗都饱含着某种隐喻功能。如《在杭运河码头》:“把我左胸那只约色器皿中/盛着的海水/煮沸了,蒸发着/现在,我来到了这里/带着那水最原始最敏感最尖锐的触摸。”这里,诗人将地域文化的深层积淀、生命潜在的锐利感受与海水等特殊意象同构在一起,形成了一种对诗人自身生存经历上的追思与拷问。

吴晓(1949—),义乌人。他既是诗人也是学者,著有诗集《心灵之约》、《突破自身》及诗学论著《意象符号与情感空间》、《诗美与传达》等。吴晓是浙江青年诗人中出道较早的一个。1981 年 11 月号的青春杂志的诗歌专辑《生命的奔流》上,刊登了他的《成熟》、《早晨》、《道路》和《年轮——思考的潮》一组四首诗,并获该刊优秀诗歌创作奖。然而,最能代表吴晓新时期之初实绩的是组诗《勇者的归宿》。在《我是敲钟人》里,诗人以敲钟人自喻,坚信历史长河中曾经有过的沉重的、悲悼的、报警的钟声都将成为记忆,新时代的钟声将像洁白、自由的鸽群"飞向每一片心灵的草坪/带给人们幸福的向往与温存",这钟声是令人鼓舞的。《老人礁》主要写老渔人主动让位于孙子,当他看到自己的孙子以新装备继续与风浪搏斗时,产生一种从未有过的"对海的酷爱"。《致舢板女》写一位敢于征服风涛的船家女,以感觉视角塑造了一个天真浪漫而又勇敢无畏的少女形象。吴晓这一时期的哲理诗,大都能处理好理念与形象、单纯与丰富、放纵与控制的关系,因而给人以多方面的审美感受。进入 90 年代后,吴晓先后有《心灵之约》、《突破自身》两部诗集问世。其中《最东方的岛》可视作吴晓前期诗形的终点,此后他萌发了强烈的突破自身的要求,却迟迟得不到实质性进展,直到 90 年代初才获得了真正意义上的突破与超越,以往的诗形已不再出现,一种体制窄小而空间极大的现代诗形出现了。他的《石斧与羊》仅以"石斧"、"羊"两个意象展示了内涵繁重的生存悖论,极为耐读。他的组诗《击瓦而歌》各首诗无一例外都形制短小,意象单纯,重视文本建构,尽可能地体现语言自身的能指优势。直觉与理念,空灵与充实,超现实主义手法与现实生存体验,被和谐地结合在一起。

张德强(1947—　　),绍兴人。中学时代开始写诗,1972 年发表处女诗作《水田》。此后,曾在广播站、浙江文艺出版社、省作协工作,从未间断过诗歌创作。80 年代初与嵇亦工、管思耿、程蔚东、黄亚洲、谢鲁渤等人出过诗歌合集《密密的小树林》,产生较大影响。后出版《美丽的年龄》、《飘柔的情思》和《梦中的金蔷薇》等四部个人诗集。在新时期之初,张德强的诗就以题材广泛、风格多样而引人瞩目。在他的艺术世界里,既有《带露的红豆》的清新秀丽,又有《给我肤色的土地》和《我最初的祈愿》的含蓄与深沉;既有《我的中国地图》、组诗《我卧在萌动的土地上》等主题严肃、感情沉郁、历史感强的厚重之作,也有《黎明的车队》、《晨雾中》、《巢》、《甜美的国土》和《在书库》那样歌咏青春与美丽、友谊与爱情、理想与憧憬的富于浪漫色彩的诗篇。在诗艺上,张德强也不乏创新精神,他往往以丰富的意象入诗,让凝固的流动、流动的凝固,以虚化实、以实化虚,通感、跳跃、矛盾搭配等现代手法均运用自如,并随处见出其构思的精巧与独具的匠心。进入 90 年代后,张德强的创作经历了一个相当艰难的转型期,1992 年发表的组诗《人体艺术礼赞》的现代意识和现代美让人耳目一新,《冰雕》的悲剧美,《哑剧》、《木鱼的回声》的批判意识,《地铁车站》的强烈时代感都是以往的作品中不易见到的。1994 年发表的《贫穷而听着风声也是好的》、《赭色磨石》和《花盘的稚歌》等作品,无论在题材意识方面还是在语言选择上都有了明显的转变。1996 年发表的组诗《秋水物语》则实现了对自身的突破,像《雄牛头骨》、《独对台痕》、《菊之雅韵》等,都能从淡雅、朴素的言说中透射出或苍凉或淡泊的人生感悟;像《木耳》则更觉不俗,以极其静谧细腻的笔调,十分传神地写出了人们欲从喧嚣粗鲁的现代节奏中逃离而投入大自然怀抱的情感意向,使步入中年的诗人拥有了一种世事洞明、宁静致远的风格。

　　黄亚洲(1949—),杭州人,以诗步入新时期文坛,其间虽曾钟情于小说与影视剧,但诗仍是其抚慰心灵的重要艺术样式,近 20 年间并未中断诗神的眷顾,结集出版的主要诗集有《密密的小树林》(6 人合集)和《无病呻吟》等。黄亚洲 80 年代初的诗作,透露出一种青年人特有的倔强、乐观、愤激而又怀旧的复杂情调。像《围垦区的月色》、《浩劫以后》以形象幽默的笔调传达出青年人战胜自然的倔强与豪情,像《雪地里的冬青》则是对某种丑恶现实的愤懑与抗议,而入选于《密密的小树林》里的《风》、《黑龙江》、《暴雨,暴雨》、《青青的苞米地》、《月蚀》、《马厩》等抒情短章,则是诗人对过去难忘岁月的深情回忆:一场席卷大地的风,把他从南方刮到了北方,那儿的人亲切地接待了他。许多年后,当他回忆起这段纵然艰苦却使他成熟的生活时,那儿的土地、人民、劳动和斗争已被一层薄薄的诗的幕纱笼罩了。进入 90 年代后,在影视剧方面成绩斐然的黄亚洲仍眷恋着诗门。1992 年发表组诗《我的四月》显示出前所未有细腻感,1994 年又出版诗集《无病呻吟》,1997 年发表颇具现代意味的《城市脏腑》等。尤其是诗集《无病呻吟》,以其内在的忧伤、愤怒以及对公平世道的渴望而震撼读者的心灵。在《那鹰》诗里,本是青天的王者、自由的精灵的鹰,却在"我"的两片暗红色嘴唇的吹气中,像"茶叶一样沉到杯底",提出了"我"是谁、"我"被谁捉弄这样无可奈何的疑问,映现出诗人那种提剑独立的姿态。在《再也没有比这一刻更为寂静》和《城市脏腑》等作品里,则以此利剑剔刮知识者(当然包括诗人自己)灵魂的痛区,以外科手术的方式割掉所有幻想的腐肉,让心灵在剧痛中猛醒。这不但要求诗人对现实有深刻的洞察力,还需要有爱和无畏的勇气,黄亚洲的诗就具有这种可贵的品格。

谢鲁渤(1949—),山东莱芜人。他虽非浙籍,却自 1976 年起定居浙江。他的第一首诗发表在 1975 年的《杭州文艺》(后改名为《西湖》)上,后又连续在各种刊物上发表长诗、组诗和短诗近百首,引起文坛不小的反响。但不久他便弃诗而去,以小说为自己的专攻方向,取得不俗的成绩。不过,其并未割断诗缘,仍有不少优美的诗篇发表。80 年代初出版的《密密的小树林》(6 人合集),有一种清新、透明的意境美,比较接近于我国传统诗风。但他并不墨守成规,《舢板上跳下一个少年》、《山上山下,有两个小伙》、《小岛为什么跳动》等都有不同程度的创新特色。尤其是《山上山下,有两个小伙》一诗,由于意象的双重组合把一个青年战士的丰富性格写活了。90 年代又出版了个人诗集《落日回家》,诗风已变为于朴素无华中蕴蓄着浑厚苍凉。诗人在序言中说,这部诗集实是人到中年的“一次灵魂的摆渡”,抒写了一个沉默而又孤独的灵魂命定独行的漂泊感以及由此而生的感念之情:“所以漂泊会使人热爱生命/所以会使人毕生怀念/那漫漫旅途的陌生人。”而淡远素净的《风再起》,虽是自觉的纯诗写作,却具有令人无从觉察的现实关怀与人生感慨。《落日回家》是诗人生命旅途中的一次驻足与倾听,他将由此抵达灵魂的居所。

最后,我们不能忘记一位在浙江诗坛上有着特殊贡献的诗人兼诗评家沈泽宜(1934—),湖州人。他从北大的未名湖畔走出,与共和国一同经历了时代的沧桑,在他的身上烙印着一代知识分子的所有苦难与不幸,他几起几落,受尽折磨,但良心未泯,诗兴不改。复出后不久便有佳作发表。组诗《圆明园秋思》以其揪人心弦的沉重感与痛定思痛的反激力引起了省内外读者的关注。进入 90 年代后,诗人又迎来了一个诗歌勃发的季节。先是凄美的《致尤莉娅·库罗奇金那》,接着是总题为《西塞娜十四》的百余首爱情诗,再是冷抒情的《河流》等。这些诗中,有对中俄两大民族命运的比拟与思考,有对女性世界的眺望和无望的期待,也有对国人普遍心态的不动声色的摹写。诗风沉郁凝重,诗形变化多样,诗艺精雕细琢,具有浓郁的文人诗特点。更为可贵的是,沈泽宜在教学与写诗之余,潜心于理论探索,并有评论集《诗的真空世界》出版。他长期关注新时期以来的浙江诗歌,由他撰写的 10 余篇浙江诗歌评述,已成为记录浙江诗坛风云的珍贵文献。

三　具有先锋精神的青年诗人群

80 年代中后期,中国先锋诗潮崛起,浙江诗人也有积极回应,不但在具有现实主义倾向的诗人群中有的已改变诗风(如吴晓、龙彼德等),而且还形成了几个具有鲜明先锋精神的青年诗人群:以王彪、岑琦为代表的"东海诗群",以梁晓明、潘维、刘翔等为代表的"北回归线"诗派,以柯平、伊甸为代表的"南方生活流",以奕林、荣荣、卢文丽为代表的"女性诗人群"等,以石飞沙、伊有喜、苏洪生等为代表的"九峰诗派",以及余刚、孙昌建、朱晓东、江健、刘德吾等,他们虽不都是完整意义上的先锋诗人,但先锋派的诗歌理念与艺术技巧在他们的作品中仍留有不少印记。

"东海诗群"主要由地处东海沿岸的浙、闽、沪三地诗人构成,他们都以歌咏大海、江河、湖泊等水域风情为特征。浙江诗人岑琦于 80 年代在《江南》杂志上率先开辟"东海诗群"专栏,选登这些诗人的作品。后来《东海》也仿效过,《福建文学》与《萌芽》也出过类似的专栏。1992 年 5 月,岑琦、王彪主编的《蔚蓝色视角:东海诗群诗选》由浙江文艺出版社出版。本书收入岑琦、王彪、陈云其、吴晓、卢文丽、王自亮、李曙白、李越、应忆航、金乐敏等 36 位省内外诗人的部分诗作共 136 首,比较集中地展示了"东海诗群"的整体实力。另有王彪的《献辞:面对海洋》和骆寒超的《论"东海诗群"》两文,对"东海诗群"的总体特征和美学追求作了全面细致的描述与分析。至此,"东海诗群"作为中国东部诗坛的一个诗歌流派,获得了创作与理论两个方面的有力支撑,具备了足以与中国西部诗坛分庭抗礼的实力,为浙江诗歌赢得了全国性声誉。

"东海诗群"中的每个人都有他们自己的独特个性和风格,但作为一个流派,他们的创作在美学追求上又显示出相当的一致性。他们多以东海水域风情文化为歌咏对象,都致力于表现渔家生活的风习美与大海环境的幽幻美,以自己本真的心态感应时代的律动,如陈云其的《深蓝色视角》、苏人的《九月的北仑港》、丁竹的《蓝色海岸》和李越的《大鲸鲨》等,传达出海洋生活与现代精神的共振。东海诗人们还以乌云、暴雨、台风、浪涛、潮汐、岩礁及撕裂的帆、沉没的船等充满野性与力感的意象,表现东海强悍不羁的骚动性格和渔民们的原始强力,以实现大海与渔民间生命能量的双向交流,显示出浓厚的生命意识和宇宙胸襟。如江健的《黎明之渔》,歌颂的是大海的野性及渔民们与大海搏斗的顽强生命力;应忆航的组诗《穿越大海》,表现出诗人对一种抽象的生命力的膜拜;田家鹏的《强台风十号》把台风描绘成一个能使"整个世界吱嘎作响"的巨力形象,而与之抗衡的却是一块礁石以及对礁石瞩望的"一个人",二者叠合在一起,象征着强劲的生存意志;而王自亮的《望海》、王彪的《莽海上的家族》、张文兵的《大海,阶梯》等则着力表现人的宇宙意识与宇宙精神。在他们看来,如果人类是以独特的形式呈现出来的宇宙家族中的成员,那么海就成了他们通向宇宙的一个驿站。他们同在宇宙空间中生存着,相互间不断在融合、分裂,再融合、再分裂……即把自体的诞生、消亡纳入到众生万物的相互转化与循环不息中。当然,东海诗人们并未一头扎进宇宙的"黑洞"而不能自拔,他们中有许多诗人从大海江河的生命律动中,获得了表现社会、历史与人生的艺术灵感。像冯增荣的《生之痕》、高钫的《鸭绿江之歌》、张烨的《隐显在长城上的面孔》和岑琦的《雪锋之歌》等,在歌颂为真理、为民族、为正义事业而献身的殉道者的同时,也透露出诗人们愿以海一样的原始生命力去开辟出我们民族的新文明与新辉煌。总之,东海诗人们所构筑的艺术世界,是立足于现实的,但又不是现实生活的客观再现。他们首先感兴趣的是超越现实生活而作生活应该是这样的那类世俗理想的追求,而这是传统意义上的浪漫主义倾向。但他们并未就此止步,而是通过对水域风情特别是对大海的歌咏,实现了对宇宙人生最高理想的关注与逼近,这就超越了传统意义上的浪漫主义,从而登上了极具先锋精神的新浪漫主义的阶梯。

在艺术上,东海诗群因受新浪漫主义艺术精神的影响,使其诗歌创作大多与水域风情中力的骚动感与境的幽玄感相联系,形成一种大体一致的美学追求——神秘幽玄的生命象征。无论是王彪的《莽海上的家族》、王自亮的《望海》,还是南野的《回东方》、宋瑜的《随想》等,都是从通常意义上的人与人、人与自然(大海)的奇特关系出发进行运思的,但这种关系在展开过程中,又总是被非凡化和神秘化了,使意象与诗境变得似真若幻、神秘莫测,诱使读者超越经验世界步入幽玄的宇宙人生境界,从而获得某种预设的、梦幻般的生命体验。这种神秘化的象征艺术,在李曙白那里表现得最为突出,他的诗几乎都有点神秘幽玄,他所追求的抒情诗的戏剧化表现,几乎毫不费力地让诗中的人与人、人与自然处在非凡奇特的情节关系中,组诗《森林之迷》最为典型。因为神秘具有一种很强的想象诱发力,引诱读者从形象表层进入到象征的深层,从而体悟到一个生存的哲理:真善美的生存境界必须用生命作代价去换来。当然,这种象征意味的求得仍须借助诗人的修辞语言,东海诗人们是深谙此道的,他们的修辞策略有二:一是通过强化诗歌语言的主观性(主要是词性转化)来传达并扩散这种象征韵味。我们知道,自然语中的语词组合成句总是按约定俗成的语法关系来进行的;但东海诗人们却更愿意步先辈诗人之后尘,喜欢凭主观意愿强迫词性转化;或者说,通过语词符号功能的变异造成一种诗意感应的强刺激效果。如方竞成的《搁浅的船》,用"几块铁色的狰狞/搁住了你/海豚般的躯体"这样的诗句写暗礁阴船。形容词"狰狞"转用成名词了,这一变异使读者对不明言的暗礁那种阴恶有了强烈的印象。二是用先锋诗歌中常用的通感手法来扩散诗的象征语意。如"秋天的水鸥……/滴下几滴鸥声溶予淡蓝的岸色"(丁竹的《掠鸥》)。鸥声能"滴",还能液化为蓝色,这是由听觉转化为视觉。"自从诞生的那一天起/红嘴鸟的歌唱/就窒息在母亲的瞳仁里"(陈桂珍的《女儿海》),让流动的声音凝固起来,以此传达出女主人公那永恒的忧伤,获得了极佳的艺术效果。

在"东海诗群"中最具代表性的诗人是王彪(1961—),温岭人。1982年开始发表评论、诗歌、散文和小说。他的诗曾获第一届《江南》文学奖。80年代中后期潜心于小说创作,成绩卓著。王彪是带着海的腥味走上浙江诗坛的,1983 年 9 月在《萌芽》上发表的组诗《海边,带腥味的歌唱》,包括《老人与船》、《补帆》、《拉帆》、《绞缆绳》、《孩子·渔村》等 7 首诗,它们从不同角度写出了人与海的关系,写出了渔民们生活的艰辛以及渴望搏斗与征服的豪迈与勇敢。《绞缆绳》选取渔民日常劳动场景入诗,通过对渔民人工操作绞缆绳情景的细致描写,抒发了妇女渔民因繁重的劳动而产生的痛苦心情:"缆绳旋转着,渐渐绷紧/岸上,还有母亲和孩子含泪的目光/还有少女缠绵的心事与爱情/缆绳绞合着,拧进一颗沉重的心",而诗中的"我"也由此获得启示:"我也绞合根根纤细的情感/拧成意志强大的绳索/在生活的海洋? 自我晃动的踪迹。"自然而然地上升为哲理认识,形象地昭示了艰苦劳动对人潜移默化的作用。《孩子·渔村》是其中最具神采的一首,孩子还小,忐忑不安的渔村舍不得他早走向大海,然而孩子向往迷人的海,渴望"见到夜里摇撼他的梦的海",他终于挣脱渔村动情的呼唤,冒着不测之忧奔向海湾:"不,我也要出海——/孩子在心里说/早晨,他去过爸爸长眠的山岗/墓碑上刻着他红色的名字/台风还会再来,他不能老守着石屋/让咬过爸爸的恶浪也来咬咬他吧。"这是一个无畏而执著的"孩子",一个无愧于他的英雄父辈的新渔民,他那种冒险精神与创造意志,恰好体现了处于变革时代的我们整个民族开拓进取的精神气象。

给王彪带来声誉的是他那首演绎生命进程的《莽海上的家族》,组诗所表现的是代代相传的打鱼人和狂暴大海搏斗的悲壮生活,诗中洋溢着顽强地抗争、不懈地追求的群体昂扬情绪,而这种情绪又是通过整体象征艺术来表现的。在这里,大海是宇宙家族的化身,打鱼人和海浪、鱼、荒岛、岛树等都是这个家族中的成员,他们总是处在不断转化与循环中,而只有宇宙定律这个永恒的女神一直静静地、冷峻地注视着这一切。第一首《啊,莽海》是全诗的总纲,在莽海"浩大的运动里",他领悟了"生命融合、分裂、诞生的一切奥秘",觉得自己"从来没有像现在这样充实"。第二首《婚礼之夜》与第三首《女儿·儿子·海》,分别抒写两个女性:一个新婚,一个垂暮,她们是操纵生命"融合、分裂、诞生"这一过程的复合体——宇宙女神。她虽然孤独,却梦幻着生命在搏斗、追求、变异中求得常新和永恒。第四首《秋天的葬歌》与第五首《海上暴风雪》,写两个男性:一个是"长眠在浪涛里的快乐的水手",他虽已从打鱼人的家族中分裂了出去,却重又死而复生,长成参天大树,化为满枝金果,再次融入这个家族;另一个是老爷爷故事里那个被海上暴风雪冻死的小伙子,但他也没死,只是睡一忽儿,他还会回到姑娘漫长的期待里,回到孩子们的心灵里。诗人不断以鲜活的意象提示人们:生命总得不断追求才会完满可爱。最后一首《驶进深海》为全诗之总结,叙写了驶进深海的家族更为频繁的转化,莽海的家族在不断扩大,只有孤独的女神独立地存在着,因为她是永恒不变的宇宙定律的象征。全诗抒写的是一种生生不息的宇宙情绪,同时告诉人们这样一个哲理:生命的存在形式在于运动,在于持续的否定之否定。而这种情绪正是处于新旧交替时代整个社会变革情绪的曲折反映。总之,王彪的海洋诗总是将大海的冷暖无常与渔民吉凶难卜的命运结合起来写,从渔民们刚毅坚强的性格中透视大海的深沉与浩瀚,从渔民艰辛的生存史中体味到一种蕴藏在悍犷与粗豪之中的柔情。王彪总是在有意拒绝纤细,而追求一种深度与力度、写实与象征结合的沉郁诗风,显示一种苍凉悲壮的美学格调,给人一种惊涛拍岸的审美感受。

"南方生活流"无疑是在80年代中后期中国先锋诗潮——"新生代"诗风的影响下形成的。"生活流"诗是对以朦胧诗为代表的现代主义诗艺的一种反动与超越,意在削平现代主义的深度模式,让诗由深层走向平面,由中心走向边缘,由秩序走向混沌。"生活流"诗以其对生活流程的零度叙述(也叫冰点叙述)来消解诗的意义,并以此来摆脱朦胧诗过于沉重的意义负载,所以也有人称其为平面写作。地处江南的许多诗人先后加入了当时风行全国的"生活流"诗的写作潮流,柯平、伊甸以写作这类诗而成为"南方生活流"在浙江的代表诗人,但他们的"生活流",并非全是平面写作和零度叙述,而是具有相当深刻的生活感受与人生体验,抒情性也很明显。

柯平(1956—),湖州人。主要诗集有《诗人毛泽东》、《写给小白的 71 首情诗》等。他在 80 年代初,就在《诗刊》、《萌芽》、《青春》等具有全国影响的刊物上,发表了一组反映青工生活的诗,如《市长,我爱上了您的女儿》、《F 小调诙谐曲》、《锻工进行曲及其他》和《凡人之死》等。这些诗均以浓郁的生活气息引人瞩目,自由而朴素的诗行中流荡着年轻人的喜怒哀乐与美丽幻想,表现出诗人一开始就具备向生活索取形象与灵感的艺术才华和审美取向。从 80 年代中后期至 90 年代,柯平一直致力于"生活流"诗的写作,到 1992 年他已陆续发表了 70 多首这样的诗,总题为《蠡塘乡间之书》。这些诗作"将生活流动的动态美推向了极致。前期生活流诗太浅、太实这一弊端被毫不留情地扬弃,形而下开始稳定地向形而上举升,但始终保持了生活本身强大的魅力和新鲜感觉"①。而显示这种由形而下向形而上转变的是《莫邪干将歌》和《鱼族》,前者歌颂莫邪干将身上那种"比剑刃的缺口还要锋利的"、能使"柄鞘上的龙恸哭三千年"的永恒精神,具有相当的历史深度。后者以十二首诗写了水乡湖州的十二种鱼,其中有"每一天都跳龙门的"鲤鱼;通体透明、柔若无骨而又坚贞如射电的银鱼;逆水而上、义无反顾的逆鱼;横行无忌、嗜杀成性、最终难逃被吃的黑鱼;像菜刀一样银光闪闪却被搁在砧板上等待死亡的鳊鱼等,都给人以强烈的刺激与深刻的印象。诗人以一种生活的睿智和灵动的语言,富有才华地将地域风情与社会人生忧患相融合,可视性意象群中所蕴含的悲剧意味与深度反讽,终于使诗人完成了具象与超念、即时与永恒、形而下与形而上的统一,柯平的成功无疑提升了"生活流"诗的艺术品位。

伊甸(1953—),海宁人,著有诗集《在生存的悬崖上》、《石头·剪子·布》和散文集《疼痛和仰望》等。伊甸 80 年代初就在《东海》、《诗刊》等刊物上,发表了十余首清新质朴的生活流诗歌。80 年代中期以后,他的诗名越来越大,诗风也日渐沉郁、凝重。著名诗人叶延滨在《世纪末的〈花名册〉·序》

---

① 沈泽宜:《1992 年浙江诗歌鸟瞰》,见浙江文学院主编的《1992 年浙江文坛》,第 78 页。

里,说伊甸始终是一位"浪漫诗人";沈泽宜也认为伊甸属于一种"新浪漫主义写作",这个"新"指的是伊甸的写作里同时带有写实、象征和隐喻的成分①。在我的感觉里,伊甸是一位忧郁的流浪诗人,他的诗魂总是在乡村与都市、此岸与彼岸之间痛苦地徘徊着、寻找着,有时他似乎找到了什么,他为之欣喜;但更多的时候,他似乎什么也没有找到,他为此失望、迷茫、困惑甚至是绝望地嚎叫;然而,他似乎又不愿甚或不能停止寻求的脚步,仍然在一个不可知的世界里跋涉、跋涉再跋涉,纵然是头破血流、粉身碎骨,也在所不惜。1998 年由百花文艺出版社出版的诗集《石头·剪子·布》就是这种心路历程的具体体现。由此,我们也能感受到伊甸是一位具有强烈忧患感的诗人,他的诗以生活为出发点,虽也写变动不居的生活流动,但他更注重写生活背后潜藏着的人生苦难和终极关怀,显示出比柯平们更深沉更凝重的审美特征。但伊甸的缺点也是显而易见的,读他的诗特别是那些具有先锋特点的诗,总给人以诘屈聱牙的感觉,这里有沈泽宜先生所说的语感问题,但我觉得主要是刻意追求先锋写作的结果,似乎没有诗情断裂的支离破碎就够不上"先锋"! 伊甸的感受其实是相当深刻的,但过于先锋的策略却妨碍了诗情传达,这样的教训值得整个当下中国诗坛引以为戒。

　　"《北回归线》诗群"是一个真正意义上的先锋诗派。1993 年 9 月,由青年诗人梁晓明、潘维、刘翔、梁健、太王等自费出版了一个大开本的先锋诗刊《北回归线》,由杭州的梁晓明与河南的耿占春任主编,主要刊发浙江先锋诗人的作品,也发一些外省诗人的作品。诗评家沈泽宜在《1995 年浙江诗歌评述》②一文中率先取用"《北回归线》诗群"一名,此后便沿用至今。

　　"《北回归线》诗群"之所以被视为一个诗歌流派,是因为这个诗群具有明确的理论指导,其标志便是发表在该刊 1994—1995 年合刊上的代前言《重建当代诗歌精神》。这篇代前言经集体讨论由刘翔执笔,全文 1.2 万字,相当详尽地阐述了他们的诗歌理念。他们认为:"诗歌是人的生存升腾而上的瞬间,是生命的极化,是人越过经验世界迈向更高存在的振翅。诗歌在本质上是精神。""一首好诗是由诗的经验的升华和超验世界的反照交相辉映而成的";诗的对象无疑是人,因为"人是活生生的意义存在,寻找生活的意义和真理是诗人的天职";诗应该是理性与激情的复合体,因为"理性的诗正是借助许多非理性的灵感和激情来丰富自己、造就自己的","诗的理性力量就在

---

① 　浙江文学院编:《98 浙江文坛》,第 115 页。
② 　浙江文学院编:《95 浙江文坛》,第 100 页。

于它的无穷批判、无穷反思、无穷怀疑,以打破真理学说的绝对性、封闭性"。而所有这些都必将导致对当代诗歌精神的重建,即以爱、信仰、想象和批判为主要内容的"新理想主义"。这种"新理想主义"指的是一种"重视人的现实处境、具有历史感、有着强烈理性色彩、反对语言游戏的诗歌精神"。在对待具体文本时,他们"不采取排斥,而采取包容的态度"。显然,《重建当代诗歌精神》一文,既是"北回归线"诗群在创作中不断摸索、调整的理论总结,同时也吸取了许多前辈诗人的真知灼见,试图在认知的功利性与审美的纯粹性之间、在现实生存境遇与生命的终极关怀之间、在语言的自足性与语言的工具性之间、在纯粹私人性与社会集约性之间,寻找到一条切实可行的诗歌之路。尽管这种相当周全的诗美理论在写作实践中并未获得完美的结合,但它对实践的指导意义仍不容低估。

梁晓明(1963—),杭州人(生于上海)。1992 年与余刚、蔡天新、孙昌建、朱晓东出版诗歌合集《梦幻的彼岸》。诗作曾入选《新生代诗选》、《中国先锋诗选》等诗集,被美国、台湾一些诗刊转载,如他的《允许》一诗长达七八百行,被纽约一家大型诗歌杂志《一行》全文刊载。1994 年与浙江另一位青年诗人李郁葱一起获得《人民文学》创刊 50 周年"长沙杯"优秀诗人奖。

梁晓明是浙江先锋派的代表诗人,也是中国少数几个执著于先锋写作的诗人之一。他认为写诗是天才的事业,是酒神精神的宣喻和对世俗的拯救,诗歌的价值在于它能给人类提供一种超绝尘俗的精神漫游。纯粹的诗歌写作应强调人的终极关怀。在梁晓明看来,这才是先锋诗歌的精神本质。由于中国传统诗歌缺少终极关怀,而西方诗歌中的终极关怀是指神的重临和人的最终获救。梁晓明由此获得启迪,却又浸透东方观念,于是借用海德格尔的"存在之诗,刚刚开篇,它是人的'人'字",框架了他长达 500 行的长诗《开篇》。诗人笔下的"人"和大喊"上帝死了"的尼采毫不相干,而是神与人的统一。因而他同样要出生、长大,以人的形象显示自己:"你我手上的春天是春天中最肮脏的春天/而那迥然不同的人/那诞生在玻璃中,那将高山为坐石/那遇风就长/顺水而下的人……在他的脸中我们的脸一片荒凉",由于这样的"人"的存在,我们颓败的生存将重又变得庄严。然而,他又以神的形象出现在诗中,以树、草等大地无声的语言显示自己。由此,诗中的人称变得扑朔迷离。而在最后的"允许"一节中,诗的语言更显得庄严与虔敬,神人合一的本质索求明显地向神性倾斜,为无家可归、不断怀疑存在意义的人们找到了一个家。

梁晓明一贯坚持以高能见度的常规语言来创造诗美,从不搞文字游戏。他的诗透明纯净,灵气四溢,始终保持一种不受非诗信息干扰的纯诗风度。如《玻璃》中有这样的诗句:"我看着我的手掌在玻璃边刃上/缓缓不停地向前推时/狠着心/我将我的手掌一推到底/手掌的肉分开了/白色的肉与白色的骨头/纯洁向我展开",在牙齿格格作响的痉挛中,苍白、脆弱、想干又怕投入或浅尝辄止的种种消极心态将被彻底刺穿。这是存心跟人过不去,是一种超冷静的"直面"与"正视",而这一切都是在近乎白描语言氛围里呈示的。此外,像《少年》、《各人》、《挪威诗人耶可布森》及长诗《允许》等,都具有这种纯净透明的纯诗风度,较好地体现了先锋诗歌在艺术上对于所谓"零度叙述"的重视。

余刚(1957—),杭州人。80 年代初开始发表诗歌,出版有诗集《热爱》等。作为浙江先锋诗歌的重要代表人物,余刚的诗一直带着强劲的探索意味和实验热情。他那充满睿智的想象力、丰富的知识积累以及独特的思考方式,为他的诗提供了一种深邃的艺术空间,并使他的诗不断地超越了日常性的生活经验,进入到某种纯粹的精神领地,带着浓烈的形而上意味。"有时候我自己就是一本天书/我不知道自己是否读懂了它",余刚自己也这么认为。"在春天。我的座椅上/频频坐满了我不同的身影/每一种身影都是一种无奈/我愿告诉你的身世/可我形容不了种种感觉。"在这首《诗人之歌》里,诗人明确地表达了自己对诗人角色的理性思考。这种对人的存在状态的高度迷恋,对生命潜在状态的深层体悟,不仅表明了诗人对人类存在之境的清醒体察,还将他的诗歌直接推向了心灵内在的独语之中,使诗成为他对人类精神高度自我攀登的一种手段。

诗是人类文明的孩子。在余刚的笔下,诗歌一方面永远带着生命深处的精神律动,另一方面又不断地翻飞着想象的花朵。他的诗歌大量地袭用一些令人惊悸的意象,并使它们沿着特有的情感轨道向前滑行,如:"如果我说/我将到南美的丛林/用枪朗诵游击战/如果我说我将到非洲大战鳄鱼/把半个世界的理智吓昏/那一切都会平静/像黄昏,什么都没有发生。"无论世界有没有奇迹发生,也无论历史将会出现多少偶然,生命依然沿着自身的方向前行,历史依然带着平静的面容走向未来。这种对时间、历史的对视,与孔子的"子在川上曰"有着同样的生存感受,只不过余刚更注重择取尖锐的表达方式。他的诗集《热爱》(1993)被认为是"以超现实的语言动作方式打通古今中外,提供了一种全人类的诗歌视角,在现实的颓败与未来的庄严之问沉思默想"(沈泽宜语)。

与余刚同时活跃在当时浙江先锋诗坛上的青年诗人,还有孙昌建、朱晓东、力虹等人。他们一方面积极吸取域外现代诗歌的种种表达方式,丰富自身的汉语言诗歌技术;另一方面又不断地接触大量的现代哲学和美学知识,力图不断地对历史、生命、文化进行更深层次的表达。他们的诗,在整个 80 年代的全国诗坛上都产生了相当大的影响,表明了我省诗歌与全国诗歌发表的同步性。此外,活跃在全国诗坛上的浙江青年诗人还有沈苇、李浔、梁健、沈健、江一郎、卢刚、李郁葱、邹汉明等等。他们的诗作不仅在全国各种重要的诗歌刊物上频频亮相,而且还多次获得各种全国性的重要奖项,如沈苇曾获得中国作家协会首届鲁迅文学奖诗歌奖等。

与男性世界相比,浙江诗界的女性写作相对较为薄弱。1983 年浙江文艺出版社出版了浙江女诗人合集《我们的三月八日》,收冰凌、左亚琳、马瑛瑛、白虹、奕林等五位女诗人的作品共 100 首。这是自新时期以来浙江唯一一部女性诗集,多数作品虽感情真挚,笔调细腻,选材多样,风格各异,在浙江形成一定的气势,但仍未走出浙江。直到 90 年代初,杭州的汪怡冰、卢文丽,宁波的荣荣,平湖的千叶等,先后突出重围,走向全国,《诗刊》、《人民文学》等国家级刊物发表了她们的作品,如荣荣的组诗《狂风中的树叶》、卢文丽的组诗《故乡·恋曲》和汪怡冰的组诗《从春天到春天》,都于 1992 年闯入这两家刊物,而且都先后出版了个人诗集,如荣荣的《雨夜无眠》和《流行传唱》、卢文丽的《听任夜莺》等。同一时期的顾艳、夏娃、徐萍、陆朋红等也都有不俗的战绩,共同为浙江诗歌在全国赢得一席之地作出了贡献。

第十三章
散　文

一　浙江现代散文的孕育与早熟

　　浙江的散文创作有悠久的历史,在中国几千年传统文学发展历程中,涌现了为数众多的散文家。《中国散文大词典》收录从先秦到清代的全国知名散文家 958 位,浙江就占了 156 位,约占全国总数的六分之一。据此,浙江实堪称为"散文大省"。其散文创作的悠久历史与光辉传统成为浙江文学的一种丰富资源,影响着后来浙江散文家的理论与创作。

　　20 世纪的浙江散文便是在对传统的承传中继续走向辉煌的。从世纪之初以降,不独浙江散文家人数之众在全国首屈一指,即便是新世纪新散文的孕育、诞生与成熟,也往往离不开浙江散文家的开拓之功。可以说,引领我国散文发展新潮流,推动现代散文的整体发展,乃是浙江作家为中国新文学作出的重要建树。

　　论及中国现代散文的孕育,绕不过 19、20 世纪之交的那场散文文体革命的话题。正是那场文体革命,开了革新中国传统散文的先河。在 19 世纪末,浙江散文文坛出现了有别于古代散文的新体散文。新体散文的代表作家便是当时名震文坛的散文家、资产阶级革命家章炳麟、秋瑾等。其时他们一方面投身于政治斗争的旋涡,一方面从事文学的创作活动,这就使得他们的文字不只是作为抒写怀抱的工具,更多的是成为投身革命的武器,显示出同传统散文完全不同的面目。章炳麟的文章有两类：一是论学著作，如《訄书》；一是政论文章，如《驳康有为论革命书》、《革命军序》、《解辫发》、《谢本师》、《复吴敬恒书》、《秦政记》等。鲁迅在《关于太炎先生二三事》中提到《訄书》，说是那时青年"读不懂"、"也看不懂"的文章。而那些曾经发表于报刊的"战斗的文章"，才是"先生一生中最大、最久的业绩"。的确，章氏散文中影响最大的就是其政论文章。这类文字抨击资产阶级改良派的种种保皇谬论，揭露清朝统治者的种族歧视和残酷压迫，鼓吹民族主义和资产阶级民主革命。与以前的散文非礼勿听、非礼勿视，局限于"尊君、卫道、孝亲"之类的东西已完全不同。且这类政论、时评颇有现代杂文的特点。它是"感应的神经"，对人们所关注的问题，迅速作出倾向性的反应，具有亦评亦叙的特点，在评论时，常常单刀直入，有棱有角地亮出自己的观点，主体意识相当强烈。曾经名噪一时的名篇《驳康有为论革命书》就具有此种特点。该文针对康有为在《与南北美洲诸华商书》里发表的"中国只可立宪，不可革命"的保皇言论，气势磅礴地进行逐条驳辩，历数了清朝统治者残害中国人民的滔天罪行，指出所谓"圣君"的光绪帝，其实是个亡国之君，即使掌了权也只能将中国引向灭亡。文章具有很强的战斗性和革命性，在当时具有重大意义。这篇文章正是鲁迅所说的"驳难攻讦，至于忿詈"之作，"所向披靡，令人神旺"。秋瑾作为近代女革命家，其散文创作同样是为适应革命斗争的需要，如《普告同胞檄稿》、《光复军起义檄稿》，既是声讨清王朝的檄文，又是武装起义的宣言，具有强烈的政治鼓动力量。《敬告姐妹们》、《敬告中国二万万女同胞》等，中心内容则是宣传妇女解放。秋瑾不但以自己痛苦的经历和勇敢的行为，痛斥重男轻女的恶习，揭露封建纲常伦理对妇女的摧残与迫害，而且以大无畏的姿态，举起了争取妇女人格独立、个性解放、男女平权的大旗。同样打破了"文以载道"的散文观念。《敬告姐妹们》分析了妇女在旧社会所处的奴隶地位，而这种地位，即使出身于上层社会的妇女也不例外；文中指出，妇女之所以受压迫，为社会所看轻，主要是因为自己不能独立，事事依靠男子，所以，妇女要求得解放，必须"求一个自立的基础，自治的艺业"。这种见解在当时是非常难能可贵的。秋瑾的不少散文可谓是直接面向民众的革命动员书，文字通俗易懂。如《敬告中国二万万女同胞》等，已是相当出色的白话文了。秋瑾散文在语体的改革中，作出了特殊的贡献，打破了桐城派散文"言必雅驯"的文法束缚，使新体散文向现代散文大大迈进了一步。

　　以章炳麟与秋瑾为代表的浙江新体散文的产生，是由以下几方面因素综合作用的结果：一是 19 世纪末，"王纲解纽"时代为新体散文的产生提供了社会基础与思想文化基础。"王纲解纽"迎来的是几千年皇帝专制和观念对知识分子主宰地位的消解，固有的千年不变秩序打乱了，长期僵硬的道德伦理和纲纪以及与之有关的一切模式都在受到重新批判和摒弃，这在客观上给知识分子思想的自由提供了空间。打破了万马齐喑局面，西方各种思潮和主义得以堂而皇之蜂拥而入，极大地改变了知识分子的观念，由此产生新思想、新观念、新情感、新道德丰富了散文家的心灵世界。二是启蒙救国的需要，使散文内容与形式发生了变化。中国近代新体散文的内容多具有战斗性、革命性、启蒙性，即在鼓吹民族民主革命的同时启迪民智，唤醒民众，救国启蒙的对象是民众，而民众的文化素质是低下的，因此文言成为了启发民智的主要障碍，为了使民众可以接受其思想与观念，就产生了口语与文字合一的要求，必须用近似口语的白话写作。三是创造新体散文，是散文发展的内在需要。中国传统散文到了清末，已经发展到烂熟而临途穷求变的阶段了。桐城派的古文，在内容上要求"文以载道"，在文字上要求"言必雅驯"，和八股文一样都已成为文学创造的手铐脚镣，非打碎不可了。连桐城派的殿军吴汝伦竟也说："中国非废汉文无以普及教育，盖汉文过于艰深，人自幼学之，非经数十寒暑，不能斐然可观，而人已垂老无用，吾国学问不及东西洋之进步者此也。"①所以创造新体散文是时势使然。四是近代报刊的兴起，加速传统散文的改造，为新体散文提供了最广泛的实验园地。"自报章兴，吾国之文体，为之一变。"②19 世纪末到 20 世纪初，报刊杂志正如雨后春笋。这些报刊重视舆论，重视普及，促使传统散文和新闻自然地结合，培育出了一种新体散文的主要文体——时评。时评的出现催促新体散文走向社会，并促成其内容的现代化和语言的白话化。浙江是近代报刊最为兴盛的省份之一，《杭州白话报》等曾在全国产生影响，由报刊业的发达推进新体散文的盛行，也在情理之中。

自然，世纪之交的浙江新体散文，只是由古代文言散文向现代白话散文的过渡文体。因为无论从内容到语言形式，还没有体现出充分的现代性特质。它是现代散文的先声，对现代散文的诞生起到推波助澜的作用。而现代散文的真正诞生需在"文学革命"当中。

---

① 曹聚仁：《中国文坛五十年》正集，转引自司马长风：《中国新文学史》（上），香港昭明出版社1978 年版，第 17 页。
② 《中国各报存佚表》，《清议报》第 100 册，1901 年。

1917 年,文学革命开始,现代散文在文学革命的催促下,迅速诞生,并且很快早熟。1917 年到 1927 年是现代散文的诞生与早熟时期。朱自清在论述新文学第一个十年的成就时就指出,在诸种文体中,"最发达的,要算是小品散文"①。鲁迅也认为"五四散文小品的成功,几乎在小说和诗歌之上"②。司马长风在《中国新文学史》里下断语道:"回顾新文学各类作品的发展,新诗起步最早,成熟反较迟;散文诞生较迟,可是成熟最早","散文在一进入成长期即陆续出现一流的作品了。"③这中间,从浙江走出的一大批散文家对现代散文的诞生并且迅速早熟有很大的贡献,其中最突出的是周氏兄弟。郁达夫说:"中国现代散文的成绩,以鲁迅周作人两人最丰富最伟大。"④可以说,周氏兄弟是现代散文的鼻祖。其最重要的功绩是对旧体散文的改造,身体力行地进行现代散文的理论倡导与创作,其理论与创作对现代散文的发展产生了深远的影响。

现代散文诞生的第一个婴儿是杂感。鲁迅与周作人是以新青年为核心的"随感录"作家群中的重要作家。他们运用这一抒写自由、轻便灵活的文体进行广泛的社会批评、文明批评,对社会、文化、思想、道德等各个方面进行批评、反思、重估,起到唤醒民众、改造社会的作用。因周氏兄弟的倡导并躬身实践,使"随感录"这一文体得以蓬勃发展。五四随感录,是继承近代新体散文发展而来的,多带有新闻性、政论性和时事评论性,也有一定的抒情性,但它的一个明显弱点是文学性不强。这批杂感和梁启超的"新民体"一脉相承,都崇尚抗争,都是在时代转折时期紧密联系时代风云的一种工具性的文体。基调的高昂和过分的灼热在特定的时代和环境中,它们都能起到感化人召唤人的作用,但过分的与政治的热恋以及急功近利,也影响了随感录对文学性的追求,影响作品中作者个性的表现。周作人与鲁迅对此进行了反思,努力探索现代散文的发展走向。

周作人另开辟现代散文的园地,提倡美文,是对中国现代散文第一次卓有成效的革新。1921 年周作人写了一篇《美文》,对现代散文进行了初步的定位:现代散文是"记述的,是艺术性的,又称作美文","可以分出叙事与抒情,但也很多两者夹杂的","既不能做为小说,又不适合于做诗,便可以用论

① 朱自清:《背影·序》。
② 鲁迅:《南腔北调集·小品文的危机》。
③ 司马长风:《中国新文学史》,香港昭明出版社 1978 年版。
④ 郁达夫:《中国新文学大系·散文二集·导言》。

文式去表他"。对散文作文学艺术的定位,这是对散文"体"认识的一个重大突破。尽管周作人没有对此作更拓展、完善的阐发,但"记述的,艺术性的"已基本上把散文文体的本质特征显露出来了,直到今天,我们都可以用这一条来检验当代散文的品质。同时周作人在《美文》里,又从形式和内容上,为现代散文创作进行了初步的规范:"须用自己的文句与思想"。这一定位与规范既是对散文文体认识的必然升华,也是他对五四杂感深刻反思的结果。古代散文是文学小品和非文学文章的混合体,内涵与外延具有模糊性和不确定性。从历史的发展考察,它产生两个后果:一是模糊了散文的文体个性;二是提出了文体的超负荷功能要求。历代统治者常常要求散文严格地代圣人立言,传道布道,以此泯灭了作者的个性。周作人在《美文》里对散文的定位与规范,可以说是散文现代文体意识与个性意识的觉醒,深刻的反思主要针对五四杂感和自己在五四时期写的许多"随感录"式的杂感的不满,即对五四随感录的文体边缘性、表达粗糙性以及简单幼稚的不满与否定。周作人提倡"美文"对现代散文的发展意义是重大的,为现代散文的文学化与个性化指明了方向。孙席珍在《论现代中国散文》一文中指出"讲到现代中国散文,周作人先生是第一个不能忘记的人物,我们首先不能不感谢他的提倡的功绩"①,此为确论。

周作人不仅是现代散文的提倡者,更是创作美文的圣手。1927年前,周作人有散文集《自己的园地》、《雨天的书》、《泽泻集》、《谈龙集》、《谈虎集》、《艺术与生活》等。其创作的散文"彻底打破那'美文不能用白话'的迷信了"②,开拓了现代散文的审美领域。此期的散文创作有两种不同的风格:一种是平和冲淡;一种是浮躁凌厉。这两种散文风格与其自述其时的思想有两个"鬼"相对应。平和冲淡风格相对应的是"绅士鬼",浮躁凌厉风格相对应的是"流氓鬼"。浮躁凌厉风格的散文有:《死法》、《关于三月十八日的死者》、《新中国的女子》、《碰伤》、《日本与中国》、《日本浪人与〈顺天时报〉》、《日本人的好意》、《排日平议》、《祖先崇拜》、《上下身》、《吃烈士》等。这些散文针对"女师大事件"、"三一八惨案"、"五卅"惨案、"四一二"清党等进行愤怒声讨,或谴责野蛮屠杀徒手请愿学生的北洋军阀政府,沉痛悼念死难烈士;或抨击国民党新军阀背叛革命;或反国粹,反虚伪,广泛开展文明批评和社会批评,深刻剖析、尖锐鞭挞国民劣根性。这类散文与鲁迅杂文尖锐泼

① 孙席珍:《论现代中国散文》,北平,人文书店1935年版。
② 胡适:《五十年来中国之文学》。

辣、痛快淋漓的文风有所不同,显得"湛然和蔼,出诸反语""寓庄于谐,庄谐并出",但也"殊少敦厚温和之风",展露其"金刚怒目"的一面。平和冲淡的散文,如《故乡的野菜》、《北京的茶食》、《喝茶》、《谈酒》、《乌篷船》、《苍蝇》、《鸟声》、《菱角》等。这类文章多表现闲适隐逸的情趣,展露出其"悠悠南山"的一面。这种散文取材平凡,谈玩具、话爆竹、记谜语、说恋爱固然可以成篇,吃酒、喝茶、坐船、听雨也可命笔,就是苍蝇、鸟声、菱角、野菜,也无不可以采之人文。所谓"宇宙之大,苍蝇之微",身边碎事、生活琐闻,在他眼里,几乎没有什么不可以涉笔的。司马长风在《论周作人的文艺思想》里写道:"人们爱读周作人的散文,并非为了散文本身的优美,而是欣赏他知识的渊博,态度的雍容。"①的确,知识丰富而又富有情趣,也是周氏散文的重要特点。其散文写得"舒徐自在、信笔所至",很是"耐读",虽是至情流露,而句句字字有节制,并不使人激动,但却使人咀嚼回味。这两种风格,正如其思想里的两个鬼一样,在其散文创作上是交替发生的。但是随着时间的往前推移,其思想的流氓鬼与散文的浮躁凌厉风格的一面渐退,而绅士隐逸之风日渐抬头。这与周作人的思想逐渐转向消极以及文学观念从早期的"为人生"向"表现自己"转化相关。五四落潮以后,周作人的思想上出现了危险的空白,形成了深刻的孤独和信仰的危机。1923 年 7 月,他在《自己的园地·旧序》中感叹说:"我已明知我过去的蔷薇色的梦都是虚幻。"不久,在 1924 年的《元旦试笔》里,他把自己过去满腔的理想和多彩的主义,说成是"迂腐",可以看出他对自我在五四风潮期间的呐喊抗争的真实的否定。此刻周作人"省悟到自己是个'游民',肩上只抗着一把锄头,除了农忙时打点杂以外,实在没有什么可做"。《自己的园地》这部书可以看成是周作人抛弃"为人生"观点,重建文艺思想的界碑。该书《旧序》(1923 年 7 月 25 日)称:"……我们太要求不朽,想于社会有益,就太抹杀了自己;其实不朽决不是著作的目的,有益社会也并非著者的义务,只因为他是这样想,要这样说,这才是一切文艺存在的根据。我们的思想无论如何的浅陋,文章如何平凡,但自己觉得要说时便可以大胆的说出来,因为文艺只是自己的表现,……"可见随着文学观念的转变,周作人已对五四初期的杂感作了部分的否定,在《雨天的书·自序二》里,他又进一步把自己在五四时期创作的杂感称之为"满口柴胡,殊少敦厚温和之气",归结为是"师爷派",则明显显示出他要改变自己散文创

---

① 司马长风:《中国新文学史·论周作人的文艺思想》。

作的方向,向"平淡自然的境地"走去的决心。此后他果然是沿着这条路子走下去的。这终于树起了中国现代散文的又一大流派——闲适派。

与周作人另辟现代散文蹊径不同,鲁迅则在杂感文学上,进行探讨,赋予杂感以鲜明的战斗性和丰富的文学意义。他是从两方面着手的:一方面对杂感进行审美的提升,另一方面强化杂感的战斗性。

鲁迅对杂感的文学色彩的强化有一个过程。有论者认为,鲁迅杂文在强化文学色彩上的转折点是1921年。这大致不错。这一年,鲁迅的杂文写得很少,收进《热风》的仅两篇,即《智识即罪恶》和《事实胜于雄辩》。这两篇杂文把议和感的文字自然地镶嵌到形象的框架之中,使议、感、理融于形象之中,标志着鲁迅在强化杂感的文学色彩上迈出了关键的一步。到《华盖集》和《华盖集续编》,鲁迅已基本上完成了他杂文从重议重感到重形象的文学化工程,牢固地奠定了杂文在文学殿堂中的独立地位。鲁迅杂文文学化的方法主要有三:一是常取类型。"论时事不留面子,贬痼弊常取类型。"①他取的"类型"形象,有象征形象,如蚊子、苍蝇、山羊、趴儿狗等,以动物引类作比,象征社会上的某一种类型的人物;有概括形象,如"把祖传的'红肿之处'看成'艳如桃花'的国粹家","要做事的时候可以援引孔丘墨翟,不做事的时候另有老聃,要被杀的时候我是关龙逄,要杀人的时候他是少正卯"的"名流"等,以形象的描绘,概括社会上的某一阶级或阶层人物的特征;有人物的片断形象,如章士钊、陈西滢、杨荫榆等人面目的揭露,借以勾画出反动的"当局者"及其御用文人的某些特征,使这一类人"简直可以当作普通名词读,就是认做社会上的某种典型"②。对于类型的描写,鲁迅也总结了一些成功的经验,常用的是写"一鼻,一嘴,一毛,但合起来,已几乎是或一形象的全体"③,不求全,不求细,重视笔墨经济。在具体写法上,他重视类型轮廓描写,传神写意,或画眼睛,或勾画脸谱,或特写展示,或漫画素描。其类型创造的典型化方法有综合法画像和专写一人,集中渲染的方法。二是议论的诗化,包括议论的情感化和议论的形象化。鲁迅在谈到自己的杂文创作时曾说"我早有点知道:我是大概以自己为主的。所谈的道理是'我以为'的道理,所见的情状是我所见的情状"④,又说,他写杂文"如悲喜时节的歌哭一

① 鲁迅:《伪自由书·前记》。
② 秋白:《鲁迅杂感选集·序》。
③ 鲁迅:《准风月谈·后记》。
④ 鲁迅:《华盖集续编·新的蔷薇》。

般","无非借此来释愤抒情"①。其杂文里的议论写出深切的一己体验,情感色彩相当强烈。议论的形象化是指把议论布置在形象的轮廓中,或议论粘着形象。三是运用象征、暗示、曲笔等含蓄、蕴藉式方法传达,使杂文的意义具有广延性、可知性与间接性,收到意外的艺术效果;还常用讽刺与幽默,使杂文更富有文学性,"教训文字也富有诗的分子"②。

强化杂感的战斗和批评功能,也是鲁迅孜孜以求的。其实,周作人提倡的"美文"也包括议论文在内。批评性,当是杂感不可或缺的功能。鲁迅历来视批评性为杂文的生命。他在《热风》题记里把自己的杂文称为"对于时弊的攻击"的文字,在《两地书》中,鲁迅认为中国社会"千奇百怪",旧思想、旧文明、旧习惯"根深蒂固",犹如"黑色的染缸",中国国民的"坏根性"如不"改革",中国是没有"希望"的。他不仅自己写杂文来"袭击"旧文明,"攻打"国民的"坏根性",也希望有更多的人写作杂文,将来造成一个杂文写作的"联合"战线。《两地书·十八》里说现今文坛"最缺少的是'文明批评'和'社会批评'",他办《莽原》为的是造就"新的这一种批评来,虽在割去敝舌之后,也还有人说话,继续撕去旧社会的假面"。1927 年前,鲁迅共有五部杂文集:《热风》、《坟》、《华盖集》、《华盖集续编》、《而已集》等。其内容是广泛的,包含的社会批评与文明批评:有带着政治色彩,触及现实的敏感政治问题的杂文,围绕"三一八"惨案,与帝国主义、北洋军阀政府及其帮凶帮闲们的激烈斗争,如《无花的蔷薇之二》、《死地》、《可惨与可笑》、《纪念刘和珍君》、《论"费厄泼赖"应该缓行》等;有提倡新道德,反对旧道德的杂文,如《我们现在怎样做父亲》、《我之节烈观》;有反对封建专制、迷信,倡导民主科学的杂文,如《春末闲谈》、《灯下漫笔》;有反对旧文学,提倡新文学的杂文,如《估学衡》、《所谓"国学"》、《一是之学说》;有深入解剖了几千年的封建精神文明造成的"国民的劣根性"的杂文,如《随感录四十二》、《论照相之类》,等等。其批评是犀利的,其批判的思维是独特的,常在现实中发现历史,总把深厚的历史内容注入作品之中;而其纵意任情精辟议论,又常使人很自然地发生对社会的联想。鲁迅对我国现代散文另一开拓性贡献,是开创了散文诗这一新文学品种。其最早的散文诗应该是一组 7 章的《自言自语》,而散文诗集《野草》是中国现代散文诗的奠基之作。《野草》里收入了写于 1924 年 9 月到1926 年 4 月的散文诗 23 篇,并收入写于 1927 年 4 月的《题辞》1 篇,真实地

---

① 鲁迅:《华盖集续编·小弓》。
② 周作人:《徒然草》抄,《语丝》第 22 期。

记叙了作者在五四退潮后新旧交替时期一段充满矛盾痛苦而又坚持韧性战斗与艰苦求索的心灵历程。其间凝聚着作者在"绝望中抗战"的全部人生哲学,同时也是敏感地感兴现实、剖析世态,对黑暗社会的统治机器、帮凶、帮闲乃至奴才市侩、无聊看客之类作英勇不懈斗争的艺术记录。作品主要借助象征主义的表现手法以构成奇警的诗的形象和意境,以表现内心深沉的苦闷和丰富的人生体验。鲁迅在《野草》创作接近完成的时候,于 1926 年 2 月至 11 月间,从事回忆散文《朝花夕拾》的写作。如果说《野草》的话语方式是独语的,其杂文的话语方式是"讲演",那么,其《朝花夕拾》的话语方式是"絮语"。《朝花夕拾》记叙作者童年至青年时期生活的一些片段,并录下了探索救国救民道路的几段历程,从中勾画出近现代社会生活的某些侧影,由生活琐忆而透视时代风云、社会沿革;且于五光十色的中外世相的勾勒中,凸现出难以忘怀的人事面影,在散文作品中塑造了一些生动鲜明的人物形象;尤其叙事、抒情、议论的和谐交融,为五四以来的记叙散文创作提供了优秀的典范。

在中国现代散文诞生期,以浙江作家为主体的语丝社是应当特别提及的。语丝社于 1924 年 11 月在北京成立,该社以散文与杂感创作为主,形成了中国现代文学史上颇有影响的语丝派散文。鲁迅与周作人同为语丝派"主将",不独具体主持《语丝》编务,实为语丝派精神领袖。其余语丝派骨干如钱玄同、孙伏园、俞平伯、章廷谦等,也都是浙江作家,可见此派散文浙江色彩的浓厚。语丝散文继承五四新文学的战斗传统,更深入展开思想文化、伦理道德的批判,更深入解剖了几千年的封建精神文明造成的"国民的劣根性";同时密切配合了当时重大的政治斗争。在反对"学衡"派、"甲寅"派、"整理国故"派的复古倾向上,在保卫和发展新文化运动成果上,在女师大风潮、"三一八"惨案中,在反对北洋军阀政府及"现代评论派"的斗争中,无一不显示出凌厉攻击和所向披靡的气势。语丝散文的另一功绩是对散文文体的革新。"语丝"作家在创作的过程中,逐渐形成排旧促新,放纵而谈,不拘一格的"语丝文体",并于 1925 年展开"语丝文体"讨论。首先是作家孙伏园在《语丝》第 52 期上发表了《语丝的文体》一文,"语丝文体"的讨论由此展开。仅隔半个月,周作人在《语丝》第 54 期上,发表了《答伏园论"语丝的文体"》,突出"语丝文体"散文的两条品格:一是作者"大胆与诚意",二是"不说别人的话"。之后,鲁迅又发表《我和〈语丝〉的始终》,认为《语丝》"在不经意中显了一特色,是:任意而谈,无所顾忌,要催促新的产生,对于有害于新的旧物,则竭力加以排击。"周作人和鲁迅对语丝体的概括大体是一致的,显示了"语丝文体"的特点。鲁迅与周作人和其他语丝社同人一道创建的语丝文体,标志着现代"文学散文"的成熟。

浙江现代散文在其诞生期,即显示出很高的起点,呈早熟的态势,其标志除鲁迅、周作人这两位散文大家特立文坛外,还在于此期有一大批成熟的浙江散文家,在散文题材与审美上的开拓与创新取得了非凡的成就。这一批散文家有钱玄同、郁达夫、徐志摩、孙伏园、孙伏熙、川岛等。钱玄同是在《新青年》上"随感录"写得较多的一位,同时又是《语丝》的长期撰稿人。其杂感主要关注文化、文学问题。在五四新文化运动中,他左突右杀,痛斥封建顽固派文人为"选学妖孽"、"桐城谬种"。在《斥顽固的国粹派》、《斥复古国粹派的谬论》、《斥士大夫为封建统治派的帮凶》、《告遗老》等文章里对三纲五常等旧伦理道德的批判有一扫而光的气势。其"言论丰采,震烁一时",其文风汪洋恣肆,了然明白。鲁迅曾指出:"玄同之文,即颇汪洋,而少含蓄,使读者览之了然,无所疑惑,故于表白意见,反为相宜,效力亦复很大。"[1]川岛(1901—1981),名廷谦,字矛尘。绍兴人。系《语丝》的发起人和长期撰稿人。此时有散文集《月夜》出版。《月夜》写的是爱情生活,但作者并不只是单纯描写爱情生活,而是着实感到爱对于人生的好处,将个人的爱情体验升华到人类爱的哲理高度。沈从文在《习作举例》里认为:《月夜》与"落花生"的《空山灵雨》都以叙事形式来写抒情散文,近于小说的笔法,又指出他们爱情题材的写法"只重感觉的爱",直叙爱情又颇为含蓄。在早期记叙抒情散文中专写爱情,川岛是值得注意的先行者。孙伏园(1898—1962),绍兴人。此期有散文集《伏园游记》。在《伏园游记》里,作者采用任意而谈的随笔笔调描写自然风景,同时也记述社会习俗与人事来往,使游记带有新闻记事性质。《长安道上》将沿途见闻及感想"拉杂"写成给他的老师周作人。在西安停留期间及往返途中,作者感慨最深的是兵荒马乱给晋、豫、陕等地人民带来的深重灾难,将这些内容录入文中,大大拓展了游记的内涵。孙伏熙(1898—1962),绍兴人,孙伏园之弟。20 年代有散文集《山野掇拾》、《大西洋之滨》、《归航》、《北京乎》。30 年代有《庐山避暑》等。其中《山野掇拾》是现代散文史上一部结集较早的游记,记录了作者 1922 年 7 月 20 日离开里昂下乡旅行,到 Loisieux 村小住作画的情景。朱自清对这本书曾作过评论,他以

---

① 鲁迅:《两地书·十二》。

为这本游记写风物之外,更多的是兼记 Loisieux 村的文化,而这文化不只是人情之美,更重要的是告诉读者他的人生哲学。这确实是中肯之语。《山野掇拾》无论描述景色或人情,都可以看出其"细磨细琢"的个性特色和"以画为文"的艺术本色来。徐志摩是新月派的重要散文家。散文集有《落叶》、《巴黎的鳞爪》、《自剖》等。其散文创作主要收获在 1927 年前后。作为"中国布尔乔亚'开山'的同时又是'末代'的诗人"①的徐志摩,其思想充满矛盾,但"有三条积极的主线:爱祖国,反封建,讲'人道'"②。他有入世精神,充满理想,但当时社会最不能容许的是理想。所以在《我所知道的康桥》、《想飞》、《北戴河海滨的幻想》、《天目山中笔记》、《翡冷翠山居闲话》等散文里,表达的是追求真纯,逃避污浊,回归自然,保持灵魂自由的思想倾向。在《自剖》、《再剖》、《海滩上种花》里真实书写了其理想不能实现的苦闷。这些散文满篇都是知心话,读他的散文,就感到他是知己是朋友。徐志摩散文受梁启超的"新民体"和西洋的唯美散文影响很深,情趣丰富,想象活泼。在他眼里万物皆有情,随手拈来都有诗情画意,富于飞腾的想象七彩缤纷,如天花乱坠。他喜用重叠欧化句法、辞藻,散文写得比诗更华美,以至于有点"浓得化不开",形成了"志摩体"。郁达夫是一位极富才情的作家。20 年代,郁达夫创作的散文大多收集在 1927 年出版的《达夫全集》(共 7 卷)里。这些写于 20年代的散文,很多是描写扶桑归来时以及返乡后的漂泊生涯和感伤情绪。他记载了旅食四方的足迹,塑造了"袋里无钱,心头多恨"的"零余者"形象。笔调沉郁苍凉,有催人泪下的艺术情韵。有人因此称这些散文为"感伤散文"。《归航》、《还乡记》、《还乡后记》、《一个人在旅途上》、《感伤的行旅》等,都是代表作。这些作品充溢着的"实在是最深切的、最哀婉的一个受伤的灵魂的叫喊"③。郁达夫的散文写得诚恳坦率,无所隐晦,读他的散文,如同走进他的生活。他以其浓厚的主观性的内容和强大的情绪流结构,将传统散文的内容与结构模式撕得粉碎,实现了现代散文对传统散文前所未有的突破与超越。

---

① 茅盾:《徐志摩论》。
② 卞之琳:《徐志摩诗集·序》。
③ 郁达夫:《敝帚集·卢骚的思想和他的创作》。

二　30 年代:观念的裂变与文体的多元

大革命失败后,由于政治风云突变,革命形势逆转,加之散文文体自身的发展等因素的影响,中国现代散文发展到 30 年代,出现了数度裂变和重聚。从 20 年代后期开始,到 30 年代末,中国现代散文出现了多元互补、多种风格流派并存与发展的态势。在 30 年代,散文文坛上的流派有:"鲁迅风"杂文流派、闲适派、立达派、新月派、社会剖析派等。这中间,浙江散文家起着举足轻重的作用,且往往成为这些散文流派的领衔人物。徐志摩是新月派的重要散文家,但由于他在 30 年代初期坠机身亡,且其散文的主要成就在 20 年代,这一时期就不再介绍其散文创作。这里要重点介绍浙江散文家在"鲁迅风"杂文流派、闲适派、立达派、社会剖析派中的创作情况。

1928 年,鲁迅创办《莽原》,1930 年,周作人创办《骆驼草》,"语丝"散文流派终于分化,经过一段时期的发展,形成了中国现代散文史上由两位浙江籍散文大家领衔的两个相对立的散文流派,即以鲁迅为代表的讲究散文的战斗性、社会性、现实性的"鲁迅风"杂文流派和以周作人为代表的讲究幽默闲适、趣味的闲适派。这两派,由于在散文的观念与功能等方面理解的差异,在 30 年代爆发了"小品文论争"。"鲁迅风"杂文流派里浙江籍的散文家有鲁迅、唐弢、柯灵、徐懋庸等。此期的鲁迅,在理论上,一方面对杂文是文学的体认充满自信。在 30 年代,有人非难杂文不是文学"正宗"的时候,鲁迅说"杂文这东西,我却恐怕要侵入高尚的文学楼台去的"①,明确肯定杂文的文学价值;另一方面进一步强调杂文的社会功能,对杂文的内容定位为"是感应的神经,是攻守的手足"②,并且从杂文发展的历史中,为其杂文内容的定位寻找历史的合法性。鲁迅认为:杂文从古到今的线索是抗争,杂文的生存和发展,"只仗着挣扎和战斗","所要的也是匕首和投枪,要锋利而切实,用不着什么雅"③。鲁迅的杂文文学化经过 20 年代的实践与探索,此期已日臻成熟。此时鲁迅已把主要精力投入杂文创作,创作了自《三闲集》以后的 10 余部杂文集。他成功地将其他文体的艺术因素,都吸收进来,加以整合熔铸,化为杂文的血肉,从而形成一种独特的文体风范。可以说,鲁迅此期的

---

① 鲁迅:《且界亭杂文二集·徐懋庸作〈打杂集〉序》。
② 鲁迅:《且界亭杂文·序言》。
③ 鲁迅:《南腔北调集·小品文的危机》。

杂文创作已达到炉火纯青的地步。他纯熟运用杂文对各种社会与精神现象展开批评。在以前杂文"任意而谈,无所顾忌"的基础上,此时更增强了嬉笑怒骂、冷嘲热讽、亦庄亦谐、幽默泼辣的文风。他此期的杂文创造了一系列的类型人物:如"革命小贩"、"洋场恶少"、"乏走狗"等。在鲁迅的这些杂文主张和创作的直接影响下,浙江籍作家唐弢、徐懋庸、柯灵、巴人等在30年代也主要从事杂文写作,他们继承鲁迅的杂文风格,成为30年代"鲁迅风"杂文流派的代表。这里主要介绍唐弢与徐懋庸的杂文创作。唐弢和徐懋庸是这时的杂文新秀,并称"双璧"①。唐弢(1913—1992),原名唐端毅,镇海人。本时期有杂文集《推背图》、《海天集》,40年代有杂文集《短长书》、《投影集》、《劳薪辑》、《识小录》等,有散文诗集《落帆集》。他自觉师承鲁迅杂文的战斗传统,对各种有害的事物予以猛烈的抨击。如《推背集》中的《拍卖文明》、《宫刑及其他》就是矛头直指希特勒、日本帝国主义和国民党的;而《海天集》中的《"天讨"》则是对封建旧文化的清算,《看到想到》则是针砭中庸思想和糊涂哲学;《短长书》中《文苑闲话(1到6)》则是对文坛谬论犀利的批驳,等等。在《短长书》里还有一些属"历史札记式"的长篇杂文,如《东南琐谈》、《马士英和阮大铖》、《溃羽杂记》,这些杂文再现了明清易代之际的历史风云,活画出忠奸营垒的代表人物,让人们从中吸取历史的教训。唐弢的杂文笔法酷似鲁迅,他在《自由谈》上发表的《新脸谱》等杂文,一些右派文人误以为是鲁迅所作,于是遭到围攻。由此可见其杂文创作的功力。徐懋庸(1910—1977),上虞人,是30年代专事杂文创作卓有成就的作家,主要杂文集有《不惊人集》、《打杂集》、《街头文谈》、《打杂续集》。徐懋庸开始写杂文,也明显受到鲁迅的影响。他学习鲁迅的战斗精神,也学习鲁迅杂文的风格、笔调。当时林语堂就曾将他的杂文猜作是鲁迅的杂文。徐懋庸的杂文内容广泛,战斗性强。其杂文首先把批判的锋芒对准国民党当局,但并不是剑拔弩张式的,而是运用了极为辛辣的讽刺。他善于在说古道今、引经据典之时,出其不意地击中敌人的要害。如《艺术论质疑》表面上是对鲁迅所译普列汉诺夫《艺术论》中一则材料的煞有介事的质疑,实则巧妙地揭露了国民党当局对内镇压、对外求和的反动本质。他的杂文以针砭时弊为主,如《蛇与Sphinx》通过神话传说抨击了社会上的狡诈黑暗;《忍辱与耐痛》深刻批判了奴隶哲学;《桥头三阿爹们的言论》对向热心青年泼冷水的言行作了讽刺。

---

① 巴人:《边风录》中《杂家·打杂·无事忙·文坛上的华威先生》。

徐懋庸杂文体式多样,写法各别,写得文情并茂,趣味盎然。鲁迅评说他的杂文"贴切,而且生动、泼辣、有益,而且也能够移人情"①。

闲适派也是 30 年代的一个重要散文流派。此派中浙江籍作家为数不多,仅有周作人、俞平伯等。此期周作人,经过 20 年代的思想反省和 1927 年发生的大恐惧后,变得更加消沉。1927 年,写了《闭户读书论》,声称"苟全性命于乱世是第一要紧",决意闭户读书,不问世事。1929 年,他写了三大礼赞《娼妓礼赞》、《哑巴礼赞》、《麻醉礼赞》,经过身的麻醉到言的麻醉到心的麻醉后,就躲进了苦雨斋,与故纸为伍,过他的隐士生活。这时候周作人在散文理论方面鼓吹"言志"。1932 年,周作人在北平辅仁大学的学术演讲录《中国新文学源流》述其主要旨趣:一是使新文学运动与中国文学传统衔接,同时还为其散文言志寻找历史的合法性,认为新散文的传统的源头是晚明小品,"中国新散文的源流我看是公安派与英国的小品文两者所合成"。二是搞清史上文以载道的面目,从而冲洗当时的新载道派。周作人在散文创作上抛开中国的苦难现实,而钻入草木虫鱼、古董鬼神,其散文多渲染"以自我为中心,以闲适为格调",是有其原因的。他曾如此夫子自道:"在写文章的时候,我常感到两种困难,其一是说什么,其二是怎么说。据胡适之先生的意思这似乎容易解决,因为只要'要说什么就说什么'和'话怎么说就怎么说'便好了,可是在我就大难。有些事情固然我本不要说,然而也有些是想说的,而现在实在无从说起。不必说到政治大事上去,即使偶然谈谈儿童或妇女身上的事情,也难保不被看出反动的痕迹,其次是落伍的证据来,得到古人所谓笔祸。……现在便姑且择定了草木虫鱼,为什么呢?第一这是我喜欢,第二他们也是生物,与我们很有关系,但到底是异类,由我们说话。万一讲草木虫鱼还有不行的时候,那么这也不是没有办法,我们可以讲讲天气吧。"②这显然是他逃避现实的一种解释。其实除此之外,还与其对人生和历史的虚空的体验相关。钱理群在《周作人传》里认为,周作人观察历史的独特思维方法是"历史循环论",这种思维方式直接起源于他经验中的多重幻灭,包括对思想革命幻灭与民众精神解放可能的怀疑,进而转换为对于自身的幻灭,对于自己及其同道为打破"历史循环"而致力于"国民性"改造这一终身事业的幻灭,对于依靠知识分子干预历史进程的可能性的幻灭。"历史循环论"最终导致人生奋斗之意义的取消,成为对历史与人生的双重虚无的

---

① 鲁迅:《且界亭杂文二集·徐懋庸作〈打杂集〉序》。
② 周作人:《草木虫鱼·小引》。

确认。在虚无面前,周作人选择"缓缓的走着,看沿路的景色,听人家的谈论,尽量地享受这些应得的苦与乐"①的人生态度。对人生与历史虚空的体验使他对细小的事物产生了微妙的体认,周作人散文并非是真正的言志,而是"赋得"的言志,其闲适只不过是抗拒"虚无"的一种策略而已,在闲适的背后实乃有人生的忧患。他说:"中国是我的本国,是我歌于斯、哭于斯的地方,可是眼见得那么不成样子,平淡的文情哪里会出来? 手底下永远是没有,只在心目中尚存耳……"②周作人此期的散文主要体裁是笔记式小品,"可绝不是随便抄书,而是在读书时摘出有联想,有感见的片段,加以铺陈和发挥,由于他读得渊博,每将一部巨著的精粹,用三五百字转达给读者,对知识分子来说,这自是超级服务。"③其散文风格也因其思想停滞与空虚转向清涩干枯,语言以"口语为基本",杂糅调和古今中外一切书面和口头语言因素,造成具有涩味与简单味的语言风格。俞平伯(1900—1990),德清人。20年代有散文集《剑鞘》(与叶绍钧合著)、《杂拌儿》、《燕知草》等,30年代有散文集《杂拌儿之二》、《古槐梦遇》、《燕郊集》等。俞平伯从20年代开始散文创作,就一直追慕周作人散文的冲淡干和风格。其散文在思想与艺术上受周作人的影响很深。但周作人却又认为俞平伯的散文应该单独列一派,"我平常称平伯为近来的第三派新散文的代表",理由是它为"最有文学意味的一种",跟他自己身体力行所提倡的"雅致的俗语文"④不同。其实,他们骨子里的情趣却是一致的,都是以明末小品中的名士情趣为散文的灵魂。只是具体显示名士情趣时,他们都有各自的个性。周作人散文里的名士情趣含有苦涩味,含有"抗议的心情"⑤;而俞千伯散文里的名士情趣来得单纯,目的性不强。周作人说:"平伯年纪尚青,《燕知草》的分量也较少耳。"⑥有人据此分析认为,这盖来自于周作人的名士情趣是其摆脱现实苦恼的一种策略;俞平伯只是以名士情趣来证实自己非同一般,超出芸芸众生之上而已。我们认为对俞平伯这样分析可能失之偏颇。朱自清在《燕知草·序》中说:"但我知道平伯并不曾着意去模仿那些人,只是习性有些相近,便尔暗合罢了;他自

---

① 周作人:《寻路的人》。

② 1926年5月给俞平伯的信,参阅李景彬《周作人评传》,陕西人民出版社1986年版,第193页。

③ 司马长风:《中国新文学史》。

④ 《知堂序跋)中《燕知草·跋》,岳麓书社1987年版。

⑤ 阿英:《现代十六家小品·序》,《现代十六家小品》,光明书局1935年版。

⑥ 《知堂序跋)中《燕知草·跋》,岳麓书社1987年版。

己起初是并未以此自期的,若先存了模仿的心,便只有因袭的气分,没有真情的流露,那倒又不象明朝人了。"俞平伯在散文里像明朝人一样"以趣味为主"。"只要自己好好地受用,什么礼法,什么世故,是满不在乎的"①,这可能就是周作人说的"是那样地旧而又这样地新"中的"旧",而"新"就是俞平伯在记游忆往的作品里,在触物感怀时的哲理思考。俞平伯在散文里把朦胧的意象当成艺术美来追求,以朦胧感增加散文的艺术效果。俞平伯在《重刊〈浮升六记〉序》中说:"我们与一切外物相遇,不可著意,著意则滞;不可绝缘,绝缘则离。"他就在这"不离不滞"之间营造自己幽渺的艺术世界。

中国现代散文中的写实派以茅盾为代表,茅盾在散文创作中的卓异成就,同样加重了"浙军"在中国现代散文中的分量。他从 20 年代中后期开始散文创作。1925 年爆发了震惊中外的"五卅运动",就写了《五月三十日的下午》、《暴风雨》等一组散文,为"五卅运动"呐喊助威。大革命失败后,写了一组带有象征色彩的散文,如《卖豆腐的哨子》、《严霜下的梦》、《虹》、《雾》等,这些散文以诗与散文的因素结合,描绘了一幅幅扑朔迷离、愁雾茫茫的画面,展现作家内心世界的暗影,同时也折射出一个时代的社会病象。阿英在品评茅盾的散文时说:"茅盾的《叩门》、《雾》一类的小品,当然还不够那样的精湛伟大,但这些小品,正象征了一个时代的苦闷。"②到了 30 年代,茅盾呈现了"另外的一种小品文家的姿态",这时,"他已经不是那样的苦闷忧郁了,他有的是愤怒和冷刺的笑,有的是乐观的确信;对于事件的分析与了解,已不象前期那样'模糊的印象',他是试着用新的观点在考察一切了"③。这时候,茅盾写出了反映广阔的城乡经济破产的随笔和速写,结集为《茅盾散文集》、《话匣子》、《速写与随笔》、《故乡杂记》、《印象·感想·回忆》等,《"现代化"的话》、《故乡杂记》、《乡村杂景》、《香市》、《上海的大年夜》、《上海》等是这些散文的代表作。这些散文创作题材与小说创作题材保持着一致,以剖析社会人生,反映城乡经济破产见长,开创了社会剖析派散文,在中国现代散文史上独标一帜。郁达夫品评说:"他的观察的周到,分析的清楚,是现代散文中最有实用的一种写法","中国若要社会进步,若要使文章和实际生活发生关系,则像茅盾那样的散文作家,多一个好一个;否则清谈误国,辞章

---

① 朱自清:《燕知草·序》。
② 阿英:《现代十六家小品·序》,《现代十六家小品》,光明书局 1935 年版。
③ 同上。

极盛,国势未免趋于衰颓。"①《故乡杂记》里,作者把读者带进日寇"一·二八"入侵上海的时代,深入社会的底层,写了各色人等。他们这些人生活在国民党媚外、东洋人肆意侵略的气氛中,在官吏横行、苛捐杂税的盘剥下,在外货倾销,农村经济破产的黑影里,各有各的心思,各有各的议论,各有各的行动,从而构成一幅幅的联系性的活生生图景。同时,作者在描写生活的时候,用自己的观察,自己同人物的对话,以及从中引申出来的议论,来反映并诠释生活,雄辩而令人信服地使读者了解作者所描写的社会生活的实质。《故乡杂记》、《上海大年夜》、《上海》等散文,以宏观的视野,紧紧抓住社会经济问题,以"大题小作"的方式,与作家同时期的《子夜》、《林家铺子》、《春蚕》等小说一起,构成了作家对当时中国社会的整体观照。30年代,茅盾还从事杂文写作。其杂文视野开阔,感觉敏锐,观察深刻,表现了广泛切实的社会内容,有很强的战斗性。

　　30年代另一个有影响的散文流派是"立达派",这也是以浙江散文家领衔的散文创作流派。说起"立达派"散文,一般人较为陌生,他的另一称谓是"白马湖"派,因为这派散文家曾经聚集在上虞白马湖畔的春晖中学而得名,但这些作家后来大都在立达学园任教,在"立达学园"驻留的时间更长,且"立达"学园的宗旨是"立己立人,达人达己",这当更能揭示这个流派的人生态度,故而有的文学史著作将其名之为"立达派"②。所谓"立达派",其实就是人生本色派。这类作家的心智较为健全,无圄无蔽,其文发之为心,散文创作有很高的造诣。这派里最有成绩的是浙江籍散文家丰子恺、夏丏尊。丰子恺(1898—1975),桐乡石门人。他的散文创作在20年代初崭露头角,到30年代才渐入化境。1933年到抗战爆发前,是丰子恺散文创作的黄金时代,先后出版的散文集有《缘缘堂随笔》、《子恺小品集》、《随笔二十篇》、《车厢社会》、《缘缘堂再笔》等。40年代有《子恺近作散文集》、《教师日记》、《率真集》等。其人其文可用"慈良清正"四字来概括。他的散文有的是对人生根本问题的体察思考,如《剪网》、《秋》等,这些散文着重从佛理哲学角度来探究人生底蕴,带有释家慈悲虚无、超脱神秘的宗教意味。有的是写儿童相的随笔,赞美儿童的天真和歌颂儿童人格的完整。如《给我的孩子们》、《儿女》、《送阿宝出黄金时代》等,这些大多是现代散文史上脍炙人口的名篇。有的是审视社会相的,以"这社会里的一分子"的态度"体验着现实生活的辛

　　①　郁达夫:《中国新文学大系·散文二集·导言》。
　　②　参见钱理群等:《中国现代文学三十年》,上海文艺出版社1987年版,第387页。

味",如《西湖船》、《肉腿》等。有的是以审美的眼光从旁观照这些"可惊可喜可悲可晒的种种世间相",如《荣厚》、《儿戏》等。丰子恺的散文常常能从平凡琐屑事物中,写出深刻的人生哲理,或暗示现实社会种种较深入的问题。用他的话说:"最喜小中能见大,还求弦外有余音。"比如吃瓜子属于司空见惯的现象,用以解剖国民性的确是一个太大的命题,但是《吃瓜子》一文却妙手偶得地把两者牵和起来,批判了国民的一种惰性,达到惟妙惟肖的程度。丰子恺在散文里运用的是絮语的话语方式,因而有一种亲切感。其散文还像他的漫画一样,有一种幽默的趣味。夏丏尊(1885—1946),上虞人,可以说是"立达"同人的精神领袖。这倒不是出于他在创作上的才气,而是本于他的人格力量。夏丏尊的散文数量不多,主要集子有《平屋杂文》。他是一个出色的教育家,所以有相当散文是对青年的劝导,如《读书与瞑想》、《我的中学生时代》等。但真正能代表其成就的是以情见长的散文。这些散文或表现普通老百姓与下层知识分子的生活,抒写他们的疾苦和忧患,如《猫》、《中年人的寂寞》、《白马湖之冬》、《幽默的叫卖声》等,或是表现民族同仇敌忾的精神与揭露闲事弊病的,如《命相家》、《无奈》、《钢铁假山》等。其中《白马湖之冬》有正宗的"立达"风骨,这篇散文在曲折层次和起伏波澜中,写尽作者在白马湖体会的种种冬之情味,尤其是那种在小后轩听风、见鼠、拨火与遐想隐含的诗趣让人向往。这篇散文以白描为主,技巧隐伏在平实的文字之中。夏丏尊的散文平实质朴,清隽意长,可算是"立达派"的正宗之作。

除上述流派外,30 年代浙江籍的散文家还有很多,如鲁彦、徐訏、章克标、文载道、苏青、陆蠡、施蛰存、叶永臻、陈学昭等。这里只就浙江文化的两个侧面(浙东文化的"土性"和浙西文化的"水性"),选取两位略作介绍,以概其余。用地方的文化特色来描述散文家的风格,最早可见于周作人的《雨天的书·自序(二)》。他在此文中强调了浙东人的气质对其散文创作的影响,可见用地域文化来说明某些浙籍散文家散文的文化意蕴有一定的适用性。因为散文是作家人格的直接显现,而文化对人格的建构有相当影响力。陆蠡(1908—1942),天台人,有散文集《海星》、《竹刀》、《囚绿记》等。其散文有显著的浙东"土性"文化特性。浙东多山,民气中有强悍的一面,故而浙东人素来以"硬气"著称。此种文化性格造就陆蠡喜欢写生活重压对人非人道的摧残的残酷性,《水碓》一文描述被水碓捣成肉酱的童养媳的悲惨故事,读来令人发指;《竹刀》写一种敢作敢为、一人做事一人当的好汉式的"土性"的反抗,同样不失"刚性"的一面。在其代表作《囚绿记》中,他赋予常青藤这一柔软的物象,以坚韧、刚强,因之常青藤成为民族不屈强暴的象征。身受这种带有强烈封闭特性的强悍淳厚山民文化的影响,陆蠡习于沉默,不放纵自己的感情,使他的散文蕴藉力量于匀静。山民的性格给他的散文带来了另外一种艺术效果,正如他形容山民说故事:"山民的取喻每嫌不巧,故事中拉出枝枝节节来,有如一篇没有结构的文章。"①施蛰存有散文集《灯下集》、《待旦集》等。他深得浙西杭嘉湖"水性"文化浸染,性格中多一些柔软、飘逸与灵气。其散文难以见到对黑暗社会的猛烈抨击和对时代风云的倾心描摹,更多的是飞花点翠、光风霁月的作品。他喜欢谈自己对社会人生的一己认识,一些趣闻琐事,经他娓娓道来,字里行间夹带机智、幽默,颇有趣味,如《须》、《手帕》、《赞病》等。《雨的滋味》从四季的雨谈到生活的乐趣,谈到满蕴着温柔、微带着忧愁的生活的艺术。这种生活的艺术颇含闲适与趣味,似乎与浙东周作人所向往的生活艺术相同。其实两者有内在的区别。我们知道周作人的趣味与闲适是脱离现实苦闷的一种策略,在闲适的背后隐含苦痛。而施蛰存在《雨的滋味》里所表现的趣味与闲适是浙西人的性情与性格的呈现,完全是一种"水性"的生活艺术在散文中的自然展露。

30年代,散文的文体日渐多样:有杂文、小品、游记、传记、报告文学、科学小品、历史小品等。浙江散文家在各种散文文体的开拓、创新方面都有重大建树。鲁迅是杂文大师,周作人是小品文之王,郁达夫以创作游记驰名,夏衍把报告文学推向成熟,曹聚仁擅写历史小品,周建人专力于生物小品写作,如此等等。而就文体创新的角度而言,此时期郁达夫的游记与夏衍的报告文学最有特色。郁达夫以擅长写自然山水游记著称。有游记集《屐痕处处》、《达夫游记》等。其中《方岩记静》、《烂柯记梦》、《仙霞纪险》、《冰川纪秀》、《钓台的春昼》等文,都善于抓住一处风景的基本特征来加以刻画、渲染,务求穷形尽相,情景交融。但与朱自清前期游记的写景有很大的不同:如果说朱自清的游记是工笔细描的话,那么郁达夫的游记是泼墨写意的中国水墨画。郁达夫的游记将风景、历史、风情与作家的个性融为一体,"觉得总要把热情渗入,才能达到忘情忘我的境地"②。所以在其游记里总是不忘书写其名士情趣,同时又要触景生情,议论时事,讽喻政治,"充分体现了一个富有才情的知识分子,在动乱的社会里的苦闷心怀"③。夏衍在30年代一

---

① 陆蠡:《竹刀》。
② 郁达夫编:《达夫自选集·序文》。
③ 阿英:《现代十六家小品·序》。

度钟情于报告文学创作。发表于 1936 年 4 月的《包身工》,将自 20 年代兴起的报告文学推向成熟,"可算在中国报告文学上开创了新的记录"①。《包身工》显示了 30 年代报告文学创作的最高水平。作品描绘了上海日本纱厂资本家与"带工老板"残酷剥削、压榨工人的情况。作者在大量调查的基础上,用极为丰富的材料和具体事实——"她们的劳动强度,她们的生活条件,她们的工资制度"描绘了惨绝人寰的"包身工"制度,揭示了包身工制度是帝国主义和中国封建势力狼狈为奸、互相勾结的产物,是近代资本主义剥削方式与半封建的超经济的剥削制度相结合的一种奇妙的方式,因此作品有着重要的社会意义与批判力量。《包身工》不仅反映生活有相当的深度和广度,而且在表现方法上,又将艺术地反映生活与新闻报道、社会调查、政论笔法熔铸一体,使作品产生了极大的艺术魅力。《包身工》将新闻的真实性与报告文学的文学性结合在一起,长期以来成为我国报告文学的示范性作品。

40 年代是浙江散文的转折期。这一时期,由于深受战争环境的影响,不论是解放区还是国统区,散文的社会功能得到进一步强化,散文文体以最能够反映当时抗战社会生活的文体如战地报告、杂文、报告文学等得到长足的发展。与战地报告、报告文学、杂文创作的繁荣相比,小品散文的创作一度低落。而小品散文里也以反映社会生活小品得到发展,抒情言志小品创作则一度冷落。一向以抒写个人性情较多的丰子恺,此期的逃难记,也充斥社会的内容。此期散文创作由于过分注重宣传功能,相应忽视了艺术个性的探索与精致的写作,散文个人风格削弱,散文流派倾向也有所消融。由于散文对社会功能的过分强调,使作家逐渐放弃了自我,散文的五四传统一度失落,而逐渐形成了重视政治功能与社会影响的延安散文传统。40 年代散文发展的这种趋势,预示着浙江建国后散文的发展态势。

这一时期,在国统区的浙江籍散文家,杂文方面比较有成就的是冯雪峰、吴晗以及 40 年代"鲁迅风"杂文流派里的巴人、柯灵、唐弢、徐懋庸、夏衍、文载道等,在报告文学方面比较有成绩的是曹聚仁、赵超构等。小品散文方面:社会化创作比较有成绩的是茅盾,抒情言志创作较有成绩的是梁实秋与莫洛等。在解放区的浙江籍散文家,散文创作取得一定成就的是陈企霞、陈学昭、萧也牧等。此时已经来到解放区的陈学昭写了《延安访问记》、《漫走解放区》,以自己的观察和访问,描绘了延安的生活和战斗风貌。而在晋察

---

① 1936 年 5 月《光明》半月刊创刊号的编者社评。

冀解放区成长的新进作家萧也牧,在《山村纪事》题目下发表了十几篇散文,歌颂了解放区人民的觉醒。曹聚仁(1900—1972),兰溪人。30 年代首创并试作历史小品,有《焚草之变》、《孔林鸣鼓记》等一组作品,后收入杂文集《文笔散策》。抗战后,曹聚仁投笔从戎,活跃在大江南北的东线战场,成为一名著名的战地记者。著有战地通讯集《大江南北》。《大江南北》收 1938 年至 1940 年间的作品 52 篇,分为 8 辑:《武汉的命运》、《赣南行住》、《浙皖新行程》、《春夏之交》、《沿海风景线》、《经济线》、《抚顺行进》、《赣湘之行》。从上述各辑的名目可见,作者行程万里,采写广泛。曹聚仁认为,报告文学“并不是纯文艺,乃是史笔,它的成分,要让‘新闻’占得多;那艺术性的描写,只有加强对读者诱导的作用,并不能代替新闻的重要位置”。他的通讯注重事实,讲究剪裁,善于分析,质朴无华,是典型的“新闻文艺”,的确以“史笔”见长。巴人是“孤岛”时期“鲁迅风”杂文流派的组织者和领导者,重要的杂文家和杂文理论家。杂文集计有同别人合出的《边鼓集》和《横眉集》,专集有《扪虱谈》、《生活·思索与学习》、《边风集》、《学习与战斗》,杂文理论著作《论鲁迅的杂文》等。巴人的杂文纵横驰骋,议论风发,像鲁迅的杂文一样,对现实进行了极其广泛的文明批评和社会批评。其杂文体式丰富,格调多样,有政论性杂文、散文诗式杂文、书札类杂文、偶语类杂文、杂记式杂文、按语评点式杂文等。其中有独创特色、写得最多的是那些在生动记叙、描写自己的亲身经历和见闻之中,融进鲜明爱憎和深刻见解的社会评论性的杂文,如《说笋之类》、《杂家、打杂、无事忙、文坛上的“华威先生”》等。这类杂文没有理论家的架子,但在散文式的“直感”“形象”的抒写形式之中,活跃着杂文家批判思辨的惊魂。冯雪峰在 40 年代有杂文结集《乡风与市风》、《有进无退》、《跨的日子》等。其杂文充满着批判的锋芒,抨击了封建主义和殖民主义造成的精神创伤。艺术上善于把批评锋芒隐藏于细密说理中,包含了哲理,“充分的展开了杂文的新机能”①。茅盾在 40 年代散文结集有:《炮火的洗礼》、《劫后拾遗》、《白杨礼赞》、《见闻杂记》、《时间的记录》等等。他一方面继续用随笔或杂记来反映 40 年代的中国,尤其是大后方动荡的社会图景,如《见闻杂记》中继承 30 年代社会剖析散文的特点;另一方面在此期完成了现代散文史上有口皆碑的抒情散文名篇,如《白杨礼赞》、《风景谈》等。这些抒情散文已没有 20 年代后期散文的苦闷,也没有 30 年代散文《雷雨前》那样

① 朱自清:《历史在战斗中——评冯雪峰〈乡风与市风〉》。

的烦躁,基调显得明快、乐观、积极向上。散文里所展现的是西北高原的广袤和生活在这片广袤土地上的面貌一新的人在民族危难中质朴、坚强、乐观的精神。这些抒情散文在象征手法的运用上,在写意的"大场面"和精工的"小镜头"的描绘与搭配上,都显示了茅盾"抒情炼句"的纯熟。梁实秋(1903—1987),祖籍浙江,出生北平。梁实秋可以看作是"闲适派"在 40 年代的主要传人。30 年代开始散文写作,著有《骂人的艺术》。40 年代写作的《雅舍小品》使他获得声誉。作品写的是个人身边琐事,不外乎衣食住行、营养娱乐、人伦道德、世态炎凉、生老病死、走路理发、结婚生子、写信养鸟等事,而关注的却是人性剖析,特别是在道德、伦理方面;注重以审美态度观照人生的方方面面,而舍弃文学对阶级压迫民族抗争等重大事件的表现,与现实保持一定的距离,呈现出逃避现实的态度,从这一点上看,梁实秋的散文是"赋得"的言志。梁实秋的散文充满幽默,这种幽默虽然风趣,惹人发笑,但同时也有所会心,话中有耐得咀嚼的智慧,此外还有博雅的知见。他强调"散文的美妙多端,然最高的理想也不过是'简单'一义而已"[1]。但这"简单"要经过"审慎选择"和"割爱"。因此其文调表现为古朴、简洁、隽永、畅达、并然有序。梁实秋认为文学的情感要由理性驾驭,做到节制与适度。因此,《雅舍小品》里的散文美善和谐、趣义交织,对人有难以抗拒的魅力。

三 建国初:在坎坷中的行进

1949 年到 1976 年是浙江散文的回落、复兴与走入迷途时期。在这一时期中,浙江与全国一样,散文创作有诸多收获与欢欣,也充满着坎坷和辛酸。

新中国成立初期,浙江散文创作较以前的绚丽多彩和旺盛发展的态势相比较,出现了回落的势头。表现之一是散文创作数量减少。据统计,此期的散文集仅为 5 部,比以前一个作家的创作量还少。其时散文创作数量较少的原因之一是老散文家因忙于其他工作而搁笔导致创作锐减;原因之二是"建国前几年'运动'频仍(从土改、镇反一直到三大改造),作家熟悉和表现生活失去了从容心态,故'散文小品'寥若星晨"[2]。表现之二是散文创作的题材与主题单一。在题材上,主要瞄准现实生活中的重大题材,极少去观照个人身边琐事。在散文主题上,配合政治进行宣传,主要以歌颂新的人物、

---

① 梁实秋:《现代文学论》,载徐静波编:《梁实秋批评文集》,珠海出版社 1998 年版,第 173 页。
② 刘锡庆:《世纪之交:对"散文"发展的回顾与思考》,《文学评论》1997 年第 2 期。

新的生活、歌颂社会主义革命和建设等，如曹湘渠的《上升的年代》、方然的《英雄纪念碑》、谢狱的《绍兴散记（五篇）》等。三是在表现方法上，还是以客观的纪实或叙事为主，而穿插以主观的抒情或议论，其抒情方式则具有"客观化"倾向。"所谓'客观化'主要是指作者在努力使自己所表达的思想感情同政治气候、时代精神相一致。"①形成此种散文创作倾向的主要原因是：在新中国初期，广大作家同所有的人民群众一样，所怀抱的，首先就是对新时代、新生活、新社会无比热爱的感情，而与旧时代相比，初生期的社会主义制度本身，确实以其蓬勃的生机呈现出一片光明的天地。所以散文作家用自己的笔，"以赤子之心"，歌其"应该歌的德"，自是不奇怪的。另一方面《讲话》提出的文艺为工农兵服务、为政治服务，要求文艺表现"新的世界"和"新的人物"，具有"颂"的基调。这也常常使得作家"小我"完全融化于时代与群体之中，使散文走向淡化自我、隐匿自我、放弃自我思考一途。

散文创作的这种现状，是不能令人满意的。无论从散文发展本身要求来说，还是从表现丰富多彩的现实生活、满足读者的审美要求而言，浙江散文和全国散文一样都需要复兴。这里所谓的"复兴"，不仅是指散文创作数量要增多，要大力培养散文作家，更重要的是散文中的作家的"自我"要回归，现代散文真切表现现实人生的精神传统要回归，散文家的创造能力要回归。只有这些复归，散文才能真正复兴。但由于建国后多变的政治环境的影响，散文的复兴是艰难的。1956 年至 1957 年上半年（约一年半），随着"八大"召开，"双百方针"的提出，阶级斗争思维定势摇动（"八大"宣布"阶级斗争基本结束"），浙江散文形成了建国以来的第一次创作高潮，创作与理论探讨均有较大收获。但是 1957 年"反右"和 1958 年的"大跃进"运动的干扰，伤害了一大批作家，使正在日趋繁荣的散文园地变得荒芜，使散文创作路子大为缩小，特别是讲真话、露个性的作品极为少见。在 60 年代初期，党对文艺工作中的诸多偏向进行了认真的纠正，在 1961 年到 1963 年上半年，浙江散文又有所复苏，抒情散文勃起，杂文写作有所恢复。但这个时期相当短暂。此后，随着"千万不要忘记阶级斗争"的告诫，政治形势日益严峻，1964 年以后，浙江散文创作明显减弱，直至"文化大革命"时期，整个文艺陷入荒芜的境地，散文完全异化成为阶级斗争的工具。综观这一时期，浙江散文家所面对的是散文艰难复兴的环境，但他们仍然在艰难中努力，在有限的散文复兴

---

① 余树森、陈旭光：《中国当代散文报告文学发展史》，北京大学出版社 1996 年版。

中,取得不同程度的收获。

在杂文方面收获最大的是有限地恢复了杂文的批判功能。我国的杂文创作经过鲁迅等前辈作家的努力,在 30 年代成为一种成熟的文学样式。但 40 年代以后,是否需要继承"鲁迅式"杂文,弘扬杂文的批判精神,却一直存在争议。毛泽东的《讲话》发表以后,延安文艺界展开对王实味的杂文《野百合花》和《政治家·艺术家》的批判,导致批判性杂文在解放区的荒凉沉寂。代之而起的是要创造一种"新杂文":认为"杂文往往与讽刺在一起,却不一定需要讽刺",可以锋利的笔触,描写现实,写成"社会主义"。当时在延安就出现了颂歌型的杂文。建国后,颂歌型杂文一度大行其道。夏衍与冯雪峰在理论上鼓吹"新杂文":1950 年 4 月 14 日夏衍在《新民报·晚刊》上发表《谈杂文》一文,参与"杂文复兴"讨论,认为现在还是杂文时代,但应写"新时代应有的杂文"。1950 年,冯雪峰在《文艺报》第 2 卷第 9 期发表《谈谈杂文》,给"杂文复兴"讨论作了一个总结。认为"我们今天是需要杂文的,而且是非常需要杂文的。"不过需要的是用"新的革命的杂文"来代替具有"在黑暗势力统治下面的奴隶头额上的烙印"的旧式杂文。冯雪峰还于 1951 年 4 月起在他主编的《文艺报》上开辟"新语丝"杂文专栏,满怀激情地呼唤"新的革命的杂文"和"杂文家"出现。在"新杂文"的鼓吹声中,建国初的浙江散文家柯灵、夏衍、吴晗等人都曾致力于此类杂文创作,但创作成就并不高,至今没有留下有影响的作品。随着作家对生活认识的深入,新社会在前进过程中又出现了种种弊端,而新杂文却不能够起到足够的批评作用,这不能不引起人们对杂文的出路进行思考。在此思考中,浙江作家张中晓、夏衍都发表过精辟的见解。张中晓针对《讲话》有关鲁迅杂文的论述,为鲁迅杂文争辩道:"关于鲁迅杂文的一段,是完全不对的。杂文是从现实人生要求中随处发掘的一切新思想的锋利的锄头,假如仅仅把它看作'处在黑暗势力统治之下,没有言论自由,故以冷嘲热讽的杂文形式作战'才'正确',那就根本没有懂得鲁迅。"①把杂文比喻为"是从现实人生要求中随处发掘的一切新思想的锋利的锄头",强调杂文作家的主体对现实人生的投入与发现。这无疑是很有识见之论。夏衍在 1954 年 5 月 6 日的《人民日报》上发表一篇《谈小品文》。呼吁报刊不仅要有"果戈里和谢德林式的文艺作品",也要有"鲁迅式的杂文",同样是颇有见地的。但鲁迅式杂文的复兴直到 1956 年"双百"方针

---

① 《关于胡风反革命集团的第三批材料》,引文据 1955 年《文艺报》。

提出以后才开始。"双百"方针的提出,为杂文创作提供了一个较好的现实环境,杂文创作一度活跃。浙江籍作家中以巴人、徐懋庸的杂文创作最为突出,可以说巴人、徐懋庸的杂文创作代表了当时全国杂文复兴的最高成就。巴人在1956年前后创作的杂文,以文笔犀利而著称。他以不避风险,不计个人得失的态度,一方面对当时流行的主观化、片面化、"公式化"、教条主义、官僚主义、形而上学,乃至虚伪、不诚实的思想观点、作风、做法等等提出批评,如《上得下不得》、《"多"与"拖"》、《略谈生活的公式化》等;另一方面就是呼吁对人的尊重,包括对人的尊严、人的价值、人的感情的尊重,对那种无情斗争、残酷打击的粗暴作风和做法给予猛烈抨击,如《况钟的笔》、《论人情》、《"敲草榔头"之类》等。徐懋庸在1956年11月到1957年8月,不到一年时间写作发表了100多篇杂文。这些杂文对当时存在的官僚主义、教条主义、宗派主义、特权思想,以及不利于实行"双百"方针的不民主风习进行批评,如《对于百家争鸣的逆风》、《不要怕民主》、《宋士杰这个人》、《真理归谁家》等。其中,像《武器、刑具和道理》之类,还写得机敏睿智,形象生动,而又语语中的,使知与识、情与理,达到了比较好的统一。徐懋庸还于1957年4月发表《小品文的危机》,直截了当地列举了当时杂文创作存在的7大矛盾,认为杂文"正面临着一个新的危机",努力寻求探讨杂文与现实建立正常关系的途径。总之,巴人、徐懋庸此期创作的这些杂文闪耀着鲁迅杂文的精魂,对当代杂文创作起到推动作用。但是1957年的反右和1958年的大跃进,极"左"思潮再度抬头,"鲁迅风"杂文受到了批判,杂文创作也再度低落。到60年代初期,随着党的文艺政策的调整,1962年又出现杂文创作的高潮。浙江籍的杂文作家吴晗、夏衍、唐弢等都取得重大的收获。吴晗(1909－1966),义乌人。在建国前开始杂文写作,有集子《历史的镜子》、《史事与人物》、《投枪集》等,60年代前的杂文大多是歌颂性杂文,真正能够代表其杂文成就的,还是60年代发表在《三家村札记》上的21篇杂文。这些杂文有的是直接针对现实的各种问题,发表自己积极而有益的见解,如《反对"花法"》,指出在一切现实工作中,要反对"花法",强调要讲求实用。在《神仙会和百家争鸣》、《说争论》、《论学习》、《说谦虚》等里,倡导讲科学、讲民主、实事求是的学风。更多的杂文是谈古道今、论史鉴戒的。如《赵括与马谡》通过历史教训,指明教条主义的危害。《海瑞》通过对历史人物功过得失的正确分析和评价,充分肯定历史上的清官,并以此倡导勇于说真话的精神。吴晗杂文的一个显著特色就是思想性、知识性和趣味性融为一体。夏衍是现代杂文史上罕见的多产作家。在解放前就发表了大量的杂文,结集出版的有《此时此地集》、《长途》、《蜗楼随笔》等。解放初,在上海《新民报·晚刊》上开辟杂文专栏"灯下闲话",热情讴歌新中国、新时代。1959 年出版杂文集《杂文与政论》。1962 年在《人民日报》的《长短录》上发表杂文。这些杂文内容丰富,许多是对时弊的揭露与批评,诸如工作中的浮夸现象,领导干部的官僚主义,社会上"多做工作多错,少做少错,不做不错"的人生哲学,轻视文化知识和对知识分子的偏见等等,其中《"废名论"存疑》是较有影响的一篇。其杂文形式多样,艺术风格质朴自然、明快流畅,也不乏幽默风趣。此一时期,浙江本土杂文创作也颇兴盛,涌现了一批潜质的杂文作家和作品,颇有影响的如魏桥的《多谋还要善断》、《俭林有志》、《"多难兴邦"多解》,李德吾的《阿 Q 到美国》、《来而不往非礼也》,谢狱的《标签》、《伸冤》、《买血》,等等。

在艺术散文方面,这一时期的浙江虽然大多是颂歌型的散文作品,走的文体路子还是散文通讯化。但也有一些优秀作品,如何为的《第二次考试》,许钦文的《鉴湖风景如画》,丰子恺的《庐山面目》,茅盾的《斯德哥尔摩杂记》、《海南杂忆》,徐开垒的《竞赛》,巴人的《浮罗巴烟》,徐懋庸的《母亲》,王西彦的《塔》等,能够继承古代散文与五四以来的散文的优良传统,在艺术和思想上都取得不菲的成绩。这类散文选材广泛,又善于以小见大、平中见奇,"纳须弥于芥子,于微尘中见大千",文笔挥洒自如,充分发挥散文的特长,显示了浙江散文在这一时期的创作实绩。此时浙江作家在艺术散文创作上取得较大成就的大致有三种类型:一是陈学昭、陈企霞、萧也牧等散文创作,较多继承延安散文传统;二是丰子恺、唐弢、徐开垒、何为等的散文创作,较多继承了五四散文真切表现社会人生的现实主义传统;三是周作人等疏离主流意识形态的散文创作。这里要特别介绍何为与周作人的散文创作。何为(1922—),定海人,是在 50 年代末、60 年代初的散文"诗化"背景下,酿造诗意、寻找意境方面表现突出、成绩显著的一位。40 年代曾出版散文集《青弋江》,这一时期有散文集《第二次考试》、《织锦集》等。何为的散文常常描写现实生活中的新人新事新风尚,"表现新中国年轻一代的道德风貌和青春的美"①。他善于从平凡的细小的事物中提炼出动人的诗意,通过隽永但不复杂的故事情节,展示人们美好的心灵。如《第二次考试》写一位从部队文工团转业到工厂的女共青团员陈伊玲,参加合唱训练班入学的初试

---

① 何为:《临窗寰·序》。

与复试的故事,展示这位德才兼优的女青年的美丽心灵。此外像《两姊妹》、《千佛山上的小树》、《一张照片》等散文,也是"构思隽永,文字别致",颇有诗的意境。周作人在成为汉奸之后,其人与其文,为世人所不齿。新中国成立后,他继续在香港的《文汇报》、《亦报》、《新晚报》等刊物发表小品,这些小品继承以前谈身边琐事的传统,谈典籍、谈民俗、谈天气、谈酒、谈画、谈苍蝇、谈逸闻趣事、谈鸟声等,在作品中有知识与趣味两重机制。在这些小品中以或谈文化建设、或梳理自己的观念、或披露一些历史的真相、或流露自己向往的简易生活艺术等内容为最有价值。

这一时期的浙江散文,在报告文学、史传文学、回忆录方面取得比较大的收获。主要集子有:谷斯范的散文报告集《五圣山下的故事》、《沸腾的村庄》,通讯报告集《最可爱的人》、《我怀念朝鲜》,沈虎根的报告文学《在难忘的日子里——全国青年社会主义建设积极分子大会侧记》,许钦文的传记文学《鲁迅先生的幼年时代》,曹聚仁的回忆录《蒋贩六十年》,周作人的回忆录《鲁迅的青年时代》,川岛的文学回忆录《和鲁迅相处的日子》,陈有生的纪实文学《十年风云》等。此期的浙江报告文学仍然继承解放区的报告文学歌颂革命与光明的传统。不管选取的是什么题材,都不例外地以工农群众辛苦创业与英雄业绩的歌颂为共同的母题,其报告文学除有强烈的生活真实感、浓郁时代气息、饱满充沛的感情色彩之外,还充满革命理想主义、英雄主义、乐观主义的激越昂扬情绪。大部分作品篇幅短小,反映及时,生动质朴,但在艺术上不免仓促、粗糙。这一时期,在艺术上有鲜明的艺术风格的报告文学作家当推徐迟、黄宗英两位。徐迟(1914—1996),吴兴人。他是以诗人身份进入报告文学创作领域的,建国前出过散文特写集。这一时期的收在作品集《我们这时代的人》、《庆功宴》里的大多是工地报告与新生活掠影式的作品。由于这些作品还带有较多的"通讯"色彩,缺乏较强的艺术感染力。艺术上比较突出的是《火中的凤凰》、《祁连山下》、《牡丹》等三篇。这三篇作品,已经显露出他作为杰出报告文学作家的优良素质。其总的特点是,注重写人,尤其以写知识界、艺术界人士曲折坎坷的命运和经历见长,内中人物本身的精神风貌、时代生活的复杂投影,都描绘得真切、具体而生动,从而使作品有丰盈的生活含藏和深邃的思想内涵。黄宗英(1925—),瑞安人。她以知名演员身份闯入文学界,但艺术起点不低。她以《特别的姑娘》引人注意,以《小丫扛大旗》成为知名报告文学作家,其特点是文思敏捷,基调明快,感情充沛,笔法灵动。更可贵的是在于她对时代精神的捕捉与把握,比一般女性作家显得更加睿智聪慧。此期浙江的史传文学和回忆录不再只是停留在"以一个人来见整个时代"的单纯认识目标上,断然摒弃郁达夫式传记抒写自己、表现个人的创作追求,而是将传记文学、回忆录作为进行共产主义思想和革命传统教育形象化的工具和教材。所以其传记文学与回忆录的内容主要是用来颂扬中国革命几十年来光辉的业绩,记载它血与火的伟大而辉煌的历程,讴歌前辈、先烈们舍生忘死、英勇奋斗的事迹和精神。比较独特的是周作人在此期也应曹聚仁之约,撰写了一本《知堂回想录》(60 年代在国内写成,并在香港出版),这本回想录较多继承五四以来传记文学与回忆录传统。在回想录里"私人关系的事情都没有记",只是记录自己在人生的历程的所见所闻而已。其自谓"我这部回想录根本不是文人自叙传,所以够不上和他们并论,没有真实与诗的问题,但是这里说明一声,里边并没有什么诗,乃是完全只凭真实所写的"①。他在《后序》里提到传记文学创作的一个基本问题,即"诗与真实"的问题,颇有理论意义。

就总体而言,这一时期浙江散文曾出现过"复兴",但复兴是有限的。在"左"的文艺理论和"左"的僵化观念影响下,浙江散文家的散文创作的题材和主题受到限制,虽然进行了散文复兴,但散文还是未能根本突破歌颂性的思想表现模式,未能很好地发挥散文应有的批判功能。尤其是反右后,散文的表现空间更限于只赞颂工农兵的伟绩和新社会的光明,不能抨击假丑恶,更不能触及时弊与揭露现实中客观存在的尖锐深刻的矛盾。散文的表现越来越偏颇、狭小,离五四散文真切表现社会人生的现实主义传统也愈来愈远。这一时期整个浙江散文无论在题材、主题、风格、感情内容、抒情方式、写作格式都有一定程度的一致性和趋近性,甚至在语言、笔调、手法、技巧上,都有很多雷同的现象。

在"文革"期间,浙江的散文创作除了"民间散文"的写作外,皆不足观。在"文革"期间,民间写作成为一道亮丽的风景线。所谓民间写作,是指游离于官方话语系统以外的写作状态。当时的部分作家因不满极"左"文艺思想,仅凭自己的理念、感悟写作。作品多在"地下"流传,或仅以写作"自娱"、"自遣",并不考虑发表。此类写作,其思维、风格、主题、题材、语言、思想感情等方面,与主流意识与语汇相疏离,显现出一种理性与自由的态度,倒可以说是五四以来散文传统的真正复兴。民间散文写作比较突出的浙江籍作

---

① 周作人:《知堂回想录·后序》。

家有丰子恺和张中晓。浙江的"地下文学"创作,其实可以追溯到"反右"时期的张中晓。张中晓(1930—1967),绍兴人,于40年代开始创作。建国后受"胡风反革命集团"冤案牵连,中止写作,身心受到摧残。他于1956—1962年,写了三本读书笔记《文史杂抄》、《随感录》、《狭路集》。后人将这三本读书笔记于1996年选编出版。写作这三本书的时候,张中晓已被"发配"到老家绍兴,过着贫病交加的生活。但与这遭遇相比,政治上是"胡风反革命集团"骨干分子的定案给予他的更大的精神重压,这种重压也许正是促使他反思历史、咀嚼人生、宣泄积愤的内在驱动力。因此,可以说,此时的读书与写作是他的一种精神自救行为。但作者的精神自救是超越自身的感伤和迷狂的现实,而直抵人类、历史、生命空间的理性沉思来实现的。由于其早慧和在苦难中痛苦的体验,使他成为"这个体制的一个杰出的观察者与批判者。这个杰出之处在于,他不仅深刻地认识到这种统治者的权术的手段,而且揭示了这种统治术得以存在的心理基础,他揭示了极权政治的'心理学',——从'统治'与'被统治'的两个方面。在这一点上,他继承了鲁迅以来的现实批判与国民性批判的传统"①。如《拾荒集·五八》、《文史杂抄·八一》、《狭路集·九四》等。尽管张中晓身处逆境,但仍然坚持对人类正义与良知的担当。在《狭路集》中,他写道:"知识人的道德责任,坚持人类的良知,只有正直的人们,才不辜负正义的使命。"他虽遭受那样飞来的横祸,但他对人的"良知"、"自由"与"意义"还寄予希望(《狭路集·九三、六八、十九》等)。张中晓就是在这种种思考中,获得思想力量和承担历史的悲壮,以此来摆脱精神的苦海;他在对时代、历史、民族文化、民族个性、人性、良知等所作的思考中,个人遭遇成为其重要的背景,因而在其随笔里"理性与感性就有一种血肉相连的痛切感与深度,理性的思想与感性的血肉紧密融合"。

　　如果说张中晓的"地下散文"是对于专制的一种"介入式"的正面对抗与反叛,那么,丰子恺的散文创作就有并不相同的面貌。他在解放后担任不少社会工作,工作之余也写了一些散文作品。除写了一些回忆往事的随笔外,他写的大多是随笔和游记,或歌颂新社会,赞美祖国大好河山,如《胜读十年书》、《隔海传书》、《黄山松》等;或表达他对革命先烈的缅怀,对革命根据地人民的感谢和对社会主义建设事业的热情,如《有头有尾》、《赤栏杆外柳千条》等。这些散文基调是颂世的,与建国前散文的"出世"与"忧世"不同,显

---

①　刘志荣:《地火在运行——张中晓与〈无梦楼随笔〉》,《当代作家评论》1999年第3期。

示出时代的痕迹,思想艺术价值并不高。而写于"文革"期间(1971 年到 1973 年)的一组 33 篇散文,却代表了他在解放后散文创作的最高水平。此时的散文创作,是对于极权专制的一种"逸离式"的反抗,它对于极权专制并不针锋相对,而是无视、漠视这种专制,视之为无物,以对于理想生活与理想社会的诗意营构来鄙弃这种可恶的现实。这与陶渊明作《桃花源记》,表面上是作世外之想,而实质是对于现实社会的一种批判,有着同一种用意。丰子恺在"文革"中,身受严酷的批斗与迫害,但时代的疯狂与喧嚣可以伤害他的身体却无法触及他的灵魂。在灵魂深处,他守住了自己心灵的一方净土。他白天受批斗,于凌晨时分偷偷起来,写了几十篇散文,这就是《缘缘堂续笔》中的作品。这些作品在对旧人旧事的琐忆中,表达了老作家对人生、对生命的亲和而又达观的态度,似与过去一脉相承,但又显示出在那个疯狂的年代难得见到的超脱、从容与镇静,以一种"逸离"的方式,反抗着专制的现实。

《缘缘堂续笔》这组散文在写作时称《往事琐忆》,后又改为《缘缘堂续笔》,生前未能发表,直至 80 年代才得以出版。可说这是一种无功利的写作,与发表无关,独独与自己的精神有关。超凡脱俗的丰子恺在"文革"期间遭受到残酷的肉体和精神折磨,他就以寻找艺术的方式拒绝阴影中的现实,借散文写作回到精神的"缘缘堂","暂时脱离尘世",进入了想象的世界。他与想象世界中的人物、景物、精神神交,在神交中,获得艺术与知识双重趣味。他认同古人所语"不为无益之事,何以遣有生之年",于是就有了《牛女》、《酒令》等,或借以参透人生与生命,如在《癫六伯》、《歪鲈婆阿三》等文中,以个人遭遇作为背景,深刻理解普通生命生存状态。《暂时脱离尘世》是他的心境之写真。他认同日本作家夏目漱石《旅馆》中的一段话:"我们喜爱的诗,不是鼓吹世俗人情的东西,是放弃俗念,使人暂时脱离尘世的诗。"他之读陶渊明的《桃花源记》,就是在"暂时脱离尘世",认为"暂时脱离尘世,是快适的,是安乐的,是营养的"。我们可以想见,在想象世界里,此时的丰子恺一定心如止水,他似乎已经超越现实的一切,现实里面的荣辱对他来说,都不重要。因此,可以说,丰子恺此时的散文创作已成为其心灵的支撑,在艺术上已进入高度自然、自由的化境。在《缘缘堂续笔》33 篇文章中,《眉》、《男子》、《牛女》等探寻了中国传统文化的心理积淀;《过年》、《清明》、《中举人》等是对童年生活的回忆;《王囡囡》、《五爹爹》、《四轩柱》等用绘画的手法生动、传神地描绘了童年时的玩伴及亲戚、乡邻;《塘栖》、《元帅菩萨》、《放焰口》等表现了旧时的乡俗民情;而《旧上海》则描述了旧上海的种种社会世相。读丰子恺的《缘缘堂续笔》,很难让人想象到这是他写作于"文革"患难期间的作品,作者是那么超脱,内心那么地宁静,似乎他是活在另一个人间。但我们试想一下,又有哪一种反抗会比这种对于极权专制的无视和漠视更为有力和有效呢?

四　新时期散文:走向本土与现代

如果说,现代期是浙江散文家在省外建功的时期,他们用自己的聪明智慧成功参与现代新散文的建构的话,那么当代期应是浙江散文家在省内立业的时期。他们以富有深厚底蕴的浙江文化为背景,用现代观念去感受生活,认识社会,探究人生,创作出既富有地域性又富有现代性的散文作品,从而丰富和繁荣了中国当代散文。在当代期的前十七年,浙江散文的地域性还不明显,散文地域性意识在浙江散文作家那里还欠自觉。这一方面是十七年的文艺命运多舛,而导致浙江散文作家无暇思考这一问题;另一方面当时过于强调散文为政治宣传服务,为工农兵服务,从而导致对浙江散文的地域性缺乏应有的关注。到新时期,尤其在十一届三中全会的精神贯彻以后,随着浙江散文里的自我、个性的回归,浙江散文的地域性、现代性也在逐渐觉醒,并日益成为自觉。强化散文的地域性、现代性应是振兴"浙军"散文应有之义。

新时期的浙江报告文学一开始就自觉以浙江大地作为其主要描写对象。它或立足浙江,向世人描述在思想解放、改革开放时期,浙江大地上翻天覆地的变化,展示了浙江新时期社会生活的丰富多彩,展现本省改革家和各条战线上的优秀人物的风采,并且在弘扬浙江人的精神的同时,也揭露了某些陈规陋习,从而也给予全社会乃至全人类一些启示和鉴戒。它或立足全社会,乃至全人类,以浙江大地上的人物、发生的事件的描写为因由,思考重大的时代、社会、人类的命题。但不论是立足浙江,描写浙江,还是立足社会,乃至全人类,反映时代、社会、人类的命题,由于新时期报告文学主要以浙江儿女作为描写对象,因此可以说,浓郁的地域性是新时期浙江报告文学的一大特点。如果新时期浙江报告文学仅限于以地域性追求为满足的话,那么浙江报告文学就会因之缺乏一种高度和深度,变得狭隘。实际上,浙江的报告文学作家是具有现代意识、世界意识、人类意识与开放的眼光的,因此浙江报告文学另一特点是强烈的现代性。而在新时期的浙江报告文学里地域性特点与现代性特点是紧密结合的。

　　新时期浙江报告文学,80 年代与 90 年代相比各有特点:一是篇幅体制上,80 年代浙江报告文学主要以中短篇为主,90 年代起,长篇报告文学创作逐步增加,比较有影响的作品有:徐海滨、李涛的《温州形象》(1993),夏真的《生命之歌》(1996),沈治平的《赤子情怀》(1996),廉声的《陈金水》(1996),吴晓波的《农民创世纪》(1997),张万谷的《追赶太阳的人们——记中国第一座自行设计自行制造的核电站的建设者》(1992),王耀成的《农民的创世纪》(1993)等。二是内容风格上,80 年代浙江报告文学以揭露和歌颂为主,如其中有获全国优秀报告文学奖的李君旭的《啊,龙》(1982),吴民民的《冰海沉船》(1984),陈冠柏、周荣新的《中国的回声》(1984),陈冠柏的《黑色的七月》(1986);有陈冠柏的《大饼油条的挽歌》(1987),周荣新、冯颖平的《夏天对春天的反思》(1987)等。由于在 80 年代作家对生活理解的相对过于单纯、肤浅,致使此期浙江报告文学普遍存在着激情有余,而批判的理性力度不够的问题。到 90 年代,实行市场经济,一方面社会生活更趋复杂丰富,作家的思想比以前更加开放,不再局限于以单一的价值来看待复杂的社会、现实、人生,此期的浙江报告文学在揭露与歌颂的基础上,增添了几分深沉的理性思考。因之,作品在时代的激情里隐含着几分从容,如夏真的《父老乡亲——浙东山区扶贫纪实》(1993)、《世界五百分之三的希望》(1994),吴晓波的《农民创世纪》(1997),徐海滨、李涛的《温州形象》(1993),谢鲁渤的《边区的太阳红又红》(1992),王耀成的《潮涌三江》(1999)等。另一方面,在文学失去"轰动效应"的前提下,浙江报告文学为了赢得更多读者的青睐,90 年代报告文学出现题材的俗化,以奇、怪、揭秘等悦众,在叙事上,以故事化、传奇化的叙述,吸引读者的阅读兴趣,因此,90 年代的一些报告文学呈现出大众文化品格。90 年代浙江报告文学在内容上还有两个方面值得我们注意:一是对主旋律的弘扬,比较有影响的作品有夏真的《生命之歌》、廉声的《陈金水》等。廉声的《赤子情怀》描述浙江省临安人陈金水进西藏数十年为气象事业服务的光辉事迹和崇高精神,融思想性、报告性、文学性于一体。作者抓住陈金水三次主动进西藏、三次调换工作地点的基本线索,突出了他的崇高奉献精神。全书的重点放在陈金水创建和坚守安多气象站的艰苦历程上。安多海拔 4802 米,被视为"生命极限和禁区",在这里,陈金水的奉献精神得到了全方位的展现。文章用穿插、延伸、拓展的章法,把陈金水从北京气象学校到泽当、到安多又到昌都三个气象台,以及陈金水带领科学考察队奔赴无人居住的双湖高原等足迹清晰地展示出来。而陈金水的奉献精神之根基——"忠"和"爱",像一根红线贯串全书。二是出现一种描写企业家或企业的报告文学。这当然不排除作家出自主体感动的选择,但不能不说这是报告文学适应市场经济,与企业联姻的结果。对这种报告文学我们应从两方面来看:一方面它扩展了报告文学的表现领域,发挥了报告文学的社会作用,且其中有些作品是佳构,如王耀成的《希望之路:赵安中传》(1997),樵夫、陈鲁峰的《舜江之子》(1997),樵夫的《黑马》(1998)等。当然,另一方面,客观上这种报告文学也存在不少出于某种商业广告目的而写作的思想肤浅、艺术粗糙的作品。

夏真的报告文学以反映现实、思考现实见长,著有《生命之歌》、《世界五百分之三的希望》、《父老乡亲》等。《生命之歌》获得 1993—1994 年全国"五个一工程"奖。作品描述了刘玲英的英雄事迹和敬业奉献的精神;同时,围绕抢救刘玲英生命和侦破案犯,写出了各级领导、群众、干警等的高尚品质,并多侧面地表现了学习刘玲英活动的生动场面。刘玲英是浙江丽水地区云和县云和镇信用社营业员,1993 年 12 月 22 日,歹徒持刀抢劫信用社,胁迫刘玲英交出金库钥匙,而她临危不惧、遇暴不怯,虽身受重伤仍然宁死不屈。这部报告文学采用客观的纪实视角,展示了刘玲英成为英雄的轨迹,而当了英雄仍然保持平常本色。像《父老乡亲》这样的题材,是夏真所擅长的,《父老乡亲》的成功是建立在作家独特、深刻的观察和思考之上的。相对于那些描述改革开放的业绩的作品而言,作家显然为自己设置了许多障碍和难题,并力图在克服和解决这些障碍和难题的过程中,显示出创作这样一部作品所独有的认识价值和现实意义。这篇以浙东地区扶贫工作为内容的报告文学作品,以朴实无华的笔墨向读者勾画了令人震惊、感慨却又不能不正视的生活现实,即在改革开放已持续十多年,城乡民众的经济地位已发生变化的今天,我们的一部分父老乡亲仍然挣扎在触目惊心的贫瘠蒙昧的生活状态之中。作家将这些令人难以置信的却又是非常真实的贫瘠蒙昧的生活现象堆积起来,一齐推出,形成了一种集束轰炸的震荡效果,从而使人们不得不清醒地正视这些生活现实,对造成这种现象的各种因素进行深层次的思考,引发读者对周边生活环境与条件的真实感触。与此同时,作家在叙述这些生活现象的时候并不回避自己的观点,将自己对这些生活现象的感受和由此产生的认识评判,毫不掩饰地表现在作品中,并就一些深层的背景因素和原因作出自己的解释,反复强调培养人的素质的必要性和紧迫性。

陈冠柏,1946 年出生,长期从事新闻工作,新时期致力于报告文学创作,取得比较突出的成就。他的《中国的回声》(与人合作)、《黑色的七月》、《蔚蓝色的呼吸》分别获第三、四届全国优秀报告文学奖和"中国潮"报告文学征文一等奖;他的《中国第一座农民城》、《雪飘三度》、《东方起动点》、《夕阳并不孤独》、《大饼油条的挽歌》、《再造一枝青春宝》等报告文学反响比较大。其作品具有触角敏锐、热情奔放、富于批判性的特点。《再造一枝青春宝》选取一位知名企业家的生活、工作的艰难境遇进行富有激情的描述,对束缚企业、个人发展的各种基于旧体制的陈旧落后观念和行为进行嬉笑怒骂地批判,提出再造一枝青春宝,即改革。作者对旧观念思想与行为的批判,是以现代文明作为背景。因而批判显得颇有深度,并深入人心。近几年来浙江报告文学创作较为活跃的作家有张艺声、陈洪标、孙侃等。

新时期浙江的传记文学、纪实文学的创作也注重挖掘省内资源。浙江历史与现实上的人物,浙江大地上发生的事情,自然成了浙江作家笔下的题材。这一时期浙江纪实文学、传记文学有较好发展,出版了很多此类作品,作品的质量也不俗。其中较有影响的传记文学作家有陈星等,纪实文学作家有薛家柱、黄仁柯等。陈星(1957—),杭州人,著有传记《佛缘不灭——曼殊大师传》、《芳草碧连天——弘一法师》、《人间情味——丰子恺传》等,有散文集《广陵绝响》、《拜望文学故乡》等。陈星的传记多选取近现代文坛上、多与佛有不解情缘的作家为传主。这与作者的研究领域相关,更是作者本人性情、向往境界的反映。陈星的传记描写疏密有致,语言简练,风格清淡。薛家柱(1937—),笔名罗岩,宁海人。有纪实文学《魂断武岭》、《铁血生涯——一个少将情报官的自述》、《西安兵变情恨》、《蒋介石在西安事变中》(与人合作)、《蒋介石和他的元配夫人》(与人合作),等等,还有许多散文作品发表。《蒋介石和他的元配夫人》叙述的是蒋介石和毛福梅的故事。我们从这本书中看到了作者的深刻功力,叙述的语调非常亲切,娓娓动人,而蒋介石早年鲜为人知的一面也随之渐渐显露。蒋氏年少顽劣非常,胸有大志,不免使人想到刘邦。而他事母至孝,事妻不忠,又可见出为人子与为政治家的不可调和之处。作品文笔优美,格调不俗,使得这部作品与一般的此类俗书迥然有别。黄仁柯(1943—),湖南澧县人。少年时代就在浙江学习生活。参军复员后,仍回浙江工作。有纪实文学《三星将军的生死选择》、《陆军监狱》、《沙孟海和他的 CP 兄弟》、《习仲勋在"抢救运动"中》等。黄仁柯极其注意作品的真实性,他的采访较为严谨,十分重视第一手资料的搜集和鉴别。他的写作态度非常认真,不去迎合社会上一时流行的观点或偏见,坚持自己有一说一(如《八百壮士》、《生死天山》)。《陆军监狱》着眼点不在于对现实的某些生活现象的描述和评判,而在于对一段人们绝不应该忘记的历史的追忆。作为对一段沉寂久远的历史追忆,作家以十分强烈的责任感和使命感对其进行了艰苦的追溯和挖掘,力求准确、真实、严肃地再现当年发生在浙江大地上的那么一组丰富多彩、惨烈壮观的革命历史,以全身心的投入力争写好一首先烈们的安魂曲。在《陆军监狱》这部作品中,作家除了依照采访调查的资料努力重组当年的社会环境,人们的活动背景以外,还着重对所表现的人物内心及其独特个性进行了刻画。作品对历史人物的思想和行为表现出了充分的尊重,既不去故意拔高,也不有意隐讳,使得整个故事显得非常真实、亲切、感人。

　　新时期的浙江艺术散文(指通常所称的散文)也有很大部分是以浙江人物、风土、人情、历史、文化作为题材表现的内容。在这些艺术散文作品里,或通过几个片段,用省俭的笔墨,勾勒出人物的精神风貌;或抒发魂牵梦萦的情感;或思考社会、历史、现实;或感悟人生,体验人性等。当然新时期浙江艺术散文的题材内容并不局限浙江大地。广袤空间里的人、事,在新时期浙江散文家笔下纷纷抒写。散文作家在穿梭无尽时空时,尽情拥抱、体验,将他们的所见、所感、所悟、所思移就在纸上,化为一篇篇锦绣文章。但这些艺术散文作品仍然打印上浙江山水、历史、文化养就的审美眼光。可以这样说,如果文学的地域性在报告文学里是外在题材显性存在的话,那么它在艺术散文里更多的是内在隐性的逻辑存在。作为内在隐性逻辑存在的文学地域性已经化为散文作家观察生活、表达感受、抒发感情、体验哲理的一种潜在的眼光,或隐或现地制约浙江散文家的艺术散文创作。因此,地域性也是艺术散文的一大特点,同时也和报告文学一样,在艺术散文里地域性和现代性特点是紧密结合的。正是这一紧密结合,使新时期浙江艺术散文里所抒之情沁人心脾,所悟之理从容自信。

　　80年代起,浙江艺术散文创作几乎一浪高过一浪,发表的艺术散文数不胜数、举不胜举,不仅专写散文的作家大显身手,连写小说、诗歌圈内的作家也趋之若鹜。仅以艺术散文集子为例,也能大致窥其发展脉络和奇异景观。起先出版的多为回忆性和怀念性的散文,如于冠西的《八步半的回忆》(1984),陈学昭《如水年华》(1986),冀汸《望山居偶语》(1998年)、《无题之什》;也有游记类的散文,如傅通先的《天堂游踪》(1987),逸平的《岛国风情》

(1987),以及凡人琐事、风格淡泊而富有韵味的杨敏生的《羚羊集》(1989)。
到了 90 年代,尤其是 1993 年以后,浙江艺术散文创作出现了繁荣的局面。
表现为:(1)作家队伍上,几代同堂。老作家笔耕不辍,中年作家成为中坚,
青年作家不断涌现,老作家主要有于冠西、费淑芬、项冰如、屠再华等,中年
作家主要有叶文玲、赵健雄、谢鲁渤、龙彼德、汪逸芳、李庆西、李杭育、刘长
春、杜文和等,青年作家主要有莫小米、张加强、孙侃、流星雨、王旭烽、赵福
莲、苏苍桑等。(2)作品的数量急剧膨胀,质量上有很大的提高。1997 年前,
每年约有 10 本左右,1997 年出版的有 17 部,1998 年出版的有 28 部,1999
年出版的有 60 多部,其中叶文玲、赵健雄、刘长春艺术散文集尤多。(3)艺术
散文题材风格多样,包括生活散文、游记散文、文化散文、知识散文、诗化散
文、影视化散文、随笔性散文、感怀性散文、哲理性散文等。新时期比较有特
色的浙江艺术散文作者较多,现选取几位作家的创作予以简单介绍。

余秋雨(1946—),浙江余姚人,主要散文著作有《文化苦旅》、《山居笔
记》、《文明的碎片》、《秋雨散文》、《霜冷长河》等。余秋雨的散文创作在整个
90 年代中国散文领域中具有十分独特的意义。这种独特意义并不是因为他
的散文集几乎每出版一部都风靡海内外,形成了一种历时相当长久的"余秋
雨文化散文热",而是在于他的散文为中国当代散文的文体发展和精神内蕴
的拓展都提供了一种全新的视野。从文体上看,余秋雨的散文首次将文学、
美学、哲学、史学以及其他学科成功地融入一体,形成一种极为丰富、也极为
自由的叙述语态,以至于很多人称之为"学者化的散文"。这种散文不仅打
破了以往有关叙事散文和抒情散文的分类界限,也消解了散文与随笔之间
的区别,使散文的文体之中包含了巨大的思想内涵和各种学科的鲜活知识。
如《抱愧山西》、《道士塔》等篇章中,不仅自然而然地引入了大量的历史知识
和文化信息,还动用了一些经济学、考据学的常识,使一些鲜为人知且枯燥
无味的历史往事复活成生动有趣的审美载体。这种对散文文体的开放性探
索,进一步打破了一些有关散文文体的内在局囿,使散文与创作主体的情感
和思想在审美表达上获得了前所未有的话语空间。

从艺术策略上看,余秋雨的散文之所以篇幅很长,但同样在阅读中引人
入胜,关键在于他相当机智地处理了三个重要的内在艺术因素。一是对一
些宏大历史的激活。在余秋雨的笔下,很多历史知识大都随着岁月的推移
已不再为常人所知,但它们又在中国文明进程中占据着重要的地位。面对
这种被公众遗忘的过去,作家不断地动用一些可堪正性的史料和个人化的

合理推衍,使它们在作家心灵的强烈观照下复活起来,还原成某种鲜活的艺术实体。如《流放的土地》、《苏东坡突围》等,都将历史还原到人的命运之中,以人物的命运来反观历史的沧桑。二是对创作主体的情感在表达过程中的有效投入。余秋雨的很多散文给人以强烈的情感共鸣,其重要原因就在于作者面对自己要表达的对象时,非常有节制地控制自己的情感奔泻,既不滥情,也不矫情,更不无情。什么时候表达自己的感情,以及感情如何表达,在他的笔下都显得恰到好处。同时,他在保持个人化的情感取向过程中,又时时将自己的种种价值观念和伦理情操投置在公众长久以来都一直认可的传统标准上,使之明确地形成一种集体意识。这种集体意识有时就是强烈的民族尊严和集体荣誉,所以当它流露出来,很容易在接受过程中产生巨大的回响。如《道士塔》、《都江堰》、《白发苏州》等作品中透示出来的情感取向,都是人们长期以来一直向往并恪守的某些理想人格和精神禀赋。三是对创作主体思考方式的深层发掘。余秋雨的散文带着很强的主观性,无论对历史还是对现实,都显露着自身颇为独特的审视方式和思考向度。但他在处理这种思考方式时,不是突出它的排他性和自我绝对意义上的精神发现,而是巧妙地将自己的人生思考和审美发现融入叙事对象之中,使它不至于因为过于新奇而使人难以接受,而是以一种合理化的方式让人们在阅读过程中潜移默化地认同。如《霜冷长河》中的许多人生思索,处处呈现出作家自己的独特感受,但阅读过程中又一点也不让人感觉到思想怪异。

　　总之,余秋雨的散文创作,不仅使浙江20世纪的散文创作,也使整个中国20世纪的散文创作,都带来了一次革命性的变化。继余秋雨之后,大量的作家开始积极地尝试着这种散文创作,并形成了全国性的"文化散文热"。这无疑是一种极好的例证。

　　莫小米、汪逸芳是浙江这一时期的散文女作家代表。女作家的艺术散文创作,在90年代浙江散文文坛很具实力。叶文玲、王旭烽、吴丽嫦、汪逸芳、文敏、赵福连、白虹、顾艳、莫小米、盛林、费淑芬、杨芳菲、奕林、文敏、李玲芝、徐晓航、徐澜、邹园等都有艺术散文作品发表。她们的艺术散文作品从总体上说写得柔慧、细腻、深情、温暖,具有明显的女人味。但浙江女性作家的特征体现绝不是单色调的,而是多姿多彩的。"如果说叶文玲的《缱绻之旅》等作品中体现出来的是一种热烈的一往情深的感情色彩的话,那么,在汪逸芳的作品中可读到的是对于故土的一片眷念缠绵之意;在奕林作品中可看到一颗爽直坦率之心,而在费淑芬那里则充满慈和关怀之情。毋庸说,谁都可以感受到白虹的洒脱和幽默,而王旭烽则像一个固执的小姑娘。她们每一个人都在努力寻觅着属于自己的独特的'散文语言'。"①汪逸芳(1950—),笔名夏天、叶芳,德清人,著有艺术散文集《心雨》、《岛国风情录》(与人合作)、《常有雨相伴》等。其散文有故乡小镇童年生活的回忆,有异域边陲人文风物的记述,有平常生活中因人因事的一点感触和随想,也有与编辑业务有关的书人之事的抒写。其中写得最为纯熟的是她的怀乡之文。《老屋》、《落叶》、《废园》等都是记述儿时的往事与故土风情。"旧日生活虽然清贫,因为维系着儿时生活的种种乐趣,因此,现在回忆起来,仍是酸涩之中有温馨,变化之中有依恋。在对于童年之趣的悠悠回忆和平静又淡淡的叙述之中,寄托着作者对故乡深厚而又复杂的情意,以及对童年生活的诗意情念。"②汪逸芳的艺术散文给人以江南淑女印象,文笔细腻、优美,清俊秀逸,富有生活情趣,娓娓道来,亲切自然。莫小米是报社记者,擅长写"豆腐干"体的文章,这些文章不仅应和着文化市场和报刊业的繁荣被更多的报纸副刊和出版物采用,显然也被更多的读者所认同和看好,可以说,莫小米是创作这种短小简练文体的成功者,有艺术散文集《在沙发的怀里》(1996)、《心意阑珊》、《永不言别》(1997)等。其散文平均每篇不足千字,但内容却涵盖社会万象、世道人心、经济文化等。莫小米敏于感受,"每天,阳光下总有发亮的东西","在太阳底下,……边走边捡,总觉宝贝满地"③,对生活时有新的发现,又勤于思维,"常常是从叙事的角度,一变,成了思考的角度。这改变,是一种发现,一种理性的升华与闪光"(冯骥才语)。莫小米的艺术散文虽然浅直,但饶有趣味,有很浓郁的生活气息。她的艺术散文给读者带来了饭后茶余的逍遥,有时还可获得认知与审美情感的体验。

与江南女性艺术散文柔婉清丽的风格不同,赵健雄、刘长春等男作家的艺术散文显得深沉、厚重。报人赵健雄(1949—   ),湖州人,著有随笔散文集《乱说三千》、《天下零食》、《都有病》、《糊涂人生》、《浊世清心——晋书随笔》、《危言警语》等。他写随笔散文,早已驾轻就熟。他思考问题的思维方式很对路,也有文史哲以及其他(譬如艺术、科学)的修养,他的感受能力很强,悟性很好,很多体会是"不学而能"。有了这些知识和文化背景,他的随笔散文常常是"大处着眼,细处落墨"。像《危言警语》,全书讨论的是科学发展这样的大题目,而每一笔却从小处切入,他仿佛做的是"切片"工作。赵健

---

① ②　高松年:《春风吹绿——1992 年的浙江散文》,《92 浙江文坛》,浙江文学院编。
③　莫小米:《永不言别·一分钟序》,天津人民出版社 1997 年版。

雄的随笔散文自成风格,题材仿佛俯拾即是,文字随意天成,但以忧患意识和犀利的机锋广泛关注社会人生,给人以老辣的印象。有人认为,从浙江范围来看,他的散文随笔当属臻于成熟的老练之作。正如鲍尔吉·原野在《无人之境》一文中所说:"我读赵健雄近年的文字,觉得他在文章领域如入无人之境……因此羡慕赵健雄,身手敏捷,只写自己的文字,即使乱说三千,也沉者痛快。"刘长春(1951—　),路桥人,著有散文集《旅途》、《山水境界》、《天台山笔记》等。他的散文既有写他个体生命的体验与感悟,如《紫凝之水》、《山水境界》、《病中吟》、《她》、《重逢》等;也有对我们生存的社会与环境的关怀与思考,如《话说台州式的硬气与迁》、《仙山道源》、《故乡忧思录》等,其中尤以具有深沉文化意识、历史意识的文化散文引人注目。《天台山笔记》里的系列散文,从现实和历史的交汇地点天台山出发,深深潜入悠悠岁月中与天台山擦肩而过、风云际会的一个个历史人物的灵魂世界,探微寻隐,叩问对答,为这些远去的中国脊梁,为他们光照千古的气节、操守、人格,唱出了一曲曲直薄云天的人生浩歌,树立了一座座催人自省的精神丰碑。这些文化散文思考深邃而格调昂扬,有一种阳刚之美,显示出实践家和思考者的特色。

老作家莫洛(马骅)在40年代有散文集《生命树》,新时期又有散文诗《梦的摇篮》、《大爱者的祝福》、《生命的歌没有年纪》等。可以说,莫洛是新时期浙江散文诗的代表作家。他一如纯真的少年,"唱出青春的歌曲"①,在他的散文诗里浪漫执著咏唱一切代表真善美的事物,而"把假、丑、恶,统统抛进浊浪腾空的深渊"②。这看起来似乎是有点罗曼蒂克倾向,实乃是以作者一生的沧桑体验作为底子的一种境界,这是莫洛"大爱"哲学的自然流露。代表作品有《心笛》、《绿叶上的诗》、《睡与醒》、《季节交替的时刻》、《生命的歌没有年纪》、《我是太阳、月亮、星星》等。其散文诗取喻为一般物象,每一个物象里饱蘸着作者青年般的激情,感情纯正,音调和谐,"像陈年的醇酒,那样纯净,那样清洌,还有一股不可见的醉人的力量"③。新时期浙江的抒情类散文创作存在着琐谈之风与纤弱之气。这需要警惕,否则散文创作迟早必会陷入无病呻吟和矫揉造作的泥潭。

90年代后期以来,浙江涌现一批"60后"的青年散文家,不可不予注意。这里可举赵畅为例。赵畅(1961—　),上虞人,曾任上虞市委宣传部长,业

---

① ②　莫洛:《八十岁老人之歌——代序》,《生命的歌没有年纪》,浙江文艺出版社1995年版。
③　莫洛:《生命的歌没有年纪》。

余时间从事散文写作,成果颇丰,已在《人民文学》、《中国作家》、《人民日报》等报刊发表散文、杂文作品 250 余篇,出版《重读曹娥碑》、《永远的越窑青瓷》、《永远的怀念》、《大爱无痕》等散文著作 14 部。散文《白马湖离我们有多远》获"首届郭沫若散文随笔奖",2006 年获第二届全国青年文学奖(均为浙江省惟一获奖作者)。其多数作品可归入"文化散文"一路,着力描叙的是有厚重文化气息的越窑青瓷、曹娥碑之类的历史沉淀,用心开掘的是体现五四传统和浸透现代文学与教育理念的"白马湖"文化精神,作家透过对江南地域历史人文的挖掘,表达了对历史和现实的深邃思考。其散文创作的一个很明显的特点,就是"在立足于本土文化的精心传承、热情开掘的同时,积极汲取和融合海洋文化开放、时尚的基因,使其历史的厚重与现代思辨融为一体,传统的价值与当下的审美双向整合"①。这体现了年轻一代散文家更注重散文的思辨色彩与审美效应,无疑会有助于当代散文艺术价值的提升。

鲁迅是 20 世纪中国的杂文大家。而在鲁迅杂文的旗帜下,涌现了许多浙籍的优秀杂文家:徐懋庸、唐弢、柯灵、冯雪峰、夏衍、吴晗等,他们与鲁迅共同创造了 20 世纪中国杂文的辉煌,铸就了 20 世纪中国杂文敢于直面人生,正视现实的精神和自由思想,独立批判的现代意识,这种精神与意识也成了浙江人文的新传统,影响着新时期浙江的杂文创作。无疑,新时期浙江杂文作家赓续、发扬了现代杂文精神与意识,用杂文革故鼎新,激浊扬清,匡正时弊,张扬真理,在与封建愚昧,腐朽专制,教条僵化,抱残守缺的思想行为以及歪风邪气作斗争,比较集中地发挥了杂文的批判战斗作用。

此期浙江本土杂文与"文革"以前相比,其主要特点表现为:一是杂文园地的扩大和作家队伍的扩充。报刊上除了冠有"杂文"的专栏以外,还有"百草园"、"灯下杂谈"、"湖畔漫话"等栏目。老杂文家如高光、谢狱、魏桥、史莽、李烈钧、柳琪等文笔犹健,中青年杂文作家不断涌现,如宋令俊、徐正伦、俞剑明、姚振发、陈逸、王维友、俞幼生等。二是杂文数量增加,艺术质量有所提高。每年发表的杂文均以百计、数百计,"文革"前十七年浙江省内仅出过一本薄薄的《闯将风格》,而现在相继出版的杂文集就有:柳琪编的《浙江杂文选集》(1985),柳琪、魏桥主编《浙江杂文选集》(1993),魏桥的《风雨四十年》(1990),史莽的《苦斗》(1992),王维友的《枣花集》,林维横的《新闻小言论》,俞剑明的《言商谈艺录》,舒平的《朝闻夕死》,等等。在艺术上,这些

① 陈荣力:《赵畅其人》,《海燕都市美文》2007 年第 6 期。

杂文内容言之有物,注重知识性、抒情性、思辨性,写作手法多样。三是加强
了杂文创作的研究。1979 年,浙江人民出版社出版了《漫话杂文》的理论书,
《浙江学刊》开辟杂文研究专栏,发表了刘甲、魏桥等有一定影响的论文,杭
州大学和东阳、衢州等地曾成立杂文研究会,加强相互切磋。

新时期浙江杂文创作与"杂文强省"相比,还有很大的距离。有论者认
为:浙江省新时期杂文创作在全国处在中等水平。也有论者认为:"事实上,
要保持这个'中等水平'也很艰难,更何况所谓的'中等水平'也只是我们自
己的评估。"①这些都表明,浙江新时期杂文创作不容乐观。导致这种杂文创
作局面的原因,除了与作者的学识、勇气与创作的环境等因素相关,还与新
时期浙江杂文家没有全面深入理解鲁迅杂文的思想与诗性相关。鲁迅的杂
文无疑是浙江杂文的标高,也是新时期浙江杂文家的一种丰富资源。虽有
王嘉良等鲁迅研究工作者对鲁迅杂文的思想与诗学进行系统的理论阐述。
但浙江杂文创作界仍没有对鲁迅杂文里的思想与诗学传统有足够的重视,
在创作中鲁迅杂文的诗学传统仍然受到漠视。新时期浙江杂文创作,一方
面还存在着八股味,缺乏足够警世的笔墨;另一方面还存在杂文的艺术性不
高等缺陷。

浙江新时期杂文创作比较有影响的作家有魏桥、谢狱、史莽等。魏桥
(1930—),原名魏云生,余杭人。建国前曾写过一些杂文。建国后,在《人
民日报》、《浙江日报》、《杭州日报》等报刊上发表过杂文 500 多篇。"文革"初
期,为"小三家村"掌柜,被劳动改造多年。平反后,继续从事杂文创作。有
杂文集《风雨四十年》(1990)。他不同意把杂文称之为小玩意,小摆设。他
认为,杂文应该发挥战斗的作用,应该有补于国事、政事。他认为热爱祖国,
热爱党,热爱人民,关心人民,这是杂文工作者应有的品质。而头脑冷静,善
于独立思考,目光敏锐,则是一个杂文作者起码的修养。魏桥的杂文,内容
丰富,多来自生活和作者自己独特的感受,时见闪光的亮点,因此常常新意
迭出。他的杂文在形式上也有特点,明明是广征博引,但很少见到熟见的诗
云子曰和拈出一个典故作为开头和结束的模式,他是将知识性巧妙地"化"
在字里行间,故而读起来"不隔",有种行云流水自然流动的感觉。《西湖,你
缺少什么》的杂文,提出西湖除风景、历史文化以外,还少点革命传统的内
容,因为在现代史上,有许多革命先烈在这里战斗过,甚至牺牲了他们可贵

---

① 姚眼发:《渴望丰收季节来临——1998 年的浙江杂文创作述评》,浙江文学院编《98 浙江
文坛》。

的生命,文章说"如今西子湖竟找不到一处革命烈士的踪迹来供人凭吊、寄托哀思,这恐怕是今天西湖所缺少的东西"。《东坡何处办公楼》的杂文,从苏轼在杭州修筑苏堤等惠民政绩说起,但他住的却是简陋的官舍,由此生发开去,魏桥对当前有些部门不计国情、民情,竞相攀比,建造楼堂馆所的现象进行了尖锐的批评。《"等级"漫议》敏锐地揭示出当前社会上"等级观念越来越严重的现象",不仅党政机关讲等级,连做生意的企业和小学生的"少先队"也照搬照套讲究起"等级"来。作者抓住这个很能发人深思的问题,从唐宋明清等封建王朝的种种"等级"特权事实谈起,辩证地分析了等级观念产生的根源、危害及其后果,批判了某些人"遇事讲等级",处处"强化等级"的错误倾向,文章广征博引,道古论今,论理深刻。令人信服,给人以新鲜感。
谢狱(1917—),原名谢复森,原籍绍兴,生于杭州。在编辑之余,有杂文、随笔发表。谢狱有"维护公正为职责"、"抑暴助弱"的"侠气"在胸,所以其杂文针砭时弊,绝不模棱、调和。《重读〈拿破仑与隋那〉》对人类社会长期以来好恶不分、是非颠倒地制造错误舆论进行批判。《且说"痒处"》为一切贪官污吏的腐化堕落勾出了一幅蜕化变质的殊途同归的画像。《从"面子大"说到"画黑脸"》指斥了某些人不分是非好恶而看重"面子"的人情风。《法·理·情》从另一角度颂赞了执法人员的高尚情操,体现"侠士"有情的一面。谢狱的杂文文情奔放,含义深沉,文笔老辣醇厚。史莽(1923—1998),杭州人,著有杂文集《苦斗集》(1992)。《苦斗集》收入作者(1986—1989)写的长短文章 75 篇。全书分三部分:第一部分大多刊在《文艺理论与批评》的"文坛边上的思索"栏目,计 45 篇;第二部分载于《人民日报》、《求是》、《瞭望》等报刊,计 23 篇;第三部分为论文,计 7 篇。这些杂文都是针对当今时事、社会现象和思想文艺领域中存在的某些问题,有感而发的。作者在《后记》中说:"这三年来,我深深尝到在困境中苦斗的滋味……"故将集子取名为《苦斗集》。

在新时期,浙籍在外的作家在散文创作中也取得不凡成绩。在全国有重大影响的新时期浙江报告文学作家有徐迟、黄宗英等,纪实文学作家有叶永烈等,文化散文作家有余秋雨等,学者散文作家有钱理群、王晓明、吴福辉等,杂文作家有林放、乐秀良、邵燕祥等。这些都是必须提及的。

第十四章
戏剧和影视文学

一　开创期的意义

　　标志着中国戏剧由传统走向现代、富有现代性特征的,是新的戏剧形态——话剧从国外的舶来。一般而言,中国话剧的正式登堂入室并公开亮相,大概是通过两条路径,经过一大批作家和戏剧家的不断探索、实践而实现的。一是北路的南开学生演剧活动,一为南路的春阳社戏剧活动。在北方,南开新剧团在校长张伯苓的率领和直接指导下,提倡新剧"藉演剧以练习演说,改良社会"的宗旨,直接从西欧引进了话剧这种新的演剧样式,南开学校逐渐成为我国北方话剧运动的中心,为推动全国话剧运动的发展作出了重大的历史贡献。在南方,受到在日本的中国留日学生组织的春柳社进行早期话剧演出活动的影响和启示,王钟声于1907年在上海成立春阳社,并组织演出直接根据译本改编的《黑奴吁天录》,轰动整个上海剧坛,这是话剧通过日本对西方演剧样式的间接移入。上述两条"传入"途径,对浙江话剧的诞生和发展,都有重大影响。无论是对新的演剧形式的实践和尝试,还是对这种新的样式的推介,浙江作家都留下积极的身影,对中国话剧的开创功不可没。

　　在1906年日本东京成立的春柳社中,有一个浙江籍的作家特别引人注目,他就是中国早期话剧的开拓者之一、著名作家李叔同。李叔同(1880—

1942),艺名息霜,原籍平湖,生于天津。在东渡日本之前,李叔同就在上海编撰出版新剧《文野婚姻》。他同曾孝谷一起受到当时日本十分兴盛的"新派剧"的感召,醉心于这种能够逼真地表现现代生活的新型戏剧艺术,又得到日本戏剧家的指导,于是在日本正式成立春柳社演艺部,发布成立"专章",明确提出"改良戏曲,为转移风气之一助",宣告"以开通智识,鼓舞精神"为宗旨,"以研究新派演艺(以言语动作感人,今欧美所流行者)"为目标。他们的首次演出,使中国有了"写实的、模仿人生的、废除歌唱全用对话的新戏","从那时起,台上才开始用幕、布景,戏的编排按四、五、七幕,有了独幕剧"①。在第一次演出中,演出的剧目为法国作家小仲马的《茶花女》中的阿芒父亲访问玛格丽特和玛格丽特临终两幕。李叔同刮掉胡须,男扮女装,扮演玛格丽特,表演得十分认真。首次演出获得了成功,引起了各方人士的关注。几十年后,张庚曾对这次境外的演剧活动给予很高的评价:"这次演出,是中国话剧史上十分值得纪念的一次演出。无论从内容、从形式、从技术上来说,都有相当的成功,给当时观众以及后来剧运的影响都是很大的。"②李叔同等在日本投身新剧的经历和倡导,对以后国内话剧的开展和借鉴,起了一定的作用。其后,李叔同还长期在浙江开展话剧和文学活动,直至出家为僧为止。

正当春柳社李叔同一行在日本上演根据美国小说改编的《黑奴吁天录》并波及国内时,上海出现了由著名新剧活动家王钟声领导的春阳社和第一所新剧教育机构——通鉴学校。王钟声(1874—1911),原名熙普,上虞人。1907 年到达上海后,受到春柳社在海外演剧的启示,成立春阳社,并组织演出了由许啸天直接根据译本改编的《黑奴吁天录》,轰动大上海。这可以说是中国职业新剧之始。此后,他与从日本归来的春柳社成员任天知合作创办了中国第一所新剧学校,广泛搜罗新剧人才。1908 年春,他们在上海演出了《迦茵小传》,这是中国本土第一次公演的真正现代话剧。王钟声始终坚持通过舞台现身说法,宣传革命,编演过许多歌颂革命先烈的英雄业绩、抨击满清王朝反动统治的新剧。他曾经与刘艺舟一道在日本考察过戏剧,研究新的舞台演出形式、布景制作和舞台技术,回到上海后对当时的戏曲改良很有影响,对新剧的发展作出了贡献。辛亥革命在武昌起事,王钟声在上海起而响应,穿着演戏时的军装,径直去参加攻打制造局的战斗。上海光复后

---

① 洪深:《中国新文学大系·戏剧集导论》,良友图书公司印行。
② 张庚:《中国话剧运动史初稿》,载《戏剧报》1954 年第 1—5 期。

不久，王钟声接受陈英士的秘密派遣，到天津鼓动军队反正，结果事泄被捕，为清政府杀害。王钟声将自己的生命，毫无保留地献给了他十分钟爱的新剧活动，用自己的鲜血，在浙江乃至中国现代戏剧史上写下了浓重的一笔。

在北方早期话剧的传播中，论及浙江人的贡献，应提到一个响亮而影响中国历史的人物——周恩来。周恩来（1898—1976），原籍绍兴。伟大的无产阶级革命家，党和国家的杰出领导人之一。1914 年，周恩来和其他两位同学一起在南开学校倡议组织新剧演出活动，年底正式成立"南开新剧团"。热爱戏剧的周恩来曾担任剧团的布景部副部长。这是中国北方第一个正规的学校业余话剧团。周恩来不仅善于演出，为剧团骨干，而且，他在 1916 年的《校风》上刊发的《吾校新剧观》一文，是世纪初的一篇系统地阐发戏剧问题的理论文章。《吾校新剧观》强调了话剧的社会功效，认为新剧负有"重整河山"、"复兴祖国"①的神圣使命，具有通俗教育的重要性。同时，文章还对话剧艺术的本质特征作出了精辟的见解，称新剧"言语通常，意含深远，悲欢离合，情节昭然；事既不外大道，复以背景而情益肖；词多出乎雅俗，辅以音韵而调益幽"②。即通过生动的形象、引人入胜的情节、通俗动听的语言、优美逼真的布景，去表现"不外大道"的题材、"意含深远"的主题。文章对欧美戏剧的创作流派和种类也作了较为超前的探析，把西方戏剧潮流归纳为三大时期——古典主义、浪漫主义和写实主义。并对西方各个时期的重要代表作家进行评价，还称易卜生的写实主义是当今世界戏剧发展之所趋，鼓励人们按照写实主义的原则去创作新剧，以"排击旧物，催促新生"③。如此明确提出戏剧创作的写实主义原则，在中国恐怕还是第一次。周恩来用辩证的观点对新剧的探讨，实际上为话剧在中国的传播和蔓延，作了极为重要的工作。

可以说，在经过改良戏曲、学生演剧和春柳社、春阳社的探索阶段，我国戏剧终于完成了从旧剧到新剧的具有历史意义的转折。在这个过程中，浙江人李叔同、王钟声、周恩来等，无疑是起过重要影响的。不唯如此，在关于旧剧与新剧交替、对旧戏的批判乃至文学革命时期，浙江文艺界人士也有不可抹杀的功绩。

首先是王国维的《宋元戏曲考》，用新的眼光审视我国历史悠久的传统

---

① 张庚：《中国话剧运动史初稿》，载《戏剧报》1954 年第 1—5 期。
② 周恩来：《吾校新剧观》，《南开话剧运动史料》，南开大学出版社 1984 年版。
③ 同上。

戏曲,创立了系统的中国戏剧史学。《宋元戏曲考》是王国维八部戏曲专著中的最后一部,完成于 1913 年。这部著作,贯通中西,是王国维学术走向成熟的标志。王氏的戏剧史思想、史学观主要体现在:用严密的考证建构系统的戏剧史学。如探索中国戏剧之源起,勾勒中国戏剧发展的基本脉络;对元杂剧进行科学的分期,把握由元一代杂剧中心的迁移及其盛衰;探讨元人杂剧的艺术成就,指出元人杂剧之价值全在"自然"与"有意境"。从综合演进和文学发展的历史角度,来探求中国戏剧的形成及宋元戏剧的地位,建立起王氏戏剧史学的学科性、系统性和现代性体系。更为重要的是,王国维的戏剧理论,富有新质,表现在他运用西方的悲喜剧概念来对中国戏剧进行分类。关于悲剧和喜剧的理论,属于欧洲传统的美学范畴,我国古代文学论著中没有出现过悲剧或喜剧的概念。王国维则把西方的悲剧、喜剧概念引进戏剧研究,认为元人杂剧中就有成功的悲剧,如关汉卿的《窦娥冤》、纪君祥的《赵氏孤儿》等,其艺术水准堪比"世界大悲剧",并且认为中国戏剧中以喜剧为多,此在明代之后尤其明显。《宋元戏曲考》以考证见长,对史料的收集力求完备、考订力求确凿、运用也持审慎的态度,不光体现着与悲剧、喜剧、意境等西方美学、戏剧理论的密切关系,而且将西方的社会进化论学说引入到戏曲研究领域,以发展的眼光看待、分析中国戏剧史。这种戏剧阐述上的"新质",为中国戏剧由近代向现代的转型和后来的戏剧革命产生潜在的影响。

而在五四文学革命之前的 1917 年,胡适、陈独秀等新文化运动的倡导者,纷纷在新文化运动的重要阵地《新青年》杂志上刊文,提倡文学革命。在这样的新旧文化斗争的背景下,新文化运动的另一员骁勇钱玄同作《致陈独秀》文刊于《新青年》,猛烈攻击中国传统旧戏,掀起了一场新、旧剧的论争。自 1917 年至 1918 年不到两年的时间里,浙江人钱玄同、周作人和其他省份的刘半农、傅斯年、欧阳予倩、胡适等人纷纷撰文,表述了对中国传统旧戏的批判态度以及对中国戏剧改革的看法,造成了很大的声势。1918 年 10 月的《新青年》5 卷 4 号,专门编成"戏剧改良"专号。以钱玄同、周作人为代表的对旧剧的批判,是一种对旧剧的彻底的否定观。其中,钱玄同的态度和观点最为激烈,他对中国传统旧戏展开了全面的攻击,指出"今之京调戏,理想既无,文章又极恶劣不通,固不可因其为戏剧之故,遂谓有文学上之价值也"①,

---

① 钱玄同:《致陈独秀》,载《新青年》3 卷 1 号。

表示出一种深恶痛绝的态度。之后,钱玄同还在《新青年》"随感录"中,又猛烈地抨击了旧戏,认为"戏剧本为高等文学,而中国之戏,编自市井无知之手,文人学士不屑过问焉,则拙劣恶滥,固宜"。在同一篇文章中,钱玄同还联系到政治改革、文学改革,以"要建设共和政府,自然该推翻君主政府;要建设平民的通俗文学,自然该推翻贵族的艰深文学"为譬喻,提出了戏剧改革的具体建议:"如其要中国有真戏,这真戏自然是西洋派的戏,决不是那'脸谱'派的戏。要不把那扮不像人的人,说不像话的话,全数扫除,尽情推翻,真戏怎么能推行呢?"[①]率先在文学革命期间提出"人的文学"命题的周作人,在他的那篇以人道主义为本的重要文章《人的文学》中,也"注目到旧戏内容的不堪"而加以坚决反对,认为"中国文学中,人的文学,本来极少。从儒教道教出来的文章,几乎都不合格。现在我们单从纯文学上举例如:(一)色情狂的淫书类;(二)迷信的鬼神书类,《封神榜》、《西游记》等;(三)神仙书类,《绿野仙踪》等;(四)妖怪书类,《聊斋志异》、《子不语》等;(五)奴隶书类,甲种主题是皇帝状元宰相,乙种主题是神圣的父与夫;(六)强盗书类,《水浒》、《七侠五义》、《施公案》等;(七)才子佳人书类,《三笑姻缘》等;(八)下等谐谑书类,《笑林广记》等;(九)黑幕类;(十)以上各种思想和合结晶的旧戏"。周作人从人性健康的角度出发,以为这些"全是妨碍人性的生长,破坏人类的平和的东西",故而"统应该排斥"[②]。周作人和当时其他的一些文人一样,认定引进外国戏剧是改革中国戏剧现状的唯一出路:"建设一面,也只有兴行欧洲式的新戏一法"[③],对外国戏剧样式和思潮的进入持欢迎的态度。

　　素来对艺术"喜新厌旧"的鲁迅,对旧剧也持否定的批判态度,而对西方戏剧思潮的进入和现代戏剧艺术的培植则持欢迎的立场。鲁迅对莎士比亚、易卜生等戏剧大师十分喜爱,尤其是后者。他在《文化偏至论》、《摩罗诗力说》等文中,对易卜生及其剧作《民敌》(即《国民公敌》)加以评述。他赞赏易卜生有两个方面:一是他愤恨资本主义社会世俗道德的虚伪,反对资产阶级假托民主平等之名,实际玷污人的个性尊严;二是主张少数强有力的高尚的人,坚持真理,以个人精神的反抗,同媚俗的社会对抗,这是世界上最有力量的人。鲁迅还认为介绍易卜生不仅是建设西洋式新剧的需要,"也还因为

---

①　钱玄同:《随感录》,载《新青年》5卷1号。
②　周作人:《人的文学》,载《新青年》5卷6号。
③　《集外集〈奔流〉编校后记》,《鲁迅全集》第七卷,第163页。

Ibsen 敢于攻击社会,敢于独战多数,那时的绍介者,恐怕是颇有以孤军而被包围于旧垒中之感的罢,现在细看墓碣,还可以觉得悲凉,然而意气是壮盛的"①。鲁迅是从五四文学革命与社会关系这一大背景来认识中国介绍易卜生戏剧的意义:一方面现代戏剧随着当时的白话文学运动在新文学中有了一定的根基;另一方面现代戏剧也同其他艺术一样,以其艺术特征起到了反封建的作用。鲁迅把现代戏剧看作是最能直接表现生活的艺术,是"立刻给以反响或抗争,是感应的神经",是"为现在抗争,却也正是为现在和未来的战斗"的艺术②。与旧剧相比,现代戏剧参与社会变革有无可比拟的优势。所以鲁迅特别关注现代戏剧的审美价值,且把具有推动社会进步意义的功利因素放在整个艺术过程的重要位置上。这是鲁迅对戏剧社会地位的重要认识,是现代戏剧改革的强烈呼声。

沈雁冰对话剧的建设与发展也极为关注。可以说,他也是中国话剧的早期倡导者,他为促使中国话剧的诞生与发展,极力介绍外国戏剧家和剧作,并对外国戏剧思潮和流派作了广泛的介绍和研究。他是用这样一种以迎接外来戏剧的特殊方式来表明自己对旧剧的态度的。20 年代前后,沈雁冰在接手《小说月报》编辑时,就把倡导新剧作为己任。他在《小说月报》第12 卷第 1 期的《改革宣言》中,就提出"说部、剧本、诗,三者并包"的方针,对外国戏剧思潮和流派的介绍十分重视。他从世界文学的背景、发展的趋向入手,对新浪漫派戏剧潮流作了比较及时而充分的评价。从 1920 年把叶芝的剧本《沙漏》翻译过来为开端,沈雁冰就对新浪漫派戏剧作了较多的译介,仅收入《茅盾译文集(下)》的 17 部剧作中,被当作新浪漫派戏剧并进行介绍的,就有格雷戈里夫人的《市虎》、《海青·赫佛》、《旅行人》、《狱门》,叶芝的《沙漏》,斯特林堡的《情敌》,梅特林克的《丁泰琪的死》、《室内》等。而且,被沈雁冰著文加以评价的外国著名剧作家也很多,如霍普特曼、凯撒等,都由其在国内介绍过。沈雁冰之所以热衷于爱尔兰新文学的先锋叶芝、格雷戈里夫人和沁孤的作品,是因为他们的作品"已经合写实与浪漫为一,他们对于近代文学的贡献实在是很大的"③,因此,沈雁冰特别看重他们的剧作,尤其是格雷戈里夫人,这位从青年时代就投身于爱尔兰民族独立运动和民族文艺复兴运动的伟大女性,她的《市虎》等三部描写现实生活的剧作,沈雁冰

---

① 《集外集〈奔流〉编校后记》,《鲁迅全集》第七卷,第 163 页。
② 《二心集〈艺术论〉译本序》,《鲁迅全集》第四卷,第 263 页。
③ 沈雁冰:《近代文学的反流——爱尔兰的新文学》,载《东方杂志》17 卷 6 号。

称赞为"处处表现民族精神,剧中人说的话是爱尔兰话,思想也确是爱尔兰精神"[1],给以很高的评价。显然,新浪漫派剧作强烈的民族精神,以及戏剧反传统的革新精神,是沈雁冰大力译介它们的一个重要原因。并且,沈雁冰还注重对被损害民族、弱小民族戏剧的介绍,他主编的《小说月报》第 12 卷第 10 期就出版了"被损害民族文学号",对波兰、乌克兰、犹太等弱小民族文学进行集中译介。如他既译出了新犹太剧作家宾斯奇的《美尼》、《波兰——1919》和阿胥的《冬》三部剧作外,还撰写了《新犹太文学概观》以及关于新犹太戏剧发展的消息。他认为乌克兰作家乌克恩卡所在的民族,也是被损害的民族,因此翻译了《巴比伦俘虏》。沈雁冰对西方戏剧尤其是新浪漫派的翻译、推介和传播,企图以此去冲击中国传统的戏剧观念,为中国话剧的诞生作了理论和样板上的引进工作。

　　然而,在大张旗鼓地开展对旧剧的批判和对西方戏剧的宣传之后,中国剧坛出现了传统旧戏的大旗未倒、西方戏剧尚不适宜直接面向民众演出、商业化造成新剧堕落的状况。于是,一些从事新戏剧运动的知识分子,针对这样的情况,受到欧洲"小剧场运动"的启发,提出了"爱美剧"运动的口号。中国的"爱美剧"运动由著名的浙江籍戏剧家陈大悲首倡。陈大悲(1887—1944),杭州人。1911 年加入由任天知组织领导的进化团,后和另一个戏剧活动家汪仲贤另行组织"社会教育进化团"的文明戏班。1914—1916 年间,写有全部台词的文明新戏剧本《浪子回头》、《美人剑新剧》。1918 年去日本学习戏剧,回国后与蒲伯英相识,并在蒲伯英主办的白话报与《晨报》撰写文章以攻击旧戏与文明戏。1921 年,陈大悲编写了《爱美的戏剧》一书,在《晨报》上连载。这一行为,真正奠定了陈大悲在中国现代戏剧史上的地位。在该著作中,陈大悲融外国戏剧理论与自己的实践经验于一体,提出了"人的戏剧"的命题,提倡现代的、描写现实人生的、现实主义的话剧,介绍了怎样选择剧本、组织剧社、排演戏剧、化装、布景等方面的常识。此前,汪仲贤也曾在文章中提出过"爱美剧"的问题,但并没有系统、正式地提出这一设想。正式对此的倡导,显然始于《爱美的戏剧》的面世,它无疑给各地竞相建立的"爱美的"剧团提供了一把打开戏剧艺术大门的钥匙。与此同时,陈大悲还尝试着剧本的创作。在短短五年创作的十多部作品中,多为暴露性和讽刺性的作品,有揭露封建旧家庭的腐朽和封建礼教的虚伪的《忠孝家庭》、《维

---

[1]　沈雁冰:《近代文学的反流——爱尔兰的新文学》,载《东方杂志》17 卷 6 号。

持风化》、《幽兰女士》等；有抨击军阀、富豪暴行、反映下层人民苦难生活的《王裁缝的双十节》、《虎去狼来》、《是人吗》等；有宣扬个人良心与道德感化力量的《良心》、《英雄与美人》等。在这些作品中，五幕剧《幽兰女士》和两幕剧《虎去狼来》算是比较出色的作品。在《幽兰女士》这部较有影响的剧作中，展示了幽兰和丁葆元父女之间两种思想的矛盾和斗争。幽兰的父亲丁葆元是个"外方而内圆"的政客，其做人的信条是投机。他曾经是革命党，现今变色龙似的成了军阀政府的官僚，还策划着将自己的女儿嫁给复辟党的儿子。在这个他自己宣称为"北京城里第一模范家庭"中，实际上充满着虚伪和罪恶。他的儿子其实是管家张升与女佣刘妈的私生子，是为了有人继承财产而在出生时用没有气的儿子换来的。幽兰受新思想的影响，追求个性解放，反对父母包办的婚姻，敢于视自己的家庭为"监狱"，并勇敢地去认在"换子"之后没有死、被抛弃在社会底层的同父异母的弟弟，她要"从黑暗中奋斗出光明来！从强权中奋斗出真理来"，被后母丁李氏枪杀。临死前，幽兰希望父亲能从这一悲剧中苏醒过来，但丁葆元却首先想到的是如何顾全自己的"面子"。此剧虽然涉及到的只是家庭问题，但这一冲突在当时有普遍性，一定程度上体现了五四时期的反封建、争取个性解放的要求。《虎去狼来》是借一个裁缝家庭的遭遇，暴露旧社会民不聊生的黑暗现实：军阀如虎患，买办资产阶级如饿狼。剧作的内容如它的标题一样，显然是有强烈的揭露意识的。虽然，陈大悲的剧作从总体上来说，思想一般都不够深刻，但他十分注意舞台效果的追求，这在当时为话剧的正规化和规范化，开展非职业性的话剧演出，严格排演制度，无疑是有积极意义的。

　　陈大悲等的"爱美剧"运动提出后，引起强烈的反响，并且促使一批业余话剧团体的产生。当时，最著名的"爱美剧"团体有两个：一是民众戏剧社，一是上海戏剧协社。民众戏剧社，是中国第一个"爱美的"业余话剧演剧团体。1921 年 3 月在上海成立，最初成员除发起人汪仲贤以外，还有沈雁冰、郑振铎、陈大悲、欧阳予倩、熊佛西等共十三人。显然，这是一个以浙江作家、戏剧家为台柱的戏剧团体。剧团的称呼，是沈雁冰仿效法国罗曼·罗兰倡导的"民众戏院"而获得的。该社宣称："当看戏是消闲的时代现在已经过去了，戏院在现代社会中确是占着重要的地位，是推动社会使前进的一个轮子，又是搜寻社会病根的 X 光镜；又是一块正直无私的反射镜：一国人民程度的高低,也赤裸裸地在这面镜子中反照出来⋯⋯"①它提倡"艺术上的功利主义"的"写实的社会剧"。这些主张都体现出"为人生"的现实主义戏剧思潮。沈雁冰、郑振铎、陈大悲等,皆是这个戏剧团体的中坚。沈雁冰之所以选择这样一个剧团的名字,是他倡导罗曼·罗兰等人关于"民众戏院"的基本主张的结果。这个主张包含向贫苦大众"普遍"(即普及)的方针、不受国家支配的"独立"性质以及"娱乐、能力、知识"三个主要目的等内容。沈雁冰还约请弟弟沈泽民执笔撰写《民众戏院的意义与目的》,着重提出要用戏剧使"劳工们"得到"娱乐"、"能力"、"知识"。文章强调,"编剧者和演剧者"要把眼光转移到民众这方面来②。民众戏剧社在舞台艺术方面,要求建立新的演剧观念、表演技术、导演制度,反对因袭旧剧的表演方法。并且在戏剧文学方面,极力主张创作自己的适合我们的戏剧。他们首先对旧剧进行了清理。郑振铎认为旧剧"所包含的思想","太与时代的精神相背驰了",艺术上也"陈腐到极点",已经"没有立足在现代戏剧界中的价值"③。沈雁冰尖锐地指出,"现在的'文明戏'始终还是'旧戏'一般的东西,或更不及'旧戏'的重要原因",乃在于"思想上的不曾变换"④。陈大悲认为,"就我们眼前看,不但旧戏,就是那到处卖钱的'文明戏',也都是中国历史的产物,虽然面目不同,骨子里实在一样,都是代表中国这野蛮、龌龊、愚蠢、荒谬,⋯⋯一部不进化的大历史。"⑤在此基础上,他们又对剧本的内容和形式提出了更为具体的要求:"无论是自己编的或是翻译别国的著作,他的精神必须是:平民的,并且必须是带有社会问题的色彩与革命的精神的"⑥,要"顺应时代的思想,并且适应国人脾胃"⑦。民众戏剧社的努力,扫除了新兴话剧成长道路上的障碍,促进了"爱美的"戏剧运动的发展,标志着现代新兴戏剧已经融入到五四新文学的潮流,并且成为这一潮流中的一个不可或缺的重要的新文学品种。

---

① 《民众戏剧社宣言》,载《戏剧》1 卷 1 期。
② 见《戏剧》1 卷 1 期。
③ 郑振铎:《光明运动的开始》,载《戏剧》1 卷 3 期。
④ 沈雁冰:《中国旧戏改良我见》,载《戏剧》1 卷 4 期。
⑤ 陈大悲:《爱美的戏剧·概论》,北京晨报社 1922 年。
⑥ 郑振铎:《光明运动的开始》,载《戏剧》1 卷 3 期。
⑦ 陈大悲:《与读者杨明辉的通讯》,载《戏剧》1 卷 5 期。

二 走向丰富:风格多样的戏剧

经过世纪初一些著名戏剧家、理论家的倡导和实践,话剧正式成为 20 世纪的主要戏剧表演形式。1928 年,著名戏剧家洪深,正式把这种在世纪初引入的剧种样式命名为"话剧"。从此,现代话剧日趋成熟,从题材、内容、形式诸方面,均呈现出多样化、丰富化的倾向。从 20 年代开始,作为 20 世纪前半叶强健的文学浙军,浙江的戏剧家在这一潮流中也不甘示弱,他们在戏剧大海洋中搏击翻腾,像夏衍、楼适夷、柯灵、袁牧之、宋春舫、顾仲彝等,都曾经在剧海留下积极的足迹,并取得了极为可喜的成绩。尤其是 20 年代后,无产阶级作为独立的政治力量登上了历史舞台,1928 年无产阶级文学作为正式口号的提出,30 年代初"左联"的成立,势必影响到文艺这一意识形态领域,于是形成了文坛以无产阶级文学为主流、革命民主主义、自由主义文学为两翼的整体文学格局。这种格局自然在戏剧领域也有所体现,且同样也在戏剧领域呈现出各种艺术形态的共存、共荣的丰富多彩的景象。

在 20 年代崇尚民主、科学的思潮中,女性作家的剧作大都从爱情、婚姻、家庭等生活角度,来揭露封建道德和封建思想,从而表现她们从女性本位出发的思想解放、个性解放的要求。濮舜卿就是在这样的潮流中涌现出来的表达广大妇女追求自由、平等心声的女性剧作家。濮舜卿(1902—?),杭州人,20 年代出之于东南大学的极有贡献的女剧作家,创作有剧本《人间的乐园》、《爱神的玩偶》、《黎明》、《她的新生命》等。濮舜卿的剧作有较为明显的女权运动思想,而这种思想又往往用象征主义的手法表现出来,这样的艺术上的表现,在当时是极为少见的。三幕剧《人间的乐园》即是一部表达女权思想的神话象征剧。剧作取材于《圣经》中亚当和夏娃偷食禁果并被上帝驱逐出伊甸园的耳熟能详的故事,但作者本着对女性自我价值的深切认识,对这一传说作了大胆的改造和补充。如在剧中安排了一个富有象征意味的智慧女神,她恰好与象征着精神统治者的上帝形成对立。正因如此的对立,才可看出妇女解放之不易。在代表着创造精神的智慧女神的启发下,夏娃和亚当吞吃了智慧之果,看清了人世的一切,因此被精神的禁锢者上帝视为异端而赶出天国。后来,他们通过艰难的搏击,与上帝及上帝派遣来的代表邪恶力量的风、雨、雷、电、蛇进行战斗,终于在荒芜的土地上建造了一座美丽的人间乐园。剧作还用了对比手法,写了夏娃的坚定信念与亚当想重回上帝身边的动摇,较为完整地揭示了人类觉醒尤其是女性觉醒的漫长的历史过程。在这里,剧作把不与上帝合流的坚定的反抗者夏娃,看成是主张妇女解放的"女权运动的始祖",在古老题材中注入了一个全新的符合五四时代气息的主题。这种超前的女权意识在作者的其他作品中也时有流露,即使在像《黎明》这样的淡化故事性、理念化极强的默剧中,女权主义思想也仍可通过一定的象征手法得以体现。在这个剧作中,作者充分调动舞台表现因素来营构剧情,妇女解放的一切阻力、女权运动的一切口号等等,均被化为象征性的视象。如剧中的"魔",指的是来自封建统治、封建礼教等非进步意义的事物;"仙",则包括有关女性解放等具有进步色彩的口号。"魔"和"仙"实际上即是两种力量的对立性存在状态的象征表现。剧中的"女子",也是一个象征性的人物设置,是作为妇女整体性的象征而贯穿于剧中的,最后,她在"智慧"的帮助下,终于迎来了一个妇女解放的光明前景。这种通过非现实主义手法创作的剧作,其最终仍然触及到了 20 年代极为尖锐的社会问题,具有强烈的令人深思的现实意义,足以显示这位女性作者独特的视角、深邃的思考和对艺术的高超的驾驭能力。

新月派最具代表性的诗人徐志摩,在新月社发起的"国剧运动"中,作为这一运动的全国性组织"中国戏剧社"的一员,也起了一定的作用。他不光参与了有关"国剧"问题的讨论,与他的同仁们提出了融中西艺术于一体,创建一种全新的富有民族特色的戏剧艺术的理想:在"写实"和"写意"的两峰间,架起一座桥梁;而且在 1928 年与陆小曼一道,身体力行,创作了一首对圣洁之爱的赞美诗《卞昆冈》。徐志摩关于"国剧"的思考已渗透"中国戏剧社"对"国剧"的整体理论之中,但五幕剧《卞昆冈》却仍然体现出诗人一贯的气质,即通过文本着力渲染人类之爱。剧中主人公卞昆冈是雕刻石佛的艺术家,他和妻子青娥的爱情刻骨铭心、生死不渝。妻子病故以后,他把全部的爱都投给了儿子阿明。每当看到儿子酷似母亲的眼睛,总是要唤起他埋在心灵深处的对妻子的深挚的爱。然而,这种"爱"遭到了"恶"的抑制。为了使儿子阿明有人照顾,卞昆冈十分勉强地娶寡妇李七妹为续弦,然驻足于对逝去的老母和爱妻的怀念却使李七妹甚为嫉妒,尤其让她嫉恨的是寄托着母亲之爱的阿明明亮的眼睛。于是,李七妹想方设法地弄瞎了阿明的眼睛,后来又将发现她与别人有奸情的阿明置于死地。受不了这样沉重的打击,卞昆冈发狂后跳崖自杀。在这个爱情悲剧中,作者着力描写了夫妻之爱和父子之爱这两种人类伟大的爱,忠贞、圣洁与深沉、热烈的爱的结合,使爱的表达更为至诚。卞昆冈费尽心血为儿子治疗眼病,正是这两种伟大的爱的深切表现。儿子阿明一心想着用了父亲求来的药方才能重见天光,甚至不惜装作看得见,以慰父亲之心,也是一种人类至爱的深切流露。作者对这种美好的情感,是通过善与恶的对立以及善的最终毁灭来展现的,写得十分动人。剧作虽然没有多少反对旧礼教的锋芒,但在唯美、感伤的意境中讴歌了这两种伟大感情的美好和忠贞,仍然具有感人肺腑的力量。

袁牧之是一位活跃于 30 年代剧坛的能编善演、卓具才华的戏剧家,享有"千面人"之美誉。袁牧之(1909—1978),宁波人。他在话剧舞台和理论研究上颇有名气,均有所建树,在剧本创作中也同样显示了非凡的艺术才华。他的主要作品有《爱神的箭》、《寒暑表》、《玲玲》、《三个大学生》、《两个角色演的戏》、《一个女人和一条狗》等。从 30 年代中期起,袁牧之转而致力于开创新兴的电影事业。袁牧之剧作反映的,多为他自己熟悉的小资产阶级知识分子的生活,像《爱神的箭》、《寒暑表》等,展示了小资产阶级知识青年的婚恋生活矛盾与苦楚。如《爱的面目》,作者笔下的大学生"唐明皇"是一个自私自利、面目可憎的人物。他奉行"爱情底根本上就有着虚荣和自私"的信条,在"校花"的竞选中竭力推举自己的女友"杨贵妃",企望以她的得胜来抬高自己的位置,显示自己的价值,又担心"杨贵妃"因声名显赫而冷落自己,竟毁其面容。最后他竟弃遭受劫难的落选了的"杨贵妃"于不顾,去追求刚刚在比美大赛中获胜的"校后"。这类爱情悲喜剧,抒写了一个具有民主思想但又涉世不深的青年知识分子的生活感受。袁牧之对喜剧艺术情有独钟,其剧作往往以俏皮生动的对话见长,趣味和风格与现代独幕剧大师丁西林十分相近,一般都是由两个角色扮演的独幕小戏。如《一个女人和一条狗》,在设置的两个人物中,首先让女主人公陷于困境,然后再充分展现她在险境之中与巡警之间的妙趣横生的舌战,最后以女主人公智降愚笨的巡警这一出人意料但又合乎情理的"解结"来收尾。两个人物,很紧凑的对话,中间穿插着活跃的动作与情趣,产生了很好的喜剧效果。而且,袁牧之还善于从人物性格的塑造入手来营造作品的喜剧性。在《一个女人和一条狗》中,女主人公克敌制胜、转危为安的法宝,就是依照她的"你要跟我硬,我会拿软的来抵制你,你要跟我顽皮,那你更顽皮不过我"的机敏性格,使全剧闪射出机智喜剧的光芒。女主人公还有着体现其性格特点的巧舌如簧、能言善辩的口才,这对增强喜剧色彩也极有助益。她舌战巡警时声称"这儿除我以外就没有第二个'人'",竟置身旁巡警于非人的地位,还鼓动巡警向上司建议用狗来代替巡警,幽默中饱含讽刺的玄机。袁牧之机智灵敏、轻松明净的喜剧美感,卓有成效的戏剧创作与艺术实践,使他成为活跃于 30 年代喜剧领域中的一位佼佼者。

谷剑尘的"趣剧"在 30 年代也有一定的影响。谷剑尘(1896—?),上虞人。1921 年曾在上海参与创立上海戏剧协社,从 1926 年创作出版了独幕剧集《冷饭》起,著有 20 多个剧本,包括《孤军》、《杨小姐的秘密》等。在这些剧作中,谷剑尘将笔触面对旧中国社会的各个阶层。用作者自己的话说是"凭借着戏剧来讽刺社会,或者发泄我的牢骚"①,即采用写实的手法暴露旧中国的社会现象。其中写得比较好的作品是独幕剧《冷饭》和《金宝》。前者主要揭示金钱笼罩下的炎凉社会人与人之间冷酷的关系以及金钱对人的异化,从一个侧面透露出人民群众反帝爱国的思想;后者通过农村中存在的矛盾,揭露封建豪绅对农民的压迫和欺诈,表现青年农民追求爱情自由、反抗封建恶势力的斗争精神。由于认识观上的局限,谷剑尘的一些剧作有较明显的为当时统治者辩护的痕迹,对国民党心存幻想,因此不可能从根本上否定那个腐朽的当权者和黑暗统治。即使是对历史题材的处理也有这种弊病,像《岳飞之死》,就有明显的歪曲事实、篡改历史的倾向,居然让宋代的岳飞临终前追悔未能说服皇上"攘外先安内"以清君侧,目的自然是为了迎合当权者的调子,这显然是有违历史真实并为当时的统治者效力的。谷剑尘的"趣剧"往往迎合城市小市民观众低俗的欣赏趣味,把重点放在制造逗笑作乐的"趣剧"效果方面,强化对观众的感官刺激,自然也削弱了他的许多剧作素材所具有的现实意义。

宋春舫(1892—1938),吴兴人。宋春舫是 30 年代为数不多的学者型剧作家,不但译介过西方戏剧理论,而且还尝试着创作过一些喜剧作品,他的戏剧论文主要集中在他的《宋春舫论剧》一书中。在求学和教书的过程中,他翻译和介绍了外来的象征主义、未来主义和表现主义等现代戏剧思潮,并在欧美小剧场戏剧的影响下,阐述了其"戏剧整体观"的内涵,提倡"戏剧是艺术的而非主义的"②,明确指出借鉴西方手法但不能完全照搬,而应博取众长,尤其应师法近代欧洲那些具有民主主义色彩和人道主义精神的"平民戏剧"。在 1932—1936 年间,宋春舫除了继续翻译和研究理论外,还创作了独幕喜剧《一幅喜神》、三幕喜剧《五里雾中》和《原来是梦》三个喜剧作品。这

---

① 谷剑尘:《冷饭·独白》,新亚出版社 1926 年版。
② 《宋春舫论剧》,中华书局 1923 年版,第 269 页。

是三个深受西方"世态喜剧"影响而写成的中国式的世态喜剧,但其笔下的"世态",往往是脱离基层民众的旧中国上层社会和大都市的人情世态,剧作也往往以达官贵人的客厅、卧室、办公室为喜剧冲突展开的场所。作为一个长于戏剧研究的学者,宋春舫十分熟悉剧作法和剧场艺术。如《一幅喜神》中,古董收藏家李氏夫妇在收藏行业中颇有名望,当他们发现大盗张三深夜入室偷窃,先是害怕家中珍藏被窃,但当张三仔细"鉴定"指明他们的收藏不过是不值一偷的赝品时,剧情"突转",他们竟担心张三空手而归会使他们名誉扫地,就请求张三无论如何得"窃取"几件藏品以保全他们的面子。念经拜佛的李夫人恳求张三说:"千万可怜我们,把这幅喜神带走吧。咳!救人一命,胜造七级浮屠!"她甚至以自杀相要挟。而殊不知张三也有同样的顾惜自己名声的心态,他并不想为几件不值一文的假古董而毁坏自己"大盗"的名声,但面对着李氏夫妇的再三哀求与以死相逼,他陷入左右为难的尴尬境地。其后,谙熟编剧法的作者巧设意外"发现":张三在无奈之中,无意间找到一幅明末清初李氏高祖的喜神画,便轻快地打破了僵局,构成了具有强烈讽刺意味和闹剧色彩的结尾:张三在李氏夫妇的祈求声中,半推半就地"盗"走了并不为李氏夫妇看重的唯一精品喜神图。作者抓住李氏夫妇和张三各自性格中的顾惜名声的喜剧性矛盾冲突,运用戏剧"突转"和"发现"的艺术手法,打练了充满喜剧意味的讽刺情景。当然,宋春舫把世态喜剧目光盯在上层社会的世态,以及艺术上的注重剧场效果,难免使他的作品流露出贵族化的思想格调和艺术趣味。

与此同时,在"左联"和"剧联"的带动下,左翼戏剧蓬勃开展,如火如荼,包括苏区根据地推演的"红色戏剧",形成颇有声势的红色演剧活动。剧作中表现出的革命热情和革命意志历历在目,戏剧创作呈现出浓厚的政治化热情。楼适夷(1905—　),余姚人,左翼作家。九一八事变后,曾与袁殊一起创办曙星剧社,努力推进新兴戏剧运动。他的主要剧作有《活路》与《S·O·S》。《活路》将农村和城市联系在一起,即把农村中的洪水灾难和城市中工人的反日斗争相联系,通过工人家属阿成妻婆婆遭洪水淹死、丈夫被东洋兵打死的悲惨遭遇,指出人们的活路只有一条,那就是起而斗争。这个作品虽然缺少文学的渲染,语言也显得极为大众化,但因反映的是人们所关切的时代性很强的问题,当时在工人群众中发生很大的影响。瞿秋白曾给予很高的评价:"这些戏,例如《工场夜景》(袁殊)、《活路》(适夷),都是真正要想指出一条活路来的,这条'活路'的开头,难免只是诉说没有活路的苦处。然而,至少这种诉苦是有前途的。这里因为诉苦而哭,也将要是学会不哭的第一步。而且还有一件事值得指出来的:就是这些新式草台班的戏子,因为要唱戏给'下等人'听,而不是写小说给上等人看,所以开辟了'下等人国'的'国语'运动。这是中国文学革命(以及革命文学)的新纪元。"①以九一八事变为题材的独幕剧《S·O·S》,以沈阳电台发报房为背景,描写了日本帝国主义的残暴和新军阀政府的误国殃民。这是九一八的第二天清早,沈阳城内的国民党守官采取不抵抗主义,只是忙于自己的事情,全不顾帝国主义铁蹄的逼近。电台发报房职员目睹此行,个个义愤填膺。剧作一方面表现发报房内群情激奋的场面,一方面通过电报将日本军队侵略的情况向世人告急。职员们逐步认清日本帝国主义的侵略面目与政府逃跑主义的嘴脸,决心通过无线电报向全世界揭露日本侵略者的罪行。他们通过电报向世人发出《告全世界民众书》。在日军步步进逼的情况下,发报员临危不惧,坚守岗位,坚持将《告全世界民众书》一字一句发完:"我们已经决定,用自己的力量,直接和帝国主义拼命去","我传达给你们的不是一个个的电报号码,是一滴滴的东北大众的血"。然后扑向开枪的日本兵,献出了自己宝贵的生命。剧作热烈地歌颂了爱国志士发报员在侵略者面前临危不惧、英勇献身的崇高的爱国主义精神,被看作是当时"国防戏剧"的先声。

　　另一种革命戏剧应当说是"红色戏剧",这是在特定的历史环境中产生的作为宣传教育的工具,也可以说是中国共产党的政治工作的产物,崛起于1930—1935年的江西苏区。在工农剧社成立前后,苏区"红色戏剧"的创作可谓达到了高峰,出现了像沙可夫的《我——红军》等这样在苏区广为传播的剧作。沙可夫(1905—1961),原名陈微明,海宁人,著名的革命戏剧工作者和艺术教育家。1932年,沙可夫来到苏区担任中央政府机关报《红色中华》的主编,兼任中央政府教育部副部长,并直接领导艺术局的工作。他是红军时代的主要剧作家之一,先后创作有《北宁路上的退兵》、《我——红军》、《我们自己的事》、《谁的罪恶》、《武装起来》、《最后胜利归我们》等剧本。《我——红军》是由工农剧社的沙可夫、赵品山、胡底、钱壮飞、李伯钊集体讨论,沙可夫执笔编写的多幕剧,是当时苏区著名的剧目。该剧以一位隐蔽在白区农民家里的红军战士如何接应和配合部队消灭敌军、活捉白匪师长的斗争故事为主要线索,描写我——英勇的红军在中国共产党、中央政府的正

___
① 　瞿秋白:《乱弹及其他》,霞社1938年版。

确领导下,粉碎敌人四次"围剿"的最后决战。剧中表现出群众尤其是白区
工农劳苦群众斗争的坚决刚毅与红军的英勇善战、白军内部的动摇与士兵
的革命化(如暴动哗变)以及各反动派在革命怒潮中的穷途末路,等等。这
出戏及时地反映了当时的革命斗争,展现了红军部队、赤色游击队、红区和
白区的革命群众、白军中的反战士兵、白军中的反动军官、地方的反动势力
等多方面的人物形象和生活内容。在全苏第二届工农兵代表大会上上演此
剧,大获成功。当时出版的《红色中华》评论说:"这一次大规模的公演,无疑
地开辟了苏区文化教育的新记录。可以说,这是苏维埃文化与工农大众艺
术建设的开端。"①

　　除上述现实主义剧作家外,浙江剧作家在戏剧形式的实验、探索上也有
不菲成绩。徐訏和陈楚淮是30、40年代较有影响的现代主义剧作家。徐訏,
不仅是一位著名的小说家、诗人,而且也是一位多才多艺、创作丰富且颇有
争议的现代剧作家。从30年代初期开始,他就作有剧本,如果作一番罗列的
话,可以开出这样的菜单:《青春》、《人类史》、《女性史》、《旗帜》、《水中的人
们》、《漏水》、《志忐》、《心底的一星》、《北平风光》、《难填的缺憾》、《单调》、
《男婚女嫁》、《两重声音》、《月亮》、《租押顶卖》、《契约》、《野花》、《男女》、《荒
场》、《生与死》、《孤岛的狂笑》、《母亲的肖像》、《何洛甫之死》,等等。由此可
见作者创作的剧作之多。然而,作者笔下的生活内容和思想倾向,也显得丰
富复杂,但最让作者钟爱的恐怕是婚恋生活的描写。像《青春》,一方面嘲讽
一位学者不问情感、虚度青春,俨然是位不食人间烟火、不懂人世风情的"超
人";另一方面,正面描写一对素不相识的青年男女及时行乐的闪电般的恋
爱。《契约》描写一个律师的婚姻信念,他深信"人生是为自己快乐,如为工
作和他人是人间惨事",以及"女人享乐在青春"等生活主张,以自己的意念
打动前来应聘的女秘书,使她顺从他的意念,在征婚契约上欣然签字。这里
可以看出作者思想和生活情趣上对婚恋生活、情感体验的偏爱。他的剧作
无不受到西方现代派戏剧的影响,像《荒场》、《人类史》等剧,几乎都可以看
作是他的"拟未来派"或"准未来派"戏剧作品。这些剧作,借助未来派的戏
剧技巧,着力展示人的心理现实,刻意表现一些充满象征的戏剧场景和人物
活动。像《人类史》和《女性史》,剧中人物无一句对话,只是以象征性生活场
景的更迭,袒露作者企望改变阶级压迫和妇女状况的意绪。《荒场》表露了

---

①　《苏维埃文化建设开端,工农剧社公演巨剧,蓝衫剧团同时开学》,载《红色中华》1933 年 4 月
8 日。

"地球永远是一个荒场,人生是在荒场上走路"的颓废情调。这无疑是作者运用未来派戏剧技巧的思考和感受的反映。不可否认的是,作为小说家和诗人的作者,他的戏剧创作也仍然不失诗人的本色,在他的剧作中自然也经常运用象征手法,充满着浪漫抒情的描写,来营造一个沉郁的诗意氛围。这在40年代作者日趋成熟的剧作中,如《生与死》、《孤岛的狂笑》等,表现为常常融浪漫抒情和哲理思考于一体,来透出某些高度抽象化乃至深奥的意念,以此来超越现实人生和社会矛盾,追求所谓的人类之"爱"。

陈楚淮(1907—1996),瑞安人。30年代初作有剧本《金丝笼》、《药》、《骷髅的迷恋者》等,带有现代主义的情绪。如《骷髅的迷恋者》,从标题上就体现出一定程度的现代主义色彩,它主要借鉴了象征主义和表现主义戏剧的某些艺术手法,刻画了一位老诗人在死神降临之际哀叹一生孤寂、人世冷酷的悲凉心境,营造了一个颓废感伤氛围。在剧中,老诗人悔恨自己的虚度年华和留恋现实人生,悔恨自己为寻求一点诗意和灵感,居然"沉迷在骷髅的梦里"生活了几十年,他热切地希望在弥留之际能够得到人世的一丝同情和温柔,否则他是"不甘心死的"。作者也有一些剧作表现出一定的批判现实的趋向。如《金丝笼》展现了青年茹心勇敢反抗官僚父亲的专制压迫,不仅揭示出茹心反对封建包办婚姻、企图"创造自己的爱"的个性解放思想,而且也表现了他"打倒陈旧的阶级,建设光明的社会"的主张,显现出作者的民主主义思想立场。抗战时期,作者的创作思想有所转变,一度活跃于战时东南地区,迅速创作了讴歌抗日英雄、控诉日伪罪行的剧作。较重要的有独幕剧《铁罗汉》,四幕剧《血泪地狱》、《周天节》,短剧《黑旋风》等,表现出浓烈的民族情结和抗争色彩。

30年代以后,随着日本帝国主义铁蹄践踏中国,偌大的中国出现了区域板块互相并存的局面。除了中西北地区属于中国共产党的管辖之外,尚有国民党统治区和上海"孤岛"、沦陷区,一些进步的文艺战士,继续在这样艰苦的条件下,从事公开或隐蔽的抗日文艺活动。在国统区,像邵荃麟、尹庚、董每戡、许杰、夏野士、莫洛等作家,都在抗战这个大时代,用戏剧的形式,从事过抗日文化宣传活动。茅盾在大时代中也作有小插曲《清明前后》。而在"孤岛"或沦陷区,柯灵、顾仲彝们,也掀开了战时上海文艺的新的一页。

邵荃麟(1906—1971),原名邵俊远,慈溪人,是东南国统区重要的剧作家。这位抗战时期"东南文艺运动"的前期领导人,除了小说、散文创作以外,还作有剧本《吉夕》、《代用品》(与冼群合作)和《麒麟寨》。标明为"一景两幕"的《吉夕》,曾经在浙江龙泉公演过。该剧故事发生在沦陷区内,维持会长李福堂为讨日本人的欢心,将侄女素珍许配给日本联队长。李福堂的外甥、抗日游击队员张大雄巧设机关,智取马市镇,日本联队长、维持会长及汉奸得到应有的下场。该剧表达了中国人民抗击日军、誓不与汉奸为伍的坚强决心,在社会上引起较为强烈的反响。四幕讽刺剧《代用品》,以近乎荒诞的情节,尖锐地讽刺和抨击了日本侵略者外强中干的实质,揭示了日本人民中隐藏的反战情绪,从另一个角度表明日本必败、中国必胜的信念。邵荃麟最具影响的、也是抗战时期东南最优秀的剧作,当数四幕剧《麒麟寨》。这部剧作写的是改造绿林好汉、肃清汉奸、团结抗日的故事,描写的是山寨英雄如何在新的形势下走上抗战之路这一富有现实意义的故事。用英雄或英雄精神肯定民族性格的力与美,是当时剧作的基本审美态度。这部剧作在1940 年出版,有特殊的意义。当时,正是国民党顽固派发动第二次反共高潮的前夜,他们肆意诬蔑共产党领导的抗日游击队是"游而不击"。作品用生动的事实雄辩地说明:正是中国共产党的干部光明磊落、不畏艰险,积极团结全国一切不愿做亡国奴的人们起来共同抗日;正是中国共产党的抗日民族统一战线的政治主张,才能够拯救中华民族的命运。剧中邓秀姑等一批青年人的觉醒和成长,证明中国共产党团结抗日的政治主张深入人心,从而无情地揭露了国民党顽固派破坏抗日的无耻谰言。

尹庚(1908—),原名楼宪,义乌人,30 年代著名的左翼作家。抗战爆发后,在浙江、江西一带进行抗日救亡宣传,主要从事演剧和歌咏活动。在实际的工作中,尹庚深深感到宣传活动中的语言障碍影响宣传效果。于是率先开始在国内尝试写作哑剧剧本。他自编自导演出的哑剧有五六种,经由报刊发表存留至今的有《在高高的山岗上》(《打胜仗的游击队》)、《当自己要活的时候》(《锄头就是武器》)、《艺术家与小偷》(《两种不同的宣传》)等三种。尹庚的哑剧文字剧本没有复杂的结构,人物、形象、主题的设置却很典型,简明扼要,一目了然。《在高高的山岗上》,如同它的另一标题一样简要,写的是抗日队员在某个黑夜如何摸鬼子岗哨打胜仗的事。《当自己要活的时候》,讲在日本鬼子的杀人游戏中,沉默的农夫潜藏在灵魂深处的民族仇恨被激发出来,于是拿起锄头作武器为鬼子掘墓的故事。《艺术家与小偷》的主题、情节也一样简洁明了,写了在抗日宣传中抗战工作者与伪组织喽啰的两种不同的宣传方式和效果。情节虽然十分简单,但通过演员的表演,社会功效却是相当大的。由此消除了语言的障碍,直接激发起广大民众的抗日热情。

　　著名作家许杰也一度创作剧本。他在战时担任天台大公中学校长时，曾创办大公剧团。为给剧团提供剧作，他尝试自己并不熟悉的剧本写作领域，作有《东亚新秩序》、《精神总动员》两种。《东亚新秩序》是个反奸剧，写了汉奸特务长在铁的事实面前和游击队长的教导下，激活了消逝的民族意识，把枪口对准日寇的故事。二幕剧《精神总动员》的故事发生在金华国民总动员的前夜。一些醉生梦死的青年终于在血的现实面前幡然悔悟。抗日战士的血唤醒了他们沉睡已久的民族精神，使他们明白了"人类最大的仇恨，是民族的仇恨。民族的仇恨，是要用民族的血来洗刷的"，毅然投身到救护伤员的工作中去。那位恋爱至上的青年不仅彻底转变了思想，而且在战斗中用生命实现了献身民族、献身国家的新的人生观。在他的神圣祭献面前，青年们个个袒露自己尽心竭力、报效祖国的心怀。这是中华民族群体精神的崛起，剧作由此展示了"抗战必胜，建国必成"的灿烂前景。

　　董每戡、夏野士等也善作抗战戏剧。董每戡（1907—1980），温州人，原名董华，曾用名杨大元、杨每戡等，著名戏剧家、戏剧史教授。从 30 年代起，董每戡就投身于左翼文艺运动，1931 年创作的三幕剧《C 夫人肖像》，轰动上海，深受鲁迅先生的赞赏。同时，他还作有《饥饿线》、《夜》、《黑暗中的人》、《血液出卖者》、《典妻》等剧；抗战开始后，作《敌》、《俘房》、《孤岛夜曲》、《未死的人》、《该为谁做工》、《最后的吼声》、《保卫领空》、《天罗地网》、《秦淮星火》、《杜玉梅》等，全都以抗战为题材，对唤起民众，保卫国土，起了很大的鼓励作用。夏野士（1912—1990），平阳人。1937 年卢沟桥事变后，投身抗日救亡宣传活动，积极从事抗日戏剧工作，并开始"国防戏剧"的写作。处女作《保卫卢沟桥》即是在七七枪响后的第二天写成的剧本，是以纪念卢沟桥为题材的同类剧作中最早面世的一个剧本。其成名作为《守住我们的家乡》，1938 年创作。主要剧作多为抗战宣传而作，如《复仇》、《我们不受压迫与利用》、《怒吼了的村庄》、《我们是胜利了》、《九一八的晚上》等，独幕剧集《守住我们的家乡》，由永嘉游击文化社纳入《游击》半月刊社的游击丛书于 1938 年正式出版。董辛名（1912—1975），温州人。他一生致力于导演工作的同时，还作有剧本多部：独幕剧《胜利的启示》、《游击队的母亲》，哑剧《敌人的兽行》、《最后胜利》、《生命线》、《照妖镜》和根据田汉同名话剧改编的多幕剧《名优之死》等。1939 年，由游击文化出版社出版的独幕剧集《游击队的母亲》，一时成为战时演剧活动争相演出的剧作。黄宗江（1921—　），瑞安人。

热衷于演出活动的他,自 1931 年起发表独幕剧《人的心》,后结集出版的有喜剧集《处女的心》(合作)、《春天的喜剧》、《大团圆》等,也是当时较有影响的剧作者。

被称作"大时代小插曲"的《清明前后》,是 1945 年茅盾在国统区应于伶、宋之的邀请而创作的他一生写作中唯一的一个剧本。剧作是在国民党统治面临严重危机、民主运动不断高涨的历史背景下拉开序幕的。在这样的背景下,茅盾展开了三条线索:一是民族资本家林永清在与官僚资本的斗争中终于觉醒,决心行动起来,联合工商界人士,为民族而奋斗;一是小职员李维勤因买黄金而入狱,以及他的妻子唐文君由救亡青年到被逼疯的悲剧;一是想极力摆脱自己成为社会的玩物地位、富有正义感的交际花黄梦英挽救乔治张的活动。剧作通过这三条线索,反映了抗战胜利前的社会现实:经历了八年浴血奋战的中华民族,正处在生死存亡的关键时刻。作为国民党统治中心的重庆,有些人关心的并不是民族和国家的前途、命运,而是股票市场的涨落和投机买卖的行情。有些人终日过着纸醉金迷的腐朽生活,而广大人民却在水深火热之中受尽煎熬。茅盾以社会分析学家的眼光,冷静地打量着这个世界,把民族斗争、阶级矛盾、民族资本家的动摇与觉醒、沦陷区人民的苦难、国民党官员的作威作福和荒淫无耻,全方位地加以概括,揭示了国民党反动统治的黑暗、腐朽的本质。这显然是一个小说作家写作的"小说化的戏剧",它保持着作者小说视野广阔的特点,以轰动一时的黄金案作为创作素材,以真人真事为原型,使剧作更为真切感人。"这是大时代的小插曲",着眼的是黄金案中的两个落难者,表现的却"俨然就是这个重庆,就是这个人为的雾比天然的雾更暗淡更阴惨的重庆"①。在上海"孤岛"和沦陷区,柯灵虽然不是一个专业的戏剧作家,但他以世界名著的改编而闻名整个上海滩,他主要改编和创作的剧本有《飘》、《夜店》、《恨海》、《武则天》、《乱世风光》、《海誓》等。如四幕剧《夜店》,是他在 1944 年与师陀根据苏联作家高尔基的剧作《底层》改编的、基本忠于原著且又"中国化"的作品。该剧力图在广阔的社会背景下去展开现实的丑恶。因此,剧作并不采用故事的集中性原则,而择用接近于"人像展览式"的方法,展示了在人来人往的夜店这样一个社会窗口里的各色人等。如靠妻子卖笑为生的浪荡子,多愁善感的下等妓女,曾经红极一时而后穷困潦倒的昆曲戏子,走遍四方、看尽人间辛酸

---

① 何其芳:《〈清明前后〉的现实意义》,载《新华日报》1945 年 10 月 12 日。

的江湖郎中，憎恨人世而又豪侠仗义的小偷，寄人篱下受尽折磨的女孩子，还有清道夫、报贩、卖馒头的、小瘪三等社会底层的小人物，是作为社会某一阶层的人物，招之即来，挥之即去。在一段时间内，小店、茶馆等地，往往被中国作家捉于笔下，用来作为展示三教九流、各色人等性格的场所，以增强生活的宽广度。店主夫妇刁钻、吝啬、狠毒，想方设法地从店客的身上榨取油水。这些小人物的龌龊外表下仍然有着人性的善良，但由于社会的黑暗以及个人意志的薄弱，都被当做垃圾抛弃在这个阴暗的社会角落，过着地狱般的生活。这正是旧中国黑暗社会的真实写照，但越是黑暗的时代，越能激发人们的抗争意识，越能让人坚定地相信"地狱早晚要塌的"真理。这正是当时改编《夜店》的现实意义之所在，在这个同时也带有民族情绪的作品中，不难看到剧作家在艺术改编中尽力关注现实感受的努力。

顾仲彝（1903—1965），原名顾德隆，余姚人。从 30 年代正式投入左翼戏剧活动，到抗战时期仍在险恶的环境中从事进步的戏剧工作，顾仲彝成为这个时期较为活跃的剧作家之一。他的主要作品有《同胞姊妹》、《孤岛男女》、《刘三爷》、《人之初》等。他的三幕剧《孤岛男女》（又名《上海男女》）和于伶的《夜上海》一样是反映"孤岛"现实生活的作品。剧作透过资产阶级家庭张家，较为真实地描写了"孤岛"时期上海的种种社会世相。民族资本家张镜山在战争的炮火中被迫关闭工厂大门，不愿去内地建厂发展经济，而逃到上海开设舞厅捞钱，并卷进交易所的投机之中。张的儿子、大学生张文渊出没于灯红酒绿的十里洋场，纸醉金迷，荒淫至极。日本间谍李铭斋对抗战工作进行监视，阿四等流氓地痞横行霸道，张家太太与姨太太勾心斗角，这些都从不同的侧面反映了"孤岛"现实的黑暗腐败。作者还写了几位来自内地的青年，他们曾经个个是积极的斗士，然而到了上海"孤岛"，有的腐化堕落，有的颓废消沉。作者通过这些丧志人物，把内地轰轰烈烈的抗战气氛与长夜茫茫的大上海相比，更加尖锐地突现了"孤岛"现实之丑恶。作于抗战初期的四幕喜剧《人之初》，是根据法国剧作家的《小学教员》改编而成的。剧中主要人物张伯南是个诚实的小学教师，因为不愿顺从校长要他在考试中舞弊而丢掉了饭碗。后来，他成为督军府参议郭敬亭贪赃枉法的帮凶，做尽坏事，却有人来嘉奖赞颂他，甚至校长也不计前嫌愿把女儿嫁给他做妻子。这颠倒黑白的社会终于使他确立了"对社会的新认识"，从而毫无顾忌地投身到尔虞我诈的丑恶现实中去。剧作生动地描写了上流社会的黑暗内幕，深刻地揭示了金钱权势所造成的社会罪恶，表现出改编者对当时中国社会的批判眼光。该剧多次在孤岛演出,影响较大。

在浙江现代戏剧家行列中,也有一位大师级的人物,他就是继田汉、曹禺之后在中国现代戏剧史上产生重要影响的剧作家夏衍。他的独具一格的戏剧艺术,标志着中国现代戏剧文学的新发展,也是浙江 20 世纪戏剧艺术的高峰。夏衍从 1935 年发表处女作《都会的一角》开始戏剧创作,到 1956 年完成多幕剧《考验》,共创作多幕剧 12 部、独幕剧 9 部、翻译剧 4 部、与友人合作剧 4 部,无一不体现着一个革命作家鲜明的政治倾向性和强烈的时代感,被称为沁人心脾的政治抒情诗。

1936 年,夏衍创作了轰动一时的历史讽喻剧《赛金花》,用漫画的夸张手法,来讽刺当权者的不抵抗甚至卖国求荣的政策。剧作巧妙地提取了历史与时事中有共同感的具象,唤起人们从剧中八国联军联想到飞扬跋扈、无恶不作的“友军”,以李鸿章及清政府的卑劣腐败联想到当时国民党政府谄媚外敌、压迫人民的种种无耻行径。稍后作的另一个历史剧《秋瑾》,以清末女革命家秋瑾为主角,突出女主人公忧国忧民的胸怀、叛逆的精神,表彰革命家为事业献身的精神及历史教训。然后,因为这些剧作只是简单地把艺术看成是宣传的手段,都不同程度地存在着作为时代传声筒的席勒化倾向。直到 1937 年创作了《上海屋檐下》,夏衍才实现了创作的根本转变,标志着其戏剧创作的成熟。这部奠定夏衍在戏坛上地位的作品,直接取材于现实生活,即西安事变后政府释放的共产党人出狱以后的悲欢离合的故事触动了作者,写下了这部初名为《重逢》的悲喜剧。剧作展示了发生在上海一幢极不起眼但很有代表性的普通弄堂房子里五户人家灰色而痛苦的平庸生活。小学教员赵振宇生活困顿但性格开朗,善于用“比上不足,比下有余”的“譬如说”麻醉自己、欺骗自己。其妻则自私小气,尖刻吝啬,对邻里的不幸常表现出冷漠和嘲讽。失业的大学生黄家楣为肺病缠身,潦倒在亭子间里,夫妻俩互相无端指责又互相安慰、相濡以沫、强颜欢笑,黄父察觉后留下带有体温的三元钱凄然离去,揭示了善良人的凄哀心灵。“摩登少妇”施小宝有苦无处诉,丈夫出海,生活无靠,被迫卖身,她想摆脱任人践踏的生活而得不到同情和援救。孤苦无依的老报贩“李陵碑”,因思念抗战中阵亡的儿子而精神失常,凄凉地哼着京剧“盼娇儿,不由人,珠泪双流”的曲子。居于中心的是林志成、杨彩玉、匡复的情感冲突。林志成在照顾革命者妻子的过程中,与杨彩玉产生了爱情,结成了新的家庭。匡复从狱中释放出来,面临着政治局势风云难测、人生道路再抉择的时刻,希望得到妻女的爱抚。但现实的打击足以摧毁他的意志,他经受着情感、道德、意志、理想的考验。剧作细腻深入地展示了三人面对进退两难的局面而掀起的巨大的感情波澜,通过揭示他们的内心冲突来深化主题。剧作者巧妙地借用了电影蒙太奇的手法,将五条情节线索交织穿插,形成以"人像展览"的戏剧冲突和高潮,描绘出丰富复杂的生活内容。最后,匡复看到了"上海屋檐下"人们的痛苦,清醒地意识到:不能这样生活! 应该有光明的生活! 他毅然离开了这一陷于感情纠葛的家,投入到更为广阔的世界中去。剧作家还运用气氛的象征来表达对生活的感受与政治的思考,从开幕到终场,细雨连绵,抑郁沉重,将令人窒息的自然低气压下人们产生的郁闷感受,与人们在黑暗统治下受尽折磨所产生的感情融合起来,黄梅时节阴暗不定的天气就成了当时变化不定的政治气候的象征。剧作者重在反映小市民平凡的日常生活,在朴素自然的艺术描写中,比较圆满地完成了剧作者"由小人物反映大时代"的创作意图。

抗战爆发后,夏衍创作了以知识分子为题材、以八年抗日的社会现实为背景的优秀剧本《法西斯细菌》、《芳草天涯》等。尤其是多幕剧《法西斯细菌》,堪称是抗战时期现实主义戏剧的代表作,也是中国话剧史上的典范作品之一。在夏衍的剧作中,这部剧作篇幅最长达 7 万字、场景最多有五幕六场、跨越年代最久历 11 年。全剧以一向标榜不问政治、悉心从事科学研究的医学博士俞实夫为中心人物,通过他由东京而上海而香港而桂林的曲折经历,深刻地揭露日本帝国主义的残暴,得出了"法西斯与科学不两立"的结论,对人类的公敌投掷了最大限度的憎恨与愤怒,批判了当时知识界超脱政治、科学至上的错误思想倾向。此剧并不采用风云变幻的非凡事件来组合情节,而是以主人公前后 11 年的生活境遇和思想演变,来构建全剧的矛盾冲突,表达出政治是生命、爱国才能爱事业的鲜明主题。细菌学家俞实夫具有为科学献身的精神,不求名利虚荣,无视个人生活,将整个身心都投入到细菌学的研究之中。知识分子的洁身自好,使他信奉"科学至上主义",认为唯有闭门从事科学研究,才是世上最为纯净的神圣事业。可是法西斯战争一次又一次地粉碎着他的梦幻,血淋淋的事实一次又一次地摧毁着他苦心经营的"科学之宫",使他得到灵魂的醒悟,最终明白人类最可怕的疾病是"法西斯细菌"(即侵略战争),从而决心投入全民族的抗日激流中去。作者通过了俞实夫等不同类型的知识分子的不同道路的追求,深刻批判法西斯主义扼杀科学的反动性,揭示了知识分子在抗日战争年代的正确的人生道路的选择。《芳草天涯》虽然贯穿的是尚志恢、石咏芬的矛盾和夫妇不和,但剧作者从客观环境的险恶、社会矛盾的激化,为爱情主题披上了一层时代悲剧的色彩。剧作讴歌了青年知识分子孟小云、许乃辰以民族大义为重、投奔抗日斗争的正确抉择,肯定了老一代知识分子尚志恢从彷徨、困惑中解脱出来的趋势,表彰了孟文秀夫妇决心留在敌后坚持斗争的爱国精神。剧本通过这些平凡知识分子在战时所经历的悲欢离合的故事,揭示了国统区知识分子的种种精神痛苦和热切期待的心情。尽管剧中弥漫着"天涯何处无芳草"的哀愁与惆怅,但也表现出对未来前景充满信心的乐观情绪。因此,从剧本的政治倾向看,《芳草天涯》仍然是悲切感人、激荡心弦的抗战戏剧。

夏衍作为体现浙江现代戏剧最高成就的剧作家,以《上海屋檐下》、《法西斯细菌》、《芳草天涯》等剧所取得的高度艺术成就,显示了此一时期戏剧的高水准与高品位,同时也为中国现代戏剧的新发展作出了积极的贡献。他所刻画的知识分子、小市民形象,在现代舞台上也有其独特的位置。他较早尝试着把日常平凡生活引进到戏剧创作领域,并且取得了成功,人们可以在这些事件中看到时代的律动、社会的变化。他的朴素、洗练、深沉的现实主义艺术在现代剧坛产生了深远的影响。夏衍对戏剧的精心营构,无疑把浙江 20 世纪戏剧推上了一个令人瞩目的新的高峰。

三 建国后的戏剧创作

新中国成立后,中国戏剧沿着毛泽东在《讲话》中制定的"文艺为工农兵服务"的方针,努力体现人民的斗志和意愿,并在艺术上展开以现实主义和浪漫主义为主潮的多方面的探索,使戏剧日益走向民族化和大众化的道路。在建国后的新天地中,当代剧作家自是不懈地坚持关注现实、关注生活的创作传统,来歌颂我国社会主义革命和社会主义建设事业中不断涌现的英雄人物和社会主义新人,从不同角度表现我国社会发展前进的风貌,戏剧创作呈现出多向拓进的良好势头。在浙江戏剧界,建国后一些话剧作者纷纷退出剧坛,除了夏衍在工业题材上有所拓展,留下他建国后创作的唯一的一部多幕话剧《考验》以外,期待中的浙江话剧创作的高峰却迟迟没有到来。建国后浙江话剧的创作热潮随着老作家的搁笔而回落。直到新时期,浙江也难以出现较为著名的话剧作家和作品,与全国话剧的浪潮形成了鲜明的对比。倒是在传统戏曲的改造和创作方面,随着"双百方针"和"推陈出新"精神的贯彻落实,浙江戏曲创作取得了令人瞩目的成就,有"一出戏救活了一个剧种"的《十五贯》,有成为"文化大革命"导火线的《海瑞罢官》,也有后来在全国引起演出热潮的越剧精品——顾锡东的"浙派越剧"。其他剧种在整理传统剧目的基础上,也创作了一批思想和艺术俱佳的新作。此外,还有像双戈、魏峨、胡小孩、贝庚、谭伟、卢俊迈、徐为、王杰夫、尤文贵、包朝赞、王云根、天方、黄韶、曾昭弘、顾颂恩、张思聪、沈祖安、吕建华、顾天高、杨东标等热衷于传统戏曲的剧作者所创作的一些思想艺术俱佳的剧作。他们的出现,无疑为建国后直到世纪末贫乏的浙江戏剧增添了色彩。

著名剧作家夏衍建国后的第一部话剧作品是反映工业领域的《考验》,这是作者在 1944 年话剧创作辍笔之后在工业题材上的新尝试,也是作者建国后唯一一部话剧作品。剧作展示的是,在大规模经济建设面前,每个共产党员和各级领导干部都面临着一场严峻的考验:有的干部责任心强,具有对新事物的敏感和进取精神,以求尽快掌握经济建设的特点和规律,学会企业管理的科学方法。但另有一些干部滋长了盲目的骄傲情绪,以个人主义、官僚主义的态度对待建设事业。剧作即从新华电机制造厂存在的两种思想、两种作风的斗争中,以杨仲安和丁纬之间的矛盾冲突展开的。副厂长杨仲安是个"对党忠心,对生活严肃"的有十多年革命历史的老党员,对党对革命有过贡献。但在新的社会中,他跟不上时代步伐,居功自傲,故步自封,他那"主观强"、"什么事都一把抓"的一贯作风也随之恶性发展、膨胀:工作上独断专横,以个人意志代替党的政策;处理人际关系从自己的好恶出发,严重地影响了生产,成为一个忙忙碌碌的官僚主义者。厂长丁纬是作者热情歌颂的人物。他保持和发扬着战争年代的优良传统,有一股勇往直前的积极进取精神:刻苦学习工业知识,深入群众调查研究,支持培养新生力量,发挥技术人员的专长,整顿劳动纪律……在战争年代,杨仲安曾经救过丁纬的命,是生死与共的老战友。然而,面对着杨仲安官僚主义的严重错误及其带来的工厂生产的混乱局面,丁纬与他进行了严肃的斗争,展示了一个共产党员干部的党性原则和斗争精神。作者呼唤在社会主义建设热潮中,涌现出更多的像丁纬这样体现着社会前进力量的带头火。该剧保持并发展着夏衍以往创作中的深刻含蓄、简朴凝炼的艺术风格。

然而,夏衍在戏剧题材上的开拓,并没有引起家乡浙江剧作家的创作话剧的热情,浙江在话剧文学创作方面显得冷落与沉寂。相反,浙江剧作家在戏曲创作上却呈现出一派欣欣向荣的局面。

浙江戏曲创作的成功当从改编传统旧戏算起。1956 年,浙江省昆苏剧团改编的昆曲《十五贯》赴京演出后,轰动全国,出现了争演、争看《十五贯》的盛况。当时的共和国总理周恩来观看此剧后,高度称赞"浙江做了一件好事,一出戏救活了一个剧种"①。《十五贯》根据清末传奇《双熊梦》改编,其最早蓝本还可追溯到宋代话本《错斩崔宁》。1955 年下半年,在浙江省委文教部副部长兼省文化局局长黄源及省文联秘书长郑伯永的领导下,由剧作家陈静执笔整理改编。改编者运用马克思主义观点对原著进行了分析研究,重新确立了剧作的主题。现本《十五贯》以三个官吏对待冤案的不同态度作为视角,写况钟上与官僚斗争、下与娄阿鼠周旋,深入调查,实事求是,昭雪冤案的经过。其基本情节是:无赖娄阿鼠杀死酒徒尤葫芦并盗走十五贯钱,尤的继女苏戍娟当夜因父亲戏言要卖她而离家出走,路遇客商熊友兰身上恰好带有十五贯钱,昏官知县于是以之为据,妄断苏、熊二人有盗钱、杀父、淫奔之嫌,判其死刑。清官况钟监斩时发现冤情,越权过问,在仔细查看后发现真凶的蛛丝马迹,于是化装成拆字先生微服私访,以拆字奇招使娄阿鼠招供,将其缉拿归案,平了苏、熊二人的冤狱。作为一出公案戏,剧作构筑了"巧合促成奇冤——昏官冤枉无辜——清官奇招破案"的民间欢迎的模式。十五贯成了巧合的中心,苏、熊二人因此蒙冤,真凶却在贼喊捉贼,案件扑朔迷离。况钟传奇式的奇招尤其吸引人。他以"鼠"、"窃"、"窜"及老鼠好偷油(尤)的字面与意义联想,旁敲侧击,让娄阿鼠胆战心惊说出真话,这是一段极为精彩的心理戏,自然增加了该戏的趣味性。而清官况钟的形象,也去掉了神秘色彩,增加其冲突的描写。如发现冤情后,过问案情属于越权,能否昭雪难以断定,此时况钟显得极为犹豫。但看着人犯的痛苦,又觉得不能草率判斩,终于冒着丢官的危险,下定决心来翻案。这样的心理冲突显得极为真实。改编后《十五贯》的主题符合主流意识形态的需要,可以解释为反对官僚主义、主观主义、教条主义,在现实的整风运动中起到重要的作用。周恩来总理盛赞《十五贯》"有着丰富的人民性,相当高的思想性和艺术性。它不仅使古典的昆曲艺术放出新的光彩,而且说明了历史剧同样可以很好地起现实的教育作用"②。"清官戏"《十五贯》成了一座旧戏新编的里程碑,为我国传统戏剧的改革树立了样板。

还有一部影响很大的"清官戏",是著名历史学家吴晗(1909－1969,原名吴春晗,义乌人)在 60 年代初期创作的历史剧《海瑞罢官》,上演后赢得一

---

① 周恩来:《关于昆曲〈十五贯〉的两次谈话》,载《文艺研究》1980 年第 1 期。
② 同上。

片喝彩声。毛泽东还在家里接见了海瑞的扮演者马连良,盛赞该剧。这部引起高层关注的戏的情节为:退休宰相徐阶之子徐瑛仗势欺人,霸占民田,气死农民赵玉山之子,又在清明时节抢走赵玉山的孙女赵小兰,毒打赵玉山。小兰母亲洪阿兰状告徐瑛,县官趋炎附势祖护徐家,让徐府家人上堂作伪证:徐瑛清明未曾出城。恰在此时,新任应天巡抚海瑞微服私访,在途中了解了洪阿兰的冤情和地方官吏霸占田地的情况,便决心为民做主,平反冤狱。他当堂揭穿伪证,判处徐瑛和县官死刑。徐阶闻讯,以海瑞"救命恩人"的身份替儿子说情,海瑞不为所动。徐阶大怒,派人贿赂太监和朝官,终将海瑞罢免。但海瑞已得秋审朝旨,坚决不向新任巡抚交印,直到处决了徐瑛和县官二犯后才挂印而去。作者虽然也写到海瑞推行"一条鞭法"等革新措施,但均是点到即止。他在剧中着力描写并使之贯穿全剧的是海瑞为民作主、平反错案,海瑞形象也完全是个不畏权势、不顾个人安危、为民申冤的"清官"形象。《海瑞罢官》只不过是当时"海瑞现象"中的一出十分平常的戏,当时正在上海工作的温州籍作家许思言(1918－1987)也写过大型历史剧《海瑞上疏》,且由周信芳主演,也是当时有一定影响的"海瑞戏"。然而,1964 年突然传出《海瑞罢官》是影射庐山会议的流言。姚文元著文抨击该剧,诬陷《海瑞罢官》鼓吹反攻倒算,是为彭德怀翻案,并给该剧以"反党反社会主义""毒草"的结论①,制造了中外历史上罕见的"文字狱",同时被株连的还有《海瑞上疏》等,从而拉开了"文化大革命"的序幕。

越剧,被称为全国第二大剧种。其中,"浙派越剧"影响很大。顾锡东就是"浙派越剧"创作队伍中的重要一员。顾锡东(1924—　),嘉善人。1954年,在他人的扶植下,顾锡东创作了越剧处女作《五姑娘》,之后又创作了《银凤花开》(后改编为电影《蚕花姑娘》)、《争儿记》、《山花烂漫》等数十部剧作,显示出作家丰厚的生活积累和艺术才华。十年浩劫后,除了继续创作现代剧《复婚记》外,顾锡东通过历史故事来抒发"文革"中积淀的沧桑感,一批优秀的历史故事剧如《五女拜寿》、《汉宫渤》、《陆游与唐琬》、《长乐宫》、《唐伯虎落第》、《汉武兴邦》(与顾颂恩合作)等,自然地从其笔底流出,使其成为最能体现"浙派越剧"风格的代表作家之一。顾锡东的处女作《五姑娘》是一部民间歌谣体构织成的反映太平天国时期女子爱情婚姻遭遇的戏曲作品,剧作中江南农村田歌互答的一些男女掌故与恩怨及优美唱段,往往能给青年

---

① 　姚文元:《评新编历史剧〈海瑞罢官〉》,载《文汇报》1965 年 11 月 10 日。

男女以入耳难忘的深刻印象。新编历史剧《汉宫怨》，描写的是汉宣帝年间大司马霍光之家与皇室间斗争所造成的一起悲剧事件，曾获得 1981－1982 年文化部优秀剧目奖。该剧避开了一般宫闱戏那种后宫谄媚邀宠、佞幸拨弄是非的俗套，按照悲剧严肃、凝重的格调，委婉从容地演说故事的始末。西汉老臣霍光之妻霍夫人，格外珍视霍光的功业可能给儿女们带来的福音，欲使爱女霍成君与皇家联姻。偏偏天子是位不借联姻稳固政治势力、不以新欢而遗弃结发糟糠的痴情男子，只将成君封为御妹，却一心寻找那位曾以祖传国宝昆吾剑定情的许平君。没料想许平君因寻夫不遇成了霍府的婢女。皇上辨剑认人，使算尽机关想做皇上岳母的霍夫人愠怒在心，再图不轨。皇后平君分娩之后，霍夫人设计谋毒死皇后，使女儿成君继皇后位，皇子也命赴九泉。事发后，霍夫人满门遭殃，无辜成君蒙冤，她的悲剧就在于她出人意料地做了权力争夺的工具和牺牲品。宣帝最终察觉到成君的冤情，但由于已遭株连之累，难以"母仪天下"，只能忍痛割爱，将成君废居昭台宫。至此，汉宫争斗意蕴尽出："宠儿女，依势弄权反害儿女；蹈法网，奢而不逊恃天骄"，到头来"无可奈何花落去，愁坐昭台叹中宵"。不消说，这段史实在当今仍具有很强的警策性。如果说《汉宫怨》主要着眼于表现历史题材中的政治化主题，那么，获 1984 年全国优秀剧目奖的《五女拜寿》，则标志着作者转向于从家庭伦理道德的角度去阐发思想。古装家庭伦理剧《五女拜寿》，围绕着礼部侍郎杨继康两次贺寿的不同情景和其间的不幸遭际而展开，当其位尊爵显之时，颂词盈耳，厚礼备至。而一旦罪名加身，生计无着时，反目者有之，拒避者有之，无奈而心怜者有之，而侠骨义肠、尽力救助者也有之。这一切都发生在杨继康众爱女与亲朋之间。于此，作者鞭辟入里地剖析了人间冷暖、世态炎凉的社会真相，对于见利忘义、趋炎附势之徒进行了辛辣的嘲讽与鞭挞，而对贫贱不移、心地善良的义女翠云作了热情的赞颂。可以说，这个剧作的问世，是作者思想和艺术和谐统一、风格成熟的重要标记。

双戈(1932—，原名钱法成，嵊州人)、魏峨(1931—，原名魏裕鄂，云和人)是新中国成立后浙江戏剧界较为活跃的两位著名的剧作家。他们的主要作品有越剧《胭脂》、绍剧《于谦》、婺剧《西施泪》以及《柳玉娘》等。像一些热衷于历史题材的戏曲作者一样，双戈、魏峨把取材的目光主要投向古代、历史的领域，越剧《胭脂》即是取自于《聊斋志异》的同名故事。这个初成于 60 年代初的剧本，主要剧情为：刁徒毛大，拾得绣鞋一只，冒名鄂秋隼与胭脂约会,却遇其父卞三,毛大惧而杀卞。县官张宏主观武断,将鄂定为凶手;新任知县吴南岱为鄂昭雪,却又误将宿介判为凶手;后经学台施愚山的干预,吴发现错误,捕获真凶。作者抓住处事"不可简单草率,必须注重调查研究,实事求是"的思想,把故事情节的重心、矛盾的焦点集中到吴南岱这个人物身上,并且通过这个人物的聚焦作用把作品的思想光彩照射出来。剧作家把施愚山、吴南岱、张宏处理成师生、同窗的关系,使他们在戏剧的矛盾冲突中披上一层特殊的关系,先是县丞张宏错误断判,吴南岱并不碍于同窗情面,毅然为鄂秋隼平反昭雪。而当自己又枉断屈斩案犯时,学台施愚山又为之指点迷津,排疑解难。张、施先后与吴在案情认识、处置上的分歧,促使吴南岱在案情审理上作出一系列新的抉择。如吴南岱与张宏共传鄂秋隼、胭脂于后堂对质;吴南岱私访,乔装货郎,走街穿巷叫卖胭脂花粉,丢绣鞋引宿介上钩,由片面零星的材料错判宿介为凶犯,从中可看出吴那种年少气盛而又自满轻率、独断自专的性格;其实宿介只是为成人之美,夜间冒名顶替与胭脂姑娘言笑订约而已。当吴南岱心存疑虑提审宿介时,宿介出语不敬,反唇相讥,狷介狂放的性格表露无遗。施、吴拜会,卞院复勘案情,吴南岱的内心矛盾极为激烈。显然,剧作都是围绕着吴南岱的断案来展开的,吴南岱形象体现的"知错能改即圣贤"的品质给人留下了极深刻的印象。无怪乎该剧进京演出是剧作初成十余年后的 1979 年,面对着"四人帮"所造成的各种冤假错案还没得到彻底的纠正,该剧的上演自然获得了很大的社会反响。以至《中国新文艺大系》都收入了它,把它当作 1979 年的创作成果来看待。绍剧《于谦》择英宗被俘的危急之秋于谦统帅将士抗击瓦剌、胜利地进行京师保卫战的丰功伟绩之事,表达了高昂的斗志、同仇敌忾的决心,以及对投降派的揭露批判,突出于谦那种"社稷为重君为轻"的思想,他的"精诚之志,贯金石而泣鬼神;忠贞之节,通天地而光日月"[1]的精神气概得以丰满饱酣的体现。90 年代,双戈、魏峨各有新作诞生。如魏峨推出了一部反映共产党员、人民教师扶助孤儿成才的现代剧《巧凤》,剧中女教师巧凤为挽救失学孩子桂花,顶住了来自家庭、丈夫和社会的压力,立志使失学孩子重返校园,并使孩子成为社会所需要的新一代青年的故事,塑造了一个可以牺牲个人"小我"利益、投身教育事业的女教师巧凤形象。该剧上演后,获得全国第三届文华奖。

---

① ［明］孙高亮:《于谦全传》。

胡小孩(1931—),浙江永康人。建国以来,创作有甬剧《两兄弟》、《姑娘心里不平静》、《亮眼哥》,越剧《抢伞》、《斗诗亭》、《刑场上的婚礼》、《小刀会》、《天国春秋》、《大观园》、《三敲》(后改编为电影《花烛泪》)等。在胡小孩的戏曲作品中,现代戏占了很大的比重。如 1954 年创作的成名作《两兄弟》即是现代戏。该剧以农村合作化为背景,集中描写了丁有财、丁有宝兄弟之间的矛盾,深刻地反映了合作化给农民精神面貌带来的新变化。1959 年创作的《抢伞》只是一个小戏,故事情节很简单,描写农村田公公一家祖孙三人,听说领袖毛主席在烈日的盛夏来到了农村,因而抢着为领袖送伞遮阳。整个戏气氛热烈明快,情趣盎然,通过三代人抢伞的行动,生动地表现了人民群众热爱领袖的深切感情。1958 年的《斗诗亭》是以慈溪县的全国劳动模范及其四姐妹作为生活原型的。剧中的何巧红、田香红、林小红三个农村姑娘形象性格鲜明,他们为夺取棉花高产的满腔热情、敢作敢为的闯劲、克服困难的坚强意志,具有比较强烈的感染力。1963 年的《亮眼哥》是根据民间盲艺人的故事编写而成的。亮眼哥万松青在一次开山排险时双目失明,他并未因此居功自傲或悲观失望,而是以共产党员的高度责任感、革命乐观主义精神,处处关心和维护集体的利益。亮眼哥显然是一个热爱集体、爱憎分明、具有强烈献身精神的农村共产党员的形象。显而易见,胡小孩现代戏创作来自于农村现实生活,虽然故事情节并不复杂,但反映了那个时代独特的氛围,塑造了一批集时代特色、地方特色及性格特色于一身的农民形象,具有独特的艺术魅力。

陈静(1918—1993),他的名字是与昆剧《十五贯》的流播联系在一起的。这位来自于徐州的剧作家,在 50 年代中期,就在浙江着手执笔整理《十五贯》,并亲任导演搬上舞台,获得了巨大的成功,不仅使古老的昆剧得到复苏,同时也使陈静这位戏曲作家名闻遐迩。他整理改编的传统剧目有《十五贯》、《庵堂认母》、《杨贵妃》、《青虹剑》等。如《庵堂认母》是根据越剧传统剧目《玉蜻蜓》中的《游庵认母》改编的,在改编中剔除了原剧中的封建性糟粕和庸俗不堪的内容,紧紧围绕王志贞认不认徐元宰这个儿子的悬念来组织人物的思想冲突,层层开拓人物的内心世界。其艺术手段和技巧,值得称道。1982 年创作的历史剧《杨贵妃》,作者力图运用历史唯物主义的观点,对唐皇李隆基与杨玉环的关系作出新的评价。它以唐朝天宝年间的"安史之乱"为背景,以杨玉环的遭遇为主线,真实地描绘了封建社会中妇女的苦难命运,揭露了封建帝王玩弄妇女及把妇女作为替罪羊的无耻面目,其中的唐明皇不再作为明君来加以颂扬。剧本正面描写他夺媳为妻的行为,为贪图美色,竟置乱伦于不顾。而杨的言行稍有不遂他的心意,便会将杨逐出家门。这也决定杨玉环最终必然被抛弃的命运,使杨玉环成为这场政治斗争的牺牲品。剧本通过展示唐明皇的这些行为,对他进行了批判。对于杨玉环,作者为她清洗了所谓"祸国殃民"的罪名,揭示了她内心世界痛苦复杂的感情,给予更多的同情,似乎是在为杨玉环正名。这种改编,提炼出李隆基与杨玉环之间不存在真正的爱情,杨玉环不过是君王手中的玩物及政治斗争的牺牲品这样一个崭新的主题,无疑在同类题材创作中是独辟蹊径的。

贝庚(1928—　　),出生于山东,却一直在浙江从事文学活动。经他创作及整理的剧本,涉及昆剧、绍剧、越剧等多种剧种,有十余个之多。其中有越剧《打江彬》、《金钱记》、《仁义缘》、《焦帕记》,绍剧《孙悟空三打白骨精》、《火焰山》(均与顾锡东合作),昆剧《风筝误》、《救风尘》、《三月江南》、《西园记》等。《孙悟空三打白骨精》、《西园记》在国内产生了广泛的影响,在绍剧、昆剧的发展史上也写上了浓重的一笔。绍剧《孙悟空三打白骨精》取材于我国神话小说《西游记》,剧本将主题确定为唐僧师徒与白骨精之间的斗争,把唐僧师徒与百骨精之间你死我活的矛盾、师徒之间的矛盾、尤其是唐僧和孙悟空的矛盾有机地交织在一起,使诛灭白骨精的斗争显得格外惊心动魄和富有感情色彩。剧作成功地塑造了孙悟空、猪八戒、唐僧及白骨精的艺术形象,尤其是出色地塑造了大智大勇、富有斗争精神的孙悟空形羹篱剧中的孙悟空形象的刻画,围绕着三次痛打白骨精的情节,表现了孙悟空消灭妖魔鬼怪的不屈不挠的顽强的斗争精神。剧中孙悟空还是一个充满着感情色彩且幽默机智的英雄,不光浓墨重彩描绘师徒之情,而且设计让白骨精在唐僧师徒前重新表演三次变化人形的伎俩,使真相大白,丰富了剧中的人物形象,自然增添了剧作的喜剧气氛。1961年,浙江绍剧团赴京演出,反响巨大。毛泽东与郭沫若观看演出后,先后写了七言律诗,赞赏此剧。后摄制成同名戏曲电影,声名远播亚非拉72个国家。1963年,电影获得第二届大众电影"百花奖"最佳戏曲片奖。《西园记》原为明代吴炳所作的传奇,1962年,贝庚将其改编为昆剧。该剧描写襄阳才子张继华,游学杭州,偶入赵礼退休隐居的鞠漂园,误将赵礼女儿赵玉英的义妹王玉真当做赵小姐,张冠李戴,一错再错。后赵玉英为逼婚一事抑郁而亡,张继华又误以为王玉真是鬼魂现身。经说明真相,张继华与王玉真结为百年之好,作品中设置的误会一个接着一个,环环相套,引人入胜,造成了独特的喜剧氛围。改编本《西园记》中的男女追求婚姻自由,具有鲜明的反封建色彩。它文字典雅,且按曲谱填字,颇具传统昆剧规范,无疑是一出妙趣横生、回味无穷的优秀喜剧作。

谭伟(1924－1995),原名谭德慧,金华人。从 1952 年创作方言剧《滕咏棠》起,到 80 年代改编《关公斩子》,一共编写剧本 80 个。在这批剧作中,整理的婺剧小戏《僧尼会》、《昭君出塞》、《断桥》,改编的婺剧大戏《孙膑与庞涓》、《黄金印》,创作的现代戏《桃子风波》、《鹰之歌》,古装剧《义虎案》、《讨饭国舅》、《李渔别传》,历史故事剧《英雄泪》等,产生了较为广泛的影响。1956 年改编的《黄金印》(合作),源出明初苏复之的《金印记》,系婺剧侯阳高腔的传统剧目。剧作着力塑造了苏秦贫贱不移、威武不屈、坚忍不拔而又带有几分傲气的书生形象,突出了讽刺势利和世态炎凉的主题,有明显的喜剧色彩。苏秦因贫寒受尽父母兄嫂的冷嘲热讽,在秦国又遇到嫉妒人才的公孙衍排挤,但为实现自己的志向,悬梁刺股,发奋苦读。后来他在魏国封相,父母兄嫂一反常态,要求带他们到魏国。他对父母说:"爹娘要的是官诰,兄嫂想的是金银,是亲不是亲,何必跟苏秦。"剧中对苏秦父母兄嫂的嫌贫爱富的势利刻薄进行了淋漓尽致的讽刺。1987 年创作的大型古装婺剧《讨饭国舅》,取材于李渔的小说《无声戏》的部分章节。剧中塑造了一位乐于助人、仗义疏财而历尽磨难的乞丐吴明志((即"愁不怕")的形象。作者通过一系列独特的行为描写,揭示了"愁不怕"金子般闪光的心灵。"愁不怕"原是个商人,因将经商所得为陌生姑娘李芬赎身被譬妻子所休沦落为一名乞丐。在颠沛流离、风餐露宿的行乞生涯中,他仍然乐善好施,竟然出名。后李芬得到明皇宠信,封"愁不怕"为礼部天官。"愁不怕"坚辞不就,但最终推辞不了国舅的角色。当了国舅的"愁不怕"依然一身叫花子打扮,后面跟着四名也扮成叫花子的卫士,到各地明察暗访,成为一个声名远振的"讨饭国舅"。剧作对"愁不怕"这一人物高尚的道德情操的曼不,渗透着人民群众的道德观和审美观,闪耀着劳动人民的道德光辉。该剧曾获浙江省第三届戏剧节优秀剧本创作一等奖。

黄绍(1934－2000),余姚人,是解放后为数不多的姚剧编写人员。建国初写有姚剧剧本《耕田》、《搭壁拆壁》、《雷锋》等,新时期以来的创作影响较大的有《强盗与尼姑》、《沙场泪》等。1963 年创作的《搭壁拆壁》,是作者根据四明山区女队长的先进事迹编写的,曾经参加 1964 年的浙江省戏曲现代戏的观摩演出。该剧写的是农村困难户不幸连遇天灾人祸,女队长单彩云得知后,拿出自家存款,帮助修房治病。不料遭到丈夫的反对。直闹得搭壁分家。搭壁后,单彩云和其女仍以夫妻与父女之情,生活上关心,思想上帮助,据理说服教育,终于夫妻拆壁和好,破镜重圆。剧作乡土气息浓厚,语言通俗易懂,在宁波观摩演出中曾有"半夜鸡叫称好,搭壁拆壁露苗"的赞词。1984年的《强盗与尼姑》取材于王真同名传记文学作品,故事讲述了秋瑾被捕后的王金发,与在静心庵躲避的"绣花西施"沈月娥成亲,诱捕了前来贺喜的沈月娥的远房叔公、谋害秋瑾的章介眉。随后各方人士轮番求情,王金发释放了章介眉。王金发纵虎归山,使革命队伍怨声四起。鲁迅也来论理,通斥不能放了落水狗。在众叛亲离的情况下,王金发醒悟过来,但为时已晚,章介眉已逃之夭夭。王金发终于铸成不可挽回的大错。形势急转而下,王金发先是与爱妻分离,后被章介眉逮捕处决。王金发终以个人的行为,给革命带来了巨大的损失。这是足以令人深思的。该史剧的演出引起了省内外的轰动,获得1985年浙江省第二届戏剧节优秀剧本一等奖。

天方(1935—　),原名张天方,鄞县人。他是一位自学成才的戏曲作家。出于对艺术的热爱,他整理改编及创作的剧作就有30多个,其中《半把剪刀》、《天要落雨娘要嫁》以及《浪子奇缘》(与杨东标合作)等剧在观众中产生广泛的影响。仅《半把剪刀》一剧,1957年在上海由堇风甬剧团首演后。就被沪、越、京、评、采茶、黄梅、庐、姚、梆子、锡、山歌、黔、方吾话剧等十几个剧种移植演出,在全国各地广为流传。可以说,1957年根据甬剧传统剧目整理的《半把剪刀》,是天方的成名之作,也是其代表之作。剧作一改过去大团圆的结局为悲剧结局,把主人公金蛾置于特定的历史环境中,使其身上的善良的品性与反抗的精神有机地融合在一起,增强了剧作的悲剧力量。剧作通过一系列的行为,揭示了民妇金蛾独特的个性特征。她家庭贫穷,为料理母亲后事,卖身葬母。人面兽心的曹锦棠强行奸污了她。此后,沉重的打击接踵而来:蒙受了栽赃的冤屈、失子的痛苦,在徐家度过屈辱的18个春秋,一直无法改变自己的命运。18年后,已任宁波知府的曹锦棠将女儿亚男许配给徐家少爷徐天赐,新婚之夜,凶悍的亚男与天赐大吵,并持剪刀行凶,金蛾进房劝解,误杀亚男,却使徐家少爷徐天赐被定为死罪。原来少爷就是自己的亲生儿子。当她赶到法场时,徐已被斩首。面对仇人曹锦棠,她从怀中取出半把剪刀,向曹锦棠猛烈刺去,不料扑空,因而举剪自戕,含冤受屈地离开了人世。金蛾在法场上的行为,是一个受尽屈辱的弱女子对罪恶社会的强烈反抗和血泪控诉。透过这些行为,不难看到一个处在社会底层的弱女子屡遭打击难逃悲惨的命运,但她的善良品格及不向恶势力妥协的精神,使这个形象熠熠生辉。曾经获得 1982—1983 年全国优秀剧本奖的《浪子奇缘》(与杨东标合作),是根据报告文学《爱的暖流》等素材编写而成的现代戏。浪子唐海龙是个失足青年,作者既写了他堕落后的心灵创伤,也写了他见义勇为、乐于助人的品质;既写他积重难返,又写了渴望做新人的愿望和决心,向人们展示了一个失足者回到光明道路的艰苦曲折的历程。女主人公郑亚鹃的形象富有感染力,作者对她纯洁善良的品质以及在帮助唐海龙浪子回头过程中所表现的真挚感情和非凡勇气,有着许多细腻的描写。正如剧名那样,一个纯洁的姑娘,被一个称为"中国拉兹"的浪子所救,经过一番曲折,终于结成夫妻,故事富有浓厚的传奇色彩。

吕建华(1949—,嘉兴人),是活跃于八九十年代浙江戏坛的多面手,作有越剧、话剧、婺剧、滑稽剧、音乐剧剧本多种,如《台湾来的有情人》(与人合作)、《蚕花女》、《周恩来在杭州》、《马路父子兵》、《柳生梦梅》、《民族之声》、《山河恋》、《百姓热线》等。滑稽剧《台湾来的有情人》,通过台湾老兵回国探亲、寻找昔日恋人的曲折经历,表达了海峡两岸血浓于水的难以割断的亲情。整出戏采取了完全喜剧化的结构,让人物在一连串的误会中展现性格。老兵桑福林代表上司回大陆探望母亲,被上司母亲看成是 50 年前失散的儿子、被他人看成是自己的生父、而原来的恋人以为他变了心成了人家的女婿……剧作以喜剧的形式讲述了一个缠绵、苦恋的故事,呼唤着台湾早日回归祖国。话剧《周恩来在杭州》,写的是 1957 年周恩来总理在杭州短短三天内的几个生活片段,反映了作为人民公仆的高大形象。该剧以"冰糖葫芦"的形式,以一个在总理身边工作过的警卫处长的视角、回忆为线索,把发生在三天之内的一个个故事,如总理两访盖叫天、到梅家坞采茶、与楼外楼服务员聊天等,像珍珠般串起来,在一个个平凡的事件中闪现出总理的高风亮节和崇高人格,体现了总理永远与人民群众心心相印、永远不脱离群众的主题。该剧有一种深深的抒情风格,使人浮想联翩。

还有一些剧作者活跃在浙江的戏剧舞台上。王杰夫(1921—1991,龙游人)的戏曲作品写得也有声有色,如《朝阳新篇》、《龙潮虎婿》、《朱一帖传奇》、《商鞅变法》、《梨花狱》等。婺剧《梨花狱》的故事取材于唐代武则天称帝时的部分史实。女皇称帝后,在洛阳四门各立铜匦一具,凡投书告密称意者,即可升官;若诬告不实,则不加罪。某年秋,梨花盛开,武三思谓天降祯祥,可喜可贺。右卫大将军魏元忠则奏称春花秋发,时序颠倒,浇喜可言。武则天怒责魏元忠。时契丹犯边,武则天召国老狄仁杰商议,拟命魏为元帅率兵迎敌。不料在铜匦中取得郭弘霸的告发信,说魏欲图谋反叛,有《醉花阴》词为证。于是,魏被判死刑,郭升为监察御史。狄仁杰上殿保奏,并指出"诬告无罪"的流弊,仍无可挽回。后来魏女紫姗为父求情,见父写的词笺,铁证如山,泪如雨下,词笺濡湿,片片脱落,终于引起武则天的怀疑,发现《醉花阴》词乃剪贴拼接而成,为武三思、郭弘霸诬告,由此纠正错案,并宣布:"从今后,诬告者必反坐!"演绎了一段武则天酿成冤案又纠正错案的曲折动人的故事。此剧主题深刻,富有启发教育意义。此剧后改成戏曲影片《女皇错断梨花狱》在全国放映。方元(1930—   ),原名方葆元,开化人。建国以来创作的剧本有《三请梨花》、《半篮花生》、《西施泪》、《双阳公主》、《江南第一家》等,多部作品曾拍成电影或赴京参加汇演。尤文贵(1930—   ,平阳人)的瓯剧剧本《仇大姑娘》,1982年根据小说《聊斋志异》改编,获浙江省首届戏剧节优秀剧本奖。该剧讲述了富户仇仲中年丧妻后仅留一女,人称仇大姑娘。大姑娘不满父亲续邵氏为妻之行为,故意在喜堂上设灵哭母,并怒而出走。20年后,邵氏所生子仇福因赌博败尽家产,仇仲出外经商,被人抢掠,生死未明。仇大姑娘回家重振家业,教会弟弟浪子回头,筹银赎回父亲,并将仇家账册悉数交还仇福,自己携幼子返回夫家。仇大姑娘功成身退的举动,展现了一位传统女性自我牺牲的无私精神和高尚品格,闪烁着民族传统美德的光辉。包朝赞(1938—   ,杭州人)的《春江月》、《桐江雨》、《汾江虹》,使其有了"包三江"的称誉,90年代末创作的越剧《梨花情》,获得第八届文华新剧目奖。杨东标(1944—   ,宁海人),曾创作平调小戏《断银》、《喜迎春》、《金竹岭上》等。其中,根据宁海反帝闹教史实创作的宁海平调近代历史剧《王锡桐起义》,深受欢迎。根据浙东民间故事,吸收《金莲斩蛇》中"耍牙"、"抱瓶滑雪"等表演艺术创作的平调神话剧《银瓶仙子》,使平调出现了一个省内外颇有影响的创作剧目。王云根(1952—   ,绍兴人),时时不忘绍剧的创作,作有绍剧《阿Q正传》、《乌纱梦》、《醉公主》等。《阿Q正传》是忠实于鲁迅原著的一次改编,它紧紧沿着阿Q的悲剧命运来开展戏剧冲突。《乌纱梦》是一个在艺术上较为完整的传奇剧,该剧描写唐初大理寺推事鲍德荣,为了爬上大理寺正卿的高位,对于经办的吏部尚书之子金佩玉的案件徇私舞弊。即将引退的正卿发现了鲍的卑劣行径,坚决予以揭露,使鲍的升迁美梦化为泡影。这个传奇具有跌宕起伏、波澜丛生、层层推进的戏剧情节,产生过强烈的艺术感染力。浙江话剧团的童汀苗(1939—   )也多有话剧剧本推趣,如《追梦》、《呐喊》、《丰碑》、《日蚀》等。《日蚀》通过一场反腐败的斗争,塑造了一个敢于与不正之风作坚决斗争的女厂长季敏的形象,该剧获 1988—1989 年全国话剧优秀剧本奖,为浙江话剧舞台涂上了一笔。出生于金华的军旅作家邵均林(1949—　　),与他人一起在 90 年代后期推出了引起党和国家、军队领导人高度重视,同时又深受群众喜爱的话剧《虎踞钟山》(后改成同名电视连续剧),该剧通过建国初期刘伯承将军不计个人得失在南京兴办军事院校的故事,指出了加强部队现代化建设的重要性。该剧第一次以刘伯承为主角,塑造了一位战场上冲锋陷阵、和平时代热心军事素质教育的有创劲、有远见、有谋略、有气度的高级将领形象。1999 年,邵均林为家乡金华的浙江婺剧团改编《双阳公主》为《昆仑女》(与郑方南合作),通过双娲与狄青沙场招亲、单汉联姻这一脍炙人口的传奇故事,强调了民族大团结、反对民族分裂的主题,具有现实针对性。沈正均与著名越剧演员茅威涛联手合作的越剧《孔乙己》,取材于鲁迅的《孔乙己》、《药》等多个小说。在这个新创作的剧作中,孔乙己一改以往可怜的形象,在本质上有了很大的变化。剧中的孔乙己保留了原著中诸多性格特色,也喝酒,生活在鲁镇,喜欢向别人讲"茴香豆"的"茴"字的四种写法,手无缚鸡之力,但却在拼贴赞赢得了新的精神内核。"三个女人一脉牵,一张瑶琴三组弦",孔乙己虽仍是个软弱怯懦、昧于生计的悲剧人物,但有一颗善良的同情心,为此他可以把作贺联的润笔费转手给了可怜乞讨的小寡妇,可以在半夜巧救被追拿的小寡妇,让半疯子捎信给夏瑜劝其逃走。显然,这种形象的设计与鲁迅原创有较大的距离,演出后褒贬不一,但也正因如此的演绎,使此剧在全国产生了广泛的影响,也证明了文学名著超越时代、超越文体的力量。这一出新编越剧,无疑是在 20 世纪的最后几天中,浙江戏剧界推演出的一个文学名著绚丽而驳杂的神话,标示着浙江剧人在戏剧领域里的不懈探索精神。

四　影视文学创作

在电影电视文学的创作方面,浙江作家有较久远的历史。早在 20 年代,史东山就投身早期电影创作。史东山(1902—1955),杭州人,中国著名的电影编导。其时,他对电影的认识,完全建立在唯美主义的基础上,如创作的《杨花恨》、《同居之爱》,都是写男女之情的,过度渲染了这种资产阶级的生活方式。尽管如此,史东山毕竟是最早渗透到电影创作中的浙江人。因为他,浙江人染指电影文学可推至 20 年代初期。

但真正从电影文学角度接触电影的,恐怕要从夏衍算起。有人因此称夏衍为中国电影的奠基人,这并不为过。"左联"成立后,共产党对电影加强了领导,组建了电影小组,夏衍曾参加了这一活动,并且是编剧委员会的主要成员。1933 年,夏衍(化名丁一之)编写的由明星公司拍摄的第一部左翼电影《狂流》终于诞生,这也是夏衍第一部电影剧作。该剧以九一八事变后,长江流域水灾为背景,第一次在电影作品里尖锐地揭开了农村的阶级矛盾和阶级斗争。中国共产党地下组织领导电影运动后所提出的反帝反封建的创作任务,在《狂流》中第一次得到了正确的实践。不久,夏衍又以蔡叔声的化名,把茅盾的小说《春蚕》改编为电影剧本。剧本和它的原著一样,通过老通宝一家为养蚕而奋斗、挣扎、终于失败的经过,再现了中国农民在帝国主义、封建主义、官僚买办和高利贷者的重重盘剥下,一步一步陷入破产的境地。《春蚕》忠于原著的改编,被称作是中国"新文坛与影坛的第一次握手"。随后,夏衍写了表现妇女觉醒的《脂粉市场》,通过百货公司女店员的遭遇,揭示在半殖民地半封建的社会里,剥削阶级只把妇女当作商品,所谓妇女经济独立、职业平等实际上只是一种欺骗。女主人公最后毅然离开公司,走进街头人群中的结尾,是有深刻寓意的,它含蓄地指出了妇女的解放是以整个社会的解放为前提的,妇女要获得自己的解放,必须投身到整个社会解放的群众斗争的行列中。另一部以妇女为题材的电影剧本是反映妇女走向独立生活道路的《前程》,它透过关于女艺人生活的题材,从女伶苏兰英的生活历程中,提出崭新的主题:依靠男人的寄生生活,并不是一个女人的"前程",要获得人格的独立和自由,必须自食其力。这个主题在当时,颇具现实意义。夏衍还写过(包括和人合作)其他一些剧本,像《时代的儿女》、《上海二十四小时》、《压岁钱》等,都是一些禁得起时代琢磨的作品。显然,他对中国电影的开拓与发展尽了筚路蓝缕之功。

除了夏衍之外,其他的浙江作家也在现代期为电影文学的创舞捧出了不同程度的贡献。沈西苓(1904—1940),原名沈学诚,德清人,曾经从事过左翼电影活动。1932 年,沈西苓计划写作一个以上海女工生活为题材的电影剧本,夏衍把从事工人运动时调查所得的关于包身工的材料提供给他,沈西苓写出电影文学剧本《女性的呐喊》。作者以大量的事实,围绕女主人公叶莲的遭遇勾画了洋场恶少胡大少爷、工头陈大虎凌辱包身工的无耻嘴脸,暴露了帝国主义、买办资产阶级和封建把头势力互为一体榨取女工血汗的血腥罪行,同时通过叶莲为中心的几个女工的非人生活,展示了包身工被剥削、被压迫、被凌辱的凄惨境遇。这是沈西苓电影版《包身工》,它的反帝色彩是相当鲜明的。沈西苓还作有抗战题材的作品《乡愁》和反映旧社会杭州西湖摇船女悲剧的《船家女》。1937 年问世的反映青年出路问题的《十字街头》,标志着沈西苓创作思想的日益成熟与发展。剧作描写了 30 年代四位失业的大学生老赵、阿唐、刘大哥、小徐的苦闷和觉醒。刘大哥是个刚毅的青年,在民族存亡关头,回北方家乡参加抗敌工作去了。小徐消沉懦弱,企图自杀,被老赵搭救后,回老家了。阿唐是个乐天派,以给商店布置橱窗糊口。老赵则对生活充满信心。显然,作者通过一群知识分子的不同性格和生活道路,肯定了坚定地斗争着的刘大哥,批判了消沉的小徐,而对于老赵们,则着重描写了他们的失业和贫苦、彷徨和挣扎,最后选择了投身社会之路。《十字街头》生动地反映了 30 年代知识青年处在人生选择的十字路口的精神面貌。沈西苓的最后一部作品是《中华儿女》,这也是作者抗战时期唯一创作的作品。它由四个短故事组成,总的主题是描写中国不同阶层的人们如何进行抗战,反映抗日群众的觉醒和斗争。尤其是主题歌,"屈辱地活着有何用,戴天的仇恨尚未雪,咬紧牙关向前进,誓将敌人灭",唱出了人民战斗的声音。

袁牧之也是解放前重要的电影工作者。1934 年创作的《桃李劫》,是作者写作的第一个电影剧本。剧本中的陶建平、黎丽琳是一对富有正气、耿直不阿的小资产阶级知识青年,起初抱着为社会谋福利的热烈幻想从学校走进社会,由于对所遇到的种种不合理的社会现实表露出一次又一次的义愤和反抗,遭到社会黑暗势力的抵制和打击,以至幻想破灭,落得家破人亡的结局。作品再现了这个黑暗社会中正直的小资产阶级分子的悲愤、痛苦、反抗和挣扎,对社会提出了深沉的控诉。1937 年,袁牧之创作了深刻描写都市下层生活的《马路天使》。该剧生动地再现了 30 年代都市下层社会贫苦市民,歌女、妓女、吹鼓手、剃头匠、小贩等的苦难生活,同时反映了这些小人物身上所具有的团结互助、正直善良的优秀品质。无论是老王、小陈、小红、剃头匠、小贩或失业者,都是以朋友的欢乐而欢乐,以朋友的痛苦而痛苦,体现了劳动人民相互之间同甘苦共患难、勇于牺牲自己的高尚品德。作品通过生活在底层的小人物的命运的展示,抨击了当时的社会黑暗现象,歌颂了人性的至善至美。

史东山在 30、40 年代创作热情进一步激发,推出的一批作品奠定了他在中国电影史上的地位,其主要作品具有明显的进步倾向。如《长恨歌》、《狂欢之夜》等,反映了 30 年代的社会现实,在读者和观众中产生了深刻影响,已基本体现出这一色彩。1938 年,史东山完成了抗战爆发后第一部正面描写抗日战争的剧作《保卫我们的土地》。剧作选取了从九一八到八一三这个时期作为故事发生的背景,通过刘山夫妇的觉醒和老四的堕落以及两者之间的对比和斗争,暴露日本侵略者烧杀抢掠的罪行,鞭挞民族的败类,歌颂反抗侵略、保卫祖国的英雄人民。《保卫我们的土地》表达出当时中国人民要求抗战的民族愿望和爱国主义的庄严主题。1947 年,史东山编剧了《八千里路云和月》(原名《胜利前后》),轰动了国内外。作品以抗战开始到抗战胜利初期为场景,通过救亡队员江玲玉、高礼彬的经历,并有意和周家荣利用抗战发国难财对比,暴露国民党反动派抗战时消极逃跑、胜利后劫收发财、荒淫无耻的罪恶行径。从一个侧面概括了战时和战后国民党统治区社会生活的真实。《八千里路云和月》由于它的深刻的暴露性,受到广大观众和社会舆论的热情欢迎。

在上海"孤岛"活动的柯灵,其"孤岛"时期的主要电影作品是《乱世风光》。它以战乱中逃难失散的孙伯修、凌翠兰家庭的演变,揭示了孤岛生活的两面:一方面,发国难财的奸商在交易所里兴风作浪,过着荒唐奢侈的生活;另一方面,在物价高涨下呻吟的贫苦市民,却受着二房东的剥削,在街头冒雨排队买米,为生存而含泪供人消遣。作者以相当敏锐的观察力,较为深刻地揭露了"孤岛"这两种天壤之别的生活。桑弧(1916—　　),原名李培林,宁波人。他的第一部电影剧本是 1941 年的《肉》,1942 年还有《洞房花烛夜》和《人约黄昏后》等剧本的诞生。1947 年的讽刺喜剧《假凤虚凰》,是他战后的第一部作品。作品用讽刺喜剧的形式,揭露了旧社会尔虞我诈的生活方式。大丰公司经理张一卿企图利用仪表堂堂的理发师杨小毛向征婚的范如华求婚来骗得一笔钱弥补他投机生意的亏空;范如华并非富家之女只是个寡妇,希望用征婚的办法来物色一个才貌双全的依靠,维持她不劳而获的生活。作者借由他们利用旁人来达到自己的目的和企图用金钱来收买一切的可耻行为,对他们进行无情的嘲笑。整个剧本富有喜剧色彩,情节结构巧妙,人物形象生动,对话风趣,达到了相当高的艺术水平。

建国后电影文学剧本的创作,在外地的浙江籍新老作家如夏衍、柯灵、林杉、黄宗江、季康等,不时有佳作问世。如夏衍,建国后的主要作品是名著的改编本,有《祝福》、《林家铺子》等。《祝福》由鲁迅的同名小说改编,在忠于原著、保持原著神韵的基础上,作者根据当时形势的需要,增加了祥林嫂再婚后与贺老六和解以及祥林嫂砍门槛等情节,丰富了人物性格,增强了戏剧性,是名著改编的优秀范例。《林家铺子》由茅盾小说改编而成。剧本也十分忠实于原作,但作了必要的丰富。剧作加强了时代背景的描绘和渲染,对林老板的性格作了改动,增加了他压迫零售商的情节。这样的设计,反映出林老板既是被压迫者、又是剥削者的两面性,从而深刻揭示"大鱼吃小鱼,小鱼吃虾米"的社会现实。这也成为名著改编的样板。柯灵仍然表现出改编的天赋,1963 年,他根据夏衍的同名话剧改写电影文学剧本《秋瑾》,塑造了一个忧国忧民、为民族兴亡不惜献身的女革命家的英雄形象,并展示了女革命家丰富而复杂的精神世界。他还根据茅盾的长篇小说《腐蚀》,改成电影剧本,揭露旧时代国民党特务统治的罪恶。此剧制片后未曾公映。季康作有文学剧本《五朵金花》,这是一部描写少数民族地区青年劳动和爱情生活的喜剧。副社长金花的车坏了,途中得到铁匠阿鹏的帮助,两人相恋,约定来年相会。第二年,阿鹏如约而来,找遍了苍山洱海,巧遇积肥模范、拖拉机手、饲养员、炼铁能手四朵"金花",造成一系列令人好笑的误会,最后在蝴蝶泉边找到了他心爱的那朵"金花"。剧本通过阿鹏寻找金花的经历,表现了白族人民勤劳、智慧、能歌善舞的民族风情和他们在祖国大家庭里建设社会主义新生活的热情。谢晋(1923—　,上虞人)和他人一起把关于浙江越剧的故事写进了电影剧本《舞台姐妹》,剧本通过竺春花等越剧姐妹在解放前所走的不同道路和解放后的人生选择,阐明了做戏与做人的人生哲理。黄宗江、石言(1924—,平湖人)的《柳堡的故事》,描写的是抗日战争期间的1944 年春天,新四军某部班长李进与农村姑娘二妹子在柳堡发生的一段纯洁动人的爱情故事,表现了在革命队伍中,个人利益必须服从革命利益、革命集体又应关心个人的主题。黄宗江还作有反映少数民族生活的《农奴》,通过强巴的血泪生活史,发出了落后、残酷的西藏农奴制度必须消灭的强烈呐喊。可以说,这些作家的加盟,使建国后的浙江电影文学的创作增色不少。

　　比较而言,在浙江省内本土上进行电影文学创作的作家人数并不多,起步也晚,大概始于 1958 年的大跃进年代。五六十年代只有一些戏曲电影文学剧本,也都是原先戏曲本子的变异,如顾锡东的《蚕花姑娘》、贝庚的《孙悟空三打白骨精》、胡小孩的《花烛泪》等。本省电影文学剧本作品的增多,是在改革开放以后的新时期。80 年代有张思聪等的《何处不风流》、童汀苗等的《流亡大学》拍成电影,并在全国放映。东海舰队的李云良一度成为全国知名的青年电影剧作家,他的《爱情与遗产》等给人们留下了深刻的印象。女作家姚云还因创作《小刺猬奏鸣曲》获得优秀少年儿童故事片作者特别奖。90 年代,黄亚洲等创作的电影剧本《开天辟地》,获得第 10 届中国电影金鸡奖最佳编剧奖。此期还出现了电视文学剧本的创作与电影剧本创作齐头并进的好局面。浙江不断推出反响强烈的电视剧本,如《鲁迅》、《华罗庚》、《女记者的画外音》、《中国神火》、《中国商人》、《喂,菲亚特》等,女作家王旭烽根据自己创作的同名长篇小说改编的 20 集电视剧本《南方有嘉木》、程蔚东的"中国系列"和对茅盾作品的改编,已成一道独特的风景。加上一些作家加盟影视文学剧本的创作,如薛家柱、杨东标、钱林森、吕建华、徐海滨、杜文和、章轲、高峰、沈贻炜、金一鸣、楚良、韩炜等,浙江影视文学创作的队伍显得十分壮观。

在影视文学剧本的创作中,黄亚洲无疑是一个极有创作激情的既涉足电影又牵连电视的双栖作家。由他创作的影视作品,实在难以计数,但不乏精品。其中电视剧本《野姑娘茉莉花》、《东方大港》、《上海沧桑》,电影作品《红杜鹃·白手套》、《开天辟地》等影响极大。《野姑娘茉莉花》取材于改革开放年代的浙江农村生活。韩家老三"野姑娘"茉莉花从农大毕业后,回乡任副乡长。她立意创新,却遭到打击。但她顶住了来自各方面的压力,自强不息,一步步地走上副县长的重要领导岗位。她的"野"劲终于得到了人民的认同。该剧被搬上荧屏后,获 1993 年第 11 届"金鹰奖"优秀电视剧奖。与汪天云合作的主旋律电影《开天辟地》,则以纪实风格反映中国早期传播马克思主义的活动,剧本突出了中国最早觉悟的知识分子陈独秀、李大钊、毛泽东等接受、传播马克思主义的活动,通过北京长辛店、上海小沙渡等最早爆发的工人运动,《共产党宣言》中译本问世,营救陈独秀,李大钊讲演,三次论战,湖南等地共产主义小组成立,留法支部集会,京城脱险,共产国际代表抵沪,"一大"会议风波,移会嘉兴南湖,终于在 1921 年 7 月创建了中国共产党。剧作家的大手笔,赢得了一片叫好声。该剧获得中宣部"五个一工程"优秀影片奖、广电部 1991 年优秀故事片奖等。编剧黄亚洲及合作者汪天云获中国电影第十届"金鸡奖"最佳编剧奖。程蔚东也是浙江新时期极有代表性的影视文学作家,他改编自茅盾作品的电视剧《春蚕·秋收·残冬》和《子夜》,从一个新的历史高度,对文学名著作了既忠于原著又符合新的审美观念的处理,曾经引起影视剧坛的瞩目。他的"中国"系列作品,是他独特视角的体现。如电视剧本《中国神火》,这是我国第一部全景式地反映"两弹"创业史的电视文学作品。剧本展现了 1955—1964 年间我国"两弹"的研制和发射的历程,塑造了老一辈无产阶级革命家、科学家、工程技术人员和人民解放军官兵的艺术群像。该剧获得中宣部"五个一工程"优秀电视奖和第 12 届"飞天奖"长篇电视剧一等奖。《中国商人》以 80 年代末 90 年代初中国商业正在发生的变革为背景,讲述了三家国营大商场在现代商战中的表现,塑造了以大东百货大楼总经理田雨、新世纪购物中心总经理罗维莉和农民商业城总经理辛萍萍为代表的一代新型社会主义商人形象。由此可见,对现实生活的关注、对重大事件的重视,是程蔚东影视文学作品的立足之点。自然,这也是当代浙江影视作家共同的立场。浙江影视作家往往站在时代的前列,对正在发生的重要事件迅速作出反映,立足从主旋律层面打响。早在 80 年代初期,浙江剧作家就推出了《女记者的画外音》、《新闻启示录》等紧跟时代的电视作品。如张光照的《女记者的画外音》,以女记者到双燕服装厂采访为线索,描写了年轻厂长在改革道路上的追求、探索和奋争。剧作取材于浙江某衬衫厂的真实事件,故事接近于报道剧的风格,有较浓厚的生活气息和时代特色。这是中国电视剧较早反映改革题材的、对中国电视艺术发展起重要影响的成功之作。它的成功之处,主要在于作品中跳动着鲜明的主旋律,既赞颂立志改革、大胆创新的精神,又抨击因循守旧、无所作为的陋习,真实地再现了改革现实的时代风貌。该剧曾获第二届"金鹰奖"优秀单本剧奖、第四届"飞天奖"单本剧一等奖。张思聪(1943—   ,温州人)等编剧的《喂,菲亚特》,也是一部反映改革的电视文学作品。剧本描写 90 年代一群青年的命运以及他们性格的形成,展现了社会历史的风云和变迁。菲亚特是流行于温州的小型出租车,主人公丁志方就是通过它曾走上市场经济的改革之路。该剧也以其主旋律的色调,获得中宣部"五个一工程"奖。沈贻炜编剧的电影《信访办主任》从一个独特的视角,反映了 90 年代社会生活中一些极为复杂的干群关系和现实矛盾,获得全国电影"华表奖"。

第十五章
儿童文学

一　中国现代儿童文学的开山之功

19 世纪末 20 世纪初,中国在西方资产阶级民主主义浪潮的激荡下,开始了新的启蒙时期。人们开始重视儿童,呼吁给儿童以精神上的食粮,这为我国于 20 世纪诞生一个新的文学品种——儿童文学,奠定了坚实的思想基础。浙籍作家在此期间以极大的热情为呼唤我国儿童文学自觉做了大量的开创性和铺垫性的工作。

周氏兄弟率先引入西方儿童文学观念,以介绍外国优秀儿童文学作品的实际行动给尚无自觉意识的儿童文学投去第一缕关注的目光。鲁迅和周作人 1909 年在 13 本合译出版的《域外小说集》两集,首创介绍外国儿童文学之风。该集选译了英国淮尔特(今译王尔德)的童话《安乐王子》、丹麦安兑尔然(今译安徒生)的童话《皇帝之新衣》等,首次向我国读者介绍世界优秀儿童文学名著,此举显示了周氏兄弟引进西洋文化以催生我国儿童文学的远见卓识。鲁迅还是我国科学文艺的先驱,早在 1903 年和 1906 年就翻译了儒勒·凡尔纳的科幻小说《月界旅行》和《地底旅行》,并在《月界旅行·辨言》中指出中国"独于科学小说,乃入麟角",表明了他在科学救国道路上"导中国人群以进行"而倡科幻小说的热情,同时对日后我国儿童文学的一种重要体裁——科幻小说的创建有开拓者之功。

　　呼唤儿童文学诞生,需要有一种"自觉的"儿童文学理念为其先导。周作人于五四以前便开始了儿童文学的理论探索,为我国的儿童文学从混沌走向自觉作了理论上的准备。他对民俗学具有浓厚的兴趣,并首先在儿歌和童话研究领域取得成绩,成为我国从事儿童文学理论研究并取得成绩的第一人。1913 年以后的三四年间,他陆续写出《儿歌之研究》、《童话研究》、《童话略论》、《古童话释义》等专论。《儿歌之研究》从中国古代流传的童谣着手,驳斥了有关儿歌起源的"荧惑说"的谬论,认为"儿歌起源约有二端,或其歌词为儿童所自造,或本大人所作,而儿童歌之者。若古之童谣,即属于后者","故童谣云者,殆当世有心人之作,流行于世,驯至为童子之所歌者耳",这是对儿歌起源的合理阐说。《童话研究》从民俗学与比较文化学的角度,具体分析了中国古代的物婚式(《蛇郎》)、食人式(《老虎外婆》)童话及与外国同类型童话的区别,并就童话在民俗学、文学、儿童教育方面的价值提出了自己的见解。《童话略论》用文化人类学的方法,对童话的起源、分类、解释、变迁、应用、评骘以及人为童话等方面作了全面考察,强调了童话在儿童成长发育中的地位及意义。在《古童话释义》中,开创性地采用比较文学的研究方法,将古典志怪小说、笔记所记录的民间童话与外国童话进行比较研究,认为"中国虽古无童话之名,然实固有成文之童话,见晋唐小说,特多归诸志怪之中,莫为辨别耳",对童话早就存在于我国古代其他体裁的文学作品中作了有力的论证。周作人早期的儿童文学研究成果起点高、视野开阔,为我国儿童文学的诞生奠定了厚重的理论基石。

　　在周氏兄弟等新文学先驱的影响下,一批浙籍学人也为我国儿童文学的自觉起了直接的推动作用。茅盾初涉文坛是以译写、改编和创作儿童读物起步的。1917 年 10 月,他编辑了中国现代儿童文学史上第一本把中国古代寓言引进儿童文学领域的作品《中国寓言初编》,又为少年读者翻译介绍了《三百年后孵化之卵》等科学幻想小说和《衣食住》等科学知识短文,其中《三百年后孵化之卵》开了真正为少年读者的需要而译介科学幻想作品之先河。此后他又参与商务印书馆的《童话》丛书的编写、译述与出版,这是我国具有开创性质的童话作品。这里所说的"童话",是早期广义上的"童话",几乎等同于"儿童文学"。从题材上看,它们有的取材于我国古代文学作品(《大槐国》等五种),有的译自外国童话、神话、民间故事(《千匹绢》等十种),还有茅盾自己的创作(《寻快乐》和《书呆子》)。茅盾在儿童文学领域里进行的最早的文学尝试,为我国现代儿童文学的诞生起了直接的推动作用。开创期的儿童文学创作还有清末民初的学堂乐歌。它是儿童文学和儿童音乐的结合体,主要将儿童文学中的诗歌配上合适的音乐在学堂中教唱。李叔同是当时著名的学堂乐歌作者,创作了大量以青少年学生为接受对象的艺术造诣很高的学堂乐歌,如《祖国歌》、《西湖》等。那首由他自己谱曲写词的《送别》更是将友情的可贵、人生的无奈蕴藉于忧伤的曲调中,一直流传至今。此外,当时颇有影响的《杭州白话报》以专论、歌谣的形式呼吁重视儿童教育,经常发表有关儿童文学的论文和作品,对现代儿童文学催生同样功不可没。

先行者的开创之举为中国儿童文学的全面自觉铺垫了坚实的基础,有力地呼唤着现代儿童文学的诞生。然而,近代的思想启蒙运动并未从根本上动摇中国几千年根深蒂固的封建思想文化,真正向封建文化发起全面攻击的是五四新文化运动。新文化运动的成就是多方面的,其中之一便是对受封建思想文化危害最深的妇女问题和儿童问题的深切关注。为此,曾引起人们对妇女问题、儿童问题展开热烈的讨论。《新青年》还举办“妇女问题”、“儿童问题”专号,许多有识之士自觉投书报刊,呼吁从封建桎梏中解放儿童,强调儿童应有自己的文学。儿童文学就这样作为“儿童问题”之一被提了出来。现代意义上的中国儿童文学正是在这一背景的推动下走向自觉的,儿童文学开始从整个文学大系统中独立出来自成一系。五四时期的浙江儿童文学以“儿童本位”观的提倡、儿童文学理论研究的深入、外国优秀作品的译介、作家独立的创作实践等方面的殷实成绩构筑了浙江儿童文学乃至中国儿童文学的繁荣景观,在这里,浙籍学人的中坚作用又一次得到了体现。

首先作出成绩的,依然是周氏兄弟。这一时期,他们高擎“幼者本位”的思想大旗,倡“儿童本位”的儿童观,大力批判封建主义儿童观,鼓吹和倡导自觉意义上的中国儿童文学,从而加快了中国儿童文学由非自觉化状态向自觉化状态转变的进程。

五四时期,鲁迅对儿童命运的关注与对儿童文学的倡导显示出锐利的锋芒。他的倡导无疑是建立在批判封建儿童观的基础上的。《狂人日记》里“救救孩子”的呐喊,在当时极大地触动了人们对儿童问题的普遍关注。他敏锐地看到儿童的情形与祖国未来命运休戚相关,指出“将来是子孙的时代”(《随感录五十七》),发出了“完全解放了我们的孩子”的呼喊(《随感录四十》),他还在《二十四孝图》中分析了通俗读物《二十四孝图》宣扬封建礼教的"诈"的本质,以及在那个无书可读的年代里给儿童心灵带来的封建道德的束缚与毒害。在洞悉封建主义儿童观的弊害后,鲁迅对新的正确的"幼者本位"的儿童观作了系统阐述:"直到近来,经过许多学者的研究,才知道孩子的世界,与成人截然不同;倘不先行理解,一味蛮做,便大碍于孩子的发达。所以一切设施都应该以孩子为本位。""此后觉醒的人,应该先洗净了东方古传的谬误思想,对于子女,义务思想须加多,而权利思想却大可切实核减,以准备改作幼者本位的道德。"①在这里,鲁迅把"幼者本位"作为一个口号正式提了出来。就在这篇文章写成的两天后,鲁迅读到了有岛武郎的小说《与幼者》,再一次深深地唤起了他对"幼者本位"的思考,在《随感录六十三》中深情呼唤"对于一切幼者的爱"。鲁迅的"幼者本位"的思想,在五四反封建的战斗中,起了振聋发聩的作用;它对于提高儿童与儿童文学的地位,加快现代儿童文学的发展进程都具有重大的思想指导意义。"幼者本位"的思想在鲁迅此后的文学理论和创作实践中都有充分的体现。事实上,"幼者本位"以突出接受者在文学活动中的地位而成为 20 年代最基本的儿童文学观念。此外,鲁迅还在由他主编或支持的刊物如《语丝》周刊、《民众文艺周刊》等刊物上安排发表儿童文学作品和译作;在由他赞助、关切和支持下编印出版的《新潮社文艺丛书》,把儿童文学作品列入丛书出版;怀着极大的热情亲笔抄录北京、广西等地的儿歌;甚至还曾为 1923 年的《歌谣》周刊周年纪念增刊设计封面等等,这些都体现了他对儿童文学的关怀。

周作人此时对儿童问题也有了更深入的思考。他对儿童命运的关注和对儿童文学的倡导往往从爱护幼者、保卫弱者的意识出发。他在《人的文学》中指出,提高人的尊严亟待解决的是妇女问题和儿童的独立人格问题,并把"女人与儿童的发见"看作是"'人'的真理的发见"的延续与生发,认为这个问题在西方已经出现了光明而在中国却需从头做起。1920 年,周作人在北京孔德学校作了一次题为《儿童的文学》的演讲,它是现代中国最早鼓吹倡导与系统论述儿童文学的重要文论之一。在这篇著名的演讲中,周作人一方面反对将儿童误认为"缩小的成人"或"不完全的小人";另一方面,应该从儿童年龄分期上提供给儿童以适当的文学形式与内容,注重"儿童的"特点以及"文学的价值"。他还详细探讨了幼儿前期、幼儿后期与少年期这三个年龄阶段孩子的心理特征及对诗歌、寓言、童话、故事、戏剧等各类文体

---

① 鲁迅:《坟·我们现在怎样做父亲》。

在思想、艺术上的不同要求。而所谓"文学的",是说"须有文学的趣味"、"文章单纯、明了、匀整;思想真实、普遍"。建设儿童文学的具体途径可以有:民间采风、整理传统读物、译介外国作品。通常认为我国"儿童文学"这一概念就是由周作人演讲中"儿童的文学"逐渐演变、简化而来的。对儿童文学的艺术定位则认为"儿童的文学只是儿童本位的,此外更没有什么标准"[1]。由是,一种自觉的儿童文学观已被周作人明晰地勾勒出来。

除周氏兄弟外,这一时期为现代儿童文学的诞生而热情呼号的,还有一大批浙江籍作家。如胡愈之(1896—1986,上虞人)曾呼吁"为文化的未来,打一打算盘,儿童文学的产生,似乎比什么都要紧哩"[2]。夏丏尊也深情地表示:"我爱'儿童底国',这国现今还埋没在烟波里面,未曾发见,我得用了我的船去寻求。"[3]

郑振铎于1922年在宁波作题为《儿童文学的教授法》的讲演,更对儿童文学的界说,提出了自己的卓见:"儿童文学是儿童的——便是以儿童为本位,儿童所喜看所能看的文字。"特别值得提出的,五四以后曾开展后来被朱自清明确定名的"儿童文学运动"[4],这个运动是以文学研究会为中心开展起来的,茅盾、郑振铎、周作人、俞平伯、夏丏尊、丰子恺等浙江籍作家为其骨干。于是,众多浙江作家在这场颇具声势的"儿童文学运动"中,以各自独特的文学实绩为建设现代儿童文学作出了筚路蓝缕的贡献。

综观现代儿童文学诞生期浙江作家的贡献,在理论研究和创作实践两个方面都作出了重大建树。理论研究方面,以童话研究、神话研究、儿歌研究等领域取得的成绩最引人瞩目。

童话研究的成绩最为显著。周作人与赵景深(1902—1984,兰溪人)在1922年的《晨报》副刊上首创以书信形式开展童话讨论,为当时的文坛吹入了一股生动活泼的学术争鸣新风,并成为这股童话研究热潮的主流。赵景深希望周作人就童话的确切含义作出解释,认为童话"不是神怪小说"、"不是儿童小说",而"是一种快乐儿童人生的叙述,含有神秘而不恐怖的文学";周作人则在回信中就神话、传说、童话的关系重申了他在《童话略论》中的意见,同时也认为应将童话与后来为教育儿童而写的作品区别开来。他们的

---

[1]　周作人:《儿童的书》,《文学旬刊》1923年第3期。
[2]　胡愈之:《杂谭二十·童话与神异故事》,《文学旬刊》第6号,1921年6月30日。
[3]　夏丏尊:《近代文学与儿童问题》,《东方杂志》1922年1月10日。
[4]　参见朱自清:《中国新文学研究纲要》。

讨论涉及为童话正名的问题,适时纠正了当时文坛对童话的一些错误见解。赵景深与绍兴的张梓生也以书信形式展开了童话讨论。张梓生曾在他的《论童话》①一文中,将童话界定为"根据原始思想和礼俗所成的文学",并分别从民俗学和儿童学两方面进行研究。赵景深见文后即写信给张梓生,着重探讨童话与儿童小说的区别,并由此引出两人给作为总体的儿童文学与作为部分的儿童超现实文学分别命名以示区别。讨论的结果是:赵景深建议分别使用"童话"与"儿童超现实故事",张梓生则建议用"儿童文学"称总体、"童话"称儿童超现实故事。中国儿童文学界对"童话"与"儿童文学"这两个不同概念的接受正是从张梓生的理论开始的,中国童话由此成为一种自觉的文学样式出现在儿童文学的园地之中。嘉兴的顾均正主要从事欧美童话翻译和研究,在文学研究会主办的《小说月报》、《文字周报》上发表过不少有关童话的重要文论。其《童话的起源》②介绍了 20 年代学术界流行的有关童话起源的四种观点,即神话渣滓说、自然现象记述说、兴味欲求说、印度起源说;《童话与短篇小说》③将童话定位为一种特殊的短篇小说,并试图从小说创作的角度探讨童话创作的三要素——人物、情节结构、生活环境(处境)的内涵与具体要求,及这三者之间的辩证关系。顾均正的欧美童话研究尤其是安徒生和托尔斯泰童话的研究较为深入。他翻译了安徒生的《夜莺》等作品,根据安徒生的《我一生的童话》写成《安徒生传》,还与徐调孚合编了《安徒生年谱》。他的论文《托尔斯泰童话论》④不仅系统介绍了列夫·托尔斯泰走上童话创作道路的动因及其主要作品的文体、内容,还将列夫·托尔斯泰的童话与安徒生的童话进行比较,认为安徒生童话"以儿童为本位"、"天真朴素和远离成人的世界",而列夫·托尔斯泰童话则"处处和现实的社会问题相接触而远离着儿童的空想的世界"。

神话研究作为一个备受冷落的研究领域也得到了浙籍作家的充分关注,在这方面作出巨大贡献的首推茅盾。在担任《小说月报》主编期间,他就在新开辟的"海外文坛消息"专栏内,对捷克、波兰、印度、爱尔兰等地的七种神话读物进行了介绍。他在 1924 年到 1925 年间《儿童世界》上陆续译述的包括《普洛米修斯偷火的故事》等在内的 16 篇希腊神话和北欧神话,是他研

---

① 发表于《妇女杂志》第 7 卷第 7 号,1921 年 7 月出版。
② 发表于 1927 年 1 月 30 日《文学周报》第 260 期。
③ 发表于 1928 年 5 月 27 日《文学周报》第 318 期。
④ 发表于 1928 年 9 月 9 日《文学周报》第 333、334 期(托尔斯泰百年纪念专号)。

究和介绍外国神话的开端,也是我国现代儿童文学史上对神话的首次系统介绍。此后,茅盾更是以极大的热情和精力投入到神话研究中去,完成了《中国神话研究 ABC》(1929)、《神话杂论》(1929)、《北欧神话 ABC》(1930)等四部神话著作,在神话的基本理论研究、中国神话研究和北欧神话介绍方面作出了独特贡献。当时涉足神话研究领域的还有周作人,他在《神话的辩护》、《续〈神话的辩护〉》等论文中着重探讨神话在儿童文学中的地位问题,并针对当时人们对儿童阅读神话故事的错误认识,指出神话只是一种虚构的艺术,其价值在于"滋养儿童的空想与趣味",并论述了神话与传说、童话三者之间的区别,从而纠正了当时人们对儿童阅读神话的错误认识。

儿歌研究方面,余杭褚东郊在 1927 年 6 月《小说月报·中国文学研究》上发表了长达万言的《中国儿歌的研究》,被认为是"继周作人《儿歌之研究》以后,现代儿童文学史上系统论述传统儿歌的重要文章"[1],在中国现代儿童文学史上首次形成了自己独立的儿歌分类体系,并对我国后来的儿歌研究具有深刻的影响。对外国儿童文学的译介是我国儿童文学发展进程中的一个有机组成部分,也为我国儿童文学的创作和研究提供了大量可资借鉴的素材。然而,五四前的儿童文学翻译实际上走着一条随意增删、审改的"改译"、"改编"路子。无怪乎周作人在《读安徒生的〈十之九〉》中愤慨陈词,为世界名著的艺术特色和民族情调的被削弱而痛心不已,并希望译者恪守忠实原著、尽传精神的翻译原则。周作人的这一批评很快引起了学人的重视,随后出现的大量译作,包括鲁迅翻译的《爱罗先珂童话集》、夏丏尊翻译的儿童小说《爱的教育》等都较为自觉地实践了周作人提倡的"直译"原则。鲁迅较早认识到学习吸纳外国儿童文学对于促进中国儿童文学的重要意义,并为此亲自倡导并翻译了许多优秀的外国童话作品。1922 年,他怀着"传播被虐待者的苦痛的呼声和激发国人对于强权者的憎恶和愤怒"[2]的儿童文学翻译观,将翻译的目光更多地投向了"被损害民族",完成了俄国《爱罗先珂童话集》的翻译。此外,鲁迅还翻译了爱罗先珂的三幕童话剧《桃色的云》、荷兰作家望·蔼覃的童话《小约翰》、匈牙利作家至尔·妙伦的童话《小彼得》等优秀作品。但真正代表着从近代"改译"到现代"直译"风格转变的是夏丏尊对意大利亚米契斯的长篇儿童小说《爱的教育》的翻译。其实《爱的教育》

---

① 　王泉根:《中国现代儿童文学文论选》,广西人民出版社 1989 年版,第 593 页为该文所写的"砚汋小记"。

② 　鲁迅:《杂忆》,载 1925 年 6 月 19 日《莽原》周刊第 9 期。

早在 1906 年就曾由包天笑翻译为中文,改名为《馨儿就学记》,但当时对原著有较大的增删,甚至加入了译者的创作。当 1923 年夏丏尊将日译本的《爱的教育》"直译"为中文发表时,即引起了全国范围的轰动。其单行本先后再版三十多次,堪称图书出版业的一个奇迹。当时的不少中小学校将其规定为学生必读的课外书,从而影响了成千上万的少年儿童。然而这部影响了几代中国人的儿童翻译小说,既没有曲折的故事情节,也没有惊心动魄的场面,而是以一个小学生的日记的形式,讲述了一百个平凡质朴却感人至深的小故事,打动读者的正是作品里可贵的"亲子之爱,师生之情,朋友之谊,乡国之感,社会之同情"。《爱的教育》所描写的理想的教育境界、所突出的"情育"的主题,与夏丏尊的"教育理想"不谋而和;涌动其中的略显伤感的情绪也是与夏丏尊悲天悯人的情怀相一致的。《爱的教育》对儿童的教益是显见的,但它同时又能唤起成人读者对儿童时代的情感和对儿童教育的思考,从这个意义上说,它又不仅仅是一部儿童小说。应该说,谨严流畅、质朴真诚的文风以及"如见其人,如见其事"的译文效果,正是对五四前翻译界的主观随意性所做的有力扭转,夏丏尊的贡献即在此。

除了对外国优秀儿童文学作品进行直接的翻译外,一批浙籍作家在介绍海外儿童文学方面也做了大量工作。先后由茅盾和郑振铎任主编的《小说月报》在这方面贡献较大。顾均正的长篇文章《世界童话名著介绍》在《小说月报》上分九期连续刊出,详细评介了《鹅母亲的故事》(法)等 12 种外国著名童话。像这样大规模地连续介绍外国儿童文学名著在我国现代文坛尚属首次。《小说月报·俄国文学研究》、《小说月报·海外文坛消息》等专号也为儿童文学提供了一席之地,夏丏尊的《俄国的童话文学》、茅盾的《最近的儿童文学》均刊于此。前者介绍了克雷洛夫寓言,普希金童话诗,托尔斯泰、契诃夫、特米托利哀夫等的童话与儿童小说,后者把最新出版的英文儿童文学作品分为三类进行了述评:一类是"供给较小的孩子们看的",一类是给年龄较长的女孩子看的,一类是给年龄较长的男孩子看的,在引进 41 本外国儿童文学作品的同时,也引进了这种科学的儿童文学分类法。

在创作实践方面,浙江作家在多种文体领域里取得不菲的收获。童年、故乡题材创作是一个极富魅力的文学现象。按照作家类型的分类,此类创作基本可归入"童年回忆"型一类。作家之所以对童年回忆情有独钟,因为"按照儿童心理学的观点,童年的那些最深刻的记忆,往往构成一个人的基本的思维类型。在文学的创作活动中,那些最先进入人生命意识的深刻印象最容易复现出来,并形成强大的驱力,产生创作动机。"①童年、故乡与儿童文学之间的特殊亲和关系也正源于此。从这个意义上说,鲁迅虽然没有专门从事儿童文学的创作,但我国20世纪童年、故乡题材创作就是从他那里发轫而逐渐成为文学史上一个具有独立品格和整体意义的文学现象的,其《故乡》、《社戏》等小说以及《朝花夕拾》、《野草》中的部分作品为后来的作家提供了杰出的创作范本与丰富的精神资源。他在《故乡》、《社戏》等成人小说中塑造的少年儿童形象被誉为中国现代儿童文学人物画廊中第一批出色的艺术形象,为我国的儿童文学创作提供了十分宝贵的创作经验。散文诗《雪》中的"江南雪野春意图"、《风筝》里对早春二月故乡风筝季节的描述、《好的故事》中故乡山阴道绚丽多姿的田园风光,都不失为意境美的成功典范。回忆性散文集《朝花夕拾》全然以一派雍容简单的笔调,满富情趣地描绘了作者童年及青少年成长岁月的生活图景,以温馨、和谐的人情美给人留下了非常深刻的印象。当然,鲁迅的童年、故乡题材创作在本质上已远远超越了它所反映的地域范围而与整个中华民族融为一体,与整个大文学融为一体,因而具有更大的包容性,我国童年、故乡题材创作的高起点也即在于此。

郑振铎作为我国现代儿童文学的开拓者之一,其创作涉足童话、儿童诗、低幼儿图画故事等领域:《竹公主》等40余篇童话被称为"译述"童话,主要对来自外国的原作进行艺术的再创造,使经由茅盾开创的童话艺术形式得到了进一步完善;《春之消息》等24首儿童诗风格清新活泼,富有儿童情趣;幼儿图画故事更是其儿童文学创作的一大特色,著名的如《河马幼稚园》等。他还于1922年在上海创办了我国第一个以发表儿童文学作品为主的期刊——《儿童世界》周刊,积极为《儿童世界》组稿,联络了一大批为刊物写稿的作家,有力地促进了刊物的发展,叶圣陶的童话集《稻草人》中的绝大部分短篇童话就是在他的约请下刊于《儿童世界》上的。

俞平伯的儿童诗创作自1922年的咏物诗《儿歌二首》始,以儿童稚拙的语言抒写了对"老鸹"和"小葫芦"的好奇。1925年,他回忆童年时代生活的抒情短诗集《忆》由北京朴社出版,这是我国第一部描写儿童生活的新诗集。朱自清在《中国新文学大系·诗集》的序言中对它有很高的评价:《忆》是儿时的追怀,难在它多少保存着那天真烂漫的口吻。作这种尝试的,似乎还没

---

① 黄云生:《论儿童文学作家的类型》,载《浙江师范大学学报》1991年11月出版的"儿童文学研究专辑"。

有别人。"《忆》中的 36 首短诗,犹如 36 颗纯洁无瑕的珍珠,串起的是诗人天真烂漫的童年。那些看似平常的儿时琐事如"捉迷藏"等在诗人充满感情的笔下有着丰富的表现力,孩子的天真与童趣在诗中随处可见。他还以精巧的构思、传神的文笔、合理的想象来表现琐碎细微的儿童世界、传达对儿童的爱。《忆》又像一个尚未做完的美好的梦,朦胧中融进了许多令人回味的美好事物:上灯节的灯,"红的金鱼,碧绿的虾蟆,黄的螳螂,白白的兔子"(《忆·第三十二》);"小枕头边一双红桔子"(《忆·第二十八》)……这些令人回味的美好事物在诗中早已同作者"天真烂漫的口吻"、永不泯灭的童心交融在一起,创造出了优美柔和、质朴纯真的意境。值得一提的是,《忆》由朱自清作跋,丰子恺作插图,全书均由作者毛笔手书,被誉为诗画"双美"的杰作。

刘大白是我国新诗的倡导者和现代儿童诗的创建者。他创作的《卖布谣》、《田主来》虽然反映的是农民的疾苦,但由于采用了适合儿童诵读的童谣体,在当时被视为儿童诗佳作。童话诗《"龙哥哥,还还我!"》根据公鸡报晓的民间传说创作,是我国现代最早的童话诗;根据绍兴地区流传的一句俗话写成的《两个老鼠抬了一个梦》被认为是中国儿童诗开始走向成熟的标志。

以儿童散文形式表现儿童生活的作家当首推丰子恺,他的《华瞻的日记》、《给我的孩子们》等作品使尚处童年阶段的中国现代儿童散文大放异彩,并在表现儿童生活、刻画儿童心理等方面为后来儿童散文的发展积累了宝贵经验。《华瞻的日记》便是他创作的第一篇、也是最具代表性的儿童文学作品。在这篇以日记形式写成的儿童散文里,作者以近乎"实录式"的笔法,为我们抒写了儿童瞻瞻和邻居小女孩郑德菱之间的纯真友爱,以及在华瞻视角中的成人世界。《给我的孩子们》通过对儿童细琐小事的描写,同样充满了对童真童稚的珍视与憧憬:"我在世间,永没有逢到像你们样出肺肝相示的人。世间的人群结合,永没有像你们样的彻底地真实而纯洁。"此后,丰子恺还在《儿女》、《作父亲》、《送阿宝出黄金时代》等散文中继续描摹真实纯净的儿童生活,以抒发对孩子的深情厚爱和对世态炎凉的感慨。丰子恺的儿童散文以清新、优美、率真、质朴的写实风格悦人心目,同他独具风格的漫画气质相通。

鲁迅胞弟周建人(1888-1984)在科普散文创作方面颇有收获,他为孩子们创作了《蜘蛛的生活》、《蚂蚁》等"自然故事"。他的"自然故事"寓知识于情趣,浅显易懂,为我国儿童科学散文的创作起了拓荒作用。相比之下,浙江这一时期的儿童剧创作明显较弱,但余姚的剧作家顾仲彝仍值得一提。他在 1926 年的《小说月报》上发表两部独幕儿童剧《讲道》、《用功》,因浓厚的喜剧色彩、很强的现实针对性而颇有影响。

二　三四十年代:收获季节

　　我国的儿童文学经五四时期的发轫与作家们不懈的探索实践,至三四十年代已有了长足的进展。在以鲁迅为首的左翼作家联盟的领导下,儿童文学顺应革命大潮走出了一条革命的战斗的儿童文学道路。创作中少了纯真儿童世界的描绘,多了对残酷的现实世界的描绘,高擎现实主义旗帜成为儿童文学作家们无可回避的共同选择,并导致儿童文学从思想内容到人物、题材的一系列深刻变革。在这一背景下,三四十年代的儿童文学理论更趋成熟、儿童文学创作大量涌现,真正进入了收获的季节。在这收获的季节里,浙江作家依然起着我国儿童文学运动的重要组织者和领导者的作用,在拨正方向和理论引导、开辟阵地、文学创作等方面作出了重要贡献。

　　浙江作家对我国三四十年代儿童文学发展的引领作用,首先表现在理论上的正确引导,包括坚持同错误倾向的斗争。1931 年 3 月 5 日,国民党湖南省政府主席何键以改革学校课程为名,咨请教育部查禁儿童读物中的“鸟言兽语”,从而挑起了长约半年的关于“鸟言兽语”的论战。国民党政府竟然据此下令查禁“鸟言兽语”的童话,颠倒是非的“童话围剿”终于激起了儿童文学界和儿童教育界人士的极大愤慨。鲁迅以《〈勇敢的约翰〉校后记》最早作出反应,指出“文武官员”们关于童话的所谓“高见”纯属“杞人之虑”,并肯定童话的幻想作用对儿童只会“有益无害”。与陶行知齐名的浙江籍著名儿童教育家、中华儿童教育社创立者陈鹤琴(1892－1982,上虞人)也撰写了《“鸟言兽语的读物”应当打破吗?》一文,通过翔实的儿童心理实践资料研究证明,“鸟言兽语的读物”非但没有害处,而且是孩子所需要的东西,童话作为孩子们“最喜欢听最喜欢看的”读物“自有他的相当地位,相当价值”,剥夺它就“好象我们剥夺小孩子吃奶的那一种权利”。这场爆发于 30 年代初的关系到童话生死存亡的论战,经鲁迅、陈鹤琴等进步文化人士的论辩而澄清了是非,这对于保证此后儿童文学的健康发展,意义无疑是巨大的。

　　这一时期在儿童文学理论探索上作出重要建树的作家是茅盾。茅盾接连发表了《关于儿童文学》、《再谈儿童文学》、《不要你哄》、《书报述评·几本儿童杂志》等有关评论。《关于儿童文学》在中国儿童文学评论史上,首次站在史的角度从宏观上把儿童文学发展的最初三十年一分为三:前十年以译介西方儿童文学为主;中间十年在五四运动的推动下,有了"儿童文学"这一专业术语并开展了轰轰烈烈的儿童文学运动;后十年在儿童读物的内容方面有了较大的扩展,以此勾勒出三十年来中国儿童文学发展的历史脉络、描绘了建构新型儿童文学的宏伟蓝图。《书报述评·几本儿童杂志》运用思想和艺术相统一的评价标准,对当时全国六家主要的儿童杂志(《儿童世界》、《小朋友》、《中级儿童杂志》、《高级儿童杂志》、《儿童科学杂志》、《童年月刊》)作了详细评述,具有保存杂志时代风貌的历史价值和记录儿童文学发展状况的文献史料价值。《再谈儿童文学》从肯定凌叔华的短篇小说集《小哥儿俩》的艺术创新着手,提倡儿童文学的美育功能,认为儿童文学作品不应对儿童进行正面的说教,而"应当助长儿童本性上的美质"。这一观点强调了儿童文学的审美要求,对儿童文学本体的认识上是一种深化。

在注重理论探索的同时,鲁迅、茅盾、郑振铎等还对我国儿童文学的发展现状给予了充分的关注,针对三四十年代我国儿童文学领域充塞着大量不良读物的状况,发表了不少尖锐而深刻的理论见解。鲁迅对当时的中国儿童读物状况作了"拼命的在向后转"的精辟概括,指出:"为了新的孩子们,是一定要给他新作品,使他向着变化不停的新世界,不断的发荣滋长。"①茅盾对于儿童读物的现状似有更多的注意,为了研究怎样的精神食粮才能适合儿童的健康发展,他在《申报·自由谈》上陆续发表了五篇系列文章:《给他们看什么好呢?》、《孩子们要求新鲜》、《论儿童读物》、《怎样养成儿童的发表能力》、《对于〈小学生文库〉的希望》。文章或阐明提高儿童读物质量的交替对策,或根据儿童年龄差异要求儿童读物作多层次的分类,或呼唤"历史的科学的高级儿童读物",或提倡多种文体在儿童文学中的参与;或强调儿童读物要合乎现代思潮。这些击中时弊的言论,对健全当时的儿童读物的写作与出版,有重要的现实指导意义。郑振铎对儿童读物的研究也颇下功力。他在《儿童读物问题》②中指出,当时的儿童读物大都为"缩小"了的成人的读物,不是恰当的儿童读物。要改变这一状况,必须遵循这样一个打不破的原则:"凡是儿童读物,必须以儿童为本位。要顺应了儿童的智慧和情绪

---

① 鲁迅:《〈表〉译者的话》。
② 原载《大公报》1934 年 5 月 20 日。

的发展的程序而给他以最适当的读物。"其《中国儿童读物的分析(上篇)》①是一篇史、实、论三者结合的论文,对中国传统的儿童读物作了整体性的反思与批判,也为现实的儿童读物创作提供了有益的借鉴。

其次,这一时期浙江作家为开辟儿童文学阵地用力甚多,保证了儿童文学创作有足够的发表园地。1930年6月1日在绍兴创刊的《中国儿童时报》以"培养社会儿童与科学儿童相结合的新中国儿童"②为办报宗旨,内容上安排有时事综述、科学、文艺、儿童习作等。该报因发表儿童文学作品量大的优势而形成一大特色。创刊初期,由于国内尚没有专供儿童阅读的报纸,《中国儿童时报》的发行量曾经高达2.5万份,国内省市和周边国家都有订阅。1935年由留日学生在日本东京成立的"中国儿童时报东京分社",更拓展了该报的发行区域,扩大了它在海外的影响。抗战期间仍坚持出版,艰难地穿行于绍兴、杭州、金华、江山、永安等地,至1949年被《中国少年报》替代从而完成了它的战斗使命,前后持续近二十年。其间,浙江作家柯灵、巴人、仇重、石云子、金近、唐湜、鲁兵、圣野、田地、鲁克、吕漠野等都在该报发表儿童文学作品,严冰儿(鲁兵)、圣野还分别为报纸成功地编辑了"冰儿信箱"和"自己的岗位"栏目。《中国儿童时报》较为集中地显示了三四十年代浙江本土儿童文学的实绩。浙江作家主持的儿童文学刊物,有陆蠡主编的《少年读物》半月刊。该刊于1938年9月1日创刊,"内容方面侧重于自然科学社会科学及文艺",但"也没有忽略使少年们苦恼的种种问题"③。陆蠡本人在《少年读物》创刊特大号上也发表了少年科学散文《檐溜》。由于《少年读物》宣传抗日救国,创刊仅三个月就遭查封。陆蠡主编的《少年读物》虽然只生存了短暂的三个月时间,但它在险恶时局中取得的成绩和体现的战斗精神是难能可贵的。1946年1月复刊后,专门组织了"纪念陆蠡"专辑。陈望道主编的《太白》半月刊创刊于1934年9月20日,"以刊行科学性进步性的小品文为自己的任务,以与当时的论语派,以所谓幽默小品为反动派服务的邪气抗衡"④。这个在30年代颇有影响的刊物,对于儿童文学的意义而言,它是我国科学小品的发源地,培养了贾祖璋、顾均正、周建人等一批颇有影响的科学文艺开拓者,其中多数是浙江作家。

---

① 　原载《文学》第7卷第1号,1936年7月出刊。

② 　《中国儿童时报》发刊词。

③ 　《少年读物》发刊词。

④ 　见陈望道1962年给叶永烈关于"科学小品"一词的答复信。转引自张之伟著:《中国现代儿童文学史稿》,第262页。

本时期的浙江儿童文学创作,取得前所未有的成就。无论是创作的数量还是质量,都远远超过上一时期。

首先应当提及的,是当时不少成人文学作家的创作中也渗透了大量儿童文学的因素,这构成儿童文学中一种不可或缺的内涵。茅盾怀着"探索一下儿童文学的陌生范围"①的动机,创作了《少年印刷工》、《大鼻子的故事》等儿童小说。其中的中篇儿童小说《少年印刷工》被张天翼视为同叶圣陶的《稻草人》、冰心的《寄小读者》等齐名的中国儿童文学优秀之作。小说以"贫苦少年因生活所迫失学变为童工"这一旧中国孩子的典型遭遇为蓝本,真实而深刻地反映出处在社会底层的穷苦少年的成长历程,而少年主人公赵元生在艰难环境中体现的积极的生存意识,更是鼓舞了大批少年儿童读者。短篇小说《大鼻子的故事》写的是孤儿大鼻子从一名劣迹缠身的流浪儿成长为反侵略、反战争的进步者的故事,以流浪儿的初步觉醒寓示内忧外患下人民大众的爱国热情。茅盾的儿童小说不以情节结构的复杂取胜,讲求以情感人、以心理描写突出人物个性,在不同角度中实现反映时代特有风貌的现实主义艺术追求。

中国儿童文学的现实主义传统在浙江的革命题材儿童文学创作中同样得到了较为真实的展现。抨击旧制度、揭露反动统治、表现劳苦大众的悲惨遭遇及其抗争精神,是这一时期革命儿童文学的总体面貌。柔石、应修人、叶刚(1908—1930,青田人)等烈士作为我国无产阶级革命文艺运动的先驱生前创作的不少儿童文学作品,已成为我国珍贵的革命儿童文学遗产,具有重要的文献史料意义。柔石的《人间杂记》中有数篇反映底层儿童生活的散文,如《偷果子的小孩》、《死所的选择》等,分别从不同角度揭示了旧中国苦难儿童的悲惨遭遇,表达了作者对冷酷社会的愤恨和对幼小者命运的深切关注与同情。柔石的长诗《血在沸——纪念一个在南京被杀的湖南小同志底死》为纪念一位被国民党反动派杀害的年仅 16 岁的少年先锋队队长而作,作者满腔的革命激情和阶级仇恨,化为颂扬无产阶级少年英雄和批判国民党反动派的诗篇。应修人最早是从儿童诗入手从事儿童文学创作的,他在本时期根据中央苏区的传说为题材创作的童话《旗子的故事》和《金宝塔银宝塔》,以浓厚的革命浪漫主义描写了红色根据地的战斗生活而极具时代特色。尤其是《金宝塔银宝塔》在民间传说基础上将现实与童话奇境有机融

---

① 转引自金燕玉:《茅盾的童心》,南京出版社 1990 年版,第 90 页。

和,创造出政治倾向性和革命浪漫色彩交相辉映的艺术风格,从而为当时的革命儿童文学起了开创性的作用。叶刚读书期间在学校墙报上刊出的富有革命性的童话作品,在陶行知先生的介绍下以"一叶"的笔名结集出版为《红叶童话集》。该书收录9篇童话,在思想深度和艺术手法上都堪称童话佳作。烈士的创作体现了中国左翼儿童文学创作的实绩,也是对少年儿童进行革命传统教育的好教材。

与成人文学作家在儿童文学园地辛勤耕耘相对应的,是吕漠野、仇重、金近、包蕾、圣野、鲁兵、田地等一大批浙江籍专业儿童文学作家在本时期的杰出表现。他们同陈伯吹、贺宜等一起成为中国儿童文学队伍的新生力量,以童话、小说、儿童剧、散文、诗歌等领域的丰富的创作实践构筑了浙江三四十年代儿童文学的繁荣景观,并预示着一个崭新时代的到来。

吕漠野从发表民间故事记录《三洞桥》起步,30 年代初至 50 年代初创作、翻译、发表了 200 多篇儿童文学作品,题材以童话为主,兼及小说、寓言、故事、散文、童话诗、连载童话等。出版有作品集《吕漠野少儿读物选》、《吕漠野儿童文学作品选》。其创作始终追随时代节拍,反映旧社会穷苦百姓在国内外邪恶势力践踏下的艰难生活以及他们对幸福生活的美好憧憬,同时也表达了作者对新中国诞生的无比向往和对少年儿童快乐生活的热情期盼。其童话的代表作为创作于抗日战争前夕的连载童话《一只小公鸡的故事》。作品以一只小公鸡为主人公来象征充满血性的爱国男儿,小公鸡原打算"在这广阔的世界上,找寻幸福的未来",但其热情与希望却屡屡破灭,最后惨死在外来侵略者的枪口下。小公鸡的遭际无疑就是抗日人民悲惨命运的真实写照,在读者中引起了强烈反响,以至后来作者不得不应广大读者的强烈要求,创作了《一只小公鸡的故事续篇》,满怀热情地记叙小公鸡被救活后参加抗战的辉煌经历。他解放战争时期的童话创作则以反内战、反法西斯暴行为主题,如揭露反动统治阶级狡猾与残忍本质的《狐狸吃鸡》、痛陈反动当局禁止言论自由的《大胆的镜子》等。吕漠野还十分注重在童话中融入对少年儿童思想品德方面的教育,创作了揭示贪图安逸、无所作为将导致沉沦和灭亡的《瞌睡的国》和《瞌睡的钟》,表达积极向上、保卫国土主题的《蜻蜓和蜘蛛》和《树和藤》,礼赞蚂蚁顽强不息、奋发进取精神的《一群蚂蚁的故事》(童话诗)等,象征意味和现实教育意义都十分明显。儿童小说创作方面,以贫穷孩子根兔为主人公的《可爱的小黑》、《妹妹》、《根兔的晚餐》等三篇儿童小说较有特色,着意从不同的角度描写了穷孩子根兔的凄苦生活而具有较强的表现力和感染力,属当时并不多见的"系列儿童小说"。

本时期另一位同样以童话和儿童小说创作成就最大的儿童文学作家是仇重。仇重的作品同样注重现实的社会政治意义,具有较强的现实感染力。其第一个中篇童话《苹儿的梦》,以孩子苹儿做梦的形式,将一些富含教育性的话题融入儿童的日常生活中,让小读者们在作者设置的有趣动人的故事情节中认识生活。作品虽沿用从梦境进入童话世界的写法,但由于立足社会现实,融入奇特的构思、亲切的教导、丰富的知识,使《苹儿的梦》在小读者中产生较大影响。第二个中篇童话《歼魔记》更注重童话艺术手法的运用,作者选择了幻想与夸张、象征与影射的艺术手法,于连贯紧凑的故事情节中着意揭批帝国主义和封建主义相互勾结的罪恶。解放战争期间创作发表的短篇童话集《稻田里的小故事》,面对抗战胜利后更为黑暗腐败的社会现实,增强了讽刺意味。短篇小说集《春风这样说》收入了仇重最有代表性的儿童小说,包括《大惨案》等七个短篇小说。小说通过拟人化的"春风"给孩子讲故事的新颖形式,从不同侧面反映了伟大的抗日战争,塑造了在战争中成长起来的机智、勇敢、坚强的一代少年儿童群像:铁蛋(《谁是区长》)、小报告员(《小报告员》)等。"春风"贯通一气的讲述使由短篇连缀而成的整部长篇更具恢弘气质。他还将苏联影片《雾海孤帆》改写成儿童小说《海滨小战士》。

金近的儿童文学创作涉及童话、儿童诗、小说、散文、理论等领域,而以童话最具影响。1937 年在《小朋友》上发表第一篇童话《老鹰鹞的升沉》,1947 年起较为集中地创作儿童文学,并以童话和儿童诗为主,也兼及儿童小说、散文创作。本时期出版的童话集《红鬼脸壳》和《顽皮的轮子》收入了作者解放战争时期创作的大量政治讽喻性童话,或揭露与鞭挞反动社会制度下不合理的社会现象,或教少年儿童认识现实、憎恶黑暗、渴求光明,较为集中地体现了金近的童话创作成就。童话代表作《红鬼脸壳》虚构了一个象征黑暗社会现实的"马虎国",螳螂大臣和针眼儿大臣为争夺代表发财的红鬼脸壳而勾心斗角欺压百姓,百姓们奋起反抗,最终臣子们被压死在"避难"的高楼下。作者用象征手法将统治阶层腐败丑恶、争权夺利的内幕暴露无遗,同时揭示了反动统治必将灭亡的趋势。而在政治讽喻性童话中,金近采用了他所擅长的讽刺、夸张手法以及漫画笔法,其作品描述的为得到红鬼脸壳而明争暗斗的大臣们(《红鬼脸壳》)、颠倒是非的"好"人国(《"好"人国》)、狂妄自大的黄气球(《黄气球》)、口蜜腹剑的"活菩萨"(《一个"活菩萨"》)、好逸恶劳的斑鸠(《斑鸠做窠》)等无一不是重大社会内容和政治的反映。本时期金近还先后出版了两本儿童诗集:《小毛的生活》(丰子恺绘画)和《小河唱歌》。金近还借助童话诗夸张、想象以及故事性等特点来刻画反动者的各式脸谱,创作了《鸡冠花和公鸡》等童话诗。金近在本时期儿童小说创作如《小和尚法本》、《这一天》等,同样注重在朴实的叙述中追求深刻的意味,是描写那一时期少年儿童命运的力作。

上虞籍新闻出版家胡愈之为教育华侨青年、传播祖国文化而创作的长篇儿童小说《少年航空兵》是解放战争时期浙江儿童小说创作的重要收获。小说采用章回体的形式,通过幻想手法写成。主人公陈逖先是一位华侨少年,作者通过少年归国后的所见所闻,一方面暴露出旧中国丑恶的社会现实,"描摹出新中国的轮廓";另一方面更是体现了华侨少年高度的爱国热情,叶圣陶在小说的序言中称其"描摹出新中国的少年的精神"。

抗战初期我国兴起了创建儿童剧团的热潮,儿童戏剧也因"形象的教育性"而在三四十年代备受爱国作家的重视。当时成立的浙江儿童剧团作为我国最早成立的儿童剧团之一,充分发挥了抗战时期小号角的作用。时在温州的董每戡于1929年为孩子们创作的童话剧《给我们需要的》,揭露社会的腐朽黑暗、礼赞人民的英勇不屈,是浙江早期为数不多的儿童剧创作中的佳作。但领一代风骚的儿童戏剧工作者是当时在"孤岛"上海工作的浙籍作家包蕾。

包蕾从30年代中期开始戏剧创作,1938年转入儿童剧的创作,主要作品有《祖国的儿女》、《雪夜梦》等,多以表现抗日游击队和爱国少年投身抗日斗争等为内容。《祖国的儿女》是一本儿童独幕剧集,收入包蕾此前创作的《犹太人,起来》、《谁插的旗子》等10个儿童剧。多幕剧《雪夜梦》则是包蕾早期儿童剧的代表作,是对孤岛时期孩子凄惨遭遇的真实写照。作品受安徒生著名童话《卖火柴的小女孩》的启发,以梦境形式,柔和抒情、幻想、夸张手法,鲜明地表达了作者对流浪儿童命运的关注和对日寇侵略的无比憎恨。他此间的儿童剧作追求以现实主义手法"迅速地反映现实",大多反映民族危难中少年儿童强烈的爱国热诚,以对现实的深刻揭示唤起人们对光明的向往与追求。在上海担任"中国少年剧团"编剧的1946—1948年间,是他儿童剧的多产期,艺术上对浪漫主义手法的运用较为突出,往往在表现社会生活的同时还注重"写得更'儿童的'一点,对儿童的兴趣、语汇、幻想,都经过一番考虑"①。这一点在《胡子和驼子》、《巨人的花园》等十几个儿童剧中都有体现。包蕾此间创作的童话《石头人的故事》、童话诗《愚笨的裁缝》、小说《恳亲会》等，一如他的儿童剧创作：色调分明、想象丰富、有趣动人。

圣野、鲁兵、田地的出现为浙江三四十年代的儿童诗创作注入了勃勃生机，他们丰富而深刻的创作使我国的儿童诗创作达到了一个较高的水平。

圣野于 1946 年底开始为《中国儿童时报》写小诗谜，有《清道夫》、《更夫》等。解放前出版的儿童诗集有《啄木鸟》、《小灯笼》和《列车》。诗集《啄木鸟》收入的 57 首小诗均为作者在《中国儿童时报》当义务编辑时所写，作品较为含蓄地揭露邪恶与黑暗，歌颂正义与光明。《啄木鸟》作为圣野走向儿童诗世界的最初探索，是一本燃烧着愤怒的诗集，更是一名初步觉醒的青年向祖国和人民献出自己赤诚之心的诗集。诗集《小灯笼》中的 40 多首儿童诗都以邻居家一个六七岁的小女孩为原型，诗人以无邪的童心抒写小女孩的可爱、抒写令人陶醉的童年生活。本时期单篇儿童诗以《欢迎小雨点》最见诗人功力，它也是圣野早期儿童诗的代表作。作品中可爱的小雨点在美妙和谐的雨中世界里快乐地歌唱，孩子们眼中的自然世界充满诗情画意，诗人平实质朴的叙述、新鲜精巧的构思、似是信手拈来的白描手法的运用，使这首简朴、清新的儿童诗有着近乎纯美的艺术境界。1949 年 3 月圣野投身火热的革命后，根据游击区生活创作了《枪的故事》等儿童诗，在题材的开拓与充实方面取得突破。本时期他还创作了儿童散文《记我的方方》、童话《最后的兵》等。

鲁兵在浙江大学读书期间以"严冰儿"的笔名为《中国儿童时报》写稿，后成为《中国儿童时报》的业余编辑。最初以诗歌的形式反映社会的不合理现象，如《老牛》等。但后来他认为应由童话来担负时代赋予的重任，决心"以童话为主要武器，揭露半封建半殖民地的黑暗，抨击国民党的反动统治"②。这一创作思想在他此后的创作中得到了较好的体现。如《林子里的故事》是其创作的第一篇童话，作品从正面歌颂了为传统观念所厌恶的乌鸦、老鹰等飞禽，鼓舞人们憎恨黑暗势力和世俗偏见，热爱正直勇敢和光明。鲁兵对向来处于配角地位的乌鸦似乎有着特别的偏爱，在童话《壮大的声音》和诗歌《乌鸦》中多次赋予它生命不息、斗争不止的勇士品格，以此赞颂

① 包蕾：《胡子和驼子·后记》，转引自张香还：《中国儿童文学史（现代部分）》，浙江少年儿童出版社 1988 年版。
② 转引自张香还著：《中国儿童文学史（现代部分）》，浙江少年儿童出版社 1988 年版。

高扬自由民主旗帜的伟大战士,读来别具一格。他的童话《大珠子》曾在解放战争时期被改编成儿童讽刺剧《皇帝与太阳》,在浙江大学演出,较好地配合了当时的形势,《中国儿童时报》为此刊出了"演出专页"。1948 年 6 月由小草丛刊社出版了他的童话选集《桥的故事》。鲁兵在散文诗园地也有不少的收获,作品有象征反动统治腐朽衰亡的《城墙》、迎接春天到来的《春天的声音》等,后出版有散文选集《泥巴孩子》(1951)。

田地是本时期表现抗战后黑暗现实十分突出的一位儿童诗人,创作大多收在诗集《告别》和《风景》中,数量并不多,却以平淡朴实的风格深刻地反映旧中国灰暗、凄惨的农家生活而引起人们的注意。不少以儿童口吻写的儿童诗如《家》、《日子就这样过去了》等,曾获臧克家好评:"田地,小小的年纪,他的诗象小孩口里的话,没有虚假和做饰。"①代表作《傍晚来的客人》是一首长达 70 行的叙事长诗,作者以儿童的口吻愤怒地记叙保长向农民催租逼债、抢夺物品的令人发指的事实,生动地触及社会黑暗的本质,并在诗作结尾处表达了农民奋起抗争的信心。1946 年田地从农村来到了上海,他将关注的目光更多地投向了广大城市贫民的生活,作有《在公园里》、《开学》等儿童诗。

我国的科学文艺从 20 年代后期,先后在贾祖璋、顾均正、周建人等的努力下逐渐兴旺起来,儿童科学文艺在本时期的崛起同样取决于这批浙江人士的努力。本时期陈望道主编的《太白》半月刊上首次出现了"科学小品"一词。创刊号"科学小品"一栏的四篇科学小品有三篇出自浙江作家之手,它们分别是克士(周建人)的《白果树》、贾祖璋的《萤火虫》和顾均正的《昨天在哪里》。三位作者因此当之无愧地成为我国儿童科学文艺的开拓者。周建人、贾祖璋均擅长生物小品的创作,周建人的作品具有浓厚的生活气息,贾祖璋的作品则论证严密、文笔细腻。顾均正偏于物理小品,及时介绍内容新鲜的国际科技新成就,其作品情节曲折、故事惊险,注重幻想的科学性。他还是我国最早的科学相声《一对好伴侣》的作者之一。仇重也是我国最早的科学童话作家之一,他的《稻田里的故事》和《苹儿的梦》中的一些故事可视为科学童话。

冯雪峰的寓言在我国现代寓言宝库中占有重要地位,通常称之为"雪峰寓言"。冯雪峰的寓言创作起始于 20 年代,在解放前夕的 1947－1948 年间

---

① 　臧克家:《告别·序》,上海群星出版公司 1947 年版。

达到创作高峰,自称"是反动政权下言论极端不自由的结果"①。出版的寓言集有《今寓言》、《寓言三百篇(上)》、《雪峰寓言》、《寓言》、《雪峰寓言(续编)》等。他还改写了印度佛经寓言《百喻经故事》。《雪峰寓言》继承中国寓言的优良传统,又受外国寓言尤其是印度寓言的艺术熏陶,同时注入诗人的灵感与理论家的深邃。魏金枝也是本时期从事寓言创作较有成绩的一位作家,1940 年在上海《少年世界》上发表新寓言《狮子的尾巴》,以后又陆续发表了一些新寓言和儿童小说,解放后出版了小说《越早越好》、《中国寓言》(共五册)和《中国古代寓言选》(被译成英文出版)。

此前因以儿童散文形式描写儿童生活而著称的丰子恺,在 40 年代为孩子创作了不少童话故事,他自己统称之为"儿童故事"。艺术形式上大致可分为童话(包括《伍圆的话》、《大人国》等)和故事(《种兰不种艾》、《为了光明》等)两种。其作品的题材或针砭时弊、或抒发理想、或记叙孩童生活,情节结构的安排受佛教文学的影响而显得风格独特。值得一提的是,著名浙籍散文家、剧作家柯灵,最初出版的两本书却是儿童诗《月亮姑娘》(1932)和童话集《粉蝶儿的故事》(1933)。他是由儿童文学创作开始其文学生涯的。这说明成人文学作家与儿童文学"联姻"并不是个别现象,儿童文学的确是一块诱人的园地,曾吸引不少浙江作家乐于在此耕作。

三 新中国前期:从兴盛到衰微

新中国的成立使我国的儿童文学迈入一个崭新的历史阶段。建国初期安定的社会局面无疑为新中国儿童文学的兴盛营造了一个良好的外部环境,激发了儿童文学作家的创作积极性,促进了儿童文学事业的繁荣发展。当时出现的大量歌颂社会主义新生活、用共产主义思想教育儿童的儿童文学作品,在整体上呈现热烈、明朗、朝气蓬勃的艺术氛围,与这个时代以及这一时代下人们的精神风貌相合拍。以此为背景,浙江儿童文学在被称为建国后"第一个黄金时代"的 50 年代,迎来了重建后的辉煌。但此后随着极"左"思潮逐渐抬头,儿童文学也面临艺术丧失后的"歉收",创作数量也有所回落。60 年代初,由于文艺政策的调整出现了利于儿童文学发展的良好转机,童话领域也曾因"新童话"的出现而一度复苏,但这种转机很快又在新一

①《雪峰寓言·后记》,人民文学出版社 1952 年版。

轮的批判中消失殆尽。紧随而来的十年"文革"中,儿童文学园地遭到毁灭性的摧残。因此,新中国前期的浙江儿童文学经历了与全国儿童文学共同繁荣、共陷低迷、同历磨难的曲折发展历程。

在艰难曲折的发展历程中,浙江的儿童文学作家、理论家对儿童文学创作现状、儿童文学理论建设的探索与思考,是颇值得注意的。面对 50 年代末 60 年代初一系列政治变化影响下我国儿童文学面临的全面"歉收"状况,茅盾表现出深刻而冷静的忧虑。他在新中国成立后发表的一系列论文就建设社会主义儿童文学提出了全面而深刻的见解,对当代中国儿童文学的发展产生了较大影响。其长篇评论《60 年少年儿童文学漫谈》更是一篇适时而生的批判极"左"思潮的檄文,文章将中国 50 年代后期到 60 年代初期的儿童文学创作一针见血地概括为:"政治挂了帅,艺术脱了班,故事公式化,人物概念化,语言干巴巴。"该文出现于深受极"左"思潮影响的"童心论"批判高潮中,实属难能可贵,表现了茅盾作为一个老批评家的理论胆识。此文发表后,在儿童文学界立刻引起了强烈反响,对于纠正当时的极"左"创作风气产生了较大影响。另一个儿童文学作家鲁兵在关于《老鼠的一家》的讨论中为捍卫童话艺术形象的特殊性所作的不懈努力同样值得重视。1957 年鲁兵主编的《小朋友》第 21 期刊载的连环画《老鼠的一家》,被一些批评文章指责为主题不明确、孩子爱护老鼠的行为与"除四害"运动相抵触等。鲁兵本着"争鸣"的方针和对儿童文学事业的强烈责任感为艺术童话的生存参与论辩,表明了自己不能苟同"无视儿童文学特点,抹杀儿童文学创作特殊艺术规律"的"左"倾错误思潮的鲜明立场。这场讨论关涉艺术童话的缺失与否问题,其意义也显而易见。鲁兵对儿童文学教育性问题的理论思考更具影响力。他认为儿童文学是教育儿童的文学,即文学是本体、儿童是对象、教育是功能的见解。这一论述清晰地描述了 50 年代以来儿童文学以教育为目的的理论框架,是对本时期儿童文学基本观念的较有代表性的概括。此后他对这一观点继续有所阐述,但最能集中反映这一观点的论文是《教育儿童的文学》[①],它系统详尽地论述了儿童文学的教育性问题,形成中国儿童文学理论界较有影响的"一家之言"。尽管这一理论不尽完善,可能会受到来自各方面的挑战,但它作为长期影响儿童文学界的一种代表性理论,也有不可漠视的意义。

---

① 原载 1979 年少年报社编印的《小百花》。

　　本时期浙籍作家在理论研究领域的收获并不算多,但出版的著作都具有较为特殊的意义。其中,蒋风(1925—　　,金华人)推出了《中国儿童文学讲话》、《鲁迅论儿童教育和儿童文学》两部著作,前者被评论界认为是中国儿童文学史的雏形,后者具有一定的史料价值。金近和任大霖结合各自创作实践分别出版了题为《童话创作及其他》、《儿童小说的构思和人物形象》的著作,对指导当代儿童文学创作产生了直接影响。

　　建国后浙江儿童文学创作实绩是由在外地的浙籍作家和本土作家共同创造的。其显著特点是,浙江本土的儿童文学创作较建国前有重大发展,且已在浙江本土形成了一个有影响的儿童文学创作群体。这一时期,浙江的儿童文学作家在童话、儿童小说、儿童诗歌、寓言、科学文艺等领域都有不同程度的收获。

　　儿童小说创作,以任大星、任大霖兄弟回忆故乡和童年的浙东乡土写实创作和沈虎根描写旧社会学徒生活的"小师弟"系列儿童小说最为突出。任大星(1925—　　)、任大霖(1929－1995),萧山人。其儿童文学创作开始于 50 年代中期,创作过不少讴歌新中国少年儿童崭新风貌的作品,如任大星的《吕小钢和他的妹妹》(中篇)真实地描写了建国初期少年儿童所特有的心理特点和成长过程;任大霖的《蟋蟀》鲜明地刻画出农业合作化初期农村少年身上的时代印记。但任氏兄弟给人印象最深的却是那些带有"自传体"或"半自传体"色彩的童年、故乡题材创作。如任大星的《双筒猎枪》、《野妹子》、《鱼》、《湘湖龙王庙》等;任大霖的《芦鸡》、《风筝》、《两个小渔夫》、《虾作》及作品集《童年时代的朋友》等。这类作品以作者熟悉的江南水乡、城镇山村为背景,以作者亲历的童年往事为创作原型。它们都建立在作者强烈的童年、故乡情结基础之上,对童年的苦与乐均有着刻骨铭心的记忆。虽然作品带有明显的凄苦、悲凉色彩,但从灰暗、深重的旧社会生活中发掘出美的人、美的事并加以艺术的体现,却是任氏兄弟童年、故乡题材创作给人的一个整体印象。作为鲁迅的同乡,任氏兄弟的童年、故乡题材创作在人物形象的塑造、社会矛盾的揭示、艺术意境的营造、方言土语的运用、乡俗风物的描写等方面体现出对鲁迅作品的传承性,堪称"鲁迅的传人,《故乡》的族类",在中国儿童文学创作史上形成一道独特的风景线。如任大霖受鲁迅刻画闰土这一形象的启发,创作中有意无意地师法鲁迅"通过写人物变化来刻画人物形象"的写法。《风筝》中的贵松、《虾作》中的小长工金耿都有着同闰土类似的命运,他是在用悲剧的艺术形式来赞颂人的优良品性和高尚情操。

任大星则善于在浓重的气氛中,通过强烈的行动描写、场面描写来突出人物个性。《鱼》中少年冯渭阳为捕捉一条珍贵的"南江鳊"而丧生的场面描写十分壮阔,把一个孱弱而勇敢、坚韧而智慧的捕鱼少年刻画得栩栩如生。《大黄鳝》中捉捕黄鳝、《双筒猎枪》中冒险偷鱼、《呆鸟》中奋力捉鸟等场面的描写,也都为表现人物个性、营造情节氛围起到了十分关键的作用。任氏兄弟写儿童生活,却没有把儿童生活从整体的社会生活中孤立地抽取出来,没有因为所写的是儿童生活而削弱对社会矛盾深刻性的揭示,他们的作品具备了鲜明的民族特色和时代印记。

80年代开始,任大霖努力从原来散文化的小说创作倾向中走出来,尝试创作一些矛盾较为尖锐、情节较为曲折、可读性较强的作品,如反映工读学校失足少年梁一星的转变过程的中篇小说工读学校题材的儿童小说《喀戎在挣扎》。任大霖在儿童散文方面也建树颇多,新中国前期先后出版了散文集《红泥岭的故事》、《迎接春天》、《山冈上的星》等。80年代初结集出版的《任大霖散文选》向我们展示了其散文创作的概貌。任大霖的散文注重行文的简洁叙事,鲜明的形象和动人的情节又使他的散文颇具可读性。但他更追求散文的审美效应,于是常常把自己深挚、纯真的情感融入美丽如画的江南水乡、一望无垠的戈壁大沙漠,使原本优美如诗的意境更具感染力。

沈虎根(1933—　　),原名季夫根,余杭县人。本时期主要以少年的视角创作了一些描写旧社会农村孩子苦难生活的小说和反映农村新人新事的散文,主要作品均收入小说散文集《金枝玉叶》。其中描写解放前学徒生活的一组4篇作品:《我要在夜里安宁》、《满师》、《大师兄》、《小师弟》发表后获得了较高的评价。作者本人在童年、少年时代有过三次学徒生活经历,这使他对旧社会学徒的悲惨命运有独特的人生感受。他的此类作品主要通过对学徒生活图景的描画,揭露旧社会学徒与老板之间野蛮的封建主奴关系以及封建主义对青少年精神的扭曲与人性的摧残。但作品中也不时闪动着"灰暗下的快乐":学徒们饿了偷一把"维他命"片和葡萄糖片吃、困了偷偷往额头涂抹万金油、闲时看看小人书学学绘画讲个笑话……这些特有的命运抗争方式大大增强了作品的感染力与真实感。沈虎根描写学徒生活的儿童小说以其强烈的现实感和批评精神、反映旧社会生活角度的独特而产生广泛影响,在中国当代儿童文学史上自成风格。小说《金枝玉叶》叙述了一位烈士的儿子在一位热心的老工人的帮助下刻苦钻研技术的故事,写出了建立在他们之间的一种崭新的师徒关系。

倪树根(1933—   ,富阳人)是本时期从事儿童小说创作的又一位浙江作家,出版的小说集有《铁轮子》、《守鱼婆》、《照鱼》、《阿坤和他的伙伴》等。他的小说大多取材于自己熟悉的乡村生活,注重塑造具有鲜明年龄特征和性格特征的儿童形象。这类儿童形象往往淳朴憨厚、活泼可爱、个性耿直,如《守鱼婆》中那个一心想当勇敢的渔民却又有些冒失的孩子小海,就给读者留下了深刻印象。80 年代后转向以童话创作为主。老作家金近建国后主要从事童话和儿童诗的创作,但也出版了短篇小说集《小牛黑眼儿》《逃学》等及中篇小说《山村里的新事情》。

建国后浙江的童话创作有了很大发展,一支新老结合的创作队伍逐步形成,一批很有影响的童话问世,一些作家确立了自己独特的艺术地位。以童话见长的金近、包蕾等老作家以 50 年代童话创作队伍中的主力军的姿态,为我国的童话创作提供范例;一大批中、青年作家(洪汛涛、陈玮君等)更是在我国童话领域异军突起,并逐渐形成各自独特的创作风格。

金近建国初期在北京工作,主办《儿童文学》杂志,扶植儿童文学新人,为新中国儿童文学建设作出重大建树。50 年代中期调回浙江,从事专业儿童文学创作。这一时期他投入精力最多、成就最突出的当属童话创作,出版了《小鸭子学游水》、《新年的前夜》、《小鲤鱼跳龙门》、《狐狸打猎人》等一批优秀的童话作品。他的童话创作大致可分为教育性童话、歌颂性童话和讽喻性童话三类。教育性童话往往针对少年儿童的思想实际,以幻想性、趣味性的故事引导儿童树立正确的世界观、人生观,具有较强的理性色彩。如告诉孩子干任何事情都应该专心致志的《小猫钓鱼》、教育孩子要勇敢好学的《小鸭子学游水》等都是低幼儿童十分熟悉的传统教材,对新一代儿童具有一定的教育启迪作用。50 年代中期至 60 年代初,金近陆续发表了《小白鹅在这里》、《小鲤鱼跳龙门》、《布谷鸟叫迟了》等歌颂性童话,作品均以歌颂新中国的建设成就、歌颂新时代少年的可贵品格为主旨。这类作品在金近童话中所占比重并不大,但其中的《小鲤鱼跳龙门》是本时期金近创作的最有影响的童话,作品表现社会主义建设的新成就,根据人们所熟知的鲤鱼跳跃龙门升天变龙的古老传说创作而成。作品通过小鲤鱼的传奇经历,以幻想的手法将社会主义建设的新成就与新一代接班人机智勇敢、勤于劳动的优秀品格浅显动人地表现出来,通篇洋溢着炽烈的激情与神话的色彩,既富民族特色又具时代特征。从《小猫钓鱼》到《小鲤鱼跳龙门》,金近的童话创作经历了从"温和地劝诫"到"尽情地歌颂"的转变过程。然而,金近 60 年代的童话再一次显示出辛辣、犀利的讽刺风格,讽喻缺点与不良现象再度成为其创作的重心。这既是他 40 年代童话讽刺艺术风格的延续,更是社会现实发生变化的直接结果。金近的讽喻性童话以《狐狸打猎人》最具代表性。《狐狸打猎人》一反人们熟悉的故事逻辑,大胆而成功地运用"狐狸打猎人"的"反意"手法,在夸张和讽刺中巧妙而含蓄地批评了生活中那些不敢正视现实、轻信谣传和胆小怕事、不好好学本领的人们。金近独创的"反意"手法,超越了一定的时空界限,对现实世界中可能发生的事情作非现实性的艺术化的扭曲、变形甚至颠倒。这种具有独特审美趣味的讽刺方式,越是肯定假定性的真实,越是显示事实上的荒谬,是极富戏剧意味的"荒诞与真实的融合"。这类讽喻性童话还有《老鼠帮小猫》、《狐狸送葡萄》等,极为含蓄地以社会讽刺和政治讽刺为内容。金近还以发表在 1977 年 4 月号《人民文学》上的童话《小白杨要接班》成为粉碎"四人帮"后最早恢复童话创作的儿童文学作家。新时期出版了童话集《春风吹来的童话》、《金近童话选》、《爱听童话的仙鹤》、《金近童话集》、《哈哈笑的喜鹊》、《最后一本童话》及《金近文集》(四卷本)。

在中国现当代儿童文学创作史上,金近的儿童文学作品以鲜明的中国民族色彩、民族气派而成为民族化的典范。其童话作品的民族特色主要体现在童话形象的塑造、故事情节的安排、环境背景的描绘、语言的运用等方面。他还十分擅长将民间故事、民间童话、民谣、民谚等加以创造性的利用:鲤鱼跳龙门的传说、"东郭先生"的典故、孙悟空三打白骨精的情节、"猪鼻孔里插大葱——装象"的歇后语……在他的笔下每每能以崭新的艺术魅力表达丰富深邃的主题。加上现实主义的文学传统与奇特瑰丽的幻想的巧妙结合、荒诞讥讽的艺术效果与质朴真切语言的整体把握、丰富的内容中蕴含深刻的寓意,这一切构成了金近童话的整体艺术风格。金近建国后还参加了美术片的编剧工作,在我国动画片开创期,他创作了我国第一部动画片文学脚本《谢谢小花猫》。此后又写了《小猫钓鱼》、《小鲤鱼跳龙门》、《狐狸打猎人》等动画片的文学脚本,在国内外获奖。

建国前以儿童剧创作见长的包蕾,在本时期深感童话创作的匮乏而转向以童话创作为主,出版的童话集有《小咪和毛线球》、《小金鱼拔牙》、《猪八戒新传》等。50 年代初主要创作低幼儿童话,《小金鱼拔牙》、《小兔子"我知道"》等低幼儿童话往往在轻松幽默的生活氛围中达到对儿童进行行为教育的目的。但他 50 年代最优秀的童话——《火萤与金鱼》却大胆地运用抒情手法,在优美、静谧的意境中传达了"我为人人,人人为我"的时代主题,于情景交融中显示了包蕾童话抒情风格的魅力。然而真正确立包蕾作为童话作家地位的,是包蕾为年龄层次较高的孩子创作的系列童话《猪八戒新传》。《猪八戒新传》由《猪八戒吃西瓜》、《猪八戒探山》、《猪八戒学本领》和《猪八戒回家》四个短篇童话组成。《猪八戒吃西瓜》是其中最为成功的作品。这个作品在保持《西游记》原作风格的基础上,又为猪八戒设置了一系列令人捧腹大笑的情节,着力刻画猪八戒愚笨而善良、自私而可爱的性格特征,而巧妙的情节安排更是使作品浑然天成而无雕琢之感,是不露痕迹的"寓教于乐"。后三篇童话的说教意味显得过于直白而削弱了作品的艺术性。《猪八戒新传》首次在童话创作领域中借用古典名著中的人物、环境来创造性地表现今天儿童的生活内容,为童话艺术空间的开拓提供了十分有意义的借鉴经验。形象生动的语言、丰富深刻的思想内容和推陈出新的民族风格使包蕾童话在艺术上形成了自己鲜明的特色,为我国童话画廊增添了绚丽的色彩。新时期以来,包蕾又出版了童话集《火萤与金鱼》、《包蕾童话近作选》、《包蕾国际童话选》。其中有关的国际题材的童话结合西方现实生活中的某些现象和当代科学技术的某些成就作艺术上的概括,并融入自己大胆而合理的想象创作而成,内容新颖、故事性强。自 1963 年调往上海美术电影制片厂任编剧以来,包蕾还创作了《猪八戒吃西瓜》、《三个和尚》等大量优秀的美术片剧本,曾多次在国内外电影评奖中获奖,为中国儿童电影走向世界作出了贡献。

在建国后成长起来的成就突出的浙江童话作家中,洪汛涛(1928—,浦江人)是以创作民间传说型童话而著称的。他在本时期出版有童话集《神笔马良》、《夜明珠》、《十兄弟》等。其《神笔马良》、《灵芝草》等主要作品,均在对民间传说、故事进行整理加工的基础上创作而成。成名作《神笔马良》讲述了酷爱画画的放牛娃马良在得到了一支神笔后,一心一意为穷苦的农民作画并给他们解决了许多困难,同凶恶、贪婪的财主、皇帝展开斗争并最终取得了胜利的故事。故事在民间传说的基础上结合一定的时代背景与自我感受,围绕神笔而展开,在充满浓重幻想色彩和神异夸张效果中呈现绚丽多姿的艺术风格。作品着力刻画的主人公马良聪明、机智、勇敢、敢于同恶势力作斗争,深受读者喜爱。《神笔马良》先后出版过几十种中、外文版本,由作者改编的儿童电影《神笔》更是扩大了作品的影响,曾获文化部 1949—1955 年优秀影片一等金质奖章等多个国内外奖项。洪汛涛的民间传说型童话在题材、形式、人物、结构、语言等方面全方位地体现出浓烈的民间文学色彩，同时又有意在作品中融入全新的现代思想内容，体现了他在民族化与现代化结合方面所作的贡献。

陈玮君（1923—，江苏省泗阳县人）是专事民间童话创作的著名作家，长期在浙江工作。从 50 年代开始，陈玮君在旧的民间故事基础上发掘新的主题，创作了《龙王公主》、《桃花水母》等童话。其中《龙王公主》影响较大，它以民间传说惯有的乐观、明朗的格调，塑造了善良、聪慧、勇敢和富有斗争精神的龙女形象。语言简洁，节奏明快，情节多次反复重叠，较多地保留着民间传说的面貌。

瑞安作家彭文席的低幼儿童话《小马过河》自 1955 年在《新少年报》发表以来，艺术生命在近半个世纪里经久不衰。作品展现的是一匹不会独立思考的小马初次过河的体验。大水牛和小松鼠截然不同的回答令它感到困惑，在妈妈的指点下小马亲自下河试了试，"原来河水既不像老牛说的那样浅，也不像松鼠说的那样深"。故事在简单有趣的情节中蕴含遇事既要听取他人意见，又要自己开动脑筋的生活教训。该作品被编入小学语文教材，还曾被翻译成 14 种语言，被改编描绘的版本有几十种之多，在国内外广有影响。

以儿童小说创作见长的任大星，创作了《大街上的龙》、《曾天纯的那朵云》等近 10 个优秀的短篇童话。他的童话与传统的由仙女、王子、公主等构成的童话有着很大的不同，将小说的写实性与童话的非写实性自然融合，在真实与虚幻之间以想象的逻辑维系童话情节的演进，追求一种奇异空灵而合情合理的美学效果。这类被称为"新童话"的童话一度挽回了 60 年代中国童话的颓势，使童话领域出现某种新气象。

在儿童诗领域，浙江的儿童诗作家以欢快明朗的笔调创作了一大批洋溢着爱国主义、国际主义热情的反映新一代少年儿童现实生活的诗作，他们追求个性化的儿童诗创作在我国儿童诗领域各具特色。

以童话见长的金近在 50 年代出版有《在我们的村子里》、《我真想入队》、《小队长的苦恼》等儿童诗集。其儿童诗有讽刺也有歌颂。他的讽刺是善意的讽刺，借助诙谐幽默、夸张荒诞的手法记叙生活中的儿童和他们身上的缺点，因而被称作"温和的讽刺诗"。《小队长的苦恼》是这方面的代表作，作品讽刺的是尚处成长过程中的小队长脱离群众的主观主义工作方法，但作者在处理上有意正面肯定了小队长工作热情负责的本质上的优点，因而使诗歌充满了良好的精神基调。金近歌颂性的儿童诗大多反映 50 年代少年儿童积极向上的风貌,主要有《我做了记工员》、《在我们的村子里》等。童话诗《春姑娘和雪爷爷》在他的大量作品中显得别具一格,以美丽奇幻而著称。作品继承我国古代神话的表现手法,极度渲染神奇的幻景和欢乐的氛围,显示了浓郁的中国作风和中国气派。总体而言,金近的儿童诗语言纯朴、感情真挚,诗风单纯明快,带有较重的民谣味。

圣野和鲁兵在我国儿童诗领域有着举足轻重的地位,建国后尤其是 50 年代,创作了大量优秀的幼儿文学作品,为我国低幼文艺的繁荣发展作出了重要的开拓性贡献。

1957 年 7 月,圣野终于实现了自已终生从事儿童文学编辑工作的梦想:来到少年儿童出版社,任《小朋友》杂志的编辑工作。诗人的才情如泉般喷涌,建国后 17 年间出版了《欢迎小雨点》、《排排坐》、《布娃娃过桥》、《奶奶故事多》、《和太阳比一比》等 11 本儿童诗集。圣野的儿童诗既富儿童情趣,又饱含深邃的意蕴,诗人崇尚自然、不求雕饰的诗风给人以愉悦的美感,总体风格如樊发稼所言:"平中见奇,活泼中求深沉,寓丰富纷繁于简朴清新。"[①]诗集《欢迎小雨点》是圣野建国初期儿童诗创作的代表作,它以素净淡雅的行文风格著称,颇能显现诗人超脱烦嚣的胸臆。1962 年发表在《人民日报》上的《夏天》是本时期给人印象最深的诗作。诗人把夏天想象成一个给大地播撒绿色的"绿孩子",夏天的到来给自然界带来了勃勃生机。诗歌比喻新颖贴切、笔调清新动人、语言含蓄优美,近似白描。编辑之余,圣野在故事诗的创作方面也投入了大量的精力,《姐姐》、《做完一件再做第二件》等故事诗情节引人入胜、语言风趣幽默,都是受小读者欢迎的佳作。新时期以来,圣野更是诗思飞扬、激情勃发,写下了大量歌颂祖国、歌唱儿童的优美诗篇,出版了《春娃娃》、《神奇的窗子》等多部儿童诗集,《湖上灯会》、《爱哭的小老虎》等幼儿文学作品选集。组诗《春娃娃》是圣野新时期低幼儿童诗的代表作,标志着诗人艺术风格的成熟。收入的《春娃娃》、《夏弟弟》、《秋姑姑》、《冬爷爷》四首童话诗分别描写春夏秋冬四季景色,诗中让春夏秋冬四个拟人化的童话形象分别身着红、绿、黄、白四色服装扮演快乐的小姑娘、活泼的绿孩子、忙于收获的姑姑以及和蔼慈祥的老爷爷。语言质朴清新,想象丰富瑰丽,意境优美新奇,把自然常识和有趣的情节融为一体,如一幅绚丽多姿

---

① 转引自蒋风为《中国儿童文学大系·诗歌卷》(希望出版社 1990 年版)所作的导言。

的自然画卷迎面舒展而来。

多年来,圣野在散文诗领域的创作不断,从 40 年代末创作表达憎恶黑暗、向往光明的《笔》《伞》等,到新时期的大量诗作,直至儿童散文诗集《犁犁的故事》的出版,逐渐形成了一条较为明晰的发展轨迹。他还把那些令人感动的儿童生活加以诗化,并自称这些描写儿童生活的诗歌为"快乐的小诗"。从教育儿童的角度出发,圣野也创作了一些侧重教育性的儿童诗,《雷公公和啄木鸟》十分典型,以故事情节的精巧构思和艺术形象的逼真再现著称。1999 年,圣野出版了自称为"生命的缩微本"的微型诗集《芝麻花开》,这些包括哲理微型诗和儿童微型诗在内的诗篇是圣野对诗歌执著一生的心路历程,800 首长度从一至三行不等的无题精短诗篇"璀璨如粒粒珍珠"(樊发稼语),从中迸发出的是诗人灼灼的思想火花。

驰骋于祖国西南和抗美援朝战场的鲁兵,仍为少年儿童创作了以《打在背包里的诗篇》为总题的不少散文诗。1955 年转业至少年儿童出版社后,鲁兵全身心地投入了幼儿文学的创作。他是一直把幼儿当成具有审美要求和审美心理的一群特殊读者的,幼儿故事、幼儿诗歌等都是他所钟情的创作样式,其中尤以幼儿诗歌方面的成就最为突出。50 年代出版的儿歌集《唱的是山歌》收入了《小山羊》《太阳公公起得早》等诗意、童趣兼备的儿歌,鲁兵还为它配上了插图。儿童诗集《大力士》在工业题材创作方面作出了成功的探索。新时期以来,鲁兵出版的作品集有童话选集《掉到月亮里去的富翁》、儿童诗歌集《不知道和小问号》、儿歌集《好乖乖》、寓言选集《寓言的寓言》等。为了适应少年儿童对儿童文学情节性的要求,他运用了故事诗与童话诗的形式。鲁兵的故事诗讲究情节的奇特性,如《小刺猬理发》运用小刺猬和小娃娃这两个不同的形象,道出了勤理发、爱清洁的好处。对童话诗这一形式的运用则可以追溯到五六十年代,当时他曾将童话《大珠子》改成诗《不落的太阳》。大量纯粹的童话诗创作则始于 80 年代,并逐渐占据了鲁兵诗歌创作的重大比重,出版有《鲁兵童话诗选》。其中直接取材于孩子生活的童话诗《小猪奴尼》以"爱清洁,讲卫生"为题材,写小猪奴尼从不肯洗澡到"要学会自己洗"的转变过程,作品构思新颖、形象令人耳目一新。鲁兵还主编过《365 夜》《365 夜故事》《365 夜儿歌》《365 夜谜语》《中国幼儿文学集成》(十卷)等幼儿文学选本。其中的《365 夜》是他为家长和教师提供讲故事的"话本"的首次尝试,出版后成为全国最畅销的幼儿读物。

田地在新中国成立后走上了《儿童时代》杂志的编辑岗位。50 年代是他儿童诗创作最为旺盛的年代,先后出版了《南瓜花》、《我们是真正有志气的人》、《明天》、《轮船就要开了》、《他在阳光下走》、《小树叶》等儿童诗集。在新时代的感召下,田地在艺术风格上也一改往日沉郁灰暗的色调,呈现明朗清新的亮丽诗风。抒情诗《祖国的春天》是一首颂扬祖国新貌的赞歌,朴素的语言中誉满了爱国深情。诗人把春天比作一个"美丽、幸福的小姑娘",以童话的手法将理想与现实糅合在一起,歌颂祖国热火朝天的现代化建设和日新月异的变化,赞美祖国多姿多彩的自然风光,反映新时代中的人民要为祖国"献出所有的力量"的心声。节奏明快、语言浅白、童趣盎然。然而,1957 年田地被错划为右派而遭流放,在此后的二十年中田地虽然创作了不少儿童诗,但往往着意于突出主题几无儿童特点可言。

杜风(1925—　,上虞人)和吴少山(1923—,遂昌人)在儿童诗和儿歌领域收获颇丰,且各有特色。他们的儿童文学创作均始于 50 年代初,都对幼儿文学创作特别是对儿童诗和儿歌情有独钟,相比之下,杜风涉及生活故事、童话、幼儿诗、儿歌等多种体裁,吴少山则基本集中在幼儿诗与儿歌上。50年代是杜风儿童文学创作的活跃期,以写儿童小说和儿童故事为主,较为直白,其八九十年代以幼儿文学为主的创作则在轻松的气氛中透射出含蓄美,出版有作品集《杜风作品选》(1995),包括小说、寓言、诗歌、低幼儿故事等类型。吴少山的创作精力几乎全部集中在幼儿诗和儿歌上,出版有《儿童诗一百首》(1999),其诗作浅显、顺口、优美、抒情,主题明朗,还有浓郁的生活气息和地方特色。

寓言在我国文学史上有着光辉的地位。就浙江而言,本时期金江等人的寓言创作,初步显示出浙江寓言在全国的重要地位,并为此后浙江寓言在全国树立统领地位奠定了坚实的基础。

金江(1923—　,温州人)是我国本时期出现的最有成就的寓言作家之一,被誉为新中国寓言创作的开篇人。他于 1954 年发表在《大公报》上的《乌鸦和画家》、《批判家》、《小鹰试飞》、《两段木头》等四篇寓言是中国当代最早出现的寓言。此后金江继续保持了旺盛的创作力,至 1958 年被错划为"右派"的短短五年间,就出版了《小鹰试飞》、《乌鸦兄弟》、《知道了》、《好好先生》、《狐狸和螃蟹》等五个寓言集以及《会飞的公鸡》等童话集。金江的寓言是对日常生活经验的理性总结,形象生动的语言和简洁明快的故事中透射出浓郁的儿童情趣和深刻的哲理意味。《乌鸦兄弟》是本时期金江寓言的代表作,故事简单精致而寓意深刻,艺术性和思想性兼顾,十分受小读者的欢迎。1956 年金江参加浙江省文联并任儿童文学组组长,为我省儿童文学事业作出了贡献。

儿童科学文艺在我国起步较迟,却有着大起大落的发展历程。建国后现代科学技术的发展和人们科技观念的加强,使我国的科学文艺在五六十年代起步并迅速形成创作的第一次高潮,新时期以来又有所发展。在儿童科学文艺创作队伍中,浙江的鲁克与叶永烈无疑是其中较有影响的作家。

鲁克(1924—),原名邱建民,镇海人。建国后长期从事编辑出版工作,业余致力儿童文学创作。受 50 年代中期凡尔纳著作在少年读者中反响强烈的影响,鲁克开始专门为孩子们创作科学童话。他前期的科学童话基本围绕动物的生态习性展开,题材面显得较为狭窄。但他十分重视作品的结构安排,《小黑鳗游大海》、《谁丢了尾巴》等把知识巧妙地融会在有趣的童话情节中,一发表就在小读者中产生了广泛的影响,从而奠定了他作为科学童话家的地位。《小黑鳗游大海》采用"奇遇"这一童话惯用的情节模式,通过小黑鳗在大海所见,串珍珠般地介绍了海葵、寄居蟹等海洋生物的生态习性。而介绍动物尾巴功能的《谁丢了尾巴》同样在结构安排上使出"奇招",以小猴寻找尾巴失主的活动过程贯穿全文,达到介绍动物尾巴功能的目的。一时间我国童话界出现了大量"借耳朵"、"借眼睛"之类的模仿之作,由此可见这篇科学童话的巨大影响力。鲁克的《小黑鳗游大海》和《谁丢了尾巴》在很大程度上代表了我国五六十年代科学童话创作所达到的艺术水平。新时期以来,鲁克较多地把抽象的数字、太空卫星等题材纳入作品,改变了动植物生态习性一统天下的局面,建立作品多元结构体系而非以往"串珠式"的单一模式,有意淡化作品的教育性趋向文学艺术的审美追求。他在新时期出版的作品集有《谁丢了尾巴》、《小黑鳗游大海》、《山鼠敢死队》、《闪光的蛇宝石》、《鲁克童话新选》、《魔术师格格和小魔术迷笑笑》等。除科普创作外,鲁克还作有长篇童话《最后的一个梦》,主编了《童话选》、《科学童话选》、《365 夜知识童话》(上、下)等大型选集,其中的《科学童话选》是我国编选出版的第一部大型科学童话集子,中外 51 位作家的 65 篇优秀作品从不同角度反映了当代科学童话的面貌。1990 年中国科普作协表彰其为"建国以来成绩突出的科普作家"。

叶永烈(1940—),温州人。从小热爱文学,1963 年北大化学系毕业后毅然选择进了上海科教电影制片厂任编导,从而开始了他在文学路上的探索。其实 1960 年出版的科学小品集《碳的一家》作为叶永烈的第一本著作就已标志着叶永烈正式跨入了儿童文学界。次年 21 岁的他成为《十万个为什么》丛书的主要作者,显示了叶永烈在文学尤其是科学文艺方面突出的才华。此后他在科普写作领域一直保持了十分旺盛的创作力,出版了《余属的世界》、《燃烧之后》以及科学童话集《烟囱剪辫子》、《铁马飞奔》,科普读物《化学元素漫谈》、《塑料的世界》等作品集即使是在"文革"期间,叶永烈仍有不少作品问世,虽在特定时代里写得较为拘谨,但体现了一名科普工作者难能可贵的精神。叶永烈在新中国前期基本停留在通俗科普读物的创作阶段,作品的文学性相对较弱,但博学多产为他新时期创作的全面勃发奠定了坚实的基础。新时期以来是他创作的旺盛期,以作品数量多、内容广泛新颖、形式丰富多变著称,出版有《水晶宫的秘密》、《丢了鼻子以后》、《世界最高峰的奇迹》、《圆溜溜的圆》、《谁的脚印》等作品集。他的包括科幻小说、科学童话、科学小品、科学相声、科学寓言、科学诗等体裁在内的大量作品向我们呈现出一个斑驳纷呈的知识与文学结合的世界。其中的代表作、中篇科幻小说《小灵通漫游未来》曾以逾百万的发行量创造了儿童文学出版界的一个奇迹,作品还被译为多种文字流传海外。《小灵通漫游未来》通过叙写小记者"小灵通"在"未来市"访问期间的所见所闻,巧妙地融科学知识与有趣故事于一体,为小读者们展示了人类未来生活的方方面面。作者据此创作了它的续篇《小灵通再游未来》、编写了电视系列片《小灵通》,大大扩大了作品的影响。叶永烈还是"科学寓言"这一形式的最早尝试者,著有科学寓言集《侦探与小偷》。90 年代叶永烈开始频频"触电",他担任编剧的卡通系列历史故事片《中华五千年》、卡通武侠长片《神笔大侠》、大型神话电影《大闹天宫》等相继问世。叶永烈还主编了《中国科学小品选》、《中国儿童文学大系·科学文艺卷》等大型选本。他的科幻作品真正做到了融深奥的科学知识于生动的文学载体,是一位广受欢迎的科普作家。他和他的作品在每一次"科幻热"中都起了直接的、主导的推动作用。他在我国科学文艺发展史上所作的开拓性、引领性的贡献必将产生更为深远的意义。

四　新时期的重建和辉煌

新时期我国的儿童文学面临改革、开放的新形势,获得了前所未有的发展。以 1978 年 10 月在庐山召开的全国少年儿童读物出版工作座谈会为转折点,开始了一个被称为"儿童文学的春天"的全面辉煌时期。浙江的儿童文学在这一时期也进入了全面收获期：专业理论队伍形成，理论工作者继承自五四以来由鲁迅、周作人、茅盾等前辈作家开创的理论研究传统，奋力开拓，勇于创新，取得了令其他省份不可及的丰厚成果；专业出版社的成立以及多种儿童文学报刊的创刊为培植儿童文学创作新人、繁荣浙江本土儿童文学创作提供了坚强的阵地保障；创作上的群体优势地位似较前稍逊，但在一批全国知名的浙籍作家的努力下，仍在小说、童话、幼儿文学、寓言创作领域保持了一定程度的优势地位。

　　新时期浙江的儿童文学理论研究在全国的领头地位依然不容置疑。一支高水准的研究队伍一直保持着活跃的研究态势，显示出此时浙江儿童文学理论研究的整体实力。研究范围涉及儿童文学基本理论研究、中外儿童文学史研究、当代儿童文学思潮和作家作品的研究等诸多方面，几乎涵括了儿童文学研究的各个领域。出版的重要著作有蒋风著《儿童文学概论》(1982)及其主编的《中国现代儿童文学史》(1986)、《中国当代儿童文学史》(1991)，韦苇编著的《世界儿童文学史概述》(1986)及其所著的《外国童话史》(1991)、《西方儿童文学史》(1994)、《俄罗斯儿童文学论谭》(1994)，黄云生著《幼儿文学原理》(1995)、《人之初文学解析》(1997)，方卫平著《中国儿童文学理论批评史》(1993)、《儿童文学接受之维》(1995)、《法国儿童文学导论》(1999)，吴其南著《中国童话史》(1992)、《转型期少儿文学思潮史》(1997)、《德国儿童文学纵横》(1996)，孙建江著《二十世纪中国儿童文学导论》(1995)、《童话艺术空间论》(1990)、《意大利儿童文学概述》(1999)，张之伟著《中国现代儿童文学史稿》(1993)等，有多项成果填补了我国儿童文学研究的空白。一个数据或许更能说明问题：在新时期以来全国颇具规模和影响的5套丛书（"中国当代中青年学者儿童文学论丛"、"中华当代儿童文学理论丛书"、"世界儿童文学研究丛书"、"跨世纪儿童文学理论丛书"、"儿童文学新论丛书"）共计34本理论著作中，浙江就占了16本。而为我国儿童文学事业作出突出贡献的蒋风，还主编了《中国儿童文学大系·理论卷一》、《中国儿童文学大系·理论卷二》。1998年9月蒋风有幸成为世界上最具权威的儿童文学研究奖——"国际格林奖"的9名评委之一。创办于1979年的浙江师范大学儿童文学研究所，是这支研究队伍的核心与骨干，上述研究成果多数出自这个研究所。它是我国高等院校中最早成立的儿童文学研究机构，经过二十余年的建设，目前已成为我国儿童文学理论研究和人才培养的重要基地，日本学者认为它"实际上已成为中国儿童文学研究中心"。理论研究方面还值得一提的是,一批外地浙籍老作家纷纷在各自熟悉的创作领域进行理论总结,同样取得了辉煌的成绩,他们的著作为繁荣我国儿童文学创作提供了宝贵的艺术经验。主要有任大霖的《儿童小说创作论》(1987),任大星的《漫谈儿童小说创作》(1980),叶永烈的《论科学文艺》(1980),圣野的《诗的散步》(1983),洪汛涛的《儿童·文学·作家》(1982)、《童话字》(1986)、《童话艺术思考》(1988)等。

浙江少年儿童出版社的创建(1983 年 3 月)以及《小螺号》(后改名为《幼儿智力世界》)、《当代少年》(现已停刊)、《寓言》(现已停刊)、《少年儿童故事报》、《小学生时代》、《幼儿故事大王》、《中外童话》(与山西希望出版社合办)等多种儿童文学报刊的创刊,为繁荣浙江本土儿童文学创作、培育儿童文学新人作出了不可磨灭的贡献。其出版的《龙蝙蝠》、《世界童话名著》等多种图书在国际、国内图书评奖中获奖。它自 90 年代以来为本省的 8 位儿童文学新老作家(田地、沈虎根、倪树根、张微、李燕昌、李建树、余通化、龚泽华)出版自选集,较为全面地展示了浙江儿童文学创作的实绩,扩大了浙江儿童文学创作的影响。其推出的"中国科幻创作丛书"、"红帆船儿童诗丛"、"中国幽默儿童文学创作丛书"、"寄小读者散文丛书"等都是在全国产生一定影响的出版举措。有学者认为该社 1999 年推出的"中国幽默儿童文学创作丛书""站在提升整个中华民族未来一代精神素质的制高点上,理直气壮地将幽默精神这一美学旗帜插上了当代儿童文学创作的巅峰","是一种具有深刻的人文精神与文化眼光的出版理念和行为哲学","将对世纪之交乃至已经到来的新世纪儿童文学的文化品位和审美走向产生实质性影响"①。

新时期浙江儿童文学创作队伍的骨干力量由 50 年代走上文坛的儿童文学作家和在新时期异军突起的青年作家共同组成。就创作而言,小说、童话、幼儿文学、寓言创作实绩最为显著。

儿童小说创作的队伍和实力最为整齐,拥有李建树、张微、沈虎根、谢华等全国著名的作家。李建树(1941—　),原名李安芳,曾用笔名国勋、李剑等,宁波人。1982 年开始儿童文学创作,其儿童文学创作涉及小说、童话、故事、散文等诸多领域,但以少年小说创作最见功力,不少作品对我国新时期儿童文学的艺术发展产生过一定的影响。出版有小说集《走向审判庭》,中篇小说《旺堆的世界》、《外面的世界》、《斜眼达达》,中短篇小说集《青春大

①　王泉根:《高扬儿童文学幽默精神的美学旗帜——兼评〈中国幽默儿童文学创作丛书〉》,《文艺评论》2000 年第 3 期。

梦》、《李建树儿童文学作品选》等,其少年小说创作沿着时代潮流走出了一条属于自己的路。80 年代,他怀着强烈的社会责任感努力表现"变革时代的时代精神",在作品中塑造了一批富有进取精神和现代意识的当代少年形象,具有强大的震撼力。小说集《走向审判庭》收入了作者 80 年代创作的主要小说作品,颇能体现作者的这一追求。其中《蓝军越过防线》中的主人公张汉光就是一位颇具典型性的"新质型人物",他在学校的军事野营活动中以具有现代意识的指挥和管理才能,带领蓝队取得了最后的胜利,小说成为变革时代对于具备开拓、创新意识人才的强烈呼唤。《走向审判庭》中的刘英是具有不畏邪恶、勇于进击性格的一代新人,她能在层层压力下勇敢地与不合理现象作斗争,给人以振奋之感。从张汉光到刘英,李建树以略显凝重而亢奋的叙述笔调体现了变革时代的时代精神以及时代对新质型少年的渴盼。进入 90 年代以来,随着时代精神内涵的变更,李建树校园小说的色调也变得更加多彩。他开始采用诙谐幽默的叙事风格来表现当代少年丰富的人生内容,幽默成为其小说创作的主导叙事风格。其幽默来自一本正经的叙述,流畅的语言、夸张的手法、个性分明的人物形象构成了他从容中见俏皮的幽默叙事特色。《校园明星孙天达》描述了中学生孙天达作为一名"差生"的成长过程,情节生动幽默,语言妙趣横生,人物真实可信,读来令人捧腹。采用类似笔记小说叙述手法写成的短篇小说《史官生》,将深刻性与幽默感较好结合的《淑女乔玫红的故事》,都是此类幽默风格创作中的佳作。除此以外,李建树还以凝重、质朴的叙事风格创作了少量充满理性思辨意味的作品,显示了作者对不同叙事风格的艺术把握能力。短篇《生命诗篇》以略带抑郁沉闷的语调记述农村少年"立夏"和母牛"黑拖"的故事,寓示着生命的凝重与不朽。中篇《金十字架》围绕发生在宿舍里的金十字架和金项链遗失事件,刻画了家庭背景、内心世界各不相同的四个女中学生形象,她们对猜疑与偏见、自私与冷酷、自尊与坦然、单纯与冷静等人类品性进行了很好的诠释。

张微(1935—),原名张效,杭州人。50 年代初开始儿童文学创作。其创作的儿童小说从题材上看主要有两大类。一类是他根据解放前亲历的流浪生活创作的短篇《大书先生》、中篇《天堂小五义》等,刻画了一群在黑暗中挣扎、最终又被黑暗所吞噬的城市流浪儿形象,"展示出那个特定时代、特殊环境中的少年儿童人性、人格的光辉和人道精神"①。另一类也是最主要的一类是反映当代少年生活的小说,代表作有《他保卫了什么》、《红宝石》、《我发誓……》、《请你永远忘记它》、《关键时刻》、《折不断的翅膀》、《春疯秋癫》、《雾锁桃李》(长篇)等。张微自称是一个"被现实驱赶着推动着写作"的人②,关注"中学生的现实",揭示学校教育中一些具有普遍意义的矛盾,通过作品来"干预"中学生的生活,写他们正在思考的问题,正是张微创作的主要追求。但在其创作中,此种"干预"经历了一个由表及里、逐渐深入的过程。他早期的作品如《他保卫了什么》、《红宝石》等虽因崭新的表现角度、鲜明的时代特征而曾引起人们的广泛重视,但所塑造的少年儿童形象多少带有模式化、概念化的痕迹,与现实生活中的少年尚有一定的距离。而《我发誓……》写社会上盛行的"关系学"对孩子的不良影响,始显出深刻性。到了 80 年代中期,张微意识到应在广泛的时代背景中自觉探索当代少年丰富而复杂的心灵世界③,写出《请你永远忘记它》和《关键时刻》等作品,则标志着其创作的深化。《请你永远忘记它》的小主人公柯芹曾因偷窃而受过学校处分,然而传统的教育模式使她永远也不可能让老师和同学以普通人看待她。当班级里有一起失窃事件发生时,她毅然做出了"代人受过"的举动,并从内心深处对所有的人发出了"请你忘记它"的呼号,读后撼人心弦。《关键时刻》描写的是中学生们在毕业前夕的"关键时刻"的生活,作者把同学间纯洁可贵的感情与学校教育中的弊端之间的矛盾作了细致入微的刻画。处于矛盾旋涡中心的是热爱班集体的班长与卫生委员,他们之间的纯真友谊遭曲解,随后便引发了不同寻常的"班长打人事件"。作品把少男少女在精神上所受的屈辱与创伤以及他们对理解与沟通的期盼活生生地揭示在读者面前,具有强烈的艺术冲击力。在《折不断的翅膀》、《春疯秋癫》等篇中,作者更是艺术地再现了应试教育模式下孩子们的生活原生态。长篇小说《雾锁桃李》写的仍是作者熟悉的学校教育问题,其贴近少年心灵式的写作在一个较大的摄取幅度中得到了更为充分的表达。小说着力刻画了几位在学校的高分竞争中心态被扭曲的少女形象,她们经历不同、性格迥异却都有着一个令人叹息的悲剧性命运,小说对当代少年普遍命运和存在状态的探讨和反思充满了

---

① 黄云生:《张微少年小说的探索意识》,《黄云生儿童文学论稿》,漓江出版社 1996 年版,第 97 页。

② 张微:《无奈的轨迹》,《儿童文学研究》1993 年第 3 期。

③ 参见《照见了自己以后——关于〈请你永远忘记它〉的思索》,《儿童文学选刊》1983 年第 3 期。

思辨色彩,对当代少年自身存在权利的呼唤富有时代意义,是 80 年代后期浙江少年小说创作陷入低谷时期出现的少有的佳作。

以写学徒生活题材的儿童小说见长的沈虎根,在 80 年代进入了一个新的创作高潮期。最能体现作家自身特色的仍然是表现旧社会学徒生活的一组作品,《还我权利!》《密定》等篇以作家亲历的生活为素材,真实地记录了受奴役、受侮辱的学徒生活。但此时作家对新社会学徒的新生活也给予了较多的关注,在《导师》、《"小鬼"坐大堂》等篇中以明朗的色调描绘了一幅幅在新社会当家做主的学徒生活新图景。新旧社会学徒截然不同的命运在作家的笔下有了较为完整的体现。在 1983 年出版的传记文学作品《我这一家人》以及《童年拾零》、《昨天与未来——童年纪事》等散文中,作者还以质朴的语言和细腻的情感,叙写童年的痛苦与欢乐,回忆那时的国乱与家难,以及前辈人的美德对自己的影响,同样有着感人的艺术魅力。这一时期他还搞起了动物题材创作,出版有作品集《雁·狗·猫及其他》。其动物题材作品是天真的童心、幽默的语言、动物知识的情趣和哲理性的思考的结合体。他笔下有背叛养母而认敌为母的小狗黄黄;有恪守职责坚持正义却遭同类排斥的牺牲者雁奴队长天目;有对人类忠心耿耿却被人类中用心险恶者置于死地的黑狗;还有变态的猫、甘愿被囚的黄莺……作品或单纯描写动物世界,或描写动物与人的关系,但在浅白的动物故事中饱含深邃的人生哲理,是借动物以示人生。作品的基调是沉郁、深刻,包裹了一种古老的悲剧色彩,但凝重的忧郁和淡淡的哀愁中又蕴藉着无限的力量与激情,那是作者对社会和人生所作的艺术诠释。此外,沈虎根还出版了儿童文学评论集《儿童文学使我快乐》,文章涉及有关儿童文学、儿童读物及其出版、儿童教育等方面,显示了一位在创作上有成就的老作家的理论素养。

谢华(1948—　　),原名谢媛媛,衢州人。大学期间开始儿童文学创作,至今已发表了童话、小说、散文、报告文学等约 80 万字作品,出版了低幼儿作品集《星星信》、短篇小说集《大合唱》、中篇童话《墙上的鱼》、中篇小说集《情感问题》等。谢华的小说创作始于 80 年代初期,以"量少质高"著称。初期从事短篇小说创作,《小桥吱呀吱呀》、《春天里的故事》等以清新、柔美、细腻见长,是作者对人生、对理想的自然抒怀。90 年代以来,对作品的驾驭能力更加成熟,涉足中篇小说创作同样获得了成功。小说的艺术姿态发生了一定的转变,一种轻松幽默、平实简练的叙述风格逐渐形成。从早期作品的细腻、柔美到 90 年代以来幽默、洒脱、轻松叙事风格的形成,谢华成功地完成了艺术探索与转变。短篇方向，从《校园笔记二则》到此后的《阿跳》、《错误游戏》等都以热闹的轻喜剧氛围，夸张的漫画式笔法刻画人物、表现人物丰富微妙的内心精神世界；《刚的塔》、《楼道》、《今天好大风》等作品则在艺术上偏于含蓄委婉地表现一种深刻的意味。中篇小说《远山》、《甲乙丙丁》、《情感问题》、《毛妹》的问世体现了谢华在这一新领域的探索精神。《远山》记叙的是一位农村孩子向往城市、体验城市生活后又回到农村生活的经历，它告诉我们："远山"所象征的农村与城市之间的隔阂不是轻易能够消除的。《甲乙丙丁》讲述的是发生在甲、乙、丙、丁四位师生间的有趣故事，彼此间的那份信任与融洽令人感动。《情感问题》通过几个调皮学生的眼光表现老师的情感问题，使这个原本严肃沉闷的话题始终被一种轻松幽默的气氛所包裹。《毛妹》塑造了一个性格复杂的主人公，她既粗暴又善良的个性在被关爱的过程中逐渐得到了完善，故事充满了温馨感人的力量。她在短、中篇校园小说中一直进行着"或庄或谐"两种风格的尝试，并都取得了成功。身兼教师与作家双重身份的优势，使谢华笔下的校园生活显得绚丽多姿而又真切自然。

此外，余通化、龚泽华、袁丽娟、张婴音、王申浩、张彦、叶宗耀、徐迅等的儿童小说创作也较有特色。余通化善于在小说中提出一些在学校生活中虽司空见惯却耐人寻味的问题，如《全数通过》、《勇气》；龚泽华儿童小说中最见特色的是以家乡的江湖大海为描写对象的一类小说，作者在《海，是我们自己的》、《"鳖王"的儿子》等小说中塑造的个性豪放粗犷的渔家子弟形象给我们留下了深刻的印象；袁丽娟的小说抒情风格浓郁，其儿童小说集《清凉的九曲溪》、中篇小说《梦回芳草地》等作品文字清丽朴实、意味深刻隽永、乡土气息浓厚，是作者对自己童年、故乡的深情回忆；张婴音在《罗老师的月亮》、《问题女孩》、《留守父女》等校园题材、家庭题材创作中，显出轻松的喜剧色彩和细腻的俏皮情趣；王申浩的农村乡土题材小说独具特色，其《父亲和土地》、《小沙锅、小铜锣和他们的"珍珠河蚌店"》、《卖梨》等小说以写实手法塑造的农村儿童新形象给人印象深刻；张彦的儿童小说或荒诞出奇（《通天彻地大班长》），或设悬入胜（《疯叫声声》），十分注重作品的可读性；叶宗耀创作过不少感人至深的农村题材小说，如《上城》。徐迅的儿童小说有着一定的乡土背景，作品描写乡村孩子的快乐与忧伤，出版有短篇小说集《飞来的雪团》。

浙江童话界的作家不是很多，却因冰波、倪树根、夏辇生等顶尖作家的存在而显突出。冰波(1957—　　)，原名赵冰波，杭州人。他的创作以童话为主，从 70 年代末至今已出版长、中、短篇作品集，长、短篇系列卡通，短篇幼儿文学画本等 100 余本，代表作有童话集《窗下的树皮小屋》、《毒蜘蛛之死》、《冰波童话》、《蓝鲸的眼睛》及中篇童话《怪蛋之谜》、《红蜻蜓，红蜻蜓》，长篇童话《狼蝙蝠》等。冰波是我国"抒情派"童话的代表作家，他是在 80 年代中后期那场轰轰烈烈的探索热潮中完成艺术风格转型并登上中国"抒情派"童话首席代表的位置的。他在童话创作中融入的独特的审美认识和表现使他的作品呈现出独特的创作个性和迷人的艺术风格。其早期童话是温馨至纯的诗，是恬淡幽雅的画，蕴藉着作者细腻温和的艺术感觉和对爱与美的理想境界的呼唤与追求。在他一系列以温婉、柔美、典雅、清丽的抒情风格为特征的童话作品中，有些题目本身如《秋千，秋千……》、《晚安，我的星星》就涌动着清新怡然的抒情意味。作品的主人公多为秀美可爱的小松鼠、小黄鸟、小白兔；作者诗意的想象化令人产生愉快遐想的"树皮小屋"、"冬瓜吉他"、"梨子提琴"；轻缓的音乐、美丽的彩虹、彩色的流星共同构筑成一个个快乐世界……当然，冰波对抒情风格的探索决非表层意义的文体风格的追寻与技巧上的花样翻新，而是首先源于他全新的儿童文学观以及由此引发的对儿童文学创作的理解和体认的自觉，其选择是与 80 年代中后期热衷文学探索的时代精神相契合的。然而，冰波的童话风格并非一成不变的。他同时创作一种他所称的"'现代化'的童话"，这类童话"不但给少年带来轻松、快乐，同时，也带来深沉、严肃，带来思想的弹性，带来对人生、世界的思考"①。于是，《狮子和苹果树》、《毒蜘蛛之死》、《如血的红斑》、《蓝鲸的眼睛》等作品中，冰波将他"对人生、世界的思考"带入其中，童话呈现出较强的理性思辨色彩，并在童话形象、语体风格、艺术手法等方面作了较大的调整。作品中威武、孤独的雄师，迷狂、激愤的螃蟹，寂寞、悲凉的毒蜘蛛，凄惨、不幸的海鸥等意象本身就带给读者以沉闷郁积的氛围，充满了象征意味。从抒情童话到"现代化"的童话，由"爱"的主题到对人生、世界的理性思考，冰波的探索对促进我国当代儿童文学尤其是当代童话的发展起了冲击波的作用。但他的创作也曾因过度追求哲理意味而带有较多的艰涩突兀感，一度引起人们对于读者接受层次的思考。随着艺术上的日渐成熟，冰波对两个文学审美层面的把握也日趋熟练。《红蜻蜓，红蜻蜓》(中篇)、《狼蝙蝠》(长

---

①　冰波：《那神奇的颜色·作者的话》，《儿童文学选刊》，1987 年第 1 期。

篇)就是上述两种风格兼具的力作。《红蜻蜓,红蜻蜓》记叙了动物们寻找象征着幸福、吉祥的红蜻蜓的曲折而美丽的历程,作品表现了对和谐、安宁、友爱的生活理想的追求。《狼蝙蝠》想象大胆奇特,向小读者描绘了一幅中生代古生物的生活画卷,作品场面壮阔,气势恢弘,尽现物种漫长历史的沧桑感,能激发小读者对生命的深沉思索。冰波在幼儿童话创作方面也有不少佳作问世,如《桃树下的小白兔》、《长颈鹿拉拉》(中篇)等,出版有《小神仙和小仙女》、《秋天的童话》等幼儿童话集。老作家倪树根自 80 年代以来从早期的儿童小说创作转向以童话创作为主,也取得了令人瞩目的成绩,出版有童话集《甜葡萄王国里发生的怪事》(1989)、《月亮上荡秋千》(1991)、《有尾巴国和没嘴巴国王》(1992)、《一只会吐泡泡的老鼠》(1997)等,主持童话专刊《中外童话》的编务工作。倪树根有着良好的民间文学和传统文化素养,他有意对中国古代神话、民间传说进行扬弃、丰富、开掘和再创造,创作了大量"土"气十足而又最能体现他独特创作个性和艺术才能的童话。这类根植于民族文化的土壤、具有深厚的民族风格的童话正是他"在民族文化的基础上融合了他自己的审美个性而形成的"①。当然,在保持传统童话叙事特征的同时,他也努力吸收、借鉴了具有现代科幻色彩的想象、变形、夸张等手法,如《从月亮上飞来的歌》,采用了对比的叙事结构方式,通过"皇帝的女儿"、"富翁的女儿"、"穷渔夫的女儿"三位小女孩的生活对比,揭示"幸福"的真正含义。在语言的表述上追求回环往复、绘声绘色、朴实亲切的口语化效果,颇具民间文学的韵味。

夏辇生是一位富于创新精神的童话作家,其童话创作始于 80 年代初,90 年代逐渐形成特色。她的童话创作涉足多种体例,有意加强文学阅读中的游戏性、趣味性以及读者参与性,在我国童话园地里散发着独特的艺术魅力。主要作品有"魔方童话三部曲"(《蓝色钟声的诱惑》、《紧急追踪》、《冠军失踪以后》)、抒情散文童话《开满鲜花的小伞》、接龙童话《阿呆猫和聪明狗》、纪实童话《红柿子》、长篇童话《神秘的红蝴蝶》等,还出版了童话集《大皮靴行动》,其中分为抒情童话、生活童话、民间童话、科幻童话、动物童话、惊险童话和魔方童话七个系列。

浙江的幼儿文学创作在包蕾、圣野、鲁兵那里有着优良的传统。进入新时期以来,幼儿文学作为浙江儿童文学的强项之一在全国亦占有相当重要

---

① 黄云生:《倪树根童话的民族特色》,《黄云生儿童文学论稿》,漓江出版社 1996 年版,第 85 页。

的地位。一支由老中青三代作家构成的创作队伍实力强劲。

屠再华(1932—　,余杭人)、张彦、谢华分别出版了幼儿文学专集《小魔伞》、《山湖妈妈的孩子》、《星星信》。屠再华在幼儿散文方面的成绩尤为突出,出版有散文集《嘟嘟糖和小雪灯》,作品清纯、稚拙又有精致淡雅的抒情。张彦和谢华都是儿童文学创作的多面手,而在幼儿文学方面,张彦的儿童生活故事题材丰富、童趣盎然、轻松幽默;谢华则以低幼童话最见功力,代表作有《岩石上的小蝌蚪》、《小熊请客》、《星星信》等,作品构思精巧、想象丰富、文笔细腻又具灵秀的诗性品质,读后十分耐人寻味。杜风和吴少山在幼儿文学尤其在儿童诗和儿歌领域收获颇丰,分别出版有作品集《杜风作品选》、《儿童诗一百首》。八九十年代,杜风以幼儿文学创作为主,作品一改早期质朴直白的风格,在轻松的气氛中努力营造一种含蓄蕴藉之美;吴少山的诗则浅显顺口,适于诵读,优美、抒情,主题明朗,还有浓郁的生活气息和地方特色。王铨美、李想、金志强等都是实力派的低幼儿童话作家,作品以表现爱与美的追求而具有温馨感,并传递出博大宽广的艺术情怀。如王铨美的《可爱的家》、李想的《小猪的晚会》、金志强的《红红的小木屋》等,李想还出版了低幼儿童话集《大信箱》。画家兼作家王晓明则以"文画同体"的低幼儿文学创作在我国儿童文学界脱颖而出,但他的作品绝不是简单的文字加绘画,而是两者的完全融合。幼儿童话集《花生米样的云》收入了由他创作并绘图的12篇童话,作品中文学、构图、色彩共同构筑而成的艺术世界给我们带来了全新的视觉感受。作者以画的思维来拾掇文字,文字如画面场景的交替变化,幼儿的思维与想象必将得到大大的激活;而幼儿文学对形象性的要求与作品中独具的画面感相契合,使文学的内容与形式得到了扩展与充实。此外,田地、冰波、倪树根、雨雨等一大批不专事幼儿文学创作的作家均创作了大量幼儿文学作品。

浙江的寓言创作队伍实力强劲,以金江为首的一大批寓言作家在新时期以量多质高的创作显示了在全国首屈一指的整体水平。领衔人物金江作为我国寓言界具有巨大成就和重要影响的著名作家,在新时期又出版了《狐狸的"真理"》、《老驴推磨》、《寓言百篇》、《鸭子开会》、《猫的画像》、《猴子吹哨子》、《老鼠"理论家"》、《蜗牛登塔》等寓言集,作品在数量和质量上都超过了前期水平。他善于从我国古代寓言和冯雪峰、严文井等现代寓言作家的作品中得到借鉴和启发,又从伊索、拉·封丹、莱森、克雷洛夫等外国寓言作家的著作中汲取丰富的养料,由此逐步形成了集哲理智慧、时代人生、故事情趣于一身的创作特色。他的不少作品入选中小学语文课本、被拍成美术影片以及被译为多种文字流传海外。1991 年出版的《金江寓言选》较为全面地反映了金江的寓言创作状况,分 14 卷收入作者 50—80 年代发表的寓言作品。其作品还多次译成外文出版。

浙江寓言创作的繁荣同样离不开一大批中青年作家的辛勤笔耕。仅出版寓言集的作家就有徐强华(《床下钓鱼》、《菩萨出汗》)、邱国鹰(《大象和蚂蚁》、《狐狸打猎》、《狐狸卖聪明》、《蛤蟆大仙》)、陈必铮(《真理赶路》)、解普定(《乌龟爬天梯》)、瞿光辉(与人合作《狐狸的神药》)、孙建江(《雨雨寓言集》、《冬天的寓言》)、楼飞甫(《楼飞甫寓言集》、《秋天的寓言》)等多人。其中邱国鹰的系列寓言、孙建江的微型寓言都颇具特色。

浙江新时期的儿童诗创作领域,虽不断有老诗人的新作问世,却颇有新人匮乏之虞。除吴少山、杜风等作家在幼儿文学领域从事幼儿诗歌(包括儿歌)的创作外,专事诗歌创作者寥寥,仅有田地、赵哲权、雪野等人的惨淡经营。

饱经风雨的老诗人田地在新时期重又焕发勃勃生机,迎来了他继 50 年代第一个创作高峰后的又一个高峰。出版的儿童诗集有《冰花》、《动物园》、《快乐的中队》、《我爱我的祖国》等。田地的儿童诗诗题丰富,以歌颂党和祖国为主要内容,自然流露出诗人强烈的社会责任感,艺术上又充分发挥他所擅长的抒情技巧和叙事技巧,使读者在丰富深刻的意象中得到较大的审美满足。他的朗诵诗在少年儿童中更是有着广泛的影响,诗集《我爱我的祖国》收入了作者 1950 年至 1984 年间创作的 25 首朗诵诗,较为集中地展示了作者朗诵诗的成就,在众多儿童诗集书丛中,可谓开倡导之先河。作品在句型安排、词语选择上有意借鉴了视觉艺术、听觉艺术,诗句流畅,基调昂扬,节奏铿锵。

年轻一代的儿童诗作家中,从乡村大自然中获取诗情、形成秀美田园风格的雪野出版了《绿色的小耳朵》、《红枣树下的童话》等儿童诗集;"致力于儿童诗思想内涵及其审美深度的经营和追求"①的杨明火出版了儿童诗集《跌不碎的歌》等。

90 年代以来,浙江儿童文学界与电视艺术的结合日趋频繁。我省的一批实力派儿童文学作家纷纷"触电",在儿童文学作品与电视手段结合方面

---

① 方卫平、孙建江:《回眸九九——1999 年浙江儿童文学创作述评》,浙江文学院编《九九浙江文坛》。

迈出了坚实而成功的步伐。如李建树将自己创作的长篇小说《金十字架》改编为三集电视连续剧《高一新生》,夏辇生一人撰稿完成60集电视系列片《动画大观》,张婴音创作电视艺术片、专题片、散文,冰波创作了《小乌龟冒大险》、《特异小子》、《特异小丫》、《阿笨猫》、《大嘴蛙》、《九魂神龙》等大量电视卡通脚本。

　　我国的科学文艺创作一度低迷后在90年代中期再次升温,但这并没有在浙江儿童文学界得到积极的响应。身在异地的叶永烈已将主要精力放在成人文学创作上,鲁克也因年事已高而创作力有所不济,在本土的作家除李建树、龙彼德等偶尔为之外,真正做到长期坚持并颇有收获的仅有胡霜一人。胡霜创作了大量的科学童话、科学相声、科幻故事、知识儿歌等,出版有作品集《莲藕塘奇案》、《小侦探》、《淘淘历险记》、《灵灵警长探案》(上、下)等。作品往往在有趣的情节中兼顾浅显的科学知识和文学性与知识性。

修订后记

  作为浙江文学史上最辉煌的一段文学历史的总结,浙江 20 世纪文学史的叙写,对于完善和深化中国文学史建设、深层次总结中国新文学的历史经验有着显著的学术意义,对于检视浙江文学成就、弘扬浙江文学精神、推动当代浙江文学的发展,尤有重要意义。因为中国 20 世纪文学中的"浙江潮"现象,曾为学界广泛瞩目:浙江作家在中国新文学史上的显赫地位,不独以阵容壮观取胜,尤以名家辈出见长,素来有"三分天下有其一"之称,而且往往正是这一批功力深厚、目光如炬的浙江新文学作家,引领着中国现代文学新潮流。从这一区域文学现象入手,并从"史"的角度切入,重视历史文本的搜罗和爬梳,全面展示浙江 20 世纪文学的整体面貌,便获得了观照整体文学史的一个非常有价值的视角,同时也有助于浙江文学自身经验的开挖与积累。

  区域文学研究,尤其是对于在文学史上有着显赫地位的浙江新文学作家群体研究,一直是我们浙江师范大学现当代文学学科的重要研究方向和研究课题。我们自知负有继承前辈文化遗产的郑重使命,决心为流布先哲遗教而竭诚努力。本着这一目的,建构一部体系性的史著宏观把握百年浙江文学的整体进程,就是我们多年来的心愿。当 1995 年浙江省哲学社会科学"九五"规划课题启动时,我们便申报了《浙江 20 世纪文学史》研究课题,不意一举中标,并被列为重点课题。于是我们投入较大研究力量从事这一课题研究。从课题立项到最终完成,历经五年时间。同仁们从浩如烟海的文学史料中,进行搜寻梳理、分析研究,分门别类阐述文学思潮、作家作品,撰成了一部自成体系的文学史著。书稿于1999年底脱稿,2000年12月由中国社会科学出版社出版。我们不敢夸言这部史著已达到何等水平,加之课题涉及范围广,疏漏之处必在所难免,但自问做了一件前人没有做过的有益的工作,且以认真、负责的姿态投入此项工作,使史著初具规模,论述有所深入,这也许是足可自慰的。

从书稿出版到现在,又是七年过去了。其间曾受到一些好评,《中国现代文学研究丛刊》2002年第2期发表了王焱《评〈浙江20世纪文学史〉》的书评,对其作了较高评价;读者的反应也不错,购书较为踊跃,可见此书还是较受读者欢迎的。这使我们颇受鼓舞。另一个令我们欣慰的是,自2005年开始,浙江省为配合文化大省建设,启动了浙江省"历史文化研究工程",为我省的文化研究工作者在更大范围内、更高层次上研究浙江的历史文化提供了平台,这就为我们进一步完善《浙江20世纪文学史》的写作创造了极为有利的条件。此次我们以出版《浙江20世纪文学史》修订本的形式申报浙江省文化研究工程课题,便是基于如此理由:第一,此书出版较早,当时浙江省文化研究工程尚未启动。而就浙江的历史文化研究言,在中国新文学史上首屈一指的浙江文学有着特别重要的意义与价值,缺失这一块研究(没有将其列入"工程"的系列史著内),甚是可惜。为此,在原书的基础上作出修订,完成较为完备的《浙江20世纪文学史》,将其列入省文化研究工程,应该是不无意义的。第二,此书写作,在上个世纪末,当时的研究环境不及现在正在大规模开展浙江历史文化研究,资料收集不够齐全,对文学历史和作家作品的认识也有欠缺,此书实在也有修订的必要。经修订后,本书将会有一个新的面目,为完善浙江文化史的写作作出贡献。第三,本书初版仅印2000册,两年前即已售罄,现在索要者甚多,说明此书已受到学界和社会的广泛关注,因此即使再版也是有价值的,如果给以修订出版,当然意义更大。鉴于以上各点,我们便开始了此书的修订工作,同时申报省历史文化研究工程项目。项目于2008年7月被批准立项,于是此书的修订出版,便进入了实际操作阶段。

此书的修订工作,实际上是起步较早的。书稿出版后,就陆续发现一些问题,其中有史料方面的,也有作家作品评论方面的,对其作出匡正,已是势在必行。进入全面修订阶段后,便有可能对全书的结构体例、叙述内容作出一定幅度的调整,也可纠正初版中存在的一些问题。就大而言之,修订本在下述四个方面作了较多的修改、补充和调整:一、突出了浙江新文学作家群中经典作家的论述,增写了中国 20 世纪文学史上的领军人物鲁迅、茅盾、余华的章节,使浙江文学的辉煌成就得到更鲜明的呈示。二、对文学的阶段性描述作出适当调整。如原书"战时文学"一章,涵括八年抗日战争和三年解放战争时期,在分期上不尽科学,修订本对这一章的内容作了分拆,保留"战时文学"一章,又增设一章"40 年代后期文学",两章的内容都有较大的扩充。三、吸收现当代文学研究新成果,对过去研究中被忽略或新涌现的文学现象作了必要的补叙或有所深化的论述,如新文学三十年中的后期文学流派、"文革"期间的"地下文学"、"90 后"作家的创作等。四、对"现代期"发生在浙江本土的创作,在叙述分量上有所加重,如"湖畔"诗派、"白马湖文学"、战时浙江文学等,建国后的文学,叙述视点当然聚焦在浙江,修订时也更注重自身发展脉络的探寻。

本书的写作,是在主编的指导下由各撰稿人合作撰著而成的。作为一部自成体系的文学史著,为保持体例一致和结构布局严谨,故先由主编提出详细写作提纲(包括各章各节内容要点),而后由各撰稿者严格按提纲规定的内容和提示的要点撰稿,最后由主编统定全稿。这样做,尽可能避免了因集体撰稿带来的某些局限,保持了一部学术著作自身的整一性。修订工作也是在主编的通盘思路中进行的,潘正文、景秀明撰写了部分修订稿,最后由主编按整个修订计划完成全稿。

几年来,我们这个课题组通力合作,愉快共事,建立起一种互相信赖、互相支持的学术友谊,为课题的完成、书稿的出版和修订提供了不可或缺的前提,是亦可铭可记。

图书在版编目（CIP）数据

浙江 20 世纪文学史 / 王嘉良主编. —杭州：浙江大学出版
社，2009.9
ISBN 978-7-308-07010-2

Ⅰ.浙…　Ⅱ.王…　Ⅲ.文学史－浙江省－20 世纪　Ⅳ.
I209.955

中国版本图书馆 CIP 数据核字（2009）第 154807 号

浙江 20 世纪文学史

王嘉良　主编

策　　划	李　晶（pointjing@gmail.com）
责任编辑	王长刚
出版发行	浙江大学出版社
	（杭州市天目山路 148 号　邮政编码 310028）
	（网址:http://www.zjupress.com）
排　　版	杭州中大图文设计有限公司
印　　刷	杭州杭新印务有限公司
开　　本	710mm×1000mm　1/16
印　　张	28.75
字　　数	456 千
版印次	2009 年 9 月第 1 版　2009 年 9 月第 1 次印刷
书　　号	ISBN 978-7-308-07010-2
定　　价	52.00 元

版权所有　翻印必究　　印装差错　负责调换
浙江大学出版社发行部邮购电话　（0571）88925591